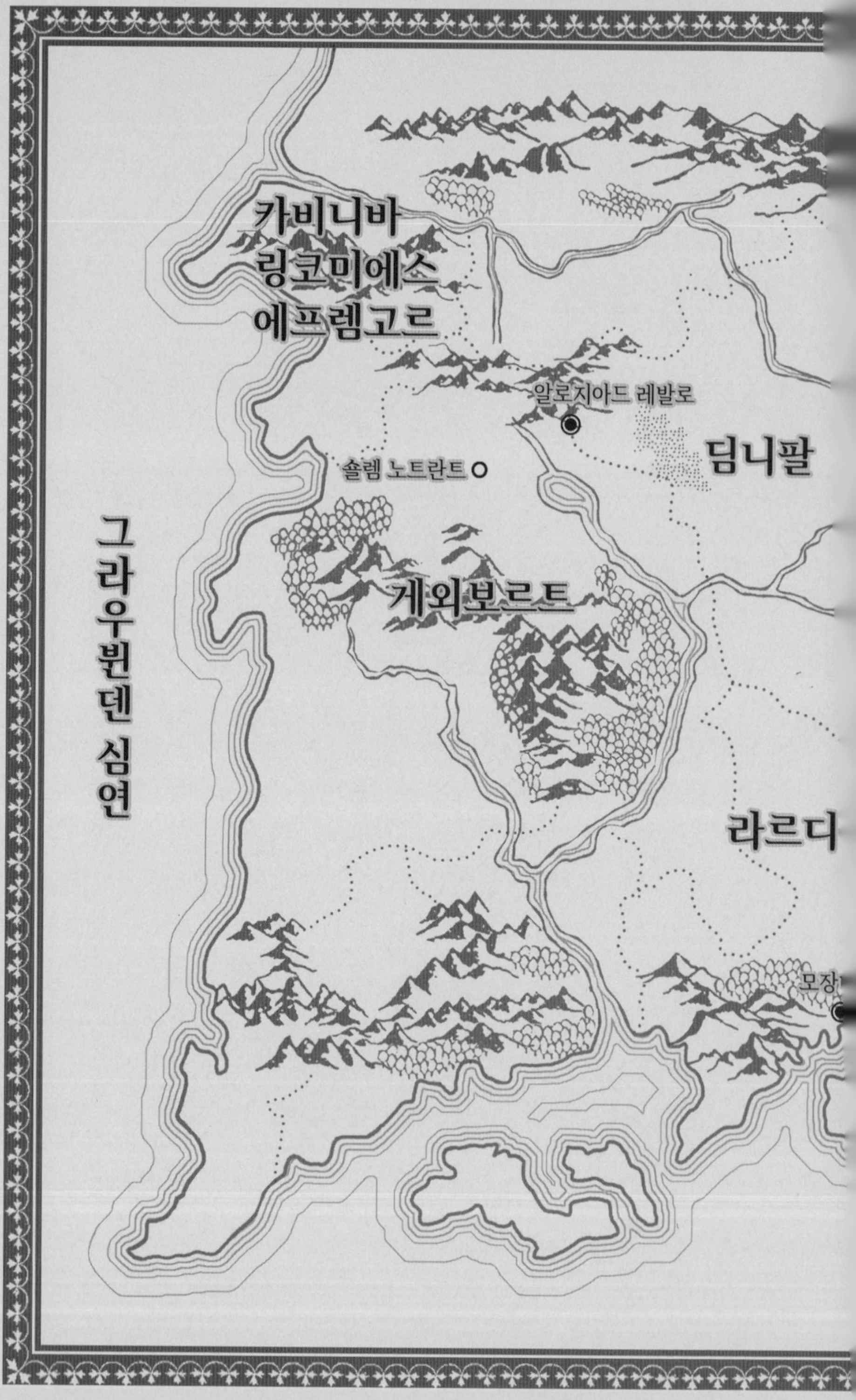

카비니바
링코미에스
에프렘고르
알로지아드 레발로
딤니팔
숄렘 노트란트
그라우뷘덴 심연
게외보르트
라르디
모장

부 산맥
N
W
E
S
반-나티나모
일라리쿰
오스페다
알로지아드 졸피
동부 연합
알론조
캄비
무타스 민지대
포티미의
사막
남부 상업 조합
생 로욜

나무를
담벼락에 끌고
들어가지 말라

나무를 담벼락에 끌고 들어가지 말라

제1부

윤진아 장편소설

파피루스

CONTENTS

1부

1부

비 쏟아지는 막사였다. 칼로 칼을 깎아 만든 듯 서늘한 남자가 의자에 앉아 있었다. 가파른 벼랑만큼 비스듬히, 그것은 오만이라기보다는 피로였다.

달도 돌보지 않는 한밤. 시체 껴안은 노곤한 대지가 물 삼키는 소리 면면하다.

그리고 그 앞에 비투성이, 흙투성이, 생채기투성이, 머리 닿는 온갖 풀잎을 묻혀 온 듯 정신 산만한 여자가 엎드려 있었다. 긴 머리 여윈 몸 미동도 없다. 지워질 듯 마른 그녀에게 선명한 것은 몸에 두른 붉은 천뿐이었다. 주변에 선 기사들 사이에서 불쾌한 헛기침이 새어 나왔다. 그러나 여자를 끌고 온 자들도 마냥 즐거운 것은 아닌 듯했다. 짜증과 당혹과 산란함이 차분했던 사령부 위에 진창 뒤덮였다.

상석에 앉은 청년이 가장 먼저 입을 열었다.

"무슨 일인가."

답은 즉각 나오지 않았다. 즉각 나오지 않았을뿐더러, 심지어 수 초 동안 지체되기까지 했다. 여자를 내동댕이친 기사 무리가 간신히 무언가를 말하려 했다. 그러나 그보다는 상석에 앉은 청년이 먼저였다.

"너희는 내일 있을 회전이 어린아이 장난 같나."

"발렌시아 경, 이 여자가 군영 정문으로 당당히 들어오기에……. 수상한 기색이라기보다는 구조 요청과 다르지 않았습니다."

"정체 모를 외부인조차 스스로 처리 못해 총사령관에게 내던지는 것이 그래서 잘했다고?"

기사들은 앞뒤 가리지 못하고 중요한 회의를 깬 자신들에게 자괴감마저 느끼고 있는 듯했다. 물론 난데없이 솟아난 여자는 위험인물이다. 평원 한복판, 더군다나 곧 전투가 일어날 땅에서 사람을 물리지 않았을 리 없으므로. 문제가 되는 것은 그녀의 '속셈' 이전에, '방법' 이다. 이 모든 것은 가장 기본적인 경계에 속했다.

그러나 오밤중까지 이어진 전략 회의의 맥을 끊는 것은 어떤 이유로든 용납받기 힘들었다.

그때, 여자가 입을 열었다.

"나는……."

가누기 힘든 듯 얇은 목이 떨렸다. 사령부에 잠깐 침묵이 돌았다. 악에 받친 여자의 얼굴이 들렸다. 엉망진창인 몰골에 비해 목소리는 검은 밤을 가르듯 선연했다.

"외르타-라르공드다."

사령부는 일제히 침묵에 들어갔다. 그 이름이 의미하는 바가 무엇인지 저마다 애써 궁리해 보려는 것이다. 그러나 그들이 각자 아는 이름 두엇 정도를 헤아리기도 전에 누군가 입을 열었다.

"로크뢰의 비?"

홀로 의자에 앉았던 남자, 총사령관, 발렌시아였다. 사령부 전체가 물을 끼얹은 듯 조용해졌다. 조금 전의 정적이 시장통처럼 느껴질 지경으로 끔찍한 침묵이었다. 능히 사람 하나는 죽일 만한 살인자들의 고요. 반쯤 넋을 놓고 있던 기사들까지 이제는 전부 여자를 바라보고 있었다. 발렌시아가 천천히 일어섰다. 여자는 그를 똑바로 응시했다. 그것은 악이라기보다는 반듯이 잘라 놓은 이성처럼 보였다.

"네 말이 그르지 않다, 발렌시아 마조레 기지 얀 미라이예."

누군가 그대로 여자의 목을 내리치려 했다. 그러나 그 이전에, 발렌시아가 먼저 눈짓했다. 기사는 이를 악문 채 뒤로 물러났다. 여자는 눈 한 번 깜짝하지 않고 빳빳이 말했다.

"나는 로크뢰 1세의 비이며 동시에 발터하임부르겐 1세의 누이다."

"증명해. 너를 증명할 것이 없다면 즉처하리라. 군에 불법 침입한 죄 중하다."

"증명할 것이 없다."

"너는 지금 딤니팔 군영에 허가 없이 들어와 스스로를 적국의 왕비라 일컫고 있다. 증명할 것이 없다니 제정신인가?"

사령부는 너무 조용하여 바늘 떨어지는 소리까지 들릴 지경이었다. 들리는 것은 엄한 발렌시아의 음성과 그에 답하는 외르타뿐. 희한하게도 외르타는 이 엄중한 곳에서 점점 더 활기를 찾는 것처럼 보였다. 처음의 그 쓰러진 모습은 단지 기진했던 결과라고 항변하는 듯했다.

"나를 죽여도 상관없긴 한데, 당신 너무 물러 보여 이 전쟁에서 이길 수 있을지 그것이 걱정이다. 세상 뜰 때 떠도 당신 이기는 짝은 보고 가야겠어."

발렌시아의 부관이 이번에는 정말 칼을 뽑았다. 칼은 자루부터 그 끝까지 소름끼치는 비명처럼 울어댔다. 입조심하라는 가장 간단한 경고조차 없다. 그는 다만, 군대의 즉살이라는 의미가 무언지 보여 주기라도 하려는 듯 말없이 칼을 들었다.

그러나 발렌시아는 그 무례함에도 개의치 않는 듯했다. 이번에는 직접 팔을 뻗어 부관을 제지시켰다. 톨레도가 싸한 시선으로 칼을 내렸다. 발렌시아는 그녀에게 한 발자국 다가갔다.

"만약 네 신분이 진정이라면 딤니팔의 패배가 어찌 너의 걱정이 되나. 우리 딤니팔은 내일 회전을 치르는 라르디슈는 물론이거니와 네 친정인 게외보르트와도 철천지원수다."

여자의 들썩이던 어깨가 뚝 멈췄다. 기이하게 차분해졌다. 그녀는 자신이 두른 붉은 망토를 조용히, 다시 한 번 졸라매었다. 지금까지의 방만한 자세와는 다르게 허리가 유독 꼿꼿이 섰다. 그녀는 그의 물음에 답하지 않았다.

"내일 라르디슈는 삼단 횡렬의 단순한 구조로 나올 것이다. 그러나 전투 중반, 중앙 보병이 맞붙은 뒤로 새로 투입된 라르디슈 기병이 우회 침공하게 되므로, 이에 대비를 하지 않는다면 당신네 중심부는 필시 전멸이다."

누군가의 목에서 이상한 소리가 났다. 그러나 아무도 그를 탓하지 않았다. 발렌시아의 얼굴에 처음으로 표정이 나타났다. 그는 인상을 조금 찌푸린 채 반문했다.

"지난 일 년, 우리가 비교적 적은 수로 라르디슈와 전투를 치를 수 있던 것이 압도적인 기사 계計 덕분이라는 사실을 알고 말하는 건가?"

"라르디슈가 천친가, 그걸 모르게. 로크뢰 1세와 군 수뇌부는 딤니팔과 첫 전투를 치르자마자 남부 육전대원을 말 위에 올리기로 했다. 일반 병사 같은 얼치기로는 딤니팔 기사에 대응할 수 없잖나. 말만 낭비하는 꼴이라는 사실을 아는 거야."

"육전대가 바다 위의 군사라는 것을……."

"그래, 알고 말한다. 그러니 입 다물고 들어. 개개인의 전투력으로는 육전대원이나 기사나 별 차이가 없다. 남부 육전대는 라쥐모르 상권 수호령 탓에 사흘이 멀다 하고 사방의 나라, 해적과 싸우고 있으니 매번 사막과 동부를 분탕질 치는 너희와 대적할 만하지. 라르디슈는 자카르기에와 휴전 협정을 맺은 뒤 육전대 중 극히 일부를, 대략 이천 정도를 차출했다. 그들은 반년이 넘게 훈련을 받은 뒤 서부 식민지 반란에 투입되어 완벽한 승리를 거두었다. 그리고 방금 전에 저 언덕 너머 라르디슈 진영에 합류했지."

"정찰병의 보고가 없었는데."

"사령부가 일부러 이 날을 골랐다. 폭풍에 가까운 비가 내리고 안개까지 자욱해 가시거리가 영이니까. 더군다나 본디 있던 라르디슈 기사들과 무리무리 섞여 들어왔다. 평소와 다름을 느끼지 못했으리라."

"너는 그것을 어찌 확신하나?"

"내가 라르디슈 왕의 비라고 말한 것, 그 귀로 못 들었나? 육전대의 위용을 보는 와중 군영 소란이 대단했다. 나 역시 그 덕을 봤지. 왕과 사령부와 기사들이 요란할 때, 같이 맞이하는 척하고 도주했으니까."

"아니, 그것 말고. 네 말이 진실이라도 왕비가 어찌 그것을? 여자에게 새어 나갈 리, 아니 말할 필요가 없는 정보다."

"나와 왕은 서로 아낌이 깊어 모든 것을 공유하거든."

"네 논리 이해가 가지 않는다. 첫째, 라르디슈의 왕비가 자국을 배반하여 오밤중에 적국 군영으로 침입할 이유가 없으며 둘째, 내 기억이 모자라 그만한 원한이 너와 로크뢰 1세 사이에 실제로 있었을 경우, 왕이 너를 경계하여 감히 군 정보를 이야기할 리 없다."

다들 최면에 걸리기 직전이었다. 매 순간 발설되는 충격적인 이야기에도 불구하고 막상 말하고 있는 저 둘의 기색이 매우 차분했던 까닭이다. 외르타는 그를 뚫어져라 바라보았다.

"너는 딤니팔의 미라이예다. 그 가문이 내게 무엇을 묻나."

"승계한 지 해도 넘지 못했다. 못다 한 말이 있다면 정직히 실토해라."

"그런 것 없어. 그냥 믿어. 너희, 기사들에게 휴식을 주느라 얼마 전부터 아주 여유 만만하게 이 교대로 돌잖나. 그거 다 내보내기가 그리 힘드나?"

"말이 길다. 그것을 끊는 것도 수고로워 지껄이게 두었다. 너를 믿지 않는다. 이 폭풍 뒤의 회전, 진창이 만만치 않으리라. 그에 기병을 소진하는 것은 사령관의 불찰이다. 네가 라르디슈의 인사라 한들 기껏해야 군을 따라온 여자거나 왕의 시녀일 텐데 내가 무엇을 보고 네 말에 따라 결정해야 하나?"

발렌시아는 상대에게 당신 창부나 준창부쯤 되지 않느냐는 비평을 내림에도 별 거리낌이 없었다. 그러나 여자는 분개했다. 외르타는 마침내 자리를 박차고 일어났다. 발렌시아는 고작해야 저 말에 흥분하는 것을 보니 역시 왕비의 그릇은 아니라고 조용히 판단했다. 진짜 왕비라면 스스로를 증명하면 될 일이다. 증명할 수도 없는 상황에 총사령관이라는 이가 정곡을 찌르니 인내치 못하고 화를 내는 것이다.

"죽고 싶어 발악하나! 당신네가 나란히 목 잘려 진열된들 나와는 어차피 상관없는 자들! 조금의 아쉬움도 없다! 하나 그만한 무력을 자살에 쓰게?"

그것은 발렌시아의 예상과는 조금 방향이 다른 노여움이었다.

"나도 당연히 너희가 싫다! 너희들도 게외보르트나 라르디슈를 항상 주적이라 가르치지 않나! 같은 이치지! 딤니팔! 난 사실 내가 왜 여기 와서 군 정보를 넘기려 드는지조차 잘 이해가 안 가!"

발렌시아는 '넘기려 드는지'에 주목했다. 외르타가 가진 정보는 아무래도 방금의 육전대원에서 그치는 것이 아닌 듯했다. 물론, 그녀가 진짜라면.

"이러고 싶어 이러는 게 아니라 이럴 수밖에 없어 이러는 거란 말이야! 내가 말해 주는 건 당신들 보고 이기라는 거지, 지라는 게 아니거든? 죽으려면 당신들만 죽지 말고 저쪽까지 끌어안은 채 사이좋게 뒈지라고!"

기사들 역시 고상한 출신인지라 다들 뒈진다는 둥 하는 외르타의 천한 말에 당혹했다. 발렌시아 경이 믿지 않고 저 여자도 말버릇이 고약하니 역시 가짜가 아닌가 하는 추측이 퍼졌다. 그러나 정작 발렌시아만은 더 착잡하여 숙고했다. 라르디슈는 평민들의 말이 득세하는 나라이므로 몇 단어 조야해도 이상할 일이 아니었다.

"너는 신상을 증명하라는 질문을 무시한 채 스스로의 말에 신빙성이 있으리라 생각하나. 망상이 심하다."

"이 천치 같은 놈들이! 난 이미 너희 왕들 사이에서 씹히고 씹혀 거죽도 안 남았을 거다. 그런데 그 소무운, 아니 사실의 간단한 개요조차 모르는 청맹과니들이 지금 무얼 논리적인 척 나를 재단해? 내 겉이 젊다고 속까지 젊게! 너희 젖먹이들보단 내가 겪은 산전수전이 더 많다!"

"데려가 가둬."

최면은 풀렸다. 다음 순간, 그녀를 끌고 왔던 기사들이 제 과오를 돌이키려는 양 전부 앞으로 나섰다. 칼 소리가 절걱절걱 둔탁하게 울렸다. 그들은 즉각 외르타의 두 팔을 잡았다. 그녀는 반항하지도 않고 뒤돌아 끌려갔다. 거의 내던져지듯 들어왔던 처음에 비하면 꽤 품위 있는 퇴장이었지만 어쨌든 강세는 강세, 그녀가 아득바득 혼사 섰노라 우기자 한 기사가 그녀의 목덜미를 쳤다.

외르타는 허물어졌다. 아직껏 홀로 화려하던 붉은 천이 바람을 먹으며 아래로 내려앉았다. 이내 그들의 모습은 사령부에서 사라졌다.

발렌시아는 그 모습을 바라보다 불쑥 말했다.

"내일. 왼 날개 다 나간다."

"세상에. 발렌시아 경, 저 여자의 말을 믿으십니까?"

"좀 더 유연한 편제로 바꾸기 위한 선행 조치다. 일단 다 나가. 누구도 당황하지 않을 것이다."

새파랗게 어린 기사가 웃으며 손을 들었다. 스물은 되었을까 싶은 아이였다.

"편자를 갈아 놓겠습니다. 그런데 경, 저 여자 말이 사실이라고 생각하시는 겁니까? 아니지, 저 여자가 라르디슈의 왕비라 생각하십니까? 전 말입니다, 저 여자 말을 듣기보단 옷을 봤거든요?"

사령부가 잠깐 긴장했다.

"하하하, 그런데 라르디슈의 복식이다 보니 통 모르겠더라고요! 게다가 더럽긴 어찌나 더러운지! 라르디슈 진영부터 굴러왔다고 하면 그건 내 믿겠네……!"

"입 다물게, 시누사 경. 편자 갈 필요 없네. 경은 내일 왼 날개 1대대장이 아니니까. 내일 아침 춘부장께서 가 계신 보급창으로 떠나는 것 잊지 말게."

시누사는 톨레도의 지적에 즉각 조용해졌다. 그러나 시선까지 조용하지는 않아서, 그의 해끄무레한 얼굴은 어느새 퍽 억울한 탄원인으로 변해 있었다. 금방이라도 짜증스레 하소연할 느낌이다.

물론 발렌시아는 죄 무시한 채 고개를 끄덕였다.

"시누사 경은 그나시오 경에게 가 새벽에 있던 이 사달을 빠짐없이 보고하라."

“경, 경. 내일까지만 있다 가면 안 될까요? 제가 자리를 뜨는 건 내일 1대대가 쉰다는 가정하에 결정된 것 아닙니까. 그런데 이제 다 나간다 말씀하시니 저는 정말 안타까워서…….”

“이미 2대대로 인계 끝났다.”

“언제요?”

“지금.”

톨레도가 짜증스럽게 말을 받았다. 시누사는 과장된 손짓으로 그를 가리켰다.

“2대대장께서 이처럼 직전에 얘길 들으셨는데 어찌…….”

“경이 하루도 빠짐없이 날뛰어 항상 내가 1대대를 맡고 있다는 사실을 잊지 말게.”

“옳은 말이다. 1대대의 본디 역할이 전위 부대이기는 하나, 경은 그 정도가 심하다. 자숙 기간이라 여겨라. 아침 일찍 나서야 하니 이만 들어가 쉬어.”

“발렌시아 경.”

“내보내.”

톨레도는 기꺼이 나서서 소년을 걷어차 내보냈다. 시누사는 덜미를 붙잡히자, 어쩔 수 없이 현실에 수긍했다. 데굴데굴 굴러 총사령부를 떠났다. 톨레도는 막사 끝부터 다시 돌아오며 말했다.

“시누사 경의 질문이 그른 것은 아닙니다. 저 여자가 로크뢰 1세의 비라 진정 믿으십니까?”

“별로. 진창에서 말발굽을 죄 부러뜨릴 요량인 듯하니 회전 장소를 북쪽으로 끌고 와라. 합의된 곳은 아니지만 그래도 한 반나절 북쪽 구릉에 서 있으면 쫓아올 것이다. 쫓아오지 않는다면 여자에게 속셈이 있었던 것, 놀아나 군을 능멸한 죄를 묻겠다. 쫓아온다면 정말 오랜만에 딤니팔의 기사를 아끼지 않으면 될 일이다."

다들 수긍한 듯 조용했다.

"내일은 두당 열로 헤아리리라."

몇몇 기사가 희미하게 웃었다. 그런 일이 발렌시아에게는 식후 운동이나 다름없다는 것을 아는 이들이었다.

"만약 저 여자의 말이 사실이고 진실로 라르디슈의 왕비라면 어찌하실 겁니까? 정동 방향으로 새로운 기사가 투입된다면?"

중앙 기사의 목숨을 맡고 있어 조금 날카로워진 체세나가 물었다.

"왼 날개가 가야겠지. 본디 그 반으로도 상대를 조롱했지 않나. 또한 그리된다 해도 여자에 대한 처우는 시일 뒤에 숙고해야 할 일이다."

"왼 날개에서 정확히 반을 차출합니까? 그럼 1, 2대대를 묶은 톨레도 경은 어찌합니까?"

"1대대는 원래 대장 없이도 잘 싸워서……."

"경솔한 말은 삼가라. 톨레도 경이 전부 이끌고 중앙으로 간다."

"쟁점은 아닌 듯하지만, 그리하면 조금 전 마무리된 오른 날개가 문제가 될 것 같습니다."

그들의 차분함에 여자는 지나가지도 않은 바람이었다. 회의는 새벽이 넘어 끝이 났다.

그러니까 이런 이야기가 있다.

왕녀가 있었다. 태어난 나라가 왕의 동기들을 남기지 않는 살벌한 곳이었지만 그래도 그녀는 나름대로 쑥쑥 자랐다. 왕의 딸만큼은 그 남편의 지위가 지나치게 낮거나, 높더라도 자식을 갖지 않겠노라 신에게 맹세하면 살아남을 수 있었기 때문이다. 후자는 불가능에 가까웠다. 귀족의 차남 이하라도 결국은 사람. 제 아이를 남기지 않고 살겠노라 쉽게 결정하지 못하니까. 그러나 그녀는 어떤 지위 높은 이가 모든 걸 감내하고 자신에게 오더라도 스스로 전자를 택하겠다고 생각했다. 아이를 좋아했기 때문이다.

물론 마지막 비공식적인 샛길도 없지는 않았다. 샛길이지만 이 왕국의 성정에서 가장 많은 왕녀들이 선택하는 길이기도 했다. 왕녀의 자매들은 모두 세 번째 길로 떠났다. 배다른 언니 둘은 전자도 후자도 싫어했다. 일찌감치 세력 넘치는 반, 단과 결혼하여 사내아이를 낳고 왕권에 출사표를 낸 것이다.

왕녀는 그렇게 어수선한 일을 겪고 싶지 않았다. 모험을 각오하기도 거북했고, 권력을 갖게 된다는 사실 역시 번거로웠다. 부귀 없는 평민이라도 사랑하는 남자와 결혼해 자식을 낳고 깨가 쏟아지게 살고 싶었다. 왕녀가 그처럼 제 생의 목표를 정한 것은 자신에게 주어진 세 가지 선택지를 모두 알게 된, 네 살하고도 한 달 열흘째 되던 날이었다.

왕녀의 오라비 셋과 언니 둘은 항상 칼을 갈고 있었다. 왕위를 넘보지 않겠다고 무언의 암시를 주었음에도, 다른 동기들은 하나같이 자신이 아니면 모두 죽어야 한다는 생각을 가지고 있었다. 때문에 왕녀는 그 사이에서 스스로를 지키는 법을 배우며 컸다. 왕위를 탐내지 않는다 해서 그녀가 바보인 것은 아니었다. 평화를 꿈꾸는 현명함이라 얕보인 것뿐이다. 왕녀는 자신의 세력 불리기에 온 열정을 붓는 동기들과는 달리 평생을 그 아비에게 바쳤다. 마음 씀씀이 모두가 아버지를 위한 것이었다. 심지어 쉽사리 편애하지 않는 아버지마저 감복하여 그녀에게, 네 결혼하여 아이를 둔다면 자신이 물심양면으로 너를 지지하겠다는 말까지 건넸을 정도였다.

기실 왕녀는 아비에게 아무런 감정을 가지지 않았음에도. 아비는 왕녀의 어머니를, 첫 왕비를 죽였다 했다. 어머니에 대한 기억은 거의 없으니 무슨 한恨과 같은 망측한 감정이 있는 것은 결코 아니었다. 다만 두 번째 왕비를 사랑해 정식으로 맞고자 한 그 졸렬함이 한심했다. 왕이 되어 고작 애정 때문에 가장 강대한 외척 세력과 척을 진 것이 우스웠다. 첫 왕비의 집안이 둘째 왕비의 장손을 편들어 서서히 자신을 독살하고 있다는 그 진득한 쇠락, 그것을 아버지는 알았을까. 왕녀는 알았다. 왕녀의 외조부가 왕녀에게, 그리 수절하면 넌 살려 줄 수도 있다 호호탕탕 웃었기 때문이다. 그것만으로도 모든 것을 깨달았다. 아버지의 음식에 독을 넣는 자가 바로 둘째 왕비였다. 막고 싶은 생각은 전혀 없었다. 도대체 왜? 그저 이런 애정의 말로라니 하고 웃었다. 자신이 후일 사랑하게 될 남자를 상상하면서도, 사랑 그 자체를 조롱하길 이 모양이었다.

왕녀 역시 살다가 때때로 생각했다. 목적이 그 진정을 잃음이라. 사랑과 같은 평범한 행복을 누리며 살고 싶었지만 막상 그 삶을 얻기 위해 애정 자체를 잃은 것은 아닌가, 그런 의구심이 들었다. 어쩌면 그 왕국의 자식들은 별수 없이 이리되도록 운명 지어진 것인지도 몰랐다. 죽이지 않으면 죽는다는 것이 왕실의 유일한 법도였으니. 하지만 언니들, 언니들은 선택할 기회가 있었잖아요? 그러나 '선택한' 왕녀는 그들보다 더 비정했다.

그 무감함이 점차 지독해짐에도 네 살 되던 해에 했던 결심은 왕녀를 놓아주지 않았다. 오로지 그것만 보고 달렸다. 잘 살 것이다. 행복하게, 오래 사는 것만이 목적이었다. 그래서 왕녀는 열일곱이 되던 해, 여행을 다녀오겠노라 선언했다. 왕의 자식으로 왕도를 뜨는 것이 도저히 용납되지 않는 민감한 시점임에도 그녀의 아버지는 허락했다. 아버지는 자신이 가장 어여삐 여기는 딸의 여행을 왕명으로 수호해 주었다. 지난 십

칠 년, 이 여행만을 바라보며 아비에게 비굴하게 굴었다. 동기들은 아버지의 죽음이 눈앞에 보이는 이때 왕성을 떠나는 왕녀에게 의심 섞인 눈초리를 지우지 않았다. 하지만 왕국에서 왕명을 돌이킬 수 있는 자는 아무도 없다. 왕국 바깥에서 기필코 남편감을 찾으리라, 즉시 결혼하여 그가 사는 곳에 둥지를 틀리라 왕녀는 결심했다. 왕국에 산다면 언젠가 살수殺手에게 죽게 될 것이라 굳게 믿고 있었기 때문이다. 그것만이 왕녀가 동기들에게 보내는 묘한 신뢰였다. 평생 보석 빛나는 곳을 바라볼 일 없이 마음 놓고 살기를 꿈꿨다.

그런데 과연 이런 내가 누군가를 사랑할 수 있을까? 왕성을 떠나던 날 제 속의 누군가가 물었다. 왕녀는 태어나 그 어떤 것에도 애정을 둔 일이 없었다. 아이를 좋아한다 생각한 것도 단지 아이들에게는 스스로를 꾸밀 필요가 없기 때문이었다. 사랑한다는 것, 사랑받는다는 것이 무언지 개념조차 잡히지 않았다. 그저 행복하다기에 맹목적으로 바랐다. 왕녀는 살기 위해 너무 힘들었다. 그렇게 떠나면서도 아직 제 목덜미를 동기들에게 붙잡힌 채라 당장 반격해야만 할 것 같은 기분이 들었다. 눈에 물기라곤 하나도 없이 바짝 성마른 소녀였다. 이런 내가 사랑을 할 수 있겠는가?

문득 떠오른 의문을 풀 길 없이 마차는 달려갔다. 십삼 년 묵은 목표를 뒤집기에는 너무 약한 울림이었다. 왕녀는 외국으로 넘어가기 전에 먼저 제 왕국의 모든 것을 보았다. 이십 년쯤에 한 번씩 머리 깨지는 내전을 치르는 왕국임에도 그 강대함은 대륙에서 세 손가락 안에 꼽힐 정도였다. 왕녀는 그것이 참 기이한 일이라고 생각했다. 왕국을 살리는 것은 결국 아랫사람들이기 때문일까. 그래서 왕녀는 그런 사람들을 만나보았다. 그중 좋은 남자를 많이 발견했지만 그들은 모두 자신에게 겁을 냈다. 이해가 가지 않았다. 딱히 직위를 밝히지 않았음에도 다들 왕녀를 대함에 거리낌이 많았다.

왕녀는 국경을 넘던 날 밤 꾼 꿈에서, 자신이 왕성을 떠날 때 했던 자문의 답을 깨달았다. 사람을 사랑할 수 있겠느냐고? 딸아, 너는 자격을 잃었구나. 본 일 없는 어미가 꿈에 나타나 그리 말했다. 넌 사랑을 잃었잖아. 왕녀는 무감각하게 답했다. 내가 사랑했느니라. 넌 그것을 잃어 죽었어. 좀 더 사랑하는 이가 좀 더 아릴지라도 그 또한 행복이다. 미친년.

왕녀는 소스라치게 놀라 깨어났다. 꿈의 자신이 아니길 바랐다. 그러나 거울에 비치는 사람은 분명 그자였다. 왕녀는 그 사실이 슬프지도 않았다. 그저 잠깐 놀라웠을 뿐이었다.

이런.

왕녀는 사랑하는 것을 포기했다. 받기만 하는 것도 괜찮으리라. 사랑받고만 살 것이다. 그것만으로도 족하지 않나. 그러나 그때 또 다른 문제가 생겼다. 누가 그런 가시밭길을 걷는다는 말인가? 인생 전체가 통째로 뒤엎이는 것 같았다. 행복하게 살고 싶었는데 이제는 그 조건조차 채우지 못해 숨이 가빴다. 이럴 바에야 차라리 다른 모든 동기들처럼 왕국의 왕위를 위해 노력할 것을, 하는 뒤늦은 후회가 들었다. 자신이 진심으로 왕좌를 차지하고자 했다면 승산이 적지 않았으리라는 사실을 알았기에 더욱 절망적이었다. 절망적으로 아쉬웠다.

왕녀는 이를 악물고 이웃 나라의 바닷가로 내려갔다. 세상에서 가장 아름다운 곳이라 했다. 위명 그대로였다. 이곳에서 마음을 가라앉힌 뒤 앞으로의 일을 생각하리라 결심했다.

"이런 벽촌까지 무슨 일인가?"

노을이 유난히 붉게 진 어느 날이었다. 수행원 없이 백사장에 앉아 있던 왕녀는 한 남자의 목소리를 들었다. 그녀는 경계하며 말했다.

"고향을 떠나오기에 좋은 곳이지."

"고향이 어디기에?"

"비사 오필라."

남자의 말이 뚝 끊겼다. '비사 오필라'는 제 왕국의 유일무이한 궁전이었다. 이해한 것이다. 왕녀는 위를 올려다보았다. 노숙한 말투와는 달리 서른이나 되었을까 싶은 청년이었다. 큰 키, 흠잡을 곳 없는 몸, 웃음기 없는 눈매와 굳게 잠긴 얼굴. 정말 징그럽게도 잔인해 보였다. 왕녀임을 깨닫고도 끔찍하도록 오만한 시선이었다. 놀란, 당혹한, 경멸하는, 화난, 고집 센, 거만한, 욕망에 찬 눈빛. 왕녀는 그와 마주하는 것이 벌레가 얹힌 듯 불쾌해 인사도 없이 떠났다.

그다음 날, 지역의 영주가 이웃 나라의 왕녀를 저녁 식사에 초대했다.

무언가 이상하다는 것을 깨달았어야 했다. 지난 세 달 동안이나 모른 체하던 왕녀를 무턱대고 돌연 청할 리가 없지 않나. 누군가의 명령이 있었던 것이다.

예컨대 그의 주인 같은.

왕녀는 응접실로 불려 가서 본 자가 이곳의 예순 넘은 영주가 아니자 조금 당황했다. 밤 등불에 그림자 진 훤칠함이 노인일 리 없었다. 왕녀는 그와 거의 동시에 깨달았다. 뒷모습밖에 보이지 않았으니 직감이라 해도 좋을 것이다. 그가 돌아보았다. 예상했듯이, 어제 만난 그 남자였다.

"다시 만나는군."

짐승의 으르렁거림 같은 소리였다. 왕녀는 소름이 끼쳤다. 오금이 저려 차마 멀쩡히 버텨 설 수가 없었다. 평생 이런 일이 없었는데. 그 잔인하던 동기 앞에서도, 엄하던 외조부 앞에서도 그저 뚜하니 별 감정이 없었는데 그 자리에서 처음으로, 그 남자가 정말 미친 듯이, 배 속까지 덜덜 떨릴 정도로 두려웠다. 그 남자가 그들보다 더 냉혹하다거나 하는 단

순 비교는 소용이 없었다. 그런 문제가 아니었으니까. 왕녀가 공포에 질린 것은, 스스로가 '그자'를 만났기 때문이었다.

그자.

똑같은 인간 둘이 만나면 그중 하나를 죽여야 한다는 말이 있다. 남자와 왕녀는 결코 같지 않았다. 그러나 왕녀는 그를 만남으로써 스스로가 완전히, 돌이킬 길 없이 망가지리라는 것을 깨달았다. 그처럼 일생 유일한 적이었다. '그자.'

끔찍한 밤이었다.

끔찍한, 끔찍한 밤이었다.

아직도 그날만 떠올리면 심장이 벌렁거려 칼로 모든 것을 다 찢어 버리고 싶었다. 왕녀가 짓눌리며 반복했던 말은 안 된다는, 정말 평범하기 짝이 없는 한마디였다. 안 돼. 안 돼. 안 돼. 그러나 그 의미가 달랐다. 이 밤이 안 된다는 뜻이 아니었다. 물론 그것도 토할 만큼 역겨웠지만 그와는 좀 다른 것, 좀 더 절실한 것, 자신이 열세 해 동안 애쓴 것. 당신은 안 돼. 당신은 안 된다.

이웃의 왕이라니. 내 동기들이 당신을 포용할 수 있을 리 없다.

시시각각으로 제 생이 해져 없어지는 듯했다. 왕녀는 태어나 처음으로 눈물을 보였다. 덜덜 떨며 울었다. 평범하게 살고자 노력한 제 지난 세월들이 그 압도적인 힘 앞에 종잇장처럼 무너져 절망이 되었다. 가치 없는 겨울 나뭇잎처럼 와작 부서지는 기분이었다. 제 몸 다 바쳐 온전한 삶을 살겠다 노력한 것이 한평생인데, 종내 스스로를 앗은 것이 이웃의 왕이라? 웃기기도 이처럼 웃길 수가 없었다. 그토록 하찮게 살기를 바란 자신이 이제는 왕국 역사상 가장 지위 높은 자와 얽힌 왕녀가 되었다. 왕이라니, 이것은 무슨 운명의 장난인가. 결코 범상히 살지 못하리라.

아니. 언제까지 '살' 수 있을까?

아버지가 죽고 왕계가 안정되면 가장 먼저 왕녀를 노릴 비수가 고향에 있었다. 그 상대가 왕이라고 거리낄 제 자랑스러운 왕국이 아니었다. 그들은 누이의 핏줄이라는 이유로 다른 나라의 왕자를 죽인 전력도 있는 자들이었다. 그 나라가 왕국만큼이나 강대한 나라였던 까닭에 이내 전쟁이 발발했지만 왕국의 누구도 그것이 괜한 고생이라 생각지 않았다. 그들로서는 그것이 당연한 일이었다. 심지어 왕녀조차도 그것이 필연이라 믿고 있었다. 선왕의 고귀한 핏줄이 살아남을 때 그것은 재앙의 씨앗이 된다. 그러니…….

이자와 얽히면 내가 죽는다.

그래서 절박하게 당신은 안 된다 외쳤던 것이다. 왕녀는 죽지 않기 위해 살았다. 그런데 그런 자신의 열일곱 해를 단순한 욕심으로 꺾고 있는 것이다. 왕녀는 이 사실에 절망적으로 집착하여 심지어 겁탈 그 자체에는 큰 신경을 쓰지 못했을 정도였다.

왕녀는 그 밤이 끝날 때 조금의 희망을 가졌다. 한순간 기분이었을 것이다. 왕이 저를 보고 욕정이 동해 한 번쯤 취해 보리라 결심한 것일 게다. 그가 바라 얻지 못한 것이 어디 있겠는가. 그것은 이웃의 딸도 마찬가지였으리라. 그 잔인한 성정을 이해했다. 왕녀의 동기들 역시 모두 그리 굴었으니 높은 위치에 선 자로서 당연한 행동거지가 아닌가 생각했다. 이제 나 역시 헌신짝처럼 버려지리라. 왕녀는 아침 햇살을 맞으며 안도했다.

그러나 그녀는 그날 이후 방에서 단 한 발자국도 나갈 수가 없었다. 왕녀는 자신을 한 번 얻었으니 이제 족하지 않느냐고, 왕국에 대한 예의를 차려 보내 달라고, 아무 말 않을 테니 이만 놓으라고 애원했다. 한마디 대꾸도 돌아오지 않았다. 심장이 덜컥 내려앉았다. 자신이 왕과 함께 있다는 소식이 왕국의 동기들에게 닿기 전에 떠나야 했다. 그러나 왕은 왕녀의 수행원을 단 한 사람도 남기지 않고 왕국으로 돌려보냈다. 왕녀는 그 소식을 한참 뒤에야 듣게 되었다. 그 말을 듣고 머리가 아득해지며 시야가 닫혔다. 자신과 왕의 관계를 동기들이 알았으리라 확신했다. 이제 그가 자신을 놓는다 해도 의심의 눈은 지워지지 않은 채 홀로 비명횡사할 것이다.

왕녀는 스스로가 미치지 않는 것이 신기했다. 자신의 모든 것이 살겠다는 제 목표에 맞춰져 있었는데 돌연 그 깃대를 잃어버린 것이다. 그 분노와 한을 어찌 풀어야 할지 몰랐다. 셀 수 없이 울었지만 제 속 노여움은 여전히 헤맨 채로, 나아질 기미조차 없었다. 감옥에 구어박힌 양 기다리다 억누르다 끝내는 눈물도 흐르지 않았다.

왕녀는 눈 뜨고 숨을 익히고, 살아 있는 것이 힘들었다. 그저 잠만 자고 싶었다. 잠은 평온하다. 하나 깨어나는 순간부터 고통이었다. 꿈도 없는 잠이 와장창 깨지면 항상 찔렸다. 난자당한 듯 놀라서 한동안 제가 왜 깨어 있는지만 생각했다. 이유를 모르겠다. 왜 눈을 떴는지 이해할 수가 없었다. 그토록 간절했던 목표가 한순간 물거품이 되어 삶을 통째로 분실하고 말았다. 무엇을, 어떻게 해야 할지 몰라 의지는커녕 방향도 없었다. '있는 힘껏 욕망을 잃다.' 이게 무슨 소리인가?

왕이 말했다. 너를 생 로욜에 데려가겠다. 왕녀가 대꾸했다. 내 아비의 허락 없이 어찌 감히. 그자가 내게 너를 맡겼다. 왕녀는 귀를 의심했다.

"뭐?"

"막시밀리안 5세가 내게 너를 맡겼다 했다."

"미친 소리 하지 마. 조건이 있지?"

왕은 대답하지 않았지만 왕녀에게는 답이 필요 없었다. 자신이 복종한 체했던 아비는 이미 병석에 누워 꼭두각시가 되었을 것, 왕과 거래한 것은 동기들 전체이리라. 웃으며 버렸다. 그녀는 자신의 손위 형제들이

내민 조건을 듣지 않고도 알았다. 우리 중 누군가 내전을 거쳐 왕위에 오를 시 라르디슈 역시 명예를 지켜 왕녀를 숙청하라.

끝이었다.

왕은 보통 왕녀를 미치게 했다. 그 광증이 너무 힘들어, 용기도 없으면서 항상 어떻게 죽을지를 염두에 두었다. 왜 네가 목숨을 끊으려 하느냐 알량한 자제심이 지껄였지만 그마저 소용이 없었다. 저자가 죽으려면 죽어야지 내가 죽을 이유는 없다. 소용없었다. 살자. 살아야 한다. 살 수 있다. 살 것이다. 아주 불필요했다.

그러던 어느 날 거울을 보았다. 너무도 말라서 뼈와 가죽만 남은 여인이 보였다.

왕녀는 그날 칼을 들었다. 손목을 그었다. 그런데 도저히 팔에 힘이 들어가지 않았다. 더 이상 눌리지 않아 어떻게 죽을 수가 없었다. 피가 철철 나는데도 정신만 또렷했다. 고통에 까무룩 먹먹했으면서 그때까지도 살아 있자, 용기를 잃은 것이다. 정말 죽고 싶었는데. 혹시 두려웠을까? 그 어스름 속에서 스스로가 한 꺼풀 죽었던 것 같기도 했다.

그 저녁 이후 왕녀는 전혀 다른 사람으로 바뀌었다. 바뀐 왕녀에게는 이제 더 이상 옛 목숨에 대한 집착이 없었다. 반드시 죽을 것이다. 이렇듯 왕의 손아귀에 잡혀 있으니 그가 왕국의 요구를 수용해 자신을 처형하는 것에 어찌 반항할 수가 없었다. 포기와 함께 어릴 적 세웠던 목표도 버렸다. 행복한 삶. 그것을 위해 달렸던 시간도 모두 버렸다. 그러자 왕녀에게 새로운 고통이 나타났다. 원래부터 있었어야 마땅한 상처였다. 왕이 스스로를 범함에 정신이 멀쩡할 리가 없다. 다만 살겠다는 어린 목적 아래 애써 덮어 두고 버텼던 것이다.

그런데.

그렇게 죽던 날.

그 깃발 역시 죽었다.

남은 것은 의지도 없이 흉악한 밤뿐이었다.

방 바깥으로 나가는 것부터가 그토록 두려웠다. 사람들과 대화하기는커녕 눈을 마주치거나, 아니 그저 여럿이 모여 있는 것만 봐도 눈앞이 컴컴하고 식은땀이 났다. 타인을 대하는 것이 너무 힘들었다. 지나치게 말을 안 해서 종종 목이 쉬었다. 항상 바짝 말라비틀어진 주검으로 사는 것 같았다. 지금 내게서 도망치자. 벗어나자. 내 지난 인생 아쉽게 하지 말자. 하루하루 다짐했다. 그러나 그것은 종내 혼잣말도 못 되었다. 텅 빈 말엔 의미가 없다. 네가 과연 노력했나? 전혀. 언제나 한 자리에서 빙글빙글, 한 바퀴 돌아오면 마주하는 것은 또 새로운 맛의 지옥이었다. 그러다 삽시간에 포기했다. 느끼지 못한 사이 왕녀는 또 한 바퀴 돌아와 혼잣말마저 짓눌렀다. 각오도 못 되는 중얼거림은 아주 잘 죽었다.

언제 예전 자신으로 돌아갈 수 있을지 몰랐다. 돌아갈 수는 있을지조차 몰랐다. 그 무저갱의 끝에서 왕녀가 간신히 웃을 수 있던 이유는 단 하나였다.

왕이 자신을 사랑하노라 했다.

그 사실이 너무 웃겨서, 정말 정신을 잃을 듯 웃겨서, 그것만 상기하면 배 속부터 끓어오르는 웃음을 참기 힘들었다. 생 로욜의 궁내부원들은 왕녀가 미친 여자처럼 눈물 흘리며 내는 홍소에 익숙했다.

"너를 사랑한다."

"입 닥쳐."

"내 인생에서 너만큼 아낀 이가 없다."

"헛소리 마."

"왜 내게 이토록 잔인한가."

"나는 절대로 당신을 사랑하지 않아. 지금도, 앞으로도 같아. 내가 당신을 사랑할 사람이라면 이미 당신을 사랑하고 있어야겠지. 지금 안 되는데 왜 나중에는 될 것이라고 생각하나?"

"리타."

"도대체 당신은 내 무엇을 가지고 싶었던 건가? 그리하여 지금 내 무엇을 가졌지?"

"너를 아예 잃느니 그 절반이라도 가져야 했다."

왕녀는 노여움에 덜덜 떨며 왕의 입맞춤을 받았다. 이곳에 있는 것이 내 절반인가. 그 정도나 되나. 미처 몰랐다. 지난 인생이 폭풍처럼 휩쓸려 가고 남은 것은 당신과의 한 해. 한 살짜리 여자였는데 그게 과연 나인가.

꿈에 제 어미가 나타났다. 좀 더 사랑하는 것이 행복이라 했지. 왕녀는 저번처럼 미친년이라 쏘아붙일 수가 없었다. 그런데 넌 그런 어미 말을 무시하고 사랑받는 것만으로도 족하다고 생각했지. 숨을 들이켰다. 그래서 지금 족하겠구나.

깨어났을 때 울고 있었다. 종잇장 같은 정신머리였다. 작은 바람만 불어도 가누기 힘들 정도로 산란한 가슴이었다. 분노와 슬픔, 항상 얻어맞은 듯한 공황 상태. 왕녀는 미쳐 갔다. 자살할 용기도 없어서 차라리 아버지가 빨리 죽어 버리기를, 모국의 계승 내전이 어서 끝나기를 바랐다. 그래야 이 왕이 자신에게서 떠날 수 있을 것이다. 자신은 세상을 떠나고. 왕녀에게는 매일이 악몽 같았다. 절망이 익숙해져 갔다.

그러다 이런 이야기를 들었다.

자신의 배에 아이가 있다 했다.

왕녀는 어머니가 되는 정상적인 기분이 무엇인지 잘 몰랐다. 그래서 공포가 먼저였다.

아이야, 내 죄로 네가 죽을 것이다.

죽게 하고 싶지 않았다. 증오스런 자의 핏줄이었지만 그 이전에 자신과 함께 숨 쉬고 있다는 사실이 더 절실했다. 내 아이. 내 아이. 숨이 막힐 것 같았다. 제 동기들은 이 아이까지 죽일 것이다. 제 배 감싸 안는 불안을 본 왕이 처음으로 왕녀가 바란 말을 해 주었다.

"그 아이는 라르디슈의 왕손이다. 내 아이가 죽도록 좌시하지는 않을 것이다."

왕녀는 가슴 깊이 안도했다. 차분히 생각해 보면 그리 큰 대책이 있던 것도 아닌데 그저 매달릴 곳이 왕뿐이라 그만 믿고 말았다. 악마의 구원을 받았다.

왕은 한동안 왕녀를 건드리지 않은 채 온갖 수발을 들었다. 왕녀는 주변이 보이지 않는 양 제 부른 배에만 집착했다. 자신이 죽고 남길 것이라곤 이 아이뿐이었다. 어미를 기억하든 기억하지 못하든 살아 숨 쉬기만을 바랐다. 아이는 순식간에 제 전부가 되었다.

아홉 달 뒤에 딸이 태어났다. 그 작은 것이 쌕쌕 숨 쉬는 모습은 왕녀에게 큰 기적처럼 보였다. 왕녀는 그 아이의 입을 것, 먹을 것 모두를 제가 챙겼다. 왕녀 자신을 제하고는 그 누구도 아이에게 감히 손댈 수 없었다. 제 남은 목숨을 아이에게 조금씩 흘려 넣어 주는 듯한 느낌이었다.

죽어 살 것이다. 아이야, 너는 나다.

왕녀는 그 아이를 얻고 참 오랜만에, 진심으로 웃었다. 왕은 밟히지도 않았다. 밤도 참을 만했다. 눈에 보이는 것이라고는 아이뿐이었다. 까르륵 세상모르는 웃음소리, 사정 보지 않는 울음, 제 어미에게 매달리는 절박함과 어여삐 보이려는 어리광. 왕녀는 그 모든 것을 사랑했다. 아이의 발에 입 맞추지 않은 날이 없었다. 아이는 왕녀의 삶 그 자체였다. 덕분에 지난 일 년 반 동안 거의 미쳤던 왕녀의 정신이 온전히 돌아오기도 했다. 왕녀는 태어나 열일곱 해 동안 제가 어찌 살아왔는지 똑똑히 기억해 냈다. 그제야 이리 멍청하게 왕에게 붙들려 있는 제 꼴에 웃음이 나왔다. 너는 너의 왕국에 있었던 그 피 말리던 날들을 잊었나. 스스로 겪은 것이 지난 시간을 감당할 수 없으리라 생각지 않았다. 정신을 차리자 자신이 왜 이곳에 있는지 이해가 가지 않았고 인정할 수도 없었다.

그러나 그때 이미 왕녀는 왕을 떠날 수 없었다. 그에게 새로운 애정이 덧대어졌기 때문이라는 허탈하고도 해괴한 이야기는 아니었다. 왕에 대한 증오는 날이 갈수록 새로웠다. 그것은 불변이었다. 그러나 그런 왕은 왕녀의 아이를 지키기 위해 가장 필요한 남자였다. 그가 그 아이의 아버지이기 때문에? 전혀. 그것은 떠올리지도 못했다. 왕녀는 왕과 아이 사이에 무슨 대단한 연관이 있다고 생각지도 않았다. 다만 사람의 땅을 가른 왕국 셋. 그중 하나의 수장이라는 것은 그 권력에 대한 믿음을 주기에 충분했다. 그것을 이용하고자 함이었다.

도망? 애초에 가능한 일도 아니다. 왕녀는 창살 없는 감옥에 살았다. 그러나 천운으로 도주로를 발견했다 하더라도 그녀는 벗어날 수 없었으리라. 왕이 찾아낸다면 다시 끌려오는 것으로 끝날 테지만 친애하는 동기들의 눈에 띈다면 자신은 소리 소문 없이 죽을 것이다. 스스로는 그리되어도 상관없었다. 어차피 여기 있어도 죽음이 족하다. 그러나 아이, 아이. 도저히 제 죄로 그 아이까지 죽게 할 수가 없었다. 보는 것만으로도 너무 절박해서 가끔 눈물이 차올랐다.

아델라이데. 제 목숨의 이름이었다. 아델, 아델. 열아홉 되던 해에 얻은 왕녀의 딸은 정말 눈물 나게 아름다웠다. 스스로 사랑할 수 있겠느냐 자문한 기억이 있었다. 나는 너를 사랑한다. 이 어미를 보고 웃어 주렴. 너무 소중하여 보는 순간순간 울음이 터질 것만 같았다. 자신을 부르던 첫 목소리 잊지 않았다. 첫 걸음마도, 첫 글씨도. 모두 제 망막에 찍힌 듯 선연했다. 왕녀는 아이와 보냈던 시간 중 그 어떤 것도 망각하지 않았다. 심지어 지금까지도.

그러던 와중에 왕국의 왕이 바뀌었다는 소식을 들었다. 아니나 다를까 발터하임부르겐 1세는 제 외조부가 확신을 가지고 지지한 둘째 왕비의 장남이었다. 왕녀는 삼 대째 승리자를 선택하는 것도 참 재능이라 생각했다.

그리고 이제 그 승리자가 자신을 죽일 것이다.

패배한 동기들은 이미 모조리 숄렘 노트란트의 성벽에 걸렸으리라. 사람들은 타성처럼 그 아래를 지나치고 성은 또 아무 일 없이. 그러니 이제 왕녀가 그 마지막 자리를 채울 때였다. 각오했다. 그래도 제 아이를 보았다. 평범하게 살겠다는 결심은 조금도 이루어지지 않았지만 그래도 딸을 보는 기쁨은 누렸지 않나. 족하다 생각했다.

그런데 무언가가 이상했다.

자신이 제 오라비의 승계 소식을 들었을 정도라면 왕이 그것을 알지 못할 리 없고, 오라비 역시 왕녀를 죽이라 닦달하지 않을 인사가 아니었다. 왕녀는 세 살배기 딸을 끌어안고 홀로 불안해 했다. 너무 경황이 없어 무슨 일이 벌어지고 있는지 도무지 사태를 파악할 수가 없었다. 자신을 죽이지 않으면 전쟁이 난다. 고작 여자 따위에 국력을 낭비한다고 라르디슈 귀족원의 노여움이 아주 하늘을 찌를 것이다. 타산적인 왕 역시 그것을 용납할 리 없었다.

그러다 왕비는 자신에게 주어졌던 고향의 두 번째 길을 생각해 냈다. 첫째는 평민과 결혼하는 것, 마지막은 제 아들로 왕위를 노리는 것. 두 번째, 고상한 이와 결혼하여 자식 없이 천수를 누리는 것.

설마 하고 생각했다.

왕은 왕녀에게 약속한 바 있었다. 아이를 지키겠다고 말했다. 왕녀는 그 말을 믿어 공포 없이 딸을 키웠다.

누군가 자신의 품에서 아이를 뜯어 갔다.

정신을 잃었다.

그날 밤 자신에게 돌아온 것은 아이의 붉은 옷뿐이었다.

더 이상 잃을 것이 없다 생각했던 스스로가 바보 천치였다. 옴짝달싹할 수 없이, 그 상태로, 갑갑하게 숨 끊어질 듯한 그 기분으로 멍청히 앉아 있었다. 영원히 죽지도 쉬지도 못하고 계속 아무 감정 없이 지낼 듯 아득한 와 닿음이 있었다.

왕녀는 아이를 낳고 스스로 제정신이라 생각했던 것이 아주 큰 착각이었음을 깨달았다. 왕국에 있을 적의 자신은 아이를 살리겠다는 왕의 말이 허황된 교만이라는 사실을 즉각 지적했을 것이다. 왕국이 왕녀와 왕의 피를 이은 아이를 살려 둘 리가 없다. 그것을 강제할 만한 힘도 부족함이 없었다. 그러나 너무나 멍청하고 둔하고 절박했던 왕녀는 왕의 약속을 신뢰했다. 그것은 불에 달궈지는 듯한 깨달음이었다. 세상에. 내가 왕을 믿었다. 이 내가.

왕녀는 그렇게 아이를 잃고 다시 왕국의 자신으로 회귀했다. 참 길게 돌아왔다. 증오에 남김없이 먹힌 듯 스스로가 곧 고통이었다. 아이를 잃은 날 왕이 찾아왔다. 왕녀는 오열하지도 미쳐 있지도 않았다.

"외르타, 리타. 네게 할 말이 없다."

귓가에 그 남자의 숨소리가 닿는 순간 피가 거꾸로 치솟는 것 같았다.

"그러나 내게는 너만 있으면 된다."

목 졸라 죽여 버리고 싶은 것을 간신히 참았다. 이곳에 선 것은 이제 왕국의 자신이었다. 그런 가망 없는 짓이 이 왕에게는 한 줌 웃음도 안 되리라는 사실을 알았다. 그래서 왕녀는 왕에게 희미하게 미소 지었다. 왕은 왕녀의 차분한 웃음을 처음 보았다. 왕녀가 스스로를 용서하고 현실에 수긍하는 듯하자 왕은 안심했다.

왕녀는 이를 갈며 다짐했다.

너는 내 왕국을 앗아 간 날을 증오로 후회하게 될 것이다.

그것이 진짜 왕국이든 자신의 삶이든 죽은 아이든 아무래도 상관없었다. 그녀는 이제 이 증오가 어디에서 기인하는지조차 잘 알지 못했다. 지옥을 끌어내는 듯한 노여움이었다. 천벌은 네가 가장 행복한 순간에 찾아오리라. 아니, 왕녀는 그것이 '천벌' 이 아니라 생각했다. 하늘이 제 삶의 가장 하찮은 것이라도 도와줄 리 없었다. 때문에 그 천벌을 준비하는 것은 인간의 손이었다.

왕녀는 서서히 왕을 사랑했다. 적어도 그런 것처럼 보였다. 사랑에 빠져 있으면 다들 반쯤은 미치듯이, 왕 역시 왕녀가 드디어 자신에게 눈을 돌리자 다른 것을 따져 생각할 여유가 없었다. 그녀는 전광석화 같은 속도로 왕의 비가 되었다. 왕녀가 왕의 신뢰를 얻는 것은 그가 자신을 사랑하도록 만들었던 것만큼이나 쉬웠다. 손짓 한 번, 눈짓 한 번, 따듯한 말 한 번이면 냉정도 없이 넘어왔다. 소녀 적 아비에게 비굴했던 기억을 잊지 않았다. 그것을 사랑스러운 아내가 되어 행했을 따름이다. 그런 증오를 담은 눈으로도 웃으며 상대를 껴안을 수 있는 사람이었다. 왕녀는 왕에게 입 맞추며 묻고 싶었다. 행복한지. 이제는 만족하는지.

세 번째이자 마지막으로 어머니가 꿈에 나타났다. 다시 너로구나. 왕녀는 미소 지었다. 그래요, 어머니. 결국 깨닫지 못하고 영영 숨 끊어질 듯 절박하게 살겠구나. 아니, 내가 이자에게 마땅한 보복만 하면 족해요. 그 뒤는? 살아 숨 쉬는 것이 차마 미안해서.

일 년이 지났다. 오라비의 왕국과 딤니팔은 단교했다. 왕국이 격렬히 항의했지만 딤니팔은 명확한 이유를 들어 그들의 입을 다물게 했다. 딤니팔과 왕의 나라, 즉 라르디슈의 관계 역시 악화일로를 달리고 있었다. 라르디슈는 베르탕을 비롯한 여타 전쟁에서 대승한 바 있음에도 새로운 마찰에 상당히 고민했다. 비등한 힘을 가진 나라끼리 싸워 제 살을 깎아 먹는 일이 되지 않을까 숙고했다. 그제야 왕녀는 수 년 동안 묵혀 왔던 제 증오를 풀어냈다.

"폐하, 저는 아이를 앗아 간 제 오라비의 왕국을 조금도 원망하지 않습니다. 저를 살리고 제게 폐하를 용납한 그 은혜에 감사할 따름이지요. 그러니 부디 제 친정을 도와주세요. 저는 소녀 적 저를 사랑해 준 제 오라비를 잊지 못합니다. 마음 깊이 위하고 있습니다."

왕을 세뇌시켰다. 자신과 오라비인 발터의 친밀함을 반복적으로, 잊힐 때마다 문득 생각난 듯 적재적소에서, 밤을 치른 뒤의 그 다디단 소리로. 덕분에 왕녀는 제대로 된 확언 한마디 하지 않고도 왕국이 라르디슈와 칼을 함께하리라는 착각을 심어 줄 수 있었다. 왕국 역시 일방적인 단교를 당한 대가로 딤니팔을 침공하리라는, 그러니 앙심을 품은 왕국과 라르디슈가 협력한다면 딤니팔 따위 흔적 없이 쓸려 가리라, 근거도 없는 믿음을 주었다.

그것이 왕녀가 배반한 첫 손이었다. 왕녀는 제 입에서 나온 암시를 결코 믿지 않았다. 발터가 너희를 도울 것이라고? '라르디슈는 게외보르트의 항의에 동의해 딤니팔과 싸우기로 결심했다.' 이에 발터가 보일 반응이라면 오직 조롱의 웃음뿐이다. 물론 라르디슈 역시 그따위 것이 아닌 제 욕심을 차림이지만 그 전쟁에선 내심 우리 더불어 탐욕스러운 것이 어떠한가 제안한 것이다. 단교당한 당신들 자존심도 있으니. 하지만 왕국은 본디 의리가 없었다. 감정도 가졌던 역사가 없다. 앙심? 단교당한 것이 무에 그리 손해인가? 항상 그런 나라였다. 내 딤니팔을 침공하여 얻을 이익이 있다면 기꺼이 너희와 함께하겠지만 너희만의 욕심에 우리가 빌 들일 이유는 없나. 전쟁으로 얻는 이득과 손해를 사뭇 맘낮으로 생각한 뒤 의미 없다 내쳤으리라. 왕녀는 발터가 그리했으리라,

외조부가 그리했으리라 확신했다.

반면에 왕은 자신의 착각을 믿었다. 귀족원도 믿었다. 물론 왕녀의 왕국에 큰 기대를 걸지는 않을 정도의 현실 감각은 있었다. 그러나 그것이 전쟁 발발 이유의 한 축이 되었다는 사실만큼은 부정할 수 없을 것이다.

전쟁을 부추긴 것이 왕녀의 끝일 리가 없었다. 왕녀는 왕의 모든 것을 알았다. 왕이 숨기지 않았기 때문이다. 바깥의 무정함에 질려 새가 둥지를 찾듯 자신에게 들어왔다. 왕녀가 여자로서는 기이할 정도의 열정으로 군사를 물어보았음에도 그저 그러려니 모두 실토했다. 곧 친정親征에 나가는 남편에 대한 걱정이라 여겨 어떤 것도 감추지 않고 정직히 말해주었다. 그것을 가장 잘 아는 사람이 바로 왕녀였다. 왕 스스로가 왕녀에게는 아무런 줄이 없다는 사실을 확신하고 있었으니까. 그 때문에 구태여 거짓을 말할 필요가 없었던 것이다. 실제로도 왕녀에게는, 아무도 없었다. 왕이 왕녀의 일거수일투족을 사람 붙여 감시하고, 그에 접근하는 무리마다 목을 베어 내자 이내 누구도 바라지 않았던 것이다. 철저한 고립이었다. 왕녀는 왕이 내려놓는 기밀을 들으며 외려 그 완벽한 감금에 감사했다. 한 마디 한 마디 송곳으로 새기듯 똑똑히 기억했다.

딤니팔은 라르디슈의 선전 포고에 저토록 강경히 굴 것까지는 없지 않나 조금 당혹해 했다. 그러나 전쟁을 두려워한 것은 결코 아니었다. 왕의 친정이 알려지자 딤니팔은 미라이예로 답했다. 미라이예는 딤니팔에서 더 이상 위로 올라갈 것이 없는 가문. 심지어 왕녀까지도 그 제왕과 같은 하인을 알고 있을 정도였다. 왕은 적의 수장으로 젊은 공작이 만족스럽다 말하며 생 로욜을 떠났다.

그리고 왕녀는 반년을 빌었다. 당신이 전쟁에 나가고 내 당신 자식들에게 괄시당해 살 수가 없다. 죽은 왕비의 자식이라 오만함이 대단하여 나를 대우하지 않는다. 그리움에 미치겠다. 나를 이리 두려나. 당신 돌아왔을 때 나는 이미 외로워 죽었을지도 모른다. 아니, 죽을 것이다. 당신 없으니 이곳에서 살 의미가 없다.

왕은 전장으로 왕녀를 불렀다.

왕녀는 기뻐하며 나는 듯 달려가 왕에게 안겼다.

그리고 그 밤.

"외르타-라르공드. 발렌시아 경께서 부르신다."

외르타는 붉은 천을 꾹 쥐며 일어섰다.

발렌시아의 표정은 아직까지 살인자의 그것과 같았다. 그 잔인함이 벗겨지지 않은 채 깃발 날리는 공터에 맹수처럼 서 있었다. 이내 그 앞으로 외르타가 걸어왔다. 그녀가 제대로 멈추기도 전에 그가 으르렁댔다.

"넌 누군가."

외르타는 방금까지 사람을 죽이다 온 것이 분명한 피 칠갑을 보고도 눈도 깜빡하지 않았다.

"내 이름은 이미 말했어."

"스스로 증명할 수 없는 이름은 재 한 줌의 가치도 없다."

그녀는 분명 전투 자체가 난장판이 되었으리라 생각했다.

발렌시아가 그녀를 완벽히 무시할 수 없다는 사실은 외르타도 잘 알았다. 그러나 그렇다고 완벽히 믿은 것도 아니었을 터, 이도저도 아닌 어정쩡한 편제가 되었으리라. 딘니팔은 그녀의 말이 사실로 드러난 뒤에야 급히 고시를 돌렸을 것이고, 라르디슈는 어쨌든 자신들의 기습 공격에 대비한 딤니팔에 당황했을 것이다. 두 쪽 모두 갈피를 못 잡고 우왕좌왕하다 양날의 칼처럼 소란스레 죽이고나 왔으리라. 그 혼란에서 군사를 제대로 돌린 발렌시아에게 새삼 감탄이 일었다. 서른이나 되었을까 싶은 자인데 역시 사자 새끼는 사자라 이건가.

그녀는 그녀다운 겸손함으로 말했다.

"내 덕에 참패를 면하고도 지껄이는 것이 꼭 그 모양인가."

발렌시아는 저를 따른 기사에게 몸에 든 알 수 없는 무기들을 넘기며 말했다.

"증명해라."

외르타는 스스로를 증명할 것이 없었다. 오로지 몸만 빠져나왔다. 아무리 왕비라 하나, 생 로욜을 벗어난 여행길, 더군다나 급박한 전쟁터에서 화려한 옷을 입었을 턱이 없다. 지금 자신이 걸친 것은 물론 평민의 옷이 아니었지만, 적어도 어느 정도 소박하고 거동이 편한 옷이었다. 왕비의 품위를 차리겠노라 시녀들이 목숨 걸고 들고 온 왕실 복식도 사실 외르타에게는 무용한 것이었다. 애초에 왕가의 품위를 보여 주어야 할 군사들 앞에 자신이 나설 필요가 없었을뿐더러, 여행 끝나고 즉각 왕의 시중을 들어 옷을 갈아입을 여유조차 없었기 때문이다. 그녀는 왕의 침대에서 도망쳤다.

외르타는 친절히 말했다.

"라르디슈의 왕실이 사치에 도가 텄다 한들 설마 전쟁터에서까지 애들 장난을 치겠나? 나는 이곳에 도착한 것이 고작해야 달포 전. 그 뒤로 왕실 의복을 입은 일이 없다."

"증명을 하게 해 준다 해도 싫다, 네 말을 믿지 않겠다 해도 싫다?"

"아! 나를 증명할 방법이 하나 있긴 하군."

발렌시아는 드디어 잡다한 무장을 다 풀어냈다. 남은 것은 허리의 칼뿐이었다. 그녀는 그 흰 칼집을 바라보며 말했다.

"날 전장에 내보내 봐. 리오넬, 아니 로크뢰 1세가 만사 제치고 올 거다."

그가 인상을 찌푸렸다. 그녀는 저 남자가 평생 웃기는 할까 하는 생각이 들었다. 발렌시아 옆에서 어제 자신을 향해 칼을 들었던 기사가 무어라 말했다. 발렌시아가 답했다. 남자는 예를 표하고 물러났다. 곧이어 다른 기사가 달려와 톨레도 경께서, 경께서……, 하고 흥분하여 발렌시아에게 뭐라 외쳤다. 군 용어의 남발이었다. 외르타는 그것을 알아듣고 있는 자신이 신기했다. 왕을 재촉하여 온갖 설명을 들어 왔으니 당연한 일이기도 했다. 발렌시아는 한숨 쉬며 고개 저은 뒤 다시 그녀를 바라보았다.

"네가 진짜 왕비라면 많은 이들이 너의 얼굴을 알 것이다. 첩자가 있음을 알리는 일이 되리라."

"아니. 그들이 무슨 정보가 넘어갔는지 추측할 수 있는 시간보다는 왕의 광란이 더 클 거다. 실보단 득이 많아."

"네 말이 진짜라고 가정한 바 있으니 그것도 진실이라 치자. 그러나 다른 것을 차치하고라도 전장에 나가겠다니, 너 죽고 싶나?"

그녀는 그의 말에서 제 계획의 다른 방향을 찾아냈다. 외르타의 얼굴이 기쁜 듯 빛났다. 흥분했다.

"오, 그래. 그것도 괜찮은 것 같다. 로크뢰를 죽이기보단 그 앞에서 배신한 내가 죽는 게 더 나을 수도 있겠어."

발렌시아는 제 앞에 선 여자를 그냥 즉처하고 고민 끝내자는 시선이었다. 참 진절머리 난다는 얼굴이다.

"나를 조롱하지 마라."

"뭐? 내가 언제 당신을 조롱했니. 배신자란 표지를 몸에 붙이고 나가면 딱 알맞게 죽을 몸인데."

“전쟁터가 장난인가. 하루에도 수백 수천씩 목숨을 잃는 곳이다.”

“날 위해 전투하라 한 적 없어. 벌어질 때 옆에 끼워 주기만 하면 될 것 아닌가.”

발렌시아는 도무지 답이 나지 않는다는 듯 고개를 저으며 손짓했다. 외르타는 또 나무토막처럼 질질 끌려가면서 짜증스레 투덜댔지만 그녀는 이미 들리지도 않을 만큼 멀어져 있었다.

그는 아직 피가 제대로 닦이지도 않은 제 칼을 꺼내 종기사에게 맡겼다.

“전령 불러.”

“이미 이 자리에 있습니다.”

그는 체세나에게 깃펜을 받았다. 전광석화 같은 속도로 높은 탁자가 운반되고 그 위에 종이가 놓였다. 발렌시아가 깃펜을 쥔 제 손을 내밀자 누군가 그 자리에 잉크를 담뿍 묻혀 주었다. 그는 달필로 써 내려갔다.

라 딤니파 카타름 생로 자카리 디본도네 이니고 산테카를로, 모든 딤니팔의 수장, 오스페다의 성주, 잉그레의 지고한 주인, 눌라레의 후예, 알론조 캄비의 수호자.

끔찍하게도 긴 이름에 끝이 보이지 않을 정도로 많은 별명이었지만 그는 무표정한 얼굴로 빠르게 기록했다. 쓴다기보다는 기록한다는 말이 더 맞을 정도의 타성이었다. 그러나 그것도 잠시, 그의 펜은 단지 왕의 명칭만을 담은 뒤 뚝 멈췄다. 그는 산만하기 짝이 없는 전투 직후의 군영 앞마당을 보며 한숨을 쉬었다. 발렌시아는 조금 소리 높여 말했다.

“라르디슈에 대해 아는 이 없나?”

애초부터 그의 주변에 소란이 날 리 없건만 이제는 다들 움직임까지 멈춘 채였다. 미동도 없다. 당신께서 제일 잘 아시지 않느냐는 당혹스러운 침묵이었다. 발렌시아는 깃펜에 묻은 잉크가 떨어질락 말락 한 것을 보고는 탁자 바깥으로 툭툭 털어 냈다.

“군 사정 말고 내정 말이다. 만일 저 여자가 정말로 라르디슈의 왕비일 경우, 그 배반의 이유가 있지 않겠나.”

“전 왕비 소생 쌍둥이 아들이 있습니다. 전 왕비는 왕계를 봄과 동시에 산고로 사망했습니다. 로크뢰 1세는 후계가 확실하여 위기감이 없었는지 거의 십 년간을 홀로 지냈다 합니다. 그리고 새 왕비를 일 년, 아니 이 전쟁 기간까지 합치면 이 년 전에 맞았다고 들었습니다.”

“게외보르트의 왕녀라 합니다. 발터하임부르겐 1세의 막내 누이라는데 다들 나이 대가 비슷비슷했나 봅니다. 발터하임부르겐도 왕비도 저리 젊은 것을 보니.”

발렌시아는 눈살을 조금 찌푸렸다.

“체세나 경, 입조심하라. 누가 왕빈가? 아직 아무것도 증명되지 않았다.”

“하지만 경.”

체세나 역시 아직 피투성이였다. 이 자리에서 발렌시아보다 흉흉해 보이는 자를 찾으라면 그뿐이었다. 중앙에서 라르디슈의 육전대 — 기사를 정통으로 맞은 까닭이다. 사실 오늘 입은 피해도 가장 컸다. 상처뿐인 동률이라 했건만, 딤니팔의 ‘상처’는 모두 중앙에서 나왔던 것이다.

“그녀의 밀고로 산 것이 응당 저희 중앙입니다. 오늘도 평소처럼 왕명에 대기하여 말의 힘을 비축했다면, 왼 날개의 반이 대기조였다면 저는 이 자리에 남아 있지 못했을 겁니다. 전멸이 자명했습니다.”

“저 여자가 라르디슈의 군영 내에 있었겠느냐 물으면 이제는 나도 수긍한다. 하지만, 왕비라?”

“말 위에 탄 건 육전대가 맞았습니다. 칼질하는 모양새가 달랐습니다. 아니…… 칼 자체가 달랐습니다. 대번에 알아볼 수 있지 않습니까. 도대체 어디의 어떤 미친 기사가 쌍검이나 갑옷도 못 뚫을 세검을 들겠습니까? 짠바람 맞으며 고상치 못한 패싸움을 하던 무리입니다. 그런데 고작해야 시녀나 군대의 창부가 이런 이야기를 알 수 있었겠습니까? 육전대라는 이름도 기억하지 못했을 겁니다. 고위층이 아니었다면 그 자세한 정보를 얻을 구석이 없습니다. 저는 그 여자를 믿습니다."

목숨을 받았다 생각함인지 그 신뢰가 퍽 굳건했다. 그러나 발렌시아는 항상 불신을 곁에 두고 서야 하는 사람이었다. 그는 그 설득력 있는 흥분에도 전혀 수긍하지 않았다.

"너는 여자를 무시함이 대단하다. 시녀나 창녀라고 귀가 없을까? 군영에 있을 시 얻어듣는 것이 만만치 않을 것이다. 작정하고 위장하려 든다면 알 방도가 없다."

"……."

"도대체가 저 여자는 군을 애먹이기가 어찌 이 모양인가. 진정 왕비라면 스스로를 증명할 물건 하나쯤은 들고 와야 하지 않나."

"하지만 만일 그런 것이 있어 경께 건넸다 하더라도, 경께선 훔친 물건이라 단정하셨을 겁니다."

차분히 말을 받은 것은 톨레도였다. 서른 중반 전후의, 대단히 온화한 얼굴. 어느새 다시 돌아와 발렌시아 옆에 서 있었다. 발렌시아는 대답하지 않았다. 그는 개의치 않고 제 말을 이었다.

"발렌시아 경. 경께서 믿지 않기로 판단하셨다면 그 어떤 증거에도 불신은 필연입니다. 그러니 저는…… 일선에서 싸운 사령부의 동요대로…… 조금쯤 아량을 두는 것이 낫지 않겠나 생각합니다, 저 여자에 대해. 어쨌든 저 여자 덕분에 오늘 왼 날개가 전부 차출되었지 않습니까. 사정을 모르는 군사에게야 그것이 총사님의 천운이 따른 결정 같겠지만 저희는 그것이 여자의 입에서 나왔다는 사실을 압니다. 존중해 주어야 할 필요가 있습니다.”

“경.”

“사실 오늘 중앙은 전멸했어야 옳습니다.”

가장 불쾌해야 할 체세나가 외려 적극적으로 고개를 끄덕였다.

“발렌시아 경께서 도저히 아실 길 없던 라르디슈의 철저한 준비였습니다. 저희가 전사했더라도 영문을 모를 뿐 결코 경을 원망하지 않았을 겁니다. 오늘 중앙이 살아남은 것이 그만큼 말이 안 되는 일이기 때문입니다.”

“그러나 그 생존을 가능케 한 것이 운이라 하지는 마라? 저 여자가 왕비든 시녀든 누구든 우선은 배반의 대가를 치르라는 건가?”

“예.”

발렌시아는 그것에 반대할 이유가 없다고 생각했다. 지위 고하에 상관없이 정보의 값을 치르라는 것과 그녀를 라르디슈의 왕비, 공식 망명 귀족으로 대우하여 모든 군 정보를 받을 준비가 되었느냐는 것은 천양지차이다. 싸우기만 하면 되는 저 가문의 자손들에 비해 자신은 더 큰 울림까지 생각해야 했다. 군대를 이끄는 제 품으로 도주한 적의 왕비라니. 그에 얹힌 정치적 무게로 이 군대가 전멸하리라.

“톨레도 경.”

“예.”

“네가 맡아라.”

“예?”

“저 여자, 네가 맡아라.”

톨레도는 완연한 거절의 표정을 지었다. 정말 싫어 죽겠다는 얼굴이라, 그 옆에 선 체세나가 픽 웃었다.

“명령이다.”

"예……."

발렌시아는 그처럼 일을 떠밀어 놓고 다시 흰 종이를 들여다보았다. 문득 자신이 무엇을 하고 있었는지 상기했다.

"본론으로 다시 돌아가서, 그 정보라면 나도 안다. 기본적인 것 아닌가. 그 이상은?"

"경. 미라이예의 수장께서 그것을 저희에게 물으시면……. 십이공회의 내용은 딤니팔의 기밀입니다."

"난 정식으로 공작위를 계승한 지 채 반년이 안 되었다. 그것을 아는 너희들이 내게 십이공회에 대해 묻는다면 참 염치가 없는 것이다."

자멘테 경이 고개를 숙였다. 발렌시아는 그를 조용히 보았다. 그의 어미가 십이공회의 일원이라. 하지만 그것은 부모와 자식 사이에도 흘러나갈 수 없는 비밀이었다. 자신 역시 부친께서 살아 계셨던 때 단 한 번도 십이공회의 내용에 대해 물은 일이 없었다. 물론 아버지께서 먼저 말씀하시지도 않았다.

"정보라기보다는 질문 하나만 올리겠습니다. 저 여자가 라르디슈의 왕비이며 동시에 게외보르트의 왕녀라면 도대체 어떻게 살아 있는 겁니까? 대단히 오래된 일이기는 하지만 게외보르트는 딤니팔의 왕손까지 본국 왕녀의 자식이라 해서 죽인 일이 있지 않습니까. 선왕의 핏줄을 살려 두는 데 경기까지 일으키는 나라입니다. 여자라면 그나마 살 확률이 높지만 어쨌든 자식을 낳으면 같이 죽을 겁니다. 그런 왕녀가 어찌 왕손을 생산해야 하는 왕비 자리에 앉아 있습니까?"

발렌시아는 이런 질문까지 나오자 정말 수하들이 아는 것이 없구나 싶어 한숨이 났다. 그나마 자신이 가장 해박할 것이다.

"네 말이 옳다. 게외보르트 왕의 누이는 평민의 자식이 아니고서야 결코 아이를 낳을 수 없다. 그러나 로크뢰 1세에게는 벌써 스물이 가까운 아들이 둘이나 있다. 전 왕비가 낳은 쌍생아. 후계에는 큰 걱정이 없으리라. 게외보르트와 혈연적 협력을 맺기 위해 그리했든 제가 마음이 있어 그리했든 왕녀에게 아이를 보지는 않을 것이다……. 확실히 그쪽에 대해서는 아무도 모르는 것 같군."

그는 마른 깃펜을 다시 잉크에 찍었다.

배계拜啓. 폐하의 충실한 신으로서 딤니팔의 군사를 총괄하는 발렌시아 마조레 기지 얀 미라이예가 봉서 올립니다. 듀아네일력 550년 9월 27일 새벽, 군영에 무단 침입한 신원 미상의 여자에게 라르디슈가 당국의 육전대로 기마대를 편성, 그 수가 대략 4개 대대 1,500명 증강되었다는 중한 정보를 받았습니다. 같은 날 회전에서 그 사실을 미리 알지 못했다면, 신이 미욱한 까닭에 딤니팔 중앙은 끝내 살아남지 못했으리라 생각합니다.

밀고한 여자는 자신이 외르타-라르공드, 즉 로크뢰 1세의 비이자 발터하임부르겐 1세의 누이라 주장했습니다. 인상착의는 갈색 머리,

발렌시아는 문득 자신이 그녀의 눈 색을 기억하지 못한다는 사실을 깨달았다. 그는 차마 주변에 그것을 물어보기가 민망하여 홀로 곰곰이 생각했다. 역시 아무 빛도 떠오르지 않았다. 그 타오르는 시선은 기억하는데 정작 빛깔은 명확치가 않았다.

"눈도 갈색입니다."

조금 주저하다, 체세나가 뒤에서 말했다. 발렌시아는 다행이라고 생각하며 받아썼다.

갈색 눈, 작은 키의 여윈 여자입니다. 혹 잉그네에 초상화가 있다면 신원 확인을 위해 군에 보내 주십시오.

만일 없다면, 더불어 초상화가 있어 여자의 인상착의와 일치하더라도, 폐하께서 여자에 대한 군의 신뢰 여부를 가려 주십시오. 제가 여자의 말을 듣고 판단한바, 여자가 진실로 로크뢰 1세의 비라면 군에 고할 정보가 이보다 많으리라 믿습니다. 그러나 첫째, 군이 여자의 배반 이유에 무지하고 둘째, 그럼으로써 여자의 셈이 무엇인지 가늠할 수 없으며 셋째, 한 사람의 정보에 좌지우지되는 사령부가 믿음직스럽지 못한 까닭에 군의 신뢰에는 큰 신중함이 필요하리라 생각합니다.

여자가 왕비가 아닌 것으로 드러날 시에는 군에서 처분을 결정하겠습니다.

신 딤니팔군軍 총사령관 발렌시아 마조레 기지 얀 미라이예 하감下鑑.

보는 사람의 속이 울렁거릴 정도로 감정 없는 서신이었지만 뒤에서 잉크를 들고 대기하던 체세나는 배부른 표정을 지었다. 참 아름다운 글이 아닌가 하는 만족이었다.

발렌시아는 똑같은 내용을 다른 종이에 베껴 썼다. 그가 손을 내밀자 이내 그 손에는 인주가 얹혔다. 반듯이 접힌 종이 가장자리로 붉은 촛농이 떨어졌다. 피가 점점이 굳어 있는 손이 그것을 꾹 내리눌렀다. 역시 두 번이었다. 전령이 다가와 서신 하나를 받아 든 뒤, 예를 표하곤 쏜살같이 사라졌다. 발렌시아는 남은 한 장의 서신을 체세나에게 넘겼다. 그 역시 경례 후 어디론가 떠났다. 전서구에 서신을 묶으러 간 것이다. 새라면 왕도에 도달하기까지의 기간이 보름 정도일 터, 그러나 직접 달려서는 달포쯤 걸리리라. 빠르면 빠를수록 바람직한 군이지만 혹시 몰라 전령에게도 얹혀 보냈다. 그는 그처럼 '서신에 있는 여자'를 처리한 뒤 '제 곁에 있는 여자'도 수습하기로 했다.

"톨레도 경."

"……예."

"여자를 총사의 막사 옆으로 옮겨 감금해라. 네게도 가까우니 편할 것이다."

"……예."

"무슨 일이 있을 시에는 누구를 거칠 필요 없다. 즉각 내게 보고하라. 총사령관 직속으로 넣어 두겠다."

"……예."

"그런데 경, 어디 불쾌한가?"

"……."

지독히 오래 묵은 듯 거대한 원탁이었다. 마호가니가 가벼이 보일 정도로 짙은 흙빛은 마치 썩기 직전 시간이 멈춘 것처럼 보였다. 의자 역시 그와 재질이 다르지 않았다. 검고, 딱딱하고, 투박하다. 누구든 언뜻 보고는 쓸모없는 골동품이라 판단할 것, 어느 연회장에 슬쩍 놓았다가는 큰 경을 치고 그 시종이 모진 매를 맞을 것이다.

그러나 이 딤니팔에서 그 위엄을 넘을 수 있는 물건은 얼마 없었다. 십이공회의 일원만이 앉을 수 있는 눌라레의 원탁. 육백 년 전부터 그 자리에 있던 굳건한 나무였다. 왕국에서 가장 강대한 열두 귀족만이 감히 저 의자에 앉을 수 있었다. 건국 당시부터 지금까지 한 번도 빠진 일 없이 십이공회의 표지를 지니고 있는 가문은 오로지 넷. 왕국 유일의 공작가 미라이예, 동남부의 파수 그나시오 백伯, 딤니팔의 혈관 알로지아드 가도의 톨레도.

그리고 그 주최사인 왕.

"자, 이거 봐라."

서른이나 되었을까 싶은 얼굴 벌건 청년이 제 앞에 넓은 지도를 펼쳐 들고 있었다. 미라이예와 그나시오가 직접 전쟁에 나서는 바람에 십이 공회의 귀족들은 지금 단지 열 사람뿐이었다. 왕까지 포함한다면 이 자리에 있는 열한 명 중 유일한 여성인 자멘테가 퉁명스레 말했다.

"포티미외의 지도라면 지금 제 품에도 네 장 있습니다, 폐하. 전략 회의는 마땅히 발렌시아 경께서 하실 겁니다. 십이공회에 지금 그것이 필요할 리가 없습니다."

왕은 들은 척도 하지 않고 깃펜을 찍어 지도에 선을 주욱 그었다. 어찌나 대중없이 그었는지 지도가 북 찢어졌다. 왕의 젖형제인 브레타냐 백이 이마를 짚었다.

"전쟁 끝나면 여기 모두 왕실령이다."

즉각 얼굴이 시뻘게진 데군다 백이 언성을 높였다.

"폐하! 지금 전쟁에 희생되는 땅도 소신의 영지, 피해 보는 신민도 소신의 책임, 여태껏 라르디슈에 감시의 눈길을 늦추지 않았던 자도 오로지 남부의 데군다뿐입니다!"

"농담이었네, 백작. 정신 차리게."

데군다는 의심의 눈길을 늦추지 않은 채로 고개를 숙였다. 왕은 머리를 낮춰 지도를 보려다 그것이 찢어진 것을 알고는 허 하는 소리를 냈다. 왕이 지도를 내팽개치더니 말했다.

"자멘테 후侯. 짐에게 지도 하나만 주게."

"제 것은 안 됩니다."

"왜? 짐 몰래 역심이라도 품고 있나?"

"너무 작습니다. 여인 품에 네 장이 들어갈 정도니 짐작하실 수 있으리라 믿습니다."

"이런 젠장."

왕은 허리 굽혀 찢어진 지도를 다시 높이 들었다. 가로로 난 큰 길 사이로 왕의 새파란 벽안이 보였다.

"앞으로 넉 달 동안 이 선을 못 넘으면 종전한다."

큰 반대는 없었다. 특히 서부의 귀족들이 만족스러운 표정을 지었다. 그중 하나인 브레타냐가 질문했다. 아니, 질문하려 했다. 그러나 왕이 그의 질문보다 먼저 분통을 터뜨렸다.

"야! 그대들은 왜 아무도 반대를 안 하나? 아니, 동부 원정이 그리 성공적이었는데 같은 사람이 맡은 포티미외는 이리 지지부진하단 것이 말이 되나?"

"폐하, 저조차 충분히 만족하고 있습니다. 공작께선…… 아니, 발렌시아 경께서는 하실 만큼 하신 겁니다."

남부의 데군다가 말했다. 남부 국경의 절반에 걸쳐 길게 나 있는 그의 영지 탓에 이번 전쟁에 가장 날카로웠던 자, 라르디슈가 먼저 선전 포고를 하기 전까지는 화장실도 못 가고 있다는 농담이 있었고, 선전 포고를 받은 뒤부터는 매일을 뜬눈으로 지새워, 자네 벌건 눈 어쩌나 하고 놀려도 대꾸 없이 황망하게 지나갈 뿐인 사람이었던 것이다. 그런 귀족이 만족할 정도니 발렌시아는 그래도 상당히 선전한 셈이었다. 그러나 데군다는 단지 만족하고만 있는 것이 아니었다.

"폐하, 로크뢰 1세의 친정입니다. 그만큼 상대가 전력을 다하고 있다는 거지요. 군사도 우리가 일만이나 적었습니다. 그런 상대에 맞서 국경을 밀어내고 있다니요? 폐하. 지금 당장 전쟁이 끝나도 폐하께선 공작께 '산테'를 내리셔야 할 겁니다. 제가 발 벗고 나서겠습니다."

"데군다 백?"

"폐하 . 데군다 백작의 말씀이 옳습니다. 아무리 그래도 라르디슈와 농부를 비교하시는 것은 심하지 않습니까."

자멘테가 한숨으로 말했다.

"동부는 우리 딤니팔의 십분지 일도 되지 않는 지리멸렬한 소국들의 합종연횡, 희한하게도 매 대마다 걸출한 연합 사령관이 나와 그렇지, 이 강대한 딤니팔이 손가락 튕겨 죽이지 못하는 것이 이상할 정도로 사소한 지방입니다."

"하지만 바로 '그' 발렌시아 경이 있어 동부에 무타스 디무어가 버티고 있다는 사실을 몰라도 됐던 거다. 젠장, 그 천재나 라르디슈나. 비등비등하지 않나."

"무타스라면……."

"저번…… 저번이라기엔 좀 되었지만……. 아무튼 저번에 선출된 십오 개국 연합 사령관이네."

"아, 그자. 여자라 놀랐지. 나이에는 더 놀랐고."

"아무튼 간에! 진짜 종전한다? 종전해도 좋냐? 먼저 하자 그러면 지금 그나마 차지한 이 땅도 죄 빼앗길 텐데? 자존심도 상하고!"

"종전한 그대로 군대를 서쪽으로 돌려 주십시오."

방금 전 질문이 막혔던 브레타냐였다. 그는 분이 삭지 않는다는 듯 재차 말했다.

"게외보르트에게 이 년 전의 무례를 탓해야 합니다. 저희 서부에 있어서는 단교 따위로 끝날 일이 아닙니다."

"짐은 종전 얘기 중이었는데……. 그건 좀 참아 봐. 머리 아프다."

"폐하! 저들 때문에 서부 영주들의 목이 '날아' 갔습니다! 아니! '때문에' 라는 고상한 말을 써 줄 가치도 없지요! 직접 죽인 겁니다!"

"참 저쪽도 멍청하단 말이지. 의심만으로 타국의 영주를 그리 살해해도 되나?"

"이처럼 우리가 묵묵히 대응하지 않는다면 저자들은 멍청한 것이 아니게 될 겁니다. 왕의 동기를 얼마간 지원했다고 해서 딤니팔의 영주를 모살하는 것은 도저히 이치에 맞는 일이라 볼 수 없습니다. 과거의 잘못을 치죄하지 않는 것은 미래에 또 다른 범죄의 소지가 될 수 있습니다."

역시 서부에 위치한 자멘테였다. 그때 그녀의 친족이 죽었다. 때문에 그 목소리는 더욱 살벌했다. 왕은 어쩌지도 못한 채 초조해 하다가 지도를 확 아래로 끌어내렸다.

"하지만 명분이 없네."

"서부 영주들이……."

"너무 오래 지났어. 그 사건이 일어나고 단교한 뒤 즉각 전쟁에 뛰어들었으면 좋았겠지만 그땐 라르디슈가 미쳤지 않나. 아니, 지금도 미쳤군. 도대체 무슨 생각으로 딤니팔에 선전 포고를 한 건가? 짐은 아직도 이해가 안 가. 가끔 오밤중에 발로 이불을 차며 화낸다니까."

"명분이야 만들면 됩니다! 폐하께서도 실은 의중에 게외보르트와 전쟁을 치르고 싶으신 것 아닙니까?"

"뭐?"

"그렇지 않으시다면 지금 우리에게 큰 피해가 없는 포티미외에서 구태여 물러날 필요가 없지 않습니까."

"짐은 그저 십 년 넘게 왕도에 엉덩이 붙일 일 없는 공작이 안쓰러워서……."

왕은 그리 웃다가 서부 귀족들의 표정을 보고는 미소를 뚝 멈췄다. 저 피도 눈물도 없는 것들. 자신이 만일 대對게외보르트전을 치른다 하면 또 발렌시아 경을 총사로 내세우라 득달같이 달려들 것이다. 그가 서면 회전의 승률이 갑자기 한 구십 정도로 올라가니까. 왕은 더 이상 의뭉을 떨었다가는 서부의 눈빛에 갈꽃이기 되리라는 사실을 깨닫고는 한숨서범 실토했다.

"요를림."

누군가 큰 기침을 몇 번 했다.

"지금은 그게 중해. 자존심 좀 상한다는 이유만으로! 지리하게 포티미외에 밑 빠진 독처럼 돈 부으며 붙어 있을 수가 없네."

"……그리고 라르디슈 또한 그 사실을 알고 있겠지요."

동부의 톨레도가 고개를 저으며 말했다.

"그들 역시 딤니팔이 내정에 바쁘다는 사실을 인지하고 있을 겁니다. 지지부진한 전황에서 먼저 협정을 제안하는 것은 곧 패배를 인정하는 것이나 마찬가지니……. 본때 있게 뜯길 테지요. 그것은 자존심 이상입니다."

데군다가 갑자기 겁먹은 표정이 되었다.

"데군다, 데군다 백. 미안하고…… 다행한? 이야기지만 그들은 백작의 영지에는 관심이 없을걸세. 폐하, 라르디슈로서는 게외보르트에 빚을 지우고, 건방진 딤니팔을 혼냈다는 인상을 줄 수 있는 전쟁입니다. 그리고 가장 큰 것, 사막의 지분을 요구할 겁니다. 진정 이만한 피해를 감수하고 군대를 물리실 겁니까?"

물론 톨레도는 이미 답을 알았다. 왕은 단 일 초의 주저도 없이 입을 열었다.

"그래."

침묵.

"더불어 게외보르트도 향후 몇 년간은 잡아 족칠 여유가 없다."

서부 귀족들을 제한 모두가 수긍하고 있었다.

"요를림의 뿌리를 뽑아 버려야 한다. 그것은 너희의 목을 벨 것이다. 라르디슈는 나중에라도 잡을 수 있어."

왕이 일어섰다.

"가장 최신의 전황 보고를 가져오는 자에게 종전 협정에 대해 알려두겠다. 앞으로 넉 달. 그뿐이다. 회의 끝. 식사하러 가라."

'어머니!'

아델.

'어머니이! 엄마! 엄마! 엄마악!'

아델.

'놔!'

아델.

'아아아악!'

시야에서 사라졌다. 누군가가 자신을 때리고 있었다. 주먹으로 얼굴을 맞자 정신이 아찔하여 비척비척 옆을 부여잡았다. 그러나 그뿐, 다시 한 번 맞고 결국 쓰러졌다. 가슴을, 배를 사정없이 걷어차였다. 그 힘이 너무 강해 까무룩 정신을 놓았다. 실제로 두들겨 맞은 듯 속이 욱신거리고 머리도 어지러웠다.

눈을 뜨니 천장이었다. 그러나 딱딱한 천장은 아니었다. 천막이다. 외르타는 숨을 삼키며 일어나 옆에 놓인 붉은 천을 단단히 잡았다. 왕 앞에서 목 놓아 울게 될까, 그 아이를 애도하고 제 선택을 후회한 것처럼 비칠까 두려워 수년을 담금질한 까닭에 이제는 그저 답답할 뿐이다. 꿈을 꾸어도 지금은 다만 멍하니 팔목이 쑤시고 배 속이 우글거릴 따름이었다. 결코 목 위로 올라오지 않는 흥분이었다. 그러나 그래서 잊었으랴?

그럴 리가.

단 하루도 잊지 않는다. 그저 둔해지고, 무뎌지는 것뿐이다. 살아 있는 동안 지치지도 않고 출몰할 것이다. 어느 기억의 골목에서든 반드시. 왼 모퉁이를 돌아도, 오른 모퉁이를 돌아도 꼼짝 못한 채 그것과 마주할 수밖에 없으리라. 그나마 정신을 차리고 있을 때만큼은 제 냉정을 찾는 것이 천만다행이었다. 평소에도 과거와 현실을 구분하지 못한다면 그것은 그저 미친 여자가 아니겠는가. 외르타는 누구에게나 멀쩡해 보였다. 그러나 꿈은…….

왕을 만나고 첫 한 해는 꿈속에서 산 것과 마찬가지였다. 잠들었을 때만이 평화였다. 아델을 보고 난 뒤에는 그 평화가 조금씩, 분명하게 현실로 침식해 들어왔다. 그러나 그 아이가 죽고, 고통은 순식간에 역류해 꿈까지 들이닥쳤다. 밀물처럼 들어와 다시는 나가지 않았다. 자는 것도 눈뜬 것도 모두 괴로움이었다.

잠을 자면 이내 그것은 현실인지 꿈인지, 과거인지 현재인지 구분할 수 없는 하나의 이야기가 된다. 맞거나, 찔리거나, 때리거나, 부딪히면 아팠다. 만지거나, 닿거나, 스치거나, 미끄러지거나, 긁으면 느껴졌다. 꽉 쥐이거나, 불에 휩싸이거나, 묻히거나, 갇히면 숨이 막혔다. 먹으면 맛이 느껴지고 맡으면 향이 느껴졌다.

그런데 꿈이었다.

우스운 것은 그 꿈이란 것이 온통 제 과거라는 점이었다. 상상의 실현이라면 신기하기라도 하지, 제가 겪은 것은 아주 진부하고도 고통스러운 경험에 불과했다. 덕분에 그녀는 잠들 때마다 절망에 가깝게 실망하고 있었다.

물론 엄밀히 말하자면 과거와 제 꿈에 다른 부분이 없지는 않다. 꿈에서는 어떤 잔인한 옛날을 다시 겪어도 끝이 같았다. 끝이 같다는 점이 현실과의 차이였다.

그 이야기의 끝에서는 자신이 죽는다.

예컨대 방금도. 아델이 왕실 적색대에게 끌려가고 자신은 애써 정신 차려 그것을 말리려다, 주먹질에 맞아 죽었다. 엊그제는 같은 장면에서 창에 찔려 죽었는데. 어쨌든 또다시 꿈인 줄도 몰랐다. 거짓과 현실은 언제나 한 쌍인 듯 어울려 그녀의 눈을 가렸다. 깨어난 직후에는 항상 죽을 때의 감각이 남아 있었다. 마치 무덤에서 새로 태어난 양, 제게는 이전 죽음의 기억이 벌레처럼 다닥다닥 붙어 있었다. 아니, 배에 꽂힌 칼처럼 박혀 있다. 혐오보다는 아픔, 기억이라기보다는 경험이다.

꿈이 현실적이니 죽음도 현실적일 수밖에. 꿈에서 칼에 찔리면 깨어나선 상처 부분이 끔찍하게 아렸다. 익사당하면 제대로 숨을 쉴 수도 없었을뿐더러 심지어 허파까지 욱신거렸다. 맞아 죽으면 실제로 어딘가에 멍이 들어 있고 온몸이 쑤셨다. 깨어나면 죽음이 너무 고되었다. 지금껏 적어도 수천 번은 죽다 산 것 같다.

요새는 더욱 사태가 악화되었다. 꿈 하나에 죽음 하나가 아니었다. 어느 날, 그녀는 죽음 하나에서 깨어났다. 몰랐는데 여전히 꿈속에 있었고, 또다시 죽었다. 다시 몰랐는데 여전히 꿈이었고, 또다시 죽었다. 여전히 몰랐는데 네 번째 꿈이었고, 거듭 죽었다. 꿈인지 몰라서 깨어나려 노력할 수도 없었다. 옴짝달싹 못한 채 몇 번이나 난자당했다.

외르타는 잠에서 깼다.

다시 눈을 뜨자 또 같은 천장이었다. 이런. 웃음이 났다. 이것도 꿈인가. 정신이 이토록 또렷한데 비몽사몽으로 스스로를 표현해야 한다니 불쌍하지 않은가.

"외르타-라르공드."

조금 떨어진 곳에서 목소리가 들렸다. 그녀는 이불도 덮지 않고 대자로 누워 있던 자신을 일으켰다. 꿈인지 꿈이 아닌지 파악하려고 무신 애를 썼다.

"네 지위가 무엇이든 딤니팔 총사령관의 이름으로 네게 감사를 표한다. 너로 인해 오늘 군의 중앙이 살았다."

이런. 아직 꿈이로군. 저 남자가 나에게 기꺼운 말을 할 리 없지 않나. 그녀는 다시 털썩 누웠다. 눈도 감았다. 다시 자야지 깰 수 있을 테니까. 내가 누우면 저 남자가 찔러 끝을 내려나?

"만일 네가 라르디슈의 왕비가 아니었다 하더라도 군을 능멸한 죄는 묻지 않을 것이다. 금을 넉넉히 쥐여 주고 떠나보내리라."

그래, 말해라. 난 안 듣는다. 잠에서 깨야 하거든.

"사령부 산하에 있는 여자를 건드릴 무뢰배는 없겠으나 혹시 모르니 톨레도 경을 남긴다. 필요한 것이 있으면 반대편 막사의 톨레도 경에게 부탁해라."

외르타는 자신 혼자 중얼거린다 생각하고 퉁명스레 물었다.

"오후까지 그리 빡빡하더니 무슨 바람이 불었나?"

"너를 왕비라 생각하지 않으면 강경히 굴 이유가 없다. 적군의 비밀을 밀고한 자에게는 그에 마땅한 보상을 할 것이다."

"그래, 그래라. 어련히 알아서 하려니. 내가 최대한 많이 지껄일 테니 잘 받아 적고 잘 써먹고 잘 이겨라. 당신, 그만한 깜냥으로는 보인다."

갑자기 침묵이 있었다. 그녀는 죽음이 다가오지 않자 의아하여 컴컴한 정신을 세웠다. 몸을 일으키고 눈을 떴다. 외르타는 어느새 제 침상 앞까지 다가온 남자를 보고 기겁하여 뒤로 물러났다. 그녀의 입에서 조금 얼얼한 목소리가 튀어나왔다.

"꿈?"

발렌시아가 말했다.

"방금까지 말하고선 무슨 소린가? 너 그래서 우리에게 넘길 정보가 얼마나 있단 말이냐."

"……꿈?"

그는 짜증이 난 듯했다.

"솔 미라이예는 잉그레 좌측 사방 1번 구역 전반을 차지한 건물이다. 이 사실을 네가 네 꿈에서 알 수 있을 것 같나?"

외르타는 그제야 제 눈이 다 뜨인 기분이었다. 오밤중에도 바깥은 아직 소란했다. 정말 깼군.

"이런…… 어……. 질문이 뭐였어?"

"밀고할 정보가 얼마나 되느냐 물었다."

"로크뢰 1세가 아는 것 전부."

그녀는 침대 머리맡에 등을 기댄 채 마음 놓고 웃음을 터뜨렸다. 작은 종이 울리는 듯한 소리였다.

"당신이 나를 왕비라 보지 않으니 나도 내 말을 신뢰하라 강요할 엄두가 안 난다. 하지만 그래도 사실인 것을 어쩌나. 어제저녁까지 왕과 잠자리를 함께했다 하면 당신 믿을 테냐?"

"……."

"거봐라. 나야 구태여 당신을 신용할 필요가 없지만 당신은 군을 이끄는 자로서 참 절실할 테지. 아무래도 전쟁이 지지부진한 채 길었으니. 그래서 나에 대한 대책이 어떻게 되니?"

발렌시아는 잠깐 그녀를 내려다보았다. 외르타 역시 그 시선을 마주하다가, 문득 그의 눈을 보았다. 그저 응시한 것이 아니라 '보았다.' 바다 하나 없는 딤니팔에 버틴 수룡인 양 시퍼런 눈이었다. 새파란 것이 아니라 시퍼렇다. 잔인할 정도로 조용한 동공이 그 속까지 들여다보일 듯 선연했다.

소스라쳤나. 무언가 느꼈기 때문이라는 해괴망측한 이유가 아니라 누군가의 눈을 그리 본 것이 처음이었기 때문이다.

"이미……."

그녀는 번뜩 현실을 깨달아 눈썹을 치켜세웠다. 그는 조금 피곤해 보였다.

"폐하께 처분을 맡겼다."

"아, 하긴……. 그렇지……. 여기에도 왕이 있군……."

"입조심해라. 이곳에 들어온 이상 네게도 폐하시다."

"무례하게 굴고 싶은 마음은 없어."

그는 어처구니가 없는 듯 무어라 말하려다 입을 닫았다. 넌 이미 충분히 무례하다는 것을 지적하고 싶었던 모양이다. 외르타는 방금 전의 기이한 기분을 잊고는 금세 씩 웃었다.

"다만 당신은 내가 열일곱 해를 산 곳이 비사 오필라고, 내 핏줄에는 막시밀리안 5세와 발터하임부르겐 1세가 있으며, 로크뢰 1세 역시 나와 상당한 구면이라는 점을 기억해야 해."

그녀는 그의 입에서 '왜 그저 남편이라 말하지 않고?' 라는 말을 거의 육성으로까지 들은 것 같았다. 그러나 그녀는 제 양심상 도저히 그리 말할 수가 없었다.

"그런 삶이니 중앙 삼국에서 내가 실제로 뵙지 못한 우리 폐하가 그저 신기할 따름이지. 이 포티미와 전쟁이 끝나고 그분까지 뵐 수 있었더라면 참 이보다 파란만장한 일생은 보기 힘들었을 텐데."

어조가 조금 이상했다. 그러나 발렌시아는 그에 개의치 않고 차분히 답했다.

"네가 진짜라면 왕도 오스페다에 가게 될 거다. 적법한 포상을 받아야 하니까."

"배신자 주제에 적법한 포상은 무슨? 명예롭지 못할 것이다."

"승리가 명예다."

"……."

"또한 너 어제부터 이 말 저 말 바꿔 가며, 내 말만 들으면 이 전쟁이 빨리 끝나리라 큰 암시를 주고 있다는 것 잘 안다. 무슨 최면 같더군. 그런 언급은 한 번으로도 충분하니 그만해라."

외르타는 순간적으로 입술을 꽉 깨물었다. 놀랐다. 제 말하는 방식은 아비에게도 로크뢰에게도 다른 모든 사람들에게도 참 잘 먹힌 방법이었다. 세뇌되는 줄 알지도 못하며 유사流沙처럼 쓸려 오는 것이 정상이다. 저 총사령관이 어찌 발견했는지 알 수가 없었다. 이 말투로 진실을 말한 것은 이번이 처음인데 외려 사실을 말하자마자 들키니 기가 막히고 어처구니가 없었다.

나는 거짓말을 할 때 더 설득력이 강한 건가. 자신이 딤니팔 군영에 들어온 뒤 처음 만나는 이 장애물이 그저 아연했다. 처음 치고는 너무 큰 돌이었다.

그러나 발렌시아는 저 여자의 획책에 사령부에서 벌써 몇이나 넘어갔다는 사실을 깨닫고 경고한 것이었다. 말하는 방식이 아주 교묘했다. 어찌 흠을 잡을 수 없다. 적어도 그의 판단으로는 그녀가 어제 화를 내던 방식, 낮에 벌어졌던 광경 모두 우발적으로 나온 것이 아니었다. 그리고 오후에 물러난 이후 톨레도와도 대화를 좀 나누었을 터, 그 뒤 그 톨레도까지 한발 물러섰다. 이 이상은 용납할 수가 없었다.

"네가 실제로 왕비라 증명된다 해도 사령부가 네 말만 철석같이 믿어 움직이리라고는 기대하지 마라. 배반이란 모름지기 그 사람보다는 그 사람의 이유가 더 중한 법이니까. 우리 역시 네 목적을 몰라 너를 믿지 못하는 것이다."

편의상 왕비로 생각하며 말하고 있다는 것을 알았지만 그래도 그녀는…….

"첫째, 네가 왕비일 경우."

이런. 왕비로 생각하고 있는 것도 아니군. 외르타는 우울하게 한숨을 쉬었다.

"이건 어제 널 처음 봤을 때 말했다. 사정을 모르는 우리로서는 상황을 조금도 이해할 수 없다고. 둘째, 네가 왕비가 아닐 경우. 왜 왕비인 체하고 딤니팔 군영에 왔나. 군의 공경을 기대하고 오지 않았겠냐는 이유를 대기에는 네가 너무 똑똑하다. 구태여 왕비라고 말하지 않았어도 너는 충분히 딤니팔에서 우대할 만한 배반자였으리라."

말에 숨이나 목소리보다는 공명정대함이 더 들어가 있는 느낌이었다. 돌겠군. 대화가 재미없었다. 이길 수 있을 것 같지도 않았다. 하긴 그래서 재미가 없는 것이리라. 이길 수 없으니까. 그녀는 종이를 찌르는 느낌으로 그의 차분한 음성 사이에 끼어들었다.

"그럼 그 명석한 배반자, 전략 회의 구석에 좀 끼워 줘."

"네가 이중 배반을 할 염려가 있어 안 된다."

"……당신은 라르디슈가, 자신들이 일 년을 키운 육상 육전대를 반대급부로 내놓고 이중 배반을 시킬 것 같나? 당신 정말……. 지금 그들이 얼마나 분통 터지고 영문 모를 기분일지 이해해 봐야 한다, 이 상상력 없는 녀석아."

"……."

그는 '녀석'이라는 말을 난생처음 들어 본 듯했다. 발렌시아의 표정에 그런 기색이라곤 나타나지도 않았지만 외르타는 알 수 있었다. 그저 빙긋 웃으며 깨달았다. 발렌시아의 나이가 몇인지는 그녀도 잘 몰랐다. 스물일곱? 여덟? 아홉? 적어도 그녀보다는 많을 것이다. 그러나 결혼을 해 본 여자에게 미혼 청년은 죄 어려 보이기 마련 아닌가. 더불어 그녀의 인생은 그녀가 실제로 겪었던 것보다 배는 족히 길었다.

"상대에게 치명타를 입힐 비장의 무기라 꺼내 들었건만, 베르탕 전쟁에서도 왕과 함께했던 충성심 깊은 수뇌부만이 아는 사실인데, 심지어 그 폭풍우 속에서도 주의 흩트리지 않고 눈속임 써 들어왔거늘, 저기 저 젊은 미라이예 공작에겐 귀신이 들렸나?"

발렌시아는 여전히 무표정했다. 외르타는 이번만큼은 도저히 그를 읽을 수가 없었다. 그저 간절히, 제 입과 운을 믿어, 긍정의 대답만을 기다릴 뿐이다.

"좋다."

"오……."

"왜 그런가."

"……."

"어차피 이쪽이나 저쪽이나 경황이 없어 근 시일 내에 큰 회전이 있기는 힘들다. 소규모 국지전밖에 없을 것이다. 그런 것은 길지도 않은 잡담뿐이라."

"신기하군."

"……."

"허락할 줄 몰랐는데."

"너 그 말투, 나야 개의치 않지만 기사들이 인내하지 못할 것이다. 어떻게든 처리해라."

"사령부에 들어갈 수 있게 해 주는 데에 대한 조건인가?"

외르타는 자신이 절대 그리하지 않으리라 결심했다. 공대가 자존심이 상하는 일이라서? 세상에, 그럴 리가 없지 않은가. 그녀는 계속해서 기사들을 설득해야 했다. 공대를 쓰게 되면 저를 적의 왕비로 믿게 하는 데 애로 사항이 많아진다.

"아니. 다만 네 목은 네가 책임져라."

다행이라 생각했다.

"아무렴."

외르타는 물줄기처럼 미끄러져 침대에 쭉 누웠다. 발렌시아는 아무 말 없이 뒤돌아 막사를 나섰다. 그가 사라지는 뒤로 그녀가 밤 인사를 했다.

"좋은 밤 되길."

잠들 수 있을지는 잘 모르겠지만.

"그럼 마지막으로, 내일 육전대는 체세나가 맡아라, 만일 나온다면. 나오지 않으면 처음 언급했던 전위대 역할만 맡고 쉬어."

딤니팔 사령부는 육전대 — 기사를 이미 육전대로만 부른 지 오래되었다. 체세나는 구석을 흘끔 보고는 답했다.

"전위보병이 지난 국지전 때 방패를 쓰고 있던 것을 기억하실 겁니다. 그것으로 말을 찍어 내리던데……. 큰 피해는 없었지만 정렬이 전부 비틀어졌습니다. 수습하는 데 고생했습니다. 그를 거치고 나서 육전대를 맞는다면 우왕좌왕할 길이 없을 겁니다."

방금 전 그가 바라본 구석에 있던 사람이 종이를 내려다보다, 갑자기 고개를 들었다.

"그 육주 사방형은 걱정 마라. 라르디슈는 이제부터 절대 수비 본위로 나올 리가 없다. 그냥 밟고 지나가."

"방패로 내리찍는 것이 수비일 리가……."

"……그거 원래 수비야. 훈련이 부족한 소모병들이 놀라서 내지른 거지."

"……."

"……그럼 도대체 왜 그럴 리 없다는 거지?"

"방어 대형을 주장했던 사령부 일원이 왕의 노여움을 사서 후방으로 쫓겨났거든. 근 시일 내엔 못 돌아오도록 생 로욜에 묶였을 거다. 너희에게 이처럼 효과가 있던 것을 알았다면 참 눈물 났을 텐데 아쉽게도 저쪽에 천리안이 있을 리 만무하니."

하나 이곳에는 천리안이 있었다.

발렌시아는 외르타에게 결코 단독 발언을 허락하지 않았다. 군의 기강이 흐트러진다는 이유였다. 그러나 그녀는, 전략에 미흡한 점이 보이거나 라르디슈의 작전에 대응해 치명적인 결점이 될 만한 여지가 있다면 발언 요청도 없이 충고할 수 있었다. 지난 보름 동안 네 개의 소규모 전투를 치르는 와중에 그녀가 입을 연 것은 총 세 번. — 그 이상 홀로 무언가를 말하고 싶어 했지만, 발렌시아가 끝내 그녀의 입을 막았다. —

물론 그녀의 말은 모두 들어맞았다.

더군다나 외르타가 조용히 앉아서 하고 있는 것은 현 라르디슈 본영의 지도를 그리는 일이었다. 발렌시아는 여전히 눈길 한쪽 주지 않았으나 그녀는 그저 언젠가는 보겠지 하는 태도로 유유자적했다. 물론 발렌시아를 제한 사령부 전부는 안 보는 척 다들 한 번씩 보았다. 그들은 심지어 자신들의 공식 배치도조차 저것에 비하면 어린애 낙서라는 사실을 인정해야 했다. 딤니팔의 군영 지도가 얼마나 조악한지는 가장 최근에 합류한 계관桂冠 기사단이 머무르는 위치만 지도에서 찾아보아도 바로 알 수 있었다. 시누사가 군영 끄트머리에 박박 긁듯 원을 그려 두곤, '계관. 여기쯤? 누가 수정 바람.' 이라고 써 둔 것이다. — 참고로 그 악필은 외르타가 그리는 것을 본 틀레도가 당장에 가서 지워 버렸다. — 그에 비하면 그녀의 배치도는 보고 그리는 것처럼 정확했다. 축적이라니. 도대체 여성이 그것을 어디서 배워 왔다는 말인가? 사령부는 자괴감을 느꼈다.

왕의 명령이 도달하기엔 시일이 한참 남은 시점이었다. 그러나 사령부에는 벌써부터 그녀에게 경어를 쓰고자 하는 기사가 많이 있었다. 로크뢰 1세의 왕비라 믿는 것이다. 발렌시아는 그들을 탓하기 힘들었다. 자신 역시 놀라지 않았다면 거짓말이다. 정체야 모르지만 정말 작심하고 배반한 여자라 생각했다. 차라리 사실은 난 왕비가 아니다, 그냥 너희 군에 끼워 달라, 하고 요구했으면 기꺼이 수용했을 텐데. 왜 왕비라 해서 상황을 복잡하게 만드는지 모를 일이었다.

그는 몇 가지 명령을 바꾸고, 몇 가지 명령을 새로 내린 뒤 자리에서 일어났다. 그리고 무언가에 분주한 듯 빠른 걸음으로 나가 버렸다.

외르타는 빙긋 웃고는 역시 자리에서 일어섰다. 펜도 지도도 그 자리에 내려놓은 채였다. 발렌시아가 지나가다 보도록 유도하는 것이다. 톨레도가 따라붙었다. 그녀는 한숨을 쉬었다.

"이건 언제까지니?"

"종전 때까질세."

"답답하구나."

"감시 이상이라는 것을 자네도 모르지는 않을 걸세. 자네는 자네가 이 군영에 단 한 명 있는 여인이라는 사실을 자각하고 있기는 하나? 발렌시아 경께선 믿을 수 없는 여럿 대신 나 혼자가 나으리라 생각하신 걸세."

"말은 번지르르하다."

"나도 이것 정말 귀찮네. 자네도 내가 하기 싫어하는 것을 뻔히 보고 있지 않나. 하지만 그 중요성을 절감해 어쩔 수 없이 따르네."

"당신이 필요한 건지 난 아직도 잘……."

"그건 내가 없어지고 나서야 깨닫게 되리라 믿네."

톨레도가 빙그레 웃었다. 외르타는 그 웃음에 어찌 반박을 할 수가 없었다.

그녀는 결국 손사래를 치며, 저녁 어스름을 젖히고 천막 안으로 들어왔다. 막사 앞에서 톨레도가 하품을 하며 누구와 두런두런 무슨 이야기를 하는 것을 들었다.

외르타가 이곳에 와서 가장 놀란 것은 살인자들의 평범함이었다. 라르디슈 진영에서도 이처럼 돌아다닐 수 있었다면 느꼈겠지만 그때는 그저 왕과 함께 거닐거나 그의 막사 안에 있는 것이 전부라 미처 알지 못했다.

다들 어찌나 평범한지. 톨레도는 정말이지 사람 좋은 삼십 대 아저씨와 다름없었다. 사랑하는 아내와 아들 둘, 딸 둘을 두고 알콩달콩 살 듯한 분위기였다. 그녀가 이 확연한 감시에도 별말 하지 않는 것은 그 까닭이 컸다. 체세나는 신경질 잘 부리는 다소 성마른 동네 청년. 자멘테는 다혈질에 매양 손해만 보는, 그러나 그래서 미워하지는 못할 장사치. 데군다는 조용하고 소심해서 안경 쓰고 책이나 읽으면 딱 족할 공처가. 사투르니나는 제 귀에 끼운 깃펜조차 잊는, 신도 걱정할 건망증 환자……. 도대체 여기 어디에 기사가 있다는 말인가. 외르타는 딤니팔 기사에게 느껴 왔던 제 인상이 완전히 새로운 것으로, 시시각각 탈바꿈하는 것을 느꼈다.

그런데 바로 이런 자들이 전투에만 들어가면 더운 피를 뒤엎어 쓰고 아무 표정 없이 돌아오는 것이다. 마치 일상인 듯. 제 팔만이 따로 움직여 살인을 자행한다는 듯. 스스로 사람을 죽인 것이 도대체 왜 문제가 된다는 건지 그에 한 점 의혹도 없는 듯. 그래서 누군가를 죽이고 온 꼴을 보면 차마 마주하기가 꺼려졌다. 차라리 항상 그처럼 자비 없는 기사라면 그러려니 하고 새의치 않으련만, 평소에는 저 모양인데 어찌…….

물론 법칙이 예외로 생을 찾듯 그에 걸맞지 않은 사람이 오로지 하나 있었다.

발렌시아 경.

항상 기사다. 다른 이들과 다른 그 점이 그를 군의 수장으로 만든 것인가 싶었다. 그만큼은, 자신이 처음 사령부에 내던져졌던 그때 그 모양, 그때 그 인상 그대로였다. 참 끔찍하게도 무관심한 사람이었다. 할 일, 하지 않을 일, 해야 하는 일, 하면 안 되는 일, 모든 것이 이 네 부류로 갈린 듯했다. 이해할 수 없는 것은 이해하지 않고 무용하다 판단되면 가차 없이 버린다. 너무 무관심해서. 그녀는 이제 그가 어떤 사람인지 알 수 있을 것 같았다. 정말 속 쓰리게 무관심해서 저런 것이다.

외르타가 그 사실을 아는 이유는 그저 단순했다. 아델에 대한 애정과 왕에 대한 증오를 거른다면, 자신 역시 영락없이 저자였을 것이기 때문에.

이 딤니팔군 누구도 외르타가 하고 있는 것이 복수라는 것을 몰랐다. 정말 조금도 눈치채지 못했다. 그녀의 웃음, 가벼운 말투, 사무적인 태도. 그것을 보며 저 여자가 지옥 같은 앙갚음을 꿈꾸고 있다 생각할 사람은 드무니까. 그들에게 복수란 모름지기 시적이어야 한다. 이토록 재미없는 것이 아니리라.

그러나 정작 외르타에게 이 차분함은 당연했다. 분루를 흘리고 악을 쓰고 그 앞에 가서 제 모든 한을 내뱉고……. 미친 짓이다. 자신이 세 해 동안 준비한 것은 그런 얼치기가 아니었다. 조용히 다가가 배반하고, 되갚아 주고, 모든 것이 끝났을 때.

그때.

외르타는 한참을 침묵 속에 앉아 있었다.

그러다 돌연 무언가를 눈치챘다. 있어야 할 것이 있지 않았다. 보여야 할 것이 보이지 않았다. 순식간에 이성이 마비되는 듯하며 벌떡 일어섰다. 방금 전까지 젠체하며 차분함에 대해 논하던 여자는 사라졌다. 그녀의 손이 덜덜 떨리며 침대 위를 더듬었다. 너무 말끔하다. 미친 사람처럼 초조하게 방을 돌며 온갖 곳을 다 들추었다.

없다.

붉은 천. 그녀가 항시 두르고 있던, 냉정을 찾던 붉은 천.

앉은뱅이처럼 오금 저리는 다리를 간신히 붙들고 천막을 열어젖혔다. 톨레도. 이리 부르려는 순간에 그가 어느새 사라졌다는 사실을 깨달았다.

"그건 내가 없어지고 나서야 깨닫게 되리라 믿네."

그러나 그 사실을 이토록 빨리 알려 줄 필요는 없지 않은가. 그녀는 벌써 시야가 어두컴컴해져 사방이 조용하다는 것을 깨달았다. 그러나 개의치 않았다. 천막 바깥으로 나섰다. 여전히 아무도 없다. 너무 막막해서 목뒤가 지끈거렸다. 다시 한 번 방 안을 뒤지고 올까 싶었지만 뒤돌아 방 안 꼴을 보니 이미 찾을 만큼 찾고 온 듯싶었다. 기억도 없는데.

누군가 건드리기만 해도 폭삭 무너질 듯한 걸음이었다. 얼굴이 홧홧하여 도저히 논리적인 생각이 들지 않았다. 어디 갔나. 누가 들고 갔나. 시접이 뜯어지고 얼룩이 낭자해선 도통 쓸모없는 천이었다. 도대체 어떤 이유로 사라졌는지 알 수가 없었다. 어디로 가겠다는 생각은 들지도 않았다. 찾을 방도도 없이 찾아야 한다는 절박한 목소리만 머리에 한가득했다. 목이 턱턱 막혔다. 그 천을 품에 안기도 전에 스스로가 먼저 죽을 것만 같았다.

고개를 숙이고 가는데 돌연 그림자가 드리워졌다. 무슨 사고를 할 시간도 없이 머리가 확 올라갔다. 긴 머리칼이 삼깐 발을 드리웠다가, 얕은 바람에 못 이기고 환히 걷혔다.

모르는 남자다.

피했다.

한 발자국 옮겨 그녀를 가로막는다.

이제 그녀의 손이 떨리는 것은 비단 제 물건을 잃어버려서만은 아니었다. 목소리가 잘 나오지 않았다. 너무 많은 것이 겹쳐, 토할 듯한 제 숨을 꾹꾹 가로막았다.

"기사 군영 안에 여자가 있는 줄은 몰랐는데. 군령으로 금지되었지 않나?"

외르타는 자신이 어디까지 나온 건가 멍하니 생각했다. 아무 생각이 들지 않았다. 사령부 쪽으로 갔다면 원하지 않아도 발렌시아와 마주했을 텐데. 도대체 어느 방향으로 감아 나왔는지 짐작이 되지 않았다. 엉망진창이던 딤니팔 군영 지도를 상기해 내려 애를 썼다. 그러나 자신이 온 길을 기억하지 못하는데 머릿속 배치도가 무슨 소용일까.

"대답해."

그녀는 남자가 바라는 것이 자신을 즉결 처분하는 것도, 자신의 대답도 아니라는 사실을 알아챘다. 그녀다운 민감함이었다. 목덜미부터 소름이 쫙 끼쳤다. 뒤로 물러났다. 그대로 달리려다가 너무도 쉽게 팔뚝이 붙들렸다. 으스러질 것만 같은 고통이었다. 극심한 공포에 생각 자체가 무너지는 것 같았다. 팔뚝이 꺾이며 남자 쪽을 돌아보게 되었다. 아, 정말이지, 자신의 몸을 뒤덮을 만큼 큰 사람은 정말이지, 정말…….

"무슨 용무로 기사단에 침입하셨나? 피난촌의 창부가 감히 기사를 넘봄인가?"

숨이 가빴다. 외르타는 남자에게 묻혀 거의 보이지도 않았다. 남자는 그 절박한 반응에 만족하는 듯했다. 팔뚝을 쥐고 있던 손아귀가 그녀의 앞섶에 닿았다. 외르타는 차라리 기절이라도 했으면 좋겠다고 생각했다. 아니면 미치기라도. 세상에, 내가 이것을 또 겪어야 하나. 이놈의 라르디슈나 딤니팔이나. 저자는 고작해야 한 손인데, 정말 너무도 쉽게.

열일곱의 그 기억, 아직 생생했다. 자신을 내리 잡던 손. 아직까지 이아득 물리는 것은 도저히 반항할 길 없던 그 힘이다. 그 손아귀 힘, 그게 가장 지독한 폭력이었다. 맞는 것보다 더 아찔하다. 차라리 나를 때리지. 때리면 벌레처럼 꿈틀대며 도망이라도 가지. 이처럼 잡으면, 짓누르면.

"비켜서라."

남자가 번뜩 놀라 그녀에게서 몸을 돌렸다. 외르타는 하얗게 질린 채, 쇄골까지 벌어진 제 앞섶은 생각지도 못했다. 그녀의 눈에 간신히 밤하늘이 보였다. 그 사이로 무언가 흰 것이 시야에 잠깐 잡혔다. 순간이었다. 날벌레의 비행 같은 둥근 호선. 바람으로 와 닿았다.

그것은 벤 것이 아니라 찌른 것에 가까웠다. 그러나 그녀는 상황을 잘 파악하지 못하고 있었다. 무엇이, 어찌……? 앞선 남자가 신음과 기침이 섞인 기묘한 소리를 내며 반쯤 기울었다.

"기사 군영 안에서 여자를 안는 것은 즉결 처분을 당해 마땅한 죄다. 더 멀리 나가지 않은 네 손에 감사하라."

외르타는 덜덜 떨며 뒷걸음질 치다, 천막을 보지 못하고 그에 푹 묻혔다. 화르륵 불타는 것과 비슷한 소리가 났다. 천이 구름처럼 일어났다. 몸이 균형을 잡지 못하고 등부터 쓰러졌다. 아, 밤이 희다.

누군가 그녀를 끌어 올렸다.

팔뚝이 바스러질 듯 지독한 힘이었다. 사실 외르타는 그것마저 두려웠다. 자신을 제대로 세워 주자마자 고마움도 없이 도망치려 했다.

그 남자가 말했다.

"사냥부는 이쪽이나."

그 무감동한 말에 그녀는 갑자기 찬물을 뒤집어쓴 듯했다. 누군가 눈가를 꾹 찌른 양 정신이 번쩍 들었다. 다행이다. 역시 꿈이 아닌 현실의 자신에게는 제정신을 차리는 침착함이 남아 있었다. 당하지도 죽지도 않았다. 꿈일 리 없지 않은가?

외르타는 정말 기이할 정도로 멀쩡하게 몸을 돌렸다. 발렌시아가 제 소매를 들어 칼에 묻은 피를 닦고 있었다. 대단히 하얀 검이었다. 비단 날이 빛에 반사되었기 때문이 아니라 애초에 만들어지길 흰 칼인 듯했다. 그는 그 긴 날을 따라 천을 한 번 쓱 밀고선 다시 검집으로 회수했다. 그리고 따라오라 말도 없이 한 방향으로 걸었다. 외르타는 손을 찔린 자에게 시선 한 번 주지 않고 그를 쫓아 나섰다. 그녀는 방금 전 일을 없던 것으로 하려 했다.

"혹 내 거처에 누가 출입한 일이 있었어?"

잠깐의 침묵.

"그것 때문에 너를 찾아갔다."

그런데 없기에. 외르타는 그 뒷말을 알았다. 그녀의 의중을 알아 고요한 것이 고마웠다.

"혹 젊은 그나시오 경을 기억하나? 시누사 경. 네가 처음 사령부에."

"던져졌을 시."

"내 바로 오른쪽에 있던 기사, 청년……."

"아, 그 애. 까랑까랑하니 쇠꼬챙이 같던데."

"그래. 시누사 경의 원래 거처가 지금의 네 자리였다. 보급창을 순시하러 한 시일 떠났다가 아까 초저녁에 돌아왔다."

어찌 된 일인지 알 것 같았다.

"네 물품을 들어 내 막사에 두고 가더군. 내 그것을 보고 꾸짖어 돌려보냈다. 경을 못 봤나?"

"못 봤…… 지금 봤군."

"왜 이제 오십니까! 뭐라 불러야 하지……? 외르타? 씨? 님? 비전하?"

"주의해라, 시누사 경. 왕도의 판정이 아직 내려지지 않았다."

"종전되면 발렌시아 경께서 가장 먼저 고개 숙이셔야 할 분인 것 같은데 전 좀 불안불안하네요. 우선은 그냥 외르타라고 부를게…… 앴습니다?"

"공대하지 마라. 너는 십이공회 그나시오의 장손이다. 근본 없는 배반자와 다르다."

발렌시아는 자신이 꺼낸 십이공회의 그나시오라는 단어에 무언가를 깨달은 것 같았다. 시누사는 근본 없느니 어쩌니 하는 그의 무신경함에 외르타의 눈치를 살폈지만, 그녀는 그저 웃을 따름이었다.

"그런데 경, 그나시오 경은 함께 안 왔나? 용건이 있는데."

"저는 아버질 뵙지도 못했습니다. 제가 도착하기 직전에 폐하께서 소환하셨다고 합니다. 자, 여기. 난 톨레도 경이 나 짜증 나서 내 방에다 별…… 천 쪼가리를 버려두고 간 줄 알았지 뭔가."

외르타는 잘 접힌 붉은 천과 그것을 여몄던 작은 브로치를 받기 위해 몇 발자국 앞으로 나섰다. 안도의 한숨이 흘러나오며 고개 숙여 그것을 확인하려는 순간 시누사의 팔이 뻗어 나왔다. 뺨에 지는 그림자에 생각보다는 몸이 먼저 질겁하며 뒤로 물러났다. 그녀는 너무 대중없이 뒷걸음질 친 나머지 발렌시아의 어깨에 뒤통수를 퍽 하고 부딪히고 말았다. 얻어맞은 머리가 아팠다. 당황한 듯, 시누사의 얼굴이 얼떨떨해졌다. 소년과 청년의 중간쯤 서 있는 시선이었다.

"사람 민망하게. 이것도 저것도 다 민망하네. 앞 좀 여며."

발렌시아는 더 이상 용무가 없는지 그대로 사령부로 사라졌다.

외르타는 모습을 가다듬었다. 시누사에게 눈인사를 하고는 제 방으로 들어갔다. 하지만 시누사는 길 잃은 강아지처럼 그녀 뒤를 졸졸 따라왔다. 그녀가 침상에 그대로 엎어지자 그 옆에 의자를 끌고 와서 앉았다.

"발렌시아 경께선 암말 없으시고 톨레도 경은 날 피해 도망쳤어. 나머지는 자. 그간 사정을 모르겠어."

외르타는 왜 여태껏 한 번도 사라진 일 없던 톨레도가 이리 황망하게 자리를 비웠는지 그 까닭을 알게 되었다. 이불에 묻혀 웅웅대며 말했다.

"그래서 뭐?"

"나 없는 보름 넘게 사정이 어떻게 된 건가? 당신 어떻게 사령부에 끼어들었지?"

그녀는 깨달았다. 이 아이도 아이는 아니구나. 방금 전까진 왕비 아니세요 하고 의뭉을 떨었으면서 이젠 말하는 냉혹이 저 모양이다. 하긴 아이였다면 어찌 사령부의 한 축이었겠는가.

"내가 말한 육전대가 맞았다. 나는 지금 적국의 왕비라기보단 반쯤 믿을 만한 밀고자로 대우받고 있어."

"결국 정체도 모르는 자를 사령부에 뒀다는 거 아냐? 군이 미쳤군."

"떠보지 마. 지치고 졸리다."

그러나 시누사는 드디어 흥미가 돌았다는 표정이 되었다. 가뜩이나 젊은 얼굴에 파란 눈이 반짝반짝 빛나니 어쩔 수 없는 한 떨기 소년처럼 보였다.

"당신이 여 보란 듯 펼쳐 두고 간 라르디슈 군영 지도를 봤어."

"그래……. 보라고 펼쳐 놓은 거다. 문제는 네가 아니라 발렌시아 경이 목적이었다는 거지만."

"경께선 죽어도 안 보실걸. 기대 마."

"내 앞에 선 너는 봤군. 지금 대화에서는 그게 중요한 거다."

"나는 당신을 믿으니까."

어처구니가 없어 웃었다. 이불에 눌린 웃음소리가 났다.

"네가 날 가장 안 믿고 있을 텐데. 물론 발렌시아 경은 제하고. 보름간 날 본 것도 아니면서 어찌? 믿는다는 말이 더 우습겠구나."

"뭐? 아닌데. 나랑 내기할래?"

"네가 날 믿나, 안 믿나로?"

"아니. 네가 진짠가, 가짠가로! 난 진짜에 걸 테니 넌 가짜에 걸어라. 금 백 장."

헛웃음이 났다. 이기는 내기를 날로 먹으려는 심보가 고약하다. 그녀는 아무런 고려 없이 불쑥 말했다.

"다른 걸로 하자."

"뭐?"

"이 전쟁이 넉 달 안에 끝나나, 안 끝나나."

갑자기 정적이 찾아들었다. 외르타는 자신이 시누사를 잘 몰라서 그가 지금 짓고 있을 표정을 상상할 수 없다는 것이 못내 아쉬웠다.

"끝난다에 내 머리칼 전부 건다. 넌 어쩔래?"

"……."

"맘에 안 드나? 그럼 다른 내용으로 하지. 지금부터 종전 때까지 회전을 세 번 이상 치르면 난 내 손목을 자르겠다."

"……."

"이것도 싫은가? 그럼 마지막 제안이다. 이 전쟁이 끝나고 내가 왕도에 갈까 안 갈까. 내 왕도에 간다면 이 목을 보전하리라."

시누사는 조금 어안이 벙벙한 표정이 되었다.

"머리칼, 손목 다음이면 모름지기 목을 앗아야 하지 않나? 왕도에 가면 목을 보전히겠단 건 내기에 걸 수 없는데! 내놓겠다 해야 논리가 맞지."

외르타는 그제야 짐대에서 고개를 조금 들었다. 돌아보려다, 너무 안 좋은 위치라는 것을 깨닫고 미간을 좁혔다.

"거꾸로 말하면 그 간단한 조건도 못 알아듣나. 가야 살겠다는 말은 못 가면 죽겠다는 거잖아. 오스페다에 가지 않을 때 내 목을 주겠다는 걸 내기에 건 거지."

"……."

외르타는 그 침묵이 시누사 자신의 얼간이다움을 탓하는 침묵이라고 생각했다. 그녀의 말을 납득하고 조용한 것이리라. 외르타는 스스로도 그만 말하기로 결심했다. 아이라 방심했는지, 아니면 방금 전 너무 정신 사나운 일을 겪어서인지 별 이야기를 술술 다했다. 저 아이도 그저 그러려니 넘겼으면 했다. 그때 돌연.

"시누사 경, 여기 있었나? 당장 꺼지게."

외르타는 익숙한 목소리를 들었다. 희미하게 웃으며 톨레도를 바라보았다. 시누사는 뭐라 대답할 여유도 없이 목덜미를 붙잡혀 질질 끌려 나갔다.

"아, 좀! 놔 보십시오!"

"시끄럽네. 다시는 여기 들어오지 말게."

"으악! 아파!"

"외르타. 내 오늘 자리 비운 것은 미안하네. 시누사 경이 귀환했다기에 막사 위치가 바뀐 것을 알려 주려 했네."

"알려 주려 했다고요? 개도 웃겠네! 도망쳤잖아!"

그녀가 어련히 그 관계를 알겠다는 듯 웃으며 손짓했다. 톨레도는 시누사를 끌고 방을 나갔다. 외르타는 그제야 정신을 좀 가다듬을 수 있었다. 시누사에게 자신이 뭐라고 했는지는 벌써 까마득했다. 방금 전을 떠올렸다.

세상에, 아직도.

그뿐이었다. 다른 생각은 떠오르지도 않았다. 발렌시아에 대한 감사, 당혹, 흰 칼, 그림자, 힘, 공포. 모조리 망각했다. 다만 아직도 이 모양이라는 생각에 사흘 굶은 듯 속이 아팠다. 기억했으니 잊어야겠지. 잊어야 한다.

팔을 뻗어 제가 간신히 찾은 붉은 천을 잡아당겼다. 그녀의 시선은 겨우 돌려받은 딸아이를 보는 어미의 얼굴처럼 보였다. 전문적으로 재단되어 있지 않아 입으려 해도 기껏해야 망토로밖에 쓸 수가 없는, 누구에게나 초라한 얇고 붉은 천이다. 그러나 그녀에게만큼은 분명 제 유일한 재산.

아델이 죽을 때 입었던 옷이다.

마지막 남은 예법으로 그것을 받았을 때 외르타 스스로 그 옷을 풀어헤쳤다. 주름진 치맛자락을 모두 매만져 제 몸을 덮을 만한 크기로 만들었다. 아직도 그 아이의 피가 어딘가에 남아 있으리라. 그때 자신의 떨리는 손이 이 천을 자아내면서 얼마나 큰 갈등을 했는지는 신도 모를 것이다. 이것을 보면서 느끼는 것이 그리움뿐일 리가 없지 않나. 그 아이의 고통. 그 아이의 공포. 그 아이의 절박함, 원망, 억울함, 한. 내가 그것을 견딜 수 있을 것인가. 뼈를 긁어내는 아픔일 텐데. 이처럼 가슴 없는 복수를 꿈꾼다 말하면서 아이의 옛 유품을 길이길이 껴안고 있겠다는 생각은 단지 미련 아닐까. 그러나 풀 길 없는 의문을 떠올리는 동안 어느새 아델의 옷은 새빨간 천이 되어 있었다.

물론 지금은 그에 감사하고 있다. 그 고통을 되새기는 것은 앙갚음의 가장 큰 힘이었다. 일 년. 왕이 전쟁으로 일 년 가까이를 제게서 떠나 있을 때 생전 처음 맞는 평화에 안온했다. 이대로 도주하여 동부 시골에 묻혀 살면 안 되나. 아이의 제단을 만들어 두고 일생 동안 애도하며 살리라. 평생 죽은 너의 어미도 너를 잊지 않고 살 테니, 다시 왕과 마주하는 그 끔찍한 삶은 이제 그만 겪으면 안 되겠느냐.

그러다 저 천을 보았다.

아델의 비명 소리가 들렸다. 순간, 존재했던 역사가 없는 자신만의 상상이라고 생각했지만, 아니었다. 그녀가 과거에 실제로 들었던 아이의 악 섞인 울음이었다. 무엇 때문에, 어디로 가는지도 모르면서 그저 그 직감만으로도 공포에 질린 비명.

정신을 차렸을 때 그녀는 이미 왕에게 애원하는 서신을 보내고 있었다. 결심이 매우 확고해 자신에게 잠깐의 고민이 있었다는 사실조차 망각했다. 그 뒤로 흔들리지 않았다. 외려 그것은 그녀의 지주가 되었다. 자해함으로써 신심을 가꾸는 수도승이 된 기분이었다.

그리고 자신이 그 신에게 바칠 제물은…….

"발렌시아 경, 저 여자 자진할 기미가 있는데요."

시누사는 마치 동물 관찰이라도 하고 온 양 말했다. 발렌시아는 사령부에 홀로 남아 무언가를 쓰고 있었다. 그는 고개도 들지 않고 말했다.

"설명해."

"아, 내기 내용을 정하는 중이었는데, 첫 번째가 이 전쟁은 넉 달 안에 끝날 것이라 하더라고요. 거기에 자기 머리칼을 걸겠다고 했고요. 두 번째는 종전까지 회전이 세 번 이상 가면 제 손목을 자르겠다고 했고."

"몸에 남아나는 게 없겠군."

그럴 리가 없으니. 시누사는 그제야 자신이 그녀의 그 대담한 제안에 조금 혹해 있었다는 사실을 깨달았다. 급속히 머리가 차가워지며 평소대로 돌아왔다. 발렌시아가 무척이나 당연하다는 듯이 부정했기 때문이다. 그는 그것이 매우 큰 다행이라고 생각했다. 동시에 정말 순식간에 자신을 찍어 넘긴 외르타에게 존경심이 생겼다.

"그 마지막 이야기가 외르타 자신이 종전 뒤 왕도에 갈까 못 갈까, 이거였습니다. 그런데 거기다 대고 자기가 왕도에 가면 살겠다지 뭐예요?"

"그 말 어디가 문제 되나? 오스페다에 가서 산다는데."

"내기 중이었잖습니까. 자신이 피해 보는 조건을 걸어야 한다는 말입니다. 그 전까진 꼬박꼬박 삭발한다, 손 자른다, 잘 얘기하다가 갑자기 그 자리에 살겠다니? 사는 것이 자신에게 해로운 이야기란 겁니다. 모르긴 몰라도 왕도에 가기 전에 죽거나 아니면 도망치거나 아무튼 자의로 증발한 듯 사라져 버릴 겁니다. 폐하께 보이려면 감시 잘해야겠어요."

시누사는 그처럼 제 할 말만 하고는 뒤돌아 가려다, 문득 저 옆에 놓여 있는 외르타의 라르디슈 군영 배치도를 보았다. 아까 샅샅이 살펴보아 다시 읽을 필요가 없을 텐데, 그는 결국 제 장난기에 못 이기고 지도를 잡아 들고 말았다. 입매에 웃음이 잔뜩 있었다.

발렌시아는 시누사의 험담에도 별 신경을 쓰지 않은 채 기록에 집중하고 있었다. 지난 일 년 동안 기록을 쓴 걸 모으면 책이 나와도 십수 권일 텐데. 폐하께서도 읽다 지쳐 어느 순간부턴 그저 왕실 기록 보관소에 넣어 두실 거란 말이야. 경, 좀 쉬세요.

시누사는 상관에게 휴식을 주려는 갸륵한 마음으로 조용히 다가갔다. 그리고 전조도 없이 그의 눈앞에 외르타의 지도를 슥 밀어 넣었다. 즉각 발렌시아의 고개가 천장을 향했다.

"치워."

시누사의 얼굴이 웃음으로 일그러졌다.

"한 번만 보십시오. 이걸 보지 않아서 못 믿으시는 거 아닐까요? 저는 지난 보름 동안 이 자리 있시노 않았는데 배지도만 보고 인정했습니다."

"당장 안 치워."

발렌시아의 이런 어조에 멀쩡할 수 있는 사람은 군에서도 이 젊은 그나시오밖에 없었다. 지위도 지위거니와, 두려움보다 재미가 먼저니까.

"왜 안 보시는 겁니까?"

"나는 중립을 지켜야 한다."

"아……. 그래서 이걸 보면 중립을 못 지키실까 봐요? 그걸 아신다니 이미 한 번쯤 보신 거 아닙니까?"

"명령이다. 치워."

"이렇게 치우면?"

시누사는 이번에는 그것을 발렌시아의 시선이 향한 천장으로 옮겼다. 발렌시아는 또 당연히, 고개 숙여 정면을 보았다.

"경."

"이렇겐?"

다시 정면으로.

바로 다음 순간, 시누사는 날카로운 펜 끝이 종이를 뚫고 제 눈앞까지 온 것을 발견했다. 펜 끝은 그것을 꿰뚫은 그대로 지도를 두 동강 내려는 듯 험악했지만, 결국 우뚝 멈췄다. 이런. 아무 소리, 아무 기색 못 느꼈는데.

시누사는 그제야 지도를 옆으로 던졌다. 발렌시아 역시 그제야 젖혔던 목을 내렸다. 맙소사. 끝까지 안 보신 거로군.

"장난이 심했다, 시누사 경. 앞으로 열흘간 출전 금지다."

시누사의 얼굴이 하얗게 질렸다.

"내 저것을 동강 내려다 멈췄다. 찢어지긴 했으나 남은 부분을 마무리하는 것에는 무리 없으리라. 하지만 외르타가 그에 불만을 가진다면 다시 그리는 것을 돕는 자는 바로 경이 될 것이다. 출전 금지 당한 열흘 동안. 처음보단 빠르겠지."

애원하는 눈빛이었지만 발렌시아는 본 체도 안 했다.

"왕도의 명이 도달한 이후에야 내 저것을 볼 것인지 결정할 것이다. 이만 나가."

하늘은 맑고, 태양은 밝고, 구름은 희다. 이 날씨의 잉그레는 그 자체로 하나의 예술품 같았다. 고상하다 못해 벽 한 뼘 한 뼘, 기둥 한 줄기 한 줄기 빛이 떨어져 내릴 듯 찬연한, 마치 그 속에 선 인간들까지 은사슴처럼 온화하고 고귀할 듯한…….

"우후후흐하히하하! 짐이 중요한 것 하나 알려 주지! 나쁜 짓 하며 살면 안 돼! 나쁜 놈은 진짜로! 살다 어떤 순간에든! 이렇게 보복을! 으하하! 야! 십이공회 소집해! 당장! 하하하흐하으……."

브레타냐 백작은 미친 사람 보듯이 왕을 바라보았다. 실제로 미친 사람처럼 보였으니 그것은 딱히 과장된 비유도 아니었다. 왕의 젖형제인지라 그나마 격 없이 왕을 대할 수 있는 그였기에, 브레타냐는 불경임을 알면서도 퉁명스레 답했다.

"폐하, 그 전령이 무슨 내용을 들고 왔는지 저는 모릅니다. 하지만 십이공회가 바로 어제 해산되었다는 사실은 압니다. 솔 데군다는 제가 오늘 아침에 갔을 때 영지로 떠날 준비에 온 저택이 소란했습니다. 다른 분들도 아마……."

"데군다야 당연히 하! 종전한다니 간이 콩알만 해져서 제 남부 땅을 지키러 가는 거겠지! 이제 흐하! 그럴 일! 없으니! 오라 해! 으헛헛헛! 종진 안 해! 으하하하하흐아!"

"폐하……. 제발 좀 그만 웃으십시오. 숨이랑 말씀이랑 웃음이랑 섞여 무슨 이야기를 하시는지 하나도 알아들을 수가 없습니다."

"십이공휠소집하란말이다!"

왕은 시뻘게져서 숨도 쉬지 않고 빠르게 외쳤다. 브레타냐는 외려 저 말을 더 알아들을 수가 없었다. 그러나 더 듣고 싶지도 않았다. 그는 처음의 내용과 크게 다르지 않으리라 짐작한 뒤 알현실에서 도망쳤다. 정신 나간 듯 보이는 왕과 단둘이 있을 생각은 없었으니까.

왕은 그가 나가고도 왕좌 주변을 빙글빙글 돌면서, 가끔 제가 받은 서신을 부분 부분 읽어 보다가 재차 폭소를 터뜨렸다. 누군가 사람이 곁에 있었으면 그와 손 붙잡고 춤이라도 췄을 듯한 기쁨이었다.

그리고 이내 그 '누구'가 될 사람이 나타났다. 백금발의 키 작은 여자가 왕좌 뒤로 불쑥 나타났다. 일명 '뒷방'에서 나온 것이다. 뒷방이란 말 그대로 왕좌 뒤, 휘장 뒤에 있는 왕의 휴식처였다. 저 특이한 구조 덕분에 잉그레의 알현실은 타국과는 달리 왕이 바로 나와 모습을 보일 수 있었다. 그러나 지금 그곳에서 나온 것은 왕이 아니었다.

"레아."

"무슨 일……. 웃는 소리가 정신 나간 것 같던데……."

그는 대답도 없이 그녀를 붙들고 춤을 추려 했다. 그녀가 기겁을 하며 그를 발로 찼다.

"왜 이래! 춤추려면 당신 혼자 춰! 왕과 왕비 둘 다 미치면 정말……."

"레아, 레아. 난 정말 착한 남편인 것 같다! 난 나 자신한테 정말 감사해……."

정확히 한 시간 뒤, 눌라레의 원탁에는 어제 모인 사람들과 꼭 같은 인원이 앉아 있었다. 다들 파도나 바람 같은 것에 휩쓸려 오기라도 한 듯 경황없고 황망한 표정이었다. 몇은 차마 자리에 앉지도 못 하고 서성이고 있었다. 그때 돌연, 왕이 들어왔다.

"오늘의 교훈이 있다."

귀족들은 모두 분통 터지는 표정으로 왕을 바라보았다. 특히 데군다는, 왕도의 성문에서 말 그대로 목덜미를 붙잡혀 끌려왔기에 그 분이 더욱 심했다. 그러나 왕은 자신에게 한숨처럼 내리꽂히는 눈빛들에 조금도 개의치 않는 듯했다.

"권선징악!"

자멘테가 한 치의 주저도 없이 내뱉었다.

"그것에 따라 세상이 움직였다면 딤니팔은 이미 멸망했을 겁니다, 폐하."

"시끄럽네, 후작. 그럼 두 번째는 뭘 논할 것인가 하면! 데군다 백!"

멍하니 있던 데군다가 왕을 바라보았다.

"자네 그 광산이랑 포티미외 전체를 바꾸지 않을 텐가?"

'그' 광산이란 십수 해 전부터 왕실과 데군다가 내놔라, 안 된다 하며 티격태격하던 네젠-롬바였다. 이 자리에서 그것을 모르는 자는 하나도 없었다. 데군다는 왕이 왜 저런 말을 하는지는 몰랐지만 악착같이 머리를 굴려 답했다.

"전체라면 마땅히……. 오스페다에 기쁜 마음으로 진상하겠습니다."

"내키지 않는 척하지 마라. 데군다가 포티미외를 꿈꾼 세월이 하고하다는 걸 짐이 모르나?"

"……."

"십이공회 자네들에겐 그 충성을 받는 짐의 호의로 라르디슈 라쥐모르 상권 십분지 일을 공평하게 분배해 주마."

다늘 한 대 얻어맞은 듯한 표정이 되었다. 라르디슈의 저 악명 높은 육전대가 바로 그 라쥐모르를 수호하기 위해 태어난 군대였다. 그만큼 라르디슈가 목숨처럼 아끼는 상권이었던 것이다. 이 중에서 가장 사업을 크게 벌이고 있던 안니발레 백작이 이를 악물며 답했다.

"폐하, 이것이 불충임을 신 모르는 것은 아니나……."

"해."

"말도 안 되는 말씀 마십시오! 안니발레가 그것을 잠식하려 노력했던 세월이 라르디슈 본국의 역사와 맞먹을 겁니다! 십분지 일은 커녕 천분지 일도 앗을 수가 없었습니다!"

"백작의 말씀이 맞습니다. 라쥐모르라니, 저는 도저히……."

"음. 세어 보지. 포티미외는 당연하고……. 라쥐모르 십분지 일이랑…… 르주뢰 협정을 파기하라고 할까……. 아니면 보상금이나 요구할까……. 아! 오르셰에즈도 있지! 짐이 거기 노리고 있었는데 얻으면 그나시오에게도 좀 떼어 줘야겠어. 명분도 없이 딤니팔에 선전 포고 한 것은 당연히 전 대륙에 똑바로 사과하게 만들어야겠고……. 하, 짐이 드디어 분 풀고 편히 자겠네. 또 먹을 게 얼마나 있지?"

"폐하."

본잘 백작이 이를 갈듯 말을 끊었다.

"아, 짐은 정말이지 이 시간이 무척이나 좋네. 자네들도 참 좋지 않나?"

"이건 농담과 조롱의 시간입니까?"

"전리품 분배다, 이 얼간아!"

소리를 지르면서도 왕은 지나치게 행복해 보였다. 브레타냐가 간신히 정신을 차리고 말했다.

"이것은 오스페다에 도착한 군의 전령과 관련된 내용입니까? 전조도 없이 대승을 거뒀다 합니까? 무슨 일입니까?"

"뭐…… 전령이 왔습니까? 전황 보고는 이미 도착했지 않습니까. 발렌시아 경께서 따로 보고 드린 것이 있습니까?"

왕은 그제야 제 품에 넣어 두었던 종이를 꺼내어 눌라레의 탁자에 쾅 하고 박았다. 얼마나 신이 나 내리쳤는지 탁자가 한참 동안이나 덜덜 떨렸다. 오래된 탁자라도 건국 당시의 가호가 쓰인 것을 알았기에 다들 그 서신만 미칠 듯한 집중력으로 보고 있었다.

"흠흠. 짐이 여태까지 너무 흥분해서 앞뒤 없이 말했군. 좀 차분히 이야기하도록 하겠네."

가장 빨리 듣고 싶은 부분에서 갑자기 속도가 느려지자 몇몇은 답답해서 당장에 토하기라도 할 듯한 표정을 짓고 있었다. 왕은 그들과 다른 세계에 살고 있는 양 그들이 흥분하자마자 싹 가라앉았다. 부글부글 끓는 냄비를 젓는 구도의 요리사 같았다. 그는 다소 조용히 말을 이었다.

"자네들, 칠 년 전인가 팔 년 전인가 그 일 기억나나? 게외보르트 왕녀가……."

"모장티에 휴양 갔다가, 당시 육전대 편제 문제로 그곳에 있던 로크뢰 1세에게 폭행당하고 생 로욜까지 끌려갔다는 좀 경우 없는 일. 예, 압니다."

안니발레의 저 어조가 바로 이야기를 들은 십이공회 반응의 축약이었다. 그뿐이었다. 지금도, 이전에도. 칠 년 전 밀정에게 그와 같은 말을 들은 왕 역시 사소하고 쓸모도 없는데 불쾌하기까지 한 소식은 왜 듣고 오냐고 짜증만 냈었다.

"다행히도 십이공회에서 그때와 달라진 가주분은…… 미라이예 공뿐이로군요. 어차피 부재중이시니 그 부분은 넘어가 주십시오."

"그리고 약 이 년 전에……."

"게외보르트의 요구를 받아들여 왕녀의 딸을 죽였다고요? 로크뢰 1세, 생 로욜 수재 게외보르트 공관 둘, 그네들 귀족원 상원 의원 셋. 참

관인이 이렇게 여섯이었습니다. 더 말씀하실 겁니까, 폐하?”

“젠장. 인정머리 없는 것들.”

“당시 십이공회에서 그 건을 가장 빨리 넘기고 싶어 하신 분이 바로 폐하셨습니다. 적어도 저희는 그것을 이용할 생각이라도 했지요.”

왕은 더 이상 인정 어쩌고 말할 수가 없었다. 사실이 그러했으니까. 그래서 그는 면구한 채 본론을 말했다.

“그 왕녀가 라르디슈의 뒤통수를 쳤네. 아주 장렬히 친 것 같군, 내 보기에.”

“네?”

다들 무슨 뜻인지 잘 이해하지 못한 느낌이었다.

“아니……. 이제 로크뢰의 왕비지. 아무튼 그 여자가 배반했다. 발렌시아 경의 서신을 조금만 읽겠다. 읽고 돌릴 테니 초조해 하지 마.”

십이공회 전체가 초조해서 정신이 없는 듯했다. 안니발레, 사투르니나와 체세나는 이미 의자에서 반쯤 일어나 있었다.

“듀아네일력 550년 9월 27일 새벽, 군영에 무단 침입한 신원 미상의 여자에게 라르디슈가 당국의 육전대로 기마대를 편성, 그 수가 대략 4개 대대 천오백 명이 증강되었다는 중한 정보를 받았습니다. 같은 날 회전에서 그 사실을 미리 알지 못했다면, 신이 미욱한 까닭에 딤니팔 중앙은 끝내 살아남지 못했으리라 생각합니다.”

바늘 떨어지는 소리까지도 들릴 정적이었다. 다들 어쩐지 이 자리에 실제로 발렌시아가 있는 것 같다고 생각했다. 그의 말투, 그의 어조와 꼭 같았으니까.

“밀고한 여자는 자신이 외르타-라르공드, 즉 로크뢰 1세의 비이자 발터하임부르겐 1세의 누이라 주장했습니다……. 이 여자 초상화는 지금 없지만 내 그것을 본 일은 있지. 저번에 로크뢰 1세가 국혼을 했을 때 들고 온 것 자네들도 봤지? 갈색 머리, 갈색 눈 맞고……. 이 아랜 발렌시아 경답게 믿지 마십시오, 믿지 마십시오, 믿지 마십시오…… 하고 계속 써 있는데. 어쩌나, 짐은 믿는데. 그리고 경이 그 공정함으로 덧붙이길, 만약 이 여자가 진짜라면 넘길 정보가 무궁무진하리란 것 같네."

데군다는 당장에라도 네젠-롬바의 증서를 왕도로 끌어오기라도 할 것 같은 표정을 하고 있었다. 몇 초간 벼락 맞은 듯 굳었다가 간신히 정신을 차린 자멘테가 미약한 반박을 해 보았다.

"왕비인 줄 어찌 압니까! 또한 이중 배반일지도 모릅니다. 쉽게 신용할 수 없습니다."

"자네들, 우리 십이공회에서 말 위에 오른 육전대 얘기를 한 적이 있다고 생각하나?"

"……없습니다."

"십이공회에 들어오지 않은 이야기를 아는 여자가 누굴 것 같나?"

"……."

"그리고 자네들은 갑자기 기병이 이천 가까이 늘어 딤니팔에게 치명타를 입힐 수 있는 기회를 이중 배반의 꼬리로 넘길 것 같나?"

"……."

톨레도는 주름진 손으로 마른세수를 했다. 그의 입이 천천히 열렸다.

"일전에 라르디슈 왕비가 전쟁터로 행차한다는 정보까지 들었으니 세 치면 매도 죽는다고. 끝이군요."

"그…… 밀고는 믿을 수 있다 하지만…… 자멘테 후의 말씀이 옳습니다. 직위가 정말 왕비일까요? 어떻게 도망을? 로크뢰의 성정을 봐선 거의 감금이 따로 없었을 텐데. 그냥 군대에 따라왔던 시녀나 뭐 그런 여자 아닙니까?"

"그가 육전대인 줄 어찌 알고?"

"무기로요?"

"직접 들고 싸우기 전에 그게 눈에 들어올 것 같나? 게다가 딤니팔의 정보원을 의심하여 병사 군영 쪽에는 알리지도 않았을걸. 그런데 전통적으로 기사 군영에는 창부가 금지인 것 잘 알잖나. 중앙 삼국 모두."

"왕비의 시녀……."

"젠장. 모른다니까. 여자가 뽑아 보지도 않은 무기를 어찌 구분하나! 아, 자멘테 후는 불쾌해 하지 말게. 일반적으로."

왕이 콧등을 몇 번 만졌다. 그는 십이공회의 끝없는 의심의 반대급부로 무언가 한 가지 상기시켜 줘야 할 것이 있다 판단했다.

"이러면 논리적으로 설명은 다 되지?"

"그렇긴 합니다만……. 너무 갑작스러워서……."

"맞습니다. 보통 이런 큰 배반은 그 이전에 언질을 주든 암호를 교환하든 해야……. 이건 무슨…… 좋기는 좋은데 좀 난데없이 얻어맞은 듯합니다. 아무 전조도 기미도 없었잖습니까."

"자네들 짐이 앞서 말한 게외보르트 왕녀 부분은 다 잊은 것 같은데, 그 전조로도 배반이 설명이 안 되나?"

"……."

"짐은 그게 배신의 기미 같거든?"

다들 입을 다물었다. 조금 민망한 듯, 미안한 듯. 아무리 이해득실만 차리는 귀족들이라도 염치가 없는 것은 아니었다. 그들은 자신들이 가차 없이, 조금의 주저도 없이 한 인생을 떨쳐 냈던 과거를 명명백백 기억했다. 물론 타국 간의 일인지라 실질적으로 해 줄 수 있는 것이 거의 없긴 했지만. 결국 이것은 양심의 문제였다. 어려울 때 버렸던 친구가 곤경을 겪는 자신에게 불쑥 손 내미는 듯한 느낌인 것이다.

왕은 시종을 불러 왕실의 종이와 펜을 마련했다. 그는 다른 귀족들이 발렌시아의 서신을 보는 가운데 엉망진창인 글씨로 종이에 써 내려갔다.

짐은 발렌시아 마조레 기지 얀 미라이예 경에게 짐의 무한한 신뢰로 딤니팔 군사의 전권을 전적으로 위임한다. 다만 그 과정에 있어서는

"그 여자 이름이 뭐지?"

"라그랑주 파르무티에 외르타-라르공드 비에이라 라르디슈 올 발루아입니다."

거의 병적으로 이름을 외우는 버릇이 있는 자멘테가 답했다. 웬만한 사람이 저 긴 이름을 말했다면 틀린 곳은 없는지 의심할 왕도 자멘테가 알려 주자 그저 입 다물고 받아썼다.

라그랑주 파르무티에 외르타-라르공드 비에이라 라르디슈 올 발루아 본인의 간언을 듣는 것이 딤니팔에게도 경에게도 큰 명예가 되리라 확신한다.

550년 10월 28일.

꽉 접고, 시종이 달려와 붉은 농을 떨어뜨리자 왕은 그에 자신의 목에 걸고 있던 반지를 찍었다. 왕은 당장 달려가 1급 전령, 포티미외행으로 맡기라 명하고는 다시 자리에 주저앉았다. 앞을 보니 이미 십이공회는 모습만큼은 파행 직전이었다. 몇몇은 발렌시아의 서신을 보느라 한쪽에 몰려 있고 몇몇은 전쟁에 대해 중하게 토론하고 있고 몇몇은 혼자 탁자를 두드리며 고민하고 있었다. 그 산만한 와중에 서신을 읽던 브레타냐 백작이 고개를 들어 물었다.

"새 편으로는 안 보내십니까?"

"새는 못 믿어. 이번에도 봐라. 발렌시아 경은 철저한 사람이니 분명

전서구까지 동원했을 텐데도 늦기는 이리 늦잖나."

"암만 군사 전령…… 1급이라도……."

"한 달. 올 때도 한 달이었으니 갈 때도 한 달이겠지. 짐의 왕국은 넓기는 뭐가 이리 끔찍이 넓은지."

브레타냐는 웃으며 고개를 숙였다. 왕은 눌라레의 탁자 위에 다리를 올리고는 뭔가를 곰곰이 생각했다. 각자 따로 움직이던 그 난동이 가라앉을 때까지 왕 역시 고요한 채 말이 없었다. 아니꼬워서가 아니라 그 역시 따져야 할 것이 많았기 때문이다.

왕은 그 신성하다는 눌라레의 원탁에 다리를 얹은 채 자는 것인지 깬 것인지 모를 태도로 눈꺼풀만 짚고 있었다. 톨레도는 시선을 앞에 둔 채 탁자만 두드리고, 루틸로는 제 손에 보이지도 않는 무언가를 쓰며 맹렬히 셈하고, 데군다는 언성을 낮춘 채 사투르니나와 모종의 거래를 하고, 본잘, 자멘테, 브레타냐는 서부 귀족파답게 둥그렇게 모여 앉아 이미 다들 본 발렌시아의 서신을 두고 토론하고, 안니발레, 페자로는 일어서 저 멀리 떨어져서도 무엇이 그리 비밀스러운지 손으로 수화를 나누고, 체세나는 무표정한 채 한참 동안이나 평소에 제 칼이 있었을 것이 분명한 허리춤을 만지작거렸다. 십이공회의 일원인 만큼 언성 높이는 자는 없지만, 그래도 그 조용한 소란.

그것이 점차 가라앉자 왕이 입을 열었다. 여전히 손은 눈을 가리고 입매만 움직인다.

"아까 얘기한 것들이 농담이 되지 않을 수도 있다."

이미 모두 제자리에 앉아 있었다. 투틸로가 지적했다.

"포티미외, 라쥐모르, 르주뢰, 오르셰에즈, 더불어 전쟁 보상금까지. 이것 전부는 무리입니다. 아무리 상대가 왕의 친정으로 전면전의 분위기를 풍기고 있더라도 일단 규모가 그리 크지 않기 때문입니다. 양측 군을 다 합해야 십오만에서 십팔만 정도가 될 테지요."

"최근 삼십 년 동안 대륙에서 일어난 전쟁 중에는 제일 크다. 또한 포티미외가 어느 쪽에나 요충지인 까닭에 그곳이 뚫리면 오스페다-생로욜로 가는 길이 즉각 열리지. 왕도가 타격 입을 정도의 전쟁은 아니지만 그래도 작은 전쟁은 아니네, 루틸로 후."

"……."

"포티미외에서 이긴다면……."

의미심장하다기보다는 지친 노곤함으로 잠깐의 정적이 있었다. 왕이 드디어 눈에서 팔뚝을 떼었다. 바늘로 찔러도 피가 안 날 것 같은 귀족들이 온 신경을 다해 그만 바라보고 있었다. 그는 흡족한 표정을 지으며 말을 이었다.

"이상 다섯 가지를 모두 요구할 수 있게 되네. 최소한, 그 권리까지는 인정해야 할 거야. 문제는 그다음이지. 그들이 얼마나 악바리같이 거절하느냐."

"저는 그보단 이의의 여지가 없을 만큼의 승리를 얻을 수 있겠느냐를 여쭙고 싶습니다. 왕비 하나 믿고 오기엔 너무 먼 담론 아닙니까."

아직도 허리에 없는 칼을 만지는 체세나였다. 같은 동부의 몇몇 귀족들이 고개를 끄덕였다. 그러나 왕은 조금도 당황하지 않았다. 애초에 그것을 반박이라 생각하지도 않는 듯 친절하게 타일렀다.

"짐은 그 여자가 칠 년을 준비했을 배반이 사소하리라 생각지 않네."

왕은 빙긋 웃었다.

"지도 찢어진 것에 대해 무슨 변명이라도 있니?"

"시누사 경에게 가서 물어봐라."

"시누사 경이 당신에게 가라던데."

"그러면 다시 시누사 경에게 가라. 내 명령이라 하고."

"농치는 건 그만두지."

"……."

"봤나?"

발렌시아는 뻣뻣하게 고개를 돌렸다. 그가 서 있는 너머로 긴 능선이 있었다. 다음번 전투지에 언덕이 많다기에 총사령관이 직접 온 것이다. 그는 저 여자가 어찌 이곳까지 쫓아왔는지 도무지 영문을 모르겠다는 눈빛을 보냈다. 그러나 이내 물론, 당연히, 수걸음 뒤에 모른 척 뒤돈 톨레도를 발견하곤 납득했다. 또 어물쩍 넘겼군.

발렌시아는 외르타의 감시를 톨레도에서 다른 이로 바꿔야 하나 고민했다. 벌써 열일곱이나 된 딸이 있는 나머지 톨레도는 좀 젊다 싶은 외르타에게 강경하게 굴지 못했다. 그래 봐야 그 아이보다는 꽤 나이를 먹었을 텐데. 그는 잠깐 외르타의 나이를 가늠해 보았다. 스물둘? 셋? 그것도 좀 많이 준 것이다. 결혼한 부인으로는 보이지 않았다. 그것은 단순히 동안의 문제가 아니라 풍기는 분위기에 대한 것이었다. 소녀 아이와 여자 사이의 기이한 경계에 머무르는 듯했다. 항상 허리까지 길게 풀어헤친 저 맥없는 머리칼 탓인지도 몰랐다. 저 얼굴로 매양 자신을 애 취급하다니.

"안 봤다."

"……."

"왕도의 명령이 온 이후에 처리한다고 내 말했다. 지도가 파손된 것이 불만이라면 시누사 경에게 도움을 요청…… 명령해라. 경의 죄다. 종기사 적에 측량법을 배웠을 테니 방해는 안 될 것이다."

"젠장. 왕명은 언제 오나?"

그녀는 그에게 한 발자국 다가가며 투덜댔다.

"떠난 지 한 달이 조금 덜 되었다. 전령 기준으로는 이제야 캄비 초입이겠군. 넉넉히 두 달 잡으면 된다."

"세상에……. 저기는 로크뢰 1세가 눈으로 보고 입으로 명령하는데 당신은 이처럼 하나하나 인가를 받아야 하나? 지금껏 어찌 버텼니?"

발렌시아는 별로 고려해 보지 않은 문제를 외르타가 들고 나오는 것을 보고 눈썹을 치켜떴다. 또 무슨 계산이 있는지 파악하기 위해 잠깐 침묵을 지켰다. 그녀의 밤빛 눈이 부끄러움도 모르고 발렌시아를 똑바로 바라보고 있었다.

부끄러움. 물론 그 역시 외르타가 자신을 볼 때에 특별히 수치를 느껴야 한다는 생각을 한 것은 아니었다. 다만 보통 여자들이 이토록 한참이나 눈을 마주했을 때 보이는 가장된, 혹은 진짜의 민망함이 없어 조금 이상한 것이다. 아, 이것이 바로 외르타를 소녀처럼 보이게 하는 면모인지도 몰랐다. 조금도 거리낄 것이 없는 당당함. 도대체가 어두운 구석이라곤 얼룩조차 묻지 않은 것 같았다. 저런 천진함으로 남편을 배반해? 정체가 진짜라도 믿을 수가 없다. 이유를 모르니.

그는 문득 이 침묵이 자신이 그녀의 속셈을 가늠한답시고 들어온 침묵이라는 사실을 깨달았다. 자신이 계산 대신 쓸모없는 분석을 했다는 사실에 그는 조금 당황했다. 외르타가 혀를 찼다.

"중요한 사항을 결정하는 데 두 달이라니……. 지난 일 년을 어찌 버텼을지 난 통 상상이 가지 않는다."

"네가 걱정할 필요는 없다. 더 이상 볼일 없으면 가라."

"발렌시아 경."

"……."

"왕이 곧 내가 없어졌다는 사실을 알게 될 거다."

발렌시아가 무언가를 말하려 했지만 외르타는 여지를 남기지 않았다.

"시간이 없어. 내가 없어진 것을 알면 왕은 저번 그 육전대…… 미라이예가 어찌 정보를 입수하게 되었는지 깨닫게 될 거야. 물론 왕비가 그 정도로 미쳤다고는 생각하지 않을 테니 아주 작은 의심이겠지만……."

그는 옆에 붙어 있던 몇몇 기사들을 뒤로 물렸다.

"그래도 난 전쟁을 빨리 끝내고 싶어."

"이 이야기 먼저 하지. 넉 달 안에 전쟁이 끝나리라 했다고? 그것은 무슨 자만인가? 우리는 이곳에 일 년이 넘게 있었다. 그토록 전조 없이 끝날 리가 없다."

"저번에 내 말 안 들었니? 내가 불기 시작하면 그것으로 태풍 정도는 만들 수 있을 깜냥이라 했다, 당신."

"너는……."

"그런데 이처럼 초장부터 듣지 않겠다는 태도라니. 그럼 난 손발이 묶인 것이나 다름없지 않나."

"군이라는 것을……."

"그래, 당신 논리 좋아하니 논리로 따지자."

그녀는 이미 몇 걸음 앞으로 더 나와 언덕의 가장 높은 자리에 서 있었다. 발렌시아조차 그녀의 뒤에 묵묵히 서 있을 뿐이다. 바람에 결 맞춘 침묵. 외르타의 어깨가 살짝 들렸다가 한숨처럼 주욱 가라앉았다.

"당신이 우려하는 걸 정확히 말해. 아니……. 내가 먼저 말할 테니 지적하렴. 첫째, 내가 왕비가 아닐 경우……."

"첫 번부터 틀렸다. 나는 네가 왕비인지 아닌지 그 명시적 사실에 관심을 두는 것이 아니다. 내가 왕비를 계속 언급하는 것은 정보의 신뢰도 때문이지 그 지위 때문이 아니니까. 네가 왕비로 밝혀진다면 밀고의 내용은 더 큰 믿음을 얻을 수 있을 것이다. 그러니 나의 첫 번째이자 마지막 우려는 '네 정보가 틀릴 경우' 다. 나도 이미 네가 이중 배반자라는 것을 믿지 않으니 이중 배반의 가능성은 무시한다. 하지만 그런들 네가 아는 것이 모두 진실이겠는가? 칠 열을 육 열로 잘못 알고 있어도 예상치 못한 타격을 입는 것이 전투다. 모든 것이 맞더라도 단 하나가 틀린다면……. 차라리 불편하고 힘들어도 최대한의 가짓수를 고려하는 것이 낫겠지. 너를 받아들이게 된다면 딤니팔은 전투에서 이기고 전쟁에서 질 위험이 있다. 네게 너무 의지한 까닭에 스스로 냉정하게 사고하지 못하는 사령부가 되리라."

"그래서 내가 왕비로 증명돼야만 정보를 확실히 물어다 주는 여자라 믿겠다?"

"어느 정도는……. 사실 그것도 문제의 소지가 없는 것은 아니다. 너야말로 지난번에 내 말 안 들었나? 네가 왕비라 해도 우리가, 아니 내가 네 말을 곧이들을 수 없는 것은 네게 배반의 이유가 없기 때문이라고."

하지만 지금 당신이 보는 내 등에는 아델의 붉은 천이 있는데.

"그래서 왕도에 보낸 서신에 너에 대한 신뢰 여부를 폐하께서 직접 결정해 주십사 말씀드린 거다."

"사람의 마음이라는 것이 참 갈대 같아서 들어올 때와 나갈 때가 다르거든. 어떤 일이 있었을지 당신이 어찌 아나?"

"그렇다면 그게 무엇인지 말을 해."

외르타는 조용했다. 구릉 너머 돌풍이 일어 그녀의 붉은 망토를 펄럭였다. 그녀의 여윈 몸보다 서너 배는 더 커, 마치 새가 날아가는 모양새이다. 외르타는 반쯤 고개를 돌렸다. 발렌시아는 그 얼굴이 무슨 표정을 짓고 있는지 알아볼 수 없었다. 보이는 것은 그저 그 유려한 선. 머리부터 발끝까지 어떤 완벽한 공식으로 계산되어 저 자리에 선 상 같았다.

저토록 허름한 것을 걸치고도 남길 아름다움이 있다는 것은 어쩐지 조금 기이한 일로 여겨졌다. 가늘고 하얀 손, 고집스레 뻗은 이마, 뚜렷한 선의 콧날, 얇은 목덜미, 그리고 이내 드러나는 그 얼굴. 웃는 듯 우는 듯 구분 지을 수 없는, 비 온 뒤 땅의 산란함과도 같은 표정이었다.

아니, 눈이 변했어. 꺼지지 않고 한 가지를 인내하는 느낌이다. 잉걸불이 아닌가. 발렌시아는 잠깐 무언가를 깨달았다. 그러나 그 깨달음을 되돌아보려는 순간, 잊었다. 무엇을 망각했는지 알지도 못하면서 순간 목뒤가 아찔할 정도로 아쉬웠다.

저 여자가 가진 것이 무어기에?

외르타는 이제 완전히 뒤를 돌아보았다. 망토가 날아갈까 두려운지 힘줄까지 돋은 손으로 쇄골을 부여잡고 있었다. 그녀가 말했다.

"나는 라르디슈 군영에서 도망치기 직전, 왕에게 인근 마을에 가 있겠다고 말했다. 피를 보는 것이 무섭다고 질질 짰더니 기꺼이 보내 주더구나. 병영의 창부 하나를 구해 돈을 지불하고 그 얼굴을 가린 뒤 시녀들과 함께, 실제로 보냈다. 창부는 돈을 받았으니 마을에 도착하자마자 바로 도주했겠지. 시녀와 호위 기사들은 왕이 애지중지하는 왕비가 사라진 것에 기겁하여 한동안 저희들끼리 수색할 테고. 그러나 그 균형이 언제까지 갈지는 또 모를 일 아닌가. 벌써 한 달짼데."

발렌시아는 그에 바로 답하지 않았다. 배반의 이유를 묻는 질문이 무시당한 것이 이번으로 이제 세 번째였다. 첫 번째는 그녀와 자신이 만난 첫날. 그때에도 우리 딤니팔은 라르디슈나 게외보르트나 이를 가는 적국이라고, 그런데 어찌 배반하느냐 물었다. 외르타는 그 질문을 묵살하고 육전대에 관한 이야기를 털어놓았다. 그 당시에는 그녀의 밀고 자체에 집중해 이상한 기미를 느끼지 못했다. 또한 두 번째, 다음 날 저녁, 직접 감사를 표하려 그녀의 막사에 갔다. 목적을 언급하며 이유를 뱉으라는 무언의 명령을 내렸지만 역시 대꾸도 없었다. 심지어 전략 회의에 끼워 달라 떼를 써, 주춤하는 사이에 그녀는 어느새 사령부에 한자리 두툼하게 챙긴 뒤였다.

외르타는 이전에 있던 이 두 번 모두 발렌시아의 시선이 끌리지 않을 수 없는 방향으로 대화를 몰고 갔다. 대화의 주제에 질질 매달려 갔다. 도저히 못 이기겠다는 느낌이 들었다. 그리고 지금 이 세 번째도 역시. 도무지 답이 나올 것 같지가 않다. 발렌시아 또한 이유를 다시 캐묻기보다는 시간의 다급함에 대해 논하고 싶은 마음이 컸다.

또 이렇듯, 알면서 넘어가리라.

세 치면 매도 죽는다. 어째서 이토록 답을 피하는지 이해가 가지 않았다. 곡절이 너무 많아 저러는지, 아니면 아예 없어 저러는 것인지 짐작하기가 어려웠다.

"물론 왕이 내 배반을 알았다고 해서 할 수 있는 일은 아무것도 없어. 내가 아는 것이 단번의 전략이라면 모르되 군의 편제와, 정확한 수와, 그 구성과, 사령부의 성향과, 왕의 생각과, 전투지의 나아갈 방향과, 전쟁의 구체적인 목적과……."

"그만."

"하지만 그래도 저들이 아무것도 모르는 상태에서 한번 크게 때려 주어야 맛이 나지 않겠나? 당신 시누사 경에게서 내기 얘기 들었지? 그 두 번째도 들었어?"

그러나 발렌시아는 두 번째 내용을 생각하기보다는 세 번째를 생각하고 있었다.

"발렌시아 경, 저 여자 지진할 기미가 있는데요."

뭐?

"못 들은 척하지 마. 두 번째도 들었지?"

저 모양으로, 저런 쾌활함으로 선 여자가 그럴 리가?

"회전이 세 번까지 안 가리라 했잖아. 농담한 것 아니다. 회전 두 번을, 한 번은 배신자가 있다는 것을 모르니 멍청한 채 죽게 두고 나머지 하나는 겨우 배반을 깨달고선 광적으로 머리 굴리다 어쨌든 도리 없이 패배. 이 전개가 맘에 들어."

"왕도의 답이 온 뒤에 이야기해라."

외르타의 얼굴에 기가 탁 막힌다는 표정이 서렸다. 그녀는 한숨을 쉬는 듯했다. 발렌시아는 무표정하게, 그러나 단호히 앞으로 나섰다. 한결같은 걸음으로 붉은빛을 스쳐 간다. 외르타는 제 앞을 지나가는 싸한 불티 향에 인상을 찌푸렸다.

그녀는 이내 종종걸음 치며 내려가 톨레도에게 무어라 말을 걸었다. 인사는 없었다. 그가 그녀의 허리를 감싸 말에 올리더니 자기라도 예를 표해야겠다는 듯 발렌시아 쪽을 돌아보았다. 그는 무표정한 채 톨레도의 경례를 받았다. 그 역시 같은 말에 올라타자, 외르타는 이 뒤에서는 이제 보이지도 않았다. 떠났다.

감시를 바꾼다는 생각을 했거늘 아무 말 없이 보냈다는 사실이 조금 꺼림칙했다. 딸과 젊은 아비 같으니 그저 두어도 될 것 같기는 하나, 매번 이리 자신을 귀찮게 하면 도리가 없으리라.

발렌시아는 평원을 바라보았다. 아무 일도 일어나지 않았다는 듯.

톨레도는 패 한 장을 바닥에 떨어뜨렸다. 외르타는 찌푸린 채 고민하다, 톨레도에게 그냥 지나가라는 듯 고개를 휘휘 저었다. 그가 어처구니 없다는 얼굴로 말했다.

"둘이서 하는 롬에 차례 넘기기가 어디 있나?"

외르타는 사람이 변한 것처럼 보일 정도로 크게 인상을 썼다. 그러나 여전히 상대가 물려 줄 기미를 보이지 않자, 결국 제 패에서 한 장을 쥐었다. 아, 이런. 이것을 내면 질 텐데. 지는 내기는 취향이 아닌데. 그녀의 손이 파란 원에서 움찔움찔하다 결국 꾹 내밀려는 순간.

"와! 뭐 해?"

고개를 들지 않아도 누구인지 알 수 있는 사람이었다. 어, 그런데 이게 무슨 냄새야? 그러나 향보다는 판이 더 중요했다. 그녀가 여전히 탁자만 보며 이것을 내야 하나 말아야 하나 고민하는 동안, 톨레도가 먼저 시누사를 돌아보았다.

"경, 그 말 지금 내게 한…… 당장 안 나가!"

톨레도가 버럭 소리를 지르자 외르타는 무슨 일인가 해서 고개를 들었다. 그러나 이미 그가 그녀의 뒤통수를 콱 짓누른 뒤였다. 그녀는 그의 힘을 못 이기고 탁자에 이마를 찧었다. 당혹하여 무엇이 아픈지도 느끼지 못했다. 그래도 패들이 죄 흩어졌으니 이번 판은 꽝이겠군. 그런데 이건 도대체 무슨 냄새지?

"시누사 경, 평소 꼴로 여기 들어오지 말게!"

외르타는 지금 시누사의 그 '꼴'이 어떤지 정말 미칠 듯이 궁금했다. 일어나기 위해 힘을 주자 톨레도가 미안하다는 듯 그녀에게 말했다.

"안 보는 게 좋을 걸세. 잠시만 그리 있게."

그리 달래면서도 그 손의 힘은 조금도 풀리지 않았다. 아니, 도대체 무슨 모양이기에. 외르타는 불만을 가시나 문득 아까부터 확 풍기던 향이 무엇인지 깨달았다.

피.

모름지기 군영에서 전투 뒤에 항상 만연해야 하고, 또 실제로 그러했던 냄새라, 맡아도 그저 그러려니 하고 타성으로만 여겼다. 그래서 심지어 이렇게 가까이 왔음에도 평소 있던 향이라 여긴 것이다. 이 진득한 쇠 냄새를 어찌……. 하지만 그래도 결국 산 사람이 아닌가. 시누사의 목소리가 이토록 생생한데 다쳐 봐야 얼마나 다쳤겠는가. 게다가 외르타 역시 이 군영에 있느라 피 칠갑을 한 꼴은 많이 보아 왔다. 고개를 들어 봐도 상관없으리라 생각했다.

"아, 나는 생각하길 톨레도 경만 여기 있을 것 같았지 뭡니까. 경에게 보여 주려고 들고 왔는데. 외르타는 그냥 계속 그러고 있고. 경은 이거 한 번만 봐 주십시오."

"나가서 보지."

"무거워요. 보여 드리고 나가겠습니다."

톨레도는 어쨌든 시누사를 빨리 내보내려는 듯 가불가 대답이 없었다. 외르타는 도대체 무엇이 무겁다는 건지 알 수가 없었다. 다만 그 와중에, 나도 저것을 보겠다는 결심이 서서 더욱 바동댈 따름이었다.

"짠!"

"나도 보여 줘."

"외르타, 지금 그 모양 좀 웃긴다. 나는 상관없는데 톨레도 경이 참 질색을 하시니…… 안 되나 봐."

"말도 안 되는 소리 말게. 그런데 그게 뭐 어쨌다는 건가? 누구기에?"

그녀는 누구기에 하는 부분에서 딱 깨달았다. 모르긴 몰라도 죽은 자의 부분을 절단해 들고 들어온 것이 틀림없었다. 잠깐 아득해지며 용기가 사라졌다. 그러나 그자의 명칭을 듣는 순간.

"베브론 우두머리."

아는 사람이었다. 자신과 별로 상관은 없었지만 그래도 로크뢰와 함께 이야기하는 모습을 여러 번 보았다. 스스로가 그 사람을 보았을 정도면 분명 사령부의 일원일 텐데……. 딤니팔 군영으로 따지면 체세나 정도를 죽인 건가? 칭찬을 바라고 온 행동이 이해가 되지 않는 것은 아니었다. 그리고 그것을 듣고, 드디어 외르타도 결심이 섰다.

"……그래서 지금 네 꼴이 엉망인 게로구나."

"칭찬 먼저 해 주십시오. 딴 거 말고."

"칭찬은 발렌시아 경께나 받게. 경은 그거 들고 여기 들어오는 순간부터 내 칭찬은 못 받……."

"나도 보여 달라니까!"

외르타는 그리 외친 뒤 시험 삼아 머리를 들어 보았지만, 톨레도는 여전히 강경했다. 코에 닿는 나무 냄새에 슬슬 머리가 아파 오려 했다. 그는 단칼에 그녀의 요구를 쳐 냈다.

"안 되네. 저것도 저것일뿐더러 지금 시누사 경도 꼴이 참 거리의 부랑아 같네."

"부랑아래……."

"그래도 내 보리라. 너희는 내가 여기 머무른 지 벌써 한 달이 넘어가는 것은 기억 안 나니? 웬만한 건 다 봤지 않나."

시누사가 더 가까이 다가온 듯했다. 피 냄새가 진해졌다. 톨레도가 화를 냈다.

"흐르잖나! 냄새 배겠다! 당장 가지고 썩 꺼져!"

"외르타가 보고 싶다는데."

톨레도는 시누사의 저 철없음에 기가 막혔다. 지금 제 한 손이 외르타에게 붙들려 있지만 않았다면 정말 여러 대 두들겨 주고 싶었다. 왕비는 무엇이든 여성으로서 사람 목을 본 일이 있을 리 없다. 시누사도 그 뻔한 사실을 알 것이다. 그럼에도 제 재미가 먼저라 외르타에게 목을 넘기고 그 반응을 지켜보려는 것이다. 놀랄지, 울지, 화낼지, 기절할지, 하얗게 질릴지, 비명을 지를지. 그것이 상대에게 어떤 해를 끼칠 줄 알면서도 '재밌을 테니까.' 결국 이것도 그저 장난이다. 정말 오랜만에 진심으로 화가 나자 갑자기 그의 기세가 확 가라앉았다.

"당장 들고 나가지 않으면 넌 즉각 왕도로 귀환이다. 발렌시아 경께 고발하여 포티미의 위에 영영 못 서게 할 것이다."

"경……!"

"살인 조롱하는 것을 기사 앞에서 한들 누가 조금의 비난이라도 하나. 그런데 그걸 기어이 들고 와서 여자에게 보이겠다고? 너 애초에 여기 들어온 것도 나보다는 외르타를 노림이렷다."

"하지만 그녀 본인이……."

"보여 달라니까!"

"이렇게 말하니까요."

톨레도는 아무리 화가 나도 자신이 할 수 있는 일과 할 수 없는 일을 구분하는 사람이었다. 발렌시아에게 받은 명령은 그저 감시뿐이다. 따라서 그에게도 그녀의 자유 의지를 억누를 방법은 없었다.

"외르타, 방금 그 말 철회하게. 자네가 그리 나오면 나는 강제할 수가 없네. 하지만 보면 한 달 정도 잠을 설치리라 내 장담하니……. 내 말대로 하게나."

"내 성질이 시누사 저놈보다 약할 거라곤 생각지 않는다."

"아무리 시누사 경 정신머리가 딱 세 살에서 멈췄다지만 그래도 저자는 댈 것 없는 살인자네. 열넷에 나와 열아홉인 지금껏 칼질만 한 기사란 말이네. 비교할 것이 못 돼."

시누사가 불만 섞인 콧방귀 소리를 냈다. 그러자 톨레도가 그에게 무슨 짓을 한 듯 으악 하는 비명 소리가 울렸다.

그리고 무언가 땅에 떨어지는 소리.

외르타는 잠깐 소름이 끼쳤다. 이제 확실했다. 저 소리로 확실해졌다. 사람의 머리가 아닌가. 톨레도가 짜증스럽게 외쳤다.

“시누사 경! 줍게! 그걸 또 떨어뜨려? 이따 제대로 차리고 와서 여기 치우고 가게!”

“먼저 정강이를 걷어차고선 아니 나보고 어떻게 멀쩡하라고? 당혹스럽네요, 경. 아! 아파 죽겠군.”

“다시는, 다아시이느으은 출전 금지 명령을 내리지 말아 달라고 발렌시아 경께 요청해야겠네. 끓는 냄비 눌러 놨던 것같이, 풀어 주니 이전보다 배는 설치는가? 오늘 내가 나가지 못했다지만 경 꼴은 눈에 훤하네! 그나시오의 장손에게 미친개라는 이름을 붙이게 하지 말았으면…….”

“보여 달라니까!”

총체적 혼란이었다. 외르타는 탁상을 주먹으로 내리치며 왕왕대고, 시누사는 주섬주섬 사람의 머리채를 붙들고 일어서다 다시 한 번 휘청 — 어이쿠! — 해 그 목을 기어이 또 굴리며, 톨레도는 몸이 자유롭기만 했다면 죽은 머리통을 잡아 저 멀리 던지기라도 할 듯 험악하게 으르렁거렸다. 세상 뜬 이에 대한 경의라고는 눈곱만큼도 없었다.

외르타가 끝내 보겠노라 고집을 부리자, 톨레도는 이기지 못하고 자못 큰 한숨을 쉬며 말했다.

“지금 시누사 경이 든 것은 시체 머리네. 아, 방금 경이 떨어뜨려 조금 뭉개진 시체 머리네. 그래도 보겠나?”

“몇 번을 말해?”

“좀 더 생각을…….”

“어차피 언젠가는 보게 되리라.”

톨레도와 시누사는 영문을 몰라 어찌 답하지를 못했다. 그 정적을 놓치지 않고 그녀가 반복했다.

“그러니 그만 놔줘.”

외르타는 제 뒤통수에서 큰 손이 천천히 떨어져 나가는 것을 느꼈다. 어쩔 수 없다는 듯, 매우 천천히.

“그럼 이래도 되죠?”

턱 하고 탁자에 무언가 놓이는 소리가 났다. 그녀는 고개를 들었다.

“…….”

시퍼렇다 표현할 수 있을 정도로 불쾌한 얼굴색, 피가 줄줄 흐르며 잔뜩 부어오른 안면, 어딘가가 깨진 듯 이상한 모양의 머리통, 똑똑히 뜬 꺼먼 눈. 외르타는 그런 그와 정면으로 얼굴을 마주하곤 매우 당혹스러워졌다. 온 얼굴에 피가 쏠리는 기분이었다.

아무 느낌을 받지 못해서.

너무 지나치게 감흥이 없어서.

그녀는 자신이 과거에 잘린 머리를 또 본 일이 있나 고민했다. 머릿속에서 대답 대신 누군가의 비웃음이 들렸다. 있을 리가 없지 않느냐. 왕녀든 왕비든 시체와는 거리가 먼 직업이니. 그럼에도 지금 자신은 저 눈 홉뜬 머리와 시선을 마주한 채 별 와 닿음이 없는 것이다. 그게 정말이지 이마가 지끈거릴 정도로 당혹스러웠다.

이것은 옛날의 그 느낌과도 비슷했다. 스스로 애정에 무디어졌다는 것을 알게 되고도 조금도 개의치 않던 사람. 그 여자, 외르타. 사실 그것이나 이것이나 결국 비슷한 이치인 것 같기도 했다. 그런데 나는 결국 아델을 사랑했는데?

“눈뜬 채로 기절했나?”

외르타는 그리 지껄이는 시누사의 얼굴을 보지도 않고 손으로 밀쳤다. 저 시체의 얼굴 어딘가에 내가 찾을 수 있는 공포가 있을 것이다. 살아 움직이는 모습을 봤던 사람이 이리 죽어 있는데 불쾌함 한 점 없다는 것은 좀 이상한 일이 아니겠는가. 그것을 찾아야 비로소 안심할 수 있을 것 같았다. 이런. 웃기는 말이군. 공포를 찾아야 안심하겠다니. 그러나 그녀에게는 그것만이 스스로가 정상이라 확신할 수 있는 증거였다.

그러나 한참을 들여다보아도, 종내 아무것도 없었다. 외르타는 멍하니 생각했다. 너 방금까지 누가 '정상'이라고 생각한 거니? 계속 가까이 있으려니 냄새가 나 견딜 수가 없었다.

외르타는 포기하고 제 코를 잡았다.

"냄새난다, 치워라. 죽은 지 얼마나 된 거야?"

시누사가 허 하는 의미 모를 소리를 냈다.

"당신 일전에 이런 걸 얼마나 본 건가?"

"전혀."

"거짓말 마."

"시누사 경, 외르타가 경이 바라는 모습을 보여 주지 않는다고 신경질 부리지는 말게."

외르타는 그제야 시누사를 돌아보았다. 신음이 절로 나왔다. 정말 머리부터 발끝까지 피였다. 그가 입구부터 밟고 지나온 흙에 점점이, 혹은 와르르, 쏟아진 피가 만연했다. 상처를 볼 줄 몰라 저것이 시누사 자신의 피인지, 타인의 피인지 복잡한 무구 속에서 잘 구분되지 않았다. 그러나 분명한 것은, 보는 순간 그가 확 꺼려졌다는 것. 시체보다 저 모양이 더 거치적거리는 스스로가 이상한지 자문해 보았다. 그리고 이제는 당연한 듯 그저 무시당했다. 외르타는 진저리 치는 어조로 물었다.

"누가 네 위에 피를 쏟아부었니?"

"아, 이거 말. 나 낙마하고 상대 말 모가지를 벴거든. 너무 높아서 콸

콸콸…….”

“난 이것보다 네 꼴이 더 싫다. 씻고 와.”

“왜 상처 걱정은 안 해 주고 더럽다고만 생각을…….”

“동의하네. 시누사 경은 지금 팔팔한 것이 용할 지경이네. 상처도 이처럼 많지 않나. 여기.”

톨레도가 아직도 제 손에 쥐고 있던 카드 모서리로 시누사의 팔뚝을 내리찍었다. 비명이 올랐다.

“여기.”

배.

“어억!”

“여기.”

옆구리.

“으아갸!”

“여기.”

시누사는 도망쳤다. 톨레도는 허탈한 표정을 짓고선 외르타를 돌아보았다. 그녀는 죽은 머리 너머로 보이는 톨레도의 선한 얼굴이 서로 참 큰 부조화를 이루고 있다고 생각했다. 그는 고개를 절레절레 흔들었다.

“진작 이리할 것을 그랬네.”

“난 상관없는데.”

“자네가 이처럼 멀쩡할 줄 내 알았겠나.”

“별로…….”

외르타는 그리 말하면서 시체의 뺨을 툭툭 쳤다. 살아 있었다면 이 무슨 무례냐고 불같이 화를 내었겠지만 명을 다한 지금 이 손길은 아무 의미가 없었다.

“이 사람을 아나?”

“응.”

“친했나?”

“친하기는 무슨. 날 비웃었지. 여자가 전쟁터엔 무슨 일이냐고.”

“죽어 기쁜가?”

“톨레도 경, 누구의 죽음도 기쁠 수는 없어.”

“당신은 아직 원한 가진 자가 없군.”

외르타가 빙그레 웃었다.

“보복하고 싶은 인간이 있다면 그런 말은 안 나올 걸세.”

톨레도의 표정은 이전과 전혀 다르지 않았다. 그녀는 그래서 더욱 묻고 싶었다.

“경은 있었나?”

“그 많은 전쟁터를 거쳤는데 없겠나. 내가 겪기 전에는 동료의 복수라는 말이 참 구질구질하게 느껴졌는데, 막상 당하고 해 보니 그건 아니더군.”

“복수는 만족스러웠나?”

그는 어느새 질문하고 답하는 사람이 뒤바뀌었다는 사실을 깨닫고 얼떨떨하게 미소 지었다. 외르타는 생각했다. 음. 이렇게 탁자에 턱을 받치고 있으니 당신, 시체 옆에서 웃고 있구나.

“그러네.”

“얼마나?”

“대단히.”

“죽였나?”

“그럼.”

“어땠지?”

“기뻤네.”

"그것으로 끝인가?"

"적어도 내게는 그러했네."

외르타의 표정이 사라졌다. 그녀는 기운이 없는 듯 탁자에 기대었다. 그러고는 종이에 스미는 물처럼 고요히 말했다.

"복수는 기쁘지 않아."

"해 본 일 없는 자가 그리 말하니 참 설득력이 없네."

"눈에 눈으로 갚으면 세상에 남은 자는 오로지 눈먼 자뿐이리라."

톨레도는 외르타의 몽상에 헛웃음을 터뜨렸다. 농담이라도 하는 건가 하는 생각이 그의 얼굴에 뚜렷이 드러났다. 그러나 그녀는 그 확연한 웃음에도 별다른 반응을 보이지 않고, 그저 차분히 말을 이었다.

"그럼 모두를 장님으로 만들지 않는 방법이 무언 줄 아나?"

"복수의 고리를 중간에 끊는 것? 용서하라 말하는 것인가?"

그가 가벼운 놀이를 하듯 유유하게 답했다. 외르타도 겨우 웃었다. 장단 맞추듯 답했다.

"고리를 끊기는 끊어야겠지. 그러나 경과 내 방법은 조금 다르군."

톨레도의 눈썹이 살짝 치켜 올라갔다. 웃던 입매가 어찌할 바를 모르고 뚝 멈췄다. 잠깐, 아니 어쩌면 한참, 그 사이를 우둑 조이는 정적이 있었다.

"복수한 자도, 복수를 당한 자도 모두 사라지면 돼."

그는 드디어 외르타의 말속에 뼈가 있다는 것을 알아차렸다. 엉터리 도덕관으로 설교한 것이 아니었다. 톨레도는 더 이상 웃고 있지 않았다. 농담이라는 기분은 씻은 듯이 가셔 있었다.

"상대의 끝도, 복수의 끝도 기쁘지 않은 것은 그것이 또한 내 끝이 되리란 것을 알고 있기 때문이지."

그는 무슨 말을 하려 입을 벌렸다가 결국 어떤 소리도 내지 못한 채 꾹 닫았다. 외르타는 기지개를 켜며 탁자 위에서 몸을 일으켰다. 톨레도는 그녀가 하품하는 모양을 빤히 바라보다 물었다.

"자네 나이가 어찌 되지? 스물?"

"스물넷."

"……."

"어리게 봐 줘서 고마워."

"스물이나 스물넷이나 별 차이는 없네."

하지만 내 스물과 스물넷은 그렇지 않았는데.

"그땐 다들 자아를 보듬느라 참 애쓰지. 그래도 젊을 때가 좋아. 되는 대로 살게."

그녀는 웃음을 터뜨렸다. 톨레도 역시 젊을 때를 운운하기에는 아직 어색한 나이 아닌가. 저 눈이 제법 노숙해 보이기는 하지만 그래도 기껏해야 서른 중반이리라. 노인들 역시 그를 보며 '젊을 때가 좋네.' 라고 말할 테지. 외르타는 그리 웃다가 돌연 벼락 맞은 양 뚝 멈췄다. 깜박했다. 심지어 외르타 자신이. 사람의 세월은 그것이 하루라 해도 의미가 있다. 내 스물이 어떠했다고?

"이만 나가 보겠네. 시누사는 내가 두들겨 잡아 놓을 테니 걱정 말게."

톨레도는 피 묻은 카드를 탁자에 엎어 두고는 일어섰다. 외르타는 힘없이 손만 움직여 인사했다. 그는 어쩐지 경황이 없는 듯, 지금껏 한 번도 없던 잰걸음으로, 뒤도 돌아보지 않고 거처를 나섰다.

그가 그곳을 나와 들어간 곳은 얼마 떨어지지도 않은 제 막사였다. 톨레도는 자신의 의자에 시누사가 앉아 있다는 사실에 놀라지도 않았다. 그래도 어느새 좀 멀끔해진 것이 다행이었다. 그 멀끔함이 여기서 처리된 것이라 문제지만.

"톨레도 경, 나 여기 리넨 좀 잡아 주십시오."

"의무병은 네겐 진정 사치란 말이냐?"

"시끄럽단 말이에요, 그치들."

톨레도는 흰 붕대 — 리넨을 한쪽에서 붙잡아 주었다. 입에도 리넨을 한 줄 당기고 있던 시누사는, 붕대를 고정하느라 쭉 뻗고 있던 팔로 탁자에 놓여 있던 그릇을 가리켰다.

"저것도 좀 부어 주시면."

"저건 이따 나가서 하게. 달걀을 바닥에 부으면 썩은 내 날 것이 뻔한데 경 일부러 그러는 것 내 다 아네."

"허. 지금 리넨 매고 있는데 이따가 이 위에 연고를 부으라고요?"

"그럼 매는 것도 나가서 하게나."

"지금 거동이 힘들 정도로 다쳐서……. 이게 다 경께서 방금 종이로 찌른 탓이거든요?"

"거짓말 말게."

"진짜 아픈데……. 경께서 아까 저 하루라도 쉬게 하면 안 되겠다 하셨죠? 그런데 이렇게 아프면 사흘 뒤에 있을 전투에는 또 어떻게 나가나."

톨레도는 일어서서 그릇이 있는 곳으로 다가갔다. 우유와 계란이 함께 풀려 있는 연고가 있고, 그 옆에 모자라면 더 쓰라는 것인지 여분의 달걀이 놓여 있었다. 톨레도는 달걀을 쥐었다. 시누사가 의심 섞인 눈빛을 하기도 전에 그는 그것을 잡아 던졌다. 상처에 맞았다. 톨레도는 시누사가 비명도 못 지르고 헉 허리를 접는 것을 만족스럽게 바라보았다.

"잘 발린 것 같군."

"으어…… 억……. 경께선 왜 절 그리 못…… 괴롭혀서 안달……."

"흰자는 발라 줬지 않나."

"깨진 쪽이……. 으……. 아니, 그 이전에…… 맞은……. 으헉……."

"경, 많이 아파 보이는군. 한 번 더 치료해 줄까?"

"돼쓰흡니다!"

톨레도는 웃지도 않고 의자에 앉았다. 그는 시누사가 제 아픔을 못 이기고 찡찡대는 것을 한심하다는 눈으로 바라보았다.

"엄살 피우지 말게. 처음부터 많이 다쳐 오지도 않은 것 아네."

"……."

"아까는 심했네, 경. 내가 지금 경을 더 탓하지 않는 것을 감사히 여기게."

"……."

"왜 그랬나? 저 여자에게 관심 있나?"

"켈록! 쿨럭! 쿨럭, 쿨럭, 쿠울럭! 으에히이!"

"아닌 거 아니 닥치게."

"경……. 경, 오늘 진짜……."

시누사는 사례에 눈물이 글썽글썽한 채였다. 그러나 톨레도는 저 어린 얼굴이 전혀 불쌍하지 않았다. 사람 죽일 때의 모습을 아니까.

"내가 그리 하지 말라 했는데 끝까지, 기어이 남아? 경, 도대체 무슨 생각인가."

"결국 그 여자도 아무 반응 없었잖아요? 무덤덤한 게 허세가 아니었단 건 경께서도 눈치채신 것 아닙니까."

"그렇지 않았다면? 결과로 두고 보지 말게. 기절했으면, 정신적 충격을 받았으면, 경기를 일으켰으면 어쩔 뻔했나?"

"에이. 무슨 사람 머리 본 것 가지고."

톨레도의 기세가 정말 엄중해졌다. 친절한 인상이라고는 온데간데없었다. 그는 당장에라도 칼을 뽑을 듯이 낮고 사납게 말했다.

"경, 더 이상 농담하면……."

"알겠습니다! 알겠다고요! 아, 제가 그 여자에 대해 뭘 좀 어쩌다 알게 된 사실이 있거든요? 그런데 그게 진짠지 아닌지 사람 죽은 꼴을 좀 보여 주고 파악해 보려 했어요. 내가 진짜, 전투 중 죽은 머리 베느라 엄한 내 목을 찔릴 뻔했지. 어휴……. 문제는 그런 고생을 하고도 지금 뭐가 뭔지 잘 모르겠다는 거지만. 공포에 질리는 것, 핏기 없이 당황하는 것, 눈 피하고 입술 씹는 것, 미친 것처럼 주변도 파악 못 하고 멍하니 들여다보는 것……. 그 가짓수는 다 가설을 세웠는데."

"무감함은 예상치 못했다?"

"그런 겁니다."

시누사의 파란 눈은 어느새 초로의 늙은이였다. 사람의 눈을 들여다보면 상대를 믿을 수 있게 된다지만, 톨레도는 세 살배기부터 여든까지 나타내는 저 눈에 신뢰를 가진 일이 없었다.

돌연 전조도 없이 시누사가 말했다.

"외르타 돌보는 거 안 힘들어요? 딸 생각나서 곱게 봐주는 건가? 하하, 우리 알피."

"그 여자는 보살핌이 필요 없네."

"아니. 생각이나 행동 방식 말고요. 저보다 제 앞가림을 잘할 정도라면 말 다 한 거 아닙니까. 외르타가 그린 라르디슈 군영 지도는 보셨습니까? 전 제 손을 잘라 버리고 싶던데. 종기사 때 측량술을 배우고도 이 모양이라니."

"나도 보고 놀라 경이 계관 기사단 위치를 그려 놓은 걸 지워 버렸네. 영 부끄러워 내보일 수가 있어야지."

"그게 경이셨습니까!"

"수정 바란다고 했잖나. 수정해 줬네."

시누사가 어휴 한숨을 쉬며 제 손을 쥐었다 폈다. 얼굴은 소년이라지만 뼈대는 이미 살인으로 굵어져 있었다. 손에서 단단한 것이 부딪치듯 딱딱거리는 소리가 났다.

"그런데 생각이나 행동거지가 아니라면 도대체 뭘 얘기하는 건가?"

"여자잖아요. 씻는 건 어떻게 해요?"

"가끔 사령부 수도를 혼자 쓰게 해 주네."

"옷은?"

"일반 병사 옷이나…… 자기가 싸 온 옷이 두어 벌 있는 것 같네. 혼자 빨아 입는 듯하더군."

시누사는 이 말을 위해 앞선 말을 했다는 듯 잠깐 멈칫했다. 그는 턱을 한 번 꾹 다물었다가 입을 열었다.

"월경은?"

톨레도의 표정이 사라졌다. 시누사는 저것이 그가 너무 당황했기 때문에 나타난 얼굴이라는 사실을 잘 알았다. 한참의 꿉꿉한 정적 뒤에 그가 간신히 입을 열었다.

"그거…… 이상하군……. 그러고 보니……. 어, 왜……."

"왜요?"

"못 봤…… 아니, 봤을 리가 없지……. 그러니까……. 신경을 써 준 적이 없는…… 데……."

시누사는 그가 월경에 대해서 조금도 생각하고 있지 않았다는 사실을 깨달았다. 기실 그가 특별한 것은 아니었다. 이토록 남자만 모인 곳, 그것도 남성성의 절정인 전쟁터 속에서 도대체 누가 그것을 기억한다는 말인가. 아주 새까맣게 잊고 있었을 것이 틀림없다. 톨레도는 시누사의 특이한 정신머리가 도움이 되는 날이 오자 기분이 이상해졌다.

"어…… 이상하…… 음……. 그것 그냥…… 옷도 스스로 처리하니 그것도…… 아니겠나?"

"온 지 벌써 한 달이 넘었는데. 그럼 외르타 혼자 알아서 하나 보네요."

아무렇지 않게 이야기하는 시누사에 비해 톨레도는 조금 무안한 침묵을 지켰다. 그것을 어찌……. 물어봐야 하나, 어떻게 하나, 그냥 내버려 둘까……. 그 복잡한 표정을 본 시누사는 자신이 얻어맞은 것에 충분히 복수했다고 생각했다. — 최초의 제 잘못은 잊었다. — 그리고 그를 도와주기 위해, 능청스레 말했다.

"어째 오늘은 제가 말 돌려도 아무 말씀을 안 하십니다?"

"말…… 돌렸었나?"

월경이 준 충격이 크기는 컸나 보다.

"'제가 그 여자에 대해 뭣 좀 어쩌다 알게 된 사실.' 이거 관심 없으세요? 전 당연히 물어보실 줄 알고 기대하고 있었는데."

갑자기 톨레도가 제정신을 차린 듯 보였다. 그는 멍멍하던 제 눈을 몇 번 깜박이더니, 가까스로 채신을 지켜 딱딱하게 답했다.

"나도 방금 안 것이 있으니 피차 퉁 치기로 하지."

"잉? 방금? 언제? 뭐요?"

"내가 경을 더 꾸짖지 않은 데에는 이 이유가 크네. 경이 가져온 목 때문에 나온 얘기였는데, 좀 의미심장한 것이……. 다른 것은 몰라도 내 한 가지는 알겠더군."

잠깐 묘한 시선이 그 둘 사이에 놓였다. 어둡다기보다는 그저 상대를 재는 것 같은 침묵이었다. 교묘한 정적. 누군가 그들을 동시에 떠밀기라도 한 듯, 높낮이 다른 두 목소리가 한꺼번에 달려 나왔다.

"살 생각이 없다."

시누사의 얼굴에 처음인 듯 정말 진심으로 놀란 표정이 떠올랐다. 누군가 그 목을 쥐고 흔들며 돈 내놓으라 말하기라도 한 듯했다. 그러나 같은 말을 내뱉은 톨레도는 놀랍다기보다는 조금쯤 꺼림칙한 얼굴이었다. 여전히 얼얼한 채 시누사가 말했다.

"어……. 신기하네. 우리 둘 말이 맞다니. 외르타는 그리 쌩쌩한데 왜 우린 받은 느낌이 이렇대요?"

"……."

"체세나도 자멘테도 데군다도 사투르니나도 그냥 그 활기에 감탄만 하고 있던데. 실제로도 그렇고요. 가끔 피곤해 보이기는 해도 그게 우울한 건 아니지 않습니까."

"……."

"그건 우리가 좋은 성정에서 좋지 않은 것만 골라 해석하는 나쁜 놈들이기 때문일까요?"

톨레도는 시누사의 말을 죄 무시하기로 결심했다. 시누사 역시 자신이 그 답을 들으리라고는 생각도 하지 않았을 것이다. 그래서 그는 대화를 뚝 끊은 채 요점을 지적했다.

"발렌시아 경께 보고했나?"

"그럼요. 그런데 별거 아니라 생각하시는 것 같습니다."

"다시 말씀드려야겠네."

"같이 가요. 내가 잡은 놈도 보여 드릴 겸 겸사겸사."

톨레도는 일어서려다 우뚝 멈췄다. 제 실수를 깨달은 것처럼 얼굴이 확 일그러졌다. 시누사는 영문 모를 표정을 하다가, 문득 그 당혹을 이해했는지 톨레도를 향해 손가락질했다.

"내 목!"

"아."

"어디다 두고 오셨습니까!"

"……."

톨레도는 그 가까운 외르타의 막사 앞에 서기 전까지 과장이 아니라, 시누사의 한탄을 천 마디도 더 들은 느낌이었다. 내가 그 자식을 목숨 걸고 잡았는데 — 거짓말이다. — 자신이 가장 존경하는 톨레도 경께서 — 거짓말이다. — 여자에 눈이 팔려 — 거짓말이다. — 전리품을 귀히 여기지 않고 두고 왔다는 내용을 그는 결국 수백 번도 더 들을 수밖에 없었다. 귓속에 참새 백 마리를 가둔 듯 시끄러웠다.

그는 외르타의 천막 앞에서 헛기침을 몇 번 했다. 그러나 톨레도가 자신을 밝히고 출입을 청하기도 전, 시누사는 인사도 없이 성큼성큼 걸어 들어갔다. 그는 시누사를 따라 들어가며 그 머리를 때렸다.

"아, 왜 때려요!"

"조심성 좀 있어라!"

"헛기침했으면 됐…… 어……?"

"이젠 말도 놓는…… 구나……. 어…… 발렌시아 경?"

발렌시아였다.

그의 손에 칼이 있었다.

외르타는 나가는 톨레도의 등에 대고 구태여 분실품을 지적해 주지 않았다. 다만 한 팔로 턱을 받친 채 다시 늘어지게 엎드렸다. 코앞에서 홉뜬 죽은 자의 눈이 기이했다. 그녀는 다른 쪽 팔을 책상에 괸 채 시체의 뭉개진 뒤통수를 툭툭 쳤다. 조롱이 아니라 안쓰러움이었다. 이내 그것은 쓰다듬음으로 변했다.

불쌍한 것. 너도 누군가의 아이이지 않았겠느냐.

그녀의 입매가 조금 꿈틀했다. 사십이 넘은 남자의 머리를 가지고 이런 생각을 하고 있다니. 그러나 이것은 그녀가 죽은 자를 볼 때마다 어쩔 수 없이, 항상 읊조리는 말이었다. 불쌍한 것. 그자가 소년이든 청년이든 중년이든 노년이든 따지지 않고 가장 처음 나오는 동정이었다. 그 사람이 누구의 부모일 수도 있다는 생각은 애초에 하지를 않았다. 그저 누군가의 아들이리라, 자식이었으리라 하는 마음 절절하여 연민 비치는 것이다.

외르타는 소녀 적에 어떤 이야기를 들었다. 부모가 죽은 아이는 어떻게든 잘 살지만 아이가 죽은 부모는 이내 제 목숨을 매단다고. 그 말을 한 고약한 자는 그녀의 어머니에 빗대어 첫 어구를 강조했기 때문에 나중에 제게 큰 화를 보았다. 하지만 지금에 와서는 도리어, 자신에게 첫 어구를 강조하는 자가 큰 감사를 받으리라 생각되었다. 뒷이야기를 말한다면 자신은 힘 모자라는 줄도 모르고 그대로 덤벼들어 목을 뜯을 테니까.

아이가 죽은 부모라니. 살 수 있겠는가?

시야가 반쯤 죽는다. 너무 악랄한 생각을 해 가슴이 쿵쾅쿵쾅 뛰었다. 다른 이야기, 다른 생각. 어서 떠올려라. 젠장. 떠올려. 시야에 희끄무레한 아델이 잡히기 전에 도망쳐야 했다. 떠올…….

달거리.

외르타는 제 얇은 아랫배가 덜컥 숨을 멈췄다고 생각했다. 실제로 그녀의 호흡 또한 몇 초 동안이나 움직이지 않았다. 자신에게 버티고 선 가장 큰 시름을 비껴 났더니 이제 나타난, 더 현실적이고도 잔혹한 문제.

왜 달거리가 없지?

아직까지는 그저 조금 늦는 것이라 믿고 있었다. 그녀의 주기는 죄렛 탓에 항상 어느 정도 불규칙했으니 그리 나쁘지 않은 추측이다.

죄렛이란 자신이 예전에 복용했던 낙태 겸 피임약의 이름이었다. 그것의 독성은 웬만한 의원들 모두가 답이 없다며 손사래 칠 정도였다. 임신하지 않은 채 복용해도, 단발성의 피임 효과를 주는 것을 넘어, 아예 아이를 낳지 못하도록 몸을 망치는. 실제로 죄렛을 한 해 이상 복용한 여인 중 다시 제 아기집이 살아나는 사람은 십분지 일도 채 되지 않았다. — 물론 임신한 채 낙태용으로 사용한 산모는 대부분 죽는다. — 독해도 효과가 확실한 까닭에 창부들 사이에서만큼은 인기 있는 약이었다. 창부가 아니라면 자기 아이를 영영 죽이겠다 마음먹을 여인이 있을 리 없고.

그런데 외르타는 그것을 한 해 반 동안 복용했다. 아델이 죽은 뒤 게외보르트가 아이를 낳지 말라 강요하자, 어쩔 수 없이 제 몸에 털어 넣은 것이다. 왕이 그녀를 건드리지 않을 턱이 없으며, 품었다 죽이는 것보다는 아예 품지 않는 편이 나을 테니까.

조금의 주저도 없이, 외려 영영 아이를 가질 수 없는 몸이 되기를 바라면서. 죄렛을 한가득 옆에 쌓아 두고 그제야 안심했다. 이것을 전부 취한 뒤라면 나도 이제 아이를 보지 않을 수 있을까? 보기만 해도 배가 부른 광경이었다. 외르타는 습관적으로 그것을 먹으면서도, 한 해가 넘어가자 이제 무용한 약이 아닐는지 스스로 자문하곤 했다. 이미 아기집이 망가졌을 테니까.

그럼에도 왕이 친정을 나갈 때까지 그것을 놓은 일이 없었다. 제 불안과 두려움이 너무 컸던 까닭이다. 내가 그 멀쩡한 '십분지 일' 에 속하면 어쩌나. 복용을 멈췄는데 갑자기 월경이 시작되어 그의 씨를 다시 배면 어쩌나. 그것이 열 달 뒤 태어나서 그대로 목 졸리면 어쩌나. 아니, 애초에 태어나지도 못하고 제 배에 있는 채로 독을 먹어 핏덩어리로 흘러나오면 어쩌나. 머리카락이 쭈뼛 섰다. 한 번. 온 인생에서 겪기 충분한 횟수다. 그 이상이라면 아델의 비수를 가슴에 품고서도 살 의지를 잃은 채 죽어 버렸을 것이다. 아이를 둘이나 죽이고 살아남는 어미는 도대체 무슨 염치를 지닌 것인가.

우려했던 바대로 외르타는 '십분지 일' 이었다. 정말 지독히도 재수가 없구나 생각했다. 왕이 떠나고 죄렛을 멈춘 지 꼭 두 달 만에 피가 쏟아졌다. 그것을 안 날 아침, 생 로욜이 떠나가도록 비명을 질렀다. 침대에 남은 핏자국. 자신의 첫날밤과도 같은 공포였다. 어째서, 무엇이, 어떤 이유로 이리 질기게 제 핏줄을 붙들고 있는 것인지 이해가 가지 않았다.

외르타는 절망하며 그 뒤로 한 해 가까이 띄엄띄엄 달거리를 치렀지만 이후 다시 죄렛을 복용하지는 않았다. 어차피 왕은 제게 없었으므로, 구태여 제 몸에 쓸모도 없는 것을 먹고 싶지 않았다.

그리고 드디어 포티미외에 불려 가던 당시. 그녀는 시간이 너무 촉박한 나머지 여행길에서야 죄렛을 찾을 수 있었다. 시녀가 구해 온 죄렛은 분명 제 목구멍으로 넘어갔으나, 시장이나 뒷골목에서 사는 물건 따위를 믿기 힘들어 불안했다. 제대로 된 경로가 없다면 진짜 약을 얻을 수 없는 것이다. 하지만 너무 급해서.

왕에게 와 꼬박 한 달이었다.

왜 달거리가 없지?

왜?

다음 주까지만 인내하리라. 그때라면 벌써 마지막 월경 이후 두 달이 넘어가는 시점이니 아마 그 이후로는 이성을 찾기 힘들 것이다. 이것은 예측이 아닌 확신이었다. 어쨌든 아직은 지난 일 년 월경을 치렀던 범위 내다. 역시 조금만 더 기다려 보는 편이 낫겠다. 초조했지만 점차 속이 가라앉았다. 요즘 들어 계속해서 제 머릿속 한 부분을 차지한 생각이었기에 불러일으키기도 가라앉히기도 쉬웠다.

그녀는 한숨을 쉬었다.

그런데 만일…….

그리되면 너는 어쩔 테냐?

금방이라도 속을 게워 낼 것 같았다. 외르타는 자신의 손에 쥔 것이 무엇인지도 모르면서 그저 우득 움켜쥐었다. 홀로 있는 것이 익숙하다지만 그렇다고 이런 뼈 깎는 생각을 하는 것까지 익숙해지면 어쩌자는 건가. 잊어야 하지 않나. 잊는 것이 가장 큰 축복이다. 지난 칠 년 동안 항상 생각해 온 것. 잊는 것이 가장 큰 축복이다. 정말이었다.

"엄마."

"응?"

"난 왜 동생이 없어?"

"너무 겨워서……."

"어?"

"엄마는 아델만 있으면 행복한데, 아델은 그렇지 않니?"

회상이 덜덜 떨린다.

"나도!"

"이리 오렴."

나는 왜 죽지도 못하고 이리 살아…….

무언가 기척이 있었다. 외르타는 정신을 추스르지도 못한 채 그대로 제 손에 쥔 것을 던졌다. 눈앞에 보이는 것이 없었다. 미칠 것만 같은 열기가 얼굴에 쓰여 시야가 제대로 잡히지 않았다. 여기가 산 세상인가 죽은 세상인가. 생 로욜인가 포티미외인가. 나는 미래를 내다본 것이 아닐까? 모든 것이 꿈이고 돌아오면 다시 아델이 눈앞에…….

그러나 스스로 부여잡은 것은 붉은 천.

"아…… 아아……."

울음이 말랐다. 이제는 울지도 못한다. 이것이 꿈이라면 차라리 울음이라도 터뜨렸을 텐데. 너무 지독한 현실이라 눈물샘조차 마른 채 의미 모를 신음만 낼 뿐이다. 죽고 싶다. 죽을 것이다. 여태껏 내가 죽지 않고 도대체 무슨 노력을. 복수라니! 복수! 복수라고! 나 죽은 채로도 저자는 벌을 받으리라! 살이 발라져 뼈가 갈리는 고통으로! 마디마디 토막 나 스산한 몸 차마 남아나지 않도록! 도리 없이 산 채로 불탈 것이다!

그러니 나는 구태여 소용없는 목을 붙들고 애쓸 필요가 없다. 부질없다. 모든 것은 어련히 돌아가리라. 저자도 내게 심어 준 고통과 꼭 같은 것을 얻지 않겠느냐. 어차피 세상의, 인과의 수레바퀴란 이런 것이다. 사람이 힘들여 나서지 않아도 인연은 결국 그리 움직이는 사슬. 그 많은 이들이 겪은, 그 많은 한 속에서도 복수가 얼마 저질러지지 않았다는 사실을 알고 있다. 누군가 저 위에서 알아서 해 주고 있어. 그렇지 않다면 저 사람들 모두 멀쩡히 살고 있을 리가 없지 않나. 그러니 나 역시 모두 놓고 겨울 속에서 졸다 죽으면 된다.

'엄마.'

죽일 거야! 그 말 한마디에 누군가가 인내치 못하고 비명을 질렀다. 불같이 타오른다. 죽일 테다! 그 아이보다 천 배, 만 배 더 고통스럽게! 생살을 찢어 내어 짠물에 말려도 족하지가 않다. 죄를 스스로 깨닫고도 하 긴 세월을. 속절없이 소슬한 칼에 제 생명 내놓도록. 그 아이를 죽이라 했던 혓바닥을 자르고 나를 붙잡았던 손마디를 으깨고 그 모든 것을 생각해 낸 심장 줄기를 파내어 영혼까지 삭힐 것이다!

외르타는 손에 얼굴을 묻었다. 허리를 숙여 없는 바람에 그녀의 몸은 벌레처럼 동그랗게 굽었다. 저 몸의 윤곽을 그린다 해도 작은 원이 될 정도로 차마 떨어지지 않는다. 다리를 펴면 구멍 뚫린 목숨이 날아갈까 그저 마냥 제 몸뚱이를 움켜잡고 있었다. 그래도 살겠다고, 또 이런나.

이처럼 다시 증오로 목을 보전하는구나. 자신의 인생에 증오가 없던 일이 언제였는지 이제는 기억도 나지 않았다. 제 정신을 스스로 좀먹는 듯한 기분이었다. 이토록 점점 냉정을 잃고, 남은 조각은 겨우 제 손바닥만 한 크기. 그나마 이것도 조금씩 풍화되듯 바람 불면 소리 없이, 전조 없이, 눈치챌 겨를도 없이 스러져, 어느 순간 눈 떴을 때 죽어 있을 것이다. 아델이 죽었던 것처럼 이번 역시 조금도 손쓰지 못하리라.

혼자 살아야지……. 혼자…… 나 혼자 가야 하는 길인데…….

"……무슨 짓인가."

처음으로 사람 목소리가 들렸다. 외르타의 모습은 이전과 조금도 다르지 않았다. 소리도 없었고, 숙였던 몸을 일으키지도 않았다. 그러나 순간, 누군가 제 숨골을 턱 친 것 같은 충격이 있었다. 머리가 아득하며 몇 초간 증발한 것처럼 시야가 없었다.

그녀는 튕겨 오르듯 고개를 세웠다.

"누가 이곳에 사람 시체를 들고 왔나."

외르타는 눈을 몇 번 깜박였다. 그녀는 정신을 차렸다. 전광석화 같은 속도였다. 상대의 손에는 어느새 흰 칼이 있었다. 무슨 영문인지 알 수가 없었지만, 이내 그 땅 위, 칼끝이 뚫은 사람의 뺨을 보고 서서히 납득했다.

"대답해라."

양해를 구해도 답이 없기에 어쩔 수 없이 들어왔더니, 즉각 닥친 것이 사람의 머리였으리라. 무언가 날아오는 것을 보고 칼잡이 된 자로서 칼을 재지 않을 수 없었을 것. 그래서 지금 저토록 살벌하게 시체 머리를 거둔 채 엄하다. 외르타는 그제야 제가 기척 느낀 사람이 누구이고, 던진 것이 무엇인지 깨달았다.

"발렌시아 경."

"대답해."

"어쩌다 보니."

"제대로 대답해."

"정말 어쩌다 보니."

"방금 전 그 경악을 하고도 치죄하기가 싫다는 건가?"

"누구의 죄야? 죄가 아니야."

외르타는 자리에서 벌떡 일어섰다. 아무래도 저자는 자신의 비정상적인 행태가 이 죽은 머리에서 비롯되었다고 생각하는 것 같았다. 그긴 아니지. 저따위 것에 내가 고통받을 리가 없지. 그녀는 성큼성큼 다가가 그 앞에서 허리를 숙였다. 외르타는 주저 없이 수급의 짧은 머리채를 잡아당겼다. 온갖 흙을 쓸며 모욕적으로 끌려오는 뺨. 그 노력에 땅을 짚고 있던 백검이 살짝 들렸다. 그녀는 죽은 자의 뺨에서 흰 날이 슥 빠져나오는 광경을 묘한 기분으로 지켜보았다. 칼을 쥔 자가 너무 높이 있어 검이 홀로 살아 움직이는 듯했다. 흰 뱀 같았다.

외르타는 그의 무릎께에서 허리를 세우려다가, 미처 다 일어서기도 전에 뒤에 선 톨레도와 시누사를 보았다. 왜 또 왔나. 아, 이 목을 가지러 왔나 싶었다. 그녀가 웃으며 목을 던져 주려는데 톨레도가 말했다.

"발렌시아 경, 무슨 일이……. 아니 우선 저, 칼…… 니소르 먼저……."

"외르타가 뭔 죄를 저질렀는지는 몰라도 그 목은 제 겁니다. 목 관련이라면 절 탓하십시오."

발렌시아는 칼을 회수했다. 방금 전까지 외르타의 목덜미에 닿아 있던 모양에 비하면 지나칠 정도로 빨리 들어간 것이다. 외르타는 이제 꼿꼿이 일어선 채 다 굳은 시체 머리를 껴안고 있었다. 발렌시아는 조용히 말했다.

"시누사 경, 왕도로 돌아가라."

"내가 보여 달라 했다. 끌고 들어왔어."

"전방시축을 날래는 군대는 없다."

"내가 빼앗았다고 분명 말했는데."

"상관없다."

"야!"

톨레도의 얼굴이 새하얗게 질렸다. 방금 전 목을 베일 뻔했으면서 또 날뛰길 저 모양이냐는 듯 벌써부터 눈을 꾹 감을 기세였다. 외르타는 자신이 즉처당하리란 생각은 별로 하지도 않았다. 발렌시아가 언제 그만큼 흥분하긴 했던가? 그저 이제 정말, 마지막 물 한 방울이 넘치듯이 시누사를 감당치 못하고 귀환시키려는 것이다. 그런데 외르타는 슬슬 시누사가 마음에 들고 있었다. 보내면 골치가 아파질 것이다.

"시누사는 여기 그냥 내버려 둬. 처벌도 하지 말고."

발렌시아는 어이가 없다는 표정으로 그녀를 내려다보았다.

"네가 함부로 쥐락펴락할 수 있는 군령이 아니다."

"내게 바라는 것이 있다면 하마. 엄한 사람 다치는 꼴은 보기 싫다. 내 잘못인데도 애한테 저렇게 빡빡해서야."

그가 잠깐 침묵했다. 무언가 있기는 있구나. 외르타는 짐작했다. 발렌시아는 저열한 계산도 의뭉스런 속임수도 없이, 그저 준비해 온 듯한 차분함으로 말했다.

"더 이상 사령부에 나오지 마라."

"좋아."

대답은 지나치게 빨랐다. 발렌시아의 눈이 의심을 띠고 약간 가늘어졌다. 아, 푸른빛이 잘 안 보이는데. 게외보르트에도 라르디슈에도 참 드문 색.

"진담인가? 그간 사령부에서 그리 애썼던 것은?"

"당신이 안 듣잖아. 의미가 없어."

발렌시아는 답하지 않고 어정쩡하니 자리에 서 있던 톨레도와 시누사에게 눈짓을 했다. 나가. 외르타는 그 시선을 깨닫고는 손을 팔랑팔랑 흔들어 보였다. 물론 잊지 않고 죽은 머리까지 던져 주었다. 시누사가 씩 웃으며 그것을 받았다. 톨레도는 내가 죽겠다는 듯 이마를 짚은 채 막사를 나섰다. 시누사의 능청능청한 뒷모습도 이내 사라졌다.

발렌시아는 외르타를 바라보았다.

이번에도 또 들었다. 그 여자 말을 또 들었다. 발렌시아는 칼자루를 쥔 채 그저 짜증스러워 하고 있었다. 그녀가 배반한 이유를 스스로 납득해 보려 해도 답이 돌아오지 않으니 항상 같은 곳에서만 사고가 빙빙 맴돌았다.

정보는 진짜다. 하지만 정보 제공자가 가짜일 가능성이 있다. 정보가 진짜인데 그 제공자가 어찌 가짜란 말인가? 증명할 수 없기 때문이다. '정보' 로 '정보 제공자' 가 증명되지 않는다는 건가?

공정해져라. 동부에서 내부 배반자를 찾을 때는 이보다 더 허술한 절차를 보이지 않았나. 경우가 다르다. 그에게는 돈이란 절대적이고도 명확한 이유가 있었다. 이번 밀고자에게는, 이유가 없다. 그런데 정보는 진짜다. 하지만 정보 제공자가 가짜일 가능성이 있다. 정보는 진짜인데 그 제공자가 어찌 가짜란 말인가……?

끝없이 반복되었다. 그것이 정말 손 저리도록 답답했다. 누구라도 그 고리를 끊어 주었으면 하고 바랐는데 고개를 들고 보니 다른 이들은 이미, '정보는 진짜다. 따라서 그 제공자도 진짜다.' 와 같은 판단을 내리고 있었다. 물론 발렌시아 역시 덤니팔이 그녀 덕에 국지전에서 무리 없는 연승을 거두고 있다는 사실을 알고 있었다. 적군 사령부의 서류를 바로 옆에서 들으며 지시 내리는 것과 마찬가지였으니까. 그러나 만족스럽지 못한 이 기분은…….

어쩌면 이 불쾌함과 거북함은 그녀의 배반 이유를 모른다는 것, 그래서 그녀의 정보를 신뢰할 수 없다는 것, 단순히 이에 기인한 것만은 아닐지 몰랐다. 그녀가 스스로 이유를 밝힌들 그는 자신이 그것을 완전히 믿을 수 있을지 의심스러웠다. 그는 애초에 외르타에게 별 관심이 없었다. 관심을 가질 이유가 없다. 그는 자신이, 이런 상황만 아니었다면 무슨 일이 있었는지에 대해서 추호도 궁금해 하지 않았으리라 생각했다. 그러니 이 순간 발렌시아가 다르게 생각한 것은, 아주 조금, 이것은 내 자존심의 발로가 아닌가? 발렌시아는 본디가 참 정직한 사람이라 문득 떠오른 그 생각에도 일면 수긍했다.

그에게는 공명심이 있던 역사가 없었다. 그러나 그렇다고 자신이 해낸 일까지 낮추는 겸손을 좋아하는 것은 아니었다. 그는 항상 사령관이었는데, 그런 그가 공을 부정한다면 아랫사람들은 어찌하는가? 그것은 이기적인 겸손이다. 아니, 겸손이 아니고 교만이며 건방이다. 다른 이들의 치적까지 함께 묶어 내팽개치는 일은 취미가 아니었다.

따라서 그가 담담히 인정하는 제 과거는 북부 식민지 반란, 굴라르모 제7차 동부 원정, 이상의 둘로, 모두 작다고는 할 수 없는 진압이었다. 북부 식민지 반란은 도합 이 년이 들었고, 자치 정부의 가장 깊은 뿌리까지 뽑아내 초조해 하던 왕도의 찬사를 받았다.

그리고 동부 원정. 육 년을 그곳에서 지냈다. 제 이십 대를 바쳤다는 말이 옳다. 그만한 고위 귀족으로 그리 오랫동안 왕도를 떠났던 자가 드물었다. 노구의 톨레도 백작을 도와 부사령관으로 머문 것이 반년, 이내 무슨 바람인지 왕도로 돌아간 그에게 총사직을 인계받고 다시 네 해였다. 무타스 디무어, 그 여자를 기억했다. 머리가 여덟 개라도 달린 줄 알았다. 자신이 다호르티 회전에서 천재를 패퇴시킬 수 있었던 것은 그녀가 아닌 동부의 실수에서 기인한다. 자신의 실력은 그녀를 뛰어넘은 역사가 없다. 단지 모든 일에 행운이 겹쳤을 따름이다.

오 년 중 사 년 가까이 딤니팔의 군사 목표는 항상 '디무어를 제거하는 것' 이었다. 죽이든, 회유하든, 실각시키든. 불구는 소용이 없다. 그자의 힘은 무용이 아니라 머리였으니까. 그자가 역사에서 사라지자 딤니팔은 폭풍 같은 속도로 스물네 개 주를 잡아먹었다. 사 년 동안 앗은 것이 여섯 개 주였는데 순식간에 그 네 배를 식민지화한 것이다. 왕도는 미쳤고 왕도 미쳤다. 농담이 아니라, 잉그레까지 축포를 사열시키는 바람에 민망해서 도저히 왕도에 들어갈 수가 없었던 것이다. 포티미외 전쟁이 발발하지만 않았더라도 동부에 좀 더 있을 수 있었을 텐데.

포티미외는 발렌시아가 처음으로, 전쟁에 있어서 만족하지 못한 장소였다. 디무어와 싸울 적에도 어쨌든 여섯 개 주를 앗을 만큼 결과는 나쁘지 않았다. 더불어 그녀와의 전투 자체가 기쁨이었다. 그런데 현재, 이처럼 역겨운 지지부진함이라. 로크뢰 1세의 머리가 디무어와 맞먹으리라 결코 생각지 않았다. 제 인생에서 그녀를 뛰어넘는 천재는 보지 못하리라는 것이 그의 공정한 평가였다.

라르디슈라고? 그는 그 나라가 딤니팔과 같은 중앙 삼국이라는 것을 소태를 씹는 기분으로 인정해야 했다. 라르디슈가 동부보다 규모가 큰 것은 결코 아니었다. 동부도 15개국 연합군이었으니 그 크기가 상상을 초월했던 것이다. 다만, 규모보다는 체계였다. 대국의 힘인 듯 명령 구조 자체가 선진화되어 있었다. 또한 그의 정보 수집력, 정말 딤니팔의 병사를 죄 걸러 버리고 싶을 정도로 지독한 정보력이었다. 딤니팔이 딤니팔과 싸우는 것이다. 그는 한숨 쉬며 그 사실을 받아들였다.

라르디슈는 선생 조반무, 그간의 경험으로 '진압' 을 한다는 생각을 가지고 있던 발렌시아를 반 죽여 두었다. 그러니까 발렌시아의 인상으로는 그러했다는 말이다. 도저히 평소처럼 완승할 수가 없었다. 물론 실제로 패한 회전이 오직 하나, 동률이 거의 대부분, 더불어 승리가 적지 않았으니 지난 일 년 자근자근 밟혔다고 생각하는 발렌시아의 생각에는 사령부 누구도 동의하지 않았다. 심지어 그 포티미외의 대부분을 얻지 않았던가. 외려 사령부에는 벌써부터 부른 배를 두드리고 있는 자까지 있었다.

그러나 발렌시아는 그런 그들에게 화가 났다. 이 정도로 만족한다는 것이 이해가 가지 않았다. 총사령관이 얼간이 짓을 해서 얻은 전과가 고작 이것인데 어찌 만족을? 평소의 제 속도라면 지금쯤 이미 종전이 되었을 것을 아직 포티미외조차 벗어나지 못했다니. 스스로에게서 무언가가 변했나 생각했다. 동부를 상대할 적 자신보다 상당히 멍청해진 것은 아닌가. 나이가 들며 머리가 둔해진 것이 분명하다. 고작 서른인데 사고가 벌써 죽어 간다. 사령부는 그래도 이기고 있지 않느냐고 물었다. 그래. 이기고는 있지. 그런데 이 속도가 진정 사람 속도인가.

자괴감이 들지 않았다면 거짓말이다. 이기기야 이기겠지만 그때까지 또 얼마나 기다려야 한다는 말인가? 다시 십 년을 왕도에서 벗어나 있어야 하나?

발렌시아는 정말 진심으로, 제 인생에 소모전을 남기고 싶지 않았다.

그 생각을 떠올리는 순간 그는 자신에게 이와 같은 감정이 있다는 사실을 놀란 채 받아들였었다. 어리석은 아우 탓에 미라이예에 제가 유일해, 아무 뜻 없이 해야 하는 것만 하며 살았다. 심지어 불만도 없었다. 다들 이리 사는 것 아닌가? 그리 밍근하고 평탄한 삶을 지나쳤는데 돌연 이와 같은 패배를 얻어맞으니 숨이 막히는 것이다. 호승심일 리가 없다. 사실 그는 적에게는 관심도 없었다. 다만 제 자존심. 오만하고 건방진 자존심. 그 자존심이 아작 부러졌다.

그리 언짢은 채 있던 자신을 외르타가 끌어냈다. 식료품을 줄 테니 요리하라, 천을 줄 테니 재봉하라, 돈을 줄 테니 장사하라, 칼을 줄 테니 죽여라, 정보를 줄 테니 이겨라. 다 똑같은 말이다. 어차피 스스로가 제공하는 것은 재료뿐, 그 과정은 네 몫이라고 겸손하게 던져 주는 것이다. 누구에게는 그리 큰 도움이 아닐 수도 있지만 식료품 없이 요리해야 했던 요리사, 천 없이 재봉해야 했던 재봉사, 돈 없이 장사해야 했던 장사꾼, 칼 없이 죽여야 했던 살인자……, 그리고 발렌시아에게는 참 절박한 손길이었다.

그것을 인정해야 한다는 사실에 짜증이 나는 것이다.

자신이 도움을 받고 있다는 사실.

그 말을 읊조리기만 해도 이상한 기분이 등골부터 치밀어 올랐다.

내가 진정 도움을 받고 있나? 열넷에 종기사로 전장에 나와 스물에 처음 부사령관을 맡고 스물넷에 첫 총사. 이 삶이 누구에게 도움 받을 만한 삶인가?

그는 한숨을 쉬었다.

그만하자. 당연히, '정보가 틀릴까' 두려운 것이 제 거부의 첫째 이유였다. 그것이 너무 커 나머지는 잘 보이지도 않았다. 어떤 사적 감정이 있더라도 그는 기사였고 군인이었다. 군을 보전해야 하는 의무가 제일 막중하여 누구에게도 의존할 수 없었다. 군이 의존할 수 있는 사람이 딱 하나 있다면 그것은 밀고자가 아닌 총사령관이 되어야 마땅하다. 정보가 틀렸다면, 그런데 그에만 기반을 두어 전략을 세웠다면. 생각만 해도 목 뒤가 뻐근해졌다. 회전 중반, 도저히 멈출 수 없는데, 그녀가 틀렸다면. 꿰뚫리는 것을 그저 속수무책으로 보고 있어야만 할 텐데. 그 아득함. 죽은 시체가 산을 이루리라. 그 죄는 모두 자신의 것이다. 제 자존심 역시 이에 비하면 새 발의 피인 것이다. 비교 자체가 불가능했다.

"발렌시아 경."

체세나가 투구를 벗어 들며 천천히 다가왔다. 그는 다친 팔로 간신히 예를 표한 뒤 보고했다.

"중앙 기사 귀환, 사망자 열둘, 중상자 서른넷입니다. 피해가 가장 적습니다. 자를 보병과 육전대가 함께 나오지 않아 다행입니다. 외르타-라르공드가 말한 것이 역시 맞았습니다."

내가 이 피 튀기는 전장까지 와서 외르타란 이름을 들어야겠나? 분이 확 솟다가 그래, 네가 어쩌겠느냐 하는 마음이 들며 허탈해졌다. 핏발 서도록 주의해야 할 것은 결국 발렌시아 저 혼자였다. 왕도의 전령이 도착하기까지 이제 한 달이 조금 덜 남았나. 폐하께선 전시에 결코 전서구를 쓰지 않으시니 분명 전령으로 올 것이다. 그때까지만 참자.

그러나 자신이 인내한다고 만사가 풀리는 것은 아니었다. 발렌시아는 방금 전까지 갈등하던 문제를, 체세나의 말을 들은 즉각 결정지었다. 더 이상 외르타를 사령부에 둘 수 없다. 지금 이 체세나의 반응이 그들의 평균치일 테니까. 더 심해지면 그들의 우두머리인 자신조차 처리하기 곤란한 문제가 되리라. 제 말보다 외르타를 더 신뢰할 정신머리들이 적어 보이지 않았다.

"아까 시누사 경이 중요한 자를 처치했다 하던데 왜 아직 소식이 없나?"

"베브론의 우두머리입니다. 꽤 괜찮은 수확입니다. 그런데 시누사 경께선 지금 어디로 가셨는지…… 온데간데없습니다. 1대대를 점호하고 군영으로 먼저 가신 것 같습니다."

"포로로 잡을 만한 인사는 없나?"

"아, 데군다 경께서……."

그가 말하는 것과 거의 동시에 데군다가 쓱 나타났다. 부상을 입은 듯했지만 아파 보이기보다는 그저 지친 얼굴이었다. 발렌시아는 그의 경례에 고개만 끄덕여 답했다. 그가 발렌시아 앞에 서서 손짓을 하자 다른 기사들이 곧장 누군가를 끌고 왔다. 그자는 고집스레 제 발로 걸어와, 발렌시아 앞에서도 도통 무릎을 꿇으려 하지 않았다. 데군다가 그 뺨을 갈겼다. 장갑을 낀 채 있는 힘껏 때리니 그의 얼굴뿐 아닌 몸 전체가 허물어지는 듯한 느낌이었다. 발렌시아는 시선 한 번, 표정 한 번 바꾸지 않고 그자를 내려다보았다. 데군다가 여전히 노곤한 기색을 지우지 못하고 한숨처럼 말했다.

"베브론의 부대장입니다. 아까 시누사 경께서 그 대장을 잡으셨다 하던데 저는 어찌 기회가 되어 생포했습니다."

"끌고 가 심문하라."

데군다의 표정은 조금 당혹스러워 보였다. 발렌시아는 그의 당혹을 이해할 수가 없었다. 자신이 생포한 자인데 그자에게서 정보를 알아낼 수 있다는 사실에 기뻐하지는 못할망정 저토록 기이한 시선이라니?

어느새 주변에는 오늘 출전한 사령부 기사들이 제법 많이 모여 있었다. 그는 여전히 데군다가 가만히 있자, 영문을 모른 채 고개를 돌려 체세나를 바라보았다. 그 역시 데군다와 같이 조금은 꿉꿉한 얼굴이었다. 데군다는 조심스레 입을 열었다.

"발렌시아 경, 그녀가 있는데……."

머리에 누가 망치를 던지기라도 한 것 같다. 순간 얼얼했다가, 이내 견줄 것 없는 노여움이 닥쳤다. 관자놀이가 날에 찍힌 듯 지독히 아파왔다. 턱에 힘이 들어간다. 천천히 입을 열었다.

"그래."

그들은 총사령관 역시 이자를 쓸모없는 공자로 판단했다고 생각했다. 그 어조에 있는 것이 그저 평소와 다름없는 간결함이었으니까. 그래서 데군다는 더 이상 상관에게 심려를 끼치지 않기 위해 고개를 돌렸다. 기사들에게 명령하여 저 뒤에 가 처형하리라 생각했다.

그러나 다음 순간, 그자의 목이 떨어져 나갔다.

무슨 일이 일어났는지 납득하지 못한 듯 잠깐 주변이 먹먹했다. 고개를 돌린 채 그 머리에 정통으로 얻어맞은 데군다가 특히 그러했다. 떨어진 머리는 그의 가슴을 찧었다가, 그저 상대를 조롱하듯 바닥에서 굴렀다. 사람의 목을 베어 본 일이 적지 않건만 이리 순식간에, 전조도 없이, 심지어 칼의 잔상조차 느낄 수 없게. 그런 일을 할 수 있는 자는 이 자리에서 오직…….

그는 고개를 들어 발렌시아를 보았다. 발렌시아는 어느새 그의 길고 흰 칼, 위명 자자한 니소르를 천천히 검집에 넣고 있었다. 어찌나 빨리 스쳤던지 그 칼에는 상대의 피조차 얼마 묻어 있지 않았다. 발렌시아는 무어라 더 말을 잇지 않고 뒤를 돌았다. 기사들 사이에 싸한 정적이 찾아왔다. 누구도 감히 입을 열지 못했다.

발렌시아는 종기사도 두지 않고 성큼성큼 걸어가 말 위에 올랐다. 지금의 그에게 말을 걸 수 있을 만큼 대담한 자는 이 군에 없었다. 조용히 있어도 그 자체로 날 선 칼 같은 느낌이었다. 그래서 그는 아무런 방해도 받지 않고 그대로 군영으로 말을 달릴 수 있었다.

그녀가 있는데? 진정 그리 말한 것인가? 아직도 어처구니가 없어 이마가 지끈거렸다. 외르타가 있든 없든 그것이 무슨 상관인가. 외르타가 있으니 마땅히 해야 하는 기사 부대장의 심문을 포기해도 된다는 말인가? 발렌시아는 그나마 방금 전의 자신이 냉정을 차리고 판단했다는 사실이 천만다행이라고 생각했다. 베브론이라 해도 그 대장을 시누사가 죽인바, 차석 정도가 라르디슈군 수뇌부에 지분이 있을 것 같지 않았다. 그에게서 알아낼 수 있는 정보의 양과 군사령부에 제가 줄 수 있는 경고의 양을 달아 보았다. 짧은 순간의 교활한 가늠이었다. 그리고 칼을 뽑아 내리쳤다.

명민한 자들이니 모두 이해했으리라. 행동거지를 조심하라고. 스스로 무엇에 기반을 두고 판단해야 하는지 잊게 될 때 총사령관은 네 목숨을 책임질 수 없다고. 더 나아가 그들이 외르타에 대해 날카로운 비판력까지 가지게 된다면 금상첨화일 것이다.

내 지금 당장 외르타에게 가 사령부 출입 금지령을 내리리라. 자신이 너무 물렀다며 앞으로 한 달, 왕명이 당도할 때까지는 그저 군영에서 벙어리처럼 지내라 말할 것이다. 번복되지 않을 터, 다만 걱정되는 것은 그것을 그녀가 묵묵히 받아들이겠느냐의 문제였다. 지금까지의 성정으로 보았을 때 그녀는 사령부에 출입을 금지한들 기어이 기사들을 꾀어내 흔들리게 만들 것이다. 그 귀에 무슨 말들을 쏟아 낼지 모른다. 톨레도까지 반쯤 넘어간 그 획책을 도대체 누가 이길 수 있을지.

발렌시아는 전쟁터에 와서도 정치 싸움이 끊일 일 없는 자신에게 정말 넌더리가 났다. 저번에는 왕도에서 그 난리더니 이젠 심지어 이 근본 없는 여자까지 나를 조롱하려 드는가. 화가 나다가도 급격히 지치며 머리가 아팠다. 이번 전쟁이 끝나면 반드시 오스페다에 정착할 것이다. 번잡하여 이것저것 고려하기가 힘이 들었다.

얼마쯤 갔을까, 이내 군영이 눈에 띄고 누가 홀로 오나 경계한 기사 몇이 달려 나왔다. 그들은 그자가 발렌시아인 것을 알자마자 속도를 줄여 그의 뒤로 물러났다.

"한 시간 전, 시누사 경께서 수행인 없이 오셔서 군영이 대경했습니다. 전투가 그리 일찍 끝났습니까?"

"그래. 들었겠지만 라드디슈 심전은 전멸이다. 시누사 경은 또 내게 일언반구도 없이 군영으로 왔나 보군."

"큰 부상을 입으셨다고……."

회전도 아닌데 전투지에 전투 막사나 의무병이 있을 리 없다. 발렌시아는 자신이 저 변명을 수용할 수밖에 없다는 사실을 알았다.

"나중에라도 시누사 경을 보면 사령부로 들여보내라."

"존명."

"그러나 사령부 기사들은 허락하지 마."

"예?"

"금족령을 내리라는 말이다."

"전부……."

"시누사 경을 제외하고 오늘 나온 기사들 전부, 오자마자 각자 제 막사에 붙들어 두든 저희들끼리 모여 소란하든 개의치는 않지만 사령부에는 못 들어온다."

"존…… 명."

기사는 대단히 의아하다는 목소리로 명령을 받았다. 발렌시아는 군영에 도착하여 훌쩍 바닥에 내려섰다. 슬슬 불을 피우기 시작하는 초저녁이다. 지나가던 몇몇이 낮에 나갈 때와 똑같은 총사령관의 모습을 보고 헛기침을 내뱉었다. 일선에 나서지 않았을 리가 없는데 저리 말끔하다니. 심지어 그 칼조차 단 한 번도 빛을 보지 않은 것 같다. 그는 무장을 풀어 옆에 선 기사에게 넘기면서 평온히 물었다.

"여자는 제자리에 있나?"

"예."

길게 고민하더라도 막무가내인 외르타를 설득할 말은 자아내기 힘들 것이다. 의심스러운 언동을 보이지 않겠다는 약속을 지금까지의 저 모양으로 어찌 듣겠는가. 다시 제 옆에 있는 톨레도부터 설득하기 시작하리라. 그리고 여러 번 돌고 돌고 또 돌아서 사령부 전체가 수군댈 때가 되면 이내 저에게까지 요청이 올 것. 소용이 없다. 그러니 최대한 일찍이라도 가서 윽박질러 두어야 했다. 왕명이 너를 신뢰하지 말라 할 경우를 생각하라고. 그때의 네 처분은 온전히 군에 달려 있다고.

발렌시아는 무장을 넘긴 뒤 기사들을 물리고, 느릿느릿 외르타의 막사로 찾아들었다. 들어가기 전 바닥을 한 번 바라보았다. 거뭇거뭇한 땅거미가 약간 메스꺼웠다. 그는 그 자리를 노려보며, 마지막 예의로 말했다.

"미라이예다."

대답이 없었다.

"들어가겠다."

여전히 대답이 없었다. 발렌시아는 자신에게 그녀의 위치를 고한 기사가 무언가를 잘못 알고 있던 것은 아닌가 의심했다. 그는 더 이상의 배려를 하지 않고 느린 걸음으로 막사에 들어섰다.

무언가가 제 앞으로 쇄도해 들어왔다.

발렌시아는 놀라지도 않고 니소르를 냈다. 방금 전, 그것으로 사람의 목을 베었을 때와 별반 다를 것 없는 속도였다. 베는 순간 턱 하고 묵직한 느낌이 이해가 가지 않아 고개를 숙였다. 한 바퀴 휘돈 제 검에 따라 땅에 박힌 것은 사람의 머리였다.

생전 사람 머리를 보고 그리 놀란 일이 없었다. 십오 년을 매일같이 보는 시체 아닌가. 그 푸르죽죽한 죽음은 이제 제 눈에 보이지 않는 날이 외려 이상한 하루였다. 하지만 그것이 도대체 왜 여기에? 외르타가 사람 머리를 줄 일이 있을 리 없지 않은가. 잠깐 다른 생각이 떠올랐다. 이곳에 있던 자가 외르타가 아니라 다른 사람이었을 수도 있다. 그는 자신에게 죽은 머리를 던진 사람을 바라보았다.

그러나 외르타였다.

처음 보는 얼굴이었다.

비단 그녀뿐만이 아니라 다른 누구에게서도 본 일이 없는 표정이다. 이미 죽었음에도 아직 죽음을 부러워하는 듯한. 실망과 회한, 증오, 노여움, 절망, 그리고 고독감. 향이었다면 벌써 숨을 쉴 수가 없어 도망쳤을 듯, 소리였다면 이미 귀가 멀어 고요함밖에 남지 않았을 듯. 짙고 소란한 그 표정, 얼굴, 감정, 빛.

그러나 자신은 그것을 '보고' 있었다. 목덜미가 욱신거렸다. 전멸해가는 군사를 보는 듯했다. 산 채 죽는다면 바로 저 표정이 아닐까. 잘못된 순간에 찾아온 건가. 이런 일을 처리하는 것에 자신은 정말 재능이 없다. 더군다나 그런 제 난처함을 감히 드러낼 수도 없었다. 불경이 아닌가. 그는 그런 생각을 떠올린 자신에게 놀랐다. 불경이라고?

"아…… 아아……."

발렌시아는 앞으로 한 걸음 다가갔다. 무슨 생각이 있어 그리한 것이 아니다. 다만 누군가에게 등 떠밀린 듯 휘청하여 하는 수 없이 발자국을 뗀 것이다. 그의 칼에 꿰여 있던 목이 바닥을 쓸며 따라왔다.

"발렌시아 경, 저 여자 자진할 기미가 있는데요."

시누사 경, 같은 말을 몇 번이나 반복하지 마라.

외르타가 탁자 아래로 몸을 숙였다. 허리를 구부린다기보다는 그저 부러진 듯했다. 더 이상 아무 소리 나지 않고 그 몸 또한 미동이 없었다. 발렌시아는 그처럼 그녀의 얼굴이 사라지자 그제야 제 목이 트였다는 사실을 깨달았다. 무슨 말을 내뱉어야 할지도 모른 채 불쑥 입이 열렸다.

"외르타."

자신이 더 놀랐다.

'외르타' 라고?

대답은 없다.

"네게 줄 경고가 있다."

저 와장창 부서진 뺨에 대고 하는 경고라니 그 짝 알 만하다. 외르타는 여전히 고개를 숙인 채 웅크리고만 있었다. 누가 온 줄은 꿈에도 모르는 모양이었다.

"하지만 경고 이전에 이 목에 대한 해명을 먼저 듣겠다. 이게 무슨 짓인가."

발렌시아는 외르타가 고개를 멈칫하는 것을 목격했다. 방금 전까지 분명 무정물처럼 딱딱했는데 그중에서도 유독 드러났다. 정말 턱이 꽉 다물릴 정도로 확연한 감각이었다. 지금, 이 순간, 그녀가 돌연 움직임을 멈추었다는 사실. 이상한 일이다. 그조차도 잘 이해할 수 없는 깨달음이었다. 아니나 다를까 이내 그녀가 허리를 확 세웠다. 둥지에서 고개를 든 놀란 새처럼 몸 전체가 화드득 움직인 느낌이었다. 표정 역시 점차 평소처럼 돌아오고 있었다. 발렌시아는 그 기색에 안도한 채 변함없는 자신으로 돌아왔다.

"누가 이곳에 사람 시체를 들고 왔나. 대답해라."

외르타는 그에 답하기보다는 먼저 니소르에 시선을 두었다. 그는 그제야 자신이 아직도 사람 머리를 꿰뚫고 있다는 사실을 자각했다. 발렌시아는 눈을 내려 짓밟히다시피 떨어진 머리를 보았다. 방금 전의 상황이 점차 스스로의 냉정으로 이해가 갔다. 아, 이것 때문이로군. 이것 때문에 놀라 저에게 내던지고 그 꼴이었던 것이다. 그녀가 달래듯 말했다.

"발렌시아 경."

"대답해."

"어쩌다 보니."

"세내도 내납해."

"정말 어쩌다 보니."

저 여자는 제가 피해 본 것을 참고 넘길 위인이 아니었다. 확실하다. 그런데 어째서 저토록 능청대는지 잘 이해가 가지 않았다.

"방금 전 그 경악을 하고도 치죄하기가 싫다는 건가?"

"누구의 죄야? 죄가 아니야."

그는 그녀가 자리에서 벌떡 일어서는 모양을 보았다. 대체 무슨 짓을 하려고. 외르타는 가만히 선 제 앞까지 다가와 몸을 숙였다. 그녀가 무엇을 하려는지 짐작이 가면서도 한 대 맞은 듯 얼얼했다.

그녀는 불쾌해 하는 기색도 없이 니소르에 붙은 머리를 잡아당겼다. 발렌시아는 그녀가 땅에 박힌 그것을 잘 빼내지 못하자, 스스로 칼을 들어 올렸다. 죽은 볼에서 흰 날이 슬슬 빠져나왔다. 외르타는 머리를 잡고 일어서려다 누군가를 발견한 듯 시선을 돌렸다. 발렌시아는 이미 그쪽을 바라보고 있었다.

톨레도가 거의 경악하다시피 한 얼굴로 이 광경을 바라보고 있었다. 그는 그 경악을 이해할 수 없어 다시 제 모습을 바라보았다. 그녀가 일어나는 도중 멈춘 까닭에 니소르가 그 긴 머리카락을 베려 악다구니를 쓰고 있었다. 바로 이해했다. 의도치 않았음에도 그 위치가 약간 이상했던 것이다. 발렌시아의 시선이 다소 묘하게 변했다. 아까의 피가 온데간데없이 선연히 흰 제 칼. 그에 닿은 힘없는 갈색 머리. 그리고 그 목. 얇은 목. 알 수 없는 충동이 있었다. 그답지 않은 파란이었다. 그것이 내려치고 싶은 마음인지 그 반대인지는 그도 잘 알 수가 없었다. 그래서 발렌시아를 저지한 것은 제 속의 딱딱한 한마디였다.

왕명에 있는 여자다.

그는 칼을 넣었다. 톨레도와 시누사가 무어라 말을 한 것 같았지만 주의를 두지 않았다. 다만, 외르타가 안고 선 목이 누구의 물건인지 이제 짐작했다. 그는 시누사를 바라보았다. 그가 입을 열어 직접 무슨 말을 건네지는 않았지만, 발렌시아는 그 눈만 보고도 대번에 알아들을 수 있었다. 거봐요. 무엇에 대한 '거봐요'? 자진할 기미가 있다고 했죠? 봤죠? 발렌시아는 갑자기 속이 울렁여 뭐라도 울컥 뱉어 내고 싶은 기분이 되었다. 그저 이유 없이 짜증이 나, 가만히 넘길 수가 없었다. 꾸짖어야겠다. 하지만 무엇으로?

"시누사 경, 왕도로 돌아가라."

시누사의 표정은 변하지 않았다. 다만 그 장본인도 아닌 외르타가 어깃장을 놓았다.

"내가 보여 달라 했다. 끌고 들어왔어."

사실은 그 문제가 아닌데.

"천방지축을 달래는 군대는 없다."

"내가 빼앗았다고 분명 말했어."

"상관없다."

"야!"

발렌시아는 눈썹 한 번 움직이지 않았다. 그녀가 타일렀다.

"시누사는 여기 그냥 내버려 둬. 처벌도 하지 말고."

"네가 함부로 쥐락펴락할 수 있는 군령이 아니다."

"내게 바라는 것 있다면 하마. 엄한 사람 다치는 꼴은 보기 싫다. 내 잘못인데도 애한테 저렇게 빡빡해서야."

발렌시아는 그제야 자신이 방금 전까지 고민했던 문제를 깨달았다. 그것은 애초에 스스로가 이곳에 온 목적이기도 했다. 일이 이렇게 쉽게 풀리자 마음이 적잖이 가라앉았다. 알고 보니 방금 시누사에게 횡포를 부린 것은 제 짜증 탓이 아니었다. 이것을 노림이나. 무의식중에도 계산을 굴리고 있었음이 분명했다. 그는 만족스럽게 말했다.

"더 이상 사령부에 나오지 마라."

"좋아."

발렌시아의 그 만족은, 외르타의 주저없이 답하자 확 사라졌다. 결벽증 걸린 하녀가 순식간에 쓸어 간 듯한 느낌이다. 무슨 속셈이지? 말을 따르겠노라 하면서 상대를 이리 거북하게 만드는 자도 몇 없을 것이다.

"진담인가? 그간 사령부에서 그리 애썼던 것은?"

"당신이 안 듣잖아. 의미가 없어."

발렌시아는 우선 톨레도와 시누사를 내보내기로 했다. 눈짓을 하자 다들 납득했는지 등을 돌렸다. 외르타는 시누사에게 머리를 던져 주었다. 발렌시아는 그 모습을 보며 번뜩 알아차렸다. 칼로 찌르는 듯한 깨달음이다.

저것은 방금 전 그녀가 그 얼굴을 한 이유가 아니다.

외르타는 발렌시아를 바라보았다.

"이제야 당신이 들어온 용건을 말하려고?"

그녀는 일견 천진하기까지 한 표정으로 그에게 말했다.

물론 이 천진은 거짓이다. 외르타는 사실 지금 조금쯤 초조한 상태였다. 냉정이 가냘프다. 방금 전 그가 제정신을 깨우기 위해 얼마나 많은 시간을 들였을지 짐작이 가지 않았다. 그리 미친 모습은 누구에게도 보인 일 없건만, 넋 놓고 있다가 눈앞으로 벌이 날아든 느낌이었다. 말벌이나 어리호박벌 정도. 정말 진심으로 놀랐다.

"네게 사령부 출입 금지령을 내리려 했다."

"……그게 진짜 용건이었나?"

"그래."

"어차피 당신이 명령하면 들어야 했을 텐데 구태여 조건으로 걸 필요가 있었어? 군령을 어긴 중한 죄라며, 시누사."

“내가 그리하지 말라 명했어도 넌 분명 어떻게든 사령부에 끼어 보려 난동을 피웠을 거다. 그러니 차라리 이것이 더 믿음직하리라. 네가 제 약속을 중히 여기는 자이길 바란다.”

‘제 약속을 중히 여기는 자이길 바란다.’ 그에게서 처음으로, 자신에 대한 어떤 감정이 섞인 말을 들었다. 그녀는 그 말에 새삼스레 그의 얼굴을 살펴보았다. 목소리에 아무것도 없으니 응당 그 얼굴이라도 살펴야 하지 않겠는가.

검푸른 머리, 조용한 얼굴, 감정 없는 입매. 그곳에 분명 모두 있는데, 그녀에게는 여전히 파란 눈밖에 보이지 않았다. 처음 보았을 때부터 지금까지 그저 그뿐이다. 멍하니 바라보면 숨이 막혔다. 저리 짙은 눈이 어찌 그 속을 쨍하게 드러낼까. 누가 저 눈에 대고 알론조 캄비, 그 신성한 호수를 부어 둔 것 같았다. 제 고향에 벽안이 드문 까닭에 이런 사심 없는 감탄을 내뱉는 것이 아니다. 제 외조부도 푸른 눈이었건만 그에 든 것은 만년설을 갈아 넣은 듯 싸한 냉혹뿐이다. 그를 볼 때면 그저 등골이 확 서고, 입이 굳으며 행동거지가 멈췄다. 그런 잔인함이었다. 그런데 이자는…….

우아함.

누군가 그녀 속에서 부드럽게 속삭였다. 외르타가 스스로 자문하고 제 답을 들은 것은 정말이지 이번이 처음이었다. 놀랐다. 그에 걸맞은 단어에 조금 흥분했다. 풀리지 않던 문제의 답을 알아낸 것 같았다. 그래, 우아함. 내게는 조금도 없는 저 고상함이 번개처럼 와 닿는 것이다. 어쩌면 저토록 조용한지, 냉정을 잃지 않는지, 무슨 일을 해도 품위가 있는지. 외르타는 억울해졌다. 자신은 그 고귀하다는 왕가 두 곳을 거쳐 이리 망가졌는데 저자는 홀로 고고히 서 일생을 지 차분함으로 살 것인가.

지닌 것은 핏줄의 문제가 아니다. 그 아비에게도 어미에게도 물려받을 수가 없는 눈이다. 눈이란 곧 눈빛. 그런데 그 눈빛, 그 시선은 오로지 발렌시아 자신일 것이다. 문득 이런 생각이 들었다. 저런 자가 보는 내 눈은 어떨까? 물론 저 남자가 남의 눈 따위를 주의 깊게 볼 리 만무하지만 어쩌다, 우연의 일치로, 저 우아한 눈으로 나 같은 것을 들여다보면…….

소스라칠 것이다.

그의 인생에 단 한 번도 없었을 기분 나쁜 소름이 면면할 것. 그녀를 제대로 본 뒤에는 분명 그러하리라. 벌레 얹힌 듯 뒤로 물러날 것이다. 다시는 상종 못할 것이라고 그 태생을 논할 터. 외르타는 제 근본부터 모욕받을 것이라 생각했다. 눈이 너무 지독해서. 산 사람 눈 같지가 않고 어디 무덤에서 주워 올린 장식 두 개쯤 될 테니까. 그녀도 사실 제 눈을 보면 역겨워서 가끔은 정말 토할 것 같았다. 제 눈 때문에 거울을 보고 싶지 않았다.

로크뢰가 자신의 눈을 가장 사랑한다 했기 때문에.

그가 사랑하는 것이라면 분명 세상없도록 끔찍할 테니까.

외르타는 자신이 발렌시아를 너무 오랫동안 바라보고 있었다는 사실을 깨달았다. 저자는 이것이 이상하다는 사실을 눈치채지 못한 걸까. 왜 피하지도 않고 내 시선을 받아 주나. 얼굴이 붉어질 만큼의 양심을 가진 일이 없기에 그녀는 그저 뻔뻔스레 말했다.

"그럼 이제 할 말 다 끝났니?"

"아니."

지금까지의 침묵에 비해 그 대답은 놀라울 정도로 빨랐다.

"무슨 속셈인가?"

"……뭐?"

"그리 쉽게 내 안을 수락한 것에는 무언가 다른 계산이 있음이 틀림

없다.”

외르타는 순간 멍해져 그를 응시했다. 이해는 한다. 자신이 그에게 무슨 인상이었을지 안다. 제 정보를 넘기기 위해서는 무슨 일이라도 할 자존심 없는 날품팔이. 그래도 저것은 약속을 지키길 바란다고 말한 직후의 물음으로는 조금 난처한 것이 아닌가. 그녀는 얼떨떨한 눈으로 말했다.

“당신이 내 말을 안 들어 줘 파행이라고 했잖아.”

“나를 제한 사령부는 네 말을 전부 곧이들었다. 넌 그자들을 이용해 나까지 끌어들이려 했다.”

“난 당신만 봤는데.”

“네가 언제?”

하긴 이건 거짓말이다. 나머지를 무너뜨리고 그에게 가려 했던 것 맞다. 발렌시아도 그다운 매서움으로 알고 있을 것이다. 그녀는 사탕발림을 했다.

“당연히 당신 입만 보고 있어야지. 딤니팔 군영의 식객에게 그 총사만큼 중요한 자가 어디 있나?”

“그래서 내가 들어 주지 않으니, 왕도의 서신이 올 때까지 이제 죄 끝이라?”

그녀는 제 코앞에 선 그에게 의아하다는 시선을 보냈다. 도대체 무엇이 저리 꼬여서? 당신이 해도 된다 해서 했고, 하지 말라 해서 이제 하지 않는다. 당신이 이곳 최고라 당신 비위 맞추기 위해 이리 기고 있지 않은가. 그녀는 스스로 비굴함에 기분이 상하는 자가 아니었다. 외르타에게는 어차피 자긍심이라는 것도 없었다.

“그래. 사령부와는 조금의 접촉도 하지 않겠다. 당신 명이 있기 전까진 그저 죽은 듯 지낼게.”

그래야 당신이 날 좀 쉽게 볼 테니까. 그가 제 말만 듣겠노라 맹세한다면 그녀는 사실 몸이라도 바칠 수 있었다. 천한 게 뭐? 그가 정보를 받아 이기기만 하면 된다. 자근자근 밟아 풀 한 포기 자랄 수 없도록 영영 죽여 주기를 바랐다. 그것만이 제게 있어서는 진실한 감정이 될 것이다. 왕녀나 왕비로 지내서 이런 비굴함이 익숙지 않다지만 제가 꿈꾸는 것에 비해 이따위 일들은 무척이나 사소했다. 지나치게.

"진정인가? 여태껏 그리 애쓰고도?"

"응."

"톨레도 경과 시누사 경에게 엄금령을 내리겠다. 본디 그리해야 했던 것처럼 감옥살이를 시켜도 받아들이겠나?"

"응."

"사령부를 우롱한 네 죄를 인정하는 건가? 왕도의 전령이 너를 믿지 말라 한다면 나는 이제 너를 즉결 처분하리라. 옳은 정보에도 보상하지 않을 것이다."

"응."

괜찮다. 저 잔인한 명령에 당혹하지 않았다면 거짓말이겠지만, 그로서도 조금의 허풍은 섞여 있지 않겠나.

물론 허풍이 아니라도 상관없었다. 그가 정말 그리해도 괜찮았다. 감옥이야 평생 겪어 왔던 일이고, 즉처 역시 희망 없게 된 날 받아 마땅한 운명이니까. 왕도가 자신을 믿지 말라 한다면 그 이후 그녀가 아무리 옳은 말을 해도 그는 결코 믿지 않을 것이다. 어차피 그 상황도 외르타의 끝이었다.

발렌시아의 눈은 깊은 물처럼 가라앉아 있었다. 그녀는 그 눈을 보며 그가 무슨 말을 꺼내리라는 사실을 번뜩 알았다. 그것은 갑작스러운 깨달음이었다. '무언가 말할 것이다.' 이곳에서 처음으로 제 진짜 속까지 건드릴 만한 것. 이토록 고요하려는 자의, 그 끝까지 파고드는 무언가를 분명 입 밖에 낼 것이다. 안 돼. 하지 마. 선을 넘지 마라.

그가 말했다.

"너는 아쉬움이 없다. 끈기가 없고, 의욕도 안 보인다."

외르타는 불덩이를 먹은 양 제 속이 확 타는 것을 느꼈다. 아까의 흔들림이 아직 남아 있는 상태였다. 순간 미친 듯이 화가 나 그의 차분한 얼굴을 한 대 갈겨 버리고 싶었다. 속을 가라앉히고 싶어도 이미 들쑤셔진 머리가 기어이 뒤엎인 느낌이다. 로크뢰 이후 이 정도로 그녀의 분을 일으킨 사람이 없었다. 나를 시험했구나. 그러나 도대체 무엇을 위해? 사령부에 참견 말라면서, 당신이 그리 명했으면서, 지금 뭐라고? 너무 화가 나 정신을 차릴 수가 없었다.

아쉬움이 없다?

끈기가 없어?

의욕이 없다니?

당신이 나의 무엇을 알기에?

외르타는 그대로 그의 멱살을 움켜쥐었다. 제가 무슨 행동을 하는지도 몰랐다. 전력 질주하다 쾅 하고 벽에 부딪힌 느낌이다. 머리가 멍한 채, 눈이 벌게질 정도로 노여움이 차올라 도저히 제 행동을 자제할 수가 없었다. 당신 인생, 감히 남의 것을 재단할 수 있을 정도로 험난했나? 그럴 리 없지. 그 휘황한 생 나 따위 밟히지도 않겠지. 애초에 보질 못할 테니 시선 한 번 주지 않고 그저 스치겠지.

그녀는 잇새로 내뱉었다.

"감히……."

요철 한 번 겪지 않고 유유했던 생이 어떻게 감히, 이리 사는 내게 아쉬움이 없다니, 끈기가 없고 의욕이 없다니. 남들보다 몇 배는 더 죽어라고 산 나인데, 지금에 와서는 결국 그보다 몇 배는 더 비참하게 살고 있다. 그래. 그 결과가 하 가벼워 노력한 내 생마저 가벼이 보이나? 이가 갈렸다.

"네가 감히……."

남자의 어깨를 겨우 넘는 여자가, 그의 반이나 될까 싶은 팔뚝으로 상대의 멱을 잡는 것은 무섭다기보다는 안쓰러운 광경이었다. 발렌시아는 거의 매달리다시피 한 외르타를 잠깐 내려다보았다. 손을 뻗는다. 그녀의 종잇장 같은 손목이 잡혔다.

외르타의 얼굴은 즉각 하얗게 변했다. 종이에 물이 번지는 듯한 속도로 그녀의 얼굴에 공포가 들렸다. 잡지 마. 뒤로 물러나고 싶었다. 그 불 같은 화에 물을 끼얹은 것은 그녀의 냉정이 아니었다. 두려움. 미칠 듯한 두려움이 저를 완전히 잡아먹었다. 저항할 길도 없이 노여움만 푸시식 사그라졌다. 심지어 연기도 나지 않았다. 화는커녕 조금의 언짢음도 없었다. 이미 모두가 다 공포였다.

열여덟, 이와 비슷한 발악을 저지른 일이 많았다. 그러나 힘이 댈 것이 안 된다. 붙잡혀 떨궈지고, 그 뒤에…….

그것이 현실로 되돌아온 듯한 느낌이었다. 무서워 죽을 것만 같았다. 몸이 와들와들 떨렸다. 그녀는 그의 손을 떨쳐 내기 위해 팔을 거칠게 흔들었다. 그러나 영문을 모르는 발렌시아는 외르타의 손목을 놓지 않았다. 외려 그에 더 힘이 들어간다. 그녀의 숨이 기어이 가빠졌다.

"소오온 놔!"

발렌시아는 그 기세가 심상치 않다는 것을 깨달았지만 그래도 여전히 그를 놓지 않았다. 싸한 목소리가 흘러나왔다.

"행동 조심해라. 네 즉결을 결정하는 사람이다."

"놔악! 놔! 놓으라고!"

눈에 보이는 것이 없다. 그저 제발 놓으라는 간청만이 맴돌 뿐이다.

얼굴의 온 피가 목덜미로 내려앉는 듯하다. 제발. 건드리지 마라. 제발. 제발. 눈가에 뜨거운 것이 치밀었다. 뺨에서 핏기가 사라지는 것인지 몰리는 것인지 구분할 수가 없었다. 이 힘. 힘. 힘. 평생 사라지지 않을.

외르타는 간신히 그를 뿌리쳤다. 아니, 그보다는 발렌시아가 그녀를 놓아주었다는 말이 더 맞을 것이다. 그녀는 더러운 것이 닿은 듯 확 물러나다, 정신없이 뒷걸음질 치다, 어쩔 수 없이 뒤로 넘어졌다. 아픈 것은 느껴지지도 않았다. 아직까지 저 위에 버티고 선 긴 그림자. 눈을 떼지도 못하고 흙바닥을 더듬어 악착같이 물러났다. 침상의 벽에 받혀 허리가 꺾였다. 너무 세게 부딪힌 까닭에 헉 하는 숨이 절로 새어 나왔다. 팔이 덜덜 가만히 있지를 못하자 그에 기댄 제 몸 역시 사시나무처럼 떨렸다. 턱이 딱딱 부딪친다. 자신이 저자에게 분이 치솟았던 기억은 이미 온데간데없었다. 그저 어서 이 자리에서 사라지기만을 바랄 뿐이다. 누가 우아하다고? 네 눈앞에서 당장 꺼지기나 해. 아니 간청한다. 제발 사라져라. 부디 사라져라. 내 너에게 빌겠다.

"너……."

그의 표정을 볼 수 없었다. 그러나 낮은 침착함은 이전과 똑같았다.

"아까 그것……."

무슨 말을 하려는 것인지 모르겠다. 외르타는 자신의 '아까'가 언제였는지 찬찬히 생각해 보려 했다. 그러나 섬세하게 기억을 파고들 정신머리가 못 된다는 것을 스스로도 매우 잘 알았다. 이내 포기했다. 가타부타 말 말고 제발, 제발 사라지기나 해라.

"외르타."

누군가 숨골 쪽으로 차가운 칼을 밀어 넣은 듯한 느낌이었다. 외르타? 외르…… 뭐? 방금 저치가 도대체 뭐라 말한 건가.

외르타.

정신을 부여잡았다. 가까스로 추슬렀다. 갈래갈래 뻗친 자락들을 오기로 모아 꾹 눌렀다.

"아."

외르타는 얼굴에 겨울 물을 맞은 듯 얼얼한 표정이었다. 냉정이 점차 되돌아왔다. 누군가 그녀의 팔을 잡았다. 단박에 끌어 올렸다. 예전에 비슷한 일이 있었던 것 같은데. 그녀의 팔을 쥔 손은 단 일 초도 더 머무르지 않고 사라졌다. 외르타가 그 손아귀 자체에 질겁한다는 사실을 드디어 깨달은 것 같았다. 그녀는 넋 놓고 한참을 서 있었다.

외르타가 고개를 흔들며 앞을 보았을 때 그곳에는 이미 아무도 없었다.

"왜 날이 갈수록 이리 칠칠맞지 못해져? 군영에 있는 게 건강을 해쳐?"

시누사는 어처구니가 없어 그리 말했다. 그 옆에는 외르타가 발을 잘못 디뎌 와르르 무너뜨린 무기들이 누워 있었다. 그는 그것을 몇 번 주워 대강 세워 두었다. 외르타는 그저 희미하게 웃고만 있을 따름이었다. 자기가 다쳤을 수도 있다는 것은 아예 생각지도 못하나. 저런 웃음이라니. 해에 흔적 없이 녹아들 것만 같았다.

시누사 자신의 공정하고도 날카로운 판단에 의하면 이 일주일간 그녀는 적어도 시누사의 무기만 한 몸무게가 빠졌다. 그 이유를 이해할 수가 없었다. 그녀는 지난 한 달 정말이지 갓 잡은 잉어처럼 활기찼다. 사령부의 누구도 그녀와 말을 트지 않은 자가 없었을 정도니까. 그런데 삽시간에, 정말로 아무 전조도 없이, 어느 순간부터 여위기 시작하더니 말도 줄었다. 도대체 왜? 사람 성격이 저리 달라질 수가 있다는 사실에 참 평범한 시누사는 소름이 오소소 돋았다.

사령부에서 쫓겨난 것 때문인가? 타당한 추측이기는 하지만 그러했다면 그날, 시누사 자신과 톨레도와 발렌시아와 외르타가 같이 섰던 그날 이후로 내내 우울했어야 이치에 맞지 않은가. 그러나 그 뒤에도 한 일주일가량 외르타는 시누사와 죽이 맞아 잘 놀았다. 수다도 떨고 롬도 하고 이리 뒹굴 저리 뒹굴 아주 늘어지게 즐거웠는데! 까다로운 발렌시아를 볼 일이 없어서 더 신났을 것이다. 아마 그녀는 이제 두 주가 넘도록 발렌시아 경의 코빼기조차 보지 못했을 테지.

사실 시누사가 외르타에게 이리 달라붙는 이유의 첫째는 물론 제 재미지만, 두 번째로는 조금 공적인 사항에 있었다. 그는 아직까지도 그녀의 말을 염두에 두고 있었다. '왕도에 가면 살겠다.' 라. 그럼 언제 죽으려고? 그런 말을 자신에게 내뱉고서, 톨레도에게도 그 기색이 하나같았으면서 무엇으로 그리 평안한지?

그날 사달이 지난 한밤중, 시누사와 톨레도는 사령부에 찾아갔다. 비 맞은 개처럼 그 주변에 진을 치고 있는 체세나의 등을 보며, 시누사는 사령부에 거리낌 없이 들어갈 수 있는 자신에게 조금쯤 우쭐한 기분이 들었다.

"여기 지금 왜 이래요?"

"……발렌시아 경께서 금족령을 내리셨다."

"아니 그럼 그냥 가서 발 닦고 주무시지 왜?"

"잘못이 큰데 어찌……."

"무슨 잘못?"

체세나는 고개를 돌렸다. 시누사는 미련을 두지 않고 바로 옆에 선 사투르니나를 괴롭히기 시작했다.

"들었죠? 금족령 이유가 뭡니까?"

"너도 오늘 선두에 있었지 않나."

"저는 일찍 갔습니다. 베브론 머리를 잘랐는데 그만한 포상이 없다는 건 말이 안 되겠지요?"

"그럼 모른 채로 있어."

시누사는 다시 그 옆에 선 자멘테를 골라잡고 말을 걸려 했다. 그러나 그 이전에 톨레도가 나서서 제 목덜미를 잡아챘다.

"들어가세."

"여기 왜 이런지 저는 굉장히 궁금한데요. 알아보고 들어갑시다."

"데군다 경이 베브론 부대장을 포로로 잡았다 하네. 발렌시아 경께 보이기 위해 끌고 왔고, 경께선 심문하라는 당연한 명을 내리셨지. 그런데 데군다 경은 그에게서 얻을 수 있는 정보가 외르타에게서 얻고 있는 정보와 다를 바 없다고 생각한 것 같네."

"아."

어찌 된 일인지 알 것 같았다. 외르타가 있으니 이 작자는 심문 안 해도 상관없지 않겠습니까 운운하는 어처구니없는 소리를 한 것이다. 허이구 하는 신음이 절로 나왔다. 그 자리에 있지도 않던 자신이 다 아찔했다. 문득 발렌시아 경께서 그것을 참고 넘겼을까 하는 불안한 생각이 들었다.

"그걸로 끝이에요?"

"아……. 발렌시아 경께서 그 부대장을 즉결 처분하셨네.'

그러면 그렇지…….

"사령부가 모두 보는 앞에서 그 목을 떨구셨다 하니……. 다들 지금 상당히 위축된 상태일 걸세. 이래서야 완전한 경고니까 말이네. 조심 좀 하라고."

"오, 아까 우리가 봤던 게 이제 이해가 가네요. 외르타에게 사령부에 오지 말라 하신 건 아무래도……."

"이 꼴을 보고 화가 나신 거겠지."

시누사는 고개를 끄덕이며 톨레도를 따랐다. 음, 이건 마치 사령부 전체의 사열을 받으며 사령부로 들어가는 모양새 아닌가? 그는 체세나를 보고 웃어 주었다. 그가 너는 뭐가 다르냐는 듯 이를 드러냈다.

그들이 사령부에 들어섰을 때 발렌시아는 평소의 그처럼 책상에 앉아 있는 모양이 아니었다. 책상은 죄 옆으로 치운 채 전략 회의를 하는 모습이었다. 곧게 서 있다. 응? 이러니저러니 해도 결국 사령부 일원들이 머리 굽혀 사죄하고 들어오길 바라시는 건가?

"바깥에 선 기사들을 당장 물려라."

아니군. 시누사는 저희를 따라왔던 종기사가 꽁지 빠져라 달려 나가는 모습을 보곤 조금 울적해졌다. 그가 그 기사의 뒷모습을 보는 사이에 톨레도는 이미 발렌시아에게 제 용건을 고하고 있었다.

"발렌시아 경, 일전에 시누사 경이 경께 얼마나 두서없이 고했을지 저는 들은 바 없어 잘 모르겠습니다. 다만 저 역시 그와 꼭 같은 말씀을 드리고 싶어 왔습니다. 외르타 옆의 날붙이는 전부 물려 주십시오."

발렌시아는 대답이 없었다. 시누사는 옆에서 거들었다.

"아까 외르타 막사에서 뵈었을 때, 아셨죠? 보셨죠? 다 압니다, 발렌시아 경. 경께도 또 무슨 말을 하지 않았습니까? 틀림없는데! 그 여자는 가끔 넋 하나 빠진 것 같을 때 뭐라 뭐라 의미심장한 말을 하더라고요. 농담으로 받아들이라고 말하는 것 같기도 하고, 그냥 진담으로 여겨라 네가 어쩌겠느냐, 이 태돈 것 같기도 하고."

"그런 일 없다. 하지만 톨레도 경의 말은 곧이듣겠다. 그것은 전적으로 경에게 일임한다."

"발렌시아 경, 저도 외르디 감시에 껴 주십시오."

발렌시아는 인상을 찌푸리며 그를 돌아보았다.

"너는 전장에서 날뛰기에도 바쁜 몸이다."

"톨레도 경은 안 그렇고요? 이번에 외르타에게 사령부 엄금령을 내리시면, 이제 톨레도 경을 제한 누구도 그 여자한테 접근할 수 없게 될 거란 말입니다. 하나 제가 그에 빚을 지지 않았습니까? 그나시오의 이름으로 빚쟁이가 될 순 없지요."

"무슨……."

"아까 절 살려 줬잖습니까! 절 왕도로 던지신 경께 외르타가 맞섰잖아요. 그녀가 스스로 희생해서 제 실각을 막아 준 겁니다."

진담 반 농담 반이었다.

"네 마음대로 해라, 시누사 경."

"오, 웬일이십니까?"

"톨레도 경, 경이 보기에는 외르타가 진짜 같나?"

시누사는 대단히 놀랐다. 자신이 무시당한 것은 조금도 신경 쓰이지 않았다. 다만 발렌시아가 저런 질문을 타인에게 했다는 것 자체가 큰 놀라움인 것이다. 그는 귀를 쫑긋 세우고 톨레도의 대답을 들을 준비를 했다. 톨레도 역시 한 대 얻어맞은 듯한 표정이 되었다. 그는 순간 어찌 대답해야 할지 모를 정도로 당황했다가 이내 자신을 가다듬었다. 톨레도는 헛기침을 몇 번 한 뒤 총사령관의 질문에 답했다.

"경께서 제가 '넘어' 갔다고 보고 계시는 것을 잘 압니다. 하지만 저는 감정이나 여타 비슷한 비군사적인 연유로 그녀에게 설득당한 것이 아닙니다. 첫째, 정보가 진짜입니다. 이것은 경께서도 사령부 기사들에게 많이 들으셨을 테니 더 말씀드리고 싶지 않습니다. 둘째, 하대를 하는데 아무 거리낌이 없습니다. 평생 그리해 온 듯한 자연스러움입니다. 저는 정체 모를 여인이 저를 함부로 대하는 와중 조금도 이상한 점을 느끼지 못했습니다. 더군다나 로크뢰 1세, 막시밀리안 5세, 발터하임부르겐

1세를 논할 때의 그 통달한 어조는 누구도 흉내 낼 수 없을 겁니다. 아…… 그러고 보니 발렌시아 경께도…… 감히 하대를 하고 있지 않습니까. 경께서 인내하시는 것은 그만한 이유가 있기 때문이라 생각합니다. 셋째, 공용어 억양에서 라르디슈와 게외보르트가 동시에 드러납니다. 저처럼 매일같이 그녀의 말을 들어야 하는 사람만이 느낄 수 있는 것입니다. 저도 그녀가 이야기할 때 드문드문 나오는 고유 명사에서 겨우 눈치챌 수 있었을 정도입니다. 넷째, 몸가짐 역시 고위층의 그것입니다. 허리가 곧고 걸음이 똑바른 것은 태생이라 차치하더라도 예법이라는 것이 있지 않습니까. 말에 태워질 때, 내려질 때, 옷을 걸어 두는 모양, 물을 따르는 방향, 먹는 순서, 방식, 셀 수도 없습니다. 딤니팔과 여타 중앙 삼국의 예가 같은 것은 아니지만 그리 다르지도 않습니다. 어차피 다들 반쯤은 리마네레의 원형 그대로니 말입니다. 공관으로 나가 본 일 없는 저 역시 그들만의 예법을 알아볼 수 있었습니다. 다섯째…….”

“일개 시녀나 창부라기엔 아는 것이 상당히 많죠. 라르디슈군 정보 같은 거 말고요. 지도 그리는 그 모양도 모양이려니와 대화할 때의 그 양식이라든가 정치라든가 예술이라든가. 전 무슨 오스페다의 살롱을 군영에다 옮겨 놓은 줄 알았다니까요. 아, 그러고 보니 발렌시아 경! 군기록을 조심하셨으리라 믿습니다. 그 여자 할 줄 아는 언어가 제가 들은 것만 해도 벌써 네 갭니다. 공용어, 게외보르트 왕실 언어, 남부 젤브렝어, 자유민 반 비. 아, 진짜. 나도 아직 게외보르트 왕실 언어는 맞아 가면서 배우는데 이게 무슨. 여섯째, 롬을 할 줄 알거든요! 아! 진짜 잘하대요? 난 두 번 이겼는데 톨레도 경께선 지금까지 한 번도 못 이기셨죠? 내 다 아는 수가 있습니다. 제일 처음에 롬을 가져다줬을 때를 기억합니다. 제가 졌거든요. 외르타……. 항상 해 왔던 듯 과시하는 낌새도 없이 바로 패를 잡더라고요. 자신이 그것을 아는 그 자체로 귀족이라는 건 생각도 못하는 얼굴이었습니다. 그냥, 매우 당연히. 저도 내리 열 판을 지고 나서야 제가 그걸 들고 왔던 원래 목적을 깨달았으니까요."

"일곱째, 그녀가 매양 들고 다니는 붉은 공단. 그것은 라르디슈 왕실의 천이 맞습니다. 딤니팔에서 왕실만이 오스페다의 천을 쓸 수 있듯 라르디슈에도 왕실 특유의 옷감이 있지 않습니까. 아무튼 일전에 잉그레에 그것이 주먹만큼 진상되어 온 일이 있습니다. 천운으로 제가 그것을 처분했습니다. 제가 재봉사가 아님에도 오스페다의 천을 알아보듯이 그것 역시 다르지 않습니다."

"와, 그래요?"

"발렌시아 경께 말씀드리는 중이네. 함부로 끼어들지 말게."

발렌시아는 바닥을 바라보던 시선을 들었다. 시누사는 제 눈보다 조금 더 짙고, 제 눈보다 만 배는 깊은 그 벽안을 바라보았다.

"그리 증거가 명확함에도……."

평소보다 조금 더 낮은 목소리였다. 젠장. 경, 더 무거워지지는 마세요. 오스페다에 돌아갔을 때 신붓감은 구하셔야죠. 무서워서 어디 말이라도 걸겠나.

"나 홀로 믿지 않는 것은 외려 너희에게 혼선을 주는가? 그럼으로써 군에 피해가 가나?"

"제가 대답해도 되나요?"

"해."

"사실 경의 역할이 그것 아닙니까? 군의 총사. 저희가 대중없이 이리 갔다 저리 갔다 뒤뚱거릴 때 잡아 주는 무게추시잖습니까. 저 바깥의 기사들을 보십시오. 저조차 기가 막히더이다. 외르타를 믿고 심문을 포기해? 제정신이 아닙니다. 오랜만에 괜찮은 줄 잡았다 생각하니 왕도에서 누렸던 평안을 고스란히 누리려고 작심한 것 같습니다. 주변에서 죽어

나가는 꼴을 보고도 아직 저렇답니까? 확실, 명확, 정교, 예외나 실수 없이, 추측 불가, 증거, 증명. 군의 덕목이라곤 모조리 잊은 것 같습니다. 심지어 외르타를 믿고 있는 저조차…… 도저히 이해가…….”

“발렌시아 경, 저도 시누사 경의 말에 동의합니다. 사령부가 냉정을 잃고 있습니다. 왕도의 명이 도착한 이후에 그 명에 따라 의존하는 것은 조금의 잘못도 아니되, 이 상황, 물증은 적고 심증이 대부분인 지금, 심지어 총사령관이신 경께서 누누이 경계하라 주의를 주셨음에도 불구하고 이렇다는 것은 그녀를 신뢰하는 저로서도 눈살 찌푸릴 만한 일입니다. 경마저 돌아섰을 때 군의 기강이 어찌 될지 저는 감히 상상할 수도 없습니다.”

시누사는 습관처럼 제 칼자루를 쥐었다. 톨레도와는 매양 티격태격하는 자신이지만 이처럼 정곡을 꾹꾹 찔러 줄 때에는 정말 입이라도 맞추고 싶은 심정이 된다. 한 구절 한 구절 다 맞았다.

“그것이 무엇이 되었든 왕명이 온 뒤에 하리라는 발렌시아 경의 엄단이 가장 옳습니다. 어차피 저번의 그 육전대 기밀 유출, 로크뢰는 영문을 알아내기 위해 온갖 머리를 굴리고 있을 겁니다. 그것이 어찌 새어 나갔는지 알기 전에는 대규모 회전 역시 더 이상 없을 것이라고 일전에 경께서 저희에게 일러 주신 바입니다. 일 년하고도 달포간 쉴 새 없이 전투를 치렀으니 이후 사 순旬 정도만 휴전기를 두자 제안하는 것은 어떻습니까?”

발렌시아는 이미 그것을 생각하고 있던 듯했다. 오늘 오후의 일은 그에게 있어서도 큰 골치였을 테니까. 그는 재차 생각해 보려는 기미도 없이 즉각 고개를 끄덕였다. 그리고 그 수긍과 다를 것 없는 속도로 명령을 내렸다.

“생각했던 바다. 경 역시 그처럼 믿으니 그리 과격한 처사는 아니리다. 휴전기를 둔다면 왕명이 도착하기까지 사령부의 혼란은 피할 수 있다. 내 당장 노란 기를 든 기사를 보내리라. 변은……."

변명을 짜내는 기술에 있어서만큼은 톨레도와 꼴지를 다투실 텐데. 시누사는 그에 통달한 자신이 대신 핑곗거리를 마련해 주리라 생각하곤 신이 났다.

"폐하의 병환이 위중하시다 하라."

시누사는 깩 하는 품위 없는 소리를 냈다. 평소에 거짓말을 잘 하지 않는 사람이 한 번 터뜨리면 능히 기겁할 만하다더니 진짜였다. 어찌 폐하를…… 팔아…… 넘기실 수……. 시누사는 이리 생각하다가 왕이 이곳에 있었다면, 그 스스로가 가장 먼저 짐의 혼수상태 운운했으리라는 것을 깨닫고는 맥이 빠졌다. 이번 건이 정말 중요하기는 한가 보다 하는 실없는 생각이 들었다. 딤니팔 팔만의 손발을 여자 하나가 꽁꽁 묶었다.

금세 그 파격을 이해한 시누사와는 달리 톨레도는 아직 얼얼한 표정이었다. 그가 말했다.

"그만한 소식을 전하려면 보통 인사로는 되지 않을 겁니다. 경, 경, 다시 고려해 주십시오. 최소한 이 사령부의 누군가가 나가야 할 텐데 사령부의 대부분이 십이공회 일원분들의 자제십니다. 핏줄이 귀합니다. 저들이 믿지 않고 즉처한다면 어찌합니까."

"번복하지 않겠다. 로크뢰 1세 역시 내 성정을 알아, 딤니팔이 저희의 왕을 거짓 변명 따위에 내세우지 않으리라 생각할 것이다. 속일 수밖에 없다. 외르타 역시 제 도주가 발각될 날이 얼마 남지 않았다고 말했다. 의심을 피하려면 이 방도뿐이다."

"제가 갈래요!"

"경, 미쳤나! 경은 안 되네."

"원한다면 네가 가라."

"발렌시아 경!"

톨레도가 당혹한 얼굴로 외쳤다. 시누사는 매우 기뻐 스스로 공중제비라도 돌 수 있을 듯한 기분이었다. 특사라니! 라르디슈 군영, 그 인사들을 구경하고 오리라. 가는 김에 머릿속 외르타의 지도와 실재를 맞춰보는 것도 잊지 않을 것이다.

“경! 시누사 경은 그나시오의 독자입니다! 사달이 일어나면 돌이킬 수가 없습니다! 차라리 저를 보내십시오! 톨레도에는 제 아래로도 그 손이 셋이나 있지 않습니까!”

“떠밀려 가는 것은 원치 않는다. 게다가 죽음을 각오함이라? 휴전 요청을 하는 거짓 이유가 네 입에서 뻔뻔스레 나올 것 같지 않다.”

“경!”

“언제 갈까요? 예? 로크뢰 1세, 만날 그 붉은 투구 안에 있어 낯짝도 못 보다가 이제야 좀 차분히 뜯어보겠군요. 아, 신 나.”

“시누사 경, 입 닥치게. 경은 생각이 있는 건가 없는 건가? 그나시오 경께서 이 자리에 있으셨다면 결코 경의 방만을 용납하지 않으셨을 걸세.”

“아버지께선 별 상관 안 하셨을걸요? 제 목숨을 귀히 여기셨다면 저는 애초에 전위 부대도 못 맡았지 말입니다. 방임이에요, 방임. 역시 사람이 좀 자유롭게 커야 바람직한 인간상이 나온다니까요.”

“그 입……!”

“톨레도 경, 흥분을 가라앉혀라. 냉정히 생각해. 로크뢰 역시 지금 제 모든 것을 쏟아부어 회전을 치르고 싶지는 않으리라. 밀고자의 정체를 캐고 싶겠지. 라르디슈는 딤니팔에 사정이 생겨 그가 먼저 사 순 휴전을 제의하는 것을 행운이라고 믿을 것이다. 자신들이 어찌나 당혹했는지를 구태여 먼저 알려 줄 용의가 없을 테니까. 적당한 시기다.”

“발렌시아 경, 하지만 시누사 경이 지금 경께 대하는 저따위 말투를 라르디슈 진영에 가서도 사용한다면…….”

“아니, 톨레도 경께선 제가 바본 줄 아십니까?”

“바보는 아니지만 그게 재밌을 거라 생각하고 있는 건 내 알지! 경은 도무지 겁이 없네!”

“제 목을 걸고 맹세합니다. 그리하진 않을 겁니다.”

톨레도가 그를 노려보았다. 시누사는 그토록 진지하게 말해 두고도 그의 시선을 받자 씩 웃었다. 그는 더 이상 말을 말자는 듯 뒤로 휘청휘청 물러났다. 발렌시아는 총사령관의 책상으로 다가가 종이를 잡아 들었다. 무언가를 썼다. 시누사를 그런 그를 졸졸 따라가 서신의 내용을 들여다보았다.

라 딤니파 카타름 생로 자카리 디본도네 이니고 산테카를로, 모든 딤니팔의 수장, 오스페다의 성주, 잉그레의 지고한 주인, 눌라레의 후계, 알론조 캄비의 수호자.

시누사 역시 저 정도는 자면서도 쓸 수 있었다. 그래서 그는 그 긴 수신인보다 그 아래를 주목했다.

배계. 폐하의 충실한 신으로서 딤니팔의 군을 총괄하는 발렌시아 마조레 기지 얀 미라이예가 봉서 올립니다. 왕도의 명이 오기까지의 사 순 동안 총사령관의 권한으로 라르디슈와 휴전함을 인가해 주십시오.

인가라지만 이것은 어차피 결재 정도였다. 이런 내용은 어쩔 수가 없지 않은가.

휴전의 본디 이유는 밀고자로 혼란한 사령부의 불민함이지만, 라르디슈 수뇌부에 진실을 밝힐 수 없는 까닭에 그 변을 폐하의 위독함이라 규정했습니다. 감히 폐하의 병을 위장한 죄, 후일 가장 엄중히 다뤄 주십시오.

왕명이 도착한 직후 휴전은 즉각 파기될 것입니다.

듀아네일력 550년 10월 28일.

신 딤니팔군 총사령관 발렌시아 마조레 기지 얀 미라이예 하감.

자신도 언젠가 저와 같은 서한을 줄줄 써내야겠지. 시누사는 절로 한숨이 나오는 것을 느꼈다. 폐하, 죄송합니다. 휴전 변명의 이유를 폐하의 위중함으로 댔습니다. 죄송합니다. 하지만 어쩔 수 없는 판단이었으니 중한 죄로 여기지는 말아 주셨으면 합니다. 죄송합니다. 자신이 썼다면 고작해야 이 정도나 나왔으리라.

발렌시아는 그것을 밀봉하고는 옆으로 밀어 두었다. 그리고 다시 한 장을 빼내어 또 쓰기 시작했다.

라그랑주 오랑프 리오넬 장 – 지네스트 보아르네 라르디슈 올 발루아, 라르디슈의 왕, 생 로욜의 유일한 민民, 귀족원의 수장, 적해의 제독, 남부 삼천 군도의 눈.

시누사는 멍하니 생각했다. 발렌시아 경은 분명히 게외보르트 왕의 본명 전부와 그 명칭까지 알고 있겠지? 내가 멍청한 건가.

딤니팔 총사령관 발렌시아 마조레 기지 얀 미라이예가 남부의 왕께 올립니다. 지난 회전에 우열을 가리지 못함은 딤니팔의 부족입니다. 기록되지 못한 승패, 이후의 다른 전투에서 이기는 것이 마땅하나 현 딤니팔 국왕 굴라트모 4세께서 병환이 위급하신 까닭에 군의 우려가 다난합니다.

따라서 왕께서 대륙의 예법으로 수락해 주신다면 딤니팔은 10월 29일부터 사 순간 전투에 간략한 휴지를 두고자 합니다. 이를 인가할 딤니팔 인사로 십이공회의 일원 그나시오의 장손, 시누사 퀴리노 모드벤나 얀 그나시오를 라르디슈 군영에 보내겠습니다. 저희의 어긋남 없는 행실에 중앙 삼국의 예의를 지켜 주십시오.

듀아네일력 550년 10월 28일.

딤니팔군 총사령관 발렌시아 마조레 기지 얀 미라이예 배상拜上.

우리 폐하께서 위독하시니 10월 29일부터 40일간 휴전합시다. 나머지는 들고 온 사람이 얘기해 줄 것임. 시누사는 제 식의 편지에서 이 이상을 자아낼 수 없음을 알고 당혹했다. 그는 그렇게 연달아 두 개의 서신을 읽고 나서야 왜 사령부가 그리 발렌시아의 서신을 사랑하는지 깨달았다. 깔끔하고 군더더기 없지만 차릴 예의는 족히 차린, 사령관이라면 마땅히 배워야 할 기술인 것이다.

발렌시아는 그것 또한 밀봉해 시누사에게 넘겼다. 시누사는 멍하니 서간을 받아 들었다. 톨레도는 이마를 짚고 있었다.

"지금 갈 마음 있으면 지금 가라."

"오, 진짜요?"

"혼자 가. 각오했으리라 믿는다."

"누굴 붙여 주신다 했으면 제가 더 펄쩍 뛰었을 겁니다."

"아아……."

뒤에서 톨레도의 신음 소리가 들렸지만 앞에 선 둘 모두 그를 무시했다. 시누사는 발렌시아에게 예를 표하고 나는 듯이 사령부를 벗어났다.

체세나는 발렌시아의 명에 따라 자리를 뜨려다가, 어느새 뛰쳐나오는 시누사에게 얻어맞을 뻔했다. 그만큼이나 대중없고 바쁜 뜀박질이었다.

몇몇이 그 발칙한 기세에 놀라 그 뒤로 따라 나오던 톨레도를 붙잡고 이유를 물었다. 그러나 그가 무어라 입을 열기 전에 시누사가 외쳤다.

"노란 기!"

데군다가 숨이 막힌 듯한 표정을 하고 톨레도를 붙잡았다.

"설마……."

"그 설마 맞네."

"휴전 협정을……."

"지금 당장 간다고 저 짝이네."

"젊은 그나시오 경이 어찌 직접……."

"금족령 풀리면 발렌시아 경께 직접 여쭤 보게."

그가 인상을 쓰며 답했을 때 시누사는 이미 노란 기를 들고 사령부 앞에 서 있었다. 노란 기뿐일까, 그가 종기사를 어찌나 닦달했는지, 한쪽에서는 소년이 벌써 두어 번쯤 구른 얼굴로 말고삐를 잡은 채 달려오고 있었다. 달려오다 한 바퀴 더 굴렀다. 시누사는 그 고삐를 빼앗듯 들고 선 소년의 머리를 툭툭 쳐 주었다. 그리고 즉각, 승마의 표본 같은 태도로 말 위에 올랐다.

멍하니 바라보는 사령부 기사들 사이에서, 완전 무장한 채 멀끔한 청년이, 정말 오랜만에, 어떤 이에게는 처음으로, 밤처럼 차분하고 낮은 목소리로 말했다.

"죽진 않을 겁니다. 다녀올게요."

시누사는 그대로 떠났다. 오밤중 홀로 구릉을 달리는 일이 참 즐겁다고 생각하며 말의 볼기짝을 쳤다. 흠, 로그레 1세라. 그를 떠올리면 가장 먼저 생각나는 것은 붉은 투구, 붉은 갑옷이었다. 그리고 그뿐. 그 속에 든 것을 본 일이 없으니까. 시누사는 여태껏 있던 회전 일곱 번 중 일곱 번 전부에서 그 붉은 갑옷을 보았다. 어, 이런, 실수. 아니지. 내가 보급창을 순시하러 갔던 육전대 회전은 아예 계산에서 빼고 도합 일곱이로군.

아무튼 그 일곱 회전 전부에서 그 왕은 꼭 발렌시아처럼 굴었다. 물론 시누사가 그의 성정 따위를 알 리가 없으니 그 성격을 말하는 것은 아니었다. 다만 이곳에 있나 했더니 저곳에 있고, 저곳에 있나 했더니 이곳에 있는 그 기이한 신출귀몰함이 그에게 매우 당연한 일이었던 것이다.

발렌시아도 그러했다. 전쟁터에서는 항상 딤니팔의 첨단에 서 있는 시누사조차도, 문득 돌아보았을 때 제 뒤에 총사령관이 서 있는 경우가 허다했던 것이다. 각 대대마다 돌아다니며 점검을 한다고는 하지만 군의 우두머리가 가장 큰 격전지에 불쑥 나타났을 때의 그 소름이란……. 시누사가 제 일생에서 유일하게 벌레 씹힌 듯 진저리 치는 것이 바로 이 부분이었다. 칼, 창, 도끼, 둔기 죄 날아다니는데 제발 그 사이에서 솟아나지 좀 마십시오. 간 떨어진단 말입니다!

물론 그런 걱정은 정말 쓸모없는 우려였다. 발렌시아가 상처 입는 꼴을 얼마 못 보았으니까. 외려 그에 한눈팔다 자신이 얻어맞는 경우가 왕왕 있던 것이다.

로크뢰 1세 역시 똑같았다. 시누사는 심지어 딤니팔과 라르디슈가 맞붙은 그 끝자락에서 그자와 직접 칼을 맞댄 일까지 있었다. 참 끔찍하게도 힘이 센 자였다. 아직까지도 제 팔이 아릴 지경이다. 그때 시누사는 경갑을 입어 그 얼굴이 거의 바깥으로 드러난 상태였다. 로크뢰가 악착같이 제 얼굴을 노리자 어처구니가 없어 웃음이 났다. 그래, 가장 끔찍하게 죽이는 방법을 안다 이거지? 그런데 당신은 투구 한 번 올리지 않으니 나는 이거 웬 억울함인가. 칼이 튀기는 도중 그가 한마디 했다.

“이름은?”

“시누사, 얀 그나시오.”

칼질에 너무 바빠서 모계 이름과 제 두 번째 이름은 죄 빼먹었다. 죄송합니다, 어머니. 로크뢰가 웃는 듯했다. 젠장. 나도 그 웃는 얼굴을 노리고 싶은데 투구나 올리란 말이야!

“어리군.”

무엇이 어리다는 말인지 잘 알아들을 수가 없었다. 로크뢰 역시 도저히 여유가 있다고는 말할 수 없는 상황이었으니, 그때는 정말 제 얼굴이 어려서 그런가 보다 하고 넘겼다. — 그리고 그 이후 가끔 떠올릴 때마다 젠장, 그때 뭐라도 쏘아붙여 줄 것을 하고 후회하고 있는 상태였다. — 그때 그자는 다시 어디로 돌아가야 했는지 채 십 분여도 싸우지 않고 다른 기사와 자리를 바꿨다. 바꾼 자는 5대대였나 — 기억은 잘 안 나지만 아무튼 그쯤 — 하는 곳의 대대장이었는데 교체되자마자 시누사의 테다누아에 숨이 날아갔다. 왕이 도망가자 짜증이 났기 때문이다. 왕을 베겠다는 호승심에 욕심을 부린 것이 아니다. 그보다는, 갑자기 들이닥친 방해에 어울려 놀던 롬이 깨진 듯한 불쾌함이었다. 로크뢰도 그것을 보았다. 그의 고개가 잠깐 돌아 시누사를 보았다가, 애도도 없이 다시 제 갈 길로 떠났다.

시누사는 그날만큼 전장에서 날뛴 적이 없었다. 그날 시누사가 죽인 대대장이 넷, 부대장이 여섯이었다. 나머지 졸을 죽인 수는 얼마나 되는지도 몰랐다. 회전 초반의 그 칼싸움 하나로 된통 성이 나서 도저히 견딜 수가 없었던 것이다. 팔 하나가 푹 베여 왔는데 지금 온전히 움직일 수 있는 것이 기적이라 했다. 회전은 딤니팔의 대승이었지만 시누사만큼은 여기저기서 얻어터졌다. 첫째로 발렌시아 경께 왼 날개 1대대장이 제정신 못 차리고 흥분했다고, 둘째로 아버지께 전장 모습이 평소 네 모습이니 냉정 좀 찾으라고, 셋째로 톨레도 경께 내가 자네 대신 1, 2대대 다 끌고 다녔다고, 죄 꾸지람. 팔 깨진 것도 짜증 나는데 왜 여기저기서. 어휴.

어쨌든 이런저런 이유 때문에 시누사는 로크뢰 1세의 얼굴이 정말, 진심으로 보고 싶었다. 그래서 이야기를 듣자마자 발렌시아에게 제가 가겠노라 손을 든 것이다. 아, 맞다. 최근에 추가된 이유도 있구나.

그 외르타의 남편이라니. 아아하으. 보고 싶어 죽겠군. 외르타가 그래도 여자라고 교태를 부렸을 것을 생각하니 머리부터 발끝까지 소름이 쫙 돋았다. 아, 그건 진짜 싫다.

그런데 그에게서 왜 도망쳤다지?

시누사는 이 생각보다, 자신이 처음으로 이 생각을 했다는 사실에 더 놀랐다. 단 한 번도, 조금도 궁금해 한 일이 없었다. 그만한 관심을 둘 필요가 없다고 생각해서일까. 하지만 그래도 이건 너무한다. 아직까지 배반의 이유도 모르고 있는 제 멍청함에 침이나 뱉어 주고 싶었다. 직접 묻기는 이래저래 난처하니 발렌시아 경께 가서 여쭈어 보리라. 그분께서 모르는 것이 있을 리 없지 않은가.

점차 빛줄기가 가까이 다가왔다. 가슴이 빠르게 뛰지 않았다면 거짓말이지만, 그래도 흥분하지는 않았다. 딤니팔 군영과 똑같이 생각할 것이다. 다르면 얼마나 다르겠어?

점호 이후 바깥에서 홀로 오는 수상한 자를 발견하자, 라르디슈 군영에서 수십의 기사가 와글와글 뛰쳐나왔다. 시누사는 참 정직하게도 기와 함께 양팔을 들었다. 그들이 겨누던 무기들이 점차 사그라졌다. 시누사는 씩 웃었다. 그중 우두머리로 보이는 자가 그 앞에까지 와 속도를 줄였다.

"노란 기라니. 설마 진짜 딤니팔 군영에서 왔나? 이 밤중에?"

"아, 쇠뿔도 단김에 빼라고 총사께서 보내셨습니다. 참 긴 회의를 거친 까닭에 벌써 한밤에 가까운 점은 죄송스럽게 생각합니다. 폐하를 뵙고 싶습니다."

"이름은."

"시누사 퀴리노 모드벤나 얀 그나시오."

그 이름을 아는 듯 뒤의 무리가 돌연 소란해졌다. 아니, 그 뒤로 갈 필요도 없었다. 그를 상대하던 기사의 얼굴이 먼저 확 일그러졌다.

"너는 십이공회의 독자가 홀로 적 진영에 찾아왔다는 사실을 우리가 믿을 것 같나?"

"폐하께서 믿어 주시면 되지요."

"신분을 증명해라."

시누사는 그 순간 외르타에게 미안해서 눈물이 날 뻔했다. 참 막막하다.

"어떻게 말입니까? 이것으로도 증명이 안 됩니까?"

그는 품에 넣어 두었던 총사령관의 봉서를 꺼냈다. 기사가 그것을 받아 들더니 인주를 확인했다. 그는 조금 아니꼽다는 듯, 믿을 수 없다는 듯, 하지만 별 도리 없다는 기색으로 그것을 돌려주었다. 시누사는 덧붙였다.

"사령부에 저를 들여보내신다면 제 신분이 더 확실하게 증명될 겁니다. 제 얼굴을 아는 분이 많이 계실 테니까요. 무장 해제야 당연하니 모두 내놓고 가겠습니다. 안내해 주십시오."

기사가 그래, 너 혼자 뭘 어쩌겠느냐 하는 시선으로 그를 바라보았다. 시누사는 불쌍하다는 눈빛을 받아 본 것이 참 오랜만이라 기분이 이상해졌다. 기사가 앞장서고, 그 옆을 그의 부관인 듯한 자가 따르고, 그 뒤를 시누사 자신이 따르고, 나머지는 모두 사열하듯 그를 포위했다.

시누사는 터덜터덜 걷는 말 위에서 팔짱을 끼고 앞을 둘러보았다. 아무것도 모르고 왔다면야 이곳이 어디고 저곳이 무슨 막사인지 알 방도가 없었을 테지만 시누사는 외르타의 지도를 본 사람이었다. 정보와 수가 착착 맞물려 그의 머리에서 계산되었다. 답을 보고 문제를 맞히듯 손쉬웠다. 아마 그의 머릿속에서 환상처럼 빚어진 까닭이겠지만, 시누사는 어쩐지 그녀가 그린 것과 실제 막사 모양이 똑같은 것 같다는 착각까지 들고 있었다. — 외르타는 규모에 따라 그 막사의 생김새를 다르게 기록해 놓았다. — 화관, 계유, 청, 왕실, 베브론 기사단…… 육전대.

저곳이 육전대로군. 그러면 사령부는 기껏해야 이곳에서…….

"내려."

시누사는 웃으며 뛰어내렸다. 외르타, 굉장한데.

그는 제 옆에 서서 자신의 무장을 해제하는 기사를 도왔다. 제 칼, 테다누아를 내려놓고 가끔 쓰는 중검 셋과 단검 넷을 줄줄이 꺼내 놓았다. 옆에 선 기사가 몸을 뒤져 암기가 없는 것을 확인한 뒤 턱짓했다. 들어가라고? 그에 앞서 자신을 데려온 그 기사대장이 먼저 사령부에 들어섰다. 시누사는 그를 따라 성큼성큼 걸음을 옮겼다.

어느 나라나 사령부는 참 지루하게 생겼기 마련이다. 회전이 일진일퇴할 때마다 계속 옮겨 다녀야 하는데 어찌 치장할 수가 있다는 말인가. 자신의 딤니팔조차도 그 사령부란 '허름'에서 조금 격이 높은 정도였다. 물론 '허름'도 다 같은 '허름'은 아니다. 같은 오래된 원탁이라도 하나는 시골 식탁이고 하나는 눌라레의 원탁인 것처럼. 그러나 어떻게 말을 높이든 그 허함까지 부정할 수는 없었던 것이다.

그래서 놀랐다.

들어서자마자 온갖 곳이 다 붉었다. 누가 라르디슈의 상징이 적색 아니랄까 봐. 심지어 그를 배반한 외르타의 항시 지참 망토마저도 붉지 않은가. 저것이 저들의 자존심이리라. 인간의 눈에서만큼은 결국 가장 찬연한 색이 적색이라, 그를 온통 칠하니 막사 따위가 왕실의 방처럼 보였다. 지독히 화려했다. 아니, 저건 뭐로 만든 거야? 아까 톨레도가 이야기한 라르디슈 왕실의 옷감일지도 몰랐다. 왕의 친정이니 왕의 막사를 들고 옴이 마땅하지 않은가?

아, 그렇지. 왕.

그는 고개를 들어 정면을 응시했다.

로크뢰의 맨 얼굴을 처음 보았다. 왕가의 타는 듯한 붉은 머리. 머리가 지끈하며 절로 인상이 찌푸려졌다. 사람에게 있어서 그 눈동자보다 머리칼이 더 드러나는 모양은 정말 있기 힘든 일인데. 심지어 시누사는 상대를 볼 때 가장 먼저 그 눈부터 잴 듯 보는 습관이 있는 사람이었다. 그런데도 그 짧은 머리칼. 세상에, 사람 머리가 저런 빛일 수도 있구나. 그 얼굴이 냉정한지, 잔인한지, 다혈질인지 등은 잘 판단되지도 않았다. 그저 머리를 한 대 맞은 듯 저 붉은.

양옆 주변에서 그 어린 얼굴을 본 기사들이 허 하고 숨을 찼다. 어리다는 것에 놀란 것이 아니었다. 그가 그였기 때문에 놀란 것이다. 그러니까 무슨 '그'냐 하면…….

"딤니팔의 미친개로군."

이런 종류. 시누사는 별수 없이 웃음을 터뜨렸다. 저런 평가 도리 없다. 저들 눈에는 그리 보이지 않겠는가? 회전이든 전투든 시작부터 끝까지 온갖 곳을 다 헤집으며 돌아다니는 어린 청년. 미치기도 여간 미쳐 보이지 않으리라.

"시누사 퀴리노 모드벤나 얀 그나시오입니다."

"여기서 그 소개가 필요한 자가 있을 턱이 없지."

그는 라르디슈의 왕에게 딤니팔의 예를 표했다. 몇몇이 옆에서 조금 짜증스런 콧방귀 소리를 냈지만 신경 쓰지 않았다. 시누사가 살수의 일원은 아닐까 하여 — 아무도 그리 생각 안 하지만 규정상 — 그가 아닌, 그를 끌고 들어왔던 기사가 왕에게 직접 서신을 건넸다. 시누사는 왕이 서신을 무성의하게 뜯는 광경을 바라보았다.

어라, 젊네?

붉은빛에 대한 충격을 가라앉히고 겨우 떠올린 생각이었다. 발렌시아에게서 로크뢰 1세가 서른 중반 남짓이라는 이야기를 듣긴 했다. 그러나 그것을 알고 난 뒤에도 시누사는 계속해서 자신이 사십 넘은 중년의 왕과 싸우고 있다는 느낌을 받고 있었다. 왜냐. 첫째, 지금 나만 한 아들이 있다며? 너는 첫 애를 도대체 언제 봤니? 둘째, 딤니팔로서는 이가 갈리는 베르탕 전쟁. 이건 동남부 반란을 딤니팔이 지원해서 아교처럼 묶어 준 전쟁이었는데 정말 처참하게 패했다. 구 년 전인가 십 년 전인가. 그럼 저 왕이 고작해야 스물 대여섯에 그 촘촘한 연계를 죄 깨뜨렸다는 말이 된다. 이런, 위명이 자자한 것은 그 이유가 있는 것이다. 셋째, 외르타가 저렇게 '젊고 잘난' 권력자를 구태여 배반할 이유가 있나?

어차피 타국에 맨 몸으로 시집 간 왕녀에게 그 나라의 정치 세력이 있을 리 없다. 따라서 외르타가 딤니팔에 망명한 이유는 결코 정치적인 이유가 될 수 없었다. 사적인 이유가 있을 것이다. 그래서 시누사 자신이 간신히 짐작할 수 있었던 것은 그저, 외르타가 그 왕과 무슨 불화가 있지 않았을까 하는 것뿐이었다.

그런데 정작 그자가 흠잡을 곳이 없는데.

어디가 못생기길 했나, 배가 불러 터지길 했나, 왜소하길 하나, 위엄이 없나, 권력이 없나. 진짜 이상했다. 갑자기 여태껏 외르타를 철석같이 믿어 왔던 제 신뢰가 조금 바스러진 기분이었다. 게외보르트의 왕녀니 왕손을 낳으라는 압박도 없이 잘 살았을 것이 분명하다. 돈도 많았을 테고 사교계에서도 최고였으리라. 그저 남편 눈만 얻으면 된다. 외르타는 그 아름다움에 있어서만큼은 정말 넘칠 정돈데 그를 앗는 것이 그리

어려웠을까? 이해가 가지 않으면서 머리가 순식간에 복잡해졌다. 혹시 저 자리에 대역을 세워 놓은 것은 아닐까? 실제로는 육십 대 호호 할아범이라는…….

"노란 기를 붙들어 매고 왔으니 이미 짐작은 했지만, 굴라르모 4세의 병환이라?"

"저희도 낮의 전투가 끝나고 나서야 왕도의 연통을 받았습니다. 사령부 전체가 지금 지나치게 놀라 인내를 잃었을 정도입니다."

금족령에나 놀랐겠지.

"일단 나가 봐."

시누사는 인사를 하고는 줄레줄레 나왔다. 너무 평화로워서 지금 여기가 적진이 맞긴 한가 하는 생각이 들었다. 군영 주제에 고즈넉하긴 하고 비웃었다. 물론 이내 육전대 앞까지 질질 끌려가 감시받게 되긴 했지만. 시누사는 무기고 뭐고 모두 빼앗긴 채 멍하니 자재 상자 위에 앉아 있었다. 육전대 막사를 정면으로 보면서.

심심해라.

적진에 와서 이따위 생각을 갖는 군사도 몇 없으련만, 시누사였다. 지루해서 죽을 것 같았다. 반 시간도 넘게 기다리지 않았나. 그는 너무 할 일이 없어서 넋 놓은 채 육전대원들이 숨기려 노력하는 각자의 무기를 잡아냈다. 저치는 세검, 저 인간은 와, 뭍으로 올라와 무기 바꿨나 보네, 할버드. 쟤는 도저히 무기 넣을 만한 곳이 없는데 단검이라도 쓰……. 아, 저건 바늘이라 해야 하나 송곳이라 해야 하나 자루 없는 칼이라 해야 하나.

"네가 그 미친개냐?"

시누사는 고개를 돌렸다.

"누구십니까?"

"네가 낮에 죽인 베브론 기사대장의 아들이다."

"아, 예."

그러나 그다음 순간 제 목에는 칼이 들어와 있었다. 시누사는 시선을 들어 그자를 바라보았다. 스물대여섯? 시누사의 눈은 두려움이나 공포라기보다는 안쓰러움과 연민으로 가득했다. 주변에서 중립 전령과 다름없는 사람에게 왜 그러냐고 미쳤느냐고 와 소란이 일었다.

"전투 중 그럴 겨를이 없었을 텐데 기어이 아버지의 목을 잘라 갔다 들었다."

"다시 보내 드릴 건데. 상태 멀쩡합니다."

여기서 시누사는 조금 켕기는 기분을 느꼈다. 내가 떨어뜨려서 좀 깨졌을 텐데. 외르타가 던지기도 했고.

"너는 지금 여기서 문제가 뭐라 생각하는 건가!"

"딤니팔에 온다면 십이공회의 발끝에도 못 미칠 가문이 내게 꼬박꼬박 하대하는 것을 보고 우군을 가진 것이 참 좋긴 좋구나 하고 생각했습니다……. 농담이고, 모르겠습니다."

"감히…… 너는……!"

"사람을 죽인 것이 내 죄입니까? 요점을 말씀하십시오. 지금 그래서 나보고 어쩌자는 겁니까?"

"칼 빼."

"저쪽 분들께 여쭤 보시면 내가 무장 해제 당했다고 친절히 알려 주실 겁니다."

"그럼 이 자리에서 죽어라!"

음. 대책이 없군.

"랑페 경! 그만하시오!"

"경!"

"말하는 본새가 같잖으나 저 미친개의 말이 맞기는 맞소. 전투 중의 살인이 죄가 될 리가 없을뿐더러 그는 지금 대륙 협정의 보호를 받는 특사요. 냉정을 차리시오!"

미친개, 미친개 하지 마라. 듣는 개 기분이 과히 좋지가 않다. 시누사는 아직까지도 제 목에 칼이 들어와 있는 것을 보고는 약간 짜증이 났다. 상대는 그를 말린 자를 바라보고 있느라 시누사에게서 시선을 돌린 채였다. 넋 빼느라 칼자루에 힘도 얼마 주지 않은 듯했다. 이거야 식은 죽 먹기로군.

자제해야 한다는 것을 알면서도 참을 수가 없었다. 저것이 감히.

다음 순간, 그 칼은 시누사의 손에 쥐여 있었다. 상대는 칼자루가 제 손에서 벗어났다는 사실조차 몇 초 뒤에야 깨달았다. 심지어 그것을 '깨달은' 것도 시누사가 그의 목에 칼을 겨눴기 때문이었다. 주위에서 차라랑 하며 전부 자신을 향해 칼을 드는 모습이 보였다. 맘대로 겨누라 해라. 시누사는 어차피 제 할 말만 하면 되었다.

"입조심해라. 전투에서 사람을 죽인 것이 내 죄라면 죄, 명망 있는 시체에서 목을 취한 것이 내 죄라면 죄다. 그에 흥분하여 너덧 먹은 코흘리개처럼 칼 뽑지 마라. 그게 누구에게 갈 줄 알고 애먼 칼 함부로 놀리나."

시누사는 평소의 웃음도 보이지 않고 있었다. 그가 라르디슈 왕의 붉은 머리에 충격을 받았다면, 라르디슈의 군사들은 그의 새파란 눈에 지독한 이질감을 느끼는 자들이었다. 그가 냉정을 찾지 않고 죽일 듯 노려보니 상대는 이를 아득 물고도 조금 기가 질렸다. 시누사는 앞뒤 생각 안 하고 그냥 죽여 버릴까 했다. 이 자리에서 제가 죽든 말든 그저 화가 나고 눈꼴사나워서 도대체 제 성격에 견딜 수가 없었다. 아, 톨레도 경께선 이런 걸 우려하신 걸까. 그리니 이찌니, 나린 게.

시누사는 칼을 들어 올렸다. 자제할 틈도 없이 쇄도했다.

쨍강 소리가 나며 칼이 부러졌다.

시누사는 영문을 모르고 부러진 칼자루를 들고 있었다. 제 칼 테다누아가 아니니, 어느 쪽에 균형이 잡혔는지 몰라 어찌 부러졌는지도 당최 가늠이 가지 않았다.

"듣던 대로 성질머리가 고약하군그래."

시누사는 칼자루를 던졌다. 뎅그렁뎅그렁 초라한 울림이 몇 초 들렸다. 그는 고개를 돌리지 않고도 그자가 누군지 알 수 있었다.

"폐하! 도대체 왜 여기까지 나오시어……."

"저자는 즉결해야 합니다! 감히 라르디슈의 군영에서 칼을 빼든 자입니다!"

"그만."

"폐하!"

시누사의 시선이 돌아갔다. 이번에도 가장 먼저 보이는 것은 저 흐드러진 붉은빛. 제대로 보지도 않고 읍했다. 고개를 들었을 때 시누사는 어느새 만면에 웃음이었다.

"그 성질을 처음 보신 것은 아닐 겁니다."

"그때는 미안하게 되었다."

"대신 열을 거뒀으나 그 계조차 폐하의 솜씨엔 미치지 못했습니다."

칭찬인지 비난인지 모를 소리였다. 너는 그날 내가 죽인 열보다 더 잘났다. 너는 그 중요한 대장을 열이나 베도록 나를 방치하고 떠났다. 그 두 가지를 모두 알아들었는지 로크뢰가 묘한 웃음을 지었다. 아, 일국의 왕도 저리 웃는데 왜 우리 발렌시아 경은…….

"걷지."

"폐하!"

"독대다. 물러나 있어라."

"군영의 구조는 기밀입니다!"

"어차피 처음 보는 것, 더불어 내 언제 그 안까지 보여 준다더냐?"

폐하, 폐하! 악 같은 소리가 들렸지만 로크뢰는 싹 무시하고 시누사를 밀었다. 시누사는 누군가 떠밀어 주길 바라고 있기라도 했던 듯 가뿐하게 걸음을 옮기기 시작했다. 역시 될 사람은 무얼 해도 된다. 사람을 죽이려 칼을 빼도 어느새 군영까지 시찰할 수 있는 권리가 생기지 않나?

그런데, 건자며? 로크뢰는 얼마 가지도 않아 모퉁이를 돌았다. 그리고 인적 없는 막사 뒤에 우뚝 섰다. 가녀린 횃불만이 그의 얼굴을 비추고 있었다. 시누사는 영문을 모른 채 그의 얼굴만 멀거니 쳐다보았다. 그가 낮게 말했다.

"우선 네게 묻겠다."

"예?"

"이 서한이 사실이냐?"

"예?"

"거짓이로군."

"예?"

"휴전 중에 밀고자와 거래한다는 무리한 계획은 감히 세우지도 말라."

"예?"

"너희……."

"폐하! 한마디라도 좀 할 수 있게 해 주십시오. 도대체 무슨 거짓이며 무슨 밀고자란 말씀이십니까? 설마 그 허황된 이유로 사령부에서 대답을 꺼리시고 예까지 나오신 겁니까?"

로크뢰가 시누사의 뻔뻔한 말투에 헛웃음을 터뜨렸다. 또 웃네.

이번 웃음은 그리 짧지도 않았다. 오밤중, 길고낡아 놓은 장저럼 기묘이 칭명한 웃음이었나. 그 속에 비치는 달은 없다. 오로지 두어 번 덧칠

된 사자 갈기, 그 검정, 웃음.

시누사는 푸닥거리를 하듯 어깨를 한 번 떨었다.

"네가 불안해 할까 미리 말한다. 휴전 협정은 수락한다. 이미 사령부에서 인장을 찍고 나왔고, 이것도 받아라."

그는 던지듯이 시누사에게 종이를 건넸다. 시누사는 공손히 받아 그 내용을 확인하고는 제 품에 넣었다.

"그러니 이제 기만은 그만두고 사실을 말하지."

밀고자는 당신 아내예요, 폐하.

"고위급 밀고자가 중하긴 중한가 보군. 그 미라이예가 제 왕을 가지고 거짓을 말하다니."

"폐하! 그것은 보통 딤니팔인인 저로서도 정말 참기가 힘든 모욕입니다! 그런데 어떻게, 도대체 어찌 전 군의 총사령관이신 발렌시아 경께서 그것으로! 폐하, 그것이 진짜라면 제가 머리털을 다 깎고 알론조 캄비로 들어가겠습니다! 아니, 폐하의 의심이 진실이라면 절 그냥 이 자리에서 즉살하셔도 됩니다. 어차피 적 군영에서 칼을 뽑는 중죄를 저지른바, 누구도 이유를 묻지는 않을 것입니다. 제 눈 뜨고 이런 조롱과 모욕을 받느니 차라리 죽는 편이 낫습니다!"

시누사를 골라 보낸 발렌시아의 식견이 빛을 발하는 순간이었다. 그의 으르렁대는 말투는 단 한순간도 끊이지 않고 진정처럼 줄줄 나왔다. 시누사는 정말 분통이 터지기 직전의 표정을 하고 있었다. 중간중간 다소 두서없기도 해서 그는 제 왕과 제 상관이 받은 모욕에 금세라도 폭발할 듯 보였다. 그것이 정말 위협하는 맹수 같아 로크뢰는 잠깐 대응을 멈췄다.

그러나 시누사는 말을 멈추지 않았다.

"제가 많이 어려 꾸밈에 익숙지 못한 것을 아실 겁니다. 폐하께서 제

낯을 보시고 이것이 진실인지 거짓인지 직접 판단해 주십시오. 저는 오늘 저녁 딤니팔 사령부에서 왕도의 급신을 보았습니다. 또한 발렌시아 경께서 폐하께 올릴 서신을 준비할 때, 그 옆에서 시종 역할을 자처했습니다. 그 모든 것을 제 눈으로 보고 온 바입니다. 왕도에 어떠한 의도가 있어서 저희에게 거짓 전령을 보냈다면 그것은 차라리 일말의 가능성이라도 있습니다. 그러나 폐하, 저희가 지금 본국의 폐하의 병환으로 라르디슈를 기만한다니요? 이것은 이 이상 제 입에 담는 것조차 불경이라 그만두겠습니다! 폐하 뜻대로 생각해 주십시오! 그리고 밀고자! 폐하께서 의중을 말씀하셨으니 저도 말씀드리겠습니다. 차라리 있었다면 제가 이처럼 억울하지도 않았을 겁니다! 그런 자가 있었다면 지난 한 해 이리 지지부진한 전선이 되었을 리 없으니 말입니다!"

시누사는 돌연 당혹한 체했다.

"아……. 아니지, 이런……. 너무 흥분해서 논리를 잊었군요. 아직까지 폐하께서 의심뿐이신 것을 보니, 최근 추측된 밀고자임이 분명합니다. 최근이십니까? 그렇지요? 그런데 도대체 '어디서' 말씀이십니까? 근 두 달 이내에는 저희가 간신히 동률을 이룬 회전 하나만 있을 따름이지 않습니까."

로크뢰는 시누사의 얼굴을 빤히 바라보고 있었다. 시누사는 이를 악물고 말을 마쳤다.

"폐하……. 송구한 말씀이지만…… 딤니팔은 바보가 아닙니다. 폐하께서 말씀하신 고위급 밀고자가 있었다면 그 뼛골까지 빼내어 전승했을 겁니다. 이렇게 대중없고 어처구니없고 체계 없이 밀고자를 이용하는 자들이 아닙니다, 저희는."

누군가 본다면 그 흥분 속에서도 논리를 갈 차린 것이 꼭히 칭찬받을 민하다 놀랐을 것이나. 그러나 성삭 그 말이 처음부터 끝까지 거짓이고,

그 분노 역시 처음부터 끝까지 거짓인 것을. 시누사는 이에 도가 튼 자였다. 냉정한 자보다 반다혈질이 연기에 뛰어난 것은 당연한 일이다. 로크뢰는 무언가 이상하다는 듯이 인상을 찌푸렸다.

"또한 폐하, 폐하의 의심처럼 혹여 밀고자가 있더라도 왜 구태여 저희가 그자를 회수해야 합니까? 왜 그자를 위한 휴지 기간을 제안해야 합니까? 그자가 라르디슈에 들키기 전에 최대한 정보를 빼내어 최대한 많은 전투와 회전을 치러야 하는 것이 당연하지 않습니까! 아……. 말씀드리다 보니 진짜 하나 갖고 싶잖습니까……. 알론조 캄비에 맹세컨대 저희는 기사급 이상에 첩자를 심을 수 없었습니다."

사실 알론조 캄비에 대고 시누사가 할 수 있는 유일한 맹세는 이 대륙에서 자신만큼 그에 대고 거짓을 말한 자가 없으리라는 것뿐이다.

"좋아. 반은 믿지."

시누사는 기가 탁 막힌 얼굴을 보였다. 내가 그토록 열연을 했는데 반만 믿겠다고? 그는 무언가 더 말을 이으려 했지만 로크뢰가 말을 막았다.

"그만 듣겠다. 사 순 휴전을 왕명으로 허가한다. 그러니 당장 너희 군영으로 떠나라."

"폐하."

그는 무시했다. 시누사는 입맛만 다신 채 돌아서는 그의 등을 보았다. 자신의 총사와 비견할 수 있을 정도로 커다랗고, 단단한. 그 등을 보고 있자니 갑자기 무슨 멍청한 충동이 일었다.

아, 안 되는데.

"그렇다면 떠나기 전에 제가 말씀드려야 할 사항을 한 가지만 더 고하겠습니다. 일전에 이 잔악한 전쟁터에 비전하께서 행차하셨다는 소식을 들었습니다. 이웃 된 예로써 그분의 안부를 여쭙고 오라는 명을 받은 바 있습니다."

로크뢰가 몸을 돌렸다. 시누사는 아직까지는 제 말이 그리 큰 바보짓은 아니라고 생각하고 있었다. 제발 끝까지 멍청하지는 말기를.

그리고.

횃불에 비치는 왕의 얼굴.

시누사는 처음으로 그 표정을 읽어 낼 수 있었다.

와, 세상에.

세상에.

너.

로크뢰가 말했다.

"외르타는 피에 익숙지 못해 생 로욜로 돌아갔다."

그는 떠났다.

시누사는 그 얼굴을 곰곰이 생각하며 사령부 쪽으로 나왔다. 그들은 이미 왕에게서 무슨 명을 들은 모양이었다. 시누사의 무기가 제가 끌고 온 말에 얹혀 있었다. 그는 말 옆에서 걸으며 생기발랄하게 한 명씩 한 명씩 모두에게 인사를 해 주었다. 그러나 아까 있었던 사달을 들었는지 다들 그리 기꺼워하는 표정이 아니었다. 이렇게 근본 없는 자식 취급 받기는 싫었건만 어째 어딜 가나 달라지지가 않는다.

군영을 떠나서도 조금 더 걸은 뒤에야 기사들이 조용히 멈췄다. 시누사는 그것이 때라는 것을 알았다. 그는 말에 올라탔다. 시누사는 성의 없는 경례를 한 번 하고, 들고 왔던 노란 기는 어디로 잃어버린 채, 무기라곤 죄 벗은 허술한 복장으로 라르디슈 군영을 떠났다.

시누사는 자신이 어찌 돌아왔는지에 대해선 제대로 기억이 나지 않았다. 그저 어느 순간, 눈을 떠 보니 삽시간에 사령부의 코앞까지 들이닥쳐 있었다. 기사들이 쫓겨난 탓에 사령부 앞에는 사람이 얼마 없었다. 시누사는 굴러떨어지듯 말에서 내리며 유일하게 남아 있던 톨레도의 철렁한 눈에 인사를 했다. 그리고 이내, 그 역시 뒤로한 채 막사로 들어섰다.

발렌시아는 여전히 서 있었다. 그 변함없는 모습에 시누사는 자신이 나가자마자 들어온 것은 아닌가 하는 느낌을 받았다. 저 선선한 눈을 보자니 마치 제 고향으로 돌아온 것만 같다. 그제야 자신도 모르게 숨통이 트였다.

"흐와! 우선 여기 있습니다."

발렌시아는 서신을 받아 들었다.

"참 재수 없게 간단하지 않습니까?"

10월 29일부터 12월 7일까지 40일간 전쟁을 휴지한다.

라그랑주 오랑프 리오넬 장 - 지네스트 보아르네 라르디슈 올 발루아.

그러나 발렌시아는 대답하지 않고 그것을 한참 동안이나 바라보고 있었다. 아무리 들여다보아도 날짜와 이름 빼곤 어떤 것도 안 보이실 텐데. 시누사는 그를 우두커니 응시하고 있다가 어쩐지 이것이 어딘가에서 겪은 일 같다는 사실을 깨달았다.

로크뢰도 서신을 받고 저 모습이었지.

아니다. 다르다. 당연히, 다르다. 그는 진저리 치며 부정했다. 발렌시아에게 로크뢰 따위는 비교할 수도 없는 상대였다. 내리깐 눈, 표정 없는 입매가 같아도 분위기는 천양지차였다. 제 앞에 선 자는 한겨울 가문비나무가 아닌가. 무척이나 품격 있는 살인자라 시누사는 항상 감탄만 했다. 그리 붉디붉은 적색은 정말 비교할 것도 못 되었다.

그 잔인함 말이지.

잔인함? 시누사는 자신이 무슨 이유로 그 단어를 떠올렸는지 모르겠다고 생각했다. 자신이 그를 보며 생각한 것은 오로지 그 적색 그 자체였건만. 도대체 어느 곳에서 잔인하다는 인상을 받은 것인지 알 수가 없다. 검은 동공? 적당히 평범했는걸. 이목구비? 그게 잔인한 거면 세상의 호남은 모두 살인마처럼 보일 텐데. 어디지? 어디서 그런 느낌을 받은 거지? 심지어 '미친개' 라는 작자가? 젠장. 시누사는 골치 아픈 생각은 그냥 떨쳐 내기로 했다.

시간이 꽤 지난 상태였다. 로크뢰에게는 그나마 읽을거리라도 있었지 저 사람은 저리 짧은 서신에서 무엇을 얻겠다고 쬣을 듯 보고 있는지 알 수가 없었다. 아! 읽고 계시는 것이 아닌가? 로크뢰 역시 그의 서신을 보며 생각한 것은 밀고자일 것이다. 그렇다면 발렌시아 역시…….

"너에게 아무 말 하지 않던가? 그리 곱게 보내 주던가?"

시누사는 정신을 차렸다.

"저도 놀랐습니다. 마치 우리 요청이 오길 기다리기라도 한 듯한 태도였습니다. 로크뢰 1세와 제가 어쩌다 보니 독대하게 되었거든요? 그가 저와 단둘이 만나게 된 연유는……."

"사령부 속에 있을 밀고자를 의심함이라. 네게 직접 그 이야기를 꺼내던가?"

"예. 밀고자와 모종의 거래를 진전시키려는 것 아니냐고……. 심지어 폐하의 병환이 거짓이 아니냐는 말까지 하더군요."

발렌시아가 불쾌한 듯 미간을 좁혔다.

"즉각 알아차렸군. 그 이유도 소용이 없었나?"

"아니요. 그나마 우리의 변명이 그거였으니 제가 끝내 반 속여 넘길 수 있었던 겁니다. 밀고자가 있다는 의심을 소록소록 무성해서 로크뢰 1세에세 혼란이나 심어 주고 왔습니다. 저를 결코 완전히 믿지는 않을 테지만 그렇다고 이치에 맞는 말을 무시할 수는 없을 테지요."

"무엇이라 했나?"

"첫째로 저희가 미쳤냐고, 감히 우리 폐하의 건강을 위증하겠냐고 발작했습니다. 평소 제가 눈 까뒤집는 모양 많이 보셨으니 그 정도가 어떠했을지는 충분히……. 뭐. 둘째, 아직까지 의심 정도니 당신이 밀고자가 있다고 생각한 지는 얼마 안 되었을 거라고, 그런데 최근 있던 회전은 그 저번 육전대 그것밖에 없지 않냐고. 그때 딤니팔이 겨우겨우 비기고 들어왔는데 밀고자가 있었다면 그랬겠나, 우리가 바본가, 고위층 배반자가 있는데 상처뿐인 동률을 만들고 오게, 이기지! 그것도 완승으로! 셋째, 설혹 밀고자가 있다면, 도대체 왜 우리가 휴전을 하자고 하겠어요? 그 쓸모 다하기 전에 등골 빼먹어야지. 정체 들키기 전에 최대한 많은 전투, 회전을 치러서 그자의 정보를 유용해야지. 웬 휴전?"

발렌시아는 이상한 표정이었다. 아까 든 게 — 아니 뭘 들긴 하신 건가. — 체하셨나? 그러나 그는 이내 한숨처럼 말했다.

"노력이 세 번이니 면책권도 세 번 주겠다."

"우와."

"잘했다."

시누사는 면책권 세 번보다 발렌시아의 칭찬에 놀라고 말았다. 진짜 너무 놀라서 눈만 껌벅 뜬 채 아무 말을 할 수가 없었다. 발렌시아는 드디어 서신을 책상에 내려놓았다. 그나마 좀 안심이 되는 듯했다.

"그 외에는? 바로 보내 주었나?"

"……그럼요. 대륙 협정 따위 중앙 삼국에겐 쓰레긴데 그래도 목 붙인 채 조용히 보내 주더라고요. 그치들도 잠깐 멈추고 싶긴 멈추고 싶었나 봅니다."

"그럼 이만 나가 쉬어라."

시누사는 예를 표하고 그대로 나가려 했다. 그러나 미처 못다 한 말이 있다는 생각이 번뜩 들었다. 그는 발끝을 축으로 다시 반 바퀴 돌아보았다.

"로크뢰 1세에게 외르타 얘기를 했습니다."

발렌시아의 얼굴이 순간 굳었다.

"무서운 얼굴 하지 마시고요. 그냥 비전하가 계신단 말을 들어서 이웃 된 도리로 안부 묻습니다, 이리 인사말처럼 하고 왔거든요."

그것은 크게 이상한 언급이 아니었다. 흔히들 하는 인사치레였으니까. 발렌시아 역시 그것을 이해한 듯, 다행히도 금세 가라앉았다.

"그런데 외르타가 생 로욜에 갔다고 답하지 뭐예요? 그거 맞아요?"

"후방 마을로 간다는 핑계를 대었다고 한다. 그 중간에 도망쳐 나왔는데……. 그녀의 실종을 알았을 시 로크뢰의 노여움이 크고, 그녀 자신도 도시에서 종종 혼자 다닌 과거가 있어 최소 한두 달은 호위대 홀로 수색하리라 했다. 듣자 하니 호위대가 왕비께선 그대로 생 로욜로 가셨다고 왕에게 변명했나 보군."

"아아. 그런데 개인적인 질문을 해도 되나요?"

"해."

"그래서 외르타의 배반 이유가 뭡니까?"

발렌시아의 어깨가 무엇을 말하려는지 잠깐 들렸다가, 다시 가라앉았다. 시누사는 그 기색에 아랑곳하지 않고 제 말만 이어 갔다.

"로크뢰가 진짜 젊더라고요. 서른 중반? 그 정돈 줄은 몰랐는데. 경께서도 그 남자 붉은 투구밖에 못 보셨죠? 아무튼 정말 무슨 젊은 정복왕처럼 있는데……. 제 객관적이고도 날카로운 눈엔 조금도 흠잡을 곳이 없었습니다."

"그런데?"

"외르타가 도망질 이유란 제가 보기엔 개인적인 불화밖에 없습니다.

그런데 남편이 그렇게 잘났는데 왜?"

"……."

"남편한테 소박맞고 홀대당했나? 이런 웃긴 생각도 해 보긴 했는데……. 말 그대로 웃기는 생각 맞더라고요. 그건…… 정말로…… 진짜…… 제 나이가 스물도 안 되었는데……. 저조차……."

"말을 하려면 제대로 해라."

"와……. 제가 비전하 괜찮으세요? 묻는데……. 우와……. 저 또 떠오르려 하네요. 뭐라 말씀드려야 하지? 말재주도 글재주도 없어서 표현을…… 도저히……."

"계속 그리 말한다면 난 안 듣겠다."

"죽일 듯한 경계."

발렌시아는 아무 말도 하지 않았다.

"그…… 아, 젠장! 낯간지러워 말도 못하겠네! 경계, 소유욕, 흥분, 당혹, 절실함! 전 세상에 사람 그런 표정! 그것도 단어 그대로 '읽어 낼' 수 있을 거라고는 생각도 못했습니다. 보고 너무 놀라서 벼락 맞은 듯 섰다가 그자가 완전히 자리를 뜬 다음에야 나섰죠. 그러니까 요점은, 제 모자란, 모오자란 묘사에서도 충분히 느낄 수 있으시듯이 로크뢰는 충분히 외르타를 아낀다는 겁니다. 암, 내 눈 정확하지."

시누사는 고개를 절레절레 흔들었다. 밤공기가 찼다.

"그러니 이제 이유로 남는 게 없어요. 엔간하면 홀로 추측하려 했는데. 그래서 말씀드립니다. 뭡니까?"

"모른다."

"아, 모르신다고요? 모른다, 모른다고……. 예? 뭐라고요?"

"외르타는 배반의 이유를 말하지 않았다. 말할 마음도 없다."

시누사는 넋을 놓은 채 상관을 바라보았다. 진짜, 정말로요? 배반자의 배반 이유를 아직도 모르세요? 그는 그제야 발렌시아의 저 강경한 불신이 어디서 왔는지 알았다. 이유조차 없는 배반을 어찌 믿는다는 말인가? 다른 자들이야 어련히 사령관께선 아시겠지 생각하니 마음 놓고 신뢰하는 것이지만……. 시누사는 그동안 발렌시아 혼자 속을 썩였을 생각을 하니 참 안타까웠다. 이유 없는 사람을 믿으라는 거지, 외르타.

"와."

"……."

"그럼 이것도 여쭤 보려 했는데 맹탕 꽝이겠네요."

"무엇?"

"왜 죽으려 하는지."

"……."

"경, 감시에서 톨레도 경은 빼 주십시오. 아니다, 아니다 하지만 톨레도 경은 진짜로 너무 물러요. 그 여자가 무슨 말을 해도 정말 정곡을 찌르기 전까진 허허 웃고나 있을 겁니다. 그건 안 됩니다. 물론 제가 뭐가 유달라서 배반 이유를 단박에 잡아낼 수 있다거나 하는 건 아닙니다. 하지만 전조는 잡아요. 이중 배반의 기미든, 자진의 기미든."

발렌시아는 침묵을 지켰다. 시누사는 재촉하듯 그를 불렀다.

"발렌시아 경."

"내가 모자라 미안하다. 그리하도록 해라."

그날은 진짜 이상한 날이었다. 발렌시아에게서 칭찬과 사과를 전부 들은 날. 귀를 의심해 봤자 돌아오는 것이 없으니 그는 그저 믿기로 했다. 그리고 보답도 하리라 결심했다.

그러니까 그에 대한 책임을 지려면, 이와 같은 일은 일어나지 않아야 하는 것이다.

“아으윽! 또 넘어졌어! 외르타! 이 꼴인데 내가 숲에 어떻게 데려가?”

“아……. 헛디뎌서. 어서 가자.”

외르타는 귀찮다는 양 손을 젓더니 말 가까이로 다가갔다. 시누사는 그녀를 안아 올리다 기겁했다.

“허리 봐!”

“시끄럽다. 오르기나 해! 해 떨어지기 전에 돌아와야 할 것 아닌가.”

“웬만하면 말은 좀 혼자 몰지……. 발 모아 타는 귀부인도 아니면서 꼭 날 뒤에 붙이려 하네. 사람 부리는 버릇이 아주 고약해.”

“나 말 못 탄다니까.”

시누사는 에휴 한숨을 쉬고는 그녀의 뒤에 올랐다. 무장이라곤 허리에 매달린 테다누아뿐이다. 어차피 휴전 중인 데다 지금 가는 곳 역시 딤니팔 후방에 있는 숲이라 큰 위험이 없으리라 생각한 까닭이다.

그곳에 가는 이유? 며칠 전부터 몸이 찝찝하다고 외르타가 불만이 많기에, 아, 저 숲에 큰 못이 하나 있던데 했다가 그대로 붙들렸다. 말하는 순간 실수라 생각해 멈췄지만, 그때는 이미 날 당장 그곳으로 모시라는 외르타의 엄명이 떨어진 뒤였다. 발렌시아에게 가서 허가하지 말아 달라 보챌 생각은 아예 하지도 않았다. 그는 그날 이후 그 둘 쪽은 본 체도 하지 않고 있었으니까. 그래서 이처럼 별수 없이 한낮부터 그녀를 끌고 나가는 것이다.

그는 허리나 좀 숙이라고 짜증을 몇 번 내고선 바로 말을 달렸다. 그래도 말에 익숙지 않은 여자인데 배려해야 하지 않나 하는 핀잔은 시누사에게 무용했다. 애초에 누구를 태우고 달린다는 것 자체가 그에게는 너무 힘겨운 일이었던 것이다. 혼자서는 말 위에서 물구나무라도 서겠는데 둘은 도저히 감당이 되지 않았다. 외르타가 그의 앞에서 물었다.

"얼마나 걸리니?"

"이 속도면, 십 분도, 안 걸려."

그리고 십 분이 지났다. 외르타는 앞서 걷는 시누사를 놓치지 않기 위해 애를 썼다. 시누사는 같은 장소를 몇 바퀴 맴도는 듯하다가 겨우 큰 연못을 하나 찾았다.

"하!"

그 빼기는 목소리에 외르타가 웃었다. 물거품처럼 사라지는 웃음이었다. 마치 억지로 웃기라도 한 듯한 느낌. 시누사는 영문 모른 채로 나무에 등을 기대어 앉았다. 다리를 쭉 뻗었다. 위를 보자 그 무성한 나뭇잎들 사이에도 햇살이 찬연했다. 점점이 내리꽂히는 바늘 같다. 그는 눈앞에서 제 흐린 금발이 빛나는 것을 보고선 파드득 머리를 흔들었다. 그리고 다시 하늘.

아, 아버지는 언제 오시려나. 왕도에서 무엇 때문에 부른 건가. 또 시답지 않은 게네레 화주 때문인가. 하긴 전쟁 중에 그럴 리는 없겠지만. 거리상 외르타 관련 서한이 왕도에 도착하기 전에 소환을 받으셨을 텐데, 폐하께서 전쟁 관련으로 뭔가 하명하실 것이 있었나? 중한 이유가 아니라면 전쟁에서 뛰고 있는 그나시오를 부를 리가 없지 않은가. 협정이라든가, 물밑 거래, 종전.

종전? 문득 떠오른 단어에 소름이 쫙 끼쳤다. 이 패악을 떨면서 일조한 전쟁이 흔적도 없이 사라지게 생겼구나 싶어 서운하기까지 했다.

"시누사."

그는 고개를 약간 숙였다.

"왜?"

"너 결혼했니?"

"응? 아니."

"약혼은?"

"했어."

"잘 살아."

시누사는 외르타가 뭐라 말한 것인지 순간 이해할 수가 없었다.

"뭐?"

"내가 말 안 해도 잘 살 것 같기는 하다……. 그래도 잘 살아. 잘 살았으면 좋겠다, 너."

정말 영문을 알 수가 없어서 그는 하마터면 뒤를 돌아볼 뻔했다. 겨우 뒤돌려는 제 몸을 멈춘 시누사는 이번에는 아예 나무에 기대어 누워 버렸다. 연못은 물 튀기는 소리조차 없이 고요했다. 다만 이 숲 속, 새 지저귀는 가운데 외르타의 목소리만 짠하게 들릴 뿐이다.

"잘 살아. 아이도 많이 낳고, 오래오래, 싸움 없이, 행복하게."

시누사는 그 속에 담긴 진심에 정신이 약간 얼떨떨해졌다. 감사하기야 한데 뜬금없이 왜 저러는지 이유를 알 수가 없었던 것이다. 그로서는 외르타의 축복보다는 그 말이 나온 경위에 더 관심이 있었다. 참 미안한 일이지만.

"이렇게 말을 건네는 내 궁박함을 탓하지 마라. 만나고 고마웠다. 내 아이 같아서 제정신 차릴 때 이야기 좀 해 두고 싶었어."

"제정신 차릴 때라니. 언제부턴 미칠 거라고 예정이나 해 둔 거야?"

대답은 돌아오지 않았다. 시누사는 경험상 그녀가 한 번 답하지 않은 것은 결코 번복하지 않는다는 사실을 알고 있었다. 이 질문은 파기해야 한다. 대답 없는 질문 따위 아주 불필요하니까. 시누사는 미련을 두지 않고 방향을 돌렸다.

"내가 당신 아이 같다고?"

"그럼."

"당신이 나랑 몇 살 차이나 난다고?"

"다섯."

"……말하고도 조금 이상하다는 거 안 느껴져?"

"나는 결혼했고, 넌 아직 스물도 안 됐어. 충분히 애다."

시누사는 정말 오랜만에 애 취급을 받았다. 턱 끝이 간질간질하며 아, 오늘 아침 면도를 깜박했군 하는 생각이 들자 갑자기 웃음보가 터졌다. 아이라니! 그러나 시누사에게는 그다음 말이 더 폭소였다.

"너 지금 비웃지? 시누사, 나는 심지어 발렌시아 경까지 어려 보이는 사람이야."

"프으훗, 으하하흐! 하하, 하아, 하하하! 발렌시아 경이, 흐우, 애라고?"

"그래. 애는 앤데 좀 고집 세고 격 차리는. 어리긴 마찬가지야."

"말이, 돼! 프흐하하!"

사실 그리 웃긴 말은 아닌데 발렌시아의 싸한 얼굴을 떠올리니 그 확연한 대조가 너무 우스꽝스러워 웃었다. 시누사는 발렌시아의 종기사로서 첫 전투를 뛰고, 그때부터 오 년이 지난 지금까지 내내 그 침착함을 보고 있는 사람이었다. 그 무뚝뚝한 얼굴이 아이라! 시누사가 보기에 발렌시아는 태어난 직후에도 울음 한 번 터뜨리지 않았을 것 같은 사람이었다.

"외르타, 외르타, 당신은 발렌시아 경이 어떤 분이신 줄은 아는 거야?"

"미라이예 공작. 그 이상 치장할 말이 필요하니?"

"귀족으로는 그 정도면 되지만 기사로는 훨씬 더 많지!"

"그 업적의 나열, 죄 듣고 싶지는 않다. 결국 그 기술이 뛰어나야 할 수 있는 건 살인밖에 없어. 나는 그런 자를 이미 남편으로 두었다. 다르지 않아."

시누사는 그 말에 로크뢰를 떠올렸다. 잔인함. 아, 이런. 또 이러네.

그는 일전부터 이 사람을 이유 없이 자꾸만 잔인한 자로 묘사하고 있었다. 제 머리가 그리 말하고 있으니 받아들이겠노라 생각했지만 딱 하나 걸리는 점 때문에 그리 속단하지 못하고 있었다.

외르타.

외르타를 말할 때 그 시선이 잔인함이라? 그럴 리가. 그는 그에 용기를 얻고 물었다.

"그 사람 어땠어? 사랑하지 않았으니 배신했겠지만, 일말의 정도 없었던 거야?"

"네가 보기엔 어땠니? 휴전 협정을 그나시오의 아들이 맡았다고 위명자자하더구나."

그는 한 치의 주저도 없는 답이 나오자 조금 당혹했다. 공을 떠넘기다니. 그는 그래도 정직하게 답하기로 했다.

"잔인했어."

"……."

"도대체 무슨 이유로 그리 생각했는지는 모르겠는데 하여튼 내 느낌은 그랬어. 일전에 전쟁터에서 싸웠던 것과 겹쳐서 그런가?"

"그자와 싸워 봤나?"

"응. 더럽게 세더라. 아, 내가 여기서 말하는 건 진짜 힘만 말이야, 힘. 나 팔 부서지는 줄 알았다."

외르타는 조용했다. 죽겠군. 이러다 끝내 듣는 답도 별로 없겠네. 그리고 시누사는 순간, 다시 깨달았다.

또 무시당했군. 로크뢰에게 일말의 정도 없느냐 물었는데 눈치채지도 못한 채 이미 그 스스로가 대답하고 있는 것이다. 이제는 안타깝다기보다는 진저리가 났다. 그는 본시 질문을 꺼리는 자가 아니었다. 그래서 이번에도 직설적으로 쏘아붙였다.

"외르타, 당신 왜 이렇게 대답을 피해?"

"무슨?"

하!

"이젠 당신의 배반 이유보다, 배반 이유를 말하지 않는 이유가 더 궁금해졌어. 심지어 발렌시아 경의 물음도 몇 번이나 내쳤다며? 아니, 근데 지금 어떻게 살아 있는지 몰라."

"너희 앞에서……."

시누사는 무언가 대답이 나오려 하자 긴장하며 귀를 세웠다. 제발 좀 쓸모 있는 답을 해라. 왕도의 서신이 올 때까지 꼭두각시처럼 굴지만 말고.

"증오를 견디는 내 표정을 보이고 싶지 않다."

"……."

"그만한 인연이 아니야. 오스트레반트 도르커 팔메. 혼자 가는 길이다."

"당신……."

"사실 나는 너희도 밉거든."

"우리가 딤니팔이라?"

보지는 않았지만 그녀가 미소 지었다는 사실을 알았다.

"아니. 너무 편히 살아서. 질투 나고 밉고 화나고 싫고 아이 보듯 안쓰럽고. 그런데 그게 결국 거울처럼 다시 내게 돌아와 날 좀먹는단 말이지."

"제발 뜬구름 잡는 소리 좀 하지 마. 정말 하나도 못 알아듣겠어."

"알아들었다면 내가 더 놀랐을 거다. 모르는 게 좋아. 나랑 얽혀 잘된 사람은 본 일이 없으니까. 비단 한탄조로 말하는 것이 아니라 정말……. 재수가 아주 옴 붙은 양 없거든. 나는……."

갑자기 똑 하고 물방울 떨어지는 소리가 났다. 시누사는 무슨 일인가 하여 일어서려다 분통을 터뜨렸다. 도대체 얼마나 오랫동안 씻는 건가. 그러다 제 코에도 한 방울 떨어졌다. 뭐야.

쏴아아아.

갑자기 그 옆으로 외르타가 걸어 나왔다. 옷은 다 입었지만 그 긴 머리는 아직도 물 먹은 채 축축 늘어져 있었다. 그녀가 웃음을 터뜨렸다. 단말마처럼 외쳤다.

"비!"

시누사는 쌩하니 내달려 저 구석에 묶어 두었던 말을 끌고 왔다. 그가 다시 돌아왔을 때에도 외르타는 나무를 꾹 잡은 채 터지는 웃음을 가라앉히지 못하고 있었다.

"아! 정말! 미치겠네, 푸흐하하! 비!"

그녀를 아무렇게나 들어 말에 올려도 웃음, 그 뒤에 타도 웃음, 숲 속도 가리지 않고 속도를 올려도 웃음.

시누사는 정말이지 이 여자가 미친 것은 아닌가 하는 생각이 들었다. 영문을 모르겠다. 비가 오는 것이 그리 웃긴가? 방금 전 '제정신일 때 이야기해 둔다' 는 것이 영 헛소리는 아닌 듯했다. 그가 그 이유를 조금이나마 짐작한 것은 군영이 코앞에 다다랐을 때였다. 그녀가 여전히 벌벌 웃으며 말했다.

"되는 것도, 없지, 결국! 난 곧!"

자괴감이야? 고작 이따위 비에? 누구나 겪는 운 없는 우연 아닌가?

"리오넬!"

리오넬이 누구 이름인지 잘 떠오르지 않았다. 그러다 순간, 누가 앞에 들이밀기라도 한 것처럼 선명히, 발렌시아의 서신을 상기했다. 라그랑주 오랑프 '리오넬' 장-지네스트 보아르네 라르디슈 올 발루아. 시누사는 외르타가 아는 리오넬이 두 사람일 것이라 생각지 않았다.

그러나 무엇을 더 묻기도 전에 기사 군영에 다다랐다. 그는 먼저 하마한 다음 완전히, 흠뻑 젖은 그녀를 잡아 내렸다. 그 비를 전부 맞고 웃는 모양은 그로서도 솔직히 좀 웃겼다. 어디 해초처럼 얼굴에 다닥다닥 붙은 머리칼, 물에 담갔다 뺀 듯 축 젖은 얼굴. 그래서 그도 그녀를 안아 내리며 조금 웃었다. 진짜 바보 같잖아.

“아, 정말, 푸핫, 꼴 좀 봐! 사람 몰골이야, 그게! 푸하핫!”

“리오넬, 리오넬! 프읏! 악! 진짜! 리오넬! 프읏하하! 으핫! 리오넬, 리오넬, 리오넬! 으하하!”

“아, 그만 좀 웃어! 웃기잖아!”

“죽일 거야! 하하! 난! 하하! 하!”

시누사는 웃음을 멈췄다.

뭐?

“둘이 지금 무엇 하나?”

그는 옆을 돌아보았다. 흠뻑 젖은 몰골로 즉각 예를 표했다. 시누사가 만사 제치고 경례를 한 까닭에, 외르타는 발도 딛지도 못한 채 바닥으로 뚝 떨어졌다. 그녀는 잠깐 휘청하고 난 뒤에도 덜 꺼진 불처럼 나오는 웃음을 막지 못했다. 외르타는 저 홀로 말을 짚은 채 피식피식 남은 웃음을 흘렸다.

“모로 숲에 다녀왔거든요. 외르타가 씻겠다고 해서. 근데 올 때 비가 오지 뭡니까. 그래서 둘 다 이처럼 푹 절어서……. 웃겨서 좀 웃었어요.”

그러나 발렌시아 역시 안개처럼 내리는 비를 맞고 있었다. 물론 그것은 웃기는 모양이 아니었다. 그저 비 맞는 바위처럼 당연한 것을 보는 듯했으니까.

“외르타에게 명할 것이 있다.”

“예?”

“이르다.”

시누사는 순간 시녹한 이실감을 느꼈다. 외르타? 지금 발렌시아가 외르타의 이름을 불렀나? 저 사람이 언제 여자 이름을 부른 일이 있기는 하고? 갑자기 소름이 돋았다. 더 듣다간 세상이 무너지는 기분이 들 것 같았다.

시누사는 저도 모르게 말고삐를 붙들곤 휑하니 자리를 떴다.

발렌시아는 한 번 더 반복했다.

"외르타."

외르타는 허리를 숙인 채 웃음을 삼키고 있었다. 두 주 만이라지만 그는 일전의 그 사달을 기억하는 사람이었다. 저리 제정신이 아닐 때의 그녀는 제 어깨를 잡는 것만으로도 펄쩍 뛴다. 그래서 발렌시아는 아무 생각 없이 비를 맞으며, 외르타가 돌아볼 때까지 한참을 기다렸다. 그녀의 어깨가 점차 멈췄다.

외르타는 고개를 돌려 그를 바라보았다. 꼴이 말이 아니었다. 사령부 수도도 있는데 왜 구태여 숲까지 나갔는지 모를 일이다. 스산한 겨울비. 외르타는 떨어지는 비에 제 얼굴을 씻었다. 그 눈이 다시 올라왔을 때는 이전과 다름없는 개암빛이었다.

"왜?"

"사령부로 간다. 네가 식별해 주어야 할 것이 있다."

"이제 사령부로 안 들이겠다며?"

"이건 사령부가 아닌 나 개인의 요청이다."

외르타는 넋이 나간 듯한 표정을 했다. 그는 제 말이 어디가 이상한지 살펴보려 했지만 스스로 듣기에는 모두 지극히 정상이었다. 그녀는 한숨을 쉬는 것처럼 고개를 숙였다가 겨우 다시 올렸다. 발렌시아는 저 모습이 어쩐지 자신이 그녀를 처음 본 그날의 그 초라함 같다고 생각했다.

"그래. 내가 무슨 힘이 있겠니."

그리고 한 발자국 걷다 휘청, 다시 한 발자국 걷다 휘청. 발렌시아는 그 꼴에 어처구니가 없어 말했다.

"시누사가 네게 술을 권했나?"

"아아니……. 이건 말 타고…… 후유증……."

그는 그녀가 걷도록 그저 두었다. 승마 후유증이라면 어차피 곧 제대로 걸을 수 있을 것이다. 외르타도 제 모양이 마음에 들지 않는 듯 똑바로 발을 내딛기 위해 악착같이 노력했다. 늦은 비에 길이 질척질척했다.

"그런데 뭐야? 여기서 물으면 알려 주지 않을 텐가?"

"병영 내부의 밀고자다. 전서구를 날리는 현장에서 잡혔음에도 불구하고 변명이 많다. 소지품을 모두 정렬해 두었으니 네가 가서 확인해."

"내 말은 안 믿겠다며?"

"중한 전투에서 믿지 않겠다는 말이다. 어차피 병사 하나는 이유 없이 즉결 처분해도 상관없다."

"그럼 구태여 왜 나까지 불러서?"

발렌시아는 막사를 열어 주었다. 외르타는 그 팔 아래로 팩 하니 들어가서는 발렌시아의 책상에 놓인 물품들을 보았다. 잔뜩 얻어맞은 듯 피투성이, 먼지투성이인 병사에게는 관심도 없는 모양이다. 그녀가 주저도 않고 물건 하나를 뽑아낼 동안, 뒤따르던 발렌시아가 설명했다.

"밀고자를 적발한 것은 처음이 아니지만 소지품을 파기하기 전에 잡은 것은 이번이 처음이다. 혹 눈에 띄는 게 있으면……."

"이거."

발렌시아는 병사를 붙들고 있던 기사 둘에게 턱짓했다. 그들은 병사를 걷어찰 듯한 태도로 험악하게 막사를 나섰다. 외르타는 종종걸음으로 달려와서는 발렌시아에게 은 막대 비슷한 것을 건넸다.

검지만 한 길이의 은 막대, 그 끝이 세 발자국처럼 세 갈래로 갈라져 있었다.

"용도를 모르겠으니 딱히 주목받지 않고, 심증으로 발각되어도 증거가 없으니 이내 풀려나겠지."

"……."

"이렇게 쓰는 거야."

외르타는 그의 손에서 재차 그 물건을 빼앗아 들었다. 그는 자신이 제대로 보지 못했다는 사실을 굳이 지적하지 않았다. 대신, 그녀가 종이 하나를 끌어내어 무언가 쓰는 것을 조용히 지켜보았다.

게페르겐 모르제스트 본 자임부룩 하밀란.

'누구에게서도 기원하지 않은.' 게외보르트 왕실 언어이다. 그는 시누사의 감탄을 들었기에 그녀가 그 언어를 썼다는 사실에는 딱히 놀라지 않았다. 그런데 저것이 어디서 나온 말이었지? 기억이 날 듯 말 듯 어정쩡했다. 외르타는 잉크가 흠뻑 적셔져 있는 마지막 글자에 대고 세 발 달린 은 막대를 꾹 눌렀다. 그것을 나머지 빈 공간에 다시 찍었다. 그리고 짓누른 채 두어 바퀴.

그녀가 손을 들자 종이에는 라르디슈의 문장이 매우 선명히 찍혀 있었다. 은 막대의 발 아래에 정교한 세공이 숨어 있던 것이다. 그는 그녀에게서 그 은 막대를 다시 돌려받았다.

"저런 건 의심받을 일이 없거든. 편지가 들통 나더라도 라르디슈 문장 도장이라든가 그런 걸 가진 사람을 수색하지 이따위 건 눈에도 안 띄잖나."

발렌시아는 그 말에 돌연 딤니팔 쪽 첩자들의 안전이 보장되었다고 생각했다. 우리와는 완전히 다른 방식이로군.

외르타는 깃펜을 제자리에 꽂아 두고선 이제 어찌하나 하는 표정을 짓고 있었다. 발렌시아는 그런 그녀에게 마른 천을 던졌다.

"닦아라. 꼴이 말이 아니다."

"웬일이래?"

외르타는 퉁명스레 말을 하면서도 그 천으로 머리를 말렸다. 멧새의 깃털 같은, 밤빛 긴 머리. 가뜩이나 힘이 없는 머리칼이 물을 맞으니 이제는 아예 죽기라도 한 것 같았다.

"발렌시아 경, 왜 안 묻나?"

"무엇을?"

"내 배반의 이유. 아까는 시누사도 묻더라고. 슬슬 누구도 그것을 모른다는 게 퍼지는 것 같던데 당신 괜찮아?"

"신경 쓰지 않기로 했다."

그녀의 손이 잠깐 멈췄다. 발렌시아는 천 너머로 갈색 눈이 불쑥 솟는 것을 조용히 바라보았다. 무엇이 언짢은지 조금 찡그린 채였다.

"정말로? 번복 않을 텐가?"

"그래. 그것을 말하지 않는 이유조차 나는 알고 싶지 않다. 이 주 내로 왕명이 도달하면 모두 납득하리라."

"휴전 협정이라 했지?"

발렌시아는 전조도 없이 주제를 바꾸는 외르타에게 익숙해져 있었다.

"로크뢰 1세가 그것을 마음 놓고 허락했나? 밀고자가 누구인지 알아내려 눈에 불을 켜고 있을 텐데."

"시누사 경이 잘 해결했다. 너에 대한 의심은 없다. 왕은 네가 생 로욜로 떠난 줄 알고 있더군."

외르타는 그의 말에 묻고 싶은 게 너무 많아 순간 말문이 막힌 것 같았다. 발렌시아는 뻔히 보이는 그 질문들에 신신히 대답해 주었다.

"네 물음에 답하겠다. 첫째, 나는 너를 왕비로 인정한다. 물론 비공식적……."

"와."

"……이지만. 사령부에서는 아직도 나 홀로 강경하다. 둘째, 생 로욜 행 이야기는 시누사 경이 로크뢰 1세에게 직접 듣고 온 것이다. 경이 로크뢰 1세에게 직접 왕비의 안부를 물었다 한다."

"그 남자 반응이 어땠대?"

발렌시아는 대답하지 않았다.

'경계, 소유욕, 흥분, 당혹, 절실함.'

입 밖에 내기 힘들었다. 그러나 외르타는 그가 어떤 반응을 보였는지, 왜 발렌시아가 침묵을 지키는지를 모두 안다는 듯 빙그레 웃었다. 돌로 만든 조상의 웃음 같았다.

"그게 내 남편이다. 직접 본 시누사는 매양 궁금해 죽을 듯한 시선으로 날 보더라. 그 녀석이 제대로 표현했을지 난 잘 모르겠지만……. 그래도 당신 당황한 걸 보니 꽤 비스무레하게 이야기해 줬다는 사실은 알겠군. 기특한 녀석."

"……."

"당신, 그를 죽일 수 있겠어?"

발렌시아는 처음으로 표정을 보였다. 누군가 명치를 찌른 느낌이다. 외르타의 얼굴은 조금 붉게 달아올라 있었다. 흥분인지 희열인지 노여움인지는 잘 알 수가 없다.

"그럴 각오는 하고 나온 건가? 아니면 전쟁의 승리만 쥐고 가면 족하다는 안온함뿐인가."

"왕의 패사敗死가 이 삼국의 역사에서 얼마나 되는 줄 아나. 나라마다 각기 세 번을 넘지 않는다. 딤니팔의 누구도 이 전쟁에서 그것까지 얻어내리라고는 기대치 않는다."

"내가 언제 역사를 물어봤어? 나는 지금 당신에게 묻고 있어."

"그래서 나는 지금 가능성을 이야기해 준 거다."

"가능성 말고 당신 말이야."

"나도 확률의 노예다."

"확률이고 나발이고 당신!"

참 쉽게 흥분하는 사람이라는 생각이 들었다. 모욕에 흥분하는 것이 아니라 어느 구석, 머릿속의 어떤 정곡을 찌르면 주체 못하고 벌벌 떨며 나오는 낯짝. 반사적으로. 그녀 스스로도 이해할 수 없는 분노일 것이다. 아니, 알아도 자제할 수 없는 노여움이리라.

발렌시아는 저것을 어찌 달래야 할지 도저히 알 수가 없었다. 일전의 그날, 웅크린 그 표정을 보았을 때처럼 경황없고 황망해진다. 타인의 분을 명령 이외의 방법으로 다뤄 본 일이 없을뿐더러, 애초에 그녀는 그 '정도'가 달랐기 때문이다. 외르타가 외르타이기 때문에 대하기 힘들다는 것이 아니다. 그에 쌓인 속이 깊어 감히 건드릴 수가 없는 것이다. 그 짓뭉개진 거죽이라니. 하루도 빠짐없이 생사의 갈림길에 선 자 같았다. 원체 타인에게 무관심해 시누사가 이야기하고 난 뒤에도 그러려니 했다. 그러나 그것을 자신이 직접 겪으니. 어째서 시누사가 그리 발등에 불붙은 듯 제게 달려와 고했는지 알 것 같았다. 매우 확실하고, 절실하고, 노여움 섞인 각오. 그것은 자신이 어찌 처리할 수가 없는 문제였다.

왕을 죽일 수 있겠느냐고? 그 진지한 질문에도 그는 어떠한 고려도 없이 답했다. 그럴 수밖에 없었다.

"나는 그와 칼을 댄 적도 없다."

"누가 당신보고 그자랑 기 싸움 하래? 누가 당신보고 결투라도 하라겠냐고……! 화살에 꿰이게 하든 독 바른 암수를 먹이든 일단 죽이면 끝이잖나! 하여간 남자들이란!"

"네가 나를 지적하여 묻기에 그리 답했다."

"그러면? 군 전체의 가능성으론? 응? 그러면 확률이 올라가나?"

"앞서 말했듯, 똑같다. 왕은 어차피 비열한 암수에 죽을 수 없는 자다."

"왕은, 왕은……! 왕이 뭐? 그자도 똑같은 인간이다. 피도 나고 사랑도 하고 동정도 주고 화도 내고 눈물도……. 이런 젠장, 눈물은 본 기억이 없군."

"냉정을 좀 찾아라. 내가 왕이 암수에 죽을 수 없다 말했던 것은 그 자신의 실력을 넘어 주변의 보호가 두터우리라 생각했기 때문이다."

"빈말이라도 좀 할 수 있다고 말해!"

어느새 악이었다. 발렌시아는 이러다 또 멱살이라도 잡히는 것은 아닌가 생각했다. 외르타는 제가 받은 천을 사령관의 책상에 던져두곤 성큼성큼 다가왔다.

눈이 마주할 수 있을 정도의 거리.

그 나무 빛깔 눈을 바라보았다. 나무껍질의 여린 속은 점차 공기에 물들고 있었다. 새파란 성에가 인다. 발렌시아는 약간 놀라 그녀의 눈을 다시 한 번 뚫어져라 쳐다보았다. 나뭇가지가 서서히, 서서히 나뭇잎으로 침잠하고 있었다. 녹색 눈. 햇살을 받은, 혹은 제게 가장 가까이 선 녹음.

발렌시아는 본디 시선을 피하지 않고, 외르타는 본디 시선을 주지 않는다. 그래서 그 또한 이렇게까지 길게 저 눈을 바라본 일이 없었다. 제 입이 꾹 다물리는 것이 느껴졌다. 아, 저 눈. 동공. 나뭇결처럼 돋아난 빛. 물기 하나 없이 바짝 마른 황량함. 지친 채 견디는 마른 사막. 그녀를 만난 이튿날 체세나에게 그 눈빛을 물어보았던 자신이 돌연 덜컥 이해가 가지 않았다. 어떻게 이 눈을 잊나? 이 빛을 잊었다고? 너는 제정신인가? 늦가을, 늦봄. 지독히 투명해서 그 안까지 훤히 내려 보일 지경이다. 눈치채지 못한 사이에 손이 약간 들렸다가, 다시 가라앉았다.

"발렌시아 경, 총사령관의 의무로라도 대답해 봐. 로크뢰 1세를 죽일 수 있겠나?"

그러나 그는 여전히 그 눈만 바라보고 있을 따름이었다.

"경!"

"왕명에 있다."

외르타는 뜬금없는 말에 눈을 가늘게 떴다. 눈동자가 멀어진다.

"나에게서 딤니팔군 총사령관의 직위가 해제되는 것은 첫째, 종전 협정을 맺은 직후, 둘째, 로크뢰 1세의 목을 벤 직후다."

이번에는 외려 그녀가 더 놀란 듯했다.

"어…… 세상에. 공식적으로?"

"폐하께서 친서親書하신 임명장에 그리 쓰여 있다."

외르타는 그자가 적당히 돈 것은 아닌가 하는 시선을 보냈다. 발렌시아는 그 불경함을 꾸짖지 않았다. 사실 그로서도 받고 조금 놀란 농담이었으니까. 그리고 동시에 그녀가, 이 농담에 놀라 스스로의 질문에 제대로 된 답을 받지 못했다는 사실을 눈치채지 않기를 바랐다.

"참 희한한…… 폐하…… 으흑!"

외르타는 갑자기 배를 움켜쥐었다. 발렌시아가 다가서기 전에 그녀의 얼굴이 먼저 올라왔다. 만면에 화색이었다. 기뻐 죽겠다는 상이다. 외르타는 더 이상 그에게 신경 쓰지 않고 대충 인사한 뒤 달려 나갔다.

발렌시아는 방금 전의 상황을 납득하지 못하고 멍하니 서 있었다.

빗소리가 점차 그쳐 갔다. 겨울비답지 않은 소나기였다. 정신을 차리자 어느새 채상 옆까지 걸어가 있었다. 외르타를 내리러 나간 낮에 젖었던 머리가 벌써 바짝 말라 있었다. 자신이 얼마나 이처럼 서 있었는지

가늠이 되지 않았다. 이런. 전투 중이 아니라고 아예 넋을 놓았구나. 아무리 한가하다 한들 제 행동이 잘 이해가 가지 않았다. 그는 문득 생각난 듯 옆을 내려다보았다.

게페르겐 모르제스트 본 자임부룩 하밀란.

길쭉길쭉하고 성마른 글씨였다. 여자의 글씨라기에는 참 모진 모양이다. '누구에게서도 기원하지 않은.' 어디서 읽은 글이더라. 분명 어딘가에서 보았다. 일전 잉그레의 서관에서.

아.

제문祭文이다.

'누구에게서도 기원하지 않은 죽음. 불어오는 바람 헛되이 사라지지 않기를. 아흔아홉의 진주알, 삼천 결의 물거품, 하나의 잔.'

목에 무언가가 꽉 틀어박힌 것 같았다. 제문이다. 라르디슈 왕가의 제문이다. 언어를 바꾸어 기록해 단박에 알아보지 못했다. 그렇게 차분한 얼굴로, 조용한 손길로 쓴 것이 사람을 묻으며 읊는 제문이라? 제문이라니. 도대체 왜.

발렌시아는 막사를 나갔다.

드디어 배가 아파 오기 시작했다.

자신이 지난 일주일 얼마나 초조하고 절박했는지, 그 깊이는 감히 신조차 헤아릴 수 없을 것이다. 아, 아니군. 신은 아니어도 시누사는 알지 않을까? 그 아이야말로 제 옆에서 온갖 우울, 온갖 미친 소리를 다 들어 준 장본인이니까. 오늘 낮만 해도 정말 절망과 분노에 정신을 놓을 뻔해, 미치기 전에라도 그간 자신의 뒷감당을 해 준 시누사에게 감사 인사를 하려 했던 것이다. 감사 인사를 한 뒤 시답지 않은 이야기를 나누다 깨끗해져 뭍으로 올라오자.

비.

그것은 그녀의 속을 후벼 파는 조롱이었다. 비단 씻었는데 다시 젖었다는 따위의 문제가 아니었다. 그 비는 되는 것 없는 제 인생의 종합처럼 느껴졌다. 그래서 정신 나간 것처럼 웃었다. 홍소가 멈추지 않았다. 마치 리오넬이 자신을 사랑한다 했을 때와 같은 감각이었다. 조소와 한심함과 절망과 비애. 나는 왜 그자에게 당했나. 나는 아델을 잃고 어찌 살아가는 건가. 나는 바보같이 이처럼 멸시받는 노력을 하고도 실효를 못 얻나. 그리고.

나는 설마 아이를 또 밴 건가.

지지난주가 마지막 기한이라고 생각했다. 그래서 저번 일주일, 내가 또 아이를 가졌을까 불길한 추측을 하며 반 미친 것이다. 먹을 것도 먹지 못하고 말할 것도 말하지 못하고 잠들 것도 잠들지 못했다. 아니, 사실 외르타는 그 일주일 내내 제정신이 아니었다. 밤에 잠든 일도 없다. 꼬박 지새웠다. 식사도 시누사가 억지로 넣는 것만 몇 입 들었다. 말수 역시 목이 먹힐 정도로 줄어 버렸다. 가냘픈 정신머리. 어떻게 미치지 않고 버텼는지 이해할 수 없었다. 죽고 싶었다.

내 다시는 아이를 낳지 않을 것이다. 다시는, 다시는, 평생, 영영, 결코. 차라리 내가 죽고 말지.

이제는 그 아이가 로크뢰의 씨라는 것부터가 끔찍이 여겨졌다. 일전에는 아이만 보느라 그깟 것은 개의치도 않았건만, 결국 그 아이가 그자의 자식인 까닭에 죽는 것을 보고 말았다. 정신이 아득했다. 아비를 부정할 수는 없다. 로크뢰, 로크뢰. 네 자식이다. 네 자식이기 때문에 죽는 것이다. 너가 나를 잡지만 않았다면 나는…….

그런데 그것이 어찌 로크뢰의 탓이냐? 네가 너이기 때문에 그 아이가 죽은 것이 아니냐?

돌연 튀어나온 자문에 숨이 막혔다. 너무 오랜 기간, 너무 여러 가지로 안 풀리다 보니 이젠 모두 제 탓인 것 같았다. 아니다. '같았다' 라니? 그저 제 죄다. 하나부터 열까지 그녀 잘못이었다. 스스로에게 죄가 있기 때문에 모든 사달이 생기는 것이다. 외르타 자신이야말로 만악의 근원이었다.

딤니팔로 와 있어도 제 오라비, 발터는 끝끝내 제 조카를 찾아낼 것이다. 그리고 죽이리라. 확신하고 있었다. 발터가 앓고 있는 가장 거슬리는 이가 그녀 자신이라는 사실을 알았다. 씨를 말렸어야 했는데! 그가 이리 후회하며 입맛 다시는 것을 알았다. 상대가 라르디슈의 왕이라 어쩔 수 없이 한발 물러섰지만 그래도 누이를 세상에서 지우고픈 마음만큼은 아침부터 밤까지 한결같을 것. 발터하임부르겐 1세는 기회를 놓치는 자가 아니었다. 외르타가 로크뢰의 우산을 벗어났다는 사실을 안다면 가차 없이 그녀의 목을 칠 것이다. 이제는 거리낄 것도 없으니까.

외르타가 딤니팔로 도주한 것은 사실 이처럼 제 남은 삶을 버린 행위였다. 그런데 아이까지 있다니? 오라비가 죽일 목숨을 둘로 늘려 주는 것밖에 더 되는가?

아이는 안 돼.

그리고 드디어 배가 아파 오기 시작한 것이다. 외르타는 본디 생리통이 지독히 심한 체질이었다. 첫 피가 흐르자마자 배가 째지는 듯한 고통을 느끼는 일이 다반사였다. 방금 전 역시 발렌시아와 대화하다 아랫배가 아프기 시작했다. 정말이지 기뻐서 눈물이 날 것 같았다. 그리고 이처럼, 즉각, 뛰어와, 옷에 묻은 피를……!

흔적도 없다.

아.

벌겋기는커녕 아까 못에서 빨았던 그대로 정갈하다. 마지막 기대와 다름없었다. 손이 덜덜 떨리며 침대 위에 털썩 엎혔다. 머리가 어질어질했다. 안 돼. 철석같이 믿었다. 달 손님이 왔으리라고, 분명, 지난 스물네 해의 경험으로 확신하고 있었다. 그런데, 도대체 어찌. 결국 바람뿐이었나. 안 돼. 안 돼. 손발이 지독히 차가워지고 스스로 자각하지도 못하는 새 미세한 진동이 팔을 타고 올라왔다. 가슴부터 넓적다리 사이가 마구 저려 왔다. 절망에 숨이 꼬박 넘어갔다.

이제 더 이상 기다릴 수도 없다. 두 달이 넘지 않았나. 단 한 번도 이처럼 길어졌던 적이 없었다. 아무리 늦어도 두 달에는 한 번. 그렇게 정신을 부여잡고 꾹꾹 참으며 달거리를 기다렸건만 이제는 그럴 기력도 남지 않았다. 기대하다 무너지니 그 충격이 더 컸다. 믿고 싶지 않아도 믿어야 했다.

정말 아이가 있구나.

아랫배를 감싸 안았다.

무서워서 즉각 손을 떼어 냈다.

아델이 죽은 뒤 단 한 번도 흘리지 않았던 눈물이, 뜨거운 것이 확 치밀었다. 손으로 뺨을 쓸지도 않았는데 전조도 없이 울음이 터졌다. 목, 아니 배 속부터 끓어오르는 울음이었다. 지금까지는 무슨 일이 있어도, 아델을 상기하고 그 아이의 꿈을 꿔도, 매양 나오는 것은 마른 비명뿐이었다. 그런데 또 다른 아델을 가지자 다시 그 울음. 언제 참았냐는 듯, 이처럼 쏜살같이.

세상은 주고받는 게 분명히 있나시 않느냐. 그런데 나는 도대체, 어째서, 어쩌면 이렇게 잔인하게만 받고 사나. 악한 일 행한 역사가 없는데 왜 이런 저주만 받고 사는 건가. 아이야, 네가 저주라니. 너는 나만 아니었다면 만인의 축복이었을 것이다. 하지만 이내 세상 뜰 목숨이 나는 것, 너도 원치는 않지 않느냐. 제발 나 혼자만 죽게 해 다오.

눈물이 났다. 나는 아무것도 모르는 어린아이를 몇이나 잡아먹고 사는 것인가. 이야기 속에 나오는 마녀가 따로 없었다. 아니, 그 여자보다 자신이 만 배는 더 악독한 인간이다. 그것들도 최소한 제 자식을 먹지는 않지.

나는, 내 자식을 먹어. 통째로. 남김없이. 생조차 없어.

온 얼굴이 홧홧하며 눈물이 차올랐다. 어찌나 두꺼운 눈물인지 머무를 새도 없이 후두둑 떨어졌다. 굵은 진주 방울처럼 툭 하고 맺혔다가, 휘파람 소리와 함께, 화살처럼 꾸역꾸역 쏟아지고야 마는 것이다. 목이 멘다. 불을 삼킨 것 같은 열기에 목구멍부터 먼저 타 죽어 버렸다.

지난날이 가장 끔찍했다고 믿었다. 더러운 세상이라고 발을 굴렀다. 그런데 알고 보니 좋은 시절은 이미 있었던 것이다. 또 한 목숨 죽일 필요가 없는 것이 좋은 시절이 아니면 무언가? 외르타는 이제 한 아이를 다시 죽여야 했다. 아델을 두 번 죽이는 것이다. 머리가 빙빙 돌았다. 통 정신을 차릴 수 없고 호흡조차 어찌하는지 잊어 숨이 가빴다. 난간 없는 계단을 내려오듯 아슬아슬한 숨. 그것이 언제 끊길지 자신조차 잘 알 수가 없었다. 애초에 생각이라는 것 자체가 증발했는데 무슨 판단은 판단이며 무슨 냉정은 냉정이겠는가. 스스로가 사람이 아니라 벌레 같았다. 하찮은 벌레. 제발 누군가 밟아 터뜨려 주기라도 했으면 좋겠다. 제발.

복수하기 전에 죽을 수는 없는데. 복수하고 죽겠다고 아델에게 맹세했지 않나. 아이가 태어날 때까지 구 개월, 그 이전에 종전이 되면 괜찮지 않을까? 복수의 끝도 보고 제 끝도 보는 것이다. 하지만 그 태동을, 아이의 움직임을 보고 안쓰러워 어찌 내 목을 찌를 수 있겠는가. 아이야, 넌 왜 내게 왔느냐. 어느 쪽이든 죽을 것이다. 왜 자진하려는 여인에게 와 그 발걸음을 악착같이 붙드나.

너도 살고는 싶지 않느냐. 너를 죽이는 자가 어찌 이 어미가 되어…….

끅끅 숨넘어가는 울음이 터졌다. 고개 숙인 채로 어찌할 바를 몰라, 제 배를 감싸 안았는지 감싸 안지 않았는지 구분이 안 가는 그 어정쩡한 자세로. 숨을 물처럼 마시며 눈물만 터뜨리는 것이다. 하늘이 무너지는 것 같다. 참 흔한 표현이지만 그 자체로 진실이라 쓸 수밖에 없었다. 하늘이 무너지는 것 같았다. 시야가 한 대 맞은 듯 우그러져 제대로 읽히지도 않았다. 무언가가 자신을 죽어라 옥죄고 있는 것 같다. 조르고, 때리고, 짓누르고, 던지고, 찌른다.

너는 왜 살고 있나. 이 미친 살인자. 네가 살아 있기 때문에 여럿이 욕보는 것이다. 너만 죽으면 된다. 하지만 나는 아델의 복수를 봐야 한단 말이다. 누가 너 따위 죄인의 복수를 바란다더냐? 그저 소리 없이 죽어라. 누구도 아쉬워하지 않을 죽음이다. 아니, 아쉬워할 자가 단 한 사람 있기는 하지만 그자는 네가 죽음으로써 복수할 수 있는 유일한 사람이 아닌가.

로크뢰. 너는 내가 죽으면 어쩔 거니?

누군가 그녀의 어깨를 짚었다. 그것이 남자의 손이 아니었다면 외르타는 꿈쩍도 하지 않았을 것이다. 그러나 그것은 소스라칠 정도로 강인한 손이었으므로, 살을 지나 뼛속으로 느껴졌다. 그 손이 닿은 곳부터 칼이 길게, 세로로, 숨골과 나란히 박힌 것 같았다.

그녀는 그것이 뼈대 굵은 손임을 깨닫고 아픔을 견딘 채 뒤로 물러나려 했다. 침대 끝에 다리가 걸려 있었기에 상체만 뒤로 넘어갈 뻔했다. 그러나 그 불균형은 이내 그가 뻗은 팔에 힘입어 반듯이 섰다. 얼굴은 여전히 엉망진창이었다. 반쯤 기운 채 그자의 얼굴을 똑바로 보게 되었다. 극히 짧은 순간 정수리에 비수를 찌른 듯한 깨달음이 있었다.

발렌시아.

당신이 도대체 왜 이곳에?

그는 자신만큼이나 놀란 표정이었다. 외르타는 제 얼굴이 어떠할지는 아예 생각도 못하고 있었다. 누군가 목을 억지로 틀어쥔 듯하여 생각할 겨를도 없이 신음했다.

"……지켰는데……. 왜…… 기간이……."

마치 하소연이라도 하는 것 같다. 너 미쳤느냐, 이자에게 하소연을 하게. 차라리 시누사가 낫다. 그 아이는 어려 여자의 눈물을 보면 어찌할 바를 모르고 벙벙 소란해 할 것이다. 그러나 이자는.

발렌시아는 그녀에게서 물러섰다. 어깨를 살짝 받았던 손도 온데간데없었다. 곧 죽을 병자 같은 숨소리가 목에서 새어 나왔다. 냉정도 없이, 그저 상대가 같은 '사람'이라, 매달리다시피 애원했다.

"예상을…… 클라리가……."

클라리가 죄렛을 가져다줬어.

"구월 보름……."

그런데 지금은 이미 십일월도 중순이란 말이야.

"구월 보름이라니? 중요한 날짜인가?"

말로 얻어맞은 듯했다. 머리에 찬물을 맞는 것 같은 선연한 깨달음이 있었다. 그래. 내 이럴 줄 알았지. 네게 있어 이것이 얼마나 큰 울림이겠느냐. 내가 밀고자니 구월 보름이 또 무슨 군사 날짜인 줄이나 알겠지. 무슨 날이냐니? 무슨 날이냐고? 내 마지막 월경일이다.

외르타는 뺨을 한 대 맞은 듯 또렷해진 어조로 말했다.

"발렌시아 경, 나 배 한 번만 쳐 줘."

당신 힘이라면 충분히 죽을 것이다. 아이가.

"맨주먹도 괜찮으니까……. 배 좀 때려 봐."

어처구니가 없다는 얼굴이다. 그는 재고의 가치도 없다는 듯 딱딱하게 말했다.

"싫다."

"제발…… 딱 한 대만……. 어차피 있어 봤자 기껏해야 초기……."

"말을 제대로 끝맺어라. 이해가 안 간다."

외르타의 얼굴이 새파래졌다. 애초부터 핏기가 없던 얼굴이었지만 이제는 흡사 백지장 같다. 눈물은 여전히 제 일부가 아닌 양 홀로 살아 떨어지고 있었다. 질식한 듯한 표정에 피 말리는 눈물만 귓가로 떨어진다. 벌벌 떨며.

외르타는 다시 고개를 움푹 숙였다. 가관이다. 그녀는 방금 전 읊조렸던 구월 보름을 몇 번 더 세더니 이내 제 얼굴을 감쌌다. 발렌시아가 다시 한 번 추궁했다.

"네가 계속 말하는 그 날짜. 무슨 의미가 있나?"

"마지막…… 마지막…… 달……."

그는 반문하지 않았다. 아까의 기색으로 보았을 때 이제 그녀 홀로 답을 주리라 생각한 듯했다. 그 침착함에 목이 멨다.

"마지막…… 달거리……."

그의 표정을 볼 수 없었다. 고개도 들 수가 없다. 무슨 생각으로 저리 지껄였는지 정말 모르겠다. 그녀는 사실 지금 아무런 생각이 떠오르지 않고 있었다. 깨어 있기는 한지 스스로도 의심스러운 상태였던 것이다. 머릿속에 논리도 뜻도 없으면서 그저 입만 살아 움직였다.

"오기 전에…… 클라리가…… 클라리…… 죄렛을……."

난 분명히 먹었어. 아이를 가졌을 리가 없는데. 아이를 가지면 안 되는데. 가지면 안 되는데. 가지면 안 된다.

가지지 않으면 될 것 아닌가?

그녀는 번뜩 고개를 들었다. 제 얼굴이 얼마나 처참한지에 대해선 별 고려도 하지 않고 주저 없이 발렌시아에게 시선을 돌렸다.

그의 눈이 조금 이상했다. 외르타는 그 묘한 눈매에, 부풀었던 제 마음이 잠깐 철렁하는 것을 느꼈다. 왜 저래? 방금 내가 좀 놀라운 선언을 하긴 했지만……. 아, 그래서 그렇군. 그 말 때문이라. 순식간에 이해한 그녀는 더 이상 그 얼굴에 개의치 않았다. 내가 드디어 논리로 무언가를 생각해 냈단 말이다. 타인에게 신경 쓸 겨를이 없었다. 외르타는 방금 상기한 제 희망을 입 밖에 냈다.

"여기 의무병 없나? 아니, 당연히 있겠지. 죄렛을 들고 오라고 해."

어째서 지금에야 이것을 떠올렸는지 기가 막혔다. 매양 피임약으로만 먹다 보니 그 맹렬한 독을 잊었던 듯했다. 낙태에도 유용하다는 그 빤한 사실을 잊었나. 손끝까지 기쁨에 자지러지는 것 같다. 살았다.

발렌시아는 여전히 두 발자국 앞에 서서 움직일 생각을 하지 않았다. 아무 대답이 나오지 않는 것이 더 수상했다. 외르타는 눈을 여러 번 비비고는 재차 한숨처럼 말했다.

"죄렛 좀. 빨리. 당장. 나한테 갖다 줘."

"죄렛이라니."

그 목소리. 그녀는 얼굴에서 손을 내렸다. 얼굴 곳곳이 울긋불긋 아주 화려했다. 표정은 조금 얼떨떨한 채, 망가진 얼굴은 가릴 생각도 못하고 발렌시아를 바라보았다. 여전히 어찌 묘사할 수 없는 벽안이다. 목소리도 그 눈과 똑같이 기이했다. 발렌시아 자신조차 스스로 무슨 소리를 내고 있는지 잘 모를 것이다. 엉성한 짚을 짜 맞춘 제웅 같았다. 서 있는 모양으로는 매양 조용하고 단단하던 그 사람이 맞기는 맞는데, 다만 그 시선과 목소리가 약간 달랐다. 그러나 외르타는 그의 기색을 캐묻지 않고 그저 대답만 고분고분했다.

“애 죽이는 약이다.”

발렌시아가 인상을 찌푸렸다. 그녀는 적이 안심했다. 드디어 다시 정상으로 돌아왔다, 저자.

“아이를 죽이려다 네가 죽는다.”

타당한 반론이었다. 사실 외르타는 지금에 와서는 감기약이라도 어찌 잘못 들이켰다간 죽을 듯한 몰골을 하고 있었다. 잔뜩 말라 매양 위태로워도 여태껏 제 팔팔함으로 어름어름 넘겨 왔다. 그러나 그 대단한 호령까지 사라지자 이제는 정말 건드리기만 해도 숨이 멎을 것처럼 보이는 것이다. 하물며 낙태라. 어지간히 건강한 여자도 강제로 아이를 떼고는 살아남을 확률이 적다. 외르타 역시 제 꼴을 알아 조금 켕기는 듯한 표정이 되었다. 그녀는 달래는 어조로 말했다.

“경, 경.”

“…….”

“지금 여기서 나한테 들을 정보를 다 듣고 난 뒤에 죄렛을 쥐여 주면 되잖아.”

“안 돼. 정보를 먼저 들으면 중립을 지킬 수 없다.”

“그럼 시누사에게 얘기해 둘게. 당장 좀 불러 줘. 나중에 그 아이한테 들어라. 똑똑하잖나, 시누사.”

“밀고하려는 그 장본인과 같을 수는 없다.”

“그럼 이틀만 줘. 내가 전부 기록해 둘게. 공용어가 낫겠지?”

“의무병에게 낙태 처방 비슷한 것은 결코 주지도 하지도 말라 하겠다.”

이 남자는 진짜.

“누기 낳고 싶데!”

흡사 비명이었다.

그녀는 그에게 가까이 다가갈, 아니 일어설 기운도 없었다. 그저 제 배 감싸 안으며 허리를 구부릴 따름이다. 방금 그 높은 소리가 제 마지막 힘이었다. 낙태 처방 비슷한 것은 결코 주지도 하지도 말라 하겠다고? 제기랄 것. 네가 뭔데? 도대체 내 인생에 무슨 지분이 있기에, 아, 그렇지. 내 주인이지. 그랬더랬지. 내가 스스로 기어와 바쳤지. 빠져나갈 구석이 없다는 생각에 머리가 멍해졌다. 벌레처럼 몸을 동그랗게 모은 채 숨이 가빴다. 헛소리가 나오는 것을 어찌 자제할 수가 없었다.

"리오넬…… 왜…… 마지막까지……. 아델, 아델, 아델……."

어떤 이름을 불러도 안정을 찾을 수가 없다. 설마 나보고 아이를 또 낳으라고? 네가 진정 미친 게로구나. 외르타는 앙금처럼 남았던 일전의 그 말을 다시 이끌어 왔다.

"너는 아쉬움이 없다. 끈기가 없고, 의욕도 안 보인다."

그 낮은 목소리에 그녀는 허탈해 웃음까지 나오려 했다. 너는 지껄이는 것이 그리 쉽지? 진짜 삶을 겪어 본 일이 없으니 모든 것이 쉽지. 남의 인생 좌지우지하는 것이 일상이고 무감동이지. 그러나 그 바람 맞아온 삶에 무너지는 나는 어쩌나. 내가 안 된다면 안 되는 이유가 있는 줄 알 것이지, 왜…….

"빌지 마라. 반론하지 말고 윽박지르지 마. 너는 딤니팔 군영에 와서 네 뜻대로 할 수 있는 일이 하나라도 있으리라 생각했나?"

아.

"도대체 포로의 개념을 어찌 생각하는 건가? 네가 왕비라도 그 처우는 크게 다르지 않을 것이다. 일신을 가두리라 작심한 자, 제 신상에 관한 권리 따윈 모두 포기하겠다는 각오를 가지는 것이 마땅하고 또 당연하다. 너는 군의 명령에 따르는 것 이외에 할 수 있는 일이 없다."

그 뒤의 말은 잘 들리지도 않았다. 내 뜻대로 할 수 있는 일이 하나라도 있을 줄이나 알았냐고? 발렌시아의 모든 말이 그렇듯이 이 또한 무척 이치에 맞아 감히 반박할 수가 없었다. 폭력을 피해 다른 폭력을 찾아왔다. 만만히 보았다. 톨레도가 그리도 선하고 시누사가 그리도 방정맞아 그저 모래에 묻듯 잊고 있었다.

이들은 군사였다. 금지한 것은 결코 번복하지 않으리라. 군이란 결국 사회와 동떨어진 또 다른 사회라 그 우두머리의 말이 곧 법인 것이다. 그리고 방금, 그 우두머리인 발렌시아는 제게 결코 낙태를 허용하지 않겠다고 말했다. 조금의 아량도 설득할 여지도 없었다. 명령 한마디로 끝이다.

발렌시아 역시 '왕'이 아닌가.

저자 역시 로크뢰다. 상대의 사정은 개의치 않고 제가 원하는 것만 취하면 족하다. 수천을 사지에 몰아넣은 뒤 칠흑 같은 잠을 잘 것이다. 로크뢰와 생김새가 다르다고, 성정이 다르다고, 제게 관심이 없다고, 잠깐 착각을 했다. 그래도 나름의 예의는 있지 않나 하는 이유 없는 어림짐작이 있었다. 외르타는 스스로의 멍청함에 너무 어이가 없었다. 끓는 기침을 몇 번 내뱉었다. 발렌시아 경, 내 잠시 당신에 대한 오해를 몇 가지 했다.

그 오해를 명확히 깨달으니 드디어 가슴이 철렁 내려앉았다.

또 얽매였구나. 또 감금이다. 제가 죽겠다 말해도 억지로 살려 끌고 가면 어쩌나. 외르타를 살려 놓을 이유라 봐야 우리의 왕에게 보여 마땅하지 않은가라는 고작 이 정도 심심풀이 논리밖에 없는 자들이 결국 그녀의 운명을 쥐었다. 말고삐처럼 붙들었다.

외르타에게 한니발은 유효 기간이 있는 동지였다. 로크뢰를 짓뭉개 버릴 때까지. 그러나 그 뒤는? 그 뒤에 나는 또 얼마나 잔악히 다뤄질 것인가? 이리저리 넘겨지고 즐겨지다 관심을 잃을 때쯤 기어이 오라비의 품에 떠넘겨질 것이다. 칼 찬 그 품. 끔찍하다. 아이를 태내에서 죽일 방도도, 낳아 키울 방도도 없었다. 이도 저도 하지 못한 채 나는 다시 한번 자식을 죽인 어미가 되는 것이다.

울컥울컥 눈물이 비어져 나오려 했다. 정말 답이 없다. 미칠 것 같았다. 미치지 않는 제 멀쩡한 정신이 죽이고 싶을 정도로 미웠다. 두 손이 아래로 내려가 이불을 쥐었다. 아득 맞물리는 제 턱처럼, 찢어발길 듯 험악하게.

"죽여야…… 죽여야…… 내가 너를 또 죽여야……! 제발……. 동기된 정이 그리 악독해서!"

외르타는 순간 놀랐다. 말을 뚝 멈췄다. 내가 왜 발터를 원망하고 있지? 원망할 사람이 없어 엄한 이까지 건드리는가? 그리 바보가 되었나? 그 사람은 자신이 해야 할 일을 충실히 이행하는 것뿐이다. 외르타 역시 제 자식이 보위에 올랐다면 나머지 동기들을 남김없이 잡아 죽였을 것이다. 오라비는 조금의 죄도 없다. 원망할 자는 오직 로크뢰와…….

"발렌시아 경."

"……."

"내가 정보원으로서 쓸모없어진 뒤에도 죽으면 안 된다는 개소리를 하면."

"……."

"당신 역시 로크뢰와 같은 배반을 당하리라."

"……."

"그리고 당신은, 즉결 처분을 두려워하지도 않고 그것을 받을 만한 상황도 아닌 내겐 죄렛을 주지 말라는 것 외에 어떤 강요도 할 수 없어.

무슨 짓을 하든 내 마음이다. 그거 인정해. 당장."

고개를 들어 그의 얼굴을 확인했다. 호수 같은 고요함. 도무지 무슨 생각을 하는지 읽어 낼 수가 없었다. 일말의 감정이라도 보였으면 좋겠다. 그것이 무슨 감정이든 상관없다. 분이든 당혹감이든 안쓰러움이든 모욕감이든 개의치 않으니 그래도 걸맞은 반응을 보여 주었으면 했다. 이유 없이 절박했다.

물론, 결국 모든 것이 똑같았지만. 그녀는 심지어 그 무감함 속에서 말의 전조조차 눈치채지 못했다. 때문에 발렌시아의 목소리는 불쑥 떨어진 것처럼 느껴졌다.

"너는 사령부에 제문을 남기고 갔다."

뭐? 내가 언제?

"게페르겐 모르제스트 본 자임부룩 하밀란. 누구에게서도 기원하지 않은 죽음. 불어오는 바람 헛되이 사라지지 않기를. 아흔아홉의……."

"그으으만! 그만, 그만! 그만! 입 다물어. 그래, 썼어. 왜."

"왜?"

"뭐?"

"이유를 묻고 있다."

나는 방금까지 내가 그것을 쓴 줄도 몰랐는데. 아델을 묻을 때 읊던 그 제문이 머릿속에 선명했다. 내가 그걸 도대체 왜 쓴 건가. 무의식 중에?

"손으로 쓰자니 가장 처음 기억나는 게 그거였나 보지. 나도 몰라. 쓸데없는 것은 묻지 마라."

"제문이 너와 하등의 상관이 없다면 왜 너는 지금 또 죽겠다 발악하나."

이에 상관이 없지는 않지. 내 아이만 생각하면 나는 살아 숨 쉬는 것이 눈물 날 정도로 미안하니까. 그녀는 답하지 않았다. 발렌시아는 이미 그럴 줄 알았다는 것처럼, 단 일 초도 기다리지 않고 즉시 내뱉었다. 짓씹는 듯한 어조였다.

"나는 네가 싫다."

외르타의 입매가 조금 일그러졌다.

"많은 삶과 많은 죽음을 보지 못한 자가 틀림없다. 만일 그러했다면 감히 그처럼 죽음을 농담처럼, 습관처럼 허다하게 말할 수가 없다."

아델, 나는 네가 없는 세상을 얼마나 더 살아야 할까.

"너는 무엇이 중한지 구분하지 못한다. 홀로 생각하는 것도 괘씸하고 그 치기 어린 말로 여러 사람의 심사를 복잡하게 만드는 것은 더 같잖은 행태다."

이 수많은 사람 속에서 네 해끄무레한 뺨만 사라졌다는 사실이 난 아직도 믿기지가 않는다. 너를 기억하도록 너와 내 두 눈을 함께 묻었다.

"때가 되면 어련히 놓아주리라. 그렇게 죽고 싶다면 외따로 떨어졌을 때 우리와 하등 관련이 없는 형식으로 죽어라."

너를 보내면 나는 못 산다고 생각했다. 반드시 따라 죽으리라 네가 떠나던 날 아침까지 지독히 굳건했다.

"다시는 내 앞에서 보채지 마라."

그래서 내게 남은 것이 무언지 이제는 기억조차 나지 않았다. 아직도 이대로 세상 끝난 것 같고 앞이 안 보인다.

"죄렛은 허용치 않겠다."

외르타는 빳빳한 웃음이 나는 것을 느꼈다. 발렌시아의 멀끔한 눈매를 보았다. 세파에 다친 적도 없겠지. 그 우아한 눈 영영 잃을 일 없겠지. 정녕…… 너는 내가 아니구나. 그녀는 조용히 말했다.

"보이지 않는다 해서 듣고 있지 않는 것은 아니다. 침묵을 지켜 고요할 수는 있어도 또한 무지한 것은 아니다. 발렌시아 경, 누군가를 쉽게 단정하려 하지 마라."

발렌시아는 대답도 없이 뒤돌아 나갔다.

외르타는 무표정했다. 눈가에 치밀어 있던 울음들은 어느새 흔적 없이 사라져 있었다. 울 기운으로 해야 할 일이 있다. 아직 임신 초기다. 가장 민감할 때였다. 죄렛이 아니라도 그녀가 할 수 있는 일이 아예 없지는 않았다. 외려 더 효과적이고, 목숨에 영향이 덜 가는 것. 그녀는 자신의 아랫배를 감쌌다.

이를 악물고, 온 힘을 다해 내리쳤다.

한 번.

두 번.

세 번…….

아이야, 내가 얼마나 간절히 사랑했는지 네가 알아주길 바란다. 부디. 제발. 우린 곧 만나게 되지 않겠느냐.

"자카리, 이것 봐봐."

딤니팔의 왕은 늘어지게 누워 있다 고개만 돌렸다. 눈앞에 다가선 것은 화려한 목걸이였다. 레아가 그런 것에 큰 관심이 없다는 사실을 아는 왕이 고개를 갸우뚱했다.

"뭐? 너 가지게?"

"그 사람 주게. 내가 엄청 많이 쟁여 뒀어."

왕은 잠깐 얼빠진 양 있다가 몸을 일으켜 세웠다. 레아가 미끄러지듯 안겼다. 그는 제게 안긴 그녀의 손을 자연스레 집으면서 밀했다.

"누구?"

"라르디슈 왕비! 아, 정말 흥분돼서! 친해져야지! 난 지금 수다 떨 공비 하나 없단 말이야."

"너 이 나라의 공작이 딱 한 사람인 거 몰랐어?"

"알았지만 이처럼 죽어라 결혼 안 할 줄은 몰랐지. 당신, 내가 왕비 됐을 때 가장 기뻤던 게 뭔 줄 알아?"

"날 얻은 거?"

"공비의 유일한 지기가 왕비라는 것."

왕은 레아를 깔고 앉으려는 시늉을 했다. 그녀는 자지러질 듯 웃으며 발길질을 하다 이내 붙들려 헛숨을 내뱉었다.

"으으아악! 진짜 깔고 앉으면 어떡해! 이 곰아! 항복! 항복!"

그러나 웃고 있다. 왕도 몇 번 웃더니 그녀를 다시 들어 올렸다. 작은 여자라 그런지 꽤 체격이 있는 왕 옆에서는 그저 새끼 사슴 같았다. 그녀는 잠깐 붕 떠 있다가 우아하게 왕의 목을 걷어찼다. 왕은 켁 하는 채 신머리없는 소리를 낸 뒤 소파 뒤로 기대었다. 레아는 그처럼 남편을 쓰러뜨리곤 다시 그 무릎 위로 기어 올라왔다. 길게 눕는다.

"반농담이지만. 진짜야. 내가 암만 십이공회의 딸이라지만 그래도 공비와 친해질 기회가 어디 있겠어? 내가 어렸을 때 전대 공비님, 전 공비를 얼마나 선망에 찬 눈으로 봤는데."

"그 공비와 자기들만의 모임을 꾸리는 자가 왕비라."

"그래, 그거. 그거 얼마나…… 동화 속…… 내가 어렸을 때 얼마나……."

"레아, 레아, 넌 지금 딤니팔의 왕비야."

레아는 씩 웃었다. 손을 들어 왕의 머리를 헝클어뜨리려 했으나 닿지 않아 툴툴댔다. 그러자 왕은 그 큰 손으로, 레아의 머리를 엉망진창으로 올려놓았다. 이러는 모양만 보면 그저 하릴없는 악동 둘이다.

"아무튼 간에! 나도 그거 진짜 하고 싶었는데, 공비가 없네."

"우리 결혼하고 이삼 년 동안은 아주 기미도 없었지."

"내 말이. 당신 발렌시아 경…… 과는 꽤 친한 거 아니었어? 동갑 아니야? 늙다리들."

"야! 늙다리라니! 죽겠군, 정말. 내가 중앙 삼국 왕 셋 중에 제일 어려!"

"또 쓸데없는 데 집착한다. 요점은 그게 아냐. 공작과 왕잔데, 어렸을 때부터 안 친했나?"

왕은 좋지 못한 기억을 되새기는 듯 우울한 표정이었다.

"내가 발렌시아와 함께한 가장 인상 깊은 기억은 검을 배운다는 명목으로 죽도록 얻어맞은 것뿐이야."

"당신은 검 젬병이잖아. 나랑 싸워도 질걸."

"젠장, 그걸 그리 꼭 집어야겠냐?"

"그마저도 사랑으로 포용해 주는 아량 있는 아내란 거지. 됐어. 왕한테 검이 무슨 소용이람? 공작 얘기나 더 해 줘. 난 그 사람 어렸을 때가 있기는 한지 궁금하더라고."

"어쨌더라……. 기억날 것 같기도 하고……."

레아가 못살겠다는 얼굴로 그의 멱을 확 잡아당겼다. 키스를 입술에 한 번, 왼쪽 눈, 오른쪽 눈, 왼 뺨, 오른 뺨, 턱선, 다시 입술……. 달래겠다는 목적으로 시작했지만 금세 그 자체에만 푹 빠져 버린 레아를, 왕이 웃으며 안았다. 그녀의 얇은 목덜미에 입 맞췄다. 레아의 따스한 콧김이 어깨에 닿았다. 그녀가 투덜대듯 말했다.

"됐지? 얘기해 줘."

"이따 이어서 해야 돼."

"알았으니까."

"내가 발렌시아를 처음 본 건 네 살 땐가? 잉그레에 아버지를 따라왔더라고. 그때 일페릭…… 그러니까 브레타냐지, 브레타냐가 공작 자제

분 오신다고 얼마나 혼비백산을 하던지. 웃기는 놈이야. 자기가 지금껏 논 젖형제가 왕자인 줄은 기억했나 몰라? 아무튼 그날 기억나는 건 발렌시아가 내게 한마디도! 단 한마디도! 안 했단 거거든? 꼬마애가 — 물론 그땐 나도 꼬마였지만 — 잉그레의 예만 표하고 조용히, 계속 먼 산 보는 듯한 태돈데……. 와, 사람 미치겠더라. 아버지는 전대 공작이랑 무슨 중한 말씀을 나누러 안쪽에 들어가신 상태지, 거의 방임된 채로 나랑 브레타냐랑 발렌시아랑 이렇게 있는데……. 한 사람이 입을 안 여는데 분위기가 어찌 뜨나. 진짜 죽도록 어색해서 나중에 아버지께 걔 여기 좀 오지 말게 해 달라고 떼썼다."

"얻어맞았지?"

"응. 그다음은 이래저래 식전에서 만났지만 다 제치고, 열 살 땐가? 일페릭…… 브레타냐가 제 아비 따라 서부 영지로 갔을 때 왕자의 동무 자리가 비었거든. 거기에 발렌시아가 들어왔었어."

레아는 그의 어깨에 묻었던 고개를 빼 그 표정을 확인했다. 아니나 다를까 조금 하얗게 질린 상태였다.

"아……. 자괴감의 나날이었어. 일전에 일페릭이 나보다 멍청하단 사실을 깨닫지 못했더라면 난 내 자신이 세상에서 가장 큰 바본 줄 알았을 거다."

"그렇게……."

"그리 놀랍진 않은 천재. 아, 물론 검이나 전략은 진짜 천재지만 그건 그냥 생략하마. 내가 그랑 배운 건 거의 정치나 역사, 지리, 일반 과목 뭐 이따위 것들이거든. 그가 조금이라도 더 인간미가 넘쳤다면 난 그 감수성 예민한 시기에 아예 드러누웠을 거다. 우울증으로! 사 년간 내리! 아부는 못 떨지만 그렇다고 만인이 저처럼 꿋꿋하다고 믿는 얼간이도 아니었어. 모두를 알아도 모르는 척 서 있더라. 시침 떼는 것도 아니다.

그저 애초에 감정을 밖으로 드러내기에는 지나치게 고상한 자라 그런 것뿐이지. 조용하고 나서지 않기 때문에 무거워. 도대체 왜 그런가, 태생인가, 그렇다면 난 도대체 눌라레의 피를 잇고도 이리 모자란 역을 맡나 생각해 봤거든?"

"결론은?"

"아직도 모르지, 당연히. 그저 나길 그리 났나 보지. 가끔 그게 앙히에 탓 같기도 하고 그렇더라."

앙히에는 공작의 유일한 아우였다.

"그건 말도 안 된다. 당신이 경 처음 봤을 때가 넷이라며, 그땐 동생 없었어."

"으음……. 모르겠다. 하긴 나이 맞춰 보면 그것도 말이 안 되는구나. 그리고…… 발렌시아는…… 열네 살 때 바로 종기사로 전쟁에 나갔고, 그때부터 내리 승승장구. 내게 발렌시아라는 패가 있다는 게 얼마나 가슴 쓸어내리는 일인 줄 레아, 넌 알겠니? 지금의 십이공회는 다들 진짜 늙다리들밖에 없어서."

레아는 그가 자신의 아버지를 모욕하는 것이 아니라는 사실을 알아 딱히 성을 내지 않았다.

"전쟁을 치르겠다 말은 하는데 대책이 없거든, 대책이. 그나마 그나시오 백작이 아직껏 현역에서 펄펄하게 뛰고 있기는 하지만……. 재능은 있지만 지위 낮은 귀족들을 총사로 올리려면 또 위신에 해가 간다고 뭐라 뭐라. 아, 발렌시아. 나로선 정말 고마운 사람이지. 사실 너무 부려먹어 좀 죄 짓는 것 같기도 하고."

"죄 짓고 있지. 공비가 없는 게 죄다 당신 탓이니까."

"아, 왜!"

"당신, 손들어 봐."

"들었어."

"열 손가락 쫙 펴고, 지난 십 년 동안 그가 왕도에 있던 시간을 전부 합해 봐."

왕은 진짜로 세기 시작했다.

"북부 반란 진압하고 스물두 살. 그때 왕도 와서 거의 일 년 가까이 쉬었어. 스물넷 되던 해에도 톨레도 백작이 무타스와 협정 맺는 동안 반 년 정도 와 있었고……. 아! 동부 원정 끝나고 포티미와 전쟁 시작할 때까지 여섯 달……."

"그리고?"

"없네."

"……근 십 년간 이 오스페다에 있던 시간이 채 이 년도 안 된다고. 그것도 나라 유일의 공작 자제가. 그러니 여자랑 만날 새가 있나?"

"그거 나쁜 버릇이다, 레아. 모든 죄를 이 몸에게 뒤집어씌우는 거. 그래도 열일곱부터 스물까지는 오스페다에 있었어. 보통 다들 그때 결혼하지 않냐? 열다섯부터 스물다섯, 이 정도. 그런데도 아무와도 안 붙었단 말이다."

"그때……."

"그때 장난 아니었어. 내가 최고의 남편감 일 위가 아닌 기분이 얼마나 불쾌한 줄 알기나 해? 야! 난 왕자였단 말이야."

분통을 터뜨리는 왕을 보며 레아가 배시시 웃었다. 저것이 가짜가 아니라는 사실을 알아 더 웃겼다. 그녀는 남편을 옹호해 보려 했다.

"아가씨들 입장에서 말해 볼게. 사실 왕자, 그것도 곧 왕이 될 분은 노리기 힘들지. 부담스럽고. 성공하면 평생 행운이지만 실패하면? 받는 눈길이 얼마나……. 주제도 모르고. 딱 이 딱지가 붙는단 말이야. 모든 걸 걸고 하는 도박. 아, 나야 당신이 나한테 반하는 바람에 그런 것 따위 신경 안 써도 됐지마으아악!"

레아는 왕이 휙 끌어당기는 바람에 으왁 하는 비명을 질렀다. 머리를 받을 뻔했다고 생각했는데 그 아래에는 이미 왕의 손이 있었다. 완전히 애처럼 안긴 자세가 된 레아가 코웃음을 쳤다.

"암튼! 그래도 공비 자리가 부담 없고 동시에 지위도 높고 좋지! 장본인도 잘났고. 이미 군에서 탄탄대로를 눈앞에 둔 데다 남에게 사려 깊기도 눈물 날 정도지, 인물도 깔끔하지. 게다가…… 조금 낮은 지위라도 크게 개의치 않는다는 미라이예니……. 저번 공비도 남작 출신이었지? 이런저런 이유 때문에 아주 득달같이 달려들었을 거야. 한심하지. 공비가 된 여자들은 다 그만한 이유가 있는데. 그녀가 그녀였기 때문에 공비가 된 거지, 그녀가 그의 눈에 뜨였기 때문에 공비가 된 게 아니란 말이야. 그걸 모르더라고. 어쨌든 그 이 년간 여자를 너무 많이 봐서 질린 건 아닐지 몰라, 경이?"

왕은 조용했다. 무언가 말하고 싶은 것이 있지만 참는 듯했다. 레아는 그 기색을 알아차렸지만 그저 넘겼다. 어차피 그도 그녀도 모두 아는 사건이다. 그녀는 말을 돌렸다.

"어떻게 서른이 되도록 미라이예가 결혼을 안 한다니. 공작 분가들은 초조해 하지 않아?"

"일단 앙히에가 있으니 두고 보자는 식이다. 아, 난 근데 그 자식한테 절대 공작위 안 줄 거다. 절대, 저어얼대. 그 녀석은 그만한 그릇이 아냐. 그놈 역시 준다 하면 아주 소스라칠 거다."

"당신이 발렌시아 경과 좀 알았다면 난 앙히에랑 친했지. 어렸을 때부터. 열넷에 집을 뛰쳐나가 들어오는 빈도수가 아주 환상이라지."

"우리가 고걸 싫어 줄 사이냐? 아무튼 말 마라. 발렌시아는 애초에 손 놓았잖나. 그 방랑기 어디 가는지."

레아는 잠깐 저희들이 무슨 이야기를 하고 있었던지 곰곰이 생각해 보는 눈치였다. 그러다 불쑥 손가락을 쳐들며 말했다.

"그러니까, 여기서 라르디슈 왕비가 중요해지는 거야!"

"그 여자가 뭐?"

"공비가 없다니까? 공비가 없다고요, 폐하. 지루한 귀부인들과는 더 이상 놀기 싫고……. 나와 그나마 지위가 맞을 만한 새로운 사람이란 말이지."

"레아, 너 그 여자 과거를 알면서 함부로 뻗대진 마라."

"그건 내가 당신보다 더 잘할 거야. 게외보르트도 라르디슈도 지옥이었으니 이 잉그레가 얼마나 좋은 곳인지 보여 줄 요량이거든."

왕은 웃지 않았다. 외려 소태를 씹은 듯 찡그린 채였다. 그가 불쑥 말했다.

"그녀가 과연 그걸 기꺼워할까?"

"난……."

"사람 사이에 부대끼게 하지 마. 다들 사정을 모른 채로 남편 잡아먹은 여자로만 알고 있을 거다. 소외시키고 험담하고 아주 피 말려 죽일 거야. 암만 왕비인 네가 비호한다 해도……. 망명 귀족의 지위만 들고 산다면 이 오스페다에서는 최선의 경우가 제 저택에 칩거하여 평생 방안의 기쁨만 누리는 거겠지. 뻔하다, 뻔해."

이번에는 레아가 조용해졌다.

"게다가…… 난…… 잘 모르겠다. 애초에 그 여자가 잉그레까지 오기나 할지 모르겠어. 레아, 생각해 봐. 로크뢰의 일방적인 폭력에, 겨우 낳은 아이까지 죽었어. 심지어는 아이를 죽인 자가 그 아비야. 이를 악문 배신. 지치지 않았겠느냐?"

"……."

"그 여자가 오스페다로 온다면 나는 유례없이 대단한 대우를 해 줄 수 있다. 라르디슈 엿 먹이고 게외보르트 엿 먹이고. 난 그거 참 기분 좋단 말이야. 하지만 그 여자가 원하느냐 원하지 않느냐의 문제인 거지. 아이 팔아 일신의 안위 누리고 싶겠나?"

"……."

"나는 그리 생각지 않아."

레아는 돌연 일어나 왕을 꽉 껴안았다. 그는 잠깐 멈칫하다가, 그 작은 어깨를 감싸 안았다. 뒤에서 레아가 속삭이듯 말하는 소리가 들렸다.

"자카리, 그러니까 모두가 다 잘됐으면 좋겠다고…… 난 말하는 거야……. 그만 힘들고. 게외보르트에서 왕의 자식으로 크는 것조차 끔찍한데 더불어 그 칠 년이라. 나는 듣는 것만으로도……. 얼마나 힘겨웠을지. 나란 게 그저 너무 평범해서, 그 여자 보는 순간 댈 것 없이 미안해질 것 같아서……. 그저 보는 것만으로도 안쓰러워서……."

왕은 그 등을 가만히 두드려 주었다.

"레아, 여러 가지 있긴 한데…… 나중에…… 아니면 영영……."

레아는 고개만 빼꼼히 들어 왕을 바라보았다. 왕은 천진하게 웃으며 그저 침묵했다.

갑자기 누군가 문을 두드렸다. 데카를로의 방은 잉그레 꼭대기 층, 왕의 내실과 다름없는 곳이다. 중한 일이 아니라면 감히 올라오지도 않았을 것이다.

레아가 먼저 벌떡 일어나 안쪽 방으로 사라졌다. 왕은 머리를 긁으며 한숨처럼 말했다.

"들어와."

문이 열리고 시종장이 고개만 내밀었다.

"알현실로 내려가시는 것이 좋겠습니다. 이곳에서 맞을 만한 인사가 아닙니다, 폐하."

왕은 그 말을 듣자마자 누가 잉그레에 도착했는지 깨달았다.

"그나시오!"

"직전에 도착해서 사실 모습이 말이 아니긴 합니다만……. 조금 정돈한 뒤에 오라 할까요?"

"짐은 지금 그에게서 말똥 냄새가 난다 해도 환영할 수 있다. 빨리 가자."

소파를 훌쩍 뛰어넘는 모습에 시종장이 이마를 짚었다. 그는 쏜살같이 달려 나간 왕을 따라잡으려 노력했다. 그러나 한참 젊은 왕이 나는 듯 계단을 내려가자 그 속도는 이내 무시무시한 것이 되었다. 왕은 뒤에서 폐하! 채신 어쩌고 하는 소리를 듣고도 싹 무시했다. 그리고 정말 기적적인 속도로 '뒷방' 입구에 선 뒤에야, 흐트러진 제 옷을 한 번 가다듬었다. 그나시오가 엉망이니 나라도 좀 정상처럼 보여야 하지 않나.

왕은 뒷방을 거쳐 왕좌로 나갔다. 그나시오 백작이 차분하게 서 있었다. 물론, 차분한 것은 자세뿐이고 옷의 모든 곳은 그저 먼지투성이다. 왕은 만면에 띤 미소로 그를 맞았다.

"시누사 경은 잘 지내나!"

그나시오는 어째 왕의 첫 안부 인사가 마음에 들지 않는 듯했다. 묘하게 얼떨떨한 표정을 하더니 이내 제 사려 깊음을 되찾았다.

"폐하, 그간 기체일향후만강……."

"그만."

"제가 전장에서 불려 온 이유가 무엇인지 말씀해 주십시오."

왕은 본론만 간결하게 나오자 배부른 표정을 했다. 그제야 천천히 왕좌에 앉았다.

"백작, 아니, 경이 그나마 왕도와 가까운 곳에 있지 않았나. 사실 짐은 종전 협정에 대해 이야기하려고 경을 불렀던 거거든."

종전 협정과 관련된 자세한 사항은 서신 따위로는 어찌할 수가 없었다. 직접 듣고 직접 전할 명석한 인사가 필요했다. 그래서 전투 도중 보급창을 순회하느라 북쪽으로 올라와 있던 그나시오를 부른 것이다. 왕은 그가 우연의 일치로 전장에서 벗어나 있던 일이 정말 큰 행운이라고 생각했다. 그를 부른 주제가 확연히 바뀐 지금도 그 기꺼움은 변하지 않았다.

그나시오는 왕이 제가 참가한 전쟁의 종전을 부르짖는데도 눈 하나 깜짝하지 않았다. 조금도 놀라지 않은 듯했다. 아니나 다를까 그가 답했다.

"감히 발렌시아 경과는 논하지 못했으나 그분이나 저나 이내 이리되리라 짐작하고는 있었습니다. 내정의 소란함 때문이라 믿습니다만……. 폐하의 의중을 어림한 것처럼 비치지 않기만을 바랄 따름입니다. 기간은 얼마로 두려 하셨습니까?"

"넉 달. 넉 달 안에 장모르까지 못 뚫으면 그냥 종전하려 했네."

"그 대가로는 얼마나 각오하셨습니까?"

"눈의 방패 반파, 배상금."

"눈의 방패……. 사막을…… 포기하신다는 말씀이십니까……."

"라르디슈 그치들은 우리가 사막을 뜯어먹는 게 참 공짜인 줄 알고 저리 눈이 벌건 것 같은데, 실제로 겪어 보라 해라. 굴 하나 얻는 데 얼마나 긴 시간이 걸리고, 그것을 보호하는 데 또 얼마나 큰 군사력이 드는지. 아무튼 탐내니 우리 지분을 좀 넘겨주면 될 것 아닌가."

그나시오는 아직도 조금쯤 충격에 휩싸인 듯했다. 그는 눈을 몇 번 깜박인 뒤 겨우 답했다.

"지분을 넘기는 것에서 끝나지 않을 겁니다. 그리한다면 딤니필은 라르디슈에게 점차 먹혀 다시는 사막에 대한 권리를 주장하지 못합니다,

폐하. 재고해 주십시오."

"하지만 저들이 원할 것이 이것뿐일 것 같은데 어쩌나. 종전을 먼저 제안한 입장에서 그자들이 원하는 것을 쉽게 거절할 수 있으리라 생각지 않네."

"저도 라르디슈가 가장 원하는 것이 사막이라는 사실은 자각하고 있었습니다. 하지만 어찌 몸을 뺄 수 없는지요? 예컨대 지올나니라든가. 그것을 떼어 주어도 괜찮을 겁니다. 애초에 저희가 이기던 전쟁 아닙니까."

"이기고 있든 지고 있든 먼저 종전을 제안하는 자는 무조건 지는 거네, 그나시오 경."

그나시오는 조금 언짢은 표정이 되었다. 전쟁을 직접 겪지 못한 여타 십이공회의 일원들과는 다른 반응이었다.

"폐하, 딤니팔 십만의 노력을 가벼이 보지 말아 주십시오. 저희는 충분히 해냈습니다. 변명이 아닙니다. 포티미외를 얻지 않았습니까."

"하지만 승리는 아니지."

"폐하."

왕은 그 어르는 듯한 목소리에 두 손 두 발 다 들었다. 노여워하기는커녕 할아버지가 손자를 타이르듯 죄 안쓰러워하는 기색이다. 저런 마음 씀씀이에서 어찌 그 시누사가 태어났는지 모를 일이었다. 왕은 그만 장난치고 본론을 이야기하기로 했다.

"미안하네. 방금 담론은 저번 주까지 있었던 이야기였네. 지금은 좀 달라."

그나시오는 눈만 조금 크게 떴다.

"경이 전장에 없던 때의 일이네. 라르디슈의 왕비가 딤니팔 군영에 투항했다 하네."

그는 혀를 깨문 듯했다. 뭐라 답을 못하고 인상만 확 찡그렸다. 왕은 드물게 보는 그나시오의 그런 모습을 흥미롭게 지켜보았다. 그 여자, 여럿 놀래는군. 주름진 얼굴이 우그러졌다 펴졌다 하다 간신히 입을 열었다.

"의도한 배반입니까?"

"그러네."

"이유는 아무래도 일전의……."

"'일전의' 랄 것이 무에 있나. 칠 년 내내일걸."

"밀고할 정보는 얼마나……."

"작정하고 배신했네. 그대는 그게 얼마나 될 것 같나?"

그나시오는 다시 입을 다물었다. 왕은 기지개를 펴듯이 왕좌에서 팔을 쭉 내밀었다. 누가 감히 이곳까지 올라오리라 생각조차 하지 않은 양 반쯤 펼쳐진 발렌시아의 서신이 그 팔걸이에 있었다. 왕은 귀머거리 시종에게 손짓해 서신을 넘겼다. 시종은 별 명령을 듣지 않고도 그것을 그나시오에게 건네주었다. 그는 황급히 간결한 서신을 읽으며, 얼굴이 벌겋게 변했다가 다시 하얗게 질렸다. 하나 이내 반듯이 접고는 먹먹한 목소리가 되었다.

"굉장하군요."

"그래, 굉장하지."

"로크뢰가 그 여자에게 얼마나 집착했는지 알고 있습니다. 여자가 녹여 냈다면 숨길 겨를도 없었을 겁니다. 그녀가 적당히 명석하다면 딤니팔에 큰 힘이 되리라 믿습니다."

"짐도 그리 믿어. 그래서 그 서신을 받자마자 십이공회를 소집해서, 공지만 하곤! 공작에게는 믿고 정보를 다 받아라, 이리 통지해 뒀네."

"포티미외까지 전령이 말을 달리는 데 꼬박 한 달입니다. 그동안 발렌시아 경이 왕비의 말을 고분고분 들으리라고는 절대 생각할 수 없습니다. 밀고자가 있다는 것, 왕비가 도망쳤다는 것을 로크뢰가 눈치채기 전에 어떻게든 최대한 이용해야 합니다. 그런데 시간이…… 부족해서……."

왕은 콧대를 몇 번 긁었다. 몇 가지를 생각하는 듯하더니 곧 외운 것처럼 막힘없이 말했다.

"짐이 짐작하기에 공작은 이미 휴전 협정을 맺었을 것 같네. 발렌시아 경만 계속 안 믿겠노라 뻗대고 그 나머진 이미 홀라당 넘어갔을 것이 빤하거든. 그럼 사령부 분열은 당연지사고. 공작은 머리 부서지도록 고민한 뒤 사분오열된 사령부로 싸우는 것보단 일단 좀 쉬는 것이 낫다 판단할 걸세. 로크뢰 1세 또한 제 고위급 밀고자를 쌍심지를 켜고 찾으려 들 테니 둘이 절묘하게 이해관계가 맞아떨어진 셈이지. 한 한 달? 대강 이 정도는 전투가 없지 않겠나?"

"아……."

"뭐, 그리고 어차피 왕명이 도달해 그녀 말을 따르게 된다면 전쟁은 얼마 가지 않을 거네."

그나시오가 이해한다는 듯 처음으로 얕은 미소를 보였다.

"발렌시아 경이 그 여자에게 받은 정보를 가지고 작품을 만들어 낼 수 없다고 짐은 생각지 않거든. 회전 꼴이 굉장할 거야."

왕은 도운 것도 없이 못내 뿌듯한 것 같았다. 팔이 가만히 있지를 못하고 왔다 갔다 산만했다.

"저 역시 가서 일조해야겠군요……. 그런데 폐하, 아직까지도 본론을 말씀하지 않으셨습니다. 그래서 제가 이곳에 왜 온 겁니까? 제가 오늘 즉각 왕도를 떠나 포티미외로 간다 해도 1급 전령보다는 한참 늦을 것이 자명합니다. 저를 부르신 다른 용건이 있으시리라 믿습니다."

"그래서 말인데."

그나시오는 여전히 미소를 지우지 않은 채로 왕을 바라보고 있었다. 종전 협정 관련이 아니라면 무언가? 왕비에 관련된 명이 아니시겠는가?

"그 왕비를 짐 앞으로 데려와."

그는 돌연 빛이 달라진 왕의 목소리에 놀라 고개를 들었다. 왕의 얼굴에는 이제 웃음기가 없다. 가끔 보는 저 '왕다운' 얼굴은 그를 십 년째 모시는 그나시오조차 아직 적응하지 못하는 종류였다. 그에 담긴 엄격함에 목뒤가 잠깐 쑤셨다. 웃음이 사라졌다. 왕은 말을 끊지 않았다. 이전과 다르지 않게 얼음장 같은 어조뿐이다.

"죽는다고 발악을 하든 왕도의 포상을 받지 않겠다고 패악을 부리든, 너희가 사지를 자르든 힘줄을 끊든 상관없다. 목숨만 붙여 왕도로 끌고 와라."

"폐하."

그 잔인함에 그나시오가 미간을 좁혔다. 아무리 그래도 딤니팔에 큰 도움을 준 여자인데 그리 자유 의지에 반하도록 끌고 오는 것이 마땅한가 싶은 얼굴이었다. 왕은 한숨도 없이 그 동정에 답했다.

"이 임무를 그대가 맡든, 힘겨워 공작에게 맡기든 개의치 않겠다. 그냥 짐 앞으로 데리고 오기만 하면 돼. 로크뢰를 배반할 만한 깜냥이니 또 죽어라 죽으려 할 것이다. 그러나 사지를 포박하고 재갈을 물려서라도 기어이 이곳까지 와야 한다. 이것이 왕명이다."

"왜……? 왕명에 질의를 제기하는 죄 중합니다만…… 말씀드리겠습니다. 저는 그것이 좀 도의에 어긋나는 일이 아닌가 생각합니다. 포티미외에서 이겼다면 그저 홀로 살도록 남겨 주면 안 됩니까? 포상을 원한다면 상을 하사하고 초야에 묻히고 싶다면 그리하게 해 주고 죽고자 하면 죽게 내버려 두어야 하지 않습니까."

"백작, 백작! 왜 타산을 못하나."

그 말에 그나시오는 정신이 번쩍 든 듯했다. 왕은 그 기미를 눈치챈 것처럼 조금 더 엄중하게 말했다.

"게외보르트를 도발해야지. 이 년 전의 그 죄를 딤니팔이 잊고 있지 않다는 것을 보여 줘야지. 기어이 그것들까지 자근자근 밟아 줘야지!"

"아……. 일전에 서부 영주들이 발터하임부르겐의 누이를 지원했다는 일로…… 암살당한……."

"그래. 도저히 증거가 없어서 어찌 대의명분으로 삼을 수가 없었다. 게다가 그땐 미친 라르디슈가 선전 포고를 하기도 했고. 포티미외를 종전시킨다면 요를림이 아직 가라앉지 않은 지금, 더불어 종전으로 이득을 많이 빼앗겼을 테고, 암살의 심적 책임을 묻기에도 시간이 너무 많이 지났으니……. 짐은 도저히 게외보르트와 전쟁을 치를 거리가 없다고 생각했네. 참 죽여 버리고 싶은데 어째 그 이유 하나가 안 나오더라고."

"그런데……."

왕이 팔걸이를 쾅 내리쳤다. 그리고 어딘가 단단한 곳에 부딪힌 듯 찔끔 나오는 눈물을 삼켰다. 다시 평소의 넉살맞은 그였다.

"그래! 저 여자가 나타났단 말이다! 우리를 이기게 해 주는 것은 당연지사고! 더불어 게외보르트의 왕녀! 하! 저치들, 단교당했다지만 그래도 항의 서한을 안 보내곤 못 배기겠지? 응? 당장 우리한테 넘기라 방방 뛸 거야! 발터하임부르겐은 아주 뚜껑이 열릴 거다! 로크뢰 손에 쥐여 도저히 빼앗을 수 없으니 입맛만 다시고 있었는데! 눈 감았다 떴더니 어느새 딤니팔에게 가 있더라! 하!"

그나시오는 이제 왕을 완전히 이해했다. 왕비를 어떻게든 살려 왕도까지 데려오라는 명령이 전혀 잔인해 보이지 않았다. 자신이 왜 그 생각을 못했는지 약간의 자괴감마저 들 따름이었다.

"당장! 다아앙장 내 누이를 내놓으라 하겠지! 그럼 짐은 이리 답해 주면 되겠네! 꺼져! 그럼 저쪽은 모욕당해 화나고 이쪽은 타국에 쓸데없는 간섭을 당했으니 화나고, 그럼 즉각, 깔끔하게, 전쟁 가는 거지!"

"이해했습니다."

"그것들이…… 정말…… 왕위 다툼할 때는 제정신을 잃어서! 도대체 어떻게 타국의 영주까지 모살할 생각을 하지? 서부 삼십구 개 주의 소영주 그 삼분지 일이 죽었어! 서부 대영주들…… 자멘테 후, 브레타냐, 본잘 백은 지난 이 년간 잠을 못 이뤘을 거다. 이를 가느라고. 더불어 짐도 역시 상한 자존심에 속이 편치가 않았단 말이네."

"전쟁을 다시 치르기에 정말 좋은 조건입니다. 첫째, 포티미외의 군사, 인사, 물자를 그대로 서쪽으로 돌릴 수 있고 둘째, 라르디슈에게 승전한 이후 부가 풍족할 테고 셋째, 더할 나위 없는 전쟁 명분이 있습니다."

왕은 그나시오의 아름다운 정리에 만족스러운 박수를 몇 번 쳤다.

"우리는 너희 잔인한 왕가의 처분을 이해할 수 없다. 핏줄을 이은 친누이를 죽이려 그리 발악이라니? 대륙의 눈 알론조 캄비의 수호자로서 짐은 최소한의 인간 도덕도 모르는 게외보르트에게 철퇴를 내리고자 한다!"

왕은 정말 신이 난 듯했다.

"끝장이지? 솔림와르 이후 이런 전쟁 이유는 처음이군. 짐은 정말 양심의 지킴이가 된 기분이다. 정말 눈물 나게 도덕적이야."

"서부 영주들이 폐하의 발에 입을 맞추려 할 겁니다."

"그래, 그래. 짐은 항상 존경받아 마땅하니까."

왕은 실없이 몇 번 웃다가 점차 그 얼굴을 굳혔다. 크게 의도한 경직이 아니라 그저 진지해진 까닭에 그리 굳어진 듯했다. 왕은 낮게 말했다.

"이처럼 대게외보르트전을 치르려면 그 여자가 꼭 필요하네. 짐의 가장 중요한 패야. 그 여자가 없으면 아무것도 안 돼. 딤니팔은 이번 기회를 놓치면 이미 모르긴 몰라도 내 자식 대까지 게외보르트와 일전을 치르지 못할 테지."

"예."

"그러니 살려서 끌고 와."

"예."

"어떤 꼴이든 상관 안 한다. 그저 패로써 이용할 수 있기만 하면 되네."

"그 뒤 처분은 어찌하실 겁니까?"

"마음대로."

그나시오는 누구의 마음대로인지 잘 납득하지 못한 듯 미간을 좁혔다. 왕이 부연했다.

"그 여자 마음대로 하라고 해. 괜찮다, 그 뒤는. 짐도 그 이상 그 사람의 한을 사고 싶지는 않다."

"게외보르트와 전쟁이 일어난 뒤 말씀……."

"게외보르트가 간신히 스스로를 진정시켜 왕녀에 대한 불만을 내뱉지 않는다면…… 따라서 전쟁이 발발할 이유가 사라져 실제로 전쟁이 일어나지 않더라도. ……뭐 그때도 마음대로 하라 해라. 그건 짐도 어쩔 수가 없다."

"왕도에 데려와 어딘가에 있을 게외보르트의 눈에 보이기만 하면 된다는 말씀이십니까?"

"그렇지. 그리고 짐과도 좀 친해져야 돼. 그래야 게외보르트가 저 여자, 왕위에 대한 속셈이 있구나 안달복달할 테니까. 그러나…… 그 갖은 노력을 했음에도 발터하임부르겐이 제 집권 초기의 혼란이 급해 싹 묵살한다면……. 젠장, 생각만 해도 끔찍하긴 하지만 가능성 없는 이야기도 아니거든. 더불어 나라 차원으로 확대시키는 대신 제 누이만 암수로 죽이고 끝내려 할 수도 있지. 아……. 경우의 수가 참 많기는 하다만! 그래도 어쨌든 간에 살려서 와라. 지금은 그것이 제일 중하다. 나중 일은 나중 일이야."

그나시오는 이것이 기밀 중의 기밀이라는 사실을 알고 있었다. 저처럼 무게 없이 말하고는 있지만 딤니팔의 전쟁을 모의하는 이 말이 떳떳해질 수는 없다. 그는 그저 조용히, 모든 명에 따르겠다는 듯 시선을 숙였다. 왕이 그 기색을 깨닫고는 빙긋 웃었다.

"반복한다. 그 여자를 짐 앞으로 끌고 와. 왕명이다."

그는 잉그레의 예를 표했다. 왕은 하품을 하며 말했다.

"무운을 비네."

"리오넬."

그녀는 조용히 말했다. 입 밖에 내기까지 많은 연습을 했다. 그것은 어쩐지 끕끕하고 진저리가 쳐지는 발음이었다. 혓바닥에 다리 많은 벌레가 붙은 것 같았다.

상대는 자신이 그것을 들었다고는 생각지도 못한 채 제 할 일만 하고 있었다. 깃펜으로 날아갈 듯 잘게 쓰이는 그 달필. 너는 네 딸이 어제 죽었는데도 그런 공문서가 손에 잡히나. 그러나 이제는 화도 나지 않는다. 그러려니 했다.

"리오넬."

그녀가 반복하자 그제야 그의 얼굴이 조금 들렸다. 여전히 그녀 쪽을 바라보지는 않았다. 듣기는 들었는데 우선 제 귀를 의심하는 듯한 태도였다. 당연한 일이다. 여태껏 외르타는 그를 왕이나 당신 이외의 어떤 단어로도 지칭하지 않았으니까. 외르타는 쐐기를 박듯 말했다.

"리오넬."

외르타는 이를 길듯 읊조렸다. 주변에는 아무도 없었다. 유선 중의 한낮, 다들 제 여갓거리에 시간이 남아나지 않을 것이다.

습관처럼 아랫배를 한 대 갈겼다. 아이야, 아직 떠나지 않았느냐? 점점 미쳐 가는 것 같다. 현재와 과거가 잘 구분이 가지 않았다. 자신이 그의 이름을 처음으로 불렀던 그날. 아델이 죽고 꼬박 날밤을 새운 뒤, 아교처럼 단단히 굳은 속으로 그리 불렀다. 리오넬.

"리타?"

그녀는 눈 한 번 깜짝하지 않았다. 그저 조금 아찔하게 걸어 그가 앉은 앞으로 다가갔다.

"리오넬, 제가 많은 것을 잘못…… 생각했던 것 같아요. 어쩔 수 없는 일에 큰 원망을 했어요. 애초에…… 이 평화 속에 있다 보니 조금 유약해져……. 그 말씀을 드리러 왔습니다."

로크뢰는 잠깐 숨이 막힌 듯했다.

"저는 이리되면 이제 폐하를 미워할 이유도 없어요. 폐하께서 결국 제 목숨을 살려 주신 것과 다름없으니까요. 오직 그것만을 바랐던 삶이라……. 이전까진 폐하를 믿지 못해, 폐하께서 저를 오라비에게 내던지시지는 않을까 우려했어요."

그가 일어섰다. 그녀는 희미하게 웃으며 말했다.

"죽고 싶지 않아서."

로크뢰는 깃펜을 꽂아 넣었다. 몇 발자국 걸어 나와 그녀를 당겼다. 그의 손이 닿는 손목, 순간 소름이 와삭 끼쳤지만 참았다. 앞으로 항상 겪을 일이었다.

"죽고 싶지 않았는데, 이젠 죽을 일이 없잖아요."

그래. 나는 지금 찢어진 게 입이라고 이 말을 하고 있다.

그녀의 얇은 웃음에 로크뢰는 할 말을 잃은 모양이었다. 잡았던 손목을 놓았다가, 다시 잡았다, 다시 놓았다. 대신 그녀의 긴 머리칼, 갈색 긴 머리칼을 간신히 건드렸다. 만졌다. 스쳤다. 가마부터, 그 긴 여행,

허리까지. 머리칼의 끝을 찾자 그 손은 이제 그녀의 허리를 찾았다. 움푹 파인 여인의 선을 끌어당겼다. 그녀는 물처럼 안겨 들었다.

로크뢰는 그녀의 눈썹 사이에 키스했다. 아무 느낌이 없었다. 차라리 이게 낫군. 콧등, 인중, 입술. 잡아먹힐 듯 뜨거웠다.

"외르타?"

그녀는 너무 놀라 손으로 상대의 얼굴을 짚었다. 너무 코앞이라 방금 전 로크뢰의 얼굴과 잘 구분이 가지 않았던 것이다.

"잠깐 졸았나?"

그는 차분히 그녀의 손을 잡아 내리며 말했다. 졸지 않았다는 것을 알면서 저런 능청인가.

"안 졸았어, 톨레도 경. 불쑥불쑥 나타나지 마라."

"바깥에서 여섯 번 불렀고 들어와선 세 번 불렀어. 불쑥이라니, 웃기는 소리 좀 하지 마."

시누사인 듯 저 뒤에서 짜증스러운 목소리가 들렸다. 톨레도는 몇 걸음 물러나 의자에 앉았다. 그제야 뻣뻣이 선 시누사도 제대로 시야에 잡혔다.

"배는 도대체 왜 자꾸 쳐? 미쳤어?"

"경, 말 좀 곱게 해라……. 외르타, 하지만 시누사 경의 말이 꼭 과장인 것도 아니네. 우리가 들어온 그 짧은 시간에도 자네 몇 번이나 복부를 쥐어짠 줄 아나? 무슨 곡절인지 알 수는 없지만 의무병이라도 불러줄까?"

"아니. 그 사람들이 사실 외상밖에 못 보는 거 다 알아. 이건 내 병이라."

톨레도가 눈썹을 치켜떴다.

"자네, 지병이 있나?"

"병은 병이지. 두 번째로 겪고 있으니 지병은 지병이지."

"그러면 피난촌 의원이라도……."

"괜찮아. 어차피 발렌시아 경은 내게 어떤 의원도 오지 못하도록 할 테니까."

시누사가 어리둥절한 얼굴이 되었다. 발렌시아가 그리 악독한 사람일 리가 없다. 자신 역시 별다른 지시를 받은 바가 없었다. 이 자리에 온 것은 정말 그저 심심해서, 싫다는 톨레도를 끌고 행차한 것이다.

"그게 무슨 소리야? 의원을 왜 못 오게 해?"

"내가 죽을까 안 되신단다."

"의원을 부르는데 왜 사람이 죽어?"

"글쎄 말이다."

시누사는 그것이 제대로 된 답이 아니라는 사실을 깨닫고는 한숨을 쉬었다. 그러나 외르타의 말은 그에서 끝난 것이 아니었다.

"그러니 내가 너무 아파서 '배를 때리고' 있다고 발렌시아 경에게 꼭 전해 줘. 나 너무 힘들어서 의원이 꼭 필요하다고."

시누사는 의심스러운 얼굴로 그녀를 바라보다가, 갑자기 제 허리에서 중검을 꺼냈다. 외르타는 영문을 모르고 그 날카로운 날을 바라보았다. 저 녀석은 칼을 몇 개나 들고 다니는 거야? 하나만 빌려 주지. 그저 이런 시답지 않은 생각만 스멀스멀 올라왔다. 시누사는 불쑥 왼손을 앞으로 내밀었다. 뼈대 굵은 팔뚝에 힘줄이 툭툭 튀어나와 있었다.

찰나였다.

시누사는 중검을 높이 들어 자신의 손목을 향해 내리…….

톨레도가 그 칼을 쳐 냈다. 정말 순식간에 일어난 일이었다. 자신의 눈을 믿을 수가 없었다. 외르타는 제 눈앞을 스친 날랜 바람에 뒤늦게야 머리칼이 가라앉는 것을 느꼈다. 그 싸하고 거센 숨에 소름이 끼쳤다. 방금 저놈이 무슨 짓을 한 건가. 정말 손모가지를 자를 각오로 내리친 것이 틀림없다. 한 치의 주저도 없이, 평생 살인을 해 왔던 그 정교함과 지독한 힘으로.

중검을 제 칼로 내쳐 그대로 방 저편까지 날려 버린 톨레도 역시, 그 기겁은 똑같았던 듯했다.

"경, 미쳤나!"

"죽으려면."

시누사의 그 말에, 갑자기 그녀 얼굴의 핏기가 싹 사라졌다.

"이 정도로 내리찍어야 해."

그의 광태에 무언가 말을 더 쏟아부으려 했던 톨레도가 입을 다물었다.

"손목 반이 잘려 나가 덜렁덜렁할 때까지 베어야 죽을 수 있어. 알아?"

시누사는 평소처럼 짜증을 부리고 있지도, 조롱하고 있지도 않았다. 그저 감정이 필요 없는 사실을 말하듯 조곤조곤 설명했다.

"그러니까 칼을 쓰려면 손목보다는 목을 따야 돼. 거긴 동맥을 찾기가 쉽지. 좀 잘 드는 큰 칼로 목울대 한쪽을 깊게 긋거나 찌르면 성공해. 그런데 이건 사실 혼자 하기 어렵거든?"

외르타는 아무 말도 하지 않았다. 시누사는 이곳에 그 홀로인 양 기이할 정도로 차분하게 말을 잇고 있었다.

"그럼 갈비뼈 사이를 노려서 심장을 찔러도 역시 죽을 거야. 배를 요령 있게 찔러도 죽어. 날 선 칼 구해다 있는 힘껏 복부를 수직으로 두 번 갈라. 빠르고 강해야 해."

그는 제 중검이 날아간 곳까지 터벅터벅 걸어가 칼을 회수했다. 고개를 들자 외르타의 표정은 말이 아니었다. 그럴 줄 알았지. 또 비슷한 생각을 하고 있던 줄 내가 모르나. 톨레도 경은 모르셨던 것 같지만. 그는 다시 그녀 앞으로 다가가며 말했다.

"교수형의 기본 원리는 경추 탈골로, 바닥을 확 꺼트려서 목뼈를 부러뜨리는 거야. 근데 이건 실패 확률이 높아서 목을 매달면 결국 기도가 막혀. 숨 못 쉬고 죽어. 일 분이면 기절하고 거기서 일 분 더 버티면 죽지."

톨레도가 자리에서 일어섰다. 시누사는 제 말을 이었다.

"독을 먹으면 장기 기관이 녹아. 그런데 사실은 녹기 전에 죽거든? 그게 어떻게 되는 거냐 하면, 그래도 살겠다고 몸이 독을 자꾸 토해 낸단 말이지? 그럼 또다시 기도가 막혀서 질식해 죽는 거야."

분명 외르타에게 손끝 하나 대지 않았건만, 그녀는 흡사 얻어맞기라도 한 듯 입술을 꾹 깨물었다. 그러나 그 꼴을 보고도 시누사의 말은 멈추지 않았다. 흡사 장의사라도 된 듯한 직업의식이었다.

"물속이라면 익사해. 물에 빠졌을 때 반사적으로 호흡하면 폐에 물이 차서 죽어. 아니면 물이 추워 얼어 죽을 수도 있고, 호흡 곤란으로 죽을 수도 있고. 익사체는 전신이 부어오르고 푸르딩딩하게 부어서는 썩지. 본 적은 있나?"

화가 나서 이 행패를 부린 것은 아니었다. 그저 귀찮고 한심했다. 발렌시아 경 역시 이런 마음을 갖지 않았을까? 매양 살겠다고 발버둥 치는 전장에서 홀로 죽겠다 부르짖음이라. 이 얼마나 어처구니가 없나. 사람을 한 번이라도 죽여는 봤으며, 사람에게 한 번이라도 죽을 뻔하기는 해 봤나? 도대체 죽음에 대해 무엇을 안다고 이리 시위인가.

톨레도가 그의 어깨를 짚었다. 시누사는 언성도 높이지 않고 그의 손을 잡아 내렸다.

"당신, 정신 좀 차려. 발렌시아 경께서 도대체 무슨 이유로 당신한테 의원을 불허하시는지는 몰라도 분명 그릇된 건 아닐 거야."

시누사는 고개를 절레절레 저었다. 이 사람은 정확히 두 주 전부터, 정말이지 곁에 선 것만으로도 같이 땅을 파고 싶게 만드는 재주가 있었다. 본디부터 활기 넘치는 자신인데 지난 두 주간 외르타의 우울에 점점 물들어 가자 스스로 짜증을 주체하지 못한 것이다. 아, 빨리 바람직한 여성상인 제 활달한 알피나 다시 보고 싶다. 왕도는 언제 돌아가나.

“죽고 싶어? 내가 말한 방법대로 해 봐. 잘 될 거야. 목이 딱 죽기에 괜찮기는 한데 그건 스스로 하면 세게 박기가 좀 어렵지. 복부로 해. 칼을 넣어서, 꺾어. 내가 자주 그렇게 죽이거든? 단검이라면 혼자서도…….”

“시누사, 흥분했다.”

톨레도의 목소리에는 그 이상을 용납지 않겠다는 엄격함이 있었다. 시누사는 입을 다물었다. 의외로, 톨레도가 꾸짖은 것은 외르타가 아닌 시누사였다. 자신이 왜 그런 장면을 보였는지 알면서도 결국 또 꾸중을 하다니 시누사는 좀 억울한 감이 없지 않아 있었다.

“경, 사람 많이 죽였다고 재나? 같잖네. 겁박하지 말게.”

“하지만 경! 저 여자 꼴 좀 봐요! 좀 괜찮아졌나 보러 왔더니 아직도 바닥을 기네. 나 짜증 나 미칠 것 같아.”

“발렌시아 경께 나를 몰아내라 한 것이 결국 네 재미 본위였나? 재미있지 않으면 이처럼 가차 없이 내치는가? 나는 경이 이해가 가지 않네. 네가 시중들어야 할 사람의 기복을 이해도 못하면서 무엇을 어쩌겠다고? 경은 정말 어려서 도저히 인내란 것도 아량도 배려도 없네. 무슨 일을 하고 싶은지 무엇을 보이려는지는 나도 잘 아네만 경은 방법이 틀렸네.”

시누사는 자신의 가벼운 짜증에 비한다면, 톨레도가 지나치게 진심이라는 사실을 깨달았다. 칼자루만 만지작거린 채 반박하지 않았다.

“거의 매번 그래 왔지만, 난 이번에도 또, 도저히 경을 옹호할 수가 없네. 제발 다른 사람을 좀 생각하고 움직이게.”

“톨레도 경이야 아내도 있고 자식도 있어서 아량이 일상…….”

“그런 것과는 상관없단 것을 내 도대체 몇 번째 얘기하는 건가? 네 말을 너는 귓등으로 듣나? 정 살뜻이네. 내가 정말 경 때문에……. 그래,

경이 무언가를 알거나 눈치채는 데에 있어서는 대단히 날카로울 수도 있겠지. 그건 타고난 것일 테니까. 하지만 그것으로 끝인 줄 아나? 그 이상을 알지 못하는 이상, 경은 답 없네."

시누사는 그를 한 번 노려보더니 바깥으로 나갔다. 톨레도는 그 뒷모습에 오래 시선을 두지 않았다. 이내 제 잘못임을 깨달으면 또 알아서 와 아무 일도 없었다는 듯 입을 열 것이다. 그 대신 그는 타성처럼 제 배를 움켜쥔 외르타를 내려다보았다. 한숨이 나왔다. 톨레도는 무릎을 굽혀 외르타와 시선을 마주했다. 딸이라 느끼는 것 아니냐는 시누사의 말이 꼭 틀린 것도 아니었다.

"외르타, 지금 다들 상당히 민감해서 경도 저럴 수밖에 없네. 병영에선 하루가 멀다 하고 밀고자 수색이지, 휴전 기간은 반도 더 지나가 곧 또 전투를 치러야 하지, 더군다나 휴전의 본 이유를 아는 시누사 경으로서는 휴전의 이유라는 사람이 이리…… 죽상인 것이 마음에 들지 않는다 말하는 걸세."

"……."

"나는 자네가 왜 그리 우울한지는 묻지 않겠네. 알고 싶지 않다면 거짓이지만 구태여 자네 속까지 뒤집으며 캐묻고 싶지는 않단 말일세."

"……."

"사람 사는 게 다 제각각이니 함부로 재단할 수 없다는 것 나는 겪어온바 잘 아네. 자네가 하는 일에 이유가 있다면 그 또한 자네로선 타당하고 납득할 만한 것이겠지. 우리가 바라는 것은 그 와중에 제 목을 단단히 차리고 심지 굳게 있으라는 것뿐. 이건 자네도 잘 알 걸세. 그런데 그 살라는 것이 그리 잔인한 말인가? 이유는 모르네만 강요는 않겠네. 생을 존중해 주어야 하지 않겠나."

외르타는 그의 온화한 눈을 바라보았다. 도대체가 사람을 죽이며 이런 친절함이라니. 납득은 가지 않는데, 정말 가슴 저리게 고마웠다. 말뿐이라도 괜찮다. 이런 말을 들어 본 것이 진정 제 인생에 처음이라 놀라웠다. 시누사의 말을 들으며 확 뒤집어진 속이 겨우 가라앉았다.

"하나 외르타, 자네가 무엇을 위해 이곳에 왔는지만큼은 결코 잊지 말게."

그녀는 그것이 정보를 털어 내고 난 뒤에 죽으라는 그런 조야한 말이 아니라는 것을 알았다. 이렇게까지 노력해 왔으면서 그 모든 것을 한꺼번에 잃지 말라는 것, 한순간의 절망 때문에 목표 흔들리지 말라는 것이다. 그래서 더 감사했다. 그녀가 해야 하는 것을, 자신의 각오를 상기시켜 주는 그에게 태어나 처음인 듯 진심으로 감사했다.

외르타는 그에게 웃어 주었다. 이 역시 진심이었다. 그녀의 손이 살짝 그 어깨를 밀었다. 괜찮다. 알아들었다. 톨레도도 그 기색을 읽인지 천천히 일어섰다. 그는 약식 경례를 하고 뒤돌아 막사를 나갔다.

발렌시아는 폭풍처럼 뛰쳐나가는 시누사의 뒷모습을 보았다. 들어와서 저 여자 좀 어떻게 해 보라 몇 마디 성질을 부리더니 경례만 하고 또 떠나는 것이다. 전쟁의 휴지가 너무 긴 데다 흥미로웠던 외르타마저 저리 바닥을 긁자 이래저래 상태가 말이 아닌 듯했다. 발렌시아는 그의 닦달에 막막함보다는 언짢음이 더 컸다.

나보고 어쩌란 말인가.

자신은 이미 할 수 있는 일을 다 했다. 어쨌든 왕도의 명이 올 때까지 살아 있기만 하면 되는 것 아닌가? 외르타가 기쁘도록 내 무슨 재주라도 피워야 한다는 건가? 그것이 말이나 되나. 포로 아닌가. 조금 가치 있고 귀한 포로이기는 하지만 그 단어에 담긴 의미는 크게 달라지지 않았다. 그 여자의 기분까지 신경 써야 하나? 여기가 무슨 탁아소인가? 시누사는 무슨 큰 착각을 하고 있는 것이 분명하다. 그 정보를 귀히 여겨 감옥에 처박아 두지 않았다는 것을 외려 다행히 여겨야 하는데 그것을 모른다.

더군다나 어차피 제가 무슨 기꺼운 일을 한들 외르타의 기분은 변하지 않을 것이다. 그것은 정말 자명한 사실이었다. 어찌 단기간 내에 바꿀 수 없는 우울함이라는 것을 그는 잘 알고 있었다.

발렌시아는 천치가 아니었다. 한 달 반 동안 그 허다한 일들을 겪은 지금, 그는 외르타의 옛날이 슬슬 짐작이 되고 있었다. 외르타는 무슨 이유인지는 몰라도 제 남편을 지독히 싫어한 것이 틀림없었다. 그의 품에 몇 년이고 안겼을 터, 그럼에도 남자의 힘에만 잡히면 냉정을 잃는 것으로 보아 확연하지 않나. 발렌시아는 누군가에게 쥐였다는 사실만으로도 그토록 극심한 공포를 나타내는 얼굴을 본 일이 없었다. 아무런 생각 없이 붙들었을 따름인데 그 눈을 보자마자 그저, 죄책감과 비슷한 칼에 화득 찍힌 것 같았다.

외르타에게 무례한 짓을 저지르려던 기사를 찌른 날, 그녀가 지었던 얼굴을 기억했다. 깎아지른 듯한 벼랑을 앞에 둔 자살자 같았다. 제가 그자를 떨치고, 쓰러진 그녀의 손을 잡아 올려도 그 기색은 변하지 않았다. 도와준 손이 내팽개쳐졌다고 당황할 수도 없었다. 그보다는 자신을 보는 그 시선이 더 놀라운 것이었다. 온몸이 얼어 버린 듯 새파란, 순간 귀 뒤를 찢긴 듯 죽기 직전의 정적. 그 숨 막히는 얼굴로 자신을 내던지기에 그저 놓아주었다. 물론 그래도 그때에는 그저 처음 겪는 무도한 일이라 당혹했거니 했지만.

그런데 그 이후, 그의 멱살을 쥘 만큼 흥분하고도 제 손아귀 한 번에 기절할 듯 놀라 쓰러지는 것을 보고 생각을 바꿨다. 애초에 용납되지 않는 힘임이 분명했다. 눌리거나 잡히거나 얽매이는 것에 거의 병적인 공포를 가지고 있는 것이다. 그것을 안 뒤 그는 외르타에게 조금의 힘도 가하지 않았다. 자신에게 있어서는 정말 입김 내쉬는 정도의 힘이라도 그녀는 그것을 잔혹한 폭력으로 받아들인다. 때문에 힘은커녕 애초에 그녀 자체를 건드리지 않으려 노력했다.

그 두려워하는 표정을 보면 자신이 정말로 그 여자를 취하려는 것처럼 느껴져 도저히 견딜 수가 없었다.

그런데 그것이 모두 남편에게서 기인함이라. 얼마나 혹독히 다뤘는지 그 성정 알 만했다. 그리고 가지게 된 것이 결국 그의 아이. 그의 아이라는 것과 더불어 게외보르트의 자식이라는 점도 지금 저 여자가 낙태를 하겠다고 발작하는 이유일 것이다. 외르타는 지금 경황이 없어 발렌시아가 아무것도 모른다고 생각하지만, 그럴 리가 없지 않은가. 자신이 정치 놀음을 한 것이 몇 년인데, 눈썰미와 추측 없이 그것을 어찌 해낼까. 같은 이치였다.

그런데 너는 왜 모든 사정을 알고도 낙태를 허용치 않으려 하나?

발렌시아는 입을 꾹 다물었다.

"……발렌시아 경? 바깥에 기사도 없고…… 더불어 몇 번이나 여쭈었는데 답이 없기에……."

"아."

"여쭐 것이 있어 왔습니다. 혹시 시누사 경이 이쪽으로 왔습니까?"

그는 방으로 치자면 문지방쯤 되는 자리에 우뚝 서 있는 톨레도를 바라보았다. 아까 시누사가 화를 냈던 것은 또 그에게 꾸지람을 들음이라 기다리다 또 슬슬 달래러 가는 것이다. 휴전 중이 아니었다면 그저 전투에서 돕는 것으로 끝났을 것을 익숙지 않게 말로 이르러니 힘들 것이다. 노내체 그나시오 경은 언제 오나. 발렌시아는 시선을 약간 내렸다가 다시 들었다.

"방금 나갔다."

톨레도가 예를 차리고 즉각 떠나려다, 다시 그를 돌아보았다.

"시누사 경이 무슨 말을 했든 개의치 마십시오. 외르타는 죽을 생각이 없습니다."

그는 생각할 겨를도 없이 고개를 끄덕였다. 톨레도는 다시 바쁘게 막사를 나섰다. 발렌시아는 그의 뒷모습을 바라보다가, 잠깐 멈추고 있던 숨을 내뱉었다. 털실이 주르륵 풀려 굴러가는 것 같다.

죽을 생각이 없다고.

톨레도의 사람 보는 눈은 믿을 수 있다고 생각했다. 실제로도 항상 믿어 왔다. 그러나 지금에 와서는 그에게마저 조금의 의심을 품을 수밖에 없었다. 죽을 생각이 없다니? 그렇게 세상 끝난 듯 오열하고 절절하게 애원하고 담담히 제 절명을 제안하던 입이 무에 달라졌으랴? 그것이 자신이 본 외르타의 진정이었다. 그게 진짜 '진짜' 다. 물론 발렌시아 역시 톨레도의 말에 전제된 조건을 알아차리지 못한 것은 아니었다.

근 시일 내에는. 근 시일 내에 외르타는 죽을 생각이 없습니다. 그런데 발렌시아는 심지어, 근 시일 내에는 죽지 않으리라는 말조차 이제 믿을 수가 없었던 것이다.

톨레도, 그 얼굴을 보았다면 그 말을 할 수 없었겠지.

하지만 너는 그 얼굴을 보고도 그리 잔인했는데?

잠깐 말문이 막혔다. 제가 그때 무슨 말을 했는지는 아직까지도 똑똑히 기억했다. 한 마디, 한 마디, 단어 하나하나 다시 반복할 수 있을 지경이었다. 입 다물고 군명 들으라는 말과, 길이의 차이가 있을 뿐 뜻은 아주 같았다.

그러나 그렇다고 자신이 후회하고 있나? 전혀. 정말 진심으로, 일말의 후회도 없었다. 그럴 수밖에 없었다. 그 모두가 외르타가 살아야 하기 때문이 아닌가. 낙태 상약이라니? 차라리 맹독을 달라 하지, 빙빙 돌려 말하는 꼴이 같잖다. 죽을 이유를 궁금해 하지는 않겠으나 그렇다고 그것이 죽어도 된다는 허락은 아니었다.

그렇다면 왜 살려야 한다고? 발렌시아는 즉각 왕명을 떠올렸다. 그러다 이내 불쾌하니 거뒀다. 너무 비양심적이다. 제 머리는 그것이 진짜 이유라 믿고 있지 않았다.

도대체가.

"보이지 않는다 해서 듣고 있지 않는 것은 아니다. 침묵을 지켜 고요할 수는 있어도 또한 무지한 것은 아니다."

그 짙은 밤 같은 목소리.

"발렌시아 경, 누군가를 쉽게 단정하려 하지 마라."

내가 언제 너를 단정했나. 단정을 하려면 너를 살펴야 하는데 나는 너를 살피기는커녕 가까이 가는 것조차 꺼려지고 불편하다. 생각하기도 싫고 힘들고 언짢았다. 어떻게든 빨리 끝내고 싶었건만 그것이 불가능한 일인 까닭에 그는 점차 부글부글 끓고 있었다. 사이가 안 좋은 감방 동료와 억지로 몇 달 묶인 느낌이었다.

그녀가 싫다 말했던 것은 그래서 빈말이 아니었다. 제가 이유를 뭐라 뭐라 댔지만 그에 큰 진심이 섞였다고는 그도 믿지 않았다. 그저 어찌 통제할 수 없는 아이 하나를 어정쩡하게 안고 있는 듯해 목 뒤가 뻣뻣해진 것이다. 얼굴이 빌게질 정도로 낯간지럽고 힘에 겨웠다. 제 책임이니 누구에게 떠넘기는 것은 불성실과 외도의 표상이 될 것이다. 때문에 끝까지 붙들고 있어야 하기는 하는데, 발렌시아는 그것에 정말 자신이 없었다. 자신이 모든 것이 끝맺어질 때까지 인내할 수 있다는 생각이 도저히, 조금도 들지 않았다.

그래서 그저 편하게 군령으로 눌러놓았다. 물고기가 물을 만난 듯이 갑자기 숨이 트이며 할 말이 줄줄 새어 나왔다. 태생이라는 생각에 그 말을 하면서도 자괴감 섞인 한숨이 섞여 나왔다. 안심은 되었지만 그렇다면 이 장맛비 맞은 듯 눅눅한 속은…….

그는 자신도 모르게 칼자루를 쥐었다.

아이라고 했지. 그 아이를 정말 낳게 되면 게외보르트가 잠자코 있을 것인가? 왕손의 왕손이다. 발터하임부르겐이 벼락 맞은 듯 날뛸 것이다. 내 살인이 모자라 배냇물도 마르지 않은 아이를 핏줄의 죄로 죽이랴? 심지어 그 어미까지 명명백백 살아 있는데? 말도 안 되는 소리였다. 살려야 하기는 할 것 아닌가. 그러나 어떻게?

순간 발렌시아는 한 가지 개념을 떠올렸다. 딤니팔 왕계의 가장 후미진 곳으로 입적시키면 어떨까. 삼백 년 전, 게외보르트가 딤니팔의 왕손을 죽여 발발한 솔림와르 전쟁은 그 이름과 같은 협정으로 끝났다. 이후 잉그레의 피가 조금이라도 섞인 자는 게외보르트의 왕권을 주장할 수 없다는 것이 그 협정의 골자였다. 외르타 자식의 계통을 굴라르모 4세의, 증조부의 형제의 아들 정도로 옮겨 두면 어찌 목을 붙일 수는 있지 않을까?

자구지책이라는 것을 그 역시 모르는 것은 아니었다. 핏줄의 자리를 옮긴들, 눈속임 따위에 힘없는 왕녀와 그 자식의 목을 분지르겠다고 나서지 않을 게외보르트가 아니다. 딤니팔 역시 그리 중한 인사들이 아니므로 목숨 걸고 수호하려 들지는 않을 것이다. 전쟁은커녕 항의 서한 몇 마디나 오가고 잊으리라…….

그러나 역시 죄렛은 줄 수가 없다.

발렌시아는 부리 긴 새가 뺨을 쪼아 대고 있는 것 같다고 생각했다. 안 될 말이다. 아이가 없어지면 산모도 없어진다는 것이 정설이다. 낙태는 안 돼. 결코 허락하지 않을 것이다. 그러니 저 여자가 배를 치든 무슨 짓을 하든 하여 기어이 아이를 떼기 전에 자신이 방금 상기한 실낱같은 희망이나마 알려 주리라 생각했다.

그런데 언제?

빠르면 빠를수록 좋지만 발렌시아는 외르타와 얼굴을 마주하기가 꺼려졌다. 그녀가 가끔 짓는 표정이 있다. 도대체가 다른 이들은 그것을 아예 보지 못한 것이 틀림없었다. 그것을 보고 시누사처럼 그리 활달하게, 톨레도처럼 친절하게, 체세나처럼 존경을 담아, 어찌? 왜 나만 그 표정을 보고 있나? 억울하기까지 했다. 차라리 그녀가 그에게도 다른 사람들과 같은 무던함으로만 대했다면, 자신 역시 더 유하게 행동할 수 있었을 것이다. 한데 유독 그에게만 그런 눈을 보이니 목울대가 돌처럼 굳을 정도로 당혹하는 것이다.

당혹하면 냉정으로 배려할 수 없는 것이 당연하다. 생각하는 대로 내뱉고, 생각이 아니어도 내뱉고, 이건 무슨 전례 없는 얼간이인지 그도 스스로를 잘 이해할 수가 없었다. 의도치 않게 가끔 외르타를 보게 되는 것조차 그에게는 참 고역이었다. 하루 보면 하루로 끝나는 것이 아니라 그 인상이 며칠을 간다. 정말이지 화가 나서…….

때가 되면, 조금 더 배가 부르면, 그때 그녀를 보리라.

밤.

"몰래 숨어들어 미안해. 하지만 할 말이 있어."

"……."

"나, 당신과 얘기할 땐 좀 지나치게 감정에 휘둘리는 면이 없잖아 있었다. 하지만 지금은 이처럼 멀쩡하니 다시 한 번 이야기하자."

"여긴 사령부다."

"빡빡하게 굴지 말고 당신 논리를 말해 봐. 내가 애를 뗄 수 없는 이유가 뭐라고? 내가 점점 배불러 오는 것이 소수나마 사령부 일원의 눈에 띌 거란 생각은 안 해? 그게 얼마나 골치 아픈 일이 될지 당신은 정말 모르는 것 같구나."

"그리고 더불어 발터하임부르겐이 네 아이를 죽일 테고."

"……."

"네가 여기 온 김에 여러 가지를 한 번에 말해 두겠다. 그러니 앞으로 군명 없이는 함부로 사령부에 출입하지 마라. 첫째, 내가 너에게 낙태를 허용치 않는 이유는 그것으로 네가 죽을 것이 자명하기 때문이다."

"하."

"반복하는데, 낙태 상약을 복용하면 네가 죽는다. 열이면 아홉, 목숨을 놓는다. 나는 네가 그에 살아남을 수 있으리라 생각지 않는다. 그리 되도록 좌시할 수 없다."

"내가 죽는 게 당신이랑 무슨 상관……."

"나와 네 죽음이 상관있다기보다는 딤니팔의 총사령관과 밀고자의 죽음이 상관있다고 보는 편이 더 타당하다. 밀고 내용을 털어놓고 자진하겠다는 절충안은 어느 누구도 네가 아는 것 전부를 전수받을 수 없는 까닭에 기각한다."

"당신……."

"둘째, 나는 같은 의미에서, 죄렛 복용을 언제까지고 허용치 않겠다는 심사가 아니다. 그리 강경할 리 없지 않나. 일주일 뒤면 왕도의 전령이 도착할 테고, 동시에 모든 것이 끝난다. 그 뒤에 네가 군에 모든 정보를 넘긴다면 나는 더 이상 너를 강제할 이유가 없다. 너는 그 짧은 시간도 못 참나?"

"……."

"셋째, 네가 아이의 신상에 관하여 하고 있는 걱정은 잘 알겠다. 그러나 꼭 방도가 없는 것도 아니다. 솔림와르 협정의 주된 골자를 너 역시 알고 있으리라. 딤니팔의 왕계에 어떤 식으로든 관련된 인사는 결코 게외보르트 왕위를 욕심낼 수 없다. 네가 딤니팔에 적절한 협조를 해 준다면 내가 미라이예의 이름으로 폐하께 그것을 요청하겠다."

"뭐…… 무엇을……."

"너와 네 자식에게 산테카를로의 성을 붙여 주겠다. 폐하와는 가장 먼 친척이 될 테니 왕위와는 하등 관련이 없겠지만, 그래도 왕가의 일원이다. 게외보르트는 이에 불만을 표시할 수 없다. 따라서 너와 네 자식의 목숨이 위협받을 일은 없다."

"발터하임부르겐이 그따위에 신경 쓸 것 같나?"

"이미 잉그레의 일원이 된 너와 네 자식에게 불만을 터뜨린다면."

"……."

"우리 딤니팔은 분연히 게외보르트에 맞서 싸울 것이다. 우리의 왕가가 모욕당했기 때문이라는 장난 같은 이야기는 우선 놓고, 그보다는 우리가 지난 이 년 동안 참아 온 억울함이 너무도 크기 때문이다. 우리는 항상 복수의 기회를 노리고 있었다."

"너희도?"

"……이 년 전 게외보르트 왕위에 발터하임부르겐 1세가 즉위했다는 사실을 알 것이다. 죽인 제 동기가 손꼽아 다섯이었나. 그중 가장 마시

막까지 대항했고, 가장 강력한 적이었던 첫째 왕녀를 기억하리라. 그녀와 딤니팔 서부 몇몇 영주들 간에 모종의 거래가 있었다. 자신을 지원해 주면 후일 그녀의 아들이 왕위에 올랐을 때 상당한 이권을 쥐여 주겠다는 식으로. 그런데 격전 끝에 왕녀가 패하고 발터하임부르겐이 나라를 얻자……."

"득달같이 달려들어 너희 서부의 목을 뽑아냈군."

"조야한 말이지만 실제로도 그와 다르지 않았다. 네 오라비는 심지어 게외보르트 왕가의 어수대御守隊까지 이용하여 왕녀를 도운 서부 영주들을 참살했다. 개중 자연스러운 죽음으로 위장된 사건이 한두 번이 아니었기에 초반에는 딤니팔 역시 무슨 일이 일어나고 있는지 상황을 파악할 수 없었다. 그러나 그것은, 빗방울이 모여 웅덩이가 되는 것처럼 어느 순간부터는 도저히 부정할 수 없는 사실이 되었다. 잉그레에서 제 자존심을 걸고 조사한 결과 그 끄나풀을 쥔 것이 결국 발터하임부르겐이라. 대경하고 대로했다."

"그러나…… 항의하고 단교하고 전쟁을 일으키려는 순간에……."

"라르디슈가 선전 포고를 한 것이다. 그 이유가 당혹스러웠다."

"내가 자아낸 것이나 다름없으니 그 어찌나 농담 같을까?"

"네가 자아냈다고?"

"왜, 선전 포고문이 라르디슈와 게외보르트의 협공문처럼 느껴지지 않던가? 일방적인 단교는 참 법도에 어긋나니 중앙 삼국 된 도리로 너희를 치죄하겠다!"

"……."

"라르디슈는 그리하면 게외보르트도 콩고물 좀 먹겠다 낄 줄 알았지. 결국에는 이 짝이지만."

"그것을 네가 어찌?"

"라르디슈 왕가에 있는 유일한 게외보르트 핏줄로서 충고를 했어. 그들이 합세하리라. 설득했어."

"네가……."

"라르디슈도 바보는 아니라 그 사항을 변수 중에 하나 정도로 넣기는 했지만……. 어쨌든 이유는 이유다. 내가 등을 떠밀었어."

"도대체……. 그것 때문에 지금 딤니팔이 얼마나 큰 곤경을 겪는지 아나."

"너희들 곤경, 나는 신경 안 써. 내 일이야."

"……."

"아무튼……."

"너."

"……."

"언제부터?"

"……."

"언제부터 이를 준비했나?"

"……."

"한 나라를 흔드는 배반이다. 가벼울 리 없다. 그런데 그것을 고작 남편이 싫다는 이유로?"

"칠 년."

"너, 로크뢰와 만난 지가 기껏해야 이 년이 조금 넘었다."

"칠 년."

"……."

"칠 년 준비했다."

"……."

"당신은 얼마나 잘 살았니?"

"……."

"입에 은수저를 물고 태어나 일인지하 만인지상 평생 원하는 것 다 이루며 살았니? 모든 것이 당신 선택이고 모두가 당신 선택에 따라 행동하는 그런 삶이었니? 원하지 않는 일은 구태여 할 필요 없고 가지고 싶은 것은 모두 가질 수 있는 권력이 있었니?"

"……."

"당신은 억지로, 떠밀려, 강제로, 어쩔 수 없이, 무엇 무엇에도 불구하고, 속수무책으로. 이게 무슨 뜻인지 알기나 하니? 의지가 증발한단 것이 어떤 개념인지 알겠니? 여인이 아니라 당연히 그 진짜 느낌을 알 리가 없지만, 그래, 당신은 강간당하는 기분을 아니? 그 와중에 그가 무슨 노래라도 흥얼거리면 후일 그 음만 들어도 소스라치는 것 아니? 그래서 내가 아직도 줠부아 강만 들으면 기절한다는 그 사실을 아니?"

"……."

"아직도 그와 맞부딪히는 느낌이 문득문득 상기되면 곧장 달려가 죽고 싶단 것 알기는 아니? 그를 죽이고 싶다기보다는 내가 더러워 나를 죽이고 싶은 마음이 훨씬 커서, 그것이 억울해 미칠 것 같아서 스스로도 분해 눈물이 나는 그 기분 이해하니?"

"……."

"심지어 그 모든 것을 사랑이라고 하면 내가 얼마나 암담한 기분일지 상상이나 가니?"

"……."

"한 번 태어나 살기도 고통스러운 세상 나는 세 번을 살고 있어. 배반의 이유가 가볍다? 너무 심한 보복이 아니냐? 내가 당신에게 그 이유를 제대로 말해 주지 않았다 해서 그딴 소리 들을 이유가 없다. 나는 지금도 간신히……."

"일주일……."

"뭐?"

"일주일만 참아라."

"……."

"그 뒤엔 네 마음대로 해라."

"정말?"

"그래. 모든 것이 다 마무리되면 누구도 네게 신경 쓰지 않으리라. 네…… 아니, 너를 걸고 약속해라. 모든 것을 일주일 뒤로 미루겠다고."

"일주일……."

"그리고 그동안 내 조건을 상기해라. 어차피 내가 통제한다면 이곳에서 네가 임신한 것을 알 수 있는 자는 얼마 없으리라. 기껏해야 톨레도 경이나 시누사 경 정도. 따라서 첫째로, 애초에 아이를 낳은 사실 자체를 숨길 수 있고 둘째로, 설혹 명백히 누구의 자식인지 드러나더라도 아이를 살릴 수 있기는 하다고. 네가 아무리 남편을 증오해도 죄 없는 아이에게 그 증오를 대물림까지 하리라곤……. 그럴 건가?"

"……."

"……좌우간 기억은 해 둬라. 미라이예가 너희 둘을 살릴 정도의 힘은 있다. 또한 죄렛을 복용하면 아이도 죽지만 너 역시 죽는단 사실도 기억해라. 네가 자진에 관심이 없었더라면 목숨 걸고 도박하지 말라 했겠지만……."

"……."

"그것도 아니라 딱히 그 이유를 들 수는 없겠군. 하지만 나 역시 사령부에서 네가 죽어 나가는 꼴을 보면 심기가 편치 않으리라."

"당신이 왜?"

"밀고자의 신상 하나 관리 못했냐는 소리를 내 들어야겠나?"

"희한하군."

"……."

"그거야 어쨌든 됐어. 당신한테 처음으로 기꺼운 말을 들은 것 같다."

"그럼 약속해라."

"……."

"일주일 동안은 죄렛을 구하려고 만방으로 애를 쓰지도, 네 배를 치지도 않겠다고 약속해라."

"……."

"나는 이것이 협박이라고는 생각지 않는다. 명령도 아니다. 타당한 이유에 타당한 냉정으로 할 수 있는 상호 계약이다."

"……."

"나는 왕명이 올 때까지는 결코 네가 죽도록 좌시할 수 없다. 너는 그 사실을 인정해야 한다. 하지만 지금 나는 그와 동시에, 왕명으로 결단이 난다면 그 이상 네 인생을 겁박하지 않겠다고 말하는 것이다. 일주일이다. 일주일만 참아라."

"애 달래나. 그런 목소리 웬……."

"약속해."

"……."

"……."

"한다. 할게. 그럴게. 일주일만. 일주일?"

"그래. 배 속에 아이를 두고 거짓을 맹세하지 마라. 일주일이다."

"젠장, 알았다고! 알겠어! 그만 말해! 나도 그건 수긍할 수 있어. 화도 안 난단 말이야. 고마워. 왜 처음부터 이리 말 안 했니?"

"넌 내 앞에서 그리 죽을 듯 울고도 내가 냉정을 차릴 수 있다고 생각했나?"

"……."

"피차 제정신이 아니긴 마찬가지였다."

"……."

"그만 가 쉬어라."

"……."

"……."

"알겠어. 고마워. 약속 안 어길게."

그러나 외르타는 약속을 지킬 생각이 없었다.

발렌시아의 말 중 제가 놓친 것은 없었다. 일주일 뒤에는 그녀가 정말 자유라는 것, 솔림와르 협정을 이용해서 그녀 배 속의 아이를 살릴 수 있다는 것. 전부 들었다. 그 몇 가지 제안만큼은 발렌시아가 정말 자신만을 고려해 건넨 사려 깊은 사항들이라는 것을 외르타도 잘 알았다.

그런데, 그래서?

그래서, 그것들이 내가 내 할 일을 다 마치고 죽겠다는 결심에 무슨 영향을 주나?

사실은 그것이 가장 중요했다. 대명제였다.

나는 죽을 것이다.

목 놓은 뒤 드디어, 있던 일 없는 불티처럼 사라지리라. 아델의 정말 완전한 끝까지 본 내게 더 이상 무슨 삶이 필요한가? 로크뢰에 대한 복수를 완수함으로써 그녀는 아델라이데라는 이름에 마침표를 찍는 것이다. 그것은 또한 외르타의 마침표이기도 했다. 살 마음이 조금도 없었다. 이제는 모두 지독한 인연이고 운명이니 하고 생각할 따름이다. 삶은 그런 것, 죽음 또한 아쉽지는 않다. 서럽지도 않다. 동정의 여지도 없다.

외르타는 붉은 천을 굳게 쥐었다.

네 묘에는 들꽃이 한창이겠지.

올해는 기일에 제대로 된 제 한 번 올리지 못했다. 그러나 네가 있는 곳에서는 이 어미 꼴이 아주 잘 보일 테니 부디 큰 원망은 마라. 네 어미. 네가 죽은 그해에서 기억이 멈춰, 고달프게 늙었고, 그저 너만 품은 채 쓸쓸한.

나는 이미 오래전에 발붙인 세상을 떠났다. 하지만 공연히 그리하고도 너를 만나지 못해 슬픔이 복받친다. 내가 죽어야 네가 그립지 않을 것 같다. 아델, 아델, 제발 내게 살라 말하지 마라. 부디 나를 불쌍히 여기지 마라. 평소처럼 안기고 그래 왔던 것처럼 입 맞추고, 항상 내게 웃어 주어라.

네 연민보다는 네 웃음을 보며 죽고 싶다.

민들레 씨앗처럼 햇살에 화르륵 부서지는 아이의 웃음. 그녀는 그 웃음을 위해 살았다. 혹은, 그 웃음을 앗은 자를 죽이기 위해 살았다. 내가 흘러 네게로 가고 세상을 다 다녀 다시 내게 돌아오는, 결국 그녀는 아델이었고 아델은 그녀였다.

이상하지. 믿기지가 않는다. 지금이라도 벌떡 하고 일어날 것 같다. 너무 보고 싶다. 정말로 보고 싶다. 정말 보고 싶다. 보고 싶어 미쳐 버릴 것 같다. 스스로가 그저 지켜만 보고 있었다는 죄책감에 정신이 아득하고 껌껌하고 도통 이성을 차릴 수가 없었다. 얼마나 외롭고 얼마나 슬프고 얼마나 억울하고…….

아델, 어땠니? 어떤 마음으로 죽었니?

하루하루가 칼날 위에 선 듯 온몸이 선뜻하니 덜덜 떨리고 있었다. 끝이 다가왔다는 예감이 들었다. 아델과 제 끝이. 동시에 당신의 끝이.

이런데 내가 살아 있겠다고?

그럴 리가. 무슨 염치로?

한데 이처럼 내가 죽는 것이 그리 자명한 사실이라면 내가 세상 뜬 뒤 누가 내 남은 자식을 돌보나? 더군다나 내가 내 몸을 풀고 죽기 위해선 다시 살아 몇 달을 기다려야 하는데? 어불성설이었다. 외르타는 자신이 죽기로 결심한 이상 아이 또한 다른 길을 걸을 수 없음을 알았다. 그것이 자신의 또 다른 죄가 될 것이다. 너를 죽이는 것이. 자신이 죽을 때 함께 죽는 것도 상관은 없지만, 도저히, 그녀는 도저히, 태동을 느끼고 나서 제 손에 칼을 쥘 수 있으리라는 생각이 들지 않았다. 그게 가능할 성싶은 이야기인가?

그러니 아이는 빨리 떼면 뗄수록 좋았다. 자신이 아이를 느끼지도 못할 때 없애야 했다. 한 순간도 기다릴 수 없다. 인내라니, 참으라니, 시간이 이토록 촉박한데 어찌? 속 모르는 이야기를 한 것이다.

예전 클라리에게, 명치 아래 한 뼘 정도를 끊임없이 압박하면 아이가 떨어져 나간다는 민간 처방을 들은 일이 있었다. 너무 늦게 기억해 냈다. 지금까지는 너무 멍청하게 제 아랫배만 쥐어 갈겼던 것이다. 그 이야기를 상기하고 난 뒤 나흘 동안 외르타는 그곳을 온 힘을 다해 짓누르고 있었다. 가끔씩 숨이 막히고 정신이 한 뼘쯤 멀어지는 것이 희망처럼 생각되었다.

지금도, 이처럼, 숨이, 막히지, 않나.

그녀의 어깨가 크게 올라갔다 다시 내려왔다. 시야가 잠깐 껌뻑 죽었다가 겨우 제정신을 차렸다. 정신없는 미친 말 위에 매달린 것 같았다. 머리가 멍해진다. 하혈해라, 하혈해라. 제발 좀.

기절할 것 같은 기분 속에서 외르타는 잠깐 누군가를 떠올렸다. 희한하게도, 아델은 아니었다. 발렌시이, 발렌시이. 그 조용한 얼굴. 결코 흥분하지 않는 말투와 눈. 그리고 나를 믿었던 그 태도. 그녀는 양심상 그에게 조금 미안해졌다. 약속을 지키리라 철석같이 믿고 있으련만, 이 여자가 또 이 패악을 부리는 꼴을 상상이나 하겠는가? 발렌시아라는 사람 자체가 맹세를 어기는 자가 아니니, 입에서 나오는 것이 죄다 거짓말인 외르타를 그가 꿰뚫어 보지 못한 것은 그리 큰 흠이 아니다. 그러나 그렇다 한들 이처럼 즉각적으로 뒤통수를 맞으면 얼마나 성이 나겠는가. 그녀 자신까지 걸고 한 약속인 까닭에 그는 바위만큼이나 굳게, 한 치의 의심도 없이 안심했을 것. 그런데 정작 외르타 자신에게는 조금의 신의도 없었다니. 그 딴에는 정말 온 마음으로 신경 써 준 것일 텐데.

문득 생각해 보니 그것은 정말 이상한 일이었다. 나에게 왜 '신경을' 써 주나? 자신이 그에게 있어서 무엇이라고? 외르타는 스스로가 그에 대해 내렸던 평가를 기억하고 있었다. '속 쓰릴 정도로 무관심해서.' 더불어 그가 자신에게 했던 말들도 어렴풋이 기억이 났다. 처음에 죄렛을 달라 매달렸을 때 그 딱딱한 표정.

아, 그것에서 답을 찾았다.

"나는 네가 싫다."

누군가 숨골을 한 대 때린 듯한 기분이 들었다. 평소의 그 변함없는 표정이 아니었다. 그 역시 조금 속이 우글거리는 듯 조금쯤 일그러진, 묘한 분을 담은 얼굴이었다. 자신을 싫어한다는 말에 숨 막히고 그 눈에 다시 한 번 숨 막혔다. 처음 보았다. 자신이 그에게 그런 기색을 볼 수 있으리라 생각한 역사가 없다.

시체의 목을 들고 아델을 상기하며 반 미쳤던 그때, 발렌시아가 제 얼굴을 본 기분이 꼭 그러할까? 그 역시 당시의 외르타에게 대단히 놀랐으리라. 그 절망적인 얼굴은 그 자체로 그녀였으니까. 그것이 제 진짜

'진짜' 였다. 그래서 그녀 역시 그 얼굴을 본 순간 생각했다.

저것이 저자의 '진짜' 가 아닌가.

그것이 자신에 대한 온전한 노여움이라고는 생각지 않았다. 자신이 정말 싫고 증오스러워서 그러했다고 생각지 않았다. 뜻대로 되지 않는 것에 대한 답답함과, 언짢음과, 이해할 수 없는 분이 맞물려 그 표정을 만들어 낸 것이다.

아마.

그녀 역시 그 이상은 그를 파악할 수 없었다. 어느 지점부터는 희뿌연 종이에 가려진 듯 더 나아갈 수가 없었다. 물론 상관은 없다. 스스로가 그 복잡한 얼굴을 보며 직감했으면 충분하다. 그 날 선 감각 덕분에 그의 무뚝뚝한 말에도 큰 감흥을 받지 못했다. 몇 번 가슴이 답답하기는 했지만 크게 화는 나지 않았다. 그의 입보다는 그의 눈이 더 많은 말을 하고 있었으니까. 무언지 모를, 정말 지나치게 기묘한.

그런데 뭐? 그때는 피차 제정신이 아닐 때 아니었느냐? 조금 웃음이 났다. 제 딴에는 사과라고 한 것 같은데 그것은 외려 그녀에게 있어서 큰 실망이 되었다. 차라리 그 모든 말들 물리지 말고 그 얼굴이 진짜였다 인정을 하지. 그러면 나는…….

한데 지금에 와서는 발렌시아 본인이 그 말들을 주워 담고자 하는 것이다. 그 무례하고 잔인했던 말이 부정당하는 것은 상관없다. 어차피 그녀로서도 같잖고 화나는 언사였으니까. 그러나 동시에 그의 그 냉정을 잃었던 얼굴까지 진실이 아니었다고 말을 하는 것은 정말이지…….

"피차 제정신이 아니긴 마찬가지였다."

제정신이 아니었냐고? '피차 제정신이 아니긴 마찬가지…….' 웃기는 소리 좀 하지 마라.

자신의 그 냉정 잃은 꼴을 인정하지 않기 위해 애써 '신경 써' 주는 것은 아닌가.

그녀는 그런 호의에 관심이 없었다.

외르타는 제 입가에 대고 있던 손에 무언가 축축한 것이 묻었다는 사실을 깨달았다. 희미한 정신을 간신히 되살려 눈앞으로 손을 가지고 왔다. 찰나, 눈가에 열기가 치밀었다. 지독한 실망에. 한숨 같은 비명이 비어져 나왔다.

"이 피가 아니다! 이 피가, 쿨럭!"

폭풍을 삼킨 듯 목이 찢어지게 아팠다. 정말 순식간의 일이었다. 누르고 있던 배 속부터 기침이 쏟아졌다. 어찌 막을 수 없는 창날처럼 닥쳐왔다.

"내 이것을…… 쿨럭, 쿨럭, 쿨럭!"

외르타는 허리를 숙일 수밖에 없었다. 엎드린 채 피를 뱉어 냈다. 핏물이 눈까지 올라가 매운재를 이기지 못하고 눈물이 줄줄 샜다. 익사 직전 물을 먹은 것처럼 눈과 코가 찡했다. 붉은 피가 거짓말처럼, 끊임없이 떨어졌다. 그녀는 절망적으로 각혈했다. 피 섞인 기침이 몇 번이고 터져 나왔다.

"쿨럭! 쿠욱, 케, 쿠울럭!"

제기랄! 각혈이 아니다! 내가 원하는 건 하혈이란 말이다! 제기랄! 제기랄! 제기랄!

정말 목과 가슴을 산 채로 들어내는 듯 아팠다. 명치 한 뼘 아래를 짓누르면 낙태가 된다며 이건 웬 각혈인가. 어떻게 나는 효과적으로 몸을 학대하는 법도 모르나. 지난번에 시누사가 보여 주었던 그 칼의 쇄도를 기억했다. 그것이 그대로 제 목에 닥치는 듯한 기분이었다. 너무 깔깔한 와중에 상처의 진물처럼 피만 울컥울컥 토하고 있었다.

"으흑, 악, 쿨럭, 쿠훌럭! 으흑……."

핏물은 벌써 손을 넘어 바닥에 후드득 떨어지기 시작했다. 멈출 기미도 보이지 않았다. 가문 땅을 채우는 소나기처럼 떨어질 따름이다. 배 속에서 치밀어 오르는 피의 느낌이 끔찍했다. 누군가 등을 사정없이 때리기라도 한듯 욱 하며 모든 것이 쏟아져 내렸다.

정신이 아득했다. 입에 댄 손까지 넋 놓고 축 쳐져 온몸에 힘을 차릴 수가 없었다. 천천히 눈이 감겼다. 떠 보려고 노력했지만 소용이 없었다. 묵직한 거인이 죽은 시체의 눈을 감기듯 속절없이 쓰러진다.

순간 얼굴이 꿈틀거렸다. 굉장히 작고 희미하게. 이제 환청에 답할 수 없다는 슬픔과 걱정, 아쉬움. 아쉬움? 그따위 것에 안타까움을 느끼는 자신이 농담 같았다. 이리 가는구나.

이런 생각 가지면 안 되는데. 아직 끝일 수가 없는데.

마지막으로 제 눈을 홉떠 보았다. 죽을 것 같은데 무언가 희끄무레한 형체가 앞에 있었다. 무슨 말을 할 겨를도, 심지어는 어떤 표정을 지을 겨를도 없었다.

외르타는 잠이 들듯 그렇게 천천히 눈을 감았다.

톨레도는 정말 얼굴이 새하얗게 변할 정도로 당황했다. 시누사가 발렌시아를 따라 평원 방면으로 나가는 바람에 소란을 가장 먼저 들은 자가 결국 자신이 되었던 것이다. 이런. 시누사 녀석은 이러려면 도대체 왜 제가 외르타를 맡겠다고 고집을 피웠나. 가장 중요한 때에는 코빼기도 비추질 않으면서.

톨레도는 완전히 드러누워 버린 외르타는 얼마 보지도 않았다. 즉각 나가 의무병을 부른 뒤 말에 올랐다. 외르타란 어쩔 수 없이 총사령관의 직속이라, 시찰 겸 하여 꽤 멀리 나간 발렌시아를 쫓을 수밖에 없었던 것이다. 일단 누구를 불러 두기는 했지만 정말이지 군대의 의원은 외과를 제한 모든 곳에 까막눈이다. 톨레도는 외르타가 날이 가면 갈수록 더 지독한 방법으로 자신을 곤경에 처하게 한다고 생각했다. 한숨 섞인 감탄이 나올 지경이다.

이유를 따지고 싶은 마음도 겨를도 없었다. 톨레도 역시 순위를 다투는 기사다. 경갑옷에 마갑도 없이 말을 달리자 얼마 안 가 여럿이 몰려있는 무리가 보였다. 발렌시아가 가장 먼저 그를 알아보았다. 그는 온갖 먼지를 먹으며 도착했다. 톨레도는 간단히 경례하고도 한참 동안이나 기침을 삼키지 못했다.

"무슨 일인가."

"아, 쿨럭, 쿠훌럭! 외르타, 쿠울…… 읏! 가, 쿨럭, 켈록, 쿨럭!"

"외르타가."

톨레도는 문득 이상함을 느꼈다. '외르타가' 라니. 자신이야 항상 써 온 명칭이지만 발렌시아가? 비단 그 이름의 문제가 아니라…… 마치 연인을 부르는 듯한 어조이지 않나. 물론 직함을 부르기에도 애매하고 라르공드까지 붙이는 것은 번거로운 일이다. 하지만 저 말투는 도무지…….

"톨레도 경, 대답하라."

"예, 쿨럭! 각혈을, 휴우, 각혈하는데 여간 심상찮은 것이 아니어서 건강에 이상이 있을까 염려됩니다. 만약 그것이 그녀의 지병이라면 의무병이 무용할 듯하여 제가 피난촌에 가서 의원을 데려올까 합니다만…… 군사 작전 중에 외부인을 출입하게 한다는 것이 조금……."

"데려와. 전쟁이 끝날 때까지 군령으로 붙들어 두라. 보수는 넉넉하게 약속하고."

톨레도는 예를 표하고 또다시 말을 달렸다.

발렌시아는 아무 일도 없었던 것처럼 다시 니소르의 자루를 만졌다. 칼자루가 차가웠다. 그는 왕도의 서신이 도착한 직후 저희가 회전을 벌일 장소를 보는 중이었다. 왕명에서 외르타를 믿으라 하건 그 반이건 결국 전투는 전투다. 총사령관으로서 그 뭣자리를 봐 두어야 했다. 차근차근 살피며 옆에 선 체세나와 무어라 이야기를 하다 보니 저 구릉 너머로 또 한 무리가 쓱 올라왔다. 이쪽과 비슷한 구성이 말 위에 앉아 있었다. 시누사가 그 대단한 눈으로 붉은 갑옷을 잡아내더니 으르렁거렸다.

"로크뢰 1세로군요."

발렌시아의 얼굴이 잠깐 무너졌다. 그러나 다들 나름대로의 적의를 가지고 라르디슈 기사를 바라보고 있었기에 그 기색을 눈치챈 자는 아무도 없었다. 그곳을 보는 순간, 발렌시아는 배 속에 있던 끈 하나가 뚝 끊어진 듯했다.

각혈이라고.

그렇게 건강하던 사람에게 없던 지병이 생길 리 없다. 발렌시아는 그 말을 듣는 즉시 깨달았다. 있는지도 모르는 아이를 죽이기 위해 또 무슨 패악을 부림이라.

약속을 어겼다.

그 여자, 그렇게 누누이 강조했는데도, 분명 그리하겠노라 답을 받았음에도, 자신과의 약속을 완전히 무시한 것이다.

정말 오랜만이었다.

이토록 미친 듯 화가 난 것이.

스스로가 놀랄 정도로 지독한 노여움이었다. 고삐를 쥔 손이 덜덜 떨렸다. 목에 덜 꺼진 해를 지진 것 같다. 화가 나서, 마음만 같아선 당장 나오그로 누구의 숨이든 져 내고 싶었다. 일말의 냉정도 없다. 인두겁을 쓴 불덩이가 된 기분이었다. 그 여자. 도대체. 어떻게 된 게. 나를. 조롱하길. 이처럼.

분명 약조를 지키겠노라 맹세했다. 죽고자 하는 의지 막지 않았다. 조금만 미루라 제안했을 뿐이다. 혹시나 해서 자신이 배 속의 아이까지 들먹였다. 참 야비한 짓인 줄 알면서도 그것이 가장 효과적일 듯해 제 자존심도 무시하고 그리했다. 그런데 지금 그 노력에 조금의 가치도 두지 않아? 돌아가 또 제 몸을 학대해? 정신 나갈 듯 화가 나서 머리가 순간 멍해질 정도였다. 그 여자는 예의도 채신도 없나. 도대체 부끄러움이란 것이 존재하지 않는 것처럼 보였다. 아무것도 모르는 소녀 아이처럼 보인다고 일전에 생각했다. 그런데 그 천진함으로 사람을 완전히 짓눌러 버리는 것이다. 아무런 고려도, 배려도, 헤아림도 그 어떤 것도 없다. 전부 제 뜻뿐이다. 자신이 해야 할 것, 제가 할 일만 붙들고 매양 맹목적이다.

그리고 그것에 항상 치이는 사람이 발렌시아 자신이었다. 지금 생각만 같아서는 그 이유 따위 정말 알고 싶지도 않았다. 그저 죽여 버리고 싶다. 자신이 그 목에 칼을 대고 그대로 내려칠지 고민한 것은 헛생각이 아니었다. 제 진심이었음이 분명하다. 발렌시아에게 있어서 한 사람에 대한 살의가 이 정도로 치오른 것이 정말 처음이었던 것이다. 무타스 다무어가 품위 있는 적으로 보일 지경이다. 이 여자는, 도대체 어떻게, 자신까지 진흙탕에서 구르게 만드나. 목울대가 너무 뜨거워 감히 무슨 말을 내뱉지 못했다. 정말 끔찍하게 흥분했구나 싶다.

거짓을 말할 것이 따로 있지, 죽지 않겠다 말하고 죽으려 들어? 그가 평생 죽지 말라고 한 것도 아니었다. 일주일.

일주일!

고작 일주일이었다. 그것을 못 참고 또 발악인가? 어떻게……. 도저히 이해가 가지 않았다. 그토록 자신의 분을 사고 싶었나 싶어 어처구니가 없기도 했다. 호흡이 멍울졌다. 어쩌면 멈춘 모양이다. 갑자기 귀가 막힌 듯이 소리가 잘 들리지 않았다. 니소르를 쥐고 있던 손에 힘이 들어갔다. 부서져라 그 칼자루를 쥐었다.

오냐. 그리 공손한 대우가 싫다고? 넌 내가 보낸 배려를 완전히, 번복의 여지없이 묵살했다. 그는 자신이 돌아가자마자 그녀의 방 안에도 감시를 세우리라 결심했다. 아무래도 여성인지라 개인 공간은 존중해 주리라 했거늘 그것을 감사히 여기지 않는 모습, 잘 보았다.

시누사는 덜덜 떨리는 발렌시아의 손을 보곤 조금 어리둥절하다는 듯한 표정을 지었다.

"저 자식이 그렇게 싫으세요?"

그는 그 말에 속이 철렁 내려앉았다.

"하긴 재수는 없죠. 얼마나 재수가 없었으면 외르타가 여기까지 도망 나왔겠습니까?"

방금 전까지의 화에 누군가 된통 물을 끼얹은 듯했다. 그저 정신 사납고 갑갑했다. 분은커녕 연기보다 못한 재 가루뿐이다. 눈이 매워 냉정을 차릴 수가 없었다.

기분이 이상했다.

목 뒤가 한 대 얻어맞은 양 뻐근했다. 시누사에게서 로크뢰를 듣자마자 속이 싹 가라앉은 것이다. 너무 급작스러운 변화라 떨림이 멈춘 손에 아직까지도 그 진동이 남아 있었다. 외르타가 약속을 어긴 것에 대한 노여움도 벌써 온데간데없었다. 심지어 그는 이제 그 불붙은 감정을 잘 기억할 수도 없었다.

이런 감정의 기복이라니, 너는 미친 것이 분명하다.

내가 왜 화를 냈지? 약속을 어기고 또 아이를 떼려 했기 때문이냐. 그 이유를 모르나? 그 아비 되는 자를 증오한다 했잖아? 하지만 그 여자는 나에게 견디겠다 약속했다. 너 또한 방금 네 분을 참을 생각이 있기는 했게? 당장이라도 달려가 그 여자를 죽일 심산이었지 않나? 그 채신없는 정신머리를 가지고 누구의 인내를 욕하나? 증오는 증오고 분노는 분노고 절박함은 절박함이며 사람은 사람이다. 넌 그것을 이해할 수 없나?

이해라.

그것을 읊조리는 순간 서걱 소름이 돋았다. 머리 쪽이 살짝 찔려 피가 나는, 그런 물 흐르는 듯한 차가움. 주르륵 관자놀이를 타고 내리는 것이 느껴지면서 상처 부분이 화했다.

이해?

외르타를 이해하라고?

"보이지 않는다 해서 듣고 있지 않는 것은 아니다."

그래.

"침묵을 지켜 고요할 수는 있어도."

너도 이유가 있겠지.

"또한 무지한 것은 아니다."

네 목을 걸 이유가 있겠지.

"발렌시아 경, 누군가를 쉽게 단정하려 하지 마라."

예컨대.

"이번 전쟁에서 저 로크뢰를 죽일 수 있긴 할까요? 아! 생각해 보니 쟤도 발렌시아 경을 보면서 지금 그 생각을 하지 않겠습니까? 짜증 나네, 그거 진짜. 주제도 모르고."

"경은 경이 주제를 논하는 상대가 중앙 삼국의 왕인 것을 알기는 아는 건가?"

"난 딤니팔 빼면 나라 모릅니다."

"……."

"저자의 목을 따도 그건 발렌시아 경이지, 자네는 아닐 걸세. 저번에 자네가 지지 않았나."

"뭐라고요? 다시 말씀해 보십시오."

"저번에 자네가 지지 않았나."

"젠장, 데군다 경. 그런 일 없습니다! 도망친 건 저놈이란 말이에요!"

"톨레도 경께서 말씀하시길, 당신께서 옆에서 보아하니 힘 차이가 확연했다던데."

"누가 젊은데 누가 힘이 모자란단 겁니까?"

"젊은 건 발렌시아 경이고 경은 젊은 게 아니지. 어린 거지. 뼈가 좀 더 자라야지."

"와……. 거기 두 분 다음 회전에서 봅시다. 테다누아가……."

"그만 가자."

발렌시아가 먼저 말을 움직였다. 시누사는 체세나와 데군다에게 삿대질을 하다 어라 하는 얼굴로 그를 돌아보았다. 사령부는 회전 전술 덕분에 며칠 전부터 이 평원에 자리를 깔다시피 하고 있었다. 아침에 나와서 어스름이 질 때까지. 그런데 벌써 들어가시겠다니? 이 한낮에?

"잉? 지금 정오가 좀 지났나 싶은데 왜……."

"오늘은 되었다."

"로크뢰도 나왔는데 좀 재다 가요. 겁먹고 돌아가는 것 같잖습니까."

"아무도 그리 생각 안 한다."

"아니……. 제가 실없는 소릴 그만하겠다고 약속드려도요?"

"경이 지껄이는 게 실없는 소리란 걸 알긴 알았군그래? 응?"

"체세나……."

"가자."

발렌시아는 더 이상 말을 잇지 않고 로크뢰에게서 등을 돌렸다.

발렌시아는 낮부터 온종일 붙들고 있던 전략 배치도에서 눈을 뗐다. 의원이 총사령관에게 직접 외르타의 진찰 결과를 보고하러 왔기 때문이다. 톨레도가 피난촌에 기어이 의원 하나를 끌어온 것이다. 비쩍 마른 중년의 안경잡이였는데 실력이 좋은지 군에 붙들려 오는 와중에도 크게 긴장한 것처럼 보이지 않았다.

발렌시아는 소심한 듯 좁은 눈을 바라보았다. 보고해. 그러나 그는 기사도 아닌 자가 제 무언의 명을 알아들을 리 없다는 사실을 깨달았다. 그는 직접 말했다.

"보고해라."

의원은 준비 동작인 양 어깨를 파르르 떨었다. 이 자리에 있는 자는 왕국 유일의 공작이니 그야 당연한 반응이었다.

"아……. 크흠, 큼. 저분…… 저분이라 하면 되겠지요? 저분께서 각혈하신 것은…… 얼마간 쌓인 피로와…… 정신적인 노곤함과…… 배에 지속적으로 가해진 충격 때문인…… 것 같습…… 때문입죠."

"……."

"도대체 몇 끼를 안 드셨는지 전 차마 짐작도 못하겠습니다. 수면도 마찬가지고요. 그리고 배가…… 도대체…… 어디에 계속해서 부딪치셨답니까?"

"……."

"제가 해 드릴 건 얼마 없습디다. 엇, 어헛, 없습니다. 외상 연고야 저보다야 이쪽 의무병 분들께서 더 잘 아실 테고, 나머지는 피로 문제니 말입죠. 각혈은 쌓인 것이 한꺼번에 터진 것에 불과하니 그저…… 다시 평소처럼만 지내게 해 주신담 저분은 문제없으실 겁니다. 예, 분명 그러실 겁니다."

발렌시아는 잠깐 침묵을 지켰다. 그리고 조용히 물었다.

"아이에겐 해가 갔나?"

"저……."

"우선 말해 두겠는데, 그녀의 아이에 관해서는 함구해라."

"무슨 말씀이십니까요? 아이요?"

발렌시아는 순간 말문이 막혔다. 남자는 영문을 모르는 표정으로 제 코를 몇 번 긁었다. 그 무례함을 탓하지도 못했다. 방금, 너…….

"배 속에, 아이…… 가 있지 않나."

"예?"

그는 발렌시아의 기색이 전혀 장난처럼 보이지 않자, 심지어 당장이라도 칼을 뽑아 상대의 목을 쨀 듯 엄하자 즉각 자세를 바로 했다. 자신이 상대하고 있는 사람이 전군의 총사령관이라는 사실을 뒤늦게야 좀 자각한 모양새였다.

"아이라니요? 저분은 수태를 하지도 못하시는 몸인데……. 아이라니 천부당만부당한 말씀입죠."

뭐?

"뭐?"

"……자꾸 그리 말씀하시니 제가 뭘 잘못 봤나 싶은데요……. 정말인데……. 저분께선 아마 죄렛류의 시약을 엄청나게 복용하신 것 같은데……. 아이는 뭐…… 가능한 일이 아닙지요."

"월경이 멈췄다 했다."

"상상 임신일 수도 있고. ……신경성일 수도 있고……. 아! 아니지! 내가 지금 뭔 소릴 하는 거여, 허, 다시 말씀드리겠습니다. 죄렛을 복용했는데 그 월경 주기가 규칙적일 거라 믿으십니까? 그건 정말 악마의 약이에요. 사람 몸을 완전히 망쳐 놓는단 말입죠. 달 손님은 무슨, 연 손님이 되지 않으면, 영영 손님 오지 않으면 다행입지요."

"달거리를 하는데 아이를 못 밴다니?"

"월경하는 석녀도 많지요. 아기집 벽 자체가 약해진 겁니다. 애가 붙을 수가 없어요. 가능성이 극히 희박해요."

"그래서 지금……."

"아기는 없습니다. 이건 확실합니다. 석녀는 뭐…… 사실 의원이 알론조 캄비도 아닌데 사람 일을 몽땅 알 리가 없지만…… 제 입장에서 말씀드리자면…… 전 저분이 아이를 가지실 그날을 제 제삿날로 삼을 겁니다."

한참 동안의 침묵이었다. 의원은 아무 말 없이 자신을 무섭게 노려보는 총사령관에게 겁을 먹었다. 확실한데. 내가 보기엔 그랬는데. 내가 죄렛 먹은 창부 한두 번 보는 것도 아니고……. 주변도 꼼꼼하니 그 새파란 안광 둘만 선한 것 같아 소름이 끼쳤다. 젠장. 빨리 좀 내보내 주지. 육시랄. 내가 무슨 부귀영화를 누리겠다고 우리나라 군의 총사령관과 이리 독대를 하나. 식은땀이 났다.

발렌시아가 불쑥 말했다.

"지금은 괜찮다 했지."

"아, 예? 예, 예에. 본디부터 피로와 지속적인 외상 때문에 각혈하신 거라……. 뭐 휴식만 잘 취하심 건강해지실 겁니다."

"나가라."

"아, 옛!"

"거처는 바깥 기사가 안내해 줄 것이다. 종전 전에 군영을 벗어날 수 없다. 떠날 때 금 오십 장으로 값을 지불하마."

의원은 금 오십 장이라는 소리에 넋이 나간 모양이었다. 다시는 의원 노릇을 하지 않아도 되는, 아니 평생 일을 안 해도 되는 금액인 것이다. 그는 비척비척 거의 쓰러질 듯 바깥으로 나갔다.

발렌시아는 잠깐 가만히 앉아 있었다. 지도도 내려다보지 않은 채 허공만 바라보았다. 그 얼굴, 어떤 표정도 없다. 그는 이내 무언가를 내리찍는 양 일어섰다. 아무 생각 없이 바깥으로 나섰다. 벌써 오밤중이다. 사령부 앞에 섰던 기사들은 발렌시아가 그들의 예를 보지도 못하고 지나가자 조금 당황했다.

그는 인사는커녕 숨소리 한 번 없이 외르타의 막사로 들어갔다. 컴컴한 와중에 침상 주변의 등불들만 나비처럼 날렸다. 그는 여전히, 조금도 거리낄 것이 없다는 태도로 성큼성큼 그녀의 침상 옆까지 다가갔다.

외르타는 죽은 듯 누워 있었다. 발렌시아는 자고 있는 그녀를 흔들어 깨웠다. 누군가 보면 참 인정머리도 없다 윽박지를 모양새였지만 그로서도 어쩔 수 없었다. 이 사실을 알려 주어야 지금처럼 식은땀 흘리고 시체처럼 누운 꼴 없이 좀 쉴 것이라 생각했기 때문이다.

다음 순간, 그녀가 번뜩 놀란 듯 깨어나, 팔뚝으로 사람을 쳤다. 발렌시아는 자신이 그것에 맞은 줄도 몰랐다. 아무 느낌이 없어서. 이런 힘이라니, 차라리 맞아 아픈 게 더 나을 지경이다. 그는 그녀의 어깨를 붙들어 자신을 보게 했다. 그러지 않는다면 영영 자신을 깨운 것이 누군지 자각도 못할 것 같았다.

"뭐…… 왜……."

"임신하지 않았다."

외르타는 정신이 번쩍 든 것처럼 고개를 확 세웠다. 그러던 와중에 발렌시아의 턱에 받혀 이마를 찧었지만 어쨌든 그것보다는 제 질문이 더 중요했다. 갑자기 배에 힘이 산 듯 목소리가 커졌다.

"임신 안 했다니!"

"네 각혈 때문에 피난촌 의원을 불러왔다. 각혈의 이유야 네가 알 테고, 내가 그래서 아이가 죽었느냐 물으니 영문을 모르더군. 내게는 확언했지만 불안하면 내일 다시 검사해라."

그녀는 어안이 벙벙하여 그의 얼굴만 바라보았다. 자신이 그의 두 손에 잡혀 있다는 것도, 그 시선의 거리가 얼마 안 된다는 것도 아예 눈치채질 못하는 모양이었다. 정말 뒷골 뻣뻣하니 멍한, 얼어붙은 상 그대로였다. 말을 이해하지 못하기는커녕 제 말 중 단 하나라도 놓친 기색이 아니었다. 너무 급작스럽고 안도하고 행복해서 잠깐 벼락 맞은 듯 그리 앉아 있는 것이다. 발렌시아는 자신의 말이 제대로 전달되었다는 것을 확인한 뒤 그녀의 마른 어깨에서 손을 떼었다. 아니, 떼려 했다. 외르타가 떠나려는 그 손에 깍지를 꼈기 때문이다.

발렌시아는 불에 덴 듯 놀랐다. 빼려 했지만 작고 악착같아서 한 번에 떨쳐 낼 수가 없었다. 얇고 습한 것이 확 매달린 기분이라 머리가 삐끗할 정도로 당혹스러웠다. 조그맣고, 가늘고, 뜨끈한 손. 제기랄.

그처럼 그를 묶어 둔 채 그녀의 얼굴에 점점 웃음이 찼다.

"하! 흐하하하핫! 하하! 으학! 아하하! 하! 아, 진짜!"

손.

“정말 다행이다! 아하하! 아흑! 악! 으하핫, 아흡, 하하하! 진짜 다행이야!”

그는 간신히 손을 빼내었다. 그녀가 기어이 맞잡은 손을 빙빙 돌리려 했기 때문이다. 얼마나 쥐어짜는 듯 잡았는지 아직까지도 외르타의 손자국이 벌겋게 남아 있었다. 외르타는 자신이 떨쳐졌다는 사실에 전혀 개의치 않았다. 외려 기쁨을 못 이겨 홀로 팔을 몇 번이나 흔들었다.

“하하! 으하하핫! 으핫! 하! 그렇지! 하늘이! 나한테 하나는 줄 줄 알았지! 하하하! 으핫!”

제 무릎을 탕탕 친다. 정말 미친 사람처럼 기뻐하는 모양이었다. 지난 몇 주 우울했던 여자가 확 그 껍질을 벗는 모습이라 그는 사실 소름이 끼칠 정도였다. 같은 사람이기는 한데, 순식간에 그 악에 받친 얼굴이 말라비틀어졌다. 보잘것없는 가면이었던 듯 그저 증발했다. 그가 한 발자국 더 물러서려는 순간, 그녀는 자리에서 벌떡 일어섰다. 설마. 설마 했던 그가 무색하도록 외르타는 정말, 벙벙 뛰었다. 그 임시방편인 침상에서 뛰는 꼴이 아주 웃겼다. 발렌시아는 정말 기가 막혀 그 모양을 바라보았다.

미쳤나?

“야! 내가 미쳤다고 생각하지 마! 당신이 나한테 즉각 달려온 건 이만한 희열을 예상하고 온 것 아닌가!”

발렌시아는 할 말이 없었다.

“아! 진짜! 아델! 내가 뭐 하나는 될 줄 알았지! 이 멍청한 몸뚱어리! 멍청해서 손님 오는 날짜도 기억을 못하지!”

발렌시아는 자신이 그리 한가한 것이 아닌데 여기 서서 이 넋 놓은 기쁨을 듣고만 있어야 하나 생각했다. 이런, 전략 지도를 펼쳐 두고 왔구나. 제정신인가. 그는 최대한 빨리 자리를 떠야겠다고 결심했다. 임신이 아니란 것을 알려 주었으니 이제 할 말이…….

더 이상 아이는 못 가진다던데.

발렌시아는 머리를 한 대 얻어맞은 느낌이었다. 그래, 그랬다. 그렇게 말했다. 그 의사는 저 여자가 아이를 가지는 날 제가 죽겠다고 말했다. 기사 앞에서 평민이 한쪽 농담이라도 할 수 있을 리가 없다. 진짜일 것이다.

갑자기 목이 갑갑해지는 기분이었다. 아무리 남편이 싫어도 그 남편이 어디 평생 가겠으며, 아무리 아이 보는 것이 두려워도 방책이 있다는데 계속 두려울까? 아이를 못 가진다는 것을 안 여자가 행복할 리가 없다. 행복하기는커녕, 배를 찢는 듯한 소식일 것이다. 청천벽력.

"아, 진짜 다행이다……. 아, 다행이야……. 눈물 날 것 같아……."

저 안도한 얼굴에 대고 너 영영 아이는 못 가진다, 그 얘길 하라고?

"발렌시아 경, 알자마자 온 거지? 그거 진짜 고맙다. 마음에서 제일 무거운 짐을 하나 던 기분이야. 다시는, 다아시는 소란 피우지 않으마. 여기 온 첫 한 달처럼 유쾌하고 소란하게, 그래서 절대로 당신 눈에 안 띄게 지낼게."

입이 떨어지지가 않았다.

"이제 뜨문뜨문 보자. 이 몇 주 고깝고 힘들어서 당신이나 나나 등골이 빠질 지경이었잖나. 서로 공무를 이유로만 봤던 게 딱 좋더라."

외르타는 또 어느새 주저앉은 채, 아니, 이제 대자로 드러누웠다. 떨리는 목을 타고 가끔씩 남은 웃음들이 비어져 나왔다.

아.

행복해 죽을 것만 같다.

아이가 없다니.

자신이 제 아이를 죽여야 한다는 죄책감과 아델에 대한 옛 기억이 모래에 스며들듯 사라져 갔다. 죄인을 목까지 땅에 파묻어 두고, 그를 밟기 위해 달려오던 말이 몇 미터쯤 앞에서 뚝 멈춘 것 같은 안도였다. 그 무서운 기세의 살해 예고가 전조 없이 증발한 것이다. 멈춘 말발굽을 눈앞에 두고 죄인은 얼마나 행복할까. 나는 얼마나 행복한가. 나를 살렸구나……. 물론 어차피 살지는 않을 테지만 어쨌든 당분간은.

그녀는 이제 여유롭게 로크뢰의 끝을 보아도 되었다. 어깻죽지에 한 뼘 날개라도 돋은 듯 몸이 가벼워져 무슨 짓이든 할 수 있을 것 같은 기분이 들었다. 더 차분하고 더 정확하게 밀고하여 적의 씨를 말려 버릴 것이다. 절망에 옛 비석처럼 묻혔던 각오가 다시 불쑥 튀어나왔다. 할 수 있다. 끝을 보고 죽을 수 있다. 그 끝이 언제 오든 이를 갈며 인내할 수 있다. 이 눈에 똑똑히 새긴 뒤에야 증오를 끝장낼 것이다. 그리고 그제야 일어서서 나 역시 끝내리라.

아이 때문에 복수의 끝을 보는 것은 아예 생각도 못하고 있었다. 그동안 외르타는 아이를 느끼기 전에 죽일 수만 있다면 그녀 자신마저 희생시킬 지경이었으니까. 냉정함으로만 보면 결국 얼간이 중의 상얼간이지만, 사실 외르타는 지금에 이르러서도 그것을 바보 같다 여기지 않았다. 어쩔 수 없었으니까. 어쩔 수 없으니까. 자신이 만약 내일 다시 저 말을 번복당해 아이가 있다고 하면, 그땐 정말, 배에 칼이라도 찌를지 몰랐다. 변할 수 없는 마음인 것이다.

그러니 이 얼마나 큰 다행인가. 정말 눈가가 찡한 것이, 태어나서 기쁨으로 울컥한 게 거의 처음이었다. 아이가 없다니! 어긋났던 바퀴살이 제자리로 돌아온 느낌이다. 그래, 이게 정상이지. 이게 내가 희망했던 이야기지. 깊지만 간단한 배반, 이리 복잡해질 리 없지. 사람 죽는 것도 결국은 깊게 찌른 칼 하나 아닌가. 이런저런 복잡한 말 필요 없는 간략한 복수가 되어야 했다.

문득 눈을 가렸던 팔을 떼니 아직도 그는 제 발간 얼굴만 빤히 내려다보고 있었다. 반쯤 어두운 가운데. 외르타는 저자가 왜 안 가지? 하는 이상한 시선을 그에게 보냈다. 제 꼴 따위를 보겠다고 이리 오래 머무를 남자가 아니다. 아니, 사실 이전에는 자신만 보면 최대한 빨리 떠나는 것을 지상 목표로 삼은 사람 같았다. 왜 저러지?

"할 말 있어? 해라."

"……."

"없으면 왜 남아 있니?"

"너는 아이가 없어도 죽을 건가?"

그녀는 그 당연한 말에 아무 감흥도 없이 고개를 끄덕이려 했다. 그러다가 갑자기 현실로 끌려 들어와, 삽시간에 정신을 차렸다. 저것이 발렌시아가 한 말인가? 방금? 외르타는 저것이 제 마음속의 자문인 줄 알았다. 그녀는 달려가다 걸려 넘어진 양 입술을 꽉 깨문 채 아무 말을 하지 않았다.

"살 마음이 조금도 없지?"

당신답지 않은 어조로 말하지 마. 당신이 아니라 생각하니 입이 자꾸 열리려 한다.

"그러면 내가 이 이야기를 한들 심경의 변화는 없으리라 믿는다."

"어?"

"그 의원이 말하길, 너는 이제 아이를 가질 수 없는 몸이라 했다."

"아, 그래?"

"……."

"처음 알았네."

외르타는 조금 퉁명스러웠다. 화도, 놀라움도, 당혹도 아니었다. 단지 이제야 안 것이 억울하기 짝이 없다는 기색이다.

"그래, 내가 덜떨어졌지. 어떻게 어의에게 날 한 번도 안 보일 수 있지? 난 월경만 하면 임신도 되는 줄 알았다."

"그게…… 다른 문제라고 한다……."

"이제 별 상관은 없지만 그래도 다행이다. 무슨 증서 같은 게 있으면 내 오라비한테 보내 줬을 텐데 말이다. 그래야 발터도 발 뻗고 자고 나도 발 뻗고 자고."

"……."

"오늘은 정말…… 여러모로 안도하는 날이다. 정말 다행이야……. 아이도 없고…… 앞으로 가질 일도 없고."

외르타는 그제야 씩 웃었다. 흥분도 없다. 돌연 아랫배가 텅 빈 듯한 느낌이 들기는 했지만 기분 탓일 것이다. 아니, 설혹 그런 느낌이 들었다 해도 그녀는 그 소슬한 허함에 지극히 만족하고 있었다. 이건 외르타로서는 퍽 당연한 반응이었다. 두 번째 아델을 볼 일은 정말 영영 없겠구나. 다행이다.

그녀의 얼굴에는 여전히, 모두 사라지지는 않은 미소가 스며 있었다. 여운만 남은 웃음이었지만 그것은 외려 그 웃음이 진심이라는 것을 보여 주고 있었다. 진실로 흡족한 듯 어찌 통제하지 않고도 얇게 올라간 입매. 그것이 슬쩍 열려 가는 목소리를 뱉어 냈다.

"참 여태껏 애태웠던 걸 생각하면…… 화나고 억울하기도 하지만…… 그보단 정말 안심이 된다."

그녀는 제 쇄골 부근을 탕탕 두드렸다. 마치 꼬마 애가 자신감을 북돋는 모습이라 조금 희극적이었지만, 발렌시아는 웃지 않았다.

"난 지금 정말이지, 신께 감사드려."

"불임을?"

외르타는 불쑥 나온 말에 눈썹을 치켜세웠다. 거칠 것 없는 발노 발일

뿐더러, 그것을 담은 어조가 참 사람을 놀랬기 때문이다. 주변이 어두워 그 얼굴이 잘 보이지 않는다는 사실만 지독히 아쉬웠다.

"그거 어감이 굉장히 나쁘구나. 쓰지 마라. 나는 내가 더 이상 아이를 볼 일이 없다는 사실에 감사드리고 싶은 거야."

"……."

속에 시원하게 구멍이 뚫린 기분이었다. 공포의 뿌리가 사라져 버렸다. 다시는 두려움이 없을 것이다. 이제 아이를 얻을 일이 없다고 생각하니 무척이나 행복했다. 이것은 방금 전의 그 광기 섞인 기쁨보다도 더 강렬한 와 닿음이라, 그저 안도의 숨밖에 나오지 않았다. 방방 날뛰고 싶지도 않다. 그저 메아리 같은 숨을 들이마셨다 내쉬며 산처럼 누울 따름이다.

정말 감사하고, 정말 안심해서.

죽기 전에 뭔가 하나 보답은 받기는 받는구나 싶었다. 큰 희열. 배 속부터 뿌듯한 미소가 올라오는 듯한 희열이었다. 내 각혈하길 정말 잘했지. 이런 소식을 들을 줄 알았으면 진작 할걸. 이제 어떤 일, 무슨 일이 있어도 아델을 두 번 보지는 않겠구나. 꽁꽁 묶였던 온 마음이 나긋하게 풀려 구름 위에 뜬 듯했다. 그녀는 기지개를 펴며 쭉 누웠다.

"이 기쁨을 곱씹으며 잠 좀 자야겠다."

"……."

"발렌시아 경, 알려 준 것…… 정말 있어 본 적 없는 내 진심으로……."

발렌시아는 대답도 없이 뒤돌아 떠났다.

"고마…… 워? 사람 얘기도 안 듣고 뭐야?"

외르타는 조금 넋을 놓은 표정으로 그가 사라지는 뒷모습을 바라보았다. 저 인간, 내 말을 다 듣지도 않고 서늘하니 가 버렸다. 처음 올 때는 드러누워 있는 자신마저 아득바득 깨워 대더니 떠날 땐 왜 저 모양인가? 어디에 기분이 상하기라도 했나? 그리 덤덤한 사람이 도대체 무엇에? 이해가 가지 않았다.

하긴. 저 남자가 언제 이해가 갈 만한 짓을 하긴 했나.

외르타는 그를 깔끔히 잊은 채, 빈 배를 껴안고 웃으며 잠을 청했다.

"비전하!"

외르타는 붉은 천을 손보고 있던 도중, 대뜸 끼얹어진 단어에 놀라 고개를 번쩍 들었다. 정말 오랜만에 듣는……. 그녀는 멍하니 상대를 바라보았다. 시누사는 빙글빙글 돌고 있다는 착각까지 들 정도로 정신 사납게 들어와서는, 의자에 앉아 있던 외르타를 휙 끌어 올렸다. 그녀는 어깻죽지를 붙잡혀 어쩔 수 없이 일으켜진 뒤에야 무언가를 말할 수 있었다.

"다시 말해 봐."

"비전하, 지금껏 제 불민했던 말투를 용서해 주십시오. 당장 사령부로 오시랍니다."

"뭐?"

"왕명이 도착했거든요. 비전하 말씀은 그냥 무조건 들으라십니다. 무조건, 무조건, 무조건. 비전하께서도 왕명 한 번은 봐야 하지 않겠어요?"

"아직 시일이……."

"지금 사령부가 다 모여 있거든요? 당장 안 걸으시면 제가 끌고 갑니다."

그녀는 어처구니가 없었지만, 어쨌든 몇 걸음 내디뎠다. 그리니 이내 시누사에게 질질 끌려가는 꼴이 되었나. 벌벌벌해서 노봉 자분함을 차릴 수가 없었다. 그제까지만 해도 반말투성이에 가끔 너, 너, 삿대질까지 하던 시누사가?

"빨리 걸으세요. 제가 들고 가는 게 훨씬 빠르겠습니다."

아, 물론. 그 성질은 변하지 않았지만. 그녀는 사령부에 들어가기 직전에야 시누사의 머리를 한 대 칠 수 있었다. 그가 짜증을 내며 우뚝 멈추는 것과 동시에 외르타는 자리에 똑바로 섰다.

"진짠가?"

"내가……! 아니 제가 왜 거짓을 고합니까? 아 빨리, 좀!"

그는 그녀의 등을 떠밀었다. 그녀는 한숨을 쉬며 사령부에 들어섰다. 다들 익숙하군. 어젯밤 보고 다시 또 보는 발렌시아는, 무슨 종이에 시선을 둔 채 외르타를 돌아보지도 않았다. 그녀는 잠깐 가만히 서 있다가 곧 종종걸음을 쳐 그의 옆에 붙었다. 톨레도에게 물었다.

"뭐야? 그래서 내 처분은 어찌 되는 건가?"

"우선은…… 로크뢰 1세의 비 자격으로 공식 망명자가 되신 겁니다. 타국의 왕족이시라 해도 격이 있기에…… 저희는 이제 전하께 하대할 수 없습니다. 전하의 아랫사람으로 여기셔도 됩니다."

"말이 다 안 끝났구나?"

"하지만 발렌시아 경은 총사이신 까닭에…… 경우가 좀 달라서……."

"읽고 싶으면 읽어라."

"아, 저렇게?"

톨레도는 얕게 웃으며 그녀의 어깨를 밀었다. 외르타는 발렌시아의 앞자리까지 성큼성큼 걸어갔다. 저자, 여전히 내 눈은 보지도 않는다. 외르타는 자신이 이토록 눈을 마주하려 애쓴 일이 있기는 한가 꼽아 보다 결국 포기했다. 돌아볼 기미가 없군.

돌연, 그는 그녀에게 무슨 종이를 하나 툭 떠넘겼다. 외르타는 그 기이한 재질에 깜짝 놀랐다. 이게 천이야, 종이야?

짐은 발렌시아 마조레 기지 얀 미라이예 경에게 짐의 무한한 신뢰로 딤니팔 군사의 전권을 전적으로 위임한다. 다만 그 과정에 있어서는 라그랑주 파르무티에 외르타 - 라르공드 비에이라 라르디슈 올 발루아 본인의 간언을 듣는 것이 딤니팔에게도 경에게도 큰 명예가 되리라 확신한다.

550년 10월 28일.

그리고 큰 도장. 외르타는 딤니팔 왕의 인주를 처음 보았다. 황금 태양. 이상한 글자들까지 한 가지로 얽혀 전체적으로는 다만 뒤틀린 도안이지만, 적어도 그것이 묘사하는 바는 잘 알 수 있었다. 위압적이면서도 고상한 문양이다. 그런데 사실 외르타에게 더 와 닿은 것은 다른 부분이었다.

"이런 말 하면 불경일지 모르겠는데…… 폐하의 어필은…… 읽기가 상당히……."

"짐은 발렌시아 마조레 기지 얀 미라이예 경에게 짐의 무한한 신뢰로 딤니팔 군사의 전권을……."

"읽지 마! 알아보긴 알아봤으니까!"

발렌시아가 아무 협박 없이 친서의 내용을 읽기 시작한 것을 보면 다들 왕의 악필을 어느 정도 인정하고 있는 모양이었다. 외르타는 그들의 암묵적인 긍정에 미소를 지었다.

"그런데 왜 당신 말투는 그 짝인가?"

"그것은 발렌시아 경께서 폐하께 총사직을 임명받으셨기 때문입니다. 딤니팔군의 총사령관은 그 군대에서만큼은 폐하와 비등할 정도의 절대 권력을 보유합니다."

당신이 대답해야 하는데 왜 또 톨레도가……. 그녀는 짜증스러운 한숨을 쉬었다.

"난……."

"이제 남은 일은 네가 왕비임을 증명하는 것뿐이다."

뭐?

"여태 이 왕명을 기다린 게 내 신분을 증명하기 위해서였던 것 아니었어? 야!"

'야' 라는 호칭에 체세나가 새파랗게 질렸다. 그러나 톨레도는 저런 '평범한' 광경을 자주 목격해 숨도 들이켜지 않았다. 참 일상이더라.

"하지만 그것에 쓰인 것은 '본인의' 명을 받으라는 내용뿐이다. 네가 왕비로 증명되고 나서야 믿으라는 의미다. 그리고 그것을 증명하는 임무는 이제 군에 달려 있다."

외르타는 길길이 날뛰고 싶은 심정이었다. 그녀는 뒤돌지도 않고 뒤를 팔로 가리키며 윽박질렀다.

"내가 왕비가 아니면, 저들은 왜 죄 비전하라 하는데?"

"경들의 불찰이다."

사투르니나가 허 하는 소리를 냈다. 시누사는 그 소리를 좀 더 크게 냈다.

"하! 발렌시아 경! 그만 농치죠? 아니, 여기서 누가 외르타, 아니 젠장, 비전하께서 비전하라는 것을 모른답니까?"

"맞습니다, 발렌시아 경. 경께서 왕도에 보낸 서신을 제가 상기하건대…… 인상착의 설명과 더불어 믿지 말라 여러 번이나 서술하셨습니다. 그런데 그것을 보시고도 폐하께서 이처럼 무조건적인 신뢰를 명하시는 겁니다. 군이 따라야 하지 않겠습니까?"

"폐하께서 정확히 서술하지 않으셨다. 이곳에 있는 외르타가 누구인지는 판명하지 않으신 채 단지 라그랑주 파르무티에 외르타-라르공드 비에이라 라르디슈 올 발루아 '본인'의 말이라면 믿으라 하셨다."

고지식하다지만 정확을 지상 목표로 하는 군명에서는 정말 필수적인 지적이다. 사실 그것은 왕의 실수였다. 십이공회와 이야기하며 그녀가 왕비라고 매우 확신한 나머지, 그 사실을 왕명에 기록하는 일을 깜박한 것이다. — 심지어 '본인'은 아무 생각 없이 넣은 단어였다. —

"그러니까 저분이 '본인'이시지 않습니까? 시누사 경도 휴전 협정 당시에 로크뢰를 보고는 비의 안부를 물었다 합니다. 그때……."

"분명 비가 부재중이라 했거든요?"

"더불어 지금껏 알려 주신 허다한 정보들 역시 진실이었습니다."

"그리고! 당신은! 이것 좀 봐라!"

외르타는 제가 두르고 있던 붉은 천을 그에게 던져 버렸다.

"내가 끝내 저것까지 들먹여야겠나? 저건 라르디슈 왕가의 천이다! 당신이 만져 보고 판단해!"

발렌시아는 폭포처럼 제 머리에 끼얹어진 붉은 천을 끌러 내었다. 그리고 무엇 더 만지지도 않고선 그것을 다시 그녀에게 돌려주었다.

"나는 그 재질을 모른다."

"저게 진짜……. 아."

외르타는 진심으로 화를 내려다 갑자기 뚝 멈췄다.

그녀는 갑작스럽게, 뼈가 있는 웃음을 지었다. 장난칠 방법을 생각해 낸 개구쟁이 같기도 하고, 살해 방법을 개발해 낸 암살자 같기도 한 미소였다. 발렌시아는 그 기색을 깨닫고 그제야, 오늘 처음으로 그녀를 바라보았다. 외르타는 차분하다기보다는 조금 해맑게 말했다.

"아, 화낼 게 아니구나. 고맙다. 덕분에 나 방금 떠올렸어."

"무엇을?"

"나중에 알려 주마."

"당장 말해."

"싫은데."

사령부 전체가 돌연 확 구겨진 느낌이었다. 발렌시아의 말을 저따위로 무시하다니. 그 갑작스런 폭풍 전조에 바싹 긴장한 것이다.

그러나 외르타는 웃음기가 남은 얼굴로 말을 이었다.

"여럿 앞에서 말하기엔 면구하고 폐 끼치는 일이라."

나 혼자만 있어야 떼쓰기가 좋다는 말이군. 어차피 설득해야 할 사람은 총사령관뿐이니. 발렌시아는 그 말을 바로 알아들었다. 그러나 그가 무언가 더 말을 잇기 전, 외르타가 쌩하니 뒤를 돌았다. 공기를 밟듯 가벼운 목소리로 말한다.

"듣고 싶은 맘 있으면 이따 당신 혼자 와!"

외르타는 막사 바깥으로 달려 나갔다.

마지막 긴 머리채가 깃발처럼 휘날리다 이내 전부 사라졌다. 발렌시아는 그런 그녀의 뒷모습을 보다, 이를 갈듯 내뱉었다.

"쫓아오지 마라."

'이따' 는커녕 지금 바로 따라가 아작을 낼 기세였다. 그것을 눈치챈 톨레도가 조금 불안한 표정을 지었다. 외르타는 도대체 어쩌려고……. 발렌시아를 저 정도로 도발해서 무슨 수를 쓰겠다는 건지 이해가 가지 않았다. 좀처럼 화를 내지 않는 사람인 만큼 한번 노여워할 때는 정말……. 니소르는 들고 가시나? 이런, 당연히…….

발렌시아는 그리 기사들을 묶어 두곤 그대로 사령부를 나갔다. 바로 나와서인지 외르타는 제 막사에 미처 도달하지도 못한 상태였다. 그녀는 누가 따라왔을 것이라고는 생각도 안 한 듯 뒤 한 번 돌아보지 않고 제자리로 들어가 버렸다. 그러나 발렌시아 역시 빠른 걸음으로, 그와 거의 동시에 그녀의 막사에 들어섰다. 어느새. 애초부터 사령부와 그리 먼 곳도 아니었기 때문이다. 그는 입구에서 제 걸음을 뚝 멈추곤, 그제야 경고하듯 엄히 말했다.

"당장 말해."

외르타는 반사적으로 숨을 들이켰다.

"읏, 아! 깜짝이야! 당신 기척 좀 내고 따라와! 사람 간 떨어지겠네! 하아……."

그녀는 농담이 아니라, 진짜 기절하는 줄로만 알았다. 아무도 없는 줄 알았는데 돌연 뒤에서 들린 목소리라? 그 목소리는 인내치 않고 또 한 번 경고했다.

"말하……."

"이렇게 바로 따라와선……."

"말하라고 했다. 세 번째 경고는 없다."

외르타는 입술을 꽉 깨물었다. 바느질하듯 잘근잘근 짓씹었지만 정신이 잘 모아지지 않았다. 그녀는 결국 답 없이, 다만 윽박지르는 어조로 물었다.

"당신이 나를 증명하라며? 그런데 혹시 기억나니? 내가 나를 증명할 수 있다고 말했던 것."

"언제?"

"육전대 회전이 벌어졌던 그날!"

그녀는 그가 자신의 말을 정확히 기억할 줄 몰랐지만, 그의 답은 찰나와 같은 순간에 나왔다.

"그 말도 안 되는 이야기……."

"네가 증명하라 했다. 그래서 증명할 방법을 알려 주고 있는 거다. 날 회전에 내보내라고! 당신은 이게 농담으로 들리니? 당신으로서도 좋은 것 아냐? 리오넬이 나를 보고 올 거라니까?"

스스로도 좀 두서없이 말을 하고 있다는 사실을 모르지는 않았다. 그러나 동시에 그녀는, 발렌시아가 이 말을 이해하지 못하리라고도 생각지 않았다. 분명 납득해 줄 것이다. 그리고 그 이해타산적인 논리로…….

"웃기는 소리 마라."

외르타는 침상에 털썩 주저앉았다. 그녀의 고개가 깃털처럼 나붓이 내려앉았다. 그 둘의 거리는 꽤 멀었다. 발렌시아의 걸음으로도 다섯 발자국쯤, 외르타의 것으로는 열 걸음도 넘게.

그녀는 긴 한숨을 내쉬고는 먼저 진정했다.

"발렌시아 경, 흥분 안 하고 말할 테니 잘 들어. 회전에 나가겠다는 건 내가 나 자신을 싸움 한복판에 던지겠다는 게 아니다. 절대 아니야. 응? 그냥 가장 가장자리에서, 임시 사령부 가까이에서! 내가 누군지만 상대에게 잘 보이도록 서 있겠다는 거지."

"너는 살을 생각지 못하나?"

"활은 어차피 초반 이후엔 다 내던지는 무기 아냐? 난전에서 뭘 어쩌겠다고."

"노리고 쏠 위험이 있다."

"나를 구태여 왜?"

"전장에서 이유가 있어 사람이 죽는 것은 아니다."

"들어 봐. 어정쩡한 위치에 서 있는 사람은 모든 이의 눈에 띄겠지. 게다가 이번에도 구릉이 많은 전투지라며? 포티미외야 원체 구릉이 많으니 항상 그러했지만……. 아무튼 진짜로 잘 보일 거야. 분명 쫓아온다. 날 보고 올 거야. 경황없고 냉정 잃은 채로 선후 따질 겨를도 없이! 사실 너희로서는 일석삼조야. 첫째, 내가 진짜 왕비라는 것을 명백히 증명할 수 있고, 둘째."

"네 배반을 알려 라르디슈 수뇌부를 혼란에 빠뜨릴 수 있고, 셋째, 딤니팔 쪽으로 지나치게 넘어온 로크뢰 1세를 잡아들일 수 있다?"

그녀는 제가 말할 것을 완벽히 이어 준 발렌시아에게 만족했다. 괜히 뿌듯해져 그를 바라보지 않고도 혼자 씩 웃었다. 그리고 칭찬하듯이 바닥에 대고 말했다.

"당신도 잘 아네."

"단점이 너무 크다."

"나는 그저 미끼나 다름없단 말이지."

"그게 단점이다."

"어?"

"미끼는 먹힌다."

외르타는 잠깐 말문이 막혔다. 그녀는 그제야 숙였던 고개를 들어 발렌시아를 바라보았다. 저 말을 무슨 표정으로 했는지가 정말 미친 듯이 궁금했다. 싸늘하고, 조금 우울한 듯, 그러나 대체적으로 지친. 외르타는 자신이 오기 전까지는 단 한 번도 피곤함을 느끼지 않았을 사람이 저리 긁힌 것을 보곤 조금 미안해졌다.

그래, 그녀도 잘 알았다. 저자에게 있어서는 자신이 가장 큰 골칫덩이라는 것. 참 예측 불가능한 변수라 날이 가면 갈수록 더 신경을 써야 하고 날이 가면 갈수록 더 머리를 써야 하는 그 노곤함. 사령부에 넣어 달라 보챘을 때도 허락했다. 제가 임신했다 착각하고 부린 패악도 모두 받아 주었다. 굳게 한 약속을 어긴 자신도 결국엔 그저 참아 넘겼다. 외르타는 땅이 꺼질 듯한 한숨이 나는 것을 느꼈다. 참 민폐가 많다.

발렌시아를 친절하다고는 말할 수 없다. 사실이 아니니까. 하지만 그렇다고 일말의 배려도 하지 않은 것은 아니다. 일말의 배려라? 너 '일말'의 배려라 했니? 양심에 찔렸다. 그로서는 나름대로 정말 애쓴 것이다. 그 사실만큼은 그녀도 잘 아는바, 그런데 자신은 그에 대해 아무런 보답도 하지 않았다. 그럴 의무가 없는 사람의 호의를 받고도 조금의 대가도 치르지 않았다.

그것이 정말 미안하긴 한데…….

"그냥 내보내 줘. 로크뢰가 나를 죽게 내버려 둘 리 없잖은가. 분명해. 날 가장 먼저 보는 자, 가장 먼저 닿는 자가 리오넬일 거야. 그저 내가 완전히 끌려가지만 않게 기사 몇 명만 옆에 붙여 주면 될 거다."

아직도 나는 내가 더 급하다.

"기사도 몇 붙여 주는 데다 아군 진형 방면이라면 그리 큰 위험은 아니지 않나? 아군이야 딤니팔 기사를 보고 비껴갈 거고, 적군이야 그쪽까지 들어오기가 힘들 거고."

"철없는 소리……."

"장점은 내가 아까 다 꼽아 줬지? 나는 두 번째가 가장 마음에 든단다. 얼마나 당황할지 생각해 봐. 어찌 강제할 수 없는 강력한 밀고자가 적군에게 붙어 있다는 사실을 알면, 예전에 해 왔던 대로 하려다가도 아, 이걸 저 여자가 고해바친 것이 아닐까 싶고, 새로운 것을 쓰려다가도 이건 숙련도가 낮으니 수뇌부 마음대로 움직이지 못하는 것은 아닐까 싶고. 정말 갈팡질팡 난리도 아닐 거다."

"말처럼 쉬운 것이……."

"일전에 내가 종전 때까지 회전이 세 번 이상 안 가리라 말한 적 있지?"

그는 입을 꾹 다물었다. 시누사에게서 들은 내기의 내용.

"그 말은 정말 허풍이 아냐……. 발렌시아 경, 날 믿어 봐."

외르타는 그의 눈만 보고도 그가 무슨 생각을 하는지 알 수 있었다. 순간적으로 두 사람의 고도가 맞은 듯 선뜩한 일치. 확 찔렸다. 자진 않겠다는 중한 약속도 믿을 수 없게 하는 자의 또 무슨 맹세인가?

외르타는 항변했다. 하지만 이건 경우가 다른걸. 그건 내 마음의 문제였고 지금은 논리의 문제지 않나.

"나도 내 손목을 자르긴 싫다."

그녀는 그를 또 읽었다. 어차피 죽는다며 손목에는 무슨 신경을 쓰나? 이런. 저자는 두 번째 내기보다 세 번째 내기를 상기하고 있던 것이 분명하다. 젠장. 저 담담한 얼굴이 지금은 어찌 이토록 잘 읽히는지 모를 일이다. 저 눈 때문인가. 짙푸른 눈이 너무, 지나치게 정직했다.

"어서 전쟁을 끝내고 싶잖니. 육전대를 알려 주었던 나를 기억해라. 그게 진짜 나다. 그 비슷한 정보를 수없이 풀 텐데, 당신이 이기지 못할 리가 있나?"

"정보를 알려 줄 장본인인 네가 죽는다면 소용이 없다."

"하지만 내가 증명을 안 하면 당신이 날 안 믿을 테고 — 공식적으로 — 당신이 날 안 믿으면 내 정보가 쓰일 일이 없는데? 내 정보가 묻히기엔 둘 다 피장파장 아닌가. 뭐라도 하자는 말이다."

외르타는 문득 상아처럼 서 있는 발렌시아의 손에 힘이 들어갔다고 느꼈다.

"다른 방법을 생각해라."

"내가 이 천을 또 끼얹어 줄까? 당신은 어떻게 딤니팔의 유일한 공작이란 사람이 라르디슈의 천 하나 못 알아보나? 얼치기 같으니라고."

"그것이 도대체 무엇이기에? 왕비의 망토를 그 정도로 단순히 재단해 놓을 리가 없다."

그녀는 감히 답할 수 없었다. 묵직한 솜덩어리가 목을 가로막고 있는 듯한 느낌이었다. 내 아이가 죽을 때 입었던 옷인데. 입이 찢어져도 그런 말을 할 수 있겠는가.

"있…… 이."

"그런 허름한 마름질이 라르디슈 왕실에서 나왔다 믿어야 하나? 증명이 안 된다."

"난 원래 바느질 못해."

"……저것을 네가 지었다고?"

"끔찍하게 못해."

"……."

"그런데도 일이 있어서…… 태어나서 처음 해 봤어. 그 솜씨를 탓하면 난 할 말이 없어."

"……."

"경, 장점과 단점. 농담 말고 진지하게 따져 봐. 삼 대 일이야. 심지어 후자, 단점은 도저히 일어나기도 힘든 일이다. 내가 로크뢰를 알기 때문이지. 너는 수백 미터 바깥에서도 가슴 깨진 듯 알아볼 수 있는 사람이 없니?"

그래. 나는 로크뢰를 알아볼 수 있다. 소름이 돋고, 끔찍하고, 살의가 솟고, 온갖 벌레 같은 노여움에 머리가 홧홧해서. 그자를 알아보지 못한다면 그녀는 이미 그녀가 아니었다. 그를 증오로 알아보는 자신이야말로 오롯이 외르타 자신이었다. 스스로에게서 그에 대한 혐오를 제한다면 남는 것은 그저, 나의 아델. 나는 남지 않는다. 아델만 남는다.

"로크뢰에게는 그런 인간이 있어. 나야. 그자는 분명 나를 알 거야. 직감으로, 끔찍한 집착으로, 아, 이것도 껴 줘야지 섭섭해서 어쩌나! 사랑으로."

"하지만 그 역시 전군의 총사령관이다. 쉽사리……."

"당신은 안 돌아다니나? 일전에 시누사에게 듣자 하니 당신도 전투의 첨단을 돌아다니는 일이 정말 허다하다던데."

"……."

"같은 이치야. 얻을 것은 많고 잃을 것은 적어. 아니, 잃을 것 없어. 만에 하나 당신이 걸어야 하는 것이 있다 하더라도 그건 내 목숨 하나란다."

"……."

"내 정보가 없더라도 당신이 로크뢰를 사로잡거나 죽이면 전쟁은 그날로 끝이다. 당신도 그것은 알지?"

"거는 것이……."

"그래. 내 목숨 하나."

외르타는 지금 발렌시아가 무슨 표정을 짓고 있는지 잘 파악할 수가 없었다. 분명 지금, 제 눈으로 보고 있는데도 감히 묘사할 수가 없다. 방금 전까지 그리 빤히 읽히던 그가 아니었다.

그 알 수 없는 얼굴이 말했다.

"그만 되었다."

어?

"뭐?"

발렌시아는 고개를 잠깐 숙였다. 그리고 다시 들어 그녀를 바라보았다. 외르타는 그의 선선한 눈에 잠깐 속이 울렁였다. 관상용 수조를 한 번 툭 친 듯 위험하면서도 위험하지 않은 동요였다.

그가 말했다.

"널 시험하지 않겠다. 왕비임을 증명하라 요구치 않겠다."

외르타는 배를 걷어차인 느낌을 받았다. 지금 저 고지식한 자가 뭐라고? 여전히 설명할 수 없는, 보고 있어도 보는 것이 아닌 얼굴이었다. 선뜻한 듯하면서도 부드럽고, 화를 내는 듯하면서도 달래며, 냉혹한 듯하면서도 지쳐 있었다. 제발, 누가, 내게, 저자의 표정을.

외르타는 제 요청이 답 없는 메아리처럼 돌아오는 것을 느꼈다. 멍청할 정도로 왕왕거리는 지저귐이 거슬렸다. 그녀는 어쩔 수 없이, 아무 말 못한 채 그의 눈을 빤히 바라보았다. 그가 말했다

"너를 믿겠다. 전장에는 나가지 마라."

외르타의 시선이 묘해졌다. 노려보는 것 같기도 하고 얼떨떨한 시선 같기도 했다. 당혹스러운, 화가 난, 민망한, 답답한. 자신도 스스로 무슨 눈빛을 하고 있는지 잘 파악할 수가 없었다. 배 속이 뭉글뭉글, 어떤 색색가지 실타래가 꽉 들어찬 감각이었다. 그녀는 그리 한참을 바라보다가 불쑥 내뱉었다.

"당신이 그리 말한다면⋯⋯ 내 말을 바꾸마."

그녀는 눈을 기울였다. 네가 무슨 얼굴 하고 있는지 나는 안 보련다.

"나는 반드시 전장에 나갈 거야. 내 신분 증명과는 상관없이."

나는 정말 답이 없구나.

외르타는 제 말에 그가 보일 반응은 신경 쓰지 않기로 했다. 그것이 가뿐한 결심인지 꺼림칙한 결심인지는 사실 그녀도 잘 몰랐다. 어쨌든 중요한 것은 자신이 발렌시아를 보지 않으리라는 결심 그 자체다. 벌써 몇 번째 그의 뜻에 대항하여 뻣뻣이 서는지 스스로도 면구할 지경이었으니까. 이건 보지 않는 것이 아니었다. 감히 볼 수가 없는 것이다.

"나는 로크뢰에게 내 얼굴을 보이고 싶어. 배반감에 돌아 버리도록 만들 거야. 날 증오하고 제 애정을 후회하게 할 거다."

리오넬.

"제 죄를 스스로 깨닫게 하리라. 자신이 얼마나 미친 짓을 저질렀는지, 그 보복이 어떤 식으로 돌아오는지 내 그것을 알리지 않고는 살 수가 없다."

너는 내가 죽여.

"나는 그자가 나에 의해서 망가지는 꼴을 보고 싶다. 내가 그자로 인해 돌이킬 수 없을 만큼 짓뭉개졌기 때문에, 세상은 업보, 그자도 그리 되어야 마땅하리라."

"너는."

속이 확 구겨지는 듯한 느낌이 들었다. 그가 무슨 말을 할지 두려웠다. 심장이 뛴다. 눈이라도 꾹 감고 싶었다.

무슨 말을?

그러나 침묵.

그녀는 이어지는 고요에 당혹했다. 말을 이으려는 기색 아니었던가. 왜 말을 멈췄나. 젠장. 이 침묵에 맞서 싸우려 하지 말고 고개를 들라 하는 건가. 나보고 당신 얼굴을 보라 강요하지 마라. 안 쳐다볼 거야. 고개는 안 올린다.

외르타는 고개를 들지 않고, 발렌시아는 제자리에서 움직이지 않았다.

한참의 정적이었다.

애가 탔다. 제발 무슨 말이라도 해라. 외르타는 아직도 고개를 세우지 못하는 자신을 한 대 치고 싶었다. 저자가 뭐라고? 기껏해야 이곳의 총사령관, 왕국의 공작이 아닌가. 암만 제가 그에게 진 죄가 많다 해도 상당히 이상한 일이었다. 로크뢰에게조차 이토록 꽉 눌린 듯한 초조감은 느낀 일이 없는데, 저게 뭐라고.

아, 이런. 외르타는 속으로 웃었다. 로크뢰에게 이런 초조감을 느낄 때가 없는 것은 아니지. 그가 나를 잡을 때, 밀 때, 닿을 때, 범할 때. 하지만 재미있군. 그것이 정말 지금 이 초조감과 같은 것인가? 그녀가 그때 마음 졸인 것은 물리적인 무엇 때문이었다. 하지만 지금은.

"나는 너를 모른다."

이런 말 한 마디 한 마디에 확 쓰린 것이다. 발렌시아는 그녀를 조금도 건드리지 않았고, 않는다. 애초에 여자 자체를 별로 좋아하지 않는 듯 보였다. 관심이 없다. 자신에게조차, 제가 기어이 그 성질을 건드릴 때까지는 그저 덤덤하게 한 발자국 물러서 있을 따름이다. 그처럼 스스로와 영영 온전히 닿을 일 없는 자인데, 이것은 도대체 무슨 혼란함이라는 말인가.

"그러므로 내겐 네 복수를 평가할 자격이 없다."

이렇게, 이토록이나, 내게 관심이 없는데.

"하지만 내가 너를 이미 왕비로 인정한 이 시점에, 그 장본인이 전장으로 나가는 것은 스스로 죽지 않으리라는 보장 없이는 안 될 일이었다. 딤니팔군에는 네가 필요하다."

"그럼 지금 당장 사령부에 가서 강의하지. 내가 아는 것은 모조리 이야기해 주마. 다들 싹 넘어올걸? 그다음에 전장에 나가면 죽어도 상관없지 않나?"

"……."

외르타는 드디어 그가 무슨 얼굴을 하고 있을지 짐작할 수 있었다. 확 갈라진 듯, 외르타를 믿으면 안 된다는 제 냉정이 드디어 파도처럼 치민 얼굴. 그녀는 아까 그의 말에 잠깐 놀랐던 제 마음이 점차 진정되는 것을 느꼈다. 드디어 머리에 좀 와 닿았다.

나를 믿겠다고? 전장에 나가지 말라고?

도대체 무슨 소린가? 저게 저 입에서 나올 성싶은 소리인가? 아니나 다를까 지금 또다시 무심함을 찾아 제 정신 놓은 말을 후회하고 있지 않은가. 신분 증명 없는 외르타를 종용해 사령부에 정보를 알리게 하는 것은 그의 침착함에 경기를 일으키는 일이다. 그로서는 결코 용납할 수 없는 사항일 것이다. 그녀는 그것을 알았다. 무턱대고 정보를 듣기가 불안해 그의 배 속이 뒤집어지고 있으리라는 사실을 알았다.

그러려면 애초에 도대체 저 말을 왜 한 것인지 잘 이해가 가지 않았다. 무슨 충동이람? 아무런 물적 증거 없이도 내가 왕비임을 믿겠다니. 이 말에는 도저히 어떤 추측도 할 수가 없었다. 생각이 길어지지도 않는다. 아니, 길어지기는커녕 더 이상 나아가지 못하고 그저 서 있다. 듣고 벼락 맞은 듯 멈출 뿐이다. 그녀는 발렌시아가 그 발렌시아인가 하는 쓸데없는 의심이 들었다.

"거 보렴. 당신 지금 제안을 후회하고 있지? 주워 담고 싶지?"

발렌시아는 아무 말이 없었다. 외르타는 그에 반 실망, 반 안도하여 씩씩하게 윽박질렀다.

"사령부에 가짜 왕비를 들여서 그들이 와르르 무너지면 어쩌나 갈등하고 있지?"

여전히 대답은 없다.

"그러니까 날 전장에 내보내서, 로크뢰가 달려오는 걸 보고 진위 여부를 결정하라니까!"

외르타는 그가 너무 조용하자 드디어 고개를 불쑥 들었다. 창이 솟는 것 같은 기세였다.

그곳에는 아무도 없었다.

톨레도는 방금 전 저희를 묶어 두고 나간 발렌시아가 다시 들어오는 것을 보고는 조금 긴장했다. 어떻게 된 일이지?

"휴전 협정을 파기한다."

시누사가 헉 소리를 냈다.

"아직 기간이 반 가까이 남았는데요?"

"묵살된다. 살 쏘고 와라."

"저요! 제가 갈래요!"

직전까지 휴전 협정 파기 자체에 의문을 품었던 사람이 즉각 그 사절 역할을 지원하는 꼴이라니. 톨레도는 막막함에 제 이마를 짚었다. 발렌시아는 옆으로 밀어 둔 제 책상까지 다가가 종이에다 무엇을 대충 휘갈겼다. 바로 옆에 선 톨레도가 보기에도 대단히 짧은 서신이었다.

休 종終.

사실 화살에 매어 놓을 서신의 내용은 큰 상관이 없었다. 진영으로 쏘는 화살 자체가 중요한 의미를 가지는 것이니까. 그가 저 서신을 주지 않고 시누사에게 일임했다면, 시누사는 '꺼져라, 머저리들아!' 이런 식으로나 써 두었을 것이다. 아, 그걸 방지하시기 위함인가. 발렌시아는 서간을 접지도 않고 시누사에게 건넸다.

"당장 가서 진영 안, 혹은 가까이에만 맞도록 멀리서 조준해라."

"꽁지가 빠져라 도망 와야겠네요."

사실 이번 사안이 저번의 휴전 협정보다 더 위험한 일이었지만 톨레도는 이미 말릴 기운을 잃은 상태였다. 아, 그나시오 경은 언제 오시나. 시누사의 정도를 잡아 주셔야 하지 않나.

"다녀올게요!"

"경, 활."

"아차."

자멘테가 나서서 시누사에게 장궁을 건네주었다. 그는 활과 시위와 화살통을 받더니 발에 날개 달린 듯 뛰쳐나갔다. 참 철없는 어린아이처럼 보이는데 그 건방진 무도함이 일어나는 곳이 하필 전장이라 속이 답답했다.

발렌시아는 그처럼 시누사에게 서신을 쥐여 주고도 좀처럼 책상에서 등을 돌리지 않았다. 어떤 자잘한 재산을 쓸어 모으는 모양새였다. 톨레도는 무슨 일인가 하여 고개를 빼었다가 허 하는 신음을 내뱉었다.

"다 어디에 쓰실 예정이십니까? 버리려 둔 종이를……."

"사령부는 이만 해산해라. 외르타-라르공드의 밀고는 나 혼자 듣는다."

"뭐…… 예?"

그는 한 대 거창하게 얻어맞은 표정으로 발렌시아를 바라보았다. 다른 기사들도 마찬가지였다. 뭐? 지금 드디어 외르타의 정보를 들으시겠다고? 여태껏 그리 강경하던 분이 어째서? 게다가 심지어 '독대'라니. 우리가 또 무슨 잘못이라도 했나? 다들 그처럼 얼떨떨한 표정이었다. 개중 그나마 냉정을 찾은 톨레도가 물었다.

"증거가 없다고…… 믿지 않는다고 하지 않으셨습니까?"

"번복한다."

그는 발렌시아가 외르타에게 가서 무슨 말을 듣고 왔는지 지독히 궁금해졌다. 그러나 물어본다고 대답해 줄 사람이 아니라, 결국 재차 타당한 질문만 하나 던질 수밖에 없었다.

"물론 저희는 그녀의 정체를 의심하지 않지만……."

"그래서?"

"……그래도 그녀가 증명을 하지 않았으니 만에 하나 진실이 아닐 경우를……."

"그렇기 때문에 나 혼자 듣겠다는 말이다. 너희들이 의심을 품지 않는데 사령부에 그녀의 밀고를 알리는 것은 물에 독을 푸는 것과 마찬가지다. 나 혼자 듣겠다."

"달리 증명할 방법이 없다 합니까?"

"없다."

외르타는 분명 뭔가 말할 내용이 있어 그리 의미심장하게 웃고 나간 것일 텐데. 톨레도는 그녀의 표정을 대강이나마 알아들을 수 있는 사람이었다. 분명 무언가 말을 하긴 했을 것이다.

묻고 싶지 않았다면 거짓말이다. 그러나 결국 그는 이것 역시 답을 받을 만한 질의가 아니라는 사실을 알았다. 발렌시아는 대답하지 않을 것이다.

데군다가 물었다.

"진담이십니까? 어차피 저희에게도 후일 고스란히 말씀해 주셔야 하는 것 아닙니까?"

"그 내용은 내가 거른다."

톨레도는 이것이 어쩔 수 없는 절차라는 것을 깨달았다. 외르타가 자신을 증명할 물적 증거가 없다 하면 더 이상 뾰족한 수가 나오지 않는다. 이제는 기다릴 왕명도 없다. 믿을 것인지 믿지 않을 것인지 정말 진퇴양난인 셈이니 발렌시아로서는 현재 유일한 길을 택한 것이다. 사령부로서는 일말의 손해도 없고, 외려 발렌시아가 유용하고 의심의 여지가 없는 정보를 개괄하여 건네니 참 편리하고 감사할 만한 일이다. 하지만…….

"정리하기 고되실 겁니다. 외르타가 한 사람의 손으로 즉각 처리될 만큼 적은 양을 밀고하리라 생각지 않습니다. 사흘 밤낮을 새워도 가능할 수 있을지 모르겠습니다."

"그건 내가 알아서 한다."

톨레도는 한숨이 났다. 휴전 기간 내내 그리 고생하고도 어찌 한 번을 못 쉬시나. 저 어깨가 칼에 진을 뺀 어깨라 망정이지 문관의 어깨였다면 담이 생겨도 진작 생겼을 것이다. 전쟁터에서 그가 사방을 훼방 놓고 다니는 것은 이상한 일이 아니었다. 항상 노곤하니, 손이라도 풀며 속을 게워 내셔야지. 그는 다시 한 번 그 일이 얼마나 피곤할지를 상기시켜 주었다.

"물론 휴전 협정이 파기된 직후 회전이 열리지는 않겠지만, 그래도 열흘 안짝일 겁니다. 일전에 평원을 살펴보러 가셨을 때 로크뢰도 그 자리에 나타났다 들었습니다. 라르디슈도 회전 준비는 착실하게 할 겁니다. 열흘 안쪽. 체력을 차리셔야 합니다. 요즘 들어 쉬신 일이 정말 얼마 없습니다. 몇 명만 함께 참여토록 넣어 주십시오."

"난 멀쩡하다."

"지금도 강건하시고 앞으로도 그 무던함 변치 않으시리란 사실은 저도 압니다. 하지만 이건 몸보다는 마음의 문제 아니겠습니까. 단 일 초도 쉬지 않고 업무를 처리하시다 보면 정말 지치실 겁니다. 총사령관의 피로는 저희 모두의 불행입니다."

사실 톨레도 자신도 삼 년간 밀린 영지 업무를 처리해 본 적이 있었다. 그 끔찍한 기억이 있으니 발렌시아를 안쓰럽게 바라보는 것이다.

이 한 해, 분주하기는 매양 같았지만 외르타가 온 뒤만큼 이것저것 신경 쓰는 발렌시아를 본 적이 없다. 다른 기사들도 비슷한 생각인지 — 다들 몇 년 만에 영지에 내려갔다가 결재 서류에 깔린 일이 왕왕 있으므로 — 조금 우려하는 표정을 하고 있었다.

그러나 발렌시아는 뒤도 안 돌아보고 쐐기를 박듯 말했다.

"해산."

시누사는 외르타의 막사로 들어가며 씩 웃었다. 그 자리에 있는 두 사람의 구도가 상당히 웃겼기 때문이다. 외르타는 침대에 대자로 뻗어 자고 있고, 발렌시아는 의자에 앉아 그 앞 탁자에 잔뜩 종이를 쌓은 채 졸…… 아, 졸고 계시는 줄 알았는데 뭘 쓰고…….

"나가라."

"예?"

"경에게는 이것을 볼 수 있는 권한이 없다."

"안 볼 테니 대답해 주십시오."

발렌시아는 달필로 무슨 문서를 쓰며 고개도 들지 않고 있었다. 그러나 시누사는 다년간의 경험으로 저것이 무언의 허락이라는 사실을 알았다.

"지금 만 하루째거든요? 한숨 주무시긴 하셨습니까?"

"신경 쓰지 마라."

"다들 들어가지 마라 들어가지 마라 해서 지금에야 겨우 숨어 온 겁니다. 보고를 들으실 겁니까?"

"무슨 보고?"

"휴전 파기 보고."

"해."

시누사는 천막 입구에서 몇 번 엉거주춤 자리를 잡다가 겨우 반듯이 섰다.

"경께서 주신 서신을 매달아서 쏘고, 심심하니까 네댓 발쯤 더 쏘고 돌아섰거든요. 그런데 희한하게 아무도 안 쫓아오더라고요. 분명 안은 왁자지껄한데. 그래서 좀 더 가까이 가 볼까 하는데……."

"……."

"아, 이런 세상에. 한 부대가 뛰쳐나오더라니까요? 잔인한 것들. 혼비백산해서 말을 달렸습니다. 무서웠어요."

"재미있었겠지."

"부정은 않겠지만……. 에이, 왜 그러십니까. 제가 아니었담 살아오지도 못했어요. 이 팔 좀 보세요!"

시누사는 제 소매를 쓱 걷어 붕대에 둘둘 매인 팔뚝을 보여 주었다.

물론 발렌시아는 고개 한 번 돌리지 않았다.

“멀쩡히 살아온 것을 보아하니 기껏해야 화살대나 맞은 듯한데 엄살 피우지 마라.”

“…….”

“보고 끝인가?”

“그런 것 같기도…….”

“나가.”

시누사는 조금 부루퉁해졌다. 그가 서 있는 방향에서는 포개어진 종이 덕택에 상대의 얼굴이 보이지 않았다. 그러나 어쨌든, 그 엄격함은 듣는 것만으로도 확연했다.

그의 옆자리에 쌓인 것은 빈 종이가 아니었다. 채워진 것만으로 산더미다. 시누사는 질린 감탄이 나오려 했다. 두 사람 다 인내가 끝장이구나. 만 하루째, 저리 악착같이…….

“아윽!”

시누사는 누워 있던 외르타가 신음을 흘리는 바람에 깜짝 놀랐다. 그녀는 상체를 벌떡 일으켜 세웠다. 외르타의 눈가엔 잠들었던 기미가 조금도 없었다.

“아, 깜짝이야! 비전하! 자는 줄…… 주무시는 줄 알았잖아요!”

“넌 발렌시아 경이 안 자는데 내가 그 앞에서 잘 수 있다고 생각하나? 염치가 있지.”

결국 아무도 눈 한 번 안 붙이신 건가. 만 하루째? 시누사는 잔뜩 헝클어진 그녀의 갈색 머리칼을 보며 얼떨떨한 웃음을 터뜨렸다. 저 꼴로 라르디슈의 왕비라니. 그 터무니없는 당당함을 믿고 있는 자신이 어처구니없이 웃는 것이다. 외르타는 그가 왜 웃는지 몰라 그저 어정쩡한 미소로 답해 주었다.

"경, 안 나가나?"

시누사는 대답도 없이 꽁지가 빠져라 달려 나갔다. 외르타는 그 바람 같은 모습을 보며 실제로 소리 내어 몇 번 웃었다.

그녀는 미소를 지우지 못하고 말했다.

"경, 재 거짓말했어."

"안다."

"사령부가 작심하고 제일 의심받지 않을 시누사를 넣어 보낸……. 안다고?"

"그래."

외르타는 조금 시무룩한 얼굴이 되었다. 시누사가 사실은, 이곳에서 무슨 일을 하는지 궁금해 미칠 지경인 사령부가 넣은 염탐꾼이라는 것. 그녀는 그 사실을 저 아이가 들어오자마자 알았다. 그런데 발렌시아가 의외로 고분고분 이야기를 들어 주기에 미처 눈치채지 못했구나 생각한 것이다. 그래서 좀 잰 체를 해 보려 했건만, 안단다.

외르타는 고개 숙인 채 무언가를 쓰고 있는 그를 보며, 순간적으로 그가 무던했던 이유를 깨달았다. 시누사를 참아 넘긴 것이 아니라 애초에 듣지 않은 것이다. 너무 바빠서.

한 시간쯤 전, 그녀에게서 라르디슈 편제와 몇 가지 수를 들은 발렌시아는 무슨 생각인지 돌연 말을 멈추라 했다. 그녀가 영문을 모르고 뚝 그치자 그때부터 얼굴 한 번 안 보이고 무언가를 계산, 정리, 확인 — 무엇인지는 모르겠지만 아무튼 — 을 하고 있는 것이다. 팔은 안 아픈가? 외르타는 얼빠진 생각을 하며 혼자 연민 섞인 시선을 보냈다.

처음 볼 때부터 칼을 잡기보다는 펜을 잡는 것이 더 어울리는 고상함이라 생각했다. 그 사정 두지 않은 피 칠갑을 보고도, 소리 없이 칼을 빼는 노련함을 보고도, 냉혹한 말투 싸한 눈을 보고도 사실 아직까지도 그 인상은 사라지지 않고 있었다. 그리고 지금, 이처럼 영감 받은 문필가의 속도로 무언가를 적고 있는 모습을 보면서 역시 내 인상이 맞았지, 흡족한 것이다. 태생이 조용한 자인데 아무렴.

무엇을 위해 저리 성실하고 무엇을 위해 저리 고지식한지 모르겠다. 로크뢰는 내정을 정말 끔찍이도 싫어했다. 결재 서류가 와도 평소에는 잘 보지 않은 채 옥새만 쾅쾅 찍고 귀족원으로 넘겨 버렸던 것이다. 전장에서도 마찬가지였다. 서류? 문서? 외르타는 대부분의 시간 그의 막사에 있었으면서도 그가 무언가 하나라도 쓰는 것을 본 일이 없었다. 덕분에 전쟁에 종이는 필요 없나 하는 멍청한 생각까지도 여러 번 했을 지경이다.

물론 딤니팔에 와서는 그 생각을 완전히 버렸다. 발렌시아는 사람을 죽이고 있지 않을 때면 꼭 무언가를 쓰고 있었다. 보급 문제, 결재 서류, 전황 보고서, 군 동선, 전선 위치 표기, 이동 방향, 첩자 보고……. 고달픈 공무원이라 이건가. 그 생각을 하자 진짜 웃음이 났다.

"당신 안 힘들어? 꼬박 하루야."

"만 하루를 지새운 것은 너도 마찬가지다."

"당신은 손이랑 머리도 쓰고 있잖나."

"너는 기억해서 말했다. 고단한 정도로는 네가 더 심하다. 자려면 자라."

외르타는 입을 꾹 다물었다. 나보고 자라고? 속이 답답했다.

"언제 끝나? 어제도 밤새우고……. 지금 벌써 한밤이다. 이만 쉬고 내일 볼래?"

"난 이것을 정리해서 사령부 전원에게 배포해야 한다. 빠르면 빠를수록 좋다. 그러니 내가 여타 잡다한 것들을 처리할 동안 너는 자라."

"……"

외르타는 도저히 잘 수 있을 것 같은 기분이 들지 않았다. 꿈에서 또 무슨 헛것을 보고 깨 저자 앞에서 민망할지 모른다. 그녀는 주섬주섬 변명했다.

"당신 피곤하잖아. 총사령관이 돼서 몸을 이리 혹사시키면 어떡하니? 방금 시누사 들어온 것 못 봤어? 사령부도 당신을 걱정하고 있다는 말이다. 가서 좀 자다 와."

"나는 동부 원정 오 년 동안 제대로 잠을 잔 일이 없다."

젠장.

"이 일이 끝나는 것은 어차피 빨라야 만 사흘이다. 넌 사흘 동안 잠을 안 자고 버틸 수 있겠나? 만용 부리지 말고 자라."

그녀는 일단 좀 더 버텨 보기로 했다. 한계에 다다르면 발로 걷어차서라도 발렌시아를 쫓아내고 잠에 들리라. 그녀는 눈을 한 번 꾹 감았다 뜨곤 대화의 주제를 돌렸다.

"이거 끝나면 나를 전장에 내보내 줄 거라 믿어."

"……."

"정보 뺀 정보 공급자가 무슨 소용이야? 걱정 없이 허락할 거지?"

"……."

"이거 지금 내가 처음 묻는 것…… 처음 묻는데……. 좀 불안한데……. 설마 안 된다고?"

"너는 전장에 나갈 필요가 없다."

외르타는 잠이 번쩍 깨는 것을 느꼈다. 지금껏 만 하루 동안 그녀는 그가 제 정보를 받는 이유를, 정보를 받은 뒤에는 전장에 내보내 주리라는 그런 호의인 줄로만 알았다. 그녀는 침상 벽에 비스듬히 누워 있던 제 허리를 곧게 세웠다.

"왜?"

"사적인 이유로 전장에 출입하려 들지 마라."

"당신 굉장하다."

"……."

"따지고 보면 전장에 딱 한 번만 내보내 주면 될 일을 가지고 이렇게 삼 일 철야를 하겠다는 것 아닌가? 전장에 나가서 내가 나임이 증명되면 구태여 이 수고로움을 겪을 필요가 없잖나. 지금까지 그렇게 힘들이고도…… 도대체 왜……."

"……."

"내가 부탁한다. 제발 내보내 줘. 수행원은 많이 안 바라."

발렌시아가 펜을 내려놓았다. 그녀는 조금 긴장했다. 그는 얼굴을 한 번 쓸어내린 뒤 피곤하지도 않은 어조로 입을 열었다.

"네가 전쟁에 나가면 내 일이 번거로워진다."

"나랑 당신이랑 무슨 상관이 있다고?"

"너는 총사령관 직속이다."

"제발. 당신은 지금껏 내가 제발, 부디 뭐 이따위 단어들을 너무 많이 써서 참 비굴하다고 생각할지 모르겠는데……. 난 정말 그런 말과는 연이 없는 사람이다. 딤니팔에 투항하기 전까지는 정말…… 거의…… 쓴 일이 없었어."

쓴 일이라곤 로크뢰에게 제발 오늘만 꺼지라 말할 때 정도? 하지만 이뤄질 리 없는 소망이라는 것을 알고 입 밖에 냈기에 지금만큼의 희망은 없었다. 발렌시아는 논리로 말하면 설득할 수 있을 것이다. 그러니까…….

"안 된다. 너는 지금 무언가 착각하고 있는 것 같다. 내가 지금 이 일을 하고 있는 것은 네게서 단물을 뺀 뒤 사지로 내몰겠다는 뜻이 아니다. 외려 그 사지로 나가지 않을 수 있도록 내 없는 시간을 안배함이다. 타협 없다. 그만 말해라."

이르미는 저 철벽같음에 화를 내고 싶지 않았다. 그저 계속 밀어고자

했던 것을 끌어 올려, 나지막이 호명했다.

"발렌시아 경."

그는 탁자 한쪽만 바라보고 있던 시선을 들었다. 외르타는 없는 침을 삼켰다.

"당신, 저번에 내가 약속 어겼을 때 화를 안 냈었지?"

자해하지 않겠다는 약속. 단 일주일.

"그때 왜 그랬나?"

"……."

"많이 화났을 테지. 나 같으면 노여워 죽여 버리고 싶었을 거다. 어떤 맹랑한 자가 약속 여기기를 이리 종잇장처럼 하느냐고. 내가 무시당한 느낌과 상대의 어리석음에 펄펄 뛰었겠지."

"……."

"그런데 당신은 내게 화를 안 냈어. 그것이 단지, 알고 보니 모든 것이 한때 소동이라는 것을 깨달아 그런 것이라고? 아니야. 그럴 리 없어. 논리는 휘발성이지만 그 감정은 지독히 오래간다. 나에 대한 분노를 간직하고 있었다면 당신이 그리 빨리 냉정을 차렸을 리가 없지."

외르타는 그 답을 알면서도 조용히 물었다.

"왜 나를 용서했지?"

발렌시아에게 물었지만 사실 이것은 거의 자문이나 다름없었다. 누군가 그녀 속에서 즉시 대답했기 때문이다.

날 이해했기 때문이지.

저 융통성 없는 자가 나를 이해해서 그렇다. 그래서 그 광태를 눈 감아 준 것이다. 발렌시아는 외르타가 왜 이리 구는지를 이해했다. 사람 대 사람으로 이해하여 어쩔 수 없는 일이라 그저 묵과해 주었다.

발렌시아는 대답이 없었다.

"그걸 생각해."

"……."

"발렌시아 경, 나를 이해해."

그는 다시 펜을 쥐었다. 외르타 역시 더 말을 잇지 않고 나무가 늘어지듯 침상에 기대었다. 속이 조금 썼다.

된 건가. 저자에게 조금 먹혔을까. 부디 그래야 하는데…….

순간 정신이 몽롱했다. 벌레를 내쫓듯 기겁하여 손사래질을 했다. 세상에. 발렌시아를 조금 설득한 것 같다고 넋이 빠져 자려 하다니. 미쳤구나. 외르타는 누구 앞에서 잔다는 것을 상상조차 못하고 있었다. 라르디슈 진영에 있을 때까지만 해도 제 자제력이 살아 있었는데, 이곳에 온 뒤, 숙면 시 제 주변에 아무도 없게 되자 긴장이 확 풀린 것이다.

무슨 꼴을 보일지 모른다. 심지어 자신이 이곳에 온 바로 그다음 날에는 발렌시아 앞에서도 꿈을 착각해 넋 빠진 몰골을 보이지 않았나. 다시는 그러고 싶지 않았다. 더군다나 지금은 그것보다 더 심한 환각일 것이 분명했다. 끝이 다가오니 간신히 막아 두었던 제 광기가 구멍 난 것처럼 줄줄 흐르고 있었다.

끝이 다가와서 그렇다. 끝이.

외르타는 제 가슴을 몇 번 쳤다. 잠에서 깨자. 꿈에서 깨자.

열일곱.

처음을 빼앗긴 기분은 곧 숨 막히는 기절이다. 죽기 직전의 실신이자 어두운 밤 전조 없는 칼날이며 살인자의 힘으로 걷어차인 운수 지독한 떠돌이 개다.

외르타는 누워 있었다. 아무런 생각 없이 귀신 들린 듯 허공만 바라보았다. 그러나 누군가가 옆자리에서 몸을 일으키자, 반사적으로 손을 내뻗을 수밖에 없었다. 외르타는 그의 맨 팔, 지난밤 그녀의 목 누르고 미동도 없던 그 끔찍한 팔을 잡았다. 덜덜 떨리는 몸. 말했다.

"언제…… 어…… 언제……."

스스로 미친 것 같다고는 생각지도 않았다. 그녀는 자신이 말을 똑바로 하고 있다고 믿고 있었다.

"오늘…… 수, 수행인이…… 오는…… 오늘…… 오, 오늘…… 갈 수……."

로크뢰가 반쯤 뒤를 돌아보았다. 몸이 종잇장처럼 우그러드는 듯했다. 자신도 모르게 허리를 뒤로 물렸다. 지난 열일곱 해, 심지가 굳다 생각해왔는데 말짱 헛것이었다. 그 강단 조금도 남아 있지 않은 채 비 맞은 새인 양 떨리는 몸이 주체되지가 않았다. 미칠 것처럼 혐오스럽고 증오스러운데 문제는, 그만큼이나 무서워서 아무 반항을 할 수가 없다는 것.

"네가 어딜 가?"

외르타의 얼굴이 하얗게 질렸다. 가까스로 왕의 팔을 잡았던 손이 소름끼치는 두려움을 이기지 못하고 떨어져 나왔다. 그러나 그 여윈 뜨끈함이 사라지자, 이번에는 왕이 그녀를 잡아당겼다. 크게 뜬 눈 어찌 감지도 못한 채 맨몸 그대로 들려 올라갔다. 목에 힘이 들어가지 않는다. 외르타는 간신히 남은 다리 힘으로 그를 한 번 걷어찼다.

그리고 그 즉시.

머리에 닿는 지독한 충격.

외르타는 순간 정신이 아뜩해졌다. 눈앞이 거뭇하니 보이지 않았다. 너무 큰 충격을 받으면 아프지도 않다고 하는데 그건 말도 안 되는 소리다. 죽을 것처럼 머리가 아프고 얼얼했다. 그녀는 시야가 제대로 돌아온 뒤에야 자신이 그에게 머리를 맞았음을 깨달았다.

"으…… 흑…… 미친……."

이번에는 뺨을 얻어맞았다. 정말 상대를 죽일 듯한 힘이라 외르타는 이 두 대에 자신이 왜 기절하지 않는지 속이 먹먹할 정도로 억울했다. 손바닥이 아니라 주먹으로 갈긴 모양이다. 턱이 제대로 움직이지 않았다. 아아 으으 하는 의미 없는 신음만 새어 나왔다. 그녀는 마지막 남은 용기를 그러모아 왕의 얼굴에 침을 뱉었다.

다시 머리를 맞았다.

그 긴 머리칼이 산발이 되어 눈앞을 가렸다. 이마가 금방 깨질 것처럼 아파 왔다. 논리고 사고고 할 것 없이 애초에 아무 생각이 들지 않을 정도로 경황이 없었다. 어젯밤에도 맞았지만 이만큼이나 지독한 힘은 아니었다. 태어나서 처음 얻어맞는 일이라 적응이 되지 않았다. 눈물 나게 아프고 무섭고……. 화는 나지 않았다. 두려움이 모든 것을 눌렀기 때문이다.

단 세 대에 짓눌렸다. 벌레처럼 짓눌려 다시 깔리고, 당하고, 죽었다.

"도대체 언제까지 날 때릴 건가?"

"고분고분해질 때까지."

"미친노…… 악!"

내 열일곱에는 그런 일들이 있었다.

몸에 멍이 들지 않은 날이 없다. 온갖 곳을 맞고 짓눌려 벌겋게 붓고 퍼렇게 떴다. 자신이 자진하려 했던 날은 정말 내 손을 쓰지 않아도 죽을 수 있겠구나 싶게 맞았다. 그 죽어 가는 몰골에 대고도 지독한 구타를 당했다. 그때는 심지어 왜 맞는지도 몰랐다. 내가 당신에게 무례한 말을 했나? 침을 뱉길 했니? 강간에 저항이라도 했나? 이해할 수가 없이 그저 거북이처럼 웅크리고 맞았다.

머리에 피가 터진 일은 너무 허다해 언급할 만한 가치도 없었다. 도저히 힘이란 것을 자제하지 못하는 멍청한 투우 같은 남자였다. 기절하면 그대로 되었다 던져두고, 눈 뜨면 범하고, 반항하면 때린다. 어쩌면 그리 단순할 수 있는지 외르타는 종내, 자신이 그의 모든 행동을 추측할 수 있다고 생각하는 지경에 이르렀다. 그런데 참 의외로…….

"나는 너를 사랑한다."

어찌 우습지 않겠는가?

태어나서 그만큼 웃은 일이 없었다. 그런데 웃었더니 또 맞았다. 그것마저 웃겼다. 또 웃고, 또 맞다가, 또 실신했다. 그것이 제가 그에게서 사랑한다는 말을 처음 들은 날 있었던 일이다.

이! 얼마나! 웃긴지! 배가 아릴 정도로 큰 웃음이 왕왕 터졌다. 눈물 흘리면서 웃었다. 웃다 기도가 막혀서 목에 가시 걸린 양 컥 숨이 넘어갈 뻔한 적도 많았다. 아직까지도 그녀 인생에서 가장 희극적이었던 일을 꼽자면 그 일이 홀로 우뚝했다. 심지어는 그 말만 상기하면 스스로가 너무너무 웃겨서 잠깐 이것이 행복이라는 건가 생각해 보기도 했다. 태어나 겪은 행복이 드물어, 지금 이 순간까지도 외르타는 그것이 행복인지 아닌지 긴가민가하고 있었다. 이 감정이 행복 아닐까? 우습고 즐겁고 유쾌한 이 느낌이 바로 행복이지 않나.

열여덟.

생 로욜에서도 맞았다. 외르타는 이제 타성처럼 반항했다. 왕 역시 타성처럼 때렸다. 구타에 무덤덤해지는 기분이 들었다. 물론 사람이 맞는데 아프지 않을 리가 없다. 그러나 그가 자신을 범하는 것보다는 맞는 것이 차라리 나았다. 뻗대고, 맞고, 몸부림치고, 맞고, 버티고, 맞고. 맞은 날은 기절하니 자신에게 무슨 일이 일어나는지도 잘 몰랐다. 그가 시간屍姦 비슷한 짓이라도 했을까? 모를 일이다. 개의치도 않았다. 어차피 자신은 느끼지 못했으니까.

그리고.

아델.

"아이를 가졌다고?"

"그리 발정난 개처럼 덤비는데 이리 늦게 가진 것도 이상……."

외르타는 말하다 손이 닥칠까 하여 습관처럼 팔뚝을 들어 머리를 감쌌다. 그러나 올 것이 오지 않았다. 고개를 드니 왕은 턱에 힘준 채 성을 참고 있었다. 외르타는 어처구니가 없었다. 왜 안 때리나? 갑자기 돌아 버리기라도 한 건가? 그녀는 어차피 맞을 몸 겁도 없이 그 말을 입 밖에 냈다.

"왜 안 때리나?"

대답이 오지 않았다. 외르타는 멍하니 논리적으로 사고하려다, 자신이 미쳐 가고 있었다는 사실을 기억했다. 이런. 머리가 잘 돌아가지 않았다. 몇 가지 충격에만 반응하는 길들여진 개 같았다. 왕은 그대로 떠났다.

얼마 동안 맞지 않았다. 당하지도 않았다. 그 사실이 정말 진심으로 희한해, 그녀는 자신이 지금 꿈속에서 살고 있나 하는 의심이 들었다. 아이 때문에 맞지 않고 강간당하지 않고 있다는 사실은 도저히 생각할 만한 정신머리가 아니었다. 그저 신기했을 따름이다.

열아홉.

사실 그처럼 평생 안 때릴 것이라고는 생각지도 않았다. 한 번도 때리지 않는 자는 있어도, 한 번 때리는 놈은 없다 했다. 당연히, 아이를 낳고 또 맞았다. 이번에는 익숙지 않아 조금 아팠다. 고통을 견디는 것이 힘들기도 하고, 맞을 때 어느 쪽을 가려야 하는지 잘 기억이 나지 않았다. 또 한참을 흠씬 두들겨 맞고 나서야 옛 기억이 되살아나 제 자신을 보호할 수 있었다.

머리가 가장 아프다. 그가 가장 자주 때린 곳도 머리였다. 그것이 뒤통수든 빰이든 이마든 상관은 없다. 가리지 않고 머리가 가장 고통스러웠다. 뼛골 속에 든 모든 인간적인 정신이 뿌리부터 흔들리는 아픔. 그 다음이 제 아랫배였다. 그곳을 맞으면 충격이 등골을 타고 올라와 가마까지 차올랐다. 아기집이 있는 곳이라 그런 듯싶다. 목도 아팠다. 잘 닿기 힘든 곳이라 많이 맞지는 않았지만 왕은 가끔 제 목을 쥐었다. 거의 목이 졸릴 지경이 되어서야 풀려난 일이 많았다. 목이 졸릴 때 희열이 온다고? 그 말을 한 자, 내 기필코 찾아 죽이리라. 숨 막히고 먹먹하고 죽을 것 같아 단지 반쯤 뜬 발만 버둥버둥 가냘팠다. 내 명줄이 저자에게 쥐였구나 싶어 화가 나고 억울하기까지 했다. 물론 팔다리 역시 아프긴 마찬가지다.

아, 다시 상기해 보자니 사실, 구타당했을 때 안 아픈 곳은 없다. 덜 아픈 곳도 없다. 그저 똑같이 고통스럽다.

그날도 똑같이 얻어맞은 뒤 가장 하등한 동물처럼 기어 제 아기에게 갔다.

그 천진한 얼굴을 보며 울음이 터졌다.

내가 너를.

나에게는 너밖에 없다.

그 오밀조밀한 눈, 코, 입. 세상의 모든 평화를 담은 듯 조용한 입매와 뽀얀 얼굴. 작은 손. 그 작고 앙증맞은 손. 봄날 들판의 산들바람처럼 들뜬 숨결. 기분 좋은 가랑비 같은 습기. 살아 있음을 증명하는 그 뜨끈함.

그 아이를 사랑하지 않은 적이 없지만 그 순간 절절하게 깨달았다. 누군가 목에 구멍을 낸 듯 저릿하여 알게 되었다. 순식간에 세뇌된다. 내 목숨이 너다. 내게서 너를 제하면 아무것도 남지 않는다. 내 너를 위해 살겠다. 그 작은 생명에 제 온 숨을 다 걸었다. 그 달빛, 그 아이. 눈물

나도록 사랑스러워 팔을 뻗어 아델을 들어 올리려 했다.

그런데 그럴 수가 없었다. 어미가 자식을 안는 것이 불가능했다. 너무 계속된 구타에 팔이 떨려 차마 들 수가 없었던 것이다. 몇 번이나 들어 올리려 노력했지만 본디가 퍼런빛처럼 보이는 팔이 깃털이라도 제대로 들 수 있을 리 없다.

외르타는 그제야 왕에게 반항하기를 멈췄다.

내 아이를 안기 위해서.

그저 아델을 품에 안기 위해 지난 두 해간의 반항을 꺾었다.

왕이 하라는 대로 했다. 바라는 대로 행동한 것은 아니었지만 적어도 그가 원하는 일을 거부하지는 않았다. 그리하면 최소한 맞지는 않았으니까. 멍이 가셔 가는 팔로 아델을 안아 올리며 그저 행복했다.

스물.

외르타가 가장 싫어하는 일은 아이 앞에서 질질 끌려가는 것이었다. 정말 끔찍하게 싫었다. 왕과 있으면서도 그 자포자기에 힘입어 스스로 크게 비참하다고 생각한 적이 없었다. 그러나 그것. 아델이 아무것도 모를 아기 때에는 심지어 그 앞에서 저를 범한 일도 허다했다. 인면수심이라 치를 떨었지만, 어쩌겠는가? 그가 언제 자신에게 있어 인간이기는 했나?

"아이 재우고 있잖아. 조금만 기다려."

하지만 말보다는 손이 먼저 나오는 사람이었다. 머리채를 확 잡는데, 순간 설마 하여 마땅한 대비를 못했다. 맙소사. 보잘것없는 힘이라 그에게 끌려가며 팔을 제대로 감싸지 못했다. 아이가…… 떨어져…….

외르타는 비명을 질렀다. 뜨거운 무언가가 눈가까지 치솟아 감히 그 사람 같지 않은 소리를 인내할 수가 없었다.

"네…… 딸이야!"

"그래서?"

목이 뻣뻣해졌다. 다행히 아델은 침대에 떨어졌지만 그것도 어린아이에게는 큰 충격이 되리라 생각했다. 그리 절박하여 우는 아델에게 다가가는데, 그 순간 외르타는 여전히 왕에게 잡혔던 제 머리채가 풀려나지 않았다는 사실을 깨달았다. 그리고, 깨달은 것과 동시에 끌려갔다. 가마가 통째로 들리는 줄로만 알았다. 머리 가죽이 찢어질 듯한 힘.

"미친놈! 미쳤어! 미쳤어억!"

오랜만에 반항하고 오랜만에 맞았다. 아이는 엉엉 울고 있는데, 그 앞에서 맞았다. 죽일 거야. 죽일 거야. 백 번이고 천 번이고 다짐했다. 죽여 버릴 테다. 네놈의 내장을 산 채로 가르리라. 몇 번이고 다시 태어나 그 꽁무니를 쫓아 내 한 섞인 칼을 박아 넣으리라. 그 입을 찢어 제 살을 먹인다 해도 이 증오가 풀리지 않을 것이다. 몸속에서 불이 오르는 듯한 증오, 분노, 한. 그토록 맞으면서도 그만큼 큰 감정에 몸을 떤 적이 없었다. 한데 그때만큼은, 저 인간 같잖은 놈이 아이도 던지고 나도 걷어차는구나 싶어 돌아 버릴 것 같은 노여움이 차올랐던 것이다.

미친 분노. 그런데 사실 누가 미쳤는지는 잘 구분이 가지도 않았다. 내가 미친 건가, 저자가 미친 건가, 아니면 이 정신 나간 듯 부글부글 끓는 감정 자체가 미친 건가. 속이 울렁였다. 맞아 피를 토할 때까지도 눈물 한 방울 흘리지 않았다. 내 너를…….

그날 그녀는 제 분을 못 이기고 기절했다. 맞아서 그런 것은 아니었다. 너무 울화통이 치밀자 순간 정신이 멈춰 버린 것이다. 그 끔찍한 기억. 오감에 송곳으로 박은 듯한 생생함. 밤바람은 창문 사이에서 소슬하건만, 아이는 울고, 나는 맞고, 비명.

나는 왜 사나.

아델을 바라보았다. 결국 너로구나.

스물하나.

아델이 뒤늦게야 말을 시작했다. 그러나 아빠, 아버지 비슷한 말은 알려 주지도 않았다. 어차피 그 아이를 보고자 한 일도 없는 사람, 그따위 단어가 무슨 소용이겠는가?

아델은 외르타의 길고 얇고 곧은, 나쁘게 말하자면 생기 없는 머리카락을 매양 문질렀다. 촉감이 좋다고 했다. 바람 같아 그 긴 머리에 안기고 싶다고도 말했다. 자신이 어머니의 머리칼을 닮았으면 좋겠다고 웃음 지었는데, 아이의 머리칼은 이미 선연한 것이 붉은빛이라 조금 마음이 쓰이기는 했다. 물론 아델이 붉은 머리칼을 타고나 상심한 것은 결코 아니었다. 다만 그 아이가 영영 쉽게 보지도 못할 아비를 닮아 미안하고 죄스러운 것이다. 자신이, 자신이 미안했다.

아델이 함박웃음으로 사랑한 까닭에 그녀는 그 뒤 단 한 번도 머리를 틀어 올리지 않았다. 왕이 그녀에게 화가 나면 가장 먼저 휘어잡는 곳이 머리카락이었지만 그래도 포기할 수 없었다. 딸이 사랑하는 것을 놓느니 차라리 저자의 손에 죽겠다 생각했다.

아델은 그녀의 손도 좋아했다. 부드럽고 곱고 예쁘고, 심지어는 작은 손이라 칭찬했다. 그 어린 두 살짜리 꼬마가 자신과 손을 맞대며 얼마 차이도 안 난다고 자랑하는 모습이…… 아직도 눈에 선했다. 그리 맞고도 손에 뭉그러진 곳이 없어 정말 안도했다. 그동안 오랜 방어흔이 새겨진 곳이 제 팔뚝이라는 사실에 지나치게 감사했다. 손바닥으로 그의 주먹을 막지 않은 것이 이 어찌나 다행인지. 그러했다면 제 손마저 망가졌을 것이다.

제 손 '마저' 다. 실제로 망가진 곳이 있었다. 얼마나 진저리 쳐질 정도로 맞았는데 그런 부분 하나 없겠는가. 오그뢰 덕택에 외르타의 왼발은 조금 기형적으로 뒤틀려 있었다. 자세에는 전혀 문제가 없었지만 몇몇 발가락들이 꺾여 오래 걷기가 힘들었다. 밟혀 부서진 모양새다. 실제로도 그에게 밟혀 부서졌다. 매양 까치발로 걷고 있는 것이나 마찬가지였다.

참 기막힌 것은, 제 발이 이리 되었음을 안 로크뢰의 흡족함이었다. 꽤 된 일이었지만 정말 기가 막힌 표정으로 물어보았다.

"내 발을 이 꼴로 만들고도 기분이 그리 좋니?"

"도망은 못 치겠지."

숨이 막혔다. 제 못난 왼발을 보며 가장 먼저 떠오르는 것은 그 흉측함에 대한 자괴보다는, 그의 말이었다. 도망은 못 치겠지. 막막하지도 허탈하지도 않은 채 그저 빈 통로에서 나는 듯 숨죽인 비명만 흘러나왔다.

"엄마."

"응?"

"내가 아버지를 닮았어요? 마리가 그랬어."

턱에 힘이 들어간다. 아델의 붉은 머리칼, 검은 눈. 조금쯤 올라간 눈매.

"아니."

거짓을 말한 것이 아니다.

"아델, 너는 엄마를 닮았어."

너는 나를 닮았다.

"정말?"

"그럼."

"나와 이리 똑같은데 그 아비를 부정한다?"

소스라치게 놀라 뒤를 돌아보았다. 왼쪽 발에 힘이 들어갔다. 또 순식간에 공포에 질려 아델의 유모를 급히 불렀다. 유모가 아이를 빼앗듯 데리고 간 뒤에야 그를 마주 볼 수 있었다.

"그리 가르치나? 아비도 없다고?"

"……."

"라르디슈의 왕이 아버지로 두기에 모자라다 생각하다니 퍽 용렬하구나."

"라르디슈의 왕이 싫은 게 아니야."

그녀는 팔을 들어 올릴 준비를 하고 말했다.

"네가 싫은 거야."

아니나 다를까, 채 막기도 전에 그녀의 뺨에 지독한 충격이 있었다. 너는 단 한마디도 참지를 못하지. 널 모욕하는 말, 널 반대하는 행동, 널 부정하는 작태, 어떤 것도 용납하지 못하지. 왕이라 그런 것은 알지만, 넌 인간 자체가 글러 먹었어. 온 대륙에 제 포악 떨친 내 오라비마저도 그러지는 않아. 그자는 잔인할 대상과 그러지 않을 대상을 가리니까. 아무리 날 죽이려 든다 해도 나는 공정한 사람이라, 여자에게 사랑받을 수 없다고 잔혹해지는, 그런 야비함과 졸렬함이 그에겐 없단 사실을 인정해.

"비열한…… 악!"

지쳐 갔다.

그녀는 자주 창밖을 바라보았다. 모국의 끝을 보고 있었다. 울타리 너머 범 무리를 구경하는 쥐새끼가 된 기분이었다. 품에는 사랑하는 아델. 한 뼘 바깥은 자유. 어쩌면 이토록 유치하고 치졸한 농담에 자신이 끼었는지 모를 일이었다.

죽음이 두려우랴? 아니, 외려 행복했다. 그녀는 남편에게서 벗어날 수 있고, 그로써 그가 절망한다면 그것만으로도 제 죽음이 가치 있다고 믿는 사람이었다. 언제고 깨어나면, 오늘은 삶에서 떠날 것이라는 생각에 정말 마음이 매우 편했다. 로크뢰의 무감각한 얼굴 한 뼘 아래에 초조함이 섞여 있을 거라 멋대로 상상하고선 매번 희열에 들떴다. 제 죽음에 대한 희열이었나 보다.

그 와중에 생각했다. 늘 끝이셨구나. 주도 무관심하세, 그러나 넋을 놓은 듯 멍하니 있다가 어느 순간 빡 하고 울음이 몰리는 순간이 있었다. 숨을 쉴 수 없을 정도로, 머리가 깨질 정도로 오랫동안 한 번 울고 또 한참을 쉬었다. 아델은 그 고사리 같은 손으로 제 눈물을 만졌다. 항상 같이 운다.

엄마, 울지 마.

그 목소리에 더 울음이 치솟았다. 마음이 부서진다는 것이 어떤 느낌인지 알 수 있었다. 그토록 사랑하는데, 얼마 남지 않았다. 자신은 사랑하는 것의 뺨만 쓰다듬는다. 그녀는 무능력하게 죽음을 기다리는 금치산자였다. 나는 괜찮다. 하지만 너는 어찌…….

스물둘.

"나를 사랑한다고?"

"그래."

"그런데 나는 왜 이래?"

"네가 날 긍정하지 않으니까."

"거절당하면 놓아야지 않나?"

"이유 없다."

"내 감정이 날 보낼 만한 이유가 안 된다고?"

"네가 어떻게 생각하든 나는 신경 안 쓴다. 넌 내 앞에서 살아만 있으면 돼."

살아만 있으면 된다고.

"어떤 꼴이든?"

"그래. 목만 붙어 있으면 돼."

"네 딸은 신경도 안 쓰이니?"

"난 이미 자식이 둘이나 있다. 왕계는 충분히 안정적이지."

할 말이 없었다.

"아델을 사랑하지 않아?"

"내가 일말이라도 신경 쓴 사람은 너뿐이다."

그래서…….

내 딸을 죽였니?

나를 위한다는 손으로 그 아이를 목 졸랐니? 나를 너무 사랑해 내가 사랑하는 것은 보이지도 않는 눈가리개를 썼니? 그 사랑한다는 내가 어찌 될지 조금도 걱정되지 않았니? 아델의 고통과 억울함을 헤아려 보기는 했니? 죄 없는 아이를 죽인다는 죄책감 네 마음속 깊은 곳에라도 도저히 차지할 공간이 없었니?

너는 인간이니?

아델의 붉은 옷을 뜯으며 그녀는 옷이 아닌 제 손을 뚫어 버렸다. 의도한 것일 수도 의도한 것이 아닐 수도 있다. 대바늘이 검지를 관통했을 때의 그 묘한 고통에, 팔목을 잡고 움푹 허리를 굽혔다. 꽃잎 꿰뚫은 새부리인 양, 그 대조는 선연하고 길고 서러웠다.

살아 있는 죄. 복수 속에서 이 수형을 채우리라 생각했다.

왕을 설득했다. 지금껏 제가 부린 패악은 혹 오라비에게 잡혀 죽지는 않을까 하는 공포에서 기인한 것이라고. 게외보르트의 왕녀인 자신에게서 살 수 있는 기회를 박탈한 당신을 원망하고 미워했다고. 하지만 아델이 죽고 내 왕국에게서 나를 살려도 된다는 확언을 얻은 지금, 나는 더 이상 죽음을 두려워할 이유가 없다. 그러니 이제 당신에게 마음을 열 수 있다고.

그 뒤 단 한 번도 반항하지 않았다. 많이 웃어 주고 많이 안겼으며 많이 입 맞췄다. 사랑한다 수도 없이 말했다. 외르타는 오 년 만에 건강해졌다. 그리 고분고분해지지 않은 그녀를 조금도 험히 다루지 않았다. 험히 나무라기는커녕, 자신보다 더 애지중지했다. 그리 백팔십도 달라진 왕의 모습을 보며 외르타는 팔뚝이 부러진 듯한 느낌을 받았다. 맞지도 않았는데, 그리 강렬한 깨달음이었다.

이것이 네 사랑이구나.

모든 것을 일방적인 네게 맞춰 주어야 그제야 나를 포용하는구나. 왕이 칼을 들고 와 제 틀에 맞게 그녀를 깎아 내려 한 세월이 길었다. 깎이지 않고 굽히지 않았다. 그래서 죽도록 아팠다. 그런데 외르타 스스로 자신의 팔다리를 잘라 내자, 이제야 그 꼴로 온전한 사랑을 받는 것이다.

도대체 저 인간은 왜 저 모양인가. 왕가의 손에게 가족에 대한 상처가 있을 리 없다. 그녀만 해도 어미는 죽고 외조부는 냉혹하고 동기들은 죄다 저를 쳐 죽이려는 환경에서 자랐다. 그럼에도 잘 자랐다. 어느 한 곳 비틀림 없이 곧게 컸다. 왕 역시 가족의 사정 따위 어릴 적부터 기대를 버렸을 것이다. 왕의 자식들이 무슨 애정을 바라랴?

그렇다면 너는 왜 사람을 그리 대하는지. 제 본디 성정이 아닐까 싶었다. 포악하고 배려 없는 이기심. 왕으로서는 당연하지만 그래도 인간으로서의 마지막 도의는 지켜야 하지 않나. 너는 그것도 버렸니.

그러니 너는 나에게 배반당해도 할 말이 없다.

너는 나를 사람으로 대우하지 않았다. 아델 역시 네 자식이 아니었고 인간이 아니었다. 네가 나와 아델을 짐승으로 여겼기 때문에 이런 일이 벌어지는 것이다. 키우던 짐승에게 물려 죽는 사람이 어디 한둘이던가? 짐승도 은혜를 안다지만 받은 은혜가 하나도 없는 우리에게는 그 쓸모가 없다. 그저 걷어차인 기억만이 뚜렷하게 남아 본능으로 너를 적대할 따름이다.

왕의 배려가 도대체 어느 곳에 있었는지 외르타는 가늠할 수조차 없었다. 이 동물 같은 머리로는 그런 섬세한 고려를 하고 싶지도 않았다. 그저 그 강렬한 고통. 그 상흔만이 전염병 걸린 시체처럼 남아 계속 스스스로를 좀먹는 것이다. 나는 사람이 아니었기 때문에 사람 같지 않은 복수를 해도 된다.

스물…… 스물넷.

잠에서 깼다. 미치는 줄로만 알았다. 온갖 장면들이 바람 맞은 구름처럼 스쳐 지나가 어깨가 덜덜 떨렸다. 내 이럴 줄 알았지. 감히 잠에 들면 안 된다 생각했지 않나. 이번에는 죽지도 않았어. 일관성이 없어지는 것을 보니 남은 정신마저 닳고 있는 게로구나.

어스름 짙은 침상 위로 손을 뻗어 아델의 천을 잡았다. 그 천을 지을 때 내리 찔렀던 검지가 아팠다. 상흔도 남지 않았는데 무슨 이유로 이리 담온 늙은이처럼 아파 오는지 알 수가 없다. 무형의 바늘이 아직도 제 손마디를 문 채 놓아주지 않는 듯했다. 그 고통을 이겨 가며 천을 안았다.

아델, 끝이 얼마 남지 않았다. 아델은 외르타가 지금까지 살아남은 유일한 이유였다. 복수를 굳히기 위해 구태여 제 과거 속에서 그 아이를 끌어낼 필요는 없다. 스스로에게 아델의 기억이 너무도 컸던 까닭이다. 애초에 그 아이를 따로 상기하지 않아도 되었다. 이처럼 가만히 숨 쉬고 있어도 나타나는 것이 그 아이고, 그 아이의 웃음과 그 아이의 울음과…….

그 아이의 시신.

목 졸린 채 읊조렸다.

"아델……."

가끔씩 이처럼 속이 치밀어 오르는 날이면 그녀는 어찌 자제할 수가 없었다. 항상 눈에 한 꺼풀 씌우고 다니는 것이 제 자식이라, 웬만한 충격에는 끄떡도 하지 않건만. 그 아이의 시신. 그것을. 떠올리면. 나무토막 같은 다리. 왼쪽 발목의 덴 자국. 작은 발. 그것만으로도 아델임을 알았다. 그를 낳은 자이 지간이었다.

감히 그것까지밖에 볼 수가 없었다. 외르타는 제가 잔인하다 욕을 들어도 기꺼이 받으리라 생각했다. 죽은 아이의 얼굴도 볼 수 없는 사람이 정말 그의 어미 맞나? 제정신이 아니었을 때라 그렇다, 반 미친 과도기였기 때문에 그렇다, 이리 스스로를 달래지만 그것은 아직까지도 천추의 한으로 남아 있었다. 내가 너의 마지막 얼굴을 보지 않고 보냈다니. 네 새파란 죽음을 보면 내가 정말 미쳐 버릴 것 같아 어찌 수가…….

날 얼마나 원망했을까.

죽어서도 나에게 한을 품었을 것이다. 어떻게 내 얼굴을 보지도 않고 보내느냐고. 어찌 어머니 된 사람으로……. 아니, 그것이 아니지. 조금 더 근본적인 이유지. 모든 시신이 독처럼 입 밖으로 내는 말들. 내가 왜 죽어야 하나?

엄마, 나는 왜 죽었어?

가슴이 철렁 내려앉았다. 각혈처럼 토해 냈다.

"네 죄가 아니다……."

목이 멨다.

"네 죄일 수가…… 없다……."

이미 아델의 향이 조금도 남지 않은 붉은 천에 얼굴을 묻었다. 짓밟혀 뭉개진 한숨을 뱉어 냈다. 네가 죽은 것은 네 잘못이 아니다. 그것이 어찌 무고한 네게 물을 수 있는 죄겠느냐. 그 시퍼런 다리는 너에게서 기원한 벌이 아니다.

내 죄. 오로지 내 죄. 너를 낳은 내 죄이자 너를 키운 내 죄이고 너를 살리지 못한 내 죄다. 심지어 로크뢰조차 방관자였다. 지독히 잔인한 방관자이긴 했지만 결국 그 모든 원죄는 외르타에게 있었던 것이다. 그녀가 이처럼 그를 벌하고자 하는 것은 악독한 자보다 더 악독한 자만이 그를 치죄할 수 있다고 생각했기 때문이다. 그뿐이었다. 그를 증오하기는 했지만 결국, 어느 순간에는 그 증오 모두가 그녀에게로 역류되곤 했다.

“내가…… 미안하다……. 들 낯이 없어서…… 어찌 이토록…… 살아 숨 쉬는 부끄러움이…….”

내가 죽어 아델을 볼 염치가 있을까? 외르타는 항상 그에 겁을 먹고 있었다. 물론 그 아이가 싫다 해도 그 발치로 기어갈 테지만. 분명 그리 절박하게 엎드려 자신에게 칼을 박으라 간청할 테지만. 그것마저 꺼리면 어떡하나? 무슨 짓을 해서라도 용서를 빌겠다고 생각했지만, 얼굴 한 번 보여 주지 않으면 어떡하나?

아델. 부디 내게 자비를 베풀어라. 항상 착한 아이였지 않니? 칼이라도 갈고 있었으면 좋겠다. 둔한 칼이 더 좋다. 그것이 사람에게 고통을 주는 데에는 더 유용할 것이다. 나는 맞는 데에는 이골이 나 몽둥이에 큰 두려움이 없다. 그러니 둔하고 멍청한 칼을 준비해라. 날이 둔탁하여 한 번 벤들 너덜너덜, 끝내 숨 끊지 못하는 것으로. 수십 번을 내리쳐 넋 놓게 하는 칼로 나를 맞아라. 그것을 준비하면 된다. 어차피…….

“……너는 그곳에서 오래 기다릴 필요가 없다.”

“그만 자라.”

또 너로구나. 로크뢰.

발렌시아는 서른 시간이 넘도록 깨어 있었다. 단 한 번 눈 붙인 일도, 깜빡 몽롱해진 일도 없었다. 전장에 있으며 겪은 밤, 오로지 선잠뿐이었으니 지금은 평소와 무엇이 다른지조차 잘 느낄 수가 없었다.

조금 전까지만 해도 외르타는 결코 자지 않겠노라 큰소리를 탕탕 쳤다. 내 정신 차릴 수 없을 때에는 당신 내쫓으리라, 그 기세가 자못 엄중했다. 그러나 한 시간이 지난 지금, 그녀는 숨소리도 없이 침상에 웅크린 채 자고 있었다. 우습기는커녕 저 몸으로 하루를 넘게 버틴 것이 대단할 지경이었다.

물결 같은 머리카락이 이불 사이로 단정히 흘러나와 있다. 신음 한 번 흘리지 않는 고요한 잠. 애초에 자신 앞에서 자는 것을 왜 그리 꺼렸는지 모를 일이다.

"발렌시아 경, 나를 이해해."

내 너를 모르는데 어찌 이해할까.

발렌시아는 그녀에 대해 명료한 것이 제 추측밖에 없다는 사실을 알고 있었다. 그녀의 진짜 모습을 보아도 그 질식한 얼굴 탓에 마땅하고 논리적인 이야기가 불가능했다. 때문에 본 것 역시 그 절절한 눈뿐 자세한 말을 듣지 못했던 것이다. 그가 아는 내용이라고는 그저 로크뢰의 일방적인 폭행이 유일했다. 그런데 그것이 어느 정도의 공포인지에 대해서는 아직도 큰 깨달음이 오지 않았다. 여인이 아닌 자의 태생적인 한계인지도 몰랐지만, 발렌시아는 그보다는 제 성정 때문이라고 생각했다.

누군가에게 관심을 주기가 힘들었다. 외르타에게 이 정도나 신경을 쓰고 있는 것도 초조하고 긴장되는 일이었던 것이다. 그런데 그녀가 가진 공포까지 이해하라? 그것도 추측해서? 짐작으로? 상상력이 부족했다.

그렇다면 그녀의 말마따나 나는 왜 저번 그 노여움을 가라앉혔나. 발렌시아는 이것만큼은 솔직하게 인정할 수밖에 없다고 생각했다. 그것은 자신이 그녀를 이해한 것이 맞다……. 그 순간에 무슨, 바윗돌이 깨지는 듯한 감각으로 깨달았다. 무엇을 보고? 무엇을 보고 이해했나?

로크뢰.

그자를 보았다. 보는 순간 일전의 그 목소리, 그 억양, 그 얼굴이 생각나 소나기처럼 이해했다. 무언가 한 가지가 실제로 와 닿으니 그녀를 납득할 수 있었던 것이다. 듣는 것만으로는 믿을 수 없으나, 눈으로 보기까지 하니 그 감각들이 교차되는 것 같은 느낌이었다. 그리 세세하고 정확한 이해가 인상 깊었다.

그런데 다시 아무것도 없는 허허벌판인 지금, 너를 또 이해하라고? 아무것도 보지 않고 느끼지 않고 네 입장에 서라고? 공기 중에서 먼지를 쥐라는 소린가?

기척에 문득 고개를 들었다. 어두컴컴한 가운데 갑자기 외르타가 벌떡 일어난 것이다. 어디에 찔리기라도 한 듯 소스라쳐 몸을 세웠다. 그녀는 등을 돌리고 앉아 있었다. 저 여자는 결코 돌아보지 않는 것이 취미인 모양이었다. 그는 제법 떨어진 곳에서 자리를 털고 일어섰다. 자다 깬 이유에는 무지했지만, 그와는 무관하게 저대로 가만히 놓아 둘 수가 없었기 때문이다. 한 시간 잤다. 그 정도밖에 자지 않는다면 피로는 풀리기는커녕 더 심해진다. 내일 또다시 하루 온종일 괴롭히려면 충분히 재워야 하지 않나.

"아델……."

그는 그녀의 등을 건드리려던 제 손을 잠깐 멈췄다. 외르타는 누가 온 것도 모르는 모양으로, 무언가를 껴안은 채 웅크리고 있었다.

"네 죄가 아니다……. 네 죄일 수가…… 없다……."

잘 들리지 않는 목소리였다.

"내가…… 미안하다……. 염치가 없어서…… 어찌 이토록…… 살아 숨 쉬는 부끄러움이……."

그녀가 품에 담은 것은 그녀 스스로 항시 목숨처럼 들고 다니던 붉은 천이었다. 부슨 옷을 풀어 헤쳤는지 시침질한 흔적이 드문드문 남아 있는 그 붉고도 얇은 천. 잠깐 침묵이 있었다. 지금 감히 외르타를 만져도 되나, 이런 덜떨어진 생각까지 들었다. 세상에. 군영에서 이 모양인 것은 도대체 어느 나라의 여유인가. 발렌시아가 그것을 참지 못하고 드디어 그녀를 건드리려 할 즈음, 묘하게 똑똑한 목소리가 들렸다.

"……너는 그곳에서 오래 기다릴 필요가 없다."

절로 말이 떨어졌다.

"그만 자라."

외르타가 숨 막힌 듯 놀라 뒤를 돌아보았다. 애초에 발렌시아 자신이 지키고 있다는 것을 잊은 눈초리임이 틀림없다. 외부인이 있으리라 상상도 못한 채 평소처럼 군 것이다.

사실 지금 이 자리는 발렌시아가 외르타의 모습 하나하나를 알아보는 것이 기적일 정도로 어두웠다. 알량한 불이 놓인 탁자에서조차 먼 침상. 게다가, 역광. 상대의 윤곽만 간신히 보이는 빛이다. 그녀는 가장 두려운 무언가를 만난 듯 무릎으로 확 물러났다. 순식간에 침대 끝까지 멀어져 드문드문 펄럭이던 막사에 허리가 닿았다. 격한 움직임에 붉은 천이 비껴 떨어졌다.

"오늘은 하지 마."

"회전이 열흘도 남지 않았다. 심문을 말라니? 말이 되는 소리를 해라."

"몸이 아파."

"멀쩡하다."

"제발 오늘만 방스키외 부인께 가."

발렌시아는 자신이 무언가 착각하고 있다는 사실을 깨달았다. 자신을 향해 내뱉은 말이 아니었다. 저 여자는 지금 이쪽을 보고 있지도 않았다. 외르타는 긴 한숨을 쉬며 말했다.

"제가 정말 너무 아파서…… 당신 받을 수가……."

그는 말 한마디 없이 조용했다.

"하지 마십시오……. 많이 아픕니다. 폐하께서 몸 간신히 붙여도 끝내 까무룩 정신 놓을 것입니다."

당신은 기억하지 못하겠지만 오늘이 아델의 기일이야. 내가 그날에까지 당신을 받아야 하나? 제발. 네가 사랑한다는 여자 부탁 좀 들어. 폐하, 이렇게 빌겠습니다. 소름 끼치고 속이 먹먹하다. 눈물이라곤 조금도 나지 않지만 다만 지독히 절망적이라 숨을 제대로 쉴 수가 없었다. 외르타는 손에 얼굴을 묻었다. 팔이 올라온 것이 아니라 한 대 얻어맞은 듯 스스로 허리를 굽혀 묻었다.

"폐하, 내일이면 다시 무슨 일이라도 하겠습니다. 하지만 오늘은 안 돼……."

달거리가 끝났다 들었다.

"그것이 무슨 상관입니까? 이 아픔 달거리완 상관없는 일입니다."

날 만나러 이곳까지 오고도 안기는 것이 싫다?

"리오넬, 이러지 마십시오……. 간청드렸지 않습니까."

외르타의 목소리는 제 손에 묻힌 채 벌집처럼 웅웅거렸다. 그녀는 기어이 그자의 단단한 손이 어깨에 닿자, 이를 악물고 고개를 들었다. 어깨부터 경멸이 퍼지는 느낌이다. 그럴 줄 알았지. 이번에도 역시 당신 욕심이지. 나를 보지 못한 체해다오, 아델.

"똑바로 봐."

강마른 음성에 단단한 말씨였다. 누구의 목소리인지는 잘 구분할 수도 없었다. 그저 그 내용 자체만 귀에 꽉 틀어박힌 느낌이다. 날벌레가 들어온 듯 고막이 따끔거렸다. 똑바로 보라고? 너는 내가 너를 똑바로 보지 않으면 이번에도 반항을 한다 생각할 거니? 이것이 또 거역하는 거니? 오냐. 내가 네 턱밑에 붙어 살아가야지 또 어쩌겠느냐.

줄에 이끌리듯 그의 말을 따라, 똑바로 보았다. 어두워서 그 어떤 것도 제대로 시야에 잡히지 않았다. 하지만 결국에는 남자가 아닌가. 이 쇠심줄 같은 손아귀, 낮은 목소리, 나를 온통 덮는 그림자.

"미라이예를 겁간자로 보지 마라. 정신 차려."

외르타의 눈에는 아직까지도 시야가 잘 잡히지 않았다. 상대가 무슨 재주로 자신을 정확히 짚어 내는지 알 수가 없다. 그 사실을 눈치챈 듯, 남자가 침대 부근에서 물러났다. 그리고 한참이나 멀리 떨어진 탁자의 등을 들고 와 침상에 걸었다. 그녀는 확 드러나는 발렌시아의 얼굴을 보고도 부끄러움보다는 다행한 마음이 먼저였다. 만면에 안도가 퍼졌다.

모래사장에서 파도가 쓸려 나가는 듯한 안심이었다. 그래. 내가 정신이 나갔지. 여기가 어딘데 로크뢰를 생각해. 어떻게 저 사람을 그 개자식으로 착각해. 드리우는 그림자가 순간 너무 같아서 머리가 멍한 채 오해했던 것이다.

외르타는 그 남자가 아님을 알았으니 그저 족하다는 듯 제 침대에 대자로 누웠다. 그녀는 눈만 깜박깜박 뜬 채 천장을 바라보았다. 어떡하지? 다시 자야 하나? 잘 수는 있을까? 다음 순간, 그녀는 발렌시아가 아직까지도 그 자리에서 움직이지 않았다는 사실을 깨달았다. 그녀는 반쯤은 묻는 시선으로, 나머지 반은 어쩔 수 없이 조금 겁먹은 시선으로 그를 올려다보았다.

그는 그 기색을 알고도 잠시간 그리 서 있었다. 외르타는 저녁 먹은 것이 죄다 뒤틀리는 것 같았다. 속이 우글우글거려서 참을 수가 없다. 더 이상 버티지 못하고 등 돌려 누우려는데, 그가 먼저 허리를 숙였다.

외르타는 그가 자신에게로 몸을 굽힌 줄 알고 기겁하여 옆으로 굴렀다. 그러나 그것이 아니었다. 그는 그리 몸을 숙여 바닥에 있는 무언가를 잡아 올렸다. 외르타는 고개를 반쯤 돌린 채 그가 든 것을 바라보았다.

아델의 천.

발렌시아는 그것을 그대로 던지지 않았다. 대신, 그의 손이 몇 번 느릿느릿 움직였다. 태어나 옷자락 한 번 펴지 않았을 것 같은 손이 그리 섬세하게 선을 긋는다는 사실을 이해할 수 없었다. 붉은 바람처럼 접힌다. 동백의 잎사귀. 늦가을 어스름. 지는 해. 이내 고풍스러운 곡선으로 침상에 얹혔다. 그는 천을 떨어뜨리지도 않았다. 그저 부드럽게, 자국마저 남지 않을 정도로 가볍게 포개었다.

발렌시아는 아무 말 없이 돌아섰다. 그러나 외르타는 그를 그리 보낼 생각이 없었다. 벌떡 일어나 그의 팔을 잡았다. 발렌시아는 놀라지도 않고 다시 그녀를 보았다.

"어떻게 한 거야?"

외르타는 손을 뻗어 접힌 아델의 천을 잡아당겼다. 물 먹은 잎처럼 접혀 있었다. 접힌 모양이 아름답다고 느낀 것은 이번이 처음이었다. 발렌시아는 약간의 침묵 뒤에 말했다.

"체칼라스."

아.

체칼라스란 딤니팔 가문의 가주들이 어깨에 걸치는 짧은 천이었다. 그제야 그의 그 익숙한 손길이 이해가 갔다. 그것을 보관하는 것이 결국 공작의 일이라, 접는 방식 자체가 가주의 권리일 것이다. '가주의 권리.' 그 중요한 것을 왜 이토록 보잘것없는 천에?

그러나 외르타는 어떤 것도 묻지 않았다. 그 눈을 보며, 말이 울컥 터졌다. 본능처럼 쏟아졌다.

"보내 줘."

"……."

"전장으로."

앞뒤 맥락이 조금도 없어 듣는 자가 당황하지는 않을까 걱정하지 않았다. 발렌시아 역시 그녀가 무슨 말을 하려 했는지 알았을 테니까.

그리 가만히, 천천히, 지그시 아델을 놓았다. 가슴 저미도록 부드러웠다. 사실 그것은 외르타 자신에게 부탁하라 강요한 것이나 마찬가지였다. 발렌시아 역시 그 사실을 모르지 않을 것이다. 그리 연한 손길로 그녀를 대한 것은 모르고 한 일이 아니었다.

저 남자가 천을 내려놓는 손. 그 손 하나에 설득 당했다. 본디 뼈대 굵은 손에는 본능적인 공포가 있었는데, 달랐다.

발렌시아는 이기지 못하고 팔을 들어 올렸다. 외르타는 그것이 조금도 무섭지 않았다. 그 손은 그저 한숨 쉬듯이 소르르 뻗다가, 얼마 가지도 못한 채 확 움츠렸다. 꾹 쥐었다. 떨어졌다.

한밤, 온 공기 모두 정적이었다. 그는 간신히 입을 열었다.

"내가……."

물에 잠긴 듯 멈춘다.

고요.

그녀는 그가 더 말을 잇지 않고 떠나는 것을 보았다.

"장하십니다."

"그건 공대니, 하대니?"

"비전하께선 정말 답이 없네요. 전장에 나가시겠다니? 와!"

"톨레도 경이라면 몰라도 네가 말린다니 참 별일이로구나."

"발렌시아 경께서 고작 만 하루 만에 다 때려치우고 나오실 리가 없는데! 도대체 무슨 말로 협박해서!"

"공대니, 하대니?"

“으휴……. 그런 실랑이는 그만해요. 저 원래 말투 이런 것 잘 아시지 않습니까.”

“내 목 떨어질까 발 동동 구르는 걸 보아하니 상이라도 주어야…….”

“됐습니다! 나는, 아니 저는 비전하가 전사하실까 우려하는 게 아니라 그냥 어처구니가 없다는 겁니다. 나가셔도 상관없어요! 정말로! 사령부도, 그 마음 소태 씹은 듯 쓰기는 하지만 대체로 긍정하는 분위기입니다. 그런데…… 발렌시아 경이 어떻게 넘어가신 건가 해서……. 이상한데……. 벼락이 떨어진대도 전장과 관련 없는 사람을 그곳에 세우실 분이 아닌데…….”

외르타는 울타리에 앉아 있던 그대로 시누사를 걷어찼다. 시누사는 맞은 다리를 감싸지도 못하고 삽시간에 번뜩 놀랐다.

“아! 나 정오까지 사령부 가야…… 갈게요!”

그는 약속 놓친 아이처럼 뒤돌아 달려갔다. 외르타가 뒤에서 무어라 짜증스레 외쳤지만 그는 제대로 듣지 않았다.

종종걸음을 치며 생각했다. 외르타에게 전장이라니! 정말이지 걱정하는 것은 아니었다. 자신이 그녀를 걱정할 이유가 없다. 이미 밀고자의 안위 운운은 발렌시아 선에서 계산이 다 끝났을 테니까. 걱정은커녕, 눈물 나게 신 나서 발걸음마저 가벼워질 지경이었다.

그놈의 로크뢰! 로크뢰! 로크뢰! 그가 얼마나 당황할지 상상만 해도 춤을 추고 싶은 기분이었다. 저번 전장의 그 끝맺지 못한 싸움을 기필코 종결지을 것이다. 시누사는 본시 비열와 실용을 구분하지 못하는 사람이었다. 그래서 자신이 외르타를 말했을 때의 로크뢰의 반응을 상기하며 그저 흡족했다. 기분 좋게 이용할 수 있을 것이다.

그 정도 동요라면, 자신과 그 사이에 있었던 약간의 격차— 동료들은 그것이 상당하다 주장했지만 그는 무시했다. —는 메우고도 남으리라. 외르타의 배반을 코앞에서 보면 그 손이 얼마나 떨릴까. 대중없이 흔들리지 않겠나. 감히 냉정을 찾을 수 없을 것이다. 이제 가뿐하다. 목을 베면 외르타에게 가장 먼저 보여 줘야지. 시누사는 오늘 밤 있어 본 일 없는 가장 큰 정성으로 테다누아를 갈겠노라 결심했다. 그 붉은 머리를 꺾을 것이라 생각하니 대단히 만족스러웠다.

자신이 그에게 큰 원한이 있는 것은 아니다. 원한은커녕 일전 휴전 협정 때 받은 융숭한 대접에 양심상 손톱만큼 고마워하고 있었다. 그러나 그럼에도 불구하고 여전히, 자신의 개인적이고도 큰 문제가 남아 있는 것이다. 그것 때문에 이 집착이 어찌 억눌려지지가 않았다. 이리 애타게 상대를 죽이려 드는 가장 중요한 이유.

그는 시누사의 심기를 거슬렀다. 싸움을 피하다니 그게 웬 말인가? 시누사의 싸움은 언제나 상대의 죽음으로 끝났고, 현재에도 그러고 있었다. ― 사실 스스로가 죽는 끝도 있기는 했지만 아직까지 살아 있는 것을 보니 일단은 제외했다. ― 그런고로 항상 필살한 이후에야 개운히 전투를 마무리 지었건만, 처음으로 그 규칙을 깬 것이 로크뢰였던 것이다. 그는 시누사와 어울리는 중간에 자리를 떴다. 그것이 참을 수 없이 불쾌해 아직도 발만 동동 구르고 있는 것이다.

아니, 사람이 한번 칼을 들었으면 죽이고 끝내야 하는 것 아닌가? 그나마 이성이 남아 있어 다행이지, 그것마저 없었더라면 자신은 라르디슈 진영에 갔을 때 그에게 결투 요청을 했을지도 몰랐다.

하! 웃음이 났다. 제가 생각하기에도 그것은 조금 큰 만용이 아닌가 싶었던 것이다. 시누사는 제가 생각하는 만용이 다른 사람들의 입장에서는 완전히 미친 짓임을 알아 홀로 씩 웃었다.

외르타의 호위로 필히 자신을 청하리라. 로크뢰가 그녀 쪽으로 올 것 아닌가. 외르타가 제 입으로 확신했고 시누사 역시 그에 적극 긍정했다.

분명 쫓아올 것이다. 다른 사령부가, 발렌시아가 믿지 않아도 자신은 믿었다. 그때 내가 잡아서…… 생각만으로도 배가 불렀다.

“혼자 무슨 생각을 하기에 그리 웃나?”

“아, 체세나 경. 내일이래요?”

“……회전이? 그런 것 같다. 내일 진 쳐 놓고 눈치 보다 하루 이틀 갈 수도 있고…….”

시누사는 곰곰이 생각하며, 뒤돌아 무언가를 살피고 있는 발렌시아를 훔쳐보았다. 그를 제한 기사들은 중앙에 놓인 큰 지도 위 여러 모형들을 작대기로 이리저리 밀고 있는 중이었다. 돌연 톨레도가 계관이라고 쓰인 창 하나를 뚝 부러뜨렸다. 자멘테가 펄쩍 뛰었다. 톨레도는 양손에 부러진 나무창을 쥐고 흔들며 말했다.

“아니, 아니, 진정하게 자멘테 경. 계관은 두 부대로 나누는 것이 보기 편할 거란 의미에서…….”

“저 상자 안에 모형 더 있습니다, 경.”

“…….”

시누사는 상자 속에서 계관을 네 개나 꺼내 던졌다. 톨레도는 그것들을 품에 안듯 받았다. 하나는 놓칠 뻔했지만, 사투르니나가 우스꽝스러운 자세로 받아 부러뜨리지 않았다. 톨레도는 나무창을 주사위처럼 돌리며 다소 의아하다는 듯 물었다.

“무얼 이리 많이 주나?”

“계관 사분지 일만 1대대에 넘기세요. 1대대 옆에 창 하나만 놔 주시면…….”

“전위 부대에? 자네 미쳤나?”

“필요합니다. 비전하의 말씀에 따르면 화관의 수가 그리 증강되었다는데 아직껏 한 번도 드러나지 않았어요. 그치들 첫 장에 뭉개 놓으면 겁이 나서라도 한곳에 모여 튀어나올 겁니다. 그 수효 파악 좀 해 보죠."

"사서 고생할 뿐이네."

"그건 가 봐야 아는 거고요."

"경, 경."

"저요?"

"발렌시아 경."

발렌시아는 잠깐 뒤돌아보는 듯하다가 다시 시선을 아래로 내렸다. 그 등에 대고 톨레도가 말했다.

"이미 거의 정해진 전술에서 시누사 경이 계관을 떼어 달라고 저리 주책을……."

"그리 큰 변경도 아니잖습니까."

"그러니까 내 말은! 왜 그걸 어제 이야기하지 않았느냐 이걸세. 지금 경이 억질 부리면 상황이 배는 복잡해지잖나!"

"계관 줘. 그리고 그것으로 끝이다. 나머지에는 수정을 가하지 마라."

톨레도는 짜증스럽게 말을 멈췄다. 사투르니나가 조금 아니꼬워하는 표정으로 계관 창 하나를 1대대 옆에 턱 내려놓았다. 그제야 발렌시아가 그들 쪽을 바라보았다. 시누사는 불쑥 손을 들었다. 발렌시아가 바라보자 그는 헛기침을 몇 번 하고선 말했다.

"그럼 이제 사소한 것들을 처리합시다."

"무슨?"

"비전하는요? 그 곁에 호위는 얼마나 붙이실 겁니까? 사실 저는 제가 하고 싶……."

"내가 한다."

"……거든요. 어차피 전위 부대니 스스로 조금만 칼을 자제하면! 초반부에 다 쓸어 낸 뒤 그만 할 일이 없어지지 말입니다. 그러니 남은 부대는 톨레도 경께 넘기고 비전하의 호위를 맡겠습니다. 타당하죠? 외르타, 아니 비전하께는 조금 늦게 전장에 나오라 하시면 시간상 딱 맞을 것……."

"내가 한다."

시누사는 혀를 깨물었다. 두 번째 말에서야 눈치챈 그와는 달리 이미 첫 어구부터 숨이 막혀 버린 사령부의 얼굴은 더 볼만했다. 머리를 한 대 걷어차인 듯한 느낌이었다. 다른 사람들 역시 마찬가지였다. 그들과 자신이 다른 점이라면 아직까지 무언가 말할 기운이 남아 있다는 것뿐이었다. 시누사는 잘 이해가 가지 않는다는 듯 다시 물었다.

"외르타 호위를 누가 맡는다고요?"

"나다."

"총사령관께서 어찌? 많이 바쁘실 텐데요. 내일은 이전처럼 이 진형 저 진형 돌아다니며 관리 안 하실 겁니까?"

"필요한 부분에만 가면 얼추 시간이 될 것이다. 또한 내 전장을 순회하는 시간에도 외르타에게는 기사를 차출해 둘 테니 문제가 없으리라."

"저…… 기요, 경. 지금 경께서 누구의 호위를 맡으신다고요?"

그 말에 생략된 어구는 '전군 총사령관이 누구의 호위를 맡는다고요?' 였다. 다들 그 사실을 알고 있기에 얼굴이 핼쑥해져 있었다. 발렌시아는 익숙지 않게 다소 무료한 표정이었다. 시누사는 직감적으로, 그가 자신의 이유를 설명하기 싫어한다는 사실을 깨달았다.

몇 초 뒤.

"누가 누구를 호위하느냐가 중요한 것이 아니다. 우리의 목적이 더 긴급하다."

"예?"

"우리는 외르타를 죽이러 전장에 보이는 것이 아니다. 그녀 스스로를 증명하기 위함이고 모르되를 끌어들이기 위함이며, 동시에 라트니슈 수뇌부에 혼란을 선사하기 위함이다. 그 모든 목적이 뜻있기 위해서는 외르타가 살아 정보를 전해야 한다."

"다른 기사들로도 비전하는 충분히 보호할 수 있습니다."

"로크뢰가 온다."

잠깐 얇은 살얼음판이 깔린 듯했다. 돌연 마지막 남은 촛불이 꺼진 것처럼 모든 기세가 푹 가라앉았다. 제 이름 하나로 이런 무게를 낼 수 있는 자 그리 많지 않으니, 그 위명 자자한 검을 그들이 모르는 것이 아니었다. 항시 전장에서 휘둘리는 기사인 사령부가 끔찍한 붉은 갑옷에 무지하다면 외려 더 이상한 일일 것이다. 모르긴 몰라도 아군 진형을 시찰하는 발렌시아를 보는 적의 심정이리라.

그러나 톨레도는 지지 않고 반론했다.

"로크뢰가 그리 가까이 오리라 생각하지 않습니다. 그렇게 무모한 자가 아닙니다."

"이번 회전의 끝은 어쩔 수 없이 난전이 되리라. 우리도 여러모로 힘을 썼지만 그밖에 답이 없다. 따라서 회전 종반에는 충분히 가능성이 있다."

"비전하를 알아보고…… 온다는 것이 말입니까?"

"딱히 로크뢰가 아니어도 좋다. 라르디슈 수뇌부 중 하나라도 섞여 들어온다면…… 그때 그자는 살려 보내라. 전할 수 있도록."

"아니요. 로크뢰가 올 겁니다."

시누사는 조금 흥분한 듯한 어조였다.

"제가 압니다. 봤습니다. 알아보기만 하면 올 겁니다! 발렌시아 경! 그러니까 절 고르시라니까요? 회전 초반부를 제한다면 내내 비전하 곁에 붙어 있을 수 있으니 경보다 더 효율적이지요. 경께서 전장에 나가셨을 때 로크뢰가 오면 어쩝니까? 그의 기량을 일반 기사들이 감당할 수 있다 생각하십니까? 더불어 제가 그 사람에게 모자란다고도 생각지 않습니다.”

“모자란다.”

“…….”

시누사는 주먹 맞은 베개 꼴을 하고 얼떨떨하니 섰다. 그럴 줄 알았다는 듯 체세나가 슬슬 고개를 저었다. 발렌시아는 꾸짖는 어조도 아니었다. 단지 깊은 물처럼 덤덤하게 말을 이었다.

“지난번 경과 그자가 칼을 맞댄 모습 나도 보았다. 솜씨로는 호각이 맞다. 그러나 그에서 조금만 더 오래 버텼더라면 네 팔이 부러졌을 것이다.”

“허.”

“경은 아직 어려 힘이 부족하다. 오래갈 수 없으리라.”

“그러면 발렌시아 경, 경께서 부재중이실 때에는 무슨 대비책이 있습니까?”

다른 이들이 그리 말할 때는 들은 체도 안 하더니 발렌시아 경 한마디에 바로 꺾는군. 시누사는 톨레도의 기가 막힌다는 눈빛을 무시했다.

“기사 여럿을 세워 둘 것이다. 비록 많이 차출하지는 못하겠지만…….”

“버틸 수 있을까요?”

“적은 수가 아니니 얼추 되겠지.”

“경이 계실 때 로크뢰가 온다면 목숨을 취하실 겁니까?”

데군다가 무슨 말을 하려다 꾹 다물었다. 시누사의 가벼운 말투에 그저 그러려니 하다가, 순간 충격을 받은 것이다. 발렌시아의 표정에는 한 점 흐트러짐이 없었다. 그는 시선을 중앙의 지도 쪽으로 보냈다.

“경.”

타이르는 말이었다.

“경은 내가 패하리라는 가설은 생각지도 않나?”

“네. 말이 안 되니까요.”

"……."

"경, 제가 전장에서 경을 뵌 것이 벌써 오 년입니다. 이 이상은 말씀드리고 싶지도 않아요."

발렌시아는 조금 지친 기색으로 그를 바라보았다. 시누사는 그 우울함에도 제 말을 번복할 생각이 없었다. 그의 말에 반론하고자 하는 기사들도 없었기에 사실 지금의 사령부 안에는 암묵적인 긍정만 남아 있었다.

시누사는 자제하지 못하고 발렌시아의 뒤, 반쯤 가려진 니소르를 보았다. 저 모진 칼. 전장이 아니면 혀 빼 흰 모습은 볼 수도 없다. 심지어 발렌시아는 전쟁터에서도 단창이나 기타 잡다한 무기들을 많이 사용하는 사람이었다. 때문에 시누사는 그가 칼에 능통하다는 사실조차 깜박깜박 잊고 다녔다.

그러나, 흰 호선으로, 나올, 때만큼은. 이런. 얼마 전 베브론 부대장의 목을 떨어뜨릴 때 그 자리에 있었어야 했다. 일찍 돌아갔으면 안 되었다. 그것은 처형이 아니라 예술이었을 테니까.

"경, 나는 완벽하지 않다."

아닌데…….

"내가 위험해지면 로크뢰에게 칼을 내도 괜찮다. 아니, 그리해 주기를 바란다."

그가 누군가에 대해 그런 말을 하는 것이 처음이라 시누사는 입을 떡 벌렸다. 물론 발렌시아가 제 목을 염려하여 그리 명한다기보다는 총사의 부재를 염려하여 그러는 것이라는 사실은 안다. 하지만 저런 말을 내뱉게 하는 상대가 있다니? 그 사실에 너무 당황해서 무어라 능청스러운 답을 할 수가 없었다.

발렌시아는 논의를 이쯤에서 끝내기로 결심한 듯했다. 그는 톨레도에게서 막대를 받아 여러 모형들을 본디 있던 자리로 되돌렸다.

"마지막으로 한 번만 더 반복하겠다. 내일은 시누사 경이 아니라 일반병이 먼저다. 추이를 보고 명을 받으면 그때 출전해야 한다. 경은……."

외르타는 톨레도에게 안겨 말에서 내렸다. 톨레도는 그녀를 반듯이 세워 준 뒤 그 어깨에 둘린 붉은 망토를 잡아 떼 내려 했다. 그녀는 기겁을 하며 브로치를 잡았다.

"톨레도 경! 뜯지 마!"

"전장에서 붉은 망토라니……. 주의를 끌려고 작정하셨습니까? 죽습니다."

"난 끌어야 해! 주의 끄는 게 내 목표란 말이다!"

톨레도는 그처럼 악착같이 망토를 쥐는 그녀를 보며 종내 항복했다. 발렌시아 경만 죽도록 고생하시겠군. 붉은 무언가가 펄럭이면 다들 타성이라도 칼 한 번, 화살 한 대씩은 던지고 갈 것이다. 그리 눈에 잘 띌 텐데……. 그는 아무 말 없이 뒤돌아 임시 사령부로 갔다.

외르타는 그의 뒤를 졸졸 따르며 주변을 둘러보았다. 희한하게도 외르타는 이 지형을 본 기억이 있었다. 두 달 전의 라르디슈 진영 앞마당이 바로 이 자리였던 것이다. 라르디슈가 많이 밀리긴 밀렸나 보구나 생각했다. 그리고 동시에, 같은 장면이 이리 다르게 보일 수도 있다는 사실에 놀랐다. 시일 전 조용한 평원이었던 이곳은 지금 변명의 여지없이 살풍경한 전장이었다. 비록 두 달 전은 가을이고 지금은 겨울 초입이라 하나 풍기는 느낌 자체가 달랐던 것이다. 아직 아무도 죽지 않았는데 벌써부터 피 냄새가 진동하고 있었다.

그녀는 입을 꾹 다물었다. 긴장되지 않는다면 거짓이었다. 토르뇌를 다시 본다. 그자를 이 눈으로, 또다시, 구태여 만나러 온 것이다. 너는 나를 잡았던 것만큼이나 악독하게 사람을 죽일까? 너는 아델을 놓았던 명령만큼이나 주저 없이 사람을 죽일까? 양미간이 바늘을 꽂은 듯 묘하게 따가웠다.

그 지겨운 얼굴과 재회함이라. 그녀가 아는 로크뢰는 결코 후회나 회한, 반성, 깨달음, 미안함 이따위 것들을 느끼지 않는 사람이었다. 그에게는 선천적으로 그런 감정들이 결여되어 있었다. 확신한다. 그는 그런 마음이 없다. 그래서 그녀가 기대하는 것은 오로지 이 둘이었다.

분노와 증오.

양털 같은 만족에 입이 슬며시 올라갔다. 로크뢰는 곧 나에게 분노를 터뜨린다. 제법 증오하기도 할 것이다. 사랑의 역은 곧 증오. 모래시계를 뒤집은 듯 속절없이 쏟아져 제정신을 온전히 가눌 수 없으리라 생각되었다. 소란한 속을 감당하지 못하고 스스로 생살을 찢어 내리라.

그는 드디어 그녀가 된다.

자신만큼 분노하고 자신만큼 증오할 것이다. 부부는 일심동체라더니 칠 년이 지난 지금에야 증오로 그 진심을 섞는 것이다. 그것만이 외르타가 유일하게 인정하는 합일이었다. 아니지. 인정은커녕, 간절히, 속 저미도록 바랐다. 딱 나만큼만 망가져라. 이 문드러진 속만큼 증오하고 노여워 스스로를 망쳐라. 그리고 그에 못 이긴 채 고꾸라져 죽어 버려. 그녀가 얼마나 미쳤는지 그는 여태껏 짐작도 못했으리라. 하나 이 배반으로 이제야 절실히 깨닫지 않겠나. 그 역시 나와 똑같은 짐승이 된다.

외르타는 스스로를 사람이 아닌 무언가로 만드는 로크뢰가 싫었다. 그 남자 자체가 싫으냐? 그것은 대답할 가치조차 없는 당연함이다. 그러나 하나 더 있었다. 그녀는 그와 싸워 같은 수준으로 전락해 버린 제 자신도 끔찍이 싫었다. 자신이 이렇게 개처럼 땅에 구르고 있다는 사실이 믿기지가 않았다. 짐승과 싸우려면 나 역시 짐승이 되어야 한단다. 그래서 그리하고 있다. 누구의 사정도 개의치 않고 무턱대고 제 고집만 부리며 모든 목표를 달성하려 발악인 것이다.

발렌시아가 큰 곤혹을 겪고 있는 것은 이에 기인한다. 아무래도 인간이 동물을 상대하려면 보다 많은 헤아림이 필요하지 않겠나. 이 맹목과 사람 사이엔 도무지 언어가 통하지 않는 것이다. 그러니까 이처럼…….

"나 초반부터 나가면 안 되니?"

발렌시아는 대답할 가치도 없다는 듯 무시했다. 거의 일주일 만에 보는데도 어찌 변한 곳이 없었다.

"앞으로 나가겠다는 소리가 아니다. 진형을 보니 호선형이던데 그 가장자리는 어때?"

또 무시했다. 그는 옆의 기사에게 무어라 명령을 내린 뒤 내보냈다. 그러나 그 뒤에 이어진 것은 다시 또 다른 기사. 발렌시아는 처음으로 짜증스러운 기색을 보였다. 분명 사령부 선에서 모든 군명이 하달되었을 텐데 자꾸만 질의하러 오는 모양이 같잖은 것이다. 외르타는 저 모습이 어째 학습 부진아들을 가르치는 교사의 갑갑함 같아 조금 웃었다.

"톨레도 경에게 가서 물어봐라. 경은 지금 좌 사방에 있다."

"1대대에 배치된 계관이 시누사 경의 무심함에 당황하고 있습니다. 항의도 나옵니다. 반발이 적지 않……."

"1대대에는 원래 진형 같은 것 없다. 항의는 기각한다."

"일반병 우 사단이……."

"그것은 데군다 경 담당이다. 경에게 가라."

"계관……."

"그만."

"저 죄송합니다만, 이쪽도 계관입니다. 계관이……."

"계관은 왜 이리 불만이 많나? 왕도에서처럼 식전 기사로만 남기를 바랐던 건가? 다들 눈의 방패는 한 번씩 거쳐 왔을 텐데 이해가 가지 않는다. 애초에 증강되었을 때 큰 쓸모가 있으리라 생각하지는 않았지만 이래서야 도움은커녕 방해다. 한 번만 더 계관 관련으로 말이 들어온다면 지금 상황이라도 그들 모두를 작전에서 제하리라. 군명이다."

기사 몇 명이 고개를 흔들며 나갔다. 이제 홀로 남아 어쩔 줄 모르던 한 전령이 침을 한 번 삼키고선 말했다.

"체세나 경이 보내는 전언입니다. 적군이 움직임을 보인다 합니다. 곧, 이번 개전 선포를 라르디슈에서 하리라 생각해 중앙 선두가 신경이 곤두선 상태입니다. 각적角笛 소리가 언제 날지 모릅니다."

그는 상대에게 고개를 끄덕여 준 뒤 내보냈다. 이제 안에 남은 것은 그와 그녀뿐이었다. 발렌시아는 그제야 외르타를 돌아보았다. 외르타는 성장한 그를 처음 보았다. 그녀의 눈썹이 조금 기어 올라갔다. 일전에는 피와 흙먼지에 얼룩져 좀처럼 제대로 된 모습을 볼 수 없었다. 그러나 지금. 온몸이 눈처럼 흰 갑옷이다. 한겨울의 폭설, 내리꽂히는 일광, 물거품, 흰 갈기의 절벽이자 아이의 이마. 라르디슈가 붉은색에 집착하는 만큼 흰빛에 강박적이라는 딤니팔은 헛말이 아니었다. 그 빛, 자아내기도 어려울 듯 티 없는 흰색에 그녀는 당혹하고 말았다.

눈이 아픈 흰빛은 아니었다. 외려 조금 부드러운, 사람을 가라앉히는 고귀함이었다. 붉은색이 힘이라면 흰색은 품위. 그 기묘한 대조에 탄성을 내뱉으려다 애써 삼켰다. 전장에 나간다면 지독히 눈에 띄지 않을까. 총사령관 유일의 백색 갑옷인지라 별수 없이 만인의 표적이 되겠구나 생각했다.

전군의 수장.

사람이란 참 간사한 것이, 그에게 총사령관이라는 말을 허다히 듣고 또 했으면서도 이토록 차려입은 모습을 보고 나서야 완전히 설득되는 것이다. 외르타 역시 마찬가지였다. 그리 똑똑히 선 모습을 보니 지금껏 자기가 무례했던 모양새가 퍽 미안하고 송구해졌다.

"나간다."

외르타는 화들짝 놀랐다.

"나도? 처음부터?"

"그래."

아까 자신의 말을 무시한 것이 아닌 듯했다. 그저 바빠 듣지 못한 것이다.

"어차피 처음은 난전도 아닌데 로크뢰가 나를 볼 확률이……."

"적어도 여섯 시간은 넘게 버텨야 한다. 각오하고 왔으리라 믿는다."

"그건 괜찮아."

그러나 외르타는 제 왼발을 약간 걱정하고 있었다. 저번에 탈출할 때 보아하니 참 암담하더라. 몇 시간 지나자 아예 발을 잘라 내고 싶던데. 그래도 이번에는 걷거나 뛰는 것이 아니니 괜찮지 않겠느냐 스스로를 다독였다.

"대답 좀 해. 처음부터 나가도 된다고? 그리 쉽게 허락하나?"

"내가 바쁘다. 널 다른 기사들에게 인계하고 전장에 가야 한다."

그녀는 자신이 다른 기사들에게 인계되는 것이 차라리 다행이라고 생각했다. 발렌시아 본인이 저를 호위한다는 소리에 마지막 남은 양심이 아주 진저리를 쳤기 때문이다. 지금 군의 총사령관을 나 따위에게 묶어 놓겠다고? 그것은 정말 염치가 없는 짓이다. 그만큼이나 큰 피해를 주고 싶지는 않았다.

외르타는 안도를 삼키며 이미 걸어 나간 발렌시아를 뒤쫓았다. 바깥으로 나왔다.

그 눈앞에 펼쳐진 광경은, 그녀로서는 솔직히 대단히 막막했다. 군사의 뒷모습밖에 보이지 않는데 전술은 무슨 전술인가. 외르타에게 마지막 일 열 이상은 잘 보이지도 않았다. 발렌시아의 머릿속에 무엇이 그려지고 있을지 상상하기 힘들었다. 아무리 많은 군 정보를 외워 왔다 하더라도, 본시 군대의 실제를 아는 것과는 생 로욜과 오스페다만큼의 거리가 있는 그녀다. 어쩔 수 없었다.

외르타는 발렌시아가 걷기 시작하자 당황했다. 이 끝없는 줄 어디까지……. 그는 임시 막사 가장자리에 서 있는 한 병사에게 가 무어라 말했다. 병사는 그 명을 들은 즉각 제 옆에 놓인 새장의 문을 열었다. 도대체 어디서 잡아 왔는지 모를, 낱낱이 화려 창창한 큰 새들이 화드득 날아올랐다. 한꺼번에, 분수처럼. 다들 그 빛깔이 다양해 마치 축포가 터지는 듯한 광경이었다. 새들은 군사 위 하늘을 높이 지나 전방으로 날아갔다. 그와 거의 동시에.

사방에서 딤니팔의 각적이 울렸다.

잠깐 동안 그 두터운 소리를 제하면 아무것도 들리지 않았다. 외르타는 숨이 턱 막혔다. 발렌시아는 방금 가벼운 속삭임 하나로 수천, 어쩌면 수만이 죽을 회전을 연 것이다. 상대가 곧 전투 개시를 외칠 것 같다는 체세나의 말을 그녀도 함께 들었다. 그런데 발렌시아가 나서서, 그보다 먼저 개시 명령을 내린 듯했다.

"아…… 아까……. 저쪽에서 먼저 불 것 같다고…… 으으으……."

그녀는 땅이 떨리는 것을 느끼고는 신음을 내뱉었다. 자신은 아무것도 보지 못했다. 저 앞에서 무슨 일이 일어나는지도 전혀 짐작이 가지 않았다. 그럼에도 웅웅대는 이 대지의 느낌이 너무 선연해, 도저히 몸을 바로 세울 수가 없는 것이다.

그제야 발렌시아가 무엇을 두려워했는지 깨달았다. 자신을 믿지 않겠다고 그리 바득바득 고집 피운 것이 이해되었다. 제 앞에 선 수만을 어깨에 진 사람이다. 지금 이것처럼, 멈출 수 없는 거대한 영양 떼처럼 군대가 살아 움직이는데 그것이 향하는 곳이 잘못된 방향이라면? 수천 길 벼랑으로 달려간다면? 번개 맞은 듯 이해가 가면서 면목이 없어졌다.

"체세나의 그 말 자체가 어서 개전하라는 재촉이다. 대치한 채로 이틀은 가리라 생각했건만 라르디슈가 진격할 기미를 보였다. 먼저 가야 했다."

그리고 다시 여유롭게 걷는다. 여유롭게. 외르타는 기가 막혀 그 뒷모습을 바라보다, 결국 헉헉 숨을 몰아쉬며 달려갔다.

"어디까지, 가?"

"처음 보이는 저 능선."

그리 멀지는 않았다.

"이렇게 여유로워도 돼? 방금 개전 명령 내린 것 아닌가?"

"기사들이 알아서 한다."

그는 더 이상 답하지 않고 묵묵히 걸었다. 외르타는 조금 경사진 곳에 오르자 그제야 전장의 모습을 볼 수 있었다. 물론 극히 일부만. 드러난 곳은 매우 평화로웠다. 어처구니가 없어 물어보았다.

"개전했는데 왜 말뚝 박은 것처럼 서 있지?"

"넌 딤니팔의 군이 얼마라 생각하나?"

"라르디슈가 구만이니 비슷하지 않…… 겠…… 아……."

"지금 보이는 것은 빙산의 일각이다. 처음은 중앙 첨단의 일반 구 사단. 그 뒤가 시누사. 체세나 역시 거의 동시에. 얼마 안 되어 이곳도 움직일 것이다."

지대가 낮아 평지나 다름없는 구릉에 기사 여럿이 서 있었다. 외르타는 자신 때문에 임시 사령부가 간소화되었다는 사실, 심지어 이곳까지 옮겨졌다는 사실을 깨달아 거듭 미안해졌다. 발렌시아는 갑자기 걸음을 빨리해 그들에게 다가갔다.

"전령은 몇이나 보냈나?"

"날개당 스무 명씩 보냈습니다. 해 왔던 대로 할 겁니다."

외르타는 이곳에 남은 기사들이 여러 대대에서 무작위로 뽑아 올린 자들이리라 추측했다. 총사령관을 대할 때마다 얼굴이 매양 새파래지는 것이 아주 뻔했다. 발렌시아가 익숙하지 않은 것이다. 사령부에 있던 실력자들은 죄다 첨단으로 내보내고 언제 갈아도 상관없는 비서들만 남겼다. 역시 고달픈 공무원이 맞나 보다.

외르타는 걸어와 바닥에 털썩 앉았다. 겨울이라 다리에 닿는 것은 말라붙은 잔디뿐이다. 까마득한 높이에 있는 발렌시아가 그녀를 내려다보았다.

"마상에 있어라."

"여차하면 도주하라고? 사양한다. 그 사람 말 모는 건 내가 당신보다 더 잘 안다."

"……."

"승마도 못하는 몸으로 도망쳤다 머리채나 휘어잡히지 않으면 다행이지."

"나는 곧 나가야 한다. 드물게 올 수밖에 없다. 여기 열댓쯤 남겨 두고 가지만 혹시 모를 일이다."

"이자들이 알아서 하겠지. 부하도 못 믿나."

발렌시아는 말을 말자는 듯 그녀에게서 시선을 돌렸다. 외르타는 제 앞 진형이 꿈틀꿈틀 움직이는 것을 흥미롭게 바라보았다.

반시간쯤 뒤 전령 몇이 말을 몰고 그 옆으로 달려왔다. 그들이 무슨 보고를 하자 발렌시아는 조금 놀라는 듯하며 말에 올랐다. 외르타는 그가 전령을 앞질러 좌측으로 달려가는 모양을 보고는 씩 웃었다.

그녀 옆에 선 기사들은 대부분의 시간, 사방의 전령을 받은 뒤 정리하고, 아주 가끔 저들끼리 손으로 진형 몇 군데를 짚으며 잡담했다. 외르타에게는 조금의 관심도 쏟지 않았다. 이곳에 왜 여자가 있는지도 모를 텐데 그 무관심이 용하다 생각했다. 아, 어쩌면 건드리지 말라는 명령이 있던 것일지도 모르겠다.

다시 반시간쯤 뒤에 발렌시아가 돌아왔다. 그 희던 갑옷에 벌써 몇 부분이나 피 칠이 되어 있었다. 외르타는 질린 채 그의 담담한 얼굴을 바라보았다. 숨 한 번 몰아쉬지 않는 부드러운 도착이었건만, 잔뜩 묻은 것은 피라. 그는 특기할 만한 점이 없었는지 물은 뒤 다시 그 자리에 서서 전령 몇을 받고, 보냈다.

"원래 이렇게 혼자 하나?"

"……."

"몸이 열 개라도 모자라겠다."

"본디 그나시오 경도 함께 머무르지만 크게 다르지는 않다."

"아, 그 사람은 한 번도 못 봤네. 언제 오나?"

"다음 주 내."

그리고 다시 전령. 발렌시아는 그를 따라 다시 떠나고, 다시 돌아왔다. 다음번에는 전령이 없어도 떠났다가, 몇 분 뒤 빠르게 돌아와 말을 갈아탔다. 말이 어딘가 칼에 맞은 듯 절뚝절뚝 정상이 아니었다. 그는 서 있던 기사들에게 몇 가지 보고를 받고 다시 떠났다. 이번에는 거의 한 시간가량을 돌아오지 않았다. 기사들이 잔뜩 쌓인 전황 보고들을 보며 미쳐 갈 즈음 발렌시아가 돌아왔다.

이제 그의 갑옷에 흰 곳은 보이지 않았다. 갑옷에서 김이 날 지경이었다. 조금 끔찍했다. 방금 죽인 자의 피로구나. 발렌시아 자체는 뵘박질한 번 하지 않은 듯 차분하건만 진짜는 그에 묻혀 온 피라니. 생피 때문에 그녀 앞에 습기가 확 뻗쳤다. 이미 그들이 서 있는 자리의 앞도 전쟁의 소란이 된 지 오래였다. 온갖 곳이 죽음이다.

"이곳은 벌써 난전인가?"

"아닙니다. 라르디슈 육전대가 너무 파고들어 난전인 것처럼 보이는 겁니다. 다른 곳은 전부 괜찮습니다. 체세나 경께서……."

"그 우회는 내가 방금 보고 왔다."

"세상에, 그 전장 끝까지……."

"내 바쁜 것이 공은 아니겠지."

그는 그녀에게는 한마디 하지 않고 무언가 생각하는 듯 가만히 서 있었다. 회전 네 시간째. 외르타는 그제야 일어서서 망토를 휙 펼쳤다. 천이 바람을 먹고 순식간에 불타올랐다. 발렌시아는 그런 그녀를 보고 눈살을 찌푸리는 듯했으나 끝내 아무 말을 잇지 않았다. 그녀는 코웃음을 쳤다. 암, 미끼는 미끼다워야지.

발렌시아는 한참 동안 그녀 곁에 있다가 다시 새 말을 타고 나갔다. 그 뒤에는 이 자리에 오는 주기가 상당히 빨라졌다. 몇 분 떠나 있나 싶으면 어느새 옆에 있고, 자리에 있는가 하면 이내 사라지고 없었다. 그래서 그녀는 어느 순간부터 발렌시아가 옆에 있는지 없는지에 대해선 별 신경을 쓰지 않게 되었다.

외르타는 제 앞에서 일어나는 전투에 슬슬 염증이 나려 했다. 살인을 처음 본 것이 아닌지라 크게 끔찍하다거나 한 것은 아니다. 다만, 피가 질렸다. 한꺼번에 너무 많은 사람이 찍혀 넘어가는 것을 보자, 먼발치였지만 속이 눅눅하고 지쳐 갔다.

개중에서도 특히 이 진형 방면으로 쳐들어온 자들은 사람을 죽이는 방법이 지독히 능란하고 독특한 인간들이었다. 골통을 깨부수거나 목을 찌르거나 하는 것은 평범하게 이해하겠는데, 도대체 가마는 왜 뚫나? 위부터 찔러 넣더라. 외르타는 순간 저 멀리서 그러고 있는 그 기사가 미친 줄로만 알았다. 그도 아니면 같은 자리에서 몇 번이고 칼을 내리찍는 정신병자도 있었다. 그 손짓의 묘한 리듬감을 느끼는 자신에게 소름이 끼쳤다.

아, 외르타는 얇은 칼에 머리가 꿰뚫리는 딤니팔 병사를 보며 깨달았다. 육전대로구나. 저치들이 육전대야. 희한하군. 그런데 육전대에게도 붉은 갑옷을 선사했나? 새로 만들었다고 신이 나 감히 왕가의 색을 내림이라? 잘 이해가 가지 않았다. 딤니팔에서 흰 갑옷은 단 하나다. 전군의 수장, 발렌시아 경. 라르디슈에도 붉은 갑옷은 단 하나다. 전군의 수장.

외르타는 목덜미부터 굳었다.

로크뢰.

순간 선 채로 기절하는 줄로만 알았다. 눈 돌리다 본 붉은 갑옷, 육전대 사이에 있기에 같은 소속이라 착각했다. 그럴 리가 없다. 붉은 갑옷. 상당히 가까운 거리에 있었다. 딤니팔 기사 몇 대대가 진로를 방해하는 바람에 그를 쫓던 육전대는 더 이상 나아갈 수가 없었다. 오로지 그뿐이다. 외르타는 얼굴이 하얗게 질려 옆을 돌아보았다.

발렌시아는 없었다.

오로지 십수 명의 기사들뿐이다. 다들 같은 기미를 눈치챘는지 쇳소리가 요란했다. 여러 빛의 칼이 거울을 깨듯 공기로 올라왔다. 검으로 빚은 숲처럼 엄중하다. 외르타는 그 날들에 조금 안심하고는 다시 전방을 바라보았다. 그가 향하고 있는 방향을 명확히 깨달았다.

너.

나를 발견했구나.

그리 생각하는 순간 외르타는 로크뢰와 눈이 마주쳤다. 검은 눈은 두구에 가려 보이지 않았으나, 직감으로 알았다. 그가 그녀를 바라본 것이다. 아니, 바라본 것이 아니다. 곧 죽일 듯이 노려보았다. 그 시선만으로도 가슴이 벅차 폭소와 흐느낌이 동시에 새어 나오려 했다.

심장이 빨리 뛰고 가슴이 답답했다. 압박으로 인해 기도가 터질 듯했다. 목이 고통받자 호흡을 의식하지 않을 수 없었다. 상황은 계속 악화되었다. 아픔은 늑골까지 내려왔다. 맥을 감싼 뼈부터 차례차례 불에 그을었다. 숨이 찼다.

아델.

그리 부르자, 삽시간에 잘못된 뼈가 바람을 먹었다. 호흡마다 가슴 아래가 저리고 고통스러웠다. 금세 허벅지와 발까지 뻗어 나왔다. 그제서야 온몸의 살이 발린 듯 끔찍하게 아리기 시작했다. 한 자리를 짚을 수 없을 정도로 모든 곳이 괴로웠다.

그가 온다.

내 복수가 저기 있다는 생각에 가슴을 저몄다.

딤니팔 군영 쪽으로 가는 제 왕을 본 육전대가 놀라 따라붙었다. 로크뢰는 정말 아무것도 가리지 않는 기세였다. 무턱대고, 대중없이, 앞뒤 가리지 않고, 미친 것처럼, 저를 막는 모든 것을 쓸어버리며 앞으로 불쑥 나왔다. 그 잔악한 전장 안에서 홀로 곧은 직선을 그리고 있다. 조금도 흐트러지지 않는 길이다. 가로막으면 남는 것은 그저 시체뿐이다.

그녀는 이제 그의 칼을 구분할 수 있었다. 그만큼이나 가까이 왔다. 무서운 속도였다. 그 두꺼웠던 딤니팔 군사들이 나무가 도끼에 베이듯 두 동강 났다. 육전대는 밀려난 결에 휩쓸려 제정신을 못 차리고 있었다. 악착같이 왕의 뒤를 따라온 몇 명만이 간신히 그에게 붙고, 나머지는 파도에 휩쓸리듯 모두 자리에서 나아가지 못했다. 전투 속에 있던 딤니팔 기사들이 대경하여 진형을 바꿨다. 그들 역시 즉각 돌격하자 큰바람 둘이 부딪치는 모양이 되었다. 무기 부딪치는 소리가 어수선하고, 요란하고, 야단스러웠다. 그녀가 있는 곳에서도 그 천둥 같은 마찰음이 잘 들렸다.

난전도 이런 난전이 없다. 싸움 자체가 냉정 하나 없이 미쳐 돌아가는 기분이었다. 분명 이전에는 이쪽저쪽 모두에 있었을 체계적인 작전, 그 전부가 한 사람의 돌발 행동으로 완전히 짓밟혔다. 기사들은 아직도 서로 죽이고 있다. 그러나 일반병 대다수는 정말 너무 경황이 없자, 부딪치던 무기를 그대로 멈추고 무슨 일이 일어나는 것인가 목을 빼기 시작했다. 전투 중에. 전투 중에 살인을 멈춘 채 구경하는 것이다. 그만한 충격이었다.

로크뢰가 텅 빈 공간으로 나왔다. 그 두텁던 진형이 사람 하나를 울컥 토해 냈다. 모든 군을 다 헤친 것이다. 상대를 갈아 버릴 듯한 기세였다. 외르타는 이곳에 저자가 닿기까지 이제 시간이 몇 초 남지 않았다는 사실을 알았다. 그의 말이 거품을 물고 있었다.

나는 지금 평생 모은 재산을 다 걸고 있다. 이 상황까지 내몰린 처지가 너무나 억울하지만, 그래도 나는 이처럼 큰 도박을 한다. 널 말려 죽이기 위해.

외르타는 기어이 웃었다.

웃음이 잘 보였으면 했다. 제 모든 내장을 헤집는 듯한 웃음이었다. 목구멍에서 나온 칼날이 입꼬리에 걸린 것 같았다. 로크뢰, 날 봐. 내 배 속에 크게 자란 증오, 크게 자라다 못해 내 온 뼈와 살과 피를 아득아득, 실성실성 씹어 먹은 그 증오를 네 눈으로 똑똑히 보아라.

그의 말이 헐떡이는 소리가 들린다.

칠 년 동안 키운 짐승에게 배반당하는 기분은 그 얼마나.

로크뢰는 그녀를 스쳐 지나갔다.

바람이 일었다. 외르타는 가라앉는 제 머리카락의 수를 올올이 셀 수 있었다. 한 가닥 한 가닥 내려앉는 것이 너무도 절절하게 와 닿았다. 온몸의 신경이 곤두서 있었다. 웃는 채로도 꽉 물린 턱이 지나치게 또렷했다. 반쯤 뒤돌아보았다.

로크뢰는 설마 하고 있던 기사들에게 그대로 돌진했다. 그의 손에는 어느새 칼이 아닌 긴 창이 있었다. 한 번 달려들어 둘을 꿴다. 외르타는 그 광경을 보고 정말로, 그제야 진심으로 웃음을 터뜨렸다.

"미친놈!"

홍소가 터졌다. 붉은 망토는 휘황히 날리는데, 겨울바람은 동백 떨어지는 슬픔으로, 찢겨 죽어 가는 사람 앞에서, 종이에 물이 번지는 모양으로 외르타는 웃었다. 소나기가 유리창에 부딪치듯 부서져라 낭자한 웃음이다. 무슨 이유로 웃는 것인지 감히 짐작도 가지 않는. 그만큼 거칠고 단단한 폭소였다. 배를 잡았다. 가쁜 숨에 어깨가 크게 올라갔다. 견디지 못하고 눈물이 났다.

왕의 뒤를 따라온 육전대 몇이 겨우 칼을 뽑았다. 로크뢰는 이미 둘이나 고기처럼 꿰인 창을 거칠게 밀었다. 이제 너는 쓸모가 없다는 듯. 죽은 시체와 죽어 가는 사람이 중심을 잃고 동시에 바닥에 떨어졌다. 로크뢰는 말을 몰아 그 둘을 남김없이 밟았다. 투구를 쓴 머리임에도 펑 하고 터지는 소리가 두 번 요란했다. 그는 붉은 검을 들어 올렸다. 조금의 지체도 없이 그 옆 다른 기사의 입에 칼을 찔러 넣는다. 그 잔인함에 분노한 딤니팔의 대여섯이 한꺼번에 무기를 내찔렀지만, 이미 이곳에 선 육전대의 수도 적은 것이 아니었다. 모두 막혔다. 로크뢰는 제가 죽인 기사의 기도에서 칼을 뽑아내며 말머리를 돌렸다.

외르타는 아직도 웃고 있었다. 오스스 떨면서 소리도 죽이지 않고 웃었다. 살인자라도 고개를 돌릴 이 잔혹한 살생 앞에서 저리 유쾌하다.

로크뢰는 육전대에게 기사를 맡기고 그녀에게 다가왔다.

심장 뛰는 소리가 관 두드리는 소리 같았다.

"외르타."

터무니없는 독을 삼킨 느낌이다.

"말해."

미친놈.

"이곳에 네가 선 이유를 말해라. 당장."

로크뢰는 말에서 내리지 않았다. 그 위압적인 투구 아래, 맹독 섞인 숨결처럼 내뱉을 따름이다. 그러나 외르타는 그 가면 아래의 아득함이 얼마나 깊은지 잘 알았다. 칠 년. 칠 년을 기른 개가 그것도 몰라볼까. 목소리에 담긴 당혹, 의혹, 절박함, 희망.

희망이라니!

"리오넬."

그의 칼이 솟지도 가라앉지도 않은 위치에서 갈피를 못 잡고 부들부들 떨렸다. 아직까지는 무슨 오해가 있으리라 믿고 있는 것이다. 지금의 그에게는 분노가 없다. 증오도 없다. 더군다나 희망이라니? 외르타는 겁도 내지 않고 그에게 한 발자국 다가갔다. 붉은 투구가 외르타를 빤히 내려다보다, 그녀에게 제 칼이 지나치게 가까이 다가간 것을 보고선 몸을 확 물렸다.

"배반자가 나야."

그의 몸이 잠깐 멈춘 것처럼 보였다. 그의 팔도, 다리도, 머리도. 모든 것이 굳은 채 꿈쩍하지 않았다. 시간 자체가 멈어 버린 듯했다. 본능서럼 그 억센 손이 올라갔다. 내리치려는 양 덜덜 떨리다가 이내 제 칼자루를 꾹 짓눌렀다. 외르타는 저 손아귀에 목 졸렸던 날들을 기억했다. 그녀의 입에서 민들레 홀씨 같은 읊조림이 나왔다.

"내가 배반자야."

죽을 때까지 기억해라. 네 목숨 끊어질 때까지 영영 이 목소리, 이 장면 잊히지 않기를.

물론 그녀는 구태여 간절히 바랄 필요가 없다는 사실을 잘 알았다. 자신이 원하지 않더라도 그리될 것이다. 로크뢰는 이것을 평생 잊지 못하리라. 사뿐한 목소리, 차분한 숨결, 동요도 두려움도 없는 얼굴. 불에 지진 듯한 기억으로 남을 것이다. 외르타는 그것을 다시 한 번 한 글자 한 글자 송곳으로 새겼다. 그의 강철 같은 머리에.

"라르디슈의."

끽.

"밀고자가."

끼익.

"나야."

끼이익.

할 말은 그것뿐이었다. 그 이유를 파악하는 것은 그의 몫, 제 배반에 노여워하는 것도 그의 몫이다. 자신은 구차한 설명을 할 필요가 없었다. 너무 흥분해서 온몸이 갈래갈래 갈라질 것만 같았다. 해진 옷처럼, 초라하고 후줄근하지만 별수 없이 난폭한 본새다. 그 찢어진 자락 자락이 복수를 벼르고 있었다. 드디어 얻은 것은 그의…….

"네가……."

끔찍한 노여움. 쇠가 비껴 나는 듯한 소리였다. 그 분노에 묻혀 뒷말은 들리지도 않았다. 가장 뜨거운 불에 제 목소리를 얹은 셈이다. 주체

할 수 없는 화가 그의 온몸을 앗은 듯했다. 검은 밤 느닷없이 몰아친 산속 폭풍. 단 한 번의 노성으로 암초를 부수는 파도. 마른 들을 잡아먹는 불꽃. 시체에 몰려드는 검은 날짐승의 포악함. 산 채로 잡아 찢기는 거죽의 비명.

사람의 분노.

왼발이 간질간질했다. 부서진 발가락이 이유 없이 쿡쿡 쑤셔 왔다. 아직 모자라. 분노로 모자라. 왜 나를 증오하지 않아? 그녀는 그의 얼굴을 상상했다. 제 눈앞에 던져진 것처럼 확연한 표정이 나타났다. 하얗게 질린 뺨을 보았다. 질식한 표정이었다. 죽이고 싶은, 죽을 것 같은, 이미 죽은 얼굴이다. 그는 이를 아득 간 뒤 치밀어 오르는 무언가를 삼켰다. 간신히 입을 연다.

"네가…… 감히……."

그의 손이 뻗어 내려왔다.

외르타는 피하지도 않았다.

대번에 멱살이 틀어쥐였다. 익숙한 힘이 다시 자신을 짓누른다. 그러나 그 속에서 짓고 있을 끔찍한 표정이 떠올라, 그 안에서 부글부글 끓고 있을 쇳물 같은 분노가 떠올라 그저 눈물 나게 기뻤다. 공포가 없다. 자신에게 걷어차여 미친 그 꼴을 보니 웃겨 죽을 것 같았다. 숨이 막혔지만 또 웃음이 터졌다.

"하하하, 읍, 흐핫, 하하, 으하핫!"

그녀의 어깨가 매달린 채 크게 들썩였다. 한 번이 아니라 두 번, 세 번, 네 번, 호흡마다 그러했다. 로크뢰는 그 웃음에 분노로 도저히 제정신을 가누기 어려운 듯했다. 그는 드디어 칼까지 허리에 꽂아 넣었다. 수갑을 낀 위압적인 두 손이 전부 자유를 얻은 셈이다. 그녀는 벌벌 떨며 웃다가, 그 단단한 서비굴에 깔렸다.

그는 양손으로 완전히, 무슨 동물을 잡아채듯 그녀의 멱을 잡아끌어 올렸다. 외르타는 허공에 디딜 곳 없이 대롱대롱 가지처럼 늘어졌다. 옷 때문에 어깨가 욱신욱신 아파 왔다.

"너는 과했다."

칼로 긁어내리는 것 같은 목소리였다. 말을 생각하며 한 번 긁히고, 목에서 한 번 긁히고, 투구 안에서 한 번 더 긁혔다. 잘 다져진 노여움.

외르타는 이제 완전히 허공에 떠 있었다. 마음만큼은 여전히 웃고 있건만 숨이 막혀 어찌 입 밖으로 내지 못하는 기색이었다. 공기가 틀어막히자 그녀의 몸이 점차 덜덜 떨리기 시작했다. 실신하지 않기 위해 노력했다. 로크뢰는 그녀를 말안장에 잡아 던졌다. 외르타는 최대한 충격을 줄이기 위해 그대로 굴러떨어지려 했다. 다년간의 구타가 이따위로 도움 되는구나 자조적인 웃음을 짓다가, 그마저 머리칼을 잡혔다. 목이 턱 꺾였다. 접질린 듯 아팠다. 그래도 숨이 트여 웃을 수 있으니 다행인지…….

"죽겠지? 죽고 싶지? 응? 나 따위한테! 피를 보니…… 악!"

외르타는 머리를 얻어맞았다. 그의 맨손도 아픈데 장갑까지 낀 철에 맞자 순간 정신이 멀어졌다. 확 움츠러들더니 결국 다시 펴졌다. 숨이 막혔다. 머리가 수백 바퀴는 돈 듯 어질어질했다. 그녀는 비명처럼 외쳤다.

"지옥으로! 꺼져어어어억!"

이번에는 배를 맞았다. 도대체 어느 각도로 어찌 맞았는지조차 잘 구분이 되지 않았다. 울컥하고 목에서 피가 흘러나왔다. 시야가 잠시 몽롱했다가, 누군가 조이개로 조인 듯 다시 빠릿빠릿하게 돌아왔다. 그녀는 머리채가 잡힌 채로 등을 돌려 허리를 숙였다. 웃음인지 울음인지 모를 기이한 흐느낌이 새어 나왔다. 머리 가죽은 아직까지도 짱짱하게 당겨져 있었다. 이 미친놈이 또 내 머리칼을 손잡이처럼 잡는구나 싶어 헛웃음이 났다. 아델, 또 네가 잡히는구나. 네가 사랑한 내 긴 머리.

갑자기 그것이 후두둑 끊겼다.

그 지독한 힘에서 한 가닥 한 가닥 놓이는 느낌이 얼음처럼 선명했다. 비척비척 스러지는 긴 머리. 표독하고도 원시적인 붉은 손. 풀려난다. 그것은 목덜미에 소름이 돋을 정도로 민감한 감각이었다. 다보록, 와스스, 소복하게 놓였다.

허리가 확 고꾸라지며, 그녀는 말의 후면으로 떨어졌다.

무언가에 받혔다.

둥근 해먹에 떨어지기라도 한 것처럼, 팽팽하고 부드럽게 죄였다.

그리 안긴 것은 찰나였다. 그 손은 순식간에 외르타의 어깻죽지를 잡아 내렸다. 아이를 든 모양으로 가뿐히 바닥에 세웠다. 그녀는 비틀거리다 뒤로 버석 물러났다. 정신이 아찔했지만 그래도 스스로를 비끄러맬 기운 정도는 있었다. 외르타는 나뭇가지가 부러지는 듯한 모양으로 고개를 꺾었다. 아직까지 온 하늘에 밝은 햇살. 더불어 흰. 하얀…….

"물러서라."

갑옷의 절반이 피로 진창임에도 모두가 그저 희다. 어디 하나 긁힌 부분조차 없었다. 외르타는 까마득히 높은 그의 얼굴을 어찌 알아볼 수가 없었다. 그녀는 그 이상 상대를 살피는 대신 명을 따라 뒤로 물러났다.

외르타는 잘렸을 것이 빤한 제 머리를 쓰다듬다, 순간 화들짝 놀랐다. 그 길이, 그 숱 그대로였다. 로크뢰에게 쥐인 머리채를 발렌시아가 어찌 놓게 했는지 알 수가 없었다. 그에게 창이라도 휘두른 것일까? 머리가 아린 것만 제한다면 모든 곳이 성했다. 외르타는 겨우 보전한 제 머리칼에 안도의 한숨을 내쉬었다.

옆을 돌아보니 이미 주변은 온통 싸움밭이었다. 육전대가 올라오자 팀니필 기사들이 따라오고, 그들이 올라오사 다르니슈 일반병이 따라

오고, 그들이 올라오자 또 딤니팔군이 따라온 것이다. 총체적 혼란이었다. 그녀는 이 자리를 뜨는 것이 더 위험한 일이 되리라 판단했다.

아직까지도 맞은 몸은 경황이 없어 흔들흔들 어설프게 섰다. 발렌시아가 앞을 지키고 있어 잘 보이지 않았으나 로크뢰만큼은 지독히 선명했다. 그의 시선은 이제 자신이 아닌 제 적에게로 가 있었다. 그가 으르렁거리듯 말했다.

"드디어 널 보는군."

발렌시아는 답하지 않았다.

"일국의 왕에게 이리 무례한 것, 역시 신의도 도의도 없는 졸렬한 딤니팔이 아닌가."

"……저는 사람에게 지켜야 할 신의와 도의를 압니다."

참고 있던 말이 그제야 목구멍에서 불쑥 튀어나온 모양새다. 외르타는 그의 입에서 공대가 나오는 모습을 처음 보았다.

"왕에게 어울리는 기품이 아니셨습니다. 저로서는 좋은 예우를 해 드리기 힘듭니다."

"네가 무슨 권리로 나를 평가한다는……."

칼이 쩡 하고 부딪쳤다. 발렌시아가 기다리지 않고 먼저 니소르를 낸 모양이었다. 외르타는 자신이 매양 얻어맞을 수밖에 없던 저 손을 누군가가 막아 냈다는 사실에 조금 감탄했다. 비단 그녀가 여인이 아니었더라도 어찌 한순간 대항하지조차 못할 악력이니까. 본시 끔찍이도 힘이 센 사람이었다.

발렌시아의 니소르는 로크뢰의 검이 움직이는 방향을 살펴야만 간신히 그 위치를 알 수 있었다. 아직 한낮, 내리쬐는 햇볕에 흰 칼이 완전히 먹혀든 것이다. 그녀는 로크뢰 역시 그 날을 잘 볼 수 없으리라 생각했다. 바람 스치는 소리만 드문드문 나는 조용한 검. 예전 그날, 그 한밤의, 달 아래서 보았던 백검과 다르지 않았다. 보이지 않아도 잔상은 남는 기분이다. 참 그 주인을 닮았다.

끊임없이 맞물렸다. 결코 가벼운 칼이 아님에도 그 둘 모두가 한 손이었다. 휘두르는 방향 하나하나 묵직한데 어찌 저리 빠르기까지. 그러다 한 번 퉁 하고 만나더니, 마주한 채 균형을 이뤘다. 칼과 팔 모두가 덜덜 떨렸다. 로크뢰는 다시 외르타에게로 눈을 꽂아 박으며 이를 갈았다.

"저번 휴전은 리타가 진짜임을 파악하기 위한 휴전이었군? 어쩐지 그 미친개가 답지 않은 예의로 비의 안부를 묻는다 했지."

"너는 내가 배반한 것을 알고도 네 비라고 하니? 리타는 개나 줄 리타고?"

"입 다물어."

"왜 방금 날 죽이지 않았니?"

"네 죽고 싶어…… 발광을 하는구나……."

"웃기지 마. 네가 날 죽일 수는 있어?"

"외르타, 나중에 말해라."

발렌시아가 차분히 말렸다. 로크뢰는 그제야 정신이 번쩍 든 듯, 분노로 노려보던 외르타에게서 시선을 돌렸다.

발렌시아는 삽시간에 팔을 뒤틀어 니소르를 내찔렀다. 기이한 방향으로 꼬여 나간 흰 뱀이었다. 그러나 로크뢰 역시 가뿐히 받아쳤다. 그 중간에서 겨우 평형을 이룬다. 흰 날이 악기를 튕기듯 물러나더니 재차 부딪친다. 또 물러난다. 그 갈팡질팡한 걸음에 혼란스러울 만도 하건만, 발렌시아의 말은 의외로 경쾌히 움직이고 있었다. 그녀는 그 말이 이동하는 모습을 보고 나서야 무언가를 알아차렸다. 동물이 알고 난 뒤에야 깨닫다니 구제할 길 없는 인간이로구나.

니소르에는 우아한 리듬이 있었다. 엇박자인 듯하면서도 딱딱 맞는,

하나 반복되는 음악 토막들이 다양해 감히 어떤 규칙인지는 알 수가 없는. 상대의 칼을 객관적으로 볼 수 없는 로크뢰는 눈치채기 힘들 것이다. 너무 다르지 않나. 로크뢰의 검은 억세고 거친, 섬세한 맛이라고는 조금도 없으나 그저 그 닥치는 벼락에 잠깐 넋을 놓게 되는 광풍. 그 미친바람을 맞아 악기 연주하듯 다듬어 버리는 니소르에는 감탄이 일 정도였다.

"전 발렌시아 경의 칼이 제일 좋아요."

"그리 검을 잘 다룬다더냐?"

"그 수준이 아니라. 에이. 내가…… 제가 어떻게 설명해요, 그런 걸. 다만 '배울 수 없는' 칼인 건 압니다. 폐하께서도 사사하시려다가 뒤로 넘어가셨거든요. 나도 배우고는 싶은데, 실제로도 동부 원정 때 시도도 해 봤는데, 이건 뭐 완전히 달라."

"……."

"그나마 가장 가까운 묘사라면…… 백사白蛇. 유명하잖아요. 살아 있는 것 같다는 진부한 표현은 차치하더라도 음, 종종 강철로 만든 검이 아닌가? 싶어요. 백사. 정말, 백사. 다 물어 버려."

문득 시누사의 말을 상기했다. 그 모자란 묘사로 니소르를 잘도 설명했구나 싶다. 맞는 말을 했다. 지금 로크뢰의 검은 어떤 곳을 찌르든 죄다 막히고 있었다. 가 닿는 곳마다 니소르였다. 이불에 파묻히는 검처럼. 솜 따위에 볼품없이 푹푹 휘둘리는 것이다.

물론 그렇다고 로크뢰가 속절없이 쓸리는 것은 결코 아니었다. 이불도 칼을 맞으면 찢어지지 않나. 아직까지도 피 한 방울 나지 않아 감히 누구를 우위에 둘 수 없기는 했다. 서로의 칼만 보면 참 죽일 듯한 기세인데 양쪽 전부가 멀쩡하다는 것이 제법 의아스러웠다.

칼이 다시 한 번 교차했다. 두 사람 모두 어마어마한 힘인 듯했다. 부딪칠 때마다 비명 같은 마찰음이 나고 있었다. 지금은 또 한 번의 대치, 그러나 그 와중, 발렌시아가 삽시간에 밀려 나갔다. 한 팔이라 이제 슬슬 저려 오기 시작하는 건가? 로크뢰는 아직도 생생한데 왜…….

그러나 그녀는 발렌시아의 다른 한 손을 보지 못하고 있었다. 그의 열위劣位는 몸의 집중과 중심이 순간적으로 어긋났기 때문에 일어난 일이었다. 칼을 잡지 않은 그의 손이 흰 칼집을 에둘러 빼냈다. 그리고 즉각, 조금의 지체도 없이, 들어 올림과 이어지는 동작으로, 상대의 붉은 투구를 후려쳤다.

팔이 반 바퀴 도는 그 짧은 시간.

쩌엉 하는 육중한 소리가 나며 로크뢰가 비틀비틀 물러났다. 그것은 한 번으로 끝난 것이 아니었다. 적이 떨림에 소란할 때를 노린 듯, 희고 단단한 칼집이 무서운 속도로 재차 머리를 걷어찼다. 다시 한 번 쩌어엉. 그리고 마지막으로 또 한 번, 투구를 깰 듯한 기세로 휘두른다. 발렌시아는 기어이 세 번을 다 채우고 나서야 칼집을 다시 졸라맸다.

그 아찔하고 정신없는 상태에 다시 니소르가 나갔다. 보는 외르타가 숨이 막힐 정도였다. 방금 전까지 그리 죽일 듯 칼집으로 머리를 걷어찼으면서 이제 다시 조금도 동요 않고 칼을 내는 것이다. 왼팔과 오른팔이 따로 산 석상 같았다. 로크뢰는 겨우 첫 니소르를 막았지만, 이내 손을 덜덜 떨며 한참이나 뒤로 물러났다. 하긴. 그 힘으로 머리를 맞았는데. 시야도 잘 잡히지 않을 거다.

문득 배에서 끓는 듯한 감정이 울컥울컥 비어져 나왔다. 맞은 것이 그리 처음이지? 칼에 베인 적은 있어도 저토록, 예의도 대중도 없는 몽둥이로 난타당한 것은 난생 처음이리라. 외르타는 지금 로크뢰가 받고 있는 느낌이 무엇일지 똑똑히 알고 있었다. 어질어질, 머리 아찔한 채 목덜미까지 힘이 없어지는, 머리통이 통째로 바닥에 떨어진 듯 괴로운. 이제는 제 뼛속까지 새겨진 고통이었다.

맞으니 아파? 그것을 헤아리지 못했니? 죽으면 아플까? 그것을 헤아리지 못했어?

그들은 다시 한 번 칼을 맞댔다. 로크뢰는 경황이 없어 기교를 못 부리는 바람에, 발렌시아는 저 뒤의 소란을 바라보느라, 잠깐 기이한 고요가 있었다. 로크뢰는 드디어 조금 정신을 차린 것처럼 또렷하게 말했다.

"역시 배우지 못한 놈이로군."

"……."

"기사가 결투에서 칼집을 빼?"

"좋은 예우를 해 드리기 힘들다 말씀드렸습니다."

발렌시아는 칼을 든 와중에 입을 여는 것을 진저리 칠 정도로 싫어하는 듯했다. 한 마디 한 마디 씹어 뱉는다. 외르타는 그가 이 정도까지 빈정이 상한 일을 본 적 없어 다소 놀랐다.

"예우가 어디 네가 바란다 해서 하고!"

로크뢰가 칼을 거칠게 받아쳤다.

"바라지 않는다 해서 하지 않을 일인가?"

검이 재차 튕겨 나갔다.

"예의를 잊은 자가 어찌 한 군의 총사라!"

외르타는 채신머리없이 웃을 뻔했다. 예의? 염치도 없는 놈!

"폐하!"

"너무 깊이 들어오셨습니다! 지금 모든 진형이 방추형으로 쓸려 들어오고 있습니다. 까딱하다간 오르도뵈가 무너집니다!"

"일단 장느 경에게 맡기고 물러나십시오! 전장의 어지러움이 극심합니다!"

"포위될 위험이……."

방금 전 발렌시아가 보고 있던 소란이 바로 이것인 듯했다. 라르디슈 수뇌부 몇이 싸움을 가로질러 저희의 왕을 모시기 위해 달려온 것이다. 로크뢰는 그들을 잠시간 바라보았다. 그리고 고개를 돌려 외르타를 응시했다. 선택은 순간이었다.

외르타는 말을 몰아 제게 다다르는 교묘한 손아귀를 보고 있었다. 제 표정이 어떠한지는 자신도 잘 알 수가 없었다.

미친놈.

그것이 자신이 그에게 줄 수 있는 가장 고상한 평가였다. 그래. 결국 나는 기필코 잡아매고 가겠다고? 그것은 밀고자의 처분을 위함이니, 아니면 그저 나를 가지기 위함이니? 아직도 죽이려 들지 않니? 왜 너에게는 아직도 증오가 없니? 어째서 분노와 집착뿐이니? 외르타는 자신에게 닥치는 그의 손보다는 그것이 먼저였다.

왜 증오가 없나.

너는 나를 증오해야 하는데.

그 짧은 찰나에도 절망적인 한숨이 새어 나왔다. 퍼즐의 마지막 한 조각이 맞춰지지 않은 듯 초조하고 애가 탔다. 손톱이라도 물어뜯고 싶었다.

그녀는 무슨 바람이 제 앞을 휙 지나갔다는 사실을 깨달았다. 아래서부터 위로 솟는, 온몸을 뒤트는 바람. 말발굽에 일어난 먼지를 죄 두 동강 내는 강렬한 바람이었다.

외르타는 조금 뒤에야 그것이 니소르의 흔적이라는 사실을 깨달았다. 말을 휘돌려 제게 오는 로크뢰를 발렌시아가 보았다. 그는 그녀를 순순히 넘길 생각이 없었다. 당연한 결과로, 로크뢰가 말을 모는 그 앞

길에 대고 무턱대고 검을 찢어 올린 것이다. 붉은 말이 기겁하여 뒷걸음질 쳤다. 바람 벽에 막힌 모양이었다.

발렌시아는 조용히 말했다.

"가십시오."

로크뢰는 부글부글 끓는 것 같은 증오로 발렌시아를 바라보았다. 시선으로 사람을 죽일 수 있다면 바로 그것이었다. 붉은 투구 안에서도 그 안광은 무섭게 타고 있었다.

"너……."

"이곳에 기사가 부족한 까닭에 당신을 쫓는 것은 제 만용이 될 것입니다. 우세일 때 도주하시는 것이 좋습니다."

"네가……."

"폐하!"

"육전대도 철수합니다! 빨리 가셔야 합니다!"

그는 잡아 죽일 듯 발렌시아를 노려보았다. 외르타는 그 대상이 아닌 자신마저 등골이 뻣뻣해지는 것을 느꼈다.

찰나.

폭풍이 되돌아가는 듯한 기세로, 검은 말이 머리를 돌렸다.

왕이 선회하자 전선도 밀렸다. 이내 소란이 이어지며 전투의 첨단이 점차 구릉 아래로 내려갔다. 모래 언덕이 낮아지는 듯한 느낌이었다. 무기 부딪치는 소리가 단계 단계 쓸려 간다.

외르타는 멍하니 서서 로크뢰가 떠나는 뒷모습을 보았다. 누군가 얼굴에 침이라도 뱉은 양 기껍지 않은 놀람이 있었다. 나를 증오하게 되기 전에 보내면 안 되는데. 아직 복수가 완벽하지가 않은데.

"끝이……."

돌연 발렌시아가 한숨처럼 읊조렸다. 제 말을 누가 들으리라고는 생각지도 않는 어조였다. 외르타는 그제야 그를 상기하고선, 다리에 힘이 풀려 털썩 주저앉았다. 주변의 병장기 소리는 이미 몇십 미터나 물러난 상태. 그들을 반경으로 상당한 거리는 이제 시체나 남은 정적이었다.

외르타는 타성적으로 반문했다.

"끝이?"

"……."

"끝이 뭐?"

"회전이 곧 끝난다. 이로써 라르디슈의 진형이 대부분 무너졌다. 몇몇 부분은 몰살을 면치 못할 것이다."

"왕 하나가 들어왔다고 그리?"

"왕을 따라 라르디슈의 모든 군사가 밀어닥쳤다. 대열 간의 균형이 속절없이 무너졌으니……. 로크뢰 1세는 그리하면 안 되었다. 책임 방기다."

발렌시아는 그제야 말에서 내렸다. 그는 그리 서서 잠깐 동안 그녀의 헝클어진 머리카락을 내려다보았다. 잊고 있었다는 듯 당혹스러워하는 위로가 나왔다.

"몸은……?"

"괜찮아."

"철갑이다. 부러진 곳은 없나?"

"멀쩡, 쿨럭, 쿠훌럭, 쿨럭! 해!"

"돌아가 피난촌 의사에게 보여라."

"발렌시아 경, 괜찮다니까."

"나 역시 너를 왕비라 칭하겠다."

외르타는 그 뜬금없는 말에 놀라 옆을 돌아보았다. 다리밖에 보이지 않았다. 그녀는 고개를 양껏 들어 올렸다. 발렌시아는 무뚝뚝하게 설명했다.

"증명되었지 않나."

"그렇게 부르지 마."

"예정된 일이었다."

"그렇게 부르지 마."

"도리가 없다."

"부르던 대로 불러."

그는 조용했다.

"그 꼴을 본 당신에게 왕비란 말을 듣는 것은 조롱으로밖에 안 들린다. 당신이 이해해라."

니소르가 검집에 들어가는 소리가 서늘했다. 보지 않아도 그 유려한 빛을 알 수 있었다. 피 한 방울 묻지 않은 낭창낭창한 광채.

조금 멀리 떨어진 곳에서 사령부 기사로 짐작되는 몇이 말을 달려오고 있었다.

먼지구름이 오만 곳에 자욱했다.

붉은 갑옷이 도망친다.

"외르타."

이 뻑적지근한 죽음.

졸레바 회전은 딤니팔의 전승이었다. 사령부도 한참이나 더 앞으로 끌려왔다. 외르타는 이제 모로 숲의 연못에 갈 수 없다는 사실이 조금 아쉬웠다. 이곳에서는 제가 좋아하는 서늘한 추위를 느낄 수 없었다. 추위는커녕 포티미외의 끝자락, 남부의 햇살만이 뜸들이며 고개를 빼는 것이다.

로크뢰에게 맞은 곳을 돌아와 확인했다. 머리에서 피가 나고 있었다. 머리카락에 묻혀 잘 보지 못했던 것이다. 그녀는 그 후 온종일 머리에 붕대를 매고 다녔다. 모양이 같잖아 꺼렸건만 피난촌 의사가 아주 벌벌 떨기에 동정심으로 허락했다. 물론 시누사가 또 그 꼴을 보곤 웃겨 뒤집어지려 했고…….

"아까 6차 보고 때 분위기 왜 그랬어?"

그녀가 체계적으로 밀고한 지 이제 육 일째였다. 사령부는 그 정보를 정리하느라 피를 토하기 직전이었다. 이것을 혼자 하시려 들었다니 발렌시아 경도 좀 무턱대고 지르는 성질이 있지 않나 풀 죽은 감탄을 내는 자도 있었다.

그리고 방금 그 여섯 번째를 마친 것이다. 그녀가 눈치챈 기이한 기류는 분명 헛것이 아니었다. 네 시간여에 걸친 보고 내내 사령부의 일원들은 그녀를 잘 바라보지 않았다. 무언가 이상했다. 물론 평소에도 받아쓰기만 할 뿐 조용하던 자들이라는 사실은 잘 알았다. 하지만 이번의 그 고요는 알론조 캄비와 비견될 정도였던 것이다. 아, 시누사는 계속 벙실벙실 웃었지만.

그녀는 다시 물었다.

"방금 분위기 왜 그랬냐니까?"

마지막까지 사령부에 남아 있던 발렌시아가 뒤를 돌아보았다. 손에 서류를 한 뭉치 든 채다. 그의 얼굴은 조금 기이했다. 조금 늦게야 그 입이 열렸다.

"네 머리…… "

"어? 붕대 맨 꼴은 계속 봤잖아?"

"아니……."

그는 차마 말을 잇기 힘든지 종이를 내려놓고 그녀에게로 다가왔다. 팔을 뻗는다. 외르타는 뒤로 물러서려다, 그가 제 몸에 팔을 뻗은 것이 아니라는 사실을 깨달았다. 그가 잡은 것은 머리에 매인 리넨 끝자락이었다. 처음에는 한 손만이 그 모서리를 지분대었으나, 이내 실패했다. 발렌시아는 제 두 손을 모두 올려 사태를 해결해 보려 노력했다. 역시 실패하고 쓱 내려온다.

그는 한 발자국 뒤로 물러났다. 한숨처럼 말했다.

"의사에게 가 붕대를 새로 매어 달라 해라."

"어?"

"솜씨를 보아하니 시누사 경이다. 가서 꾸짖어라."

"그러니까 뭐가?"

그는 대답하지 않았다. 외르타는 스스로 문제를 풀어 보기로 했다. 그녀는 제 두 팔을 직접 올려 뒤통수를 만졌다. 어라? 분명히 단단히, 빈틈없이 매어져 있어야 할 붕대가 붕붕 떠 있었다. 머리, 이마에는 분명 죄인 느낌이 있는데…….

그녀는 갑자기 번쩍 깨달았다. 제가 오수에 늘어져 있을 동안 누군가 — 백의 확률로 시누사이다. — 몰래 들어와 머리 붕대를 만진 것이다. 만졌다 뿐일까? 느낌을 보아하니 무슨 여인의 드레스 허리 자락처럼 묶어 놓았다. 머리에 우스꽝스러운 나비를 매단 꼴이다. 남의 일이었다면 웃었겠지만 제 입장이 되니 아주 얼굴이 벌게졌다.

그녀는 고개를 휙 돌렸다. 나비 날개 역시 팔랑팔랑 흔들렸다.

"왜 말 안 했나?"

"아는 줄 알았다."

"당신은 내가 이 꼴을 하고 사령부에 올 것 같아!"

"……."

발렌시아는 대꾸도 없이 다시 서류에 파묻혔다. 칼을 휘두르던 그 맹렬한 기세를 보았기에 저리 잠잠한 모습에는 잘 적응이 되지 않았다. 일전에는 분명 글이나 쓸 얼굴이라고 단정 지었는데, 칼집으로 로크뢰를 후려치던 모습을 상기하니 이제는 무엇이 무언지조차 잘 알 수가 없었다.

외르타는 붕대를 잡아 뜯으려 했지만 '누군가가' 너무 세게 조여 둔 탓에 여의치가 않았다. 아득바득 긁어냈다. 여전히 그녀의 손에는 리넨보다 머리칼이 더 많이 끌려갔다. 이런, 엉켰네.

누군가 바깥에서 얼굴을 내밀었다.

"발렌시아 경?"

"……."

"그나시오 경이 도착했습니다. 바로 사령부로……."

"오라 해."

"예."

외르타는 말을 냄과 동시에 불쑥 들어온 사람을 보았다. 다행히 자신은 나비 모양의 붕대를 짓뭉개 버린 뒤였다. 그나마 꽤 멀끔해 보이는 것이 천만다행이었다.

시누사의 아비라 들었다. 딱 그 정도 나이인 듯한 초로의 남자가 걸어왔다. 중키의, 마르지도 건장하지도 않은 몸, 색 바랜 금발. 별로 닮은 구석은 없다. 심지어 저자는 시누사처럼 잘 웃지도……. 그가 미소 지었다.

그나시오는 그녀에게 먼저 읍했다. 외르타는 발렌시아가 어찌 생각할까 싶어 조금 조마조마했지만 그는 신경도 쓰지 않은 채 또 무언가를 적고 있었다. 그나시오는 붕대 사이에 손가락을 끼워 넣은 그녀를 보며 작은 소리를 내며 웃었다. 그리고 다가와 그것을 즉각 풀어 주었다. 삽시간에 풀려 어찌 물러날 시간도 없었다. 외르타는 머리가 화하니 압박에서 풀린 기분이 되자 만족했다.

"아, 고마워."

"비전하께 도움 드릴 수 있어 다행입니다."

"비전하……? 어떻게 알았나? 내내 없었잖아?"

"왕도에 다녀왔습니다. 폐하를 뵙고 이야기를 들었습니다."

외르타는 순간, 이자가 자신이 만난 '첫 사람'이라는 사실을 깨달았다. 제 과거를 아는 첫 사람. 위명 자자한 십이공회의 일원이다. 그것도 꽤 오랫동안 참여했을 것, 자신의 모든 이야기를 알 것이다. 순간적으로 경계심이 들며 온몸이 빳빳해졌다.

"폐하께서 왜 소환하셨나?"

그나시오는 발렌시아의 질문에 잠깐 침묵했다. 외르타는 자신이 거치적거리는가 싶어 나가려 했다. 그러나 그가 고개를 저었다.

"아니, 나가실 필요 없습니다. 별일 아닙니다."

"무슨 일이기에?"

"비전하께서 계신 줄 몰랐을 때 저를 부르신 겁니다. 폐하께선 이월 내 장모르까지 얻지 못한다면 종전을 논하리라 하셨습니다. 발렌시아 경께서도 충분히 짐작하셨던 바입니다. 지금은 비록 비전하 덕분에 완전히 파기되었습니다만."

"외르타가 없었다는 가정하에 계속 말해라. 무엇을 각오하셨다 하나?"

"눈의 방패 반파와 배상금 상당량……."

"사막을?"

"저도 많이 놀랐습니다."

"그나시오에게는 가장 언짢은 제안이리라."

"그래서 대경하여 말렸습니다. 그런데 그 뒤에 폐하께서 비전하 말씀을 하시는 바람에…… 이젠 괜찮습니다."

이야기는 점차 지엽적인 사안으로 향했다. 외르타는 어색하게 땅바닥만 바라보고 있다가, 이내 인사도 없이 사령부를 떠났다.

그녀가 나가자 그나시오가 깊은 한숨을 쉬었다. 조금 변한 기색이었다. 여전히 사려 깊지만, 동시에 매몰찬 빛이 그 얼굴에 섞였다. 발렌시아는 서류에서 눈만 치켜 올려 한숨의 이유를 물었다.

"홀로 나가셔서 다행입니다. 의심 살 일이 없을 겁니다."

그는 의도한 것인지 아닌지 그녀가 나간 쪽을 흘끗 쳐다보았다. 밖은 고요했다. 그나시오는 그제야 다소 무겁게 입을 열었다.

"폐하의 바뀐 명은 종전 협정이 아닙니다."

"그럼?"

"비전하를 폐하께 보여야 합니다."

"……."

"살아서 말입니다. 죽으면 안 됩니다. 죽으면 쓸모가 없다 하십니다."

발렌시아는 그제야 종이를 내려놓았다.

"목표는 대게외보르트전인가."

"예. 폐하의 밀명입니다. 명심하십시오. 철저히 함구해야 합니다. 서부 영주들에게 깜짝 선물이라도 안겨 주시려나 봅니다."

"외르타를 이용하려는 계획은 아무도 모르나?"

"저만 압니다. 폐하께서 제게 맡기신 엄명입니다."

발렌시아는 눈살을 찌푸렸다.

"그런데 경은 지금 내게 그 밀명을 말하고 있지 않나."

"그 명령을 수행하기 마뜩잖으면 공께, 아니 발렌시아 경께 임무를 미뤄도 된다 하셨습니다. 저는 지금 제 임무를 미루려는 겁니다. 경께서 하십시오."

"네가 해라."

"경께서 하십시오."

"네가 해."

"경께서 하십시오."

"……."

"전 안 합니다."

발렌시아는 그나시오의 완고함이 다소 의외인 듯했다. 그나시오는 고개를 저으며 말했다.

"경께서 하시는 편이 나을 겁니다. 미라이예의 객客으로 삼으십시오."

"그 여자는 망명 귀족이다. 한 가문에 얽매일 이유가 없다."

"하지만 그편이 편합니다. 폐하께 적당한 직첩을 받을 때까지 붙들어 두십시오. 가주시지 않습니까."

"너도 가주다."

"하지만 딸린 식구가 많은 가주입니다."

"부인은 작고했고 아들은 하나다. 나 역시 앙히에가 있다. 다르지 않다. 해야 한다면 그나시오에 넣어라."

"왜 이렇게 싫어하십니까?"

"너는 왜 그리 꺼리나?"

누구도 답하지 않았다. 두 사람 모두 서로 답이 없으리라는 것을 알아 실망하지 않았다. 그나시오는 그 선한 눈매로 잠시 위를 바라보았다. 살벌할 정도로 몰개성한 막사다. 다시 앞을 보았다. 골치 아픈 이야기는 우선 뒤로 미루기로 결심했다.

"드디어 로크뢰를 마주하셨다 들었습니다."

"그래. 보았다."

"일 년하고도 두 달이 넘어 처음 칼을 대시다니, 그것도 대단한 일입니다. 어떠셨습니까?"

"인간 같지 않은 자였다."

"기실 그렇습니다."

그는 조금 끈질겨지기로 했다.

"하지만 단지 칼을 맞댐에도 그리 느끼셨습니까? 그것만으로도?"

"그저 한 치의 주저도 없는 불 같았다. 사람은 아니다."

"검이 그리 맹렬하더이까? 경께서 그런 인상을 받으시게 말입니다."

"내 그 성정 딤니팔에 선전 포고를 했을 시부터 어렴풋이 짐작하고 있기는 했다. 한데 실제로 보니 상상을 뛰어넘었다. 불쾌하니 더 논하지 마라."

그나시오는 발렌시아가 진심으로 언짢아하고 있다는 것을 느꼈다. 묘한 일이었다. 그의 모습을 그 모습 자체로 논하는 것이 아니라 외르타에게 저지른 일과 겹쳐 보고 있는 듯했다. 그나시오 역시 본시 마음 씀씀이가 부드러운 사람이라 로크뢰를 보며 거북하지 않다면 거짓말이었다. 심지어 '그' 왕비를 눈앞에서 보고 난 지금에야.

그는 왕비를 생각하자 순간 그녀를 그대로 보낸 것이 다소 후회되었다. 조금 뒤 왕비 역시 독대하리라 생각했다. 그녀의 심중을 파악해야 했다. 그녀가 살아 오스페다로 가기를 원한다면 자신이 신상을 맡을 것이다. 그러나 그 반이라면? 그나시오는 진심으로 그녀의 한을 떠맡고 싶지 않았다. 때문에 그는 그녀가 거절하는 순간 모든 것을 발렌시아에게 넘길 생각이었다. 공작이야 본디가 명에 철저한 사람이니 큰 무리 없지 않겠는가. 위선이지만, 적어도 제가 그 일을 책임지고 싶지는 않았다.

그는 불쑥 입을 열었다.

"그럼 가까운 이야기를 하겠습니다. 다음 회전이 밀레비스로 예정되어 있다고 들었습니다. 언제입니까?"

"닷새 뒤."

"수는……?"

"딤니팔 칠만 일천, 라르디슈 팔만."

"야금야금 줄고 있긴 하군요."

"목표는 항상 절멸이다."

내용에 비한다면 목소리가 참 나른했다. 습관처럼 내뱉은 진심이다. 그나시오는 익숙한 그 모습에 속으로 넉넉한 웃음을 지었다. 배 속 웃음 미처 지우지 못한 사근사근함이 말에 섞여 나왔다.

"그러니 처음 시작한 수에서 이만큼이나 준 것입니다. 전략 회의는 벌써 다 끝났습니까?"

"외르타의 정보를 받으며 동시에 전략을 짜고 있다. 저 상세함을 얻고도 빠져나갈 곳을 준다면 죄가 되리라."

"절멸이라……."

"이번에는 허다한 각오가 아니다."

그나시오는 단단한 말씨에 당혹하여 고개를 들었다.

"진심이십니까?"

"일반적인 운만 따르면 이번 밀레비스는 종전 협정의 효시가 될 것이다."

"전략 회의는 벌써 전부 끝났습니까? 제가 지금에라도 참여할 수 있습니까?"

"회전이 닷새 남았으니 회의도 닷새 남았다. 내일 7차 보고가 있다. 사령부에 오고 싶다면 시누사 경에게 가 자료를 받고 모두 숙지해라."

"어느 정도입니까?"

발렌시아는 눈짓으로 제 옆에 놓인 종이 뭉치를 가리켰다. 그나시오는 질린 한숨이 나는 것을 느꼈다. 농담이 아니라, 세로로 쌓으면 사람 키만 할 양이었다. 자기가 선 곳이 전장인지 오스페다 한복판인지 구분이 가지 않았다.

“그리하지 않으면 아무리 경이라도 입회는 불허한다.”

그나시오는 고개를 저으며 예를 표했다.

외르타는 시누사에게 달려가지 않았다. 풀린 붕대를 다시 죄려 의사에게 가지도 않았다. 방금 전 조금이나마 희극적이었던 표정은 파도 갈라지듯 간 곳이 없었다. 그저 조용하고, 싸늘하고, 침착했다. 사실 지금 이 순간은 자신이 며칠을 노려 온 기회였다. 진영을 옮기고 모두가 노곤한 이때에 할 수 있는 일이 있었다.

임시 무기고.

이곳으로 딤니팔군이 이동할 때 눈여겨보았다. 거리도 가깝고 출입하기도 쉬웠기에 참 다행이라고 생각했다. 그녀는 종종걸음을 치며 사령부 뒤로 돌아갔다. 주인 없는 무기고는 아무도 지키지 않는 잡동사니 창고처럼 버려져 있었다.

외르타는 그곳에 들어갔다. 불도 없었다. 엎어지면 그대로 목이 베이지는 않을까 조마조마 가슴 졸였다. 이삿짐을 정리하기 힘들다는 것은 알지만 이래서야 완전히 쓰레기장 아닌가.

그녀는 더듬더듬 앞을 만지다가 칼 하나를 뽑아 들었다. 이런, 이건 너무 무겁다. 휙 내던지고 이번에는 칼날의 옆 부분을 주의 깊게 쓰다듬기 시작했다. 적당한 길이를 찾아야……. 이것은 또 너무 길고, 길고, 길고, 짧고, 짧고, 두껍고, 얇고, 크고, 아.

외르타는 팔뚝 길이의 중검을 찾아냈다. 길이도 좋고 두께도 적당했으며 가장 중요한 것은, 그녀가 휘두를 수 있을 정도로 가볍다는 점. 외르타는 제 손가락을 날에 스윽 문질렀다. 따끔하면서 피부에 짝 금이 갔다. 살이 벌어지며 피가 배어 나오는 느낌이 선연했다. 그녀는 반속스레 웃고선 칼을 들어 올려, 매고 있던 아델의 천에 감쌌다. 퍽 교묘하고 정성스럽게 포장해 그 속에 든 검을 누구도 쉽게 눈치채지 못하리라 생각되었다. 외르타는 그것을 품에 안고 햇살로 달음박질쳐 나왔다.

기사들이 드문드문 지키고 선 깃대를 지나며 생각했다.

이것으로 되었다.

로크뢰와 재회하고 깨달았다. 자신의 복수는 어딘가 어설펐음이 분명했다. 로크뢰에게는 자신을 향한 증오가 전무했다. 오로지 지독한 분노뿐이다. 그녀는 그것을 도저히 용납할 수가 없었다. 배반하고 복수하는 자의 가장 큰 희열은 결국 상대의 증오와 분을 받는 것이다. 증오와 분이야말로 그자의 열패감을 드러내는 일이지 않나.

내가 이겼어야 했다.

그런데 온전히 이기지 못했다. 그 미친 듯한 분노만 잔뜩 뒤집어쓰고, 증오가 없다. 자신을 미워해야 했는데 그럴 기미가 조금도 보이지 않았다. 심지어 로크뢰는 그 전장에서 단 한 번도 그녀를 '죽이려 들지' 않았던 것이다. 질질 끌고 가려 별의별 발악을 하기는 했지만, 어쨌든 그것은 그녀를 '죽이려는' 몸부림이 아니었다. '살려' 데려가려 했다.

나를 향한 증오가 없어.

만 하루, 그에게 얻어맞은 머리와 배를 안고 끙끙 앓았다. 복수가 완전하지 못했다는 사실을 깨닫자 그 뒤 내내 손이 덜덜 떨리고 시종 불안해서 미칠 것 같았다. 도대체 왜! 마음이 너무 심란하고 외롭고 괴로웠다. 자신이 왜 이러고 있는지 잘 이해가 가지 않았다. 실망과 회한, 그리고 고독감. 순식간에 허허벌판에 덩그러니 떨어져 버린 듯했다. 눈물도 나지 않았다. 사람이 너무 충격을 받으면 아무런 반응을 보일 수가 없다는데 딱 그 꼴이었다.

무엇이 잘못되었지?

그에게 가장 큰 고통을 주고 싶었다. 그리하여 이를 갈고 이처럼 큰 배반을 준비한 것이다. 그를 사랑하는 체하느라 제 눈과 입과 몸이 얼마나 큰 고생을 했는지는 누구도 감히 추측할 수 없을 것이다. 아니, 안다고 입을 놀리면 그 얼굴을 찢어 주리라 생각했다. 매양 속부터 뜨거운 김에 낯을 온전히 유지하는 것이 고되었다. 그리 아양을 떨고 사랑스럽게 굴고 그를 녹여 낸 것이 고작 이런 허술한 복수를 하기 위함인가? 허망하고 억울했다.

이번에는 제가 직접 죽은 아델을 끌어내었다. 그 아이를 껴안고 무엇이 잘못되었는지 알 수 없어 거듭거듭 울었다. 가슴 찢어지고 목이 멘다. 나는 어떻게 된 자가 복수 하나 제대로 못하나. 이처럼 세상 뜬 네 옷을 껴안고도 한이 모자라나? 나에게서 도대체 더 무엇을 앗아야 정신을 차릴 텐가?

아델. 너를 죽인 아비. 너를 죽인 아비. 너를 죽인 아비. 나는 무엇을 하고 있나. 네 눈. 검고 큰, 천진한 눈. 나를 꼼짝 못하게 하던 햇살, 그 목소리. 너를 위해 이처럼 칼을 갈았건만, 이리 부러진다. 네 목처럼. 속절없이. 애달프게. 너의 푸른…….

그 순간 그녀는 자신의 잘못을 깨달았다.

나는 증오와 분노가 한 가지라고 믿었던 것이다.

외르타에게 분명 그 둘은 하나였다. 로크뢰를 죽일 듯 증오했고, 그만 보면 정신이 나갈 정도로 화가 났다. 배 속이 해일처럼 울렁울렁했다. 항상 그러했다. 세상을 수백 번 뒤엎어도 변치 않을 감정이었다. 어찌 그 둘이 외따로 떨어진다는 말인가? 그를 증오하면 노엽게 되고 그에게 노여우면 증오하게 되지 않나?

그런데 너는 그것이 아냐. 네게는 증오와 분노가 하나가 아니다.

한 가지를 깨닫자 소나기처럼 깨달음이 쏟아졌다. 로크뢰는 그녀를

'제 것'으로 생각하고 있었다. 종내, 언제나, 죽을 때까지 자신의 소유로 머물리라 믿는 것이다. 결국 다시 제 손에 쥐일 것에 증오는 필요가 없다. 내 것을 증오해 봤자 어차피 칼로 제 배를 찌르는 것과 매한가지 아닌가? 그 미친 생각을 이해했다.

나는 네 것이다. 그래. 나는 네 것이 맞다. 네가 그리 생각한다면 아마 맞을 것이다. 그는 칠 년 전부터 외르타를 가졌다. 아득아득 부수어 제 상자 속에 접어 넣었다. 외르타의 살얼음 같은 정신 또한 그리 꺾여 무너졌다. 그에게 온전히 소속되었다. 죽도록 발악하고 저항했지만 유사처럼 쓸려 내려가는 절망은 도저히 어찌할 수가 없었다. 그 굽은 기억이 불에 태운 제 살처럼 남아 있었다.

자신이 그리 생각한다면 그에게 그것은 얼마나 당연한 일이겠는가. 로크뢰에게 지금 남은 감정은 제 물건이 저를 적대했다는 분노, 괘씸함. 그뿐이다. 수천 길을 나아가 살핀들 이 이상은 없다. 그녀가 그의 것이기 때문에. 끝끝내 제 손에 다시 움켜쥐리라 한 점 의심이 없기 때문에, 그저 노여워하며 그녀의 주제넘은 짓을 재단할 무기를 찾는 것이다.

그래서 증오가 없다.

나는 물건이었는데, 물건을 증오할 필요는 없지 않나.

그처럼 큰 패인이었다. 외르타는 그 교훈을 깨닫고는 몇 시간 동안이나 제정신을 차리지 못했다. 그래. 그랬더란다. 확실했다. 그래서 증오가 없다. 밤하늘에 친 흰 벼락처럼 강렬한 깨달음이었다. 흥분으로 심장이 터질 듯 뛰었다. 이유를 알아냈다. 제 복수에서 무엇이 부족한지 드디어 깨달은 것이다.

그렇다면 그 모자란 곳을 어찌 채울까?

외르타는 이미 답을 알고 있었다. 그가 자신을 증오하게 하는 방법. 증오하다 못해 그 악의 섞인 절망에 문드러지게 하는 방법을 알았다.

내가 죽어야 한다.

물론 복수를 끝낸 뒤에 자신이 살아 있을 것이라고는 단 한 번도 생각한 일이 없다. 그러나 지금까지는 적어도, 제 죽음이 그의 몰락을 본 뒤에 생길 일이라 믿고 있었던 것이다. 내 복수의 완결은 보고 가야 하지 않겠나. 그래야 그의 끝이 어찌나 처참했는지 내 죽어 아델에게 전할 수 있지 않나. 패망한, 그 좌절감 섞인 얼굴을 똑똑히 제 망막에 째어 두고 숨을 놓아야 한다고 생각했다.

그러나 자신의 죽음 자체가 그의 끝이 되리라는 것을 깨달았다. 그러자 그의 끝을 보고 눈감겠다는 미련은 이미 흔적조차 남아 있지 않았다.

죽어야 한다. 내가. 내가, 죽어야 한다.

그리해야 그가 나를 증오하고 자신을 증오할 수 있을 것이다. 스스로 먼지가 되는 물건이라니. 이 무슨 배은망덕함일까. 영영 로크뢰 자신의 통제를 넘어 버리는 것이다. 다시는 가질 수 없다. 소유할 수도 억제할 수도 힘을 휘두를 수도 없다. 증오를 불러일으키기에 족하고도 남음이라. 괘씸하고 밉살스러워 온몸이 부들부들 떨릴 것이다. 미친 집착. 끝을 보리라 생각했다.

죽음이 반드시 패배인 것은 아니다.

외르타는 죽음이 두렵지 않았다. 오히려 죽음에 가까이 갈 때 짐을 벗는 기분이 들고 있었다. 어차피 지난 칠 년 동안 허공에 던져 두었던 목숨이니 이제 와 짓밟는다 해서 죄의식을 느낄 필요는 없었다.

로크뢰와 다시 만난 지 만 하루 만에, 다시없을 냉정으로 그리 판단했다. 결심하고, 맹세했다.

죽겠다. 그 앞에서 죽겠다. 그의 면전에서 내 자진하여 평생 흐르는 그 핏물 잊지 못하게 하리라. 속이 가라앉았다. 흥분을 오래 끌 이유가 없었다. 그 뒤로도 태연하게 사령부에 보고를 했고 무료한 기사들과 떠

들었고 죽을 머리에 붕대를 매었고 죽을 입에 음식을 들었고 죽을 손에 아델의 천을 쥐었다. 평소와 다름없는 나날들이다.

구하지 못했던 것은 오로지 제 목숨을 앗을 도구였다. 시누사는 무슨 경계를 함인지 제 수많은 날붙이 중 단 하나도 그녀 앞에서 꺼낸 일이 없었다. 심지어 음식을 자르는 칼마저 제가 주욱 보고 있다가 식사를 끝내자마자 채 갔다. 단 한 번도 그 엄중한 경계가 깨진 일이 없었다. 평소에 그녀와 노닥노닥할 때에는 허술하기가 십 년 묵은 오두막 같던 녀석이 그것만큼은 통 양보하지를 않았던 것이다.

참 끔찍하게 후회했다. 시누사 앞에서 농담처럼 죽는 내기를 건 것. 그 사소한 일을 이리 절절히 안타까워하게 될 줄 누가 알았겠는가. 죽기 위한 방법을 강구하는 것조차 이리 첩첩산중이라니 막막했다. 그 앞에서 단박에 죽을 수 있는 방법은 칼뿐이었다. 칼 이외에는 답이 없었다. 독으로 넘어갈 것인가, 목을 맬 것인가? 목표와 길은 확실하건만 감히 헤쳐 나갈 수가 없었다.

그런데 드디어. 전날 딤니팔이 막사를 끌고 내려오는 바람에 온 군영이 어수선한 틈을 타서, 목숨 같은 칼을 하나 든 것이다. 마음이 붕붕 떴다. 해결되지 않던 난제를 풀고 나니 기쁨에 속이 요란했다. 흥분으로 두근두근 뛰었다. 귀 뒤의 맥박이 천둥처럼 울리는 느낌이다.

닷새.

닷새 남은 삶.

밀레비스 회전이 닷새 남았다 했다. 발렌시아는 분명 대승할 것이다. 외르타는 그를 믿었다. 자신도 믿었다. 이 정확한 라르디슈 군사를 듣고 그가 발을 헛디딜 리 없다. 그는 라르디슈의 가능성을 하나하나 제거하는 형태로 전술을 짜고 있었다. 그것은 도안을 보고 하는 재봉과 다르지 않다. 사람에 따라 그 작품은 완벽할 수도 그렇지 못할 수도 있으나 어쨌든 의도한 결과는 내니까. 발렌시아는 총사령관을 맡을 만한 자였다. 만든 옷은 훌륭하리라. 완벽할 것이다. 그녀는 자신할 수 있었다.

그러니 이제 외르타가 할 일은 그 발렌시아의 승리에 거저 엉겨 붙는 일이었다. 자신이 자아낸 전장, 다시 한 번만 스스로 보게 해 달라 요구할 것이다. 저번의 그 잔혹한 풍경들에도 단잠을 자지 않았느냐. 조금의 충격도 받지 않았다. 그런데 이번은 심지어 승리를 확신하고 나가는 회전이다. 내가 서 있지 못할 이유가 없다. 나는 배반자의 권리로 요구한다. 나는 내 손이 일조한 승리를 보고 싶다. 이 눈으로 똑똑히.

그리고 도망쳐 죽겠지.

외르타는 침상 아래에 칼을 넣었다. 누구도 눈치채지 못하도록 몇 번이나 다듬었다. 그녀는 곧이어 아델의 천을 잡아 허공에 펄럭였다. 혹여나 칼로 인해 천이 다치지는 않았을까 하는 우려였다. 온전히 바람을 받는 것을 보니 상처는 없는 모양이었다. 외르타는 그것을 부드럽게 잡아 접었다. 내 너를 쥐고 죽겠구나. 죽은 뒤만큼은 영영 함께하리라.

"큼, 크흠."

그녀는 갑자기 들린 헛기침에 기절할 듯 놀랐다. 어깨까지 떨며 뒤를 돌아보았다.

"들어가도 되겠습니까?"

다행히 바깥이었다. 외르타는 적이 안도한 표정으로 말했다.

"괜찮아."

들어온 자는 그나시오였다. 그는 몇 발자국 들어오더니 발을 뚝 멈췄다. 그녀는 긴장했다.

그는 앞뒤 없이 바로 물었다.

"비전하, 자진하실 겁니까?"

머리의 상처가 다시 터진 느낌이었다. 시선에 숨긴 칼이 침상을 뚫고 솟아오를 것 같다. 발작하는 심장을 저 노련한 십이공회의 일원에게 숨길 수 있을지 회의가 들었다.

"아니."

자신이 어떤 표정으로 그리 말했는지는 도저히 모르겠다. 다만, 그나시오의 양미간이 살짝 들리는 것만큼은 분명 보았다. 외르타는 눈을 한 번 꾹 감았다가 다시 떴다.

"당신은 어디까지 알고 있나?"

그나시오는 감히 그녀를 바라볼 수 없다는 양 고개를 숙였다. 외르타는 그의 저런 배려에 속이 울렁이는 것을 느꼈다. 처음 받는 동정이다. 게외보르트는커녕 라르디슈에 있을 때조차 누구의 동정을 이리 직접적으로 받은 일이 없었다. 그런데, 지금, 이 자리에서, 그나시오가, 자신을 동정하고 있는 것이다.

그제야 무언가를 깨달았다. 자신은 본시 동정받아야 마땅한 대상이다. 누구라도 그녀의 인생을 듣자마자 연민의 감정이 솟을 것이다. 그만큼 참담한 날들이 아니었나.

그러나 외르타는 그 사실이 정말 징그럽게도 싫었다. 너희가 무엇이라고 저를 동정하는지 어처구니가 없고 화가 났다. 동정은 경멸이다. 자신을 그리 깔보는가? 너는 얼마나 치열하게 살아왔기에? 나만큼이나 지독한 노력을 단 한 순간이라도 해 본 일이 있나? 제 주제를 모르고 던지는 연민 아닌가. 저치들은 자신을 불쌍히 여길 만한 아량도 능력도 없었다. 아랫배가 움푹 찔리는 느낌이었다. 맞은 것이 아니다. 찔리는 느낌이었다. 차고 서늘한 노여움이 자궁에 가득 찼다.

그러나 바야흐로 그 분을 토해 내려는 찰나, 그나시오가 먼저 입을 열었다.

"비전하의 부군과 아이를 알고 있습니다."

"……."

"저는 거짓을 고함에 거리낌이 많은 자라, 더불어 비전하께서 입 발린 과거를 들으실 마음이 전혀 없다 믿기에 이리 곧게 말씀드립니다. 칠 년 전 모장티의 그 변괴를 들었습니다. 십이공회에 소식이 들어왔을 시 저희는 비전하를 정략적으로 이용할 생각에 온갖 방안을 짜내었습니다만, 당시 게외보르트의 왕계가 혼란할 적이라 노력한 많은 계획이 무용했습니다. 모두 각하되고 비전하의 소식 역시 처분되었습니다."

자신의 일을 이토록 무감한 관점에서, 객관적인 분석으로 보니 기분이 묘했다. 저런 식으로 삶을 요약한다면 그 누구도 한 단락 이상은 살지 못할 것이다. 화는 나지 않았다. 그녀는 논리를 아는 자였고, 저것은 딤니팔의 논리로서 당연한 이야기였으니까. 동정보다는 차라리 이것이 낫다.

"삼 년 전, 게외보르트가 당신의 아이를……."

"말 똑바로 해라. 아델을 죽인 것은 내 오라비가 아니다."

"예?"

"로크뢰는 내게 약조했다. 아이를 살리겠다고. 어겼다. 약속을 어긴 자가 살인자다."

그나시오는 무어라 답을 하지 않았다. 조금 곤혹스러운 침묵 뒤에 그가 입을 열었다.

"거의 삼 년 전 라르디슈가 게외보르트의 요구를 수용했을 시에는 저희의 잔인함이 더욱……."

그는 답지 않게 단어 선택에 고심하고 있는 듯했다. 둘을 잡아먹는 것 같은, 다리 많은 정적이 기어갔다. 외르타는 그의 얼굴을 빤히 바라보다가 불쑥 내뱉었다.

"나는 졸로 나와 기어이 체스 판을 가로지른 퀸이다."

“…….”

“어느 곳으로도 갈 수 있고 어떤 여파도 불러일으킬 수 있다. 하나, 그러한들 내가 체스의 말이라는 것을 잊겠느냐? 평생을 그리 살았다. 그러니 나는 당신 말에 조금도 기분이 상하지 않아. 굳이 말을 조심할 필요는 없다.”

그나시오는 보일 듯 말 듯 고개를 저었다. 부정이라기보다는 한숨과도 같은 움직임이었다.

“당신이 처음 들어와 물은 질문. 나는 이제 그 이유를 알겠다. 나를 전쟁의 구실로 삼음이라? 기필코 살려 오스페다로 데려오라는 왕명을 받았을 테지. 자진하면 안 되지. 죽으면 안 되지.”

그는 이것이 딱히 제 위장이 모자라 들킨 것이라 생각하지 않았다. 왕비가 본시 가지고 있던 생각이리라. 그녀가 주저 없이 말하는 모양을 보고도 깨닫지 못한다면 오히려 이상할 일이다. 이제 그녀가 딤니팔의 사정에 대한 자신의 입장을 말할 것이다. 잠자코 듣기만 하면 되었다.

다만, 외르타는 굉장히 가벼웠다.

“그것은 밀레비스가 끝나고 따져 묻기로 하자. 지금 핏대 올리며 논하기 힘든 일이다.”

이런. 그는 김이 빠진 기분이 되었다. 외르타의 어조에는 스스로가 장기의 말로 이용당한다는 분노도, 도움 받은 이의 각박함에 대한 원망도 없었다. 그녀의 말마따나 당연하다 수용하는 고분고분함만이 남아 있을 따름이다.

이상한 일이다. 저리 속이 유한 사람이 아닐 것이다. 저처럼 모든 것을 껴안고 가는 성격이라면 애초에 이곳에 서 있을 이유도 없었다. 그저 인내하고 참아 내어 로크뢰에게 순응하며 살았을 것이다. 저리 포용력 있는 여자라도 아이가 죽자 대번에 매몰차게 변한 것일까?

그는 고민과 함께 고개를 숙였다.

그녀가 지금 이야기하길 원하지 않는다면 싸움은 뒤로 미뤄 두는 편이 바람직했다. 구태여 긁어 부스럼을 만들 필요가 없었다. 저 따박따박한 말투를 보아하니 더 이상 그 주제로 대화를 걸었다가는 머리라도 휘어잡혀 내쳐질 것만 같았다.

그래서 남은 것은 개인적인 호기심뿐이었다. 그는 아이를 잃은 어미의 복수를 알고 싶었다.

"이해합니다……. 아니, 이해한다고 믿고 싶습니다. 비전하를 동정의 눈으로 본다 해서 불쾌히 여기지 말아 주십시오. 연민은 곧 옳은 방향으로 도움을 드리겠다는 의사 표시입니다. 딤니팔은 비전하께 우리가 할 수 있는 한 최대의 배려를 해 드리겠습니다. 오스페다로 오신다 한들 게외보르트의 눈에 띈 이후에는 거취도 자유로이 정하실 수 있습니다. 진짜 거취도, 생사의 거취도 자유로우실 겁니다. 여태껏 겪은 왕실이 얼마나 혹독하셨을지는 저도 잘 압니다. 저 역시 젊을 적 공관으로 두 나라 전부를 겪었으니 말입니다. 딤니팔의 냉정이 그들에 비해 모자라지는 않습니다. 그러나 우리는 그 둘과는 달리, 예를 압니다. 더욱이 우리에게 큰 이득을 안겨 준 이에게 차려야 하는 예는 더욱 명심하고 있습니다. 불신이 필연인 분이니 제 말 역시 전부, 곧이곧대로 믿지는 않으시리라 생각합니다. 그러나 가장 최악의 경우를 각오하시더라도 사실 손해를 보는 것은 아니지 않습니까? 살아 오스페다로 가시는 것뿐입니다. 비전하, 살아 있다는 것은 어떤 면에서든 죽음보단 낫습니다."

외르타는 미소 짓지 않았다. 평소처럼 약간의 조롱 섞인 웃음을 건네지 않았다. 그녀는 순간 아델을 상기하고 있었다.

"엄미보다 먼저…… 죽? 밎아? 죽고? 싶어."

"세상에……. 누가 죽는단 말을 알려 줬니? 내 경을 칠 것이다! 누구냐! 마리냐? 마리……!"

"엄마 없으면 난?"

"내 당장 마리 이것을! 제 오라비 세상을 떴다 애통해 하기에 불쌍히 여겼건만! 그것을 감히……"

"엄마 없으면 난?"

"도대체…… 아델."

"난……."

"아델, 엄마는 아델보다 참 오래, 많이 살았단다. 역시 먼먼 날의 일이겠지만…… 태어난 순서대로 떠나는 것이 옳은 일 아니겠니?"

"그래도 엄마가 죽……? 는 건 싫어……. 없어지는 게 싫어……."

"나는 아델만 살아 있으면 된단다. 그러면 언제까지고 견딜 수 있다."

"나 없으면?"

"끔찍한 소리를……."

"엄마."

"그래."

"나 없으면 엄만?"

"……."

"엄마 없으면 난?"

"……."

"오늘 마리가 이상했어. 아델은 잘 모르겠어. 하지만 그래도 난 내가 먼저……."

"어처구니없는 소리 마라. 너는 나다. 언제 우리가 다른 이였던 적이 있느냐?"

"응. 엄만 나야."

"……."

"난 엄마고, 엄만 나야."

사흘 뒤에 아이가 죽었다.

자각하지 못하는 사이에 손이 덜덜 떨리고 있었다. 아델. 안 돼. 이건 아니다. 진정하자. 진정해. 쓸데없는 것을 생각해 냈다. 다시 로크뢰에게로 제 주의를 돌려야 했다. 비통함보다는 증오가 더 유용하다. 냉정해지자. 그나시오가 앞에 있지 않은가.

그나시오는 그녀의 떨리는 손을 바라보며 조용히 물었다.

"한데 하나 여쭙겠습니다. 이처럼 배반을 계획하시면서 바란 것은 라르디슈의 패배, 단 하나입니까?"

'배반을 계획하시면서.' 갑자기 누가 머리에 찬물을 뒤집어씌운 듯했다. 손이 멈췄다. 다행히도 온몸이 가라앉았다. 큰 바닷새가 날개를 거두듯 주체 못했던 추억이 물러갔다. 아델이 눈꽃처럼 묻혔다. 배반. 로크뢰.

제 배반의 내용을 상기했다. '라르디슈의 패배, 단 하나'? 내가 지금 포티미외 전쟁의 패배 하나만을 바라고 있다고? 그럴 리가 있겠느냐. 이 미친 머리 떨며 쥐어짰는데, 고작 이 패배 하나로 로크뢰에게 절망을 안겨 주리란 헛된 생각을 가질까? 외르타는 슬며시 웃었다. 자신의 자진 부분은 그나시오에게 말할 수 없다. 그러나 그녀는, 제가 처음에 계획한 배신 정도는 그에게 알려도 의심이 없으리라 생각했다. 그것은 제삼자의 눈으로도 충분히 이해할 수 있는 논리적인 이야기였다.

"너희는 라르디슈의 내정에 무지한가? 이 사실까지 알기에는 끄나풀이 부족한가?"

"포티미외에서 패배한다면 귀속원이 왕을 실각시키리라는 것은 압니다."

라르디슈의 귀족원은 그 정도로 막강했다. 본디부터 왕이 리오넬과 같은 절대 권력을 휘두르고 있는 일이 라르디슈 역사에서 몇 없었다. 문제는 그의 군사적 능력이 걸출하다는 점. 그 때문에 이성적인 귀족원조차 그가 무슨 포악을 부리든 참아 주었던 것이다. 하지만 그것도 지금에 와서는 끓고 있었다. 퇴위는 말이 안 되는 일이지만 그래도 권력의 일선에서만큼은 물러나야 할 것이다.

"맞아. 로크뢰는 그간 귀족원과 오랜 불화를 쌓아 왔어. 베르탕 당시에도 여럿의 반대가 있었고 세제 수정안도 상업 귀족들의 어마어마한 반발을 샀고 더군다나 나. 나를 데려와 게외보르트와 껄쩍지근한, 우호도 적대도 아닌 관계를 쌓은 것을 매양 고까워했다. 그리고 또 셀 수 없이 많은 사안들. 터질 때가 되었어."

"……."

"이 포티미외가 분수령이다. 진다면 실각은 필연이야. 그것을 로크뢰도 알아. 그래서 아직도 먼저 쉽게 종전 협정 이야기를 안 꺼내는 거지. 지금은 라르디슈가 밀리고 있으니까."

"그리고?"

"그가 실각하기를 기다리는 자들이 누구지?"

그나시오는 당연히 그것이 누구인지를 알고 있었다.

"그의 두 아들이겠지요."

"그래, 열여덟 먹은 쌍둥이."

그는 그 이상 무엇이 있는지 의아한 눈으로 그녀를 바라보았다. 그 둘이 정치적 분란을 일으키리라는 것은 자명한 사실이다. 그것을 자신이 모를 리가 없다.

"내분이 일어날 거야."

"그거야……."

"아니. 당신은 실상을 잘 몰라."

"한 사람이 귀족파고 한 사람이 왕당파인 것을 제가 왜 모릅니까?"

"그것이 어떤 여파를 미칠지 모른다는 거야. 당신은 라르디슈를 잘 모르니까."

"……."

"그 정치적 대립이 이만큼이나 확연하게 갈라진 역사가 없어. 항상 중립을 지키는 자들이 있었다지만, 이 쌍둥이의 경우에는 그것조차 불가능할 거다. 그들이 예전과 특별히 다른 싸움 주제를 가지고 있다기보단 그냥 감정 문제지. 다들 빈정이 상해서……. 좋게 말해서 빈정이 상한 거지 나쁘게 말하면 증오야. 쌍둥이들은 어려서부터 상대에 대해 극심한 적대감을 가져왔다. 당연히 그들을 지지하는 왕당파든 귀족파든 각자 끝의 끝, 극단의 극단으로 달려가고 있어. 그치들은 항상 내 편이 아니기 때문에 정치적 대상으로 인정할 수 없다는 식이야. 상대를 단지 누르고 지나가면 끝인 파렴치한으로 여기니 협상과 타협을 목적으로 할 리 없지. 싸움이 끝나면 귀족원의 낯빛은 오직 하나일 거다. 왕당파의 붉은색이든 귀족파의 푸른색이든."

그나시오는 머리로만 납득했다. 라르디슈 것들의 사고방식은 정말 이해하기가 힘들었으니까. 왕이 왕으로 서지 못하는 나라라니. 정말 모를 생각들이다.

"로크뢰가 실각하면 그 후계 싸움이 본격적으로 드러날 텐데……. 농담이 아니겠지. 나는 너희가 이번 전쟁이 종전된 직후에 또 침공하기를 추천한다. 그때 라르디슈는 이미 안이 뒤집어져 어찌 마땅한 대응도 못할 거야."

"그래서……."

"로크뢰가 이것을 모를까? 그럴 리가. 자신이 권력에서 손을 떼게 된다면 귀족들이 배 가른 듯 둘로 쪼개지리라 확신하고 있지. 그리되면……."

"……."

"그가 이십 년을 쌓아 온 나라가 무너져."

아.

"완전히 박살 나겠지. 물론 나도 그 강대한 라르디슈가 멸망하리라는 생각은 추호도 하지 않는다. 하지만 그가 지금 세대에, 제가 직접, 온 노력으로 쌓은 것. 남아나지 않으리라. 제 모든 힘과 젊은 시절 전부를 다 바쳤는데. 저희들끼리 제 살을 뜯어먹느라 그의 치적이라곤 흔적도 없이 사라지게 되겠지."

"예."

"나는 사실 로크뢰의 죽음을 절망적으로 바라고 있지만, 사실 그가 살아 돌아간다 한들 너희를 크게 원망하진 않을 거야. 돌아가야 보는 것은 제 나라의 사분오열이니까."

외르타는 씩 웃었다.

"나는 그의 '나라'를 망치고 있는 것이 아냐. 그의 '소유'를 부수고 있는 거다. 화든 절망이든 안타까움이든 무슨 감정이든 그 절절함에 미쳐 갈 테지. 로크뢰는 제 것이 부서지는 것을 결코 용납할 수 없는 사람이니까."

그것은 나도 마찬가지다. 외르타는 이제 완연히 가라앉은 각오에 마음이 놓였다. 그의 나라를 부수는 것으로 분노를 사고 나를 부수는 것으로 증오를 사면 이제 다 해결된다. 이 얼마나 깔끔한 끝인가.

그나시오는 그녀의 논리를 납득한 모양이었다. 그러나 딱히 라르디슈의 미래에 흡족해 웃는 것 같지는 않았다. 조금쯤 쓴 얼굴. 그는 느릿느릿 고개를 숙였다가, 그녀와 다시 눈을 마주하지 않고 그대로 막사를 떠났다.

외르타는 막사 바깥으로 나오며 어떤 풀을 짓밟았다. 꽃까지 피어 있었기에 밟는 느낌이 제법 선연했다. 본디 그런 상냥함 따위는 있던 일이 없지만, 제 목숨 남은 하루하루를 살다 보니 조금 미안했다.

그녀는 몸을 숙여 그 줄기를 세워 보았다. 잘 서지 않는다. 다시 붙잡아 올렸지만 역시 맥없이 팩 내려갔다. 생기 없는 제 머리칼 같아서 이 상황에서도 쓴 미소가 났다. 그녀는 몇 번의 시도 뒤에 무언가를 깨달았다. 가까이 앉아 색을 보니, 이미 죽어 가고 있었던 것이다. 자신이 밟지 않았더라도 서서히 말라비틀어졌으리라. 외르타는 그 이유까지 알 수 있었다. 막사 아래에 반 깔린 뿌리, 햇빛 한 점 들지 않는 가장 어두컴컴한 그늘. 진영을 이동하면서 본디 있던 풀이 살해당한 것이다.

어차피 살 가망은 없었구나. 외르타는 포기하고 일어섰다. 누군가 제 옆에 달려와 같은 것을 내려다보고 섰다. 그녀는 말을 걸지 않고도 알 수 있었다. 그 밝은 맛 나는 바람이 누구인지 알았다. 웃으며 고개를 돌렸다.

"시누사."

시누사 역시 아래를 보던 시선을 휘감아 그녀를 바라보았다. 무언가 의아해 하는 기색이 온 뺨에 드리워 있었다.

"어라?"

"왜?"

"잠깐만 여기까지 나와 봐요."

외르타는 시누사가 이끄는 대로 햇빛 창창한 곳까지 걸어갔다. 겨울 햇빛이라지만 그래도 그 찬연함은 나드시 잃었나. 시누사는 밝은 곳에 선 그녀의 눈을 대단히 가까운 거리에서, 빤히 들여다보았다.

"내 기억이 잘못됐나?"

"한 번에 말해."

"원래 눈이 녹색이셨습니까?"

"……넌 시력이 얼마나 나쁜 거니?"

"제가 전군에서 눈 제일 좋아요."

"나길 그래. 직사광선 아래에서만 담록, 나머지에선 갈색."

"아, 그렇구나. 방 안서 비전하 뵙는 게 일상이다 보니 완전히 갈색인 줄로만 알았지 뭡니까."

"어차피 지금 너처럼 가까이 올 사람 아무도 없으니 그냥 갈색이라 알아도 괜찮아."

외르타는 갑작스레 그의 눈을 손가락으로 찌르려 했다. 그가 기겁하며 뒤로 물러났다.

"왜 이래요!"

"너, 내 붕대!"

"아 그건…… 들어갔는데 너무 편안히 주무시고 계셔서…… 손이 절로…… 예술가의 혼이……."

말은 우물쭈물하지만 그 얼굴만큼은 뻔뻔하기 그지 없다. 외르타는 애초에 그 일을 크게 고까워하지 않았기에 그저 한숨만 내쉬었다. 시누사는 바람맞은 사슴처럼 기지개를 편 뒤에 그녀의 등 뒤로 돌아갔다. 외르타는 들어 올렸던 팔을 조금 내렸다. 그가 제 뒤에 섰다. 그녀는 시누사가 자신을 막사 안으로 되돌려 보내려 한다는 사실을 깨달았다. 조금 반항해 보려 했지만 그는 이미 그녀의 등을 슬슬 밀어내고 있었다.

"들어가요."

"도대체 왜?"

"날씨가 춥네요."

"웃기는 소리 마라. 나는 게외보르트 사람이야."

시누사는 그녀의 짜증스러운 반응에 등 뒤에서 툴툴댔다. 너무 웅얼거려 무슨 말을 하고 있는지는 잘 들리지 않았다. 그는 이내 제 혼잣말의 결론을 툭 던졌다.

"홀로 어딜 가시려고? 저 지금 사령부에 소집됐단 말입니다. 방 안에 계십시오."

"넌 이미 감시가 아니라 시종 아니니? 나는 왕비잖아. 이럴 권리가……."

"시종도 주인을 살리기 위해 애쓰거든요."

외르타는 막사까지 새처럼 파드득 밀려 들어와 그를 돌아보았다.

"너 설마 아직도 그렇게 생각하나?"

시누사가 팩 노려보았지만 외르타는 모르는 체했다. 시치미를 떼기로 마음먹었다.

"그으으럼요. 내 칼을 노리는 매의 눈…… 은 없지만 아무튼. 일전에 그리 말씀하셨으니 책임은 지셔야 하지 않겠습니까?"

"시누사, 네가 잘못 이해한 것으로 매번 이렇게 강박할래?"

"그래도 조심이 방심보다는 낫잖아요."

그는 외르타를 그리 세워 두더니 웃으며 경례했다.

"저 떠난 뒤 나오시는 건 사실 어찌할 수가 없지만, 무기고 근처에는 접근도 못하실 겁니다. 명을 내려 두고 갈 거거든요. 어차피 곧 저녁인데 식사나 들고 주무세요."

그리고 쌩하니 나간다. 외르타는 방금 전 자신이 바깥에 나서기는 했는지 잠깐 머리가 얼얼했다.

매번 이 모양이다. 자신이 한낮, 마사로 돌아올 때 시누사가 없던 것은 진정 천운이었다. 시누사가 보았다면 백이면 백 들켰을 테니까. 아델의 천에 숨겼더라도 저 예리한 아이라면 분명 눈치채고 칼을 빼앗아 펄펄 뛰었으리라.

답답함이나 분은 아니었다. 사실 외르타는 자신 따위에 이리 신경 써 주는 사령부가 고마웠다. 매번 이리 호들갑 아닌가. 왕녀로 나 왕비로 살았다지만 밀고자의 안위를 걱정하는 딤니팔의 대우가 가장 감사하다니 웃긴 일이었다.

그러나 어찌 되었든 고마운 것은 고마운 것. 이리 정성 들인 대우, 사령부는 모르겠지만 그들은 이미 그녀에게 심정적인 보답을 받고 있었다.

외르타는 제가 태어나 가장 마음이 편했던 시간으로 이 딤니팔 군영 안에서 보낸 두 달을 꼽을 수 있었다. 임신이야 아닌 것으로 드러났으니 이제는 그저 면구하다. 복수심이야 너무 당연해, 자신과 혼연일체나 다름없는 마음이라 외려 없으면 불편하다. 더불어 이곳에 온 이상 그녀의 복수는 거지반 이루어진 셈이었다. 때문에 이곳에서는 라르디슈나 게외보르트에서처럼 매양 바늘 길 걷는 기분을 느끼지 않아도 되었다.

심지어 아델과 함께했던 날들조차 지금에 비할 수가 없었다. 그 아이를 눈물 나게 사랑하여 행복했지만, 그래도 아델을 버리고 자신이 죽어야 한다는 사실에 매번 마음이 썼던 것이다. 지금은 그저 할 일을 다 하고 있다는 만족 섞인 기꺼움밖에 없었다. 매번 나른하고 노곤했다. 스물네 해 끌고 왔던 제 일부 같은 긴장이 없었다.

이런 곳에서 죽을 자리를 준비하다니, 그래도 제법 큰 행운이 아닌가. 생 로욜에서 늙어 죽는 것을 제한 모든 죽음의 방식을 행운으로 여기기는 했으나, 그래도 이 군영은 특별히 그녀의 마음에 들었다.

담백함. 그들은 어벙하다거나 감정적인 것이 아니었다. 냉혹하지 않다고 세상 만인을 그리 말할 수는 없다. 담백함이다. 이자들은 담백했다. 꺼리지 않고, 휘둘리지 않고, 두려워하지 않는다. 좋은 집안에서 잘 자란 교양 있는 아이들 같았다.

"갔나?"

시누사가 나간 지 몇 분 만에 다시 고개를 쓱 디밀었다. 외르타는 기어이 웃음을 터뜨리고 말았다.

"안 나가니 걱정 말고 사령부로 가거라. 또 늦으면 넌 발렌시아 경뿐 아니라 네 아비에게도 꾸중을 들을 것이다."

"하! 아버지 지금 못 오시거든요. 오늘 밤새 서류 읽으셔야! 내일 즈음 눈 비비며 사령부에 드시겠지."

"알겠으니 나가. 한 번만 더 오면 너 내게 관심 둔 줄로만 알고……."

시누사는 나갔다.

이 잠잠한 평온은 어쩐지 제 유품을 정리하는 평온인 듯했다.

곧 죽을 사람이 세상 정리하듯 이리 고요히, 하나하나 소중히 여기며 눈과 마음에 새기는 것이다. 시간은 속절없이 간다. 자진을 결심한 것이 벌써 일주일 전이다. 쏜살같은 속도로 그녀 인생 남은 날들을 잡아먹고 있다. 이리 날 세운 칼까지 침상 아래 넣어 두고 나니 정말 기분이 희한했다.

칼은 이렇게…….

그녀는 무형의 칼자루를 두 손으로 쥐었다. 공기만 감쌌을 뿐인데도 존재 없는 칼자루의 단단함이 와 닿았다. 태양에 달군 쇠처럼 강렬했다. 그녀는 침대에 아무렇게나 걸터앉았다. 시누사가 자신에게 알려 준 방법을 쓰기로 했다. 스무고개 하듯 한 단계 한 단계 넘어서 가장 편하고 옳은 길 하나를 그 아이가 제시해 준 것이다.

배가 가장 좋다 했다. 외르타는 칼을 안쪽으로 휘어잡고 복부의 중간을 겨누었다. 어라. 이 위치가 아닌가. 아래에서 위로 올려야 하나? 시누사는 어차피 배 전체를 뭉뚱그려 말했다. 안으로 찍어 꺾기만 하면 된다 했다. 살에 넣고 찢으려면 처음에는 위를 찌르는 것이 낫지 않을까? 아래로 내리긋는 힘이 더 강할 테니까. 타당하다. 우선 윗배를 한 번 옆으로 뉘여 베고.

'엄마.'

네가 머물렀던 배.

'엄마.'

이 방향으로.

'엄마.'

드디어 네게 갈 수 있지 않겠느냐.

"외르타……."

"응."

"……잠시 들어가겠다. 화관 관련 서류를 놓고 갈 테니 내일까지 확인해라……. 지금 뭐 하나?"

외르타는 고개를 돌렸다. 방금 전의 자신이 누구의 말에 대답한 것인지 잘 구분이 가지 않았다. 아직도 정신이 멍해서 칼을 겨눈 자세 그대로였다. 다른 곳은 미동도 없이 그저 시선만 쓱 돌아간 것이다.

발렌시아는 벌써 몇 걸음이나 가까이 와 있었다. 분명 말을 걸었을 때에는 막사 바깥에 있었을 텐데, 지금 그녀에게는 이미 그의 얼굴이 보이지 않았다. 걷는 소리도 단지 고요했다.

발렌시아는 외르타의 왼 손목을 잡아 올렸다.

그 손에는 아무것도 없었다. 낚아채듯 거칠게 잡아 올린 모양이 면구해질 정도였다. 그저 텅 빈 채 정직했다. 무언가를 둥그렇게 쥐고 있던 그녀의 왼손이 푹 꺾였다.

외르타는 그제야 놀라 그에게서 손목을 떼어 내려 했다. 그러나 아직도, 억지로 억지로 흰 나뭇가지처럼 솟은 팔. 평소와는 달리 잡힌 즉시 떨쳐 낼 수가 없었다. 그녀의 얼굴은 또다시 점차 새파래져 갔다. 쥐인 손목이 맹수의 송곳니에 물린 양 저려 오고 아팠다. 세게 잡힌 것이 아닌데 그저 누군가 움켜쥐었다는 사실만으로도 어깨가 떨렸다.

그녀는 벌떡 일어섰다.

"왜 이래!"

발렌시아는 그 외침에 가까스로 그 손목을 놓았다. 침묵은 아니다. 즉각 갈피를 못 잡는 듯한 목소리가 튀어나왔다.

"칼을……."

외르타는 그가 제 자진 의지를 보았다는 사실을 깨달았다. 그가 선 쪽에서는 제 손이 잘 보이지 않는다. 진짜 칼을 잡았나 하여 당장에 달려와 팔을 걷어 올린 것이다. 그녀는 뻣뻣한 얼굴에 겨우 웃음 지으며 손사래를 쳤다.

"내가 칼이 있으면 어디 있겠어? 일전에 시누사가 농담을 해서……."

"밤에 다시 오겠다."

발렌시아는 뒤돌아 떠났다.

외르타는 그의 등을 멍하니 바라보았다. 아직까지도 방금 전 제게 향했던 발렌시아의 표정이 눈앞에 선해, 온몸에 미세한 진동이 남아 있었다. 놀라고, 당혹스럽고, 화가 난, 그런데 스스로는 그 사실을 알지 못해 사방이 뒤엉킨 채 요란한 얼굴. 그답지 않다. 자신 역시 하나도 정신을 차릴 수가 없어 가슴이 쿵쾅쿵쾅 뛰었다.

제가 칼로 스스로를 찌르려 든 시늉을 보았다. 그대로 윽박지르려다, 사령부 회의 중이었다는 사실을 상기하고는 지체 없이 나간 것이다. 맘에 다시 오겠다는 말은 곧, 회의가 끝나자마자, 자신이 여유를 낼 수 있는 시간에 오리라 한 것이다. 그가 다시 온다고? 그가? 또 무슨 말을 해 저를 짓누를지 시종 불안하여 머리가 잘 움직이지 않았다. 그녀가 임신한 줄 알았을 때에도 네 몸을 학대하지 말라 그리 냉랭했던 사람이다.

그나시오의 이야기를 분명 들었으리라. 그녀를 살려서 왕도까지 데려가야 한다는 명령, 총사령관이 듣지 못했을 리 없다. 그런데 이 꼴을 보았으니 감히 왕명에 차질이 생길까 우려하는 것이다. 밤에 다시 돌아오면 말에 한 점 자비가 없겠다.

"나는 네가 싫다."

이에 지지 않을 정도로 혹독한 말이 나올 텐데. 외르타는 그런 말을 정말 참을 수 없었다. 그에게서 차분함이 아닌 다른 무언가를 받게 되면 당장이라도 모두 내던진 뒤 멀리멀리 도망치고 싶었던 것이다. 이유는 잘 몰랐다. 그저 인내할 수 없어 매번 발끝까지, 단말마처럼 저릿저릿했다.

아, 칼.

칼. 칼. 칼.

외르타는 어스름이 질 때까지도 앉아 생각하고 있다가 순간 기겁하여 일어섰다. 분명 들어와 제 온 소지품을 수색할 것, 침상까지 짚는다면 딱딱한 것을 눈치채지 못할 발렌시아가 아니었다.

그녀는 즉각 중검을 빼내어 방의 가장자리로 갔다. 막사의 안과 바깥 사이를 칼로 파냈다. 본시 힘이 보잘것없는 까닭에 구덩이 비슷한 것을 만들자 벌써 땀이 줄줄 나고 손이 제대로 움직이지 않았다. 칼로 무언가를 파낸다는 것이 이리 힘든 줄 정말 몰랐다. 더불어 시간까지 촉박하니 침착하던 팔이 덜덜 떨려 냉정을 차리지도 못하고 있었다. 들키면 안 된다. 절대 안 된다. 왕명이 없을 때에도 자신이 자해하는 것에 경기를 일으키던 사람 아닌가. 외르타는 겨우 상당한 깊이를 파낸 후 내던지듯 칼을 잡아넣었다. 조심스레 손으로 남은 흙을 덮었다. 발로 자리를 다졌다. 먼지가 잔뜩 묻은 손을 정돈하고 바닥에 의심스러운 흔적 하나 남기지 않았다. 그리고 마음 가라앉힌 채 다시 자리에 앉으려다, 그래도 손 정도는 씻고 와야 하지 않겠나 하는 생각이 문득 들었다. 어쩌면 발렌시아의 눈이 제 손까지 짚어 낼지 모르니까.

외르타는 일어서 막사 밖으로 달려 나갔다. 벌써 밤이라 일전의 그 일이 조금 걱정되기는 했다. 하지만 이제 자신보다 딤니팔 기사 군영의 지도를 잘 아는 사람도 더 없으니……. 그녀는 두려움을 떨치고 군 수도 쪽으로 몇 발자국 걷다…….

잡혔다.

말 그대로 덜미를 잡혀 잠깐 동안은 스스로가 앞으로 나가지 못하고 있다는 사실도 깨닫지 못했다. 외르타는 고개만 돌려 뒤를 돌아보았다. 말을 삼켰다.

그녀는 수도는커녕 막사에서 몇 발자국 내딛지도 못하고는 다시 방 안으로 끌려 들어왔다.

안에 들어선 발렌시아는 그녀를 세워 둔 채 정말, 진짜로, 제 손으로 직접 온갖 곳을 누르고 다녔다. 외르타는 방금 전 칼을 묻어 버린 자신의 판단에 눈물 나게 감사했다. 안도의 한숨이 비어져 나왔다. 그는 순식간에 막사를 한 바퀴 휘 살펴보더니 다시 그녀 앞에 섰다.

"칼은 어디 숨겼나?"

철렁했다. 그에게 그런 기미를 보인 일이 없다. 어찌 저런 정곡만을 찌르는지 당황스러우면서도 이해가 가지 않았다.

"무슨 칼?"

"내 온갖 칼을 쥔 것이 스무 해가 가깝다. 그것을 알아보지 못할 줄 아나?"

"그러니까 무슨 칼? 내가 왜?"

감추는 게 일상이라 목이 께름칙하지도 않았다. 거짓말을 밥 먹듯 하는 것에는 이제 정말 진력이 날 정도다.

"시누사의 철저한 감시를 받고도 기어이 칼을 입수함이라? 너는 염치가 없다. 설마 로크뢰에게 배반을 알린 지금에 와서도 죽으려 한 결심이 바뀌지 않은 건가?"

"그런 것은 개의치 않아. 죽으려 한다는 것도 무슨 말인지 모르겠어."

발렌시아는 그녀에게 손 한 번 대지 않았다. 그러나 외르타는 말로 얻어맞아 피곤했다. 몇 걸음 걸어 의자가 아닌 침대에 앉았다. 그는 그 자리에 계속 선 채 몸만 돌려 그녀를 바라보았다. 외르타는 자평하는 태도로 말했다.

"나를 왕도까지 살려 데려가야 한다고 그리 흥분하지 마. 나 역시 자세한 사항은 그나시오 경과 밀레비스 이후에 이야기하기로 했다."

그의 멀끔한 얼굴이 약간 일그러졌다.

"그가 말하던가?"

"……말하기 전에 추측했다. 별것 아니지 않나. 그 이전에는 나도 모두 잠정 보류야."

"네 입에서 나오는 말은 모조리 거짓이다."

외르타는 한 대 맞은 얼굴로 그를 바라보았다. 그는 여전히 찡그린 표정 그대로 말했다.

"왜 이렇게 사람을 피곤하게 하나? 네가 자유의 몸이 아니라는 것을 모르나? 딤니팔의 수호 아래 자진할 이유가 없다. 어차피 너는 밀레비스 이후 다시는 로크뢰를 볼 일이 없을 것이다."

안다. 그래서 이리 은인자중 칼을 가는 것 아니겠는가. 그가 내게 증오를 가질 방법이란 이뿐이다. 그에게서 영영 나를 앗는 것. 그녀는 바람 빠지는 듯한 웃음소리를 냈다.

"알아. 그래서 밀레비스가 내 복수의 끝이라는 것도 잘 알아."

그녀는 문득 이번이 그 앞에서 복수라는 말을 낸 처음이라는 사실을 깨달았다. 그는 알 듯 모를 듯한 표정이었다. 외르타는 설득했다.

"내가 그의 손에서 벗어나 영영 잡을 길 없다는 것을 알려 줘야지……. 한데 그것을 달성하는 방법이 어찌 자진뿐일까."

사실 그뿐이다.

"내가 그 앞에서 당신에게 사랑한다며 안겨도 놀라지 마. 순결한 소녀도 선한 아가씨도 아니라고 불쾌해 하지 마. 나 역시 로크뢰가 시기로 미치기만 하면 족해."

문제는 내가 당신을 조금이라도 안을 수 없다는 것이다. 마음이 동하지 않는데 그리한다면 결국 떠오르는 것은 또 로크뢰다. 그러나 동시에, 마음이 동할 수 있는 것도 결코 아니었다. 내게 사람의 사랑을 두 번이나 겪으라고? 미친 소리. 왼발과 더불어 오른발, 팔다리 전부 깨져야 평생 정 안 붙이겠다고 피 토할 것인가? 외르타는 그만한 바보가 아니었다.

"도대체……."

"듣는 것만으로도 현기증이 나나? 암, 그렇겠지. 안기고 입 맞추는 게 나라 미안하구나. 어, 그런데 잠깐…… 당신 결혼했니? 그러면 로크뢰가 조금도 개의치 않을 텐데……. 당신이 날 온전히 가졌다 믿지 않을 텐데……."

외르타가 보기에 발렌시아는 정말 기가 막힌 모양이었다. 그는 자제하지 못하고 몇 발자국 앞으로 걸어 나왔다. 외르타는 답을 기다리느라 그의 눈을 바라보고 있었다. 가까이 오자 고개가 조금 꺾였다. 그녀는 그런 와중에도 홀로 거짓말을 계산했다.

"아닌가? 로크뢰가 그래도 미칠까? 너희는 라르디슈처럼 둘째 부인이 있니, 아니면 내 모국처럼 죄다 비천한 첩이니? 그것만으로도 그가 견디질 못할까……? 아니면 그것만으론 당신이 날 온전히 가졌다 생각지 않아…… 결국 이 악물고 다시 빼앗으려 들까?"

"……."

"당신 것이 되어야 할 텐데. 아, 아니. 그리 보여야 할 텐데……. 당신에게 꼼짝없이 잡힌 것처럼 보일 방법은 없겠니?"

발렌시아는 그녀의 두 걸음 앞에 섰다. 조용한 것 같기도 하고 소란한 것 같기도 한 목소리가 나왔다.

"나는 사람이 버려지고 잡아지는 것이라 생각지 않는다."

그녀는 어리둥절해졌다.

"무슨 소리야?"

이해가 안 가.

"넌 사상이 이상하다."

외르타는 즉각 튀어나온 그 말에, 자신이 그에게 있어서는 끝내 이방인이라는 사실을 깨달았다. 넘을 수 없는 어떤 넓은 강이 둘 사이를 가로막고 있는 듯했다. 정말이지, 그녀는 그가 무슨 말을 하는지 짐작조차 가지 않았다. 언어가 다르기라도 한 듯 난해하고 어지러웠다.

'나는 사람이 버려지고 잡아지는 것이라 생각지 않는다.'

그러나 그녀는 알았다. 사람은 본시 버려지고 잡아지는 것이다. 사람과 사람 사이의 애착은 집착과 소유욕뿐, 그 이상은 없다. 그 정도의 차이와 위장의 차이만 있을 따름이다. 당혹스러웠다. 그는 세상을 많이 겪지 못한 것일까? 그렇지 않다면 저리 순진한 말을 저런 진심으로 꺼낼 수 있을 리가 없다. 딤니팔 유일 공작가의 수장이 되어서 저토록 물정 모를 사고방식으로 삶을 살아간다는 말인가.

그녀는 일전에 자신이 몇 번이나 거듭거듭 깨달았던 사실을 다시 상기했다. 정녕 너는 내가 아니었다. 정녕 너는 내가 아니다. 살아온 삶이, 걸어온 길이 너무도 달랐다. 전쟁터에서 피를 보는 싸움만이 세파에 물드는 방법인 것은 아니다. 아니, 외려 그것은 사람을 욕심 없고 마음 깨끗하게 만드는 것인지도 몰랐다…….

내 감히 겁도 없이 인간을 죽이는 것이, 타인의 생을 죽이는 것이 사람을 담백하게 만든다 말을 하는구나. 우스웠다. 이기지 못하고 이 진지함 사이에서도 미소가 배어 나오려 했다.

하지만 분명 나름의 진실이다. 그녀는 철석같이 믿고 있었다. 외르타는 너무 많은 일을 겪었다. 제가 겪은 일들보다는, 도리어 허다한 살인이 성정을 더 맑고 굳게 만들어 줄 것이다. 그녀도 차라리 자신이 살인자였으면 좋겠다고 생각했다. 천진하게 죽이고, 세상 뜬 다음에야 그 죗값을 치르는 것이다. 이처럼 살아 벌 받는 것이 아니라. 너무 많은 것을 알고 너무 많은 곳을 지나온 탓에 그녀가 사는 세상은 이미 생지옥이었다.

외르타는 이에 관해서는 그만 말하기로 결심했다. 이미 서로가 평행선을 달리는 느낌이라, 말을 하면 할수록 제 진심 아닌 생각이 더 드러날 것 같았다. 외르타는 고개를 몇 번 젓고는 달랬다.

"그래. 알겠어, 알겠어."

"……."

"그래도 최소한 밀레비스에는 끼워 줄 거지?"

"아니."

그녀는 숨이 딱 막혔다.

"안 된다. 전장에 나가면 네가 무슨 짓을 저지를지 모른다."

"……왜…… 발렌시아 경, 아깐 농담이었어! 당신에겐 언제나 그랬듯 손끝 하나 안 댈 거다, 안기는커녕! 웬 아가씨처럼 굴지 마!"

"그것은 곧이곧대로 듣지도 않았다. 내 무슨 수를 쓰든 넌 죽고자 할 것이다. 그 바쁜 와중에 너를 막을 길이 없다."

외르타는 너무 시야가 아득하여 주먹으로 가슴을 몇 번 쳤다. 그러나 명치를 때리자 이제는 가슴도 답답해졌다. 속이 거칠게 일어난 듯했다. 이 무슨 날벼락인가.

"이러지 마."

"네가 죽으려는 기색을 보이지만 않았다면 나도 이렇게까지 하지는 않았을 것이다."

"고작 칼 찌르는 흉내 좀 냈다고 이처럼 딱딱하게 구나?"

그는 이제 완전히 냉정을 찾은 모양이었다. 방금 전까지만 해도 비슬거리던 속이 흔들림 없이 맞잡힌 것 같았다. 엄격하고 빈틈없고 혹독하고 조용한. 평소처럼 찔러도 피 한 방울 안 날 얼굴이다. 외르타는 가슴이 철렁했다.

발렌시아는 돌연 팔만 뻗어 그녀의 손을 들어 올렸다. 너무 넋을 놓고 있느라 놀라지도 못했다. 그녀의 손에는 아직까지도 먼지가 조금 묻어 있었다. 가슴이 두 번째로 다시 철렁 내려앉았다. 눈치챘나.

"칼 어디 있나?"

"그런 것 없다니까!"

"내 이곳 전부를 갈아엎으라 명할 수도 있다. 그리하기 전에 실토해라."

"없다고……. 읏!"

발렌시아는 그녀의 팔을 잡아 확 일으켰다. 외르타는 눈앞에 너무 빤히 들린 제 먼지 묻은 손에 조금 염치가 없어졌다. 얇은 손가락 하나하나에 흙 자국이 남아 있었다. 아무리 털어 내도 물 없이는 이 이상 말끔해지기가 불가능했던 것이다. 이리될 줄 알았기에 손을 씻으려 한 것이다. 그는 나직이 말했다.

"이 손을 하고도 숨긴 것이 없다고?"

그의 숨소리까지 들릴 지경이다. 머리에 생각이라는 것이 증발한 것 같다. 무슨 변명을 자아낼 수가 없었다. 다만 너무 긴장되어 오금이 저렸다. 귀뚜라미 소리가 울리는 정도의 미약한 진동이 온몸을 자르르 훑고 지나갔다.

"어디 있는지 말해."

"도대체 내가 왜 죽으려 한다고……."

"넌 내일 당장 막사를 옮긴다. 그 어떤 것도 들고 가지 마라."

내 칼. 외르타는 고개도 젓지 않고 절박하게 말했다.

"발렌시아 경! 난 이곳이 편해!"

"오늘 밤은 사령부에서 묵어라."

발렌시아는 그대로 외르타를 끌어냈다. 외르타의 상체가 앞으로 확 쏠리며 다리가 더듬더듬 따라갔다. 그녀는 기겁해 발버둥 쳤다.

"놔!"

그러나 잡힌 손목은 도저히 떨쳐지지가 않았다. 로크뢰와 멀쩡히 맞붙던 힘이다. 외르타의 하룻강아지 같은 반항으로는 어찌 발을 멈출 수가 없었다. 왼 손목 하나만 잡히고도 온몸이 속절없이 끌려갔다. 미끼에 꿰인 가장 작은 송사리 같다. 그 미약한 악으로 바동대지만 이미 물 밖으로 나와 죽어 가는 고기. 목구멍에서는 비명은커녕 누군가에게 졸리기라도 한 듯 가쁜 숨소리만 났다.

손목의 이 힘. 또 이런다. 끌려가기까지 하니 도저히 공포를 참을 수가 없었다. 이토록 어설픈 스스로가 끔찍이도 싫었지만, 금세라도 몇 대 얻어맞을 것 같아 몸이 덜덜 떨리며 어찌 주체가 안 되었다.

그리고 그 뒤 한 묶음처럼 따라오는 깁탈. 끔찍하다. 목울내, 등골이 오랜 줄기처럼 딱딱하게 굳어 갔다. 한 손밖에 잡히지 않았음에도 이리 절대적이다. 팔목이 부서진 것 같다는 착각이 들었다. 아니, 팔이 빠지거나, 아예 부러진 것은 아닐까. 잡힌 것이 제 몸이 아닌 듯 동떨어져 아무 느낌이 나지 않았다. 그녀는 환자가 경기하듯이, 즉각 나무토막처럼 뻣뻣하게 굳었다.

발렌시아는 외르타가 갑작스레 움직임을 멈추자 시선을 뒤로 돌렸다. 혼자 걷는 듯 그 속도 변치 않아 바깥까지 벌써 세 발자국밖에 남지 않았다. 그녀는 팔만 길게 잡힌 채 바닥에 앉아 있었다. 얼굴은 위로 들려 있다. 그러나 그것은 들린 동시에 들린 것이 아니었다. 초점 잡히지 않는 흰 종이, 구름 없는 하늘, 아득하고 막막한 대해. 아무런 표정이 없었다. 인간의 감정처럼 보이지 않았다.

다음 순간, 그 얼굴에서 눈물이 뚝뚝 떨어졌다.

그는 놀라 가까이 다가갔다. 이곳에서는 언제 제 칼을 끄집어내 죽을지 모르니 우선 사령부로 데려가리라 했다. 외르타가 압박감을 무서워한다는 사실을 알아 그리 세게 당기지도 않았다. 보통 기사라면 농담 말라는 식으로 즉각 쳐 냈을 정도의 힘인 것이다. 하물며 눈물이라니? 일전에 보았던 울음이 슬픔과 절망이었다면, 이것은 그저 새파랗게 질린 공포였다. 그의 기세가 물 맞은 듯 확 가라앉았다.

발렌시아가 힘을 풀고 외르타 앞으로 가도 여전히 그 질식한 듯한 표정은 변하지 않았다. 그녀의 팔은 어찌 거둬지지도 않고 종잇조각처럼 반 접혔다. 삐걱삐걱 움직이는 나무 인형의 관절 같았다.

발렌시아는 외르타를 잡아 일으키려 했다. 그러나 그녀는 아예 다리부터 힘이 들어가지 않는 모양이었다. 한 번 세우면 비틀린 기둥처럼 쓰러지고 또 한 번 세우면 무력하게 버석 주저앉는다. 그는 어쩔 수 없이 그 양 어깻죽지를 붙잡아 반듯이 일으켰다.

그러자 이번에는 앞으로 엎어진다. 외르타의 몸은 제 의지도 없이 기울어 발렌시아의 품에 떨어졌다. 그는 그녀가 제게 부딪혔다는 사실보다는 그 딱딱함에 더 놀랐다. 기절하는 사람이 대체로 그러하듯 시체처럼 차고 단단한 몸이었다. 저 몸이 살아 눈물을 흘리고 있다는 사실이 더 기이할 정도다.

발렌시아는 그제야 사태의 심각성을 깨달았다. 그는 잠깐 멈칫하다, 이내 석상 같은 외르타를 안아 올렸다. 안쓰러울 정도로 가벼운 몸이었다. 팔에 와 닿는 두 어깨에는 앙상한 뼈밖에 없었다. 발렌시아는 자신도 모르게 작은 한숨을 쉬었다.

이것이 진정 인간의 가냘픔인가.

도대체 무엇을 먹기는 하는 것인지 기가 막혔다. 참을성이나 강단이 놀라운 사람이었다. 누구에게도 물불을 가리지 않고 덤벼들어 기를 꺾을 만한 성정이다. 그런데 정작 그것을 담은 몸이 이 꼴이라. 잠깐 속이 아득하여 그녀의 얼굴을 바라보았다.

외르타는 제가 들어 올려진 줄도 모르고 고개를 세운 채 위만 보고 있었다. 그는 그녀를 침상에 내려놓았다. 이전 그 붉은 천을 얹을 때처럼 조심스럽고 주의 깊은 손이었다. 이불 부스럭대는 소리 한 자락 나지 않았다.

외르타는 그리 침상에 눕혀지자마자 크게 숨을 들이켰다. 시선은 여전히 허공. 그 얇은 어깨가 크게 올라갔다가, 내려갔다가, 다시 쑤욱 올라왔다. 몸이 부르르 떨리며 남은 눈물이 줄줄 새어 나왔다. 마지막 남은 낙숫물이 흘러내리는 듯한 형국이다. 발렌시아는 그 옆에 선 채 아무 말도 하지 않았다.

외르타는 그제야 정신이 조금 들었다. 방금 전 끌려가던 상태 그대로 넋을 놓았다. 하늘이 노래졌다 겨우 이성을 붙잡고 나니 이리 누워 있는 것이다. 숨이 모자라 여러 번이나 기침을 내뱉었다. 눈을 깜빡이자 언제 맺혔는지 모를 눈물이 한꺼번에 후드득 떨어져 내렸다. 당혹한 표정을 지어 보려 했지만 얼굴 근육이 너무 뻣뻣이 굳어 있었기에 불가능했다. 손발이 대단히 차가웠다.

외르타는 몇 번이나 입을 움직여 본 뒤 쉰 목소리로 말했다.

"하지 마."

그는 그녀를 내려다볼 뿐 무어라 답하지 않았다.

"내 이 꼴 모르는 것 아니잖아. 왜 그래?"

"……."

"난 당신을 싫어하지 않아. 싫어하게 만들지 마."

그는 입을 열었다. 아무 말도 하지 못하고 꾹 닫았다. 외르타 역시 더 이상 읊조릴 힘이 없어 제 쇄골 부근을 쥐고 안간힘을 다해 숨을 쉬기만 했다. 아, 이것도 오랜만이다. 로크뢰에게 맞을 때에 이처럼 경기를 일으킨 일이 한두 번이 아니었다. 그러나 그때에는 결국 다시 '맞아' 정신을 차렸었다. 그런데 이자는 영문 모르고 가만히 있기만 했으니 제가 얼음 맞은 듯 번뜩 깨어날 계기가 없었던 것이다. 잠깐의 정적이 있었다. 발렌시아는 약간 주저하는 듯하다 기어이 말문을 텄다.

"널 이리 대할 날이 어차피 많이 남은 것도 아니다."

그녀는 눈만 돌려 그의 가라앉은 벽안을 바라보았다. 맥박이 뛰었다. 무슨 말이지?

"총사직이 해제되면 나 역시 귀족의 일원이다. 네게 이런 강압을 행할 수 없다. 사령부의 여타 기사들과 다름없어지리라."

그녀는 이해했다. 자신은 망명한 왕족이다. 적당한 작위를 내려 받기 전까지는 딤니팔의 왕족 다음가는 대접을 받게 될 것이다.

"밀레비스가 끝나면 필연적으로 종전 협정이 제시될 것이다. 내정에 바빠질 라르디슈로서는 화급히 협정을 마무리 짓고자 할 것, 그것이 끝나면 나는 더 이상 전군의 수장이 아니다."

그것은 묘한 느낌이었다. 그리 강대한 군의 권력자로 만났건만 그런 일 없다는 듯 다시 제자리로 돌아가는 사람. 조용히 제자리를 찾는다. 욕심이라고는 조금도 없는 가문비나무 같은 깨끗함이었다. 그는 사실만을 털어놓는다는 듯 담담하게 설명했다.

"따라서 나는, 네게 명령하고 강요할 수 있는 현재에 네가 죽을 수 있는 모든 가능성을 원천 봉쇄 해 두어야 할 의무가 있다. 밀레비스 회전 이후에는 불가능한 일이니. 그러니 지금 내게 이와 같이 겁박당하기를 원하지 않는다면 약속해라."

"……약속?"

"죽지 않겠다고 약속해라."

외르타는 무언가 이상함을 느꼈다. 이것은 '설명'이 아니다. 내가 잘못 알아들은 것인가? 속이 갑갑했다. 기이한 간지러움이 손가락부터 목까지 기어올랐다. 작은 새 같은 것이 그 조막만 한 발로 콕콕 찍어 대는 것 같았다. 바람 스치는 곳이 모두 자리자리했다.

그러나 그녀는 다음 순간 그것을 잊었다. 숨을 들이켤 정도로 크게 놀랐기 때문이다. 그 이해 못할 감정보다는 지금 이 감정, 안쓰러움 섞인 의아함이 더 컸다. 그녀는 그에게 과거를 상기시켰다. 면목 없는 부끄러움을 토해 냈다.

"발렌시아 경, 나 저번 약속도 어겼잖아."

"도리 없다. 믿겠다."

조금의 주저도 없이 나온 답이었다. 외르타는 입술을 짓씹었다. 맞은 듯한 충격은 아니다. 홀로 가만히 있는데 누군가 와 제 손을 슬며시 잡은 듯한 충격이었다. 믿겠다고? 그리 즉시?

외르타는 그의 단호함에 결국 항복하고 말았다. 그녀는 이번만큼은 제가 도저히 거짓을 말하지 못하리라 생각했다. 겨우 몸을 일으켰지만 그럼에도 불구하고 입 밖으로 가짜 약속을 내뱉을 수가 없었다. 그는 여전히, 조금도 시선을 피하지 않은 채 자신을 응시하고 있었다.

나는 정말 죽을 건데.

그것만이 로크뢰의 증오를 불러내는 길인데.

그러니 나는 죽지 않겠다고 네게 약속할 수가 없다. 거짓을 말하려니 도저히 입이 떨어지지 않았다. 이번까지 그릇된 맹세를 하기가 너무도 미안했다. 나는 부끄러움도 없나. 이 사람에게 남은 평생 단 한 번도 떳떳하지 못할 건가. 입을 다물었다. 그에게 약속하지 않았다.

그 부정하는 침묵에 발렌시아의 냉정이 약간 무너졌다.

"너 역시……."

외르타는 고개를 숙였다.

"네 목적이 복수라 했다."

설명하기에는 발렌시아가 무척이나 바른 사람이라 그저 꺼려졌다. 이해하지 못할 것이다.

"그자에게 패배를 안겨 주면 모든 한이 풀리는 것 아닌가?"

아니야.

"왕이 친정한 전쟁의 패배는 그에게 그만큼의 절망이 될 것이다. 딤니팔은 유례없이 큰 보상을 요구하리라."

달라.

"외르타."

그녀는 그 달래는 목소리에 결국 그의 얼굴을 확인했다. 그리할 수밖에 없었다. 다른 곳은 모두 평소와 같다. 그러나 턱. 한참 동안이나 힘이 들어가 있었다.

그러지 마라. 거리는 가깝지만 벽이 참 높다.

그가, 말했다.

"너는 내가 기어이 로크뢰의 수급을 베어 와야 만족할 텐가."

속이 퍽 내려앉는 기분이었다.

가슴 뛰고 심장이 덜컥덜컥 숨 막혔다. 흥분으로 어깨가 가늘게 떨렸다.

'로크뢰의 수급.'

그것이 잘려 제 앞에 있다는 상상만 하면 머리가 빙글빙글 돌았다. 이성을 차릴 수 있는 임계치를 넘는다. 제 복수, 그의 증오, 분노 모든 것을 제쳐 두고 그저 동물적인 본능만으로 생각했다.

얼마나 큰 기쁨이겠는가.

삶에 지독한 아쉬움을 남긴 그 애타는 죽음. 지난 칠 년 그를 그 꼴로 죽이고 싶지 않은 날이 없었다. 그를 제 손으로, 제 칼로 직접 죽이고 싶었다. 조금의 힘이라도 있었다면 두려움도 없이 분명 그리했으리라 생각했다. 머릿속에서만큼은 이미 그 생살을 파내어 남김없이 북북 갈아 버렸다. 그가 제 완벽한 생에 얼마나 큰 흠족함을 가지고 있었는지 알았기에, 그 삶 자체를 송두리째 갈아 버리고자 했던 것이다.

그의 목. 그 죽어 시퍼런 모습을 내 눈앞에 둔다. 기분이 들뜬다. 어쩔 수 없이 구름 삼킨 듯 배 속이 몽실몽실하고 기분 좋은 만족감이 들었다. 이것은 복수의 성공 여부와는 관련 없는 일이다. 그저 그 장면을 머릿속에 떠올리는 것만으로도 일곱 살 아이처럼 펄쩍펄쩍 뛰게 되니까.

아델. 그 목을 보면 그 아이도 기뻐할 것이다. 자신을 죽인 정신 나간 부친에게 침이나 뱉고 다시 꿈도 없는 긴 잠을 자러 떠날 것이다.

"임마는 나야."

그래. 그래서 이 어미가 이리 벙싯벙싯 웃으며 그 죽은 머리까지 흙바닥에 던지려는 것이란다. 붉은 머리 밟아 남김없이 깨뜨리마. 네 기대에 어긋나지 않도록 가장 흉악히 그 머리를 모욕해 주리라.

"엄마 없으면 난?"

잠깐 그 잔인한 생각이 멈췄다.

"나 없으면 엄만?"

아, 그렇지. 나는 그 전에 죽어야 했지.

그녀는 맹랑하게 입을 열었다.

"괜찮아. 왕의 수급이라니? 무리하지 마."

발렌시아의 얼굴이 드디어 무너졌다. 그는 자신이 그녀에게 손을 댈까 무서운지 뒤로 주춤 물러났다. 그는 속을 억누르는 어조로 말했다.

"로크뢰의 목을 가져와도 싫다?"

외르타는 드디어 웃을 수 있었다. 아이처럼 다리를 모으고 앉은 채 빙그레 미소 지었다.

"물론 기쁘다. 정말 기쁘다. 그리해 준다면 난 평생 당신에게 빚을 지고 살겠다. 하지만 구태여 그리할 필요는 없어. 애쓰지 마. 난 이미 그자에게 족한 대가를 알아."

발렌시아의 어깨가 크게 들렸다 내려갔다. 화인지 답답함인지 모를 제 감정을 잔인할 정도로 자제하고 있는 것 같았다. 먹이를 눈앞에 둔 맹수가 차마 뛰쳐나가지 못하고 몸을 숙이는 모양이다.

"그래서…… 그 족한 대가가 네 죽음이라."

외르타는 그 어조에 깜짝 놀라 잠깐 말을 잇지 못했다. 이런 사람이었나? 일전에 자신이 자해하려 들었을 때보다 더 모진 말투였다. 고지식한 사람임을 제 모르는 것이 아니다. 다만, 그저 임무를 수행함에 이 정도의 감정을 드러낸다는 점이 놀라웠던 것이다.

자신이 처음 그를 보았을 때 스스로 주었던 평가를 기억하고 있었다. 무감함. 속 쓰리게 무관심해서 그렇다. 그런데 지금의 저 모양이 과연 그와 같은 무심함인가? 로크뢰와 칼을 들어 싸울 때에도 이보다 더 큰 화는 아니었다. 그저 당연한 듯 나가는 냉정한 니소르와 예의 바른 말.

그리고 그의 머리를 내려치던 흰 칼집.

그것을 생각하자 갑자기 소름이 오소소 들었다. 그 휘두르던 힘이 발렌시아가 드러낸 나름의 노여움이 아닌가 싶었다. 기억까지도 선연한 장면이었다. 한 번, 두 번, 세 번. 얼굴은 그리 차분한데 후려치는 손은 그 반대였다. 얼굴에 드러낼 화까지 모조리 제 손에 몰아 버린 듯했다. 하지만 왜? 무엇이 그리 차분하던 사람의 분기를 불러일으켰다는 말인가? 호승심인가? 이겨야 된다는, 총사령관으로서 마땅한 책무감인가? 그러한들 그리 무감정한 사람이 흑백에서 색 입듯 감정을 가질 수 있나? 그저 의무만으로?

도대체 왜? 자신을 살리려는, 그 왕명에 대한 책임감은 이해가 가지만 저 끓는 듯한 감정은 이해가 가지 않았다. 도무지 어떤 느낌인지도 잘 파악할 수 없어 그저 감정이라고밖에 표현할 수가 없었다. 분이라고 하기에는 이유가 없고 답답함이라 하기에는 정도가 과했다.

그녀는 겨우 정신을 차렸다.

"아니! 그게 아니……."

"그렇다면 더 이상 타협의 여지는 없다. 당장 사령부로 이동해라."

"잠깐! 오해가 있어서 그런 것 같은데! 설마 내가 빌레비스에서 죽으리라고 생각하는 건가?"

그는 눈살을 찌푸렸다. 무슨 의미인지 알 수가 없다.

"모든 건 나중에 가서 생각하자니까? 일단은 종전이라도 시키고 이야기하자고!"

발렌시아가 조금 가라앉았다. 종전 뒤에도 살아 있겠다는 그녀 나름의 보장 때문인 듯했다. 모습에는 미세한 차이밖에 없었지만 외르타는 그것을 확연히 알아볼 수 있었다. 그녀는 그를 설득하려 차분하게, 큰 논리로 이야기하기 시작했다.

"그가 대가를 족히 받을 거란 말은, 그의 왕국에 일어날 내분을 이야기하는 거야. 그 죄의 대가가 왕국의 분열이라는 말이지. 그리고 내 죽음을 부정하지 않은 것 역시 당신이 이해한 바가 아니야! 모든 것이 끝난 다음에는 어찌 될지 모른다 이야기하는 거지! 종전되고, 쌍둥이들이 박 터지게 싸우는 꼴까지 일단은 볼 거란 말이다. 그것이 내 복수의 내용이라고 그나시오 경에게 듣지 않았나?"

"……."

"발렌시아 경. 나는 이 전쟁의 패전 하나만을 바라고 배반한 것이 아니다. 나는 그가 쌓은 모든 것을 무너뜨릴 거야. 그 무너지는 광경, 무너뜨린 자가 흡족히 보는 것이 당연하지 않나? 도대체 어떤 얼간이가 제 복수 완결되는 것도 보지 않고 죽으려 들까?"

"……."

"더불어 칼은 정말 없어. 생각해 봐. 시누사는 식사 때까지도 날 감시했어. 그리고 당신들이 언제 무기고에 보초 세우지 않고, 그 수효를 파악하지 않은 적 있니? 도대체 내가 어떻게 칼을……. 손이 좀 더러운 건, 아니 손보다는 온몸이 더럽지 않아? 아까 넘어져서. 그래서 좀 씻으러 군 수도를 찾았던 거야."

발렌시아는 아직까지 그 자리에 붙박인 듯 서 있었다. 외르타는 그가 제 말을 믿고 있는지 안 믿고 있는지 가늠할 수가 없었다.

그러나 분명한 것은 하나 있다. 그 중한 기세만큼은 이제 움푹 꺼져 있었다. 자신이 지나치게 흥분했다는 생각에 민망해져, 금세 모든 화를 확 물린 듯했다. 이해할 수 있었다. 갑자기 머리가 물 끼얹은 것처럼 차가워졌을 것이다. 좀처럼 언성을 높이지 않는 자였으니 제 흥분이 더욱 큰 불쾌와 당혹으로 왔을 것, 결국 이성을 차리기는 한 것이다.

평소의 그가 말했다.

"복수가 완벽히 끝난 뒤에도 스스로 자진하리라 결심한 이유를 모르겠다."

"그것이 내게 가장 편한 일이니까 그렇지. 폐하께서 원하신다면 전쟁 구실까지 되어 드리고 죽을 테니 걱정 마라."

"살아 있는 편이 낫다."

"그래……. 그건 후일 생각하자. 하지만 죽더라도 어차피 나중 일이라는 내 말은 믿어 줘."

"그 말은 믿지 않는다."

외르타는 입을 앙다물었다.

"하지만 지금 네게 그리할 무기가 없다는 것은 믿겠다. 처음에 네가 진짜 칼을 든 줄 안 내 흥분이 지나쳤다. 네가 무기를 입수할 방법이 없을뿐더러 시누사 경도 있었다는 말에 동의한다."

그녀는 씩 웃었다. 시누사가 제게 그리 달라붙어 감시를 한 것이 드디어 기억났나 보다. 처음에는 제가 자진하려는 모습에, 두 번째로는 기절한 모습에, 세 번째로는 왕의 수급을 가져다줘도 죽지 않겠다 확답하지 않는 제 모습에 그도 여간 흥분한 것이 아니었던 듯했다. 자신이 정치적인 이야기로 넘어가자 드디어 냉정을 조금 찾고 논리로 이야기하는 것이다.

"하나 내일부터는 일신의 자유를 기대하지 마라. 시누사 경이 단 일초도 빠짐없이 너를 감시할 것이다."

"그러렴. 괜찮아."

외르타는 그가 등 돌려 떠나는 모습을 보았다. 그는 몇 발자국 걸어가다가, 잠깐 멈추고 고개만 돌렸다.

"후일 다시 이야기하더라도 내가 해 줄 말은 다르지 않다. 살아 있는 것은 어떤 식으로든 죽음보다는 낫다."

'살아 있는 것은 어떤 식으로든 죽음보다는 낫다.'

외르타는 저것이 군대의 주문 같은 것은 아닌가 생각했다. 생만으로 족하다니. 나는 그렇지 않았는데. 이제는 반대할 마음도 없었다. 쓴웃음만 날 뿐이었다. 사는 것만이 행복인 자들 역시 분명 있겠지.

그리 평온히 생각하고 있었기에, 그 공격은 부지불식간에 닥쳤다. 누군가 제 귀에 대고 속삭였다.

"그래도 엄마가 죽는 건 싫어."

외르타의 입매가 일그러졌다.

"엄마보다 먼저 죽고 싶어."

그래서 먼저 떠났느냐? 나는 어찌 살라고? 사는 게 과연 행복이던가? 죽은 그곳이 외려 행복하지 않느냐?

순식간에 울컥 눈시울이 뜨거워졌다. 나는 네 바람을 따를 수 없어. 닷새 남았다. 닷새 남았어. 내 삶이 닷새 남았단 말이다! 아델, 내 의지를 애써 가라앉히지 마라. 나는 네 몇 마디에도 정신이 어지러워져 기함한다. 네 살인자에게 마땅한 복수를 해야 이 민감한 고통이 사라지지 않겠느냐. 마땅한 복수를 해야 한다. 그의 증오를 사야…….

"엄마. 난 엄말 사랑해."

사방 천지 상관하지 않고 울음이 터졌다. 이제는 결코 스스로 참지도 못하는 멍청한 자제력이었다. 아델을 다시 제 배에 가졌다 착각한 그날부터, 메말랐던 눈가가 다시 차올랐다. 그래서 이처럼 무턱대고 큰 눈물을 흘리는 것이다. 인고하려는 노력조차 하지 않았다. 비워 내지 않으면 그 독과 열기로 자신이 감히 살아남지 못할 것이라 생각했다. 그래서 외려 다급히 바깥으로 몰아냈다.

'그러니…… 는…….'

머리가 얼얼하다. 아델이 또 무슨 말을 하고 있었다. 그러나 많은 부분이 들리지 않았다. 기억나지 않았다.

'그러니…… 는…….'

그때 그 아이가 무어라 말을 했다. 정말이지 도저히 기억이 나지 않는다. 절망적으로 아쉬웠다. 왜 망각했나. 어찌 감히 잊었나. 외르타는 미세하게 떨리는 손으로 얼굴을 부여잡았다. 비명이라도 내지르듯 입이 조금 벌어져 있었다.

아델, 그때 너는 무슨 말을 했느냐.

"내게 무슨…… 말을……."

삶이 오로지 아델인데 그를 기억하지 못하니 몸의 일부가 떨어져 없는 듯하다.

"무슨…… 그때 내게…… 아델……."

외르타는 그 순간 아무 염치도 없었다. 그녀는 침상 위를 더듬더듬 기어가 붉은 천을 잡았다. 어떤 것도 보이지 않았다. 오로지 허름한 침상 위 선연한 붉은빛. 오늘 아침, 깨끗이 빨아 개켜 놓았다. 얼굴을 묻었다. 햇살 쪼인 향. 어깨가 잠시도 가만히 있지 않았다. 천 속에 들어가리라 마음먹기라도 한 듯 절박하게 묻었다. 눈물이 철철 넘친다. 한 방울이 흘러 나가면 다른 하나가 한 몸처럼 또 따라 나왔다. 끊이지 않는다. 가슴이 찢어진다.

"아델, 아델…… 말을……."

부디 말을 해라. 끊긴 말 네 입으로 직접 이어라. 죽었노라 멈추지 말고, 같은 곳에서 반복하지 말고 어서 새 말을 자아내라…….

'그러니…… 는…….'

목이 멨다.

'그러니…… 는…….'

울다 죽을 수 있다면 그 모양 바로 이 꼴이다. 볼에 닿는 울음에 성마른 뺨이 퍼석퍼석 타오를 것 같았다. 나뭇잎 타듯 시끄럽게. 제 몸에서 불이 나 산화하는 모양으로, 어느 순간부터는 키만큼 불어나 어찌 잡을 수도 없는 맹렬한 불꽃.

"이제…… 내가 죽어야 할…… 차례인데……."

'난 엄마고.'

"왜…… 날…… 아직도…… 자신 없게……."

'엄만 나야.'

"아직도…… 죽음이…… 두렵게……."

왜 나를 이리 만드나, 아델. 이것만큼은 네 잘못이다. 왜 내 목숨 끊는 것에 엄한 네가 두려움을 주느냐. 네 잘못이다. 네가 처음 저지른 못된 짓이다.

"외르타."

고개를 들지 않았다.

"여러 번 불렀다."

울기도 분주했다.

"그리 아이 잃은 어미처럼 오열하면 내 이 말을 꺼내기가 힘들다."

정신이 돌아왔다. 고개를 번쩍 들었다. 발렌시아는 도저히 무엇이 문제인지 모르겠다는 얼굴로 다시 침상 옆까지 다가와 있었다. 어떤 상황인지 알 수가 없어 외려 무지한 자신에게 성이 나 있는 듯한 답답함이다.

"좌우간…… 아니다. 나중에 이야기하겠다."

그녀는 지금 당장 말하라고 윽박지르지 못했다. 목이 너무 먹먹해 아무 말도 나오지 않았던 것이다.

그는 떠나야 할지 남아야 할지 갈피를 못 잡는 듯했다. 외르타는 어떤 생각도 없이 그저 내 옆에서 사라져라 손짓했다. 그리고 다시 엎드렸다.

발렌시아의 손이 그녀의 등에 그림자를 드리웠다. 겁먹은 새끼 사슴처럼 뻗었다가, 그 여윈 등 위에서 단지 붕 뜬 채 멈췄다.

간신히 닿았다.

외르타는 느끼지 못한 듯했다. 가까스로 놓인 손이 지레 놀라 허공으로 떴다.

그는 뒤돌아보지 않고 떠났다.

외르타는 밀고가 다 끝난 다음에야 그날 발렌시아가 무엇을 말하려 했는지를 깨달았다. 아니, 더 정확히는, 이제 항시 곁에 있게 된 시누사가 알려 주었다.

"비전하, 밀레비스에는 못 나오십니다."

"웃기지 마."

"안 된다니까요? 이건 명령이거든요?"

"나 발렌시아 경 만나게 해 줘."

"그건 더 안 됩니다. 이젠 정말 사령부 엄금이세요."

"내가 간다면 간다."

"제가 막는다면 막는 거예요."

대략 이런 식이었다. 보고가 예상보다 사흘이나 일찍 끝난 것이 치명적이었다. 때문에 외르타는 지난 이틀 내리 발렌시아의 얼굴이라고는 코빼기도 보지 못했다. 그자가 일부러 자신을 피하는 것 같다는 강한 확신이 들었다. 자신이 거듭거듭 되도 않은 성화를 부리니 지쳐서 아예 상대를 하지 않으려는 모양이었다.

외르타는 초조함에 미쳐 갔다. 이유는 두 가지였다. 첫째, 밀레비스에 나가지 못한다면 로크뢰 앞에서 자진할 수가 없다. 끝장이다. 제 칼은 아직도 침상 아래에 단단히 숨겨 두었다. 가장 안쪽이라 매양 제 침대에 걸터앉는 시누사조차 눈치채지 못했던 것이다. 그런데 정작 저것을 쓸 수 없다니? 저 감사하고 날카로운 날이 아무런 쓸모가 없어지다니?

이번 밀레비스가 전쟁의 끝이라는 것은 발렌시아도 알고 그녀도 알았다. 그러니 발렌시아가 자신을 회전으로 나오지 못하게 하는 것은 혹시 모를 불상사를 대비함이었다. 외르타가 마지막으로 로크뢰를 볼 수 있는 기회, 그 앞에서 무슨 광란을 피울지 모르니 애초에 만나지 못하게 하려는 것이다.

지독히 운 없는 인생은 그 끝까지 불행에 꼬리 잡히는구나, 생각했다. 자신의 죽는 시늉이 그에게는 꽤 큰 충격이었던 모양이다. 발렌시아는 그녀의 모든 것이 로크뢰에게 복수하려는 배반이라면 졸레바의 무대로도 충분하다고 믿은 듯했다. 그래서 그 이후 자진에 관해서 한시름 놓았건만 결국 본 것이 제 배를 찌르고 있는 외르타라.

패인이다. 인정했다. 그 모습을 보인 것이 그의 경계심을 순식간에 날개 친 듯 올려 버린 것이다. 그것만 보이지 않았더라면 밀레비스에 나갈 수도 있었을 텐데. 속이 쓰리다.

회전이 내일로 다가온 지금, 사실 그녀는 몰래 빠져나갈 수 있는 방법까지 궁리하고 있었다. 발렌시아는 도통 이곳으로 발걸음을 하지 않고,

청을 보내 본들 죄다 무시당하니 어쩔 수 없는 일이다. 몰래 나가는 방법은 우선 한 가지가 충족되면 충분히 해낼 수 있었다.

회전이 열리기 전에 하루 동안 대치해야 한다.

싸움을 벌이지 않고 최소 하루 정도는 대기해야 진영에 붙잡힌 자신이 탈출을 강구할 수 있는 것이다. 딤니팔 군영 안이 회전 도중 어떤 규율, 어떤 체제로 돌아가는지 알아야 했다. 그래야 덜 멍청하게, 운에 의지하지 않고 도망칠 수 있었다. 한 번 한 것 두 번은 못할까? 더군다나 회전으로 온 군대가 썰물 빠지듯 나간 군영에서?

외르타는 이 탈출에 관해서는 점차 자신감을 회복했다. 하루. 단 하루의 여유만 있으면 되었다. 졸레바를 제외한 모든 회전이 최소 이틀을 대기했다는 것을 알았기에 그리 큰 도박도 아니었다. 하루. 하루만.

그리고 그녀가 초조한 두 번째 이유.

'그러니…… 는…….'

아델, 너는 그때 무슨 말을 했니?

며칠 전 그 목소리를 상기하고는 아직도 멍청히 그것만 기억하고 있었다. 되새기고 또 되새겼지만 텅 빈 단어들은 채워지지가 않았다. 얼굴 없는 사람들만 나오는 꿈을 꾸는 것 같았다.

세상 전부하고 바꾸라 해도 절대 안 바꿀 만큼, 외르타는 자신보다 아델을 더 사랑했다. 그 아이가 견딜 수 있는 것보다 훨씬 많이 사랑해서 심지어는 그녀 스스로도 내가 내 딸과 함께해도 괜찮을까, 짐을 지게 하는 것은 아닐까, 불행하게 만드는 것은 아닐까 하는 생각을 가질 때도 있었다. 아델의 기쁨이 곧 제 기쁨인 까닭에 조금의 괴로움도 겪게 하고 싶지 않았던 것이다.

그런 만큼 아델의 모든 것을 기억하고 있었다. 그것이 제 과거였다. 유일하게 사랑하고 아끼는 과거나. 그런데 어찌 이리 채워지지 못한 그림이…….

'그러니…… 는…….'

광견에 쫓기듯 아득하고 급했다. 죽기 전에 저 말이 무슨 말이었는지 기필코 알아내리라 결심했는데, 그것이 벌써 내일이었다.

죽어 물어보아야 하나.

그녀는 차갑고 무른 벽에 기대어 지는 석양을 바라보았다. 흑룡의 혓바닥처럼 난폭한 얼룩이었다. 외르타는 속이 메슥대는 것을 느꼈다. 이 기시감. 심지어 어느 때의 재현인지도 정확히 짚어 낼 수 있는 기시감이었다.

로크뢰. 나는 이날 너를 만났다.

그 화사한 노을에도 숨이 막혔다. 아델, 나는 이날부터 너를 배기로 결정되어 있었다. 그를 증오하지만 그 아이를 생각하면 그를 만난 사건 자체에는 갈팡질팡한 채 제 감정을 구분할 수가 없었다. 내게 아이를 주고 아이를 앗은 자. 내게 사랑을 주고 사랑을 앗은 자.

죽음을 각오하다 보니 이제는 조금 냉정히 스스로를 바라볼 수 있었다. 그를 증오해야 마땅하고 실제로도 족히 그리하고 있지만, 기실 저도 썩 잘한 것은 없다. 잔등에 득달같이 달려드는 한심함이다. 나는 죽을 줄 알면서도 그 불에 뛰어들고 맞서 싸웠다. 이제는 그저 끝만 기다릴 것이다. 차분히 자신을 갈아서 그 앞에 던져 주리라.

너무 지쳤다. 남은 것은 검고 긴 칼 같은 증오뿐이다.

그래. 너는 나와 같이 죽자. 지옥에서 만나지 않겠느냐. 내가 죽으면 너 역시 살아 있으리라 생각지 않는다.

왜냐하면 그는 자신을 사랑하기 때문이다. 라르디슈의 왕은 게외보르트의 왕녀를 사랑했다. 리오넬은 외르타를 사랑했다. 읊조리자면 제법 웃음 나는 단어들이지만 별수 없이 자명한 사실이라 그리 유쾌하지는 않았다.

네가 버린 아델 내게 있고 네가 부서뜨린 발, 망가뜨린 몸 내게 있고 네가 폐허로 만든 마음 내게 있다. 이 모든 것 껴안고 죽으면……. 무저갱에 떨어지기 전, 단 한 번이라도 그 손 맞잡을 기회가 있었으면 좋겠다.

'그러니…… 는…….'

그러니 아델, 그것은 죽어 듣겠다.

밀레비스 회전 직전의 딤니팔 군영은 꽤나 고요했다. 승패의 결과보다는 그 승리의 크기에 집착하고 있었기 때문이다. 패배가 걸리지 않는 내기에 흥분은 없다. 다만 더 많은 실속을 차리고자 냉정한 타산만을 남기는 것이다.

발렌시아 역시 그 부류였다. 가장 많이 죽이기 위해 노력했다. 라르디슈 팔만, 적어도 그 반 이상을 몰살시켜야 유리한 종전을 꾀할 수 있을 것이다.

방금 전 끝난 마지막 회의에서 발렌시아는 전례 없이 무모한 고집을 피웠다. 사령부가 죄다 쌍수를 들고 반대한 안을 총사령관의 권한으로, 수정도 없이 그대로 밀어붙인 것이다. 실제로도 그의 말에 무조건 찬성을 보낸 사람은 그나시오뿐이었다. 왜 그랬느냐 묻는다면 뚜한 미소밖에 보낼 것이 없다. 그저 상대를 절멸시킬 수만 있다면 모험이라도 불사하겠노라 생각했을 따름이다.

평소처럼 여러 방향을 생각해 어중간한 전략을 짜지 않았다. 오로지 단 하나, 그들이 어찌 나올 것인지, 단 하나의 길만을 확신하여 조각 맞춘 듯 완전한 전략을 제시했다. 라르디슈가 발렌시아가 생각했던 대로 나온다면 그들은 기필코 전멸할 것이다. 살아남는 자가 없으리라. 하시만 다른 방향으로 진행한다면, 최선의 경우라 해야 딤니팔의 근소한 패배였다.

무모하다. 그도 알았다. 하지만 외르타의 그 대단한 정보를 받은 지금, 그는 이전처럼 가지가지 모두 고려하여 살인 계획을 짤 필요가 없었다. 더군다나 왕명이 그 무모함을 요구하지 않았나. 왕명이 그녀를 따르라 했고 그녀 역시 자신을 최대한 많이 비틀어 내라 했다. 어느 쪽으로든 이 계획은 거리낄 게 없는 것이다.

외르타의 정보를 모두 받아 스스로 몇 날 며칠 꼬박 새워 만들어 낸 전략. 저지를 수밖에 없었다. 그녀가 바란 대로 그녀를 가능한 한 많이 이용해서 만들었다. 회전이 승리로 끝난다면 그것은 외르타가 지독히 많이 섞인 승리가 될 것이다.

이것에는 제 사과의 의미 역시 있었다. 외르타를 밀레비스에 나오지 못하게 한 것에 대한 사과. 겸사겸사다. 왕도의 명과 제 확신과 외르타의 복수를 모두 감안했다.

내일.

내일이 끝나면…….

발렌시아는 며칠 만에 처음으로 사령부에서 나왔다. 외르타를 만나러 갈 생각이었다. 지난 닷새 동안 일부러 무시한 것이 아니다. 그저 너무 피곤하고 바빠 따로 시간을 낼 수 없었을 뿐이다. 모든 것이 다 마무리된 지금, 밀레비스 참전을 불허한다는 말 정도는 얼굴을 맞대고 전해야 하는 것이다. 그것이 자신이 차릴 수 있는 최소한의 예의였다.

무슨 일이 있어도, 그녀가 무슨 말로 요청해도 결코 용납하지 않을 것이다. 발렌시아는 밀레비스에 나가기만 한다면 외르타가 죽으리라 생각하고 있었다. 옆에 있는 자의 칼을 빼앗아 죽든 화살비에 몸을 내든 그녀의 자진은 자명한 사실이었다. 그날 그녀가 그렇게 극구 부정했다지만 그가 모를 리가 없다.

외르타의 복수는 로크뢰 앞에서 스스로 죽는 것으로 끝날 것이다.

용납할 수 없었다. 왕명이 있다…….

외르타는 시누사가 떠난 즉각 발렌시아가 들어오는 기이한 우연을 보았다. 시누사가 저 대신 세워 둔 감시 기사를 말 한마디로 물린 그는 이내 막사 입구에 반듯이 섰다. 외르타는 의자에 앉아 조금 찢어진 붉은 천을 꿰매고 있었다. 반은 기가 막힌다는 얼굴로, 나머지 반은 반가워 죽겠다는 얼굴로 그를 맞았다. 그러나 그녀는 밀레비스에 가게 해 달라 그에게 바로 탄원할 수가 없었다.

그가 자신이 알던 그자가 아니었기 때문이다. 발렌시아는 며칠 전에 있던 흥분을 싹 갈무리해 두고 제게 온 듯했다. 자신과 처음 만난, 비 오던 사령부 안의 써늘한 남자였다. 그가 차분하다고 생각한 일은 허다하다. 하지만 차갑다는 인상을 받은 적은 정말 드물었다. 그런데 이 희귀한 냉혹. 그녀는 말을 건네기도 전에 조금 질렸다.

"밀레비스에 가는 것은 불허한다. 시누사 경을 통해 명령은 들었겠지만 그래도 예를 차려 직접 말한다."

내 인상이 틀리지 않았구나. 그녀는 일단 자신에게 있어서 가장 중요한 것을 물어보기로 했다. 간절함을 입 밖으로 내뱉는 형국이다. 이것만 있으면 된다. 당신 허락이 없어도 된다.

"회전 전 대치는 얼마나 갈 것 같나?"

"서로 진형이 정돈된 즉시 가리라. 우리도 라르디슈도 마음이 급하다."

외르타는 마지막 남은 희망이 부서지는 것을 느꼈다. 하루 정도의 대치 국면도 없다니? 일전에는 무조건 이틀씩 평원에 머물렀으면서 어찌 이번 두 회전만 이리 신속한지 미칠 노릇이었다. 딤니팔 군영에서, 그것도 발렌시아가 제 감시를 방치해 두고 간다면 도망치기 쉽지 않을 것이다. 아니, 쉽지 않기는커녕, 가능하기나 할까? 그녀에게는 이제 하루의 유예도 남아 있지 않았다.

외르타는 제게 남은 길이 그에게 비는 것밖에 없다는 사실을 깨달았다. 하루 만에 회전의 모든 것이 끝날 텐데 내가 어떻게 탈출하나. 외르타는 말도 제대로 못 타는 사람이었다. 그 먼 거리를 걷고 뛰어야 하는데 가능하기는 한가?

밀레비스에 가지 못한다는 것이 돌연 현실적인 절망으로 와 닿았다. 숨이 꽉 막혔다. 이게 무슨 일인가. 내가 있는 이곳, 이 시간 맞나? 내 끝마저 이리 짓밟히나? 하늘이 노랗고 시야가 퍽퍽했다. 누군가 두꺼운 먹지 하나를 제 얼굴에 발라 놓은 듯 큰 좌절과 답답함이 있었다. 너무 큰 실패를 목전에 두면 아무 생각이 나지 않는다던데. 외르타 역시 지금은 논리보다는 울컥 올라온 감정이 먼저였다.

그녀는 간청했다. 목소리는 낮고, 깊고, 간절했다.

"보내 줘."

제발. 그녀는 제 모든 자존심이라도 내버릴 수 있었다. 마지막을 보아야 했다. 아직 칼이 침상 아래에 있었다.

발렌시아가 답했다.

"명령이다."

"허락해 줘."

"안 된다."

"돼."

"안 된다."

"돼."

"내가 알아서 한다."

외르타는 발렌시아를 똑바로 바라보았다. 그는 무표정을 넘어 다소 우울하기까지 한 얼굴이었다. 그녀는 오랜만에 그에게 애원했다. 벌써 의자에서 몸을 반쯤 일으켰다. 아델의 천조차 탁자 위에 내팽개친 뒤다. 입술이 무슨 말을 할지 가늠치 못하고 달싹달싹 움직였다. 그녀는 기도하는 모양으로 벌컥 내뱉었다.

"제발, 부디 부탁이다. 밀레비스, 마지막으로 한 번만. 제발. 제발……."

내게 남은 것은 당신밖에 없다. 당신만 허락하면 된다. 마지막 동아줄이었다. 부디 내 복수를 완성할 수 있도록 도와줘.

벼랑에서 떠밀리는 듯 속절없다. 외르타는 밀레비스에 가야 했다. 그래야 로크뢰를 보고 큰 복수를 끝낸다.

그래야 아델을 볼 수 있다.

"내가 큰 정보를 제공하지 않았나……. 음유시인들조차 가능한 일을 왜 내가……. 제발……."

그의 옷자락에 손이 닿을 거리였다면 그녀는 필시 그에게 매달려 빌었을 것이다. 외르타는 속이 울렁거려 도저히 참을 수가 없었다. 저 목석같은 남자가 허락하기를, 아델의 그날 이후 처음인 듯 절절히 바랐다. 아델. 아델. 이 어미가 네 복수를 해야 한다. 내 눈으로 똑똑히 봐야 해. 정신 나간 네 아비의 끝을 반드시 이 눈동자에, 내 것이자 네 것인 이 눈에 새겨야 한다. 네가 얼마나 두려웠을까, 얼마나 원망스럽고 고되었을까, 네 얼마나…….

"안 된다."

심장이 튀어나올 것 같았다. 그에게 화가 나고 답답한 적 한둘이 아니었지만 이번만큼 이성이 비틀어진 일이 없었다. 눈에서 불이 나는 것 같았다. 찰나 시야가 뻣뻣이 멈췄다가 훅 분 바람에 정신을 차렸다. 그 불씨는 바람을 맞아 더 커졌다.

미친 와에 저 멀쩡한 얼굴을 뜯어 버리고 싶었다. 당신은 이저럼 내

끝까지. 쇄골이 바스라질 것처럼 아파 왔다. 내 인생의 종반을 망치는 사람으로는 당신을 꼽아 두고 가겠다. 나는 또 무시당하지. 명령 하나면……. 마지막 남은 고상함으로 떨리는 제 입술을 자제할 수 있었다.

"이전처럼 로크뢰 1세가 네게 온다면 막을 도리가 없다."

"저번에는 당신이 있지 않았나……."

"이제부터는 그리 못한다. 로크뢰의 무예는 네가 가장 잘 안다. 기사 두엇으로는 부족하다. 네 배신을 알아 일전에 있어 본 일 없는 결전이 될 이 밀레비스에서는 너를 지키기 위해 병력을 따로 차출할 여유가 없다."

그의 입장에서만큼은 지극히 맞는 말이라 어느 부분에 화를 내야 할지도 알 수가 없었다. 하지만 그렇다면 이 지옥을 퍼 올린 듯한 증오와 노여움은 도대체 어디서 기인하나. 부끄럽게도 감정이 치밀다 못해 분루가 흐르려 했다.

발렌시아의 말은 끝난 것이 아니었다.

"더군다나 이 모든 것을 넘어, 나는 네가 로크뢰 앞에서 자진하리라 작심했다는 것을 안다."

외르타는 속이 내려앉았다. 저번에 완전히 속이지 못했다는 사실은 그녀도 분명 알았다. 그러나 이토록 정확히 파악하고 있으리라고는 상상하지 못했다. 부정하자. 부정해야 한다.

부정하지 못했다.

발렌시아는 그 반응을 이미 짐작한 듯 꾸지람도 한숨도 보이지 않았다.

그가 왜 이렇게 싸늘해 보이는지 깨달았다. 애초에 그녀 자신의 말은 조금도 듣지 않겠다 결심한 걸음인 것이다. 제 이야기만 하고 온 일 없다는 듯 뒤돌아 나갈 것이다. 이래서야 그 얼굴 보지 못한 지난 닷새와 다를 것이 없다.

발렌시아는 벌써 돌아볼 준비를 하고 있었다. 그가 조용히 말했다.

"살아 왕도에 가야 한다는 것을 모르지 않을 터, 억지 부리지 마라."

"누가 당신네 정신 나간 왕한테 끌려가려고 이 고생을 한 줄 알아!"

그는 굴라르모 4세에 대한 무례를 간신히 참아 넘겼다. 그가 뭐라 말할 겨를도 없이, 아니 무슨 생각이 이어질 겨를도 없이 갑자기 외르타가 성큼성큼 걸어와 그 앞에 섰다.

"화나지? 너희 왕 모욕하니 이놈의 진절머리 나는 미친 여자, 아주 칼 뽑아 목을 내치고 싶지? 제발! 그렇게! 하란 말이야! 고상한 척하지 말고! 제 입서 나온 약속 따위 지키는 척! 명예를 아는 척! 내게 맹세한 척! 나를 위하는 척! 나를 사랑하는 척! 척! 척! 척! 정신 나간 위장 그만두고 죽이라고! 믿었다는 말도 난 안 해! 절대 안 해! 내가 언제 너 따위 신뢰했을까! 너도 내가 살아가는 꼴 보기 싫었잖아! 그래서 간신히 목숨 붙인 사람 죽이려 그 패악이었잖아! 그러고 누굴 사랑해? 미친놈!"

그녀는 말을 하면 할수록 그가 아닌 다른 누구를 보는 것 같았다. 한마디를 발렌시아에게 하면 다음 한마디는 그 사람에게, 다시 발렌시아에게로 화살이 돌아왔다가, 다시 그 사람에게. 그래서 그는 화도 나지 않았다. 다만 곧 죽을 병자를 보는 듯 딱한 연민만이 느껴질 따름이다.

발렌시아는 그녀에게 손끝 한 번 대지 않고 말했다.

"내 명령을 받아들인 것으로 알고 이만 가겠다."

외르타는 그의 얼굴을 주먹으로 쳤다.

발렌시아의 고개는 돌아가지도 않았다. 손이 오는 것을 보았지만 막지도 않았다. 벌벌 떠는 불쌍한 여자 하나 앞에 있을 뿐인데 구태여 화가 날 이유가 있을까.

그는 뒤돌아 떠났다. 아니, 떠나려다 옷깃을 붙잡혔다. 그가 고개를 돌렸을 때 그곳에는 정말로 무릎을 꿇은 외르타가 있었다.

발렌시아는 처음으로 당황했다. 자신이 총사령관의 사직으로 아내를 하고 있기는 하나, 외르타는 기실 전시가 해제된 즉시 스스로 고개를 숙여야 하는 사람이었다. 게외보르트의 왕족이자 라르디슈의 왕비이며 곧이어 딤니팔에서도, 역사상 있어 본 일 없을 정도의 대우를 받아 최고 망명 귀족이 될 사람이 아닌가. 이럴 지위가 아니다. 그는 당황하여 제 생각보다 더 냉랭하게 말했다.

"차라리 오만한 모습이 낫다."

"비굴하게 보인다니 다행이구나. 그럼 부디 병자 하나 구완한다 생각하고…… 허락해……. 제발……. 너희 폐하도 사실 내가 있든 없든 상관없잖아?"

"네가 있어야 전쟁 구실을 만들 수 있다."

"내 모국엔 내가 살아 있다고 거짓말해."

"내게 고마워하게 될 거다. 왕의 수급이 나오면 가져다주겠다."

그는 일고의 가치도 없다는 듯 그녀를 뿌리쳤다. 외르타는 눈앞이 깜깜해 다음 할 말이 생각나지 않았다. 목울대가 이글이글 탄다. 뜨신 열기 오른 것처럼 얼굴이 훅훅 붉어졌다. 외르타는 방금 전까지 발렌시아의 자락이 잡혀 있던 손을 꾹 쥐었다.

이를 갈며 말했다.

"용서한다."

발렌시아는 그녀가 무슨 말을 하는지 이해하지 못한 듯했다. 외르타는 부들부들 떨리는 팔을 애써 가다듬었다. 어차피 내일 죽을 것이다. 원한은 남기지 말자.

"당신을 용서해."

발렌시아는 답 없이 막사를 나갔다. 외르타는 숨이 막혀, 그의 뒷모습을 보고도 감히 어떤 말을 할 수가 없었다. 여전히 바르고 딱딱해서 어찌 찌를 틈도 없었다. 운명처럼 완고하다. 끝까지 이리 평행선이구나.

하기야 네가 나를 어찌 알겠느냐.

그는 나갔지만 얼얼한 호흡은 아직 제정신이 아니었다. 목구멍을 누가 죄는 듯 감히 숨을 쉴 수가 없었다. 썩은 과일처럼 퍽 하고 속이 터진다. 어깨가 느리게 올라가다 미끄러지듯 내려갔다. 맨바닥에 무릎을 꿇은 채 그 끝으로 처박힐 만큼 절망적이라 도저히 살 수가 없었다. 숨이. 숨. 숨이 막혀서.

속에서 울려 퍼지는 말은 단 하나. 아델. 아델. 아델. 아델. 아델. 아델.

아델.

아델.

뒤늦게 호흡이 터지며 악이 섞여 나왔다.

"리오넬!"

겨우 모은 숨을 단 한마디에 소진했다. 더 이상의 기력도 없었다. 간신히 참고 있던 울음이 터졌다. 억억대며 흙 묻은 손으로 제 가슴을 부여잡고 울었다. 계속 울었다. 정말 절망스럽게, 숨넘어가도록 울었다. 가슴 찢어지고 목이 멘다.

자신의 바닥이 아델이라는 사실은 절망적이다. 무슨 일이 있어도 그 아이만 찾는다. 지치지도 않는 멍청한 짐승처럼 계속해서 잠긴 문에 들이박는 모양이었다. 그 아이가 제 문 두드리는 소리로 잠을 설칠까 두려웠다. 얘야, 시끄럽니? 미안하다. 정말 미안해. 두려워하면서도 놓을 수가 없었다. 과거를 계속 그리워하고 떠나간 아이 때문에 서글프고 자신은 자꾸 죽어만 가고. 아델이 아니라면 자신이 무엇 때문에 숨을 쉬어야 하는지 더 이상 알 수 없었다.

나는 결국 가슴 미어져 웅크려 숙인 채 네 가는 길에 가지 말라는 말만 되풀이하는 것이다.

그 아이 없이 보냈던 날들. 허허벌판에 홀로 내던져져 정말 외롭고 괴로웠다. 매양 죽고 싶었다. 너 떠난 이곳은 살 의미가 없었다. 그것을 구원해 준 것이 복수였는데 이제는 자신이 계획한 복수가 온전히 이루어지기는 할까 의문이 들었다. 더 이상 누구에게 기대할 것이 없었다.

아델. 그냥 살아 있지…… 그냥 살아 있지…….

자신이 그 아이를 위해 할 수 있는 것이 아무것도 없어서 너무 슬펐다. 너무 그리웠다. 정말로 그리웠다. 정말 그립다. 그리워 미칠 것 같다.

아델.

아델.

모든 것이 너를 위함이었다. 이 어미가 생을 고분고분 받아들였다면 이곳까지 오지도 못했으리라.

발렌시아는 말에 올라 진형을 둘러보고 있었다. 정말 오랜만에 그 옆에 서게 된 그나시오가 감탄 섞인 한숨을 뱉어 냈다.

"어제 말씀하신 그대로군요. 전개 방향만 일치한다면 완승도 허황된 기대는 아닐 겁니다."

발렌시아는 아무 표정이 없었다. 답을 주지도, 겸양의 찡그림을 보이지도 않았다. 그저 먼 바다를 바라보는 선원의 자세처럼 빳빳하고 곧다. 그나시오는 한탄하듯 고개를 내저었다. 전투 직전의 긴장이 요란했다.

외르타는 발작을 일으키는 시늉을 해 호위병들을 쫓아냈다. 발렌시아는 그녀가 군영을 '탈출' 하리라고는 상상도 하지 못한 듯했다. 호위병들이 감시하라 주의 한 번 받지 않은 것 같았기 때문이다. 그들은 그녀가 숨이 넘어갈 것 같자 즉각, 한 명도 남김없이 헐레벌떡 의사에게 달려갔다. 피난촌 의사는 기사 군영 안에 없었다. 기밀 유출을 우려해 꽤 멀리 떨어진 곳에 거처를 주었던 것이다.

그녀는 내 속이 답답해 산책을 다녀올 테니 소란 말고 가만히 있으라 탁자에 박박 새겨 놓았다. 품에 붉은 천과 칼을 넣은 뒤, 텅 빈 사령부 쪽으로 달려갔다. 그곳에는 말 그대로 개미 새끼 한 마리 없었다. 사령부 안으로 들어가 발렌시아의 자리 뒤를 살폈다. 전령이 매는 푸른 천이 있었다. 그녀는 그 큰 천을 제 허리에 휘감듯 죄어 매었다. 입은 것 역시 펑퍼짐한 전령의 옷이었다.

외르타는 전날 울음을 그친 즉각 탈출 계획을 세웠다. 마치 감정이 치솟는 머리와 냉정을 차리는 머리가 외따로 있는 듯한 모습이었다. 그만큼 절박한 바람이었다. 기필코 해내어야 했다. 때문에 딤니팔 군영을 하나하나 꼽아, 전령이 가장 출입에 자유롭다는 사실을 떠올릴 수 있던 것이다. 그녀는 그것을 상기하자마자 제 옷에 온통 음료를 흘리곤 시누사를 닦달했다. 그녀는 그가 귀찮아하며 가장 편하게 구할 수 있는 일반병 옷을 가져다주리라 생각했으며, 실제로도 그렇게 되었다.

외르타는 투구를 내려 썼다.

발렌시아는 투구를 내려 썼다.

그 뺨까지 모두 감싸 주는 일반적인 투구와는 달리 딤니팔의 그것은 얼굴이 거의 드러난다는 특징이 있었다. 짙푸른 눈도 고상한 콧날도 조용한 입매도 모두 훤히 보였다.

그는 일전에 했던 것처럼 새장의 문을 열기 위해 병사에게 기꺼이 다가갔다. 말 위에 있는지라 명을 내리기 위해 몸을 조금 기울였다. 그러나 바로 그 순간, 라르디슈의 각적이 울렸다. 발렌시아는 잠깐 멈칫하다 이내 허리를 바로 세웠다.

가장 안쪽인 이 자리에서 시누사가 신이 나 말을 잡아타는 모양이 보였다. 팔로만 안장을 짚고 바람개비처럼 푸드덕 올라간다. 지금쯤 이미 첫 번째 주자가 맞붙었을 것, 여섯 번째인 그로서는 당장 달려 나가는 것이 옳았다. 명령을 두지 않는 시누사에 익숙한 1대대는 벌써 달려 나간 대장을 불평 없이 따랐다.

그나시오는 그 옆에 선 채 두 손으로 이마를 짚었다. 어째 두 달 동안 고쳐진 것이 하나 없느냐는 한탄이었다. 발렌시아는 시누사가 지난 오년 동안 단 한 번도 변하지 않았다는 사실을 그에게 알려 주어야 하나 생각했다. 전장에서만큼은 한결같은 아이였다.

외르타는 기어이 말에 올랐다. 잘 길들여진 군마였음에도 올라타기까지 참 많은 고난이 있었다. 몇 번이나 뒹굴었는지 모른다.

외르타가 말을 잘 몰지 못하는 것은 지난 칠 년간의 망각 때문이었다. 게외보르트에서 지낸 어린 시절 승마에 익숙했던 기억이 라르디슈에 와 완전히 증발한 것이다. 로크뢰는 그녀가 말을 타는 것을 끔찍이 싫어했다. 말 탄 모습을 처음 보인 날, 받쳐 주지도 않고 잡아 내리는 억센 손에 땅으로 곤두박질쳤다. 그 떨어지는 시야가 눈앞에 선해 그동안 내내 말을 꺼려 왔던 것이다.

그러나 지금 심정적인 거리낌이 무에 상관있을까. 수년 동안 멀리해 엉망진창인 마술이라도 그저 몰 수 있기만 하면 족하다.

터덜터덜 몰아 군영 경계로 나갔다. 역시 군사는 거의 없었다. 그래도 구간마다 선 보초는 당연한 것. 외르타는 자신이 승마에 서툴다는 것을 들키지 않기 위해 무진 노력했다. 단 몇 분만 참으면 된다, 이 멍청한 말아. 그리 속으로 주문을 걸며 불안에 덜덜 떨리는 넓적다리를 모른 체했다. 군사들은 전령이 지금 나가는 연유를 궁금해 했다. 그녀는 잔뜩 쉰 목소리로 총사령관의 명령이라 답했다. 그들로서는 까마득한 발렌시아였기에 더 추궁당하지 않았다. 군호 역시 확실했고 미로 같은 군영을 잘도 빠져나가는 뒷모습이니 사실은 의심할 거리도 없었다. 그들의 임무는 들어오는 자를 경계하는 것이지 나가는 자를 경계하는 것이 아니었다.

발렌시아는 개전 이후 내내, 언덕 위에서만 전장을 바라보고 있었다. 그러나 반 시간이 넘자 무언가를 참을 수 없는 듯 결국 직접 뛰쳐나갔다. 그나시오가 자신에게 맡기라 아우성을 쳤지만 그는 무시했다.

우측 날개를 가려 했다. 안전을 위해 조금 돌아갈 법도 하건만 발렌시아는 그대로 진형에 들이박았다. 갑자기 들어온 총사령관에 양측 일반병이 기겁했다. 그는 딱히 살인을 목적으로 들어오지 않은 것처럼 자신을 공격하는 자만을 효율적으로 찍어 누르며 대각선으로 직진했다. 홀로 기병의 돌파력을 내세우는 듯한 모양이었다. 말에 칼 한 번 맞지 않고 저것이 가능하기는 한 것인지 신음 섞인 감탄이 솟았다. 그 신음을 내뱉은 자가 적군인지 아군인지는 잘 구분이 가지 않았다.

그는 고기를 베는 칼처럼 단박에 진형을 갈랐다. 지나치는 와중에 마침 그쯤에 있던 톨레도의 예의 차리는 우려를 들었다. 그 걱정 많은 톨레도조차 건성건성으로 몸 좀 조심하십사 흘리듯 말했다. 어쨌든 이것이야말로 발렌시아의 일상이었던 것이다. 발렌시아는 톨레도에게 칼을 내려던 기사 하나의 목을 베었다. 톨레도는 도움에 경례하고 다시 다른 자를 찾아 나서려 했다.

"돌아오며 이곳에 다시 오겠다. 자리 움직이지 마라."

"존, 명."

그 말을 끝으로 또 다른 피가 솟았다. 발렌시아는 더 이상 개의치 않은 채 다시 오른 날개로 향했다.

어두침침하고 너저분한 전장을 가르는 홀로 하얀 갑옷. 참 수많은 자들의 표적이 되었다. 물론 대부분 아군 진형 속에 묻혀 가지만, 그래도 가장자리다. 눈에 띄는 것은 어쩔 수 없다. 발렌시아는 톨레도와 헤어지고 나서도 결투 신청을 열세 번이나 받았다. 거절하지 않았다. 결투가 가장 쉽게 전장을 가로지르는 방법이었기 때문이다. 한 번 목을 날리면, 그 뒤로 수 분 동안은 아무도 그의 진로를 방해하지 않았다.

발렌시아는 그 열세 명과, 나머지 불행한 자들을 몇 죽이고 나서야 드디어 사투르니나에게 도착했다. 사투르니나는 피 칠갑이 된 그를 보고 크게 놀랐다.

"경, 오늘따라 좀 심했나 봅니다."

"네가 너무 깊은 곳에 있었기 때문이다. 여기까진 도저히 전령이 나올 수 없어 내 직접 왔다. 반 시간 뒤에 뒤로 물러나라."

"데군다 경 쪽으로 가야 합니까?"

"아니, 잘메오 경 쪽으로 가라. 재주껏 빠져."

"존명."

사투르니나는 그리 답하면서도 참 한탄하는 얼굴이었다. 꽤 먼 길인 것이다. 그러나 발렌시아는 이미 뒤돌아 떠나 있었다.

외르타는 딤니팔 군영을 떠났다. 누가 떠난다는 사실에는 아무도 주의를 두지 않았다.

그녀의 말은 군영을 떠나자마자 발작하기 시작했다. 네깟 솜씨로 나를 타려는 것이 말이나 되느냐 하고 몸부림치는 것 같았다. 몸에 굳은살 하나 없으니 당연한 일이다. 심지어는 상흔도 별로 없다. 로크뢰는 그만큼 기술적이었다. 그가 낸 실수라고는 부서진 왼발뿐, 아니 어쩌면 그것조차 잘 조율된 결과인지도 몰랐다.

외르타의 성질 역시 만만치 않아 말과의 싸움은 계속되었다. 말은 평소 운반하던 작자들에 비해 배는 가벼운 무게에도 감사할 줄 몰랐다. 괘씸한 놈. 구릉 하나 넘을 때마다 한 번씩 떨어졌다. 달리는 것은 꿈도 꾸지 못했다. 그저 악바리같이 달라붙어, 사람의 뺨을 때리듯 모욕적으로 방향을 조종하는 것이다.

아, 이런 품위 없는 마술馬術이라니. 자신이 그리 우아하게 배웠던 왕가의 승마술은 이제 어디로 증발했는지조차 통 알 수가 없었다. 칠 년의 공백이 너무 컸다. 인생에서 칠 년이 통으로 사라져 버린 듯했다.

외르타는 또 굴렀다. 그녀는 허리에 둘렀던 전령의 천을 빼내어 굳게 매듭지은 뒤, 그것으로 말의 뺨을 후려쳤다. 분통이 터져 악을 썼다.

"야!"

"야!"

시누사는 그리 부르고는 돌아본 자의 가슴을 꿰뚫었다. 얼굴을 찌르지 않다니 난 참 큰 박애주의자인 것 같다고 희희낙락 생각할 무렵 그는 무언가 이상한 기분을 느꼈다.

돌아보니 붉은 갑옷이 있었다. 주저하지도 않고 그쪽으로 말을 달렸나. 시누사가 그에게 닿으러 직진한 몇 초 동안 몸을 꿰인 자가 벌써 셋이었다. 로크뢰는 그를 돌아보았다.

"아, 안녕하십니까!"

그 넉살맞은 웃음 뒤로 테다누아가 올라갔다. 저주 인형에 칼을 박는 기세로 거칠게 내리 찌른다. 로크뢰는 그 칼을 제 창으로 가뿐히 막은 뒤, 아래에서 버티는 자세로 물었다.

"외르타가 나왔나?"

시누사는 한숨을 쉬었다.

"설사 나왔더라도 당신께는 알려 드리지 않았을 겁니다. 그런데 다행히도 이번에는 진짜 안 나오셨거든요?"

로크뢰가 그대로 테다누아를 튕겨 올렸다. 시누사는 당황하지도 않고 뒤로 물러났다 다시 들이닥쳤다. 쩡 하고 날끼리 부딪치는 소리가 요란했다. 시누사는 제 사정거리가 너무 짧으니 자신 역시 창을 꺼내리라 결심했다. 그런데 그 자세를 취하는 순간, 로크뢰가 또 말했다. 아니, 빈틈이 보이면 찌르지 왜 자꾸 말을 해?

"언제 배반했나?"

"육전대 회전 전날."

시누사는 창을 빼들었다. 은빛 날이 햇살을 맞다가, 더 빛날 사이도 없이 사람 목에 쇄도했다. 또 막혔다.

"얼마나 불었나?"

"비전하께서 주장하시길 당신이 아는 모든 것이랍니다."

시누사는 이제 정말 대답하지 않으리라 굳게 다짐했다. 말하느라 싸움이 싸움처럼 보이지 않았다. 조금 더 진지하게…….

로크뢰는 등 돌려 떠났다. 펄쩍펄쩍 뛰며 그 뒤를 쫓아가려 했지만 역시 다른 라르디슈 기사들에게 막혀 버렸다.

시누사는 분통이 터져 테다누아도 꺼내지 않고 익숙지 못한 창으로 설쳤다. 어쩔 수 없이 조금 상처를 입었지만 자신이 언제 그런 것을 가렸던가?

갑자기 제 귀 뒤에 섬뜩한 느낌이 들었다. 허리를 움푹 숙여 그것을 피해 냈다. 그러나 그 칼날은 그대로 허공을 붕 찢지 못하고 누군가의 무기와 부딪쳤다. 시누사는 고개만 흘끔 위로 들어 무슨 일인지 살펴보았다.

니소르.

"어라? 여긴 웬일이십니까?"

시누사가 말을 마쳤을 때 발렌시아는 이미 피 묻은 칼을 들고 있었다.

"경."

시누사는 그 호명 뒤에 나오지 않은 말이 '미쳤나.' 인 것을 알고 어깨를 조금 움츠렸다.

"당장 테다누아를 들어라. 익숙지도 않은 창으로 뭘 어쩌겠다고?"

시누사는 한숨을 쉬고 상관의 명대로 테다누아를 들었다. 그는 땅이 꺼져라 한탄하며 아직까지도 제 곁에 있는 발렌시아에게 말했다.

"저 방금 로크뢰와 만났거든요."

"무슨 말은 없던가?"

"그냥 배반 현황 이런 것을 물었습니다."

"이곳에 체세나 경이 오면 합류해라. 경의 명령 듣고."

"네."

발렌시아는 사라졌다.

외르타는 두 시간째에 드디어 보인 큰 진전에 스스로 찬탄했다. 몇 번이고 징찬해 주어야 마땅했다.

말을 버린 것이다.

말 덕분에 제법 멀리 왔다는 것은 사실 틀린 말이 아니다. 그러나 그 말은 그녀의 힘을 지나치게 빼놓았다. 흠씬 두들겨 맞은 것 같았다. 몇 분이라도 더 그것과 함께했다면 들고 있던 칼로 말의 등을 내리 찌를 지경이었다.

내려서 발로 차니 말이 그대로 달려갔다. 기쁜 듯 콧소리까지 내며 껑충껑충 사라져 갔다. 이제는 화도 짜증도 나지 않았다. 망망대해 같은 평원을 걸어가야 한다는 생각에 입맛이 썼지만 그래도 두어 시간 내로는 어찌어찌 될 것이다. 그녀의 걸음으로 두어 시간. 새벽같이 군대가 구보하는 모습을 보았으니 아마…….

회전 네 시간째였다.

발렌시아는 드디어 그나시오 옆에 서서 다시 전장을 바라보고 있었다. 평소와 다르지 않을 만큼 차분했다. 그나시오는 기름 먹인 천을 그에게 주려 했다. 더 이상 흰빛이 얼마 보이지 않는 갑옷이니 그에 묻은 피를 닦아 내라는 것이다. 그러나 발렌시아가 받기 전에 그 옆 종기사가 먼저 나섰다. 그나시오는 조금 주저하며 건넸다. 그런 것을 좋아하시는 분이 아닌데.

종기사는 닳고 닳은 손길로 피가 지나치게 많이 묻은 몇 부분을 닦아 냈다. 천 년 묵은 먼지를 닦아 내듯 돌연 흰 속이 드러나는 것이 자못 소름끼쳤다. 그나시오는 흰 갑옷이 이런 시각적인 효과도 노리는 것은 아닐까 하는 생각이 들었다. 처음에는 눈과 별다를 것 없던 하얀 표면이 시간이 지나면 지날수록 붉게 변한다. 얼마나 많은 살인을 자행했는지를 그가 선 모습 자체로 보여 주는 것이다.

그나시오는 고개를 젓고는 말했다.

"끝은…… 아마 한두 시간은 더 가야 알 수 있을 것 같습니다."

"길어지고 있다. 예상한 바다."

"끝내 저희의 계산이 맞아 저들이 전멸당한다면 열 시간이 넘게 걸릴지도 모릅니다. 여태까지 겪은 회전 중 최장입니다."

발렌시아는 피곤한 듯 숨을 들이켰다.

"시누사 경은 나갔나?"

"예. 아까 한 시간 쉬다 다시 나갔습니다."

"나머지 역시 내가 아는 것과 같나? 바뀐 것은?"

"톨레도 경께서 방금 들어와 치료 중이시고…… 사투르니나 경과 자멘테 경은 반 시간만 머물고 직전에 나가셨습니다. 나머지 분들은 꽤 전에 휴지를 두었기 때문에 구태여 말씀드리지 않아도 아실 겁니다."

"톨레도 경은……?"

"아, 제가 직접 보기까지 했습니다만 목숨이나 거동에 지장을 줄 상처는 아닙니다. 다친 곳이 복부라 걱정한 주변 기사들이 붙들어 보낸 겁니다."

발렌시아는 고개를 끄덕이고는 아직도 갑옷을 닦는 종기사를 밀어냈다. 전장으로 나가려는 것은 아니지만 그 그림자가 거치적거린 듯했다. 그러나 짧은 시간에도 그의 갑옷은 또다시 백색이 되어 있었다. 그나시오는 종기사의 눈물겨운 충성에 미소를 지었다.

외르타는 초원이 이렇게 평화롭다는 사실에 감동하지 않았다. 외려 주의를 두지 않으면 자꾸만 다른 방향으로 흘러가는 제 걸음에 짜증이 났다.

군대가 민간인을 모두 물렸기에 이 큰 평원 안에서도 그녀는 홀로 고용히 걸을 수 있었다. 정적은 항상 추억을 불러일으키는 법. 평소의 외르타였다면 금세 아델 생각에 다리가 떨려 주저앉았을 것이다.

그러나 지금은 달랐다. 모든 것을 정리한 기분이었다. 탈출도 너무 싱거워 이전부터 내내 가지고 있던 제 차분한 각오에 영향을 미치지 못했다.

내가 나를 망치면 너는…….

로크뢰는 외르타가 스스로를 부숴야만 비로소 그녀에 대한 증오를 태울 것이다. 외르타를 없앤 그 누구라도 증오했을 것, 그것은 그녀의 경우에도 다르지 않았다.

내가 나를 죽이니 네가 증오하는 것 역시 나일 것이다.

그녀를 사랑하기 때문에 그녀를 증오하지 않으리라? 허튼소리. 그에게서는 일반적인 반응을 기대하면 안 된다. 결국 사랑이라고는 하나, 로크뢰는 정도가 참 지나쳤다. 나를 '너무' 사랑한 것이다. 외르타는 그가 '그 정도로' 자신을 사랑한다고 굳게 믿고 있었다. 그것은 거의 세뇌에 가까운 개념이었다.

그래서 이렇게 복수하는 것이다.

"어디 다치셨습니까?"

"아니."

"진형은 몇 번이나 둘러보셨습니까?"

"안 세어 봤다."

"로크뢰는 만나 보셨어요?"

"전혀."

시누사는 절레절레 고개를 저으며 제 팔을 의무병에게 대었다. 발렌시아는 사실 그가 다쳐 왔다는 데 조금 놀라고 있었다. 그 솜씨가 굉장한 아이다. 주의만 조금 들이면 전장에서도 칼 한 대, 화살 한 대 맞을 일이 없는 기사인 것이다.

"경, 자리를 제대로 지켜라."

"예?"

"저번에 로크뢰를 만났을 때처럼 천방지축 뛰어다니지 말라는 말이다. 이미 1대대는 경이랑 따로 움직이고 있다만…… 어차피 개인으로 입힐 수 있는 피해는 한정되어 있다. 합류해라."

"하지만 그 개인이 죽이는 것이 우두머리뿐이라면 얘기는 달라지지 않겠습니까?"

"시끄럽다. 싸움의 끝 한 번 제대로 못 맺었다고 꽁지에 불붙은 강아지처럼 뛰어다니지 마라."

"아, 그럼 경께서 제 싸움 좀 대신 끝맺어 주세요."

"난 로크뢰를 보지도 못 했다고 분명 말했다."

"앞으로 또 나가시면."

"내 나가는 것도 이제 두어 번이면 끝이다. 어차피 그 이상은 전투 통제도 안 된다."

"경께서……."

"그만."

"……."

그나시오가 올라오다 그 꼴을 보고선 아들을 때렸다. 한 대, 두 대, 세 대. 시누사는 되는 대로 인상을 잔뜩 찌푸렸다. 팔을 치료 중이라 가만히 있어야 하는데, 머리를 계속 두드려 맞으니 대단히 버티기 힘든 모양이다.

"아, 그만 좀!"

"네가 방금 날뛰는 꼴을 보고 내 저 끝부터 여기까지 부리나케 달려왔다. 그 모양을 보고 내 널 꾸짖지 않을 것 같으냐?"

"죄송해요."

"보기에 어땠나?"

"다시는 그러지 않도록 주의를 주겠습니다."

"팔 다친 것이 괜한 일이 아니었군."

"……."

시누사는 치료가 다 끝나자마자 또다시 달려가려 했으나, 그나시오에게 잡혔다. 그는 머리를 눌러 시누사를 자리에 앉혔다. 발렌시아는 아무 말을 하지 않음으로써 무언의 허락을 했다.

"시누사, 앞으로 한 시간은 이 자리에 붙박여 있어라."

"……."

외르타는 전장의 소란이 들리고 있다는 사실에 감격했다. 사람의 정신력이 체력을 이긴다는 말이 있듯 그녀 역시 아직 팔팔했다. 두 시간을 내리 걸었는데도 왼발만 상당히 쑤실 뿐 나머지에는 조금도 이상이 없었던 것이다.

아마 저 능선, 하나 혹은 둘만 넘으면 전장일 것이다. 포티미외가 본시 참 울룩불룩한 땅덩이인 까닭에 이런 어정쩡한 추측밖에 달리 할 수가 없었다.

자신이 죽을 곳을 찾아가고 있다는 사실은 좀처럼 떠오르지 않았다. 다만 장난감을 향해 기어가는 한 살배기 아이처럼 맹목적으로 기뻤다. 그녀는 어차피 저곳에서 무슨 일이 일어날지 잘 알고 있었다. 앞으로의 사달을 예측할 수 있다면 그것은 이미 사달이 아니다. 그저 순리대로 일어나는 필연이다.

로크뢰는 또 목숨처럼 자신을 쥐러 올 것이다. 제게 칼을 들이대기는 커녕 그대로 살린 채 끌고 갈 것이 뻔하다. 그의 손에 다시 잡히는 것은 정말 상상도 하기 싫었다. 그러니 그 전에 해야 했다.

외르타는 맥없이 걸어가며 제 배에 대고 칼을 긋는 시늉을 했다. 오른손잡이니 일단은 대각선으로 찌르고, 그 뒤 오른쪽으로 째자. 그리고 그 이상 정신을 차릴 수 있다면 아래로도 그어야 했다. 돌이킬 수 없는 죽음으로 가야 하니까. 어디 팔자 좋아 관심 받고 싶은 귀족 영애들이 흔히 그러하듯 손목을 베는 방법은 상상도 하지 않았다. 시누사가 그리 직접적으로 보여 주기 전에도 생각해 본 일이 없었다.

그것은 느낌이 좋지가 않았기 때문이다. 너무 어설프고 약하지 않나. 평생 그리 살아 본 역사가 없다. 로크뢰만 제한다면 모든 것을 맞받아치고 통제해 패한 적이 없었다. 그리고 심지어, 자신을 유일하게 휘어잡았던 그 로크뢰마저 이제 흔적 없이 분쇄하려는 것이다. 그런 내 끝이 고작 그런 미약함이라? 다시 살아나면 어쩌나? 확실히 매듭지어야 했다.

그 '확실한' 방법으로 사실 그녀는 목을 찌르는 것을 생각하고 있었다. 그러나 시누사의 말을 상기하자니 그것은 딱히 현명한 방법으로 여겨지지 않았다. 동맥이 목 양쪽에 있으니 즉사하려면 그중 하나라도 한 번에 베어야 하는 것이다. 그러나 그만한 힘이 들어가지 않는 위치다. 첫 시도에 실패하고 힘 빠지면 기절한 채 다시 끌려갈 것이다. 로크뢰는 무슨 수를 써서든 다시 저를 살려 낼 것, 이래서야 답이 없다. 심장을 찌르는 것 역시 말도 안 된다. 가슴에 묻혀 닿지도 못할 것이다. 귀 뒤에 칼을 박자는 것은 사실 꽤 괜찮은 제안이었지만 그를 실행하기에는 이 칼이 지나치게 길었다. 손목도 안 돼. 목도 안 돼. 심장도 안 돼. 귀도 안 돼. 나오는 답이 많을 리 없잖은가.

이처럼 배를…….

그녀는 드디어 구릉에 다 올랐다. 하 하고 헛웃음이 나왔다. 꽤 높은 구릉이었지만 그 높이만 제한다면 전장의 끝과 거의 맞닿아 있었다. 다시막

한 경사의 반 이상까지 군사가 올라와 서로를 죽이는 흉흉한 꼴이다.

난잡하고 소란하고 안쓰러웠다. 저자들이야말로 진짜 생을 원하는 자들인데. 제 목숨을 넘길 수만 있다면 가장 절박한 이에게 넘기고 싶었다. 딸이 있는 아버지에게.

외르타는 이곳이 전장의 어느 부분인지 잘 짐작이 가지 않았다. 딤니팔 쪽인지 라르디슈 쪽인지, 접전지인지 후미진 곳인지 잘 알 수가 없었다. 그저 보이는 것은 대단히 많은 살인들.

외르타는 등을 돌려 주저앉았다. 과히 보기 좋은 광경이 아니었다. 바람에 풀린 긴 머리가 휘파람 불듯 날렸다. 아직 전투가 한창인 모양이니 소강상태로 접어들 즈음 일어서서 라르디슈를 찾아가리라 생각했다. 어차피 지금은 다리도 욱신거리고 전반적으로 피로하니까. 그녀는 앉은 채 품에서 붉은 천을 주섬주섬 꺼내 들었다. 곱게 접혀 있던 천이 스르륵 펴진다. 외르타는 아델의 천을 제 어깨에 매고는, 브로치로 꽉 졸라매었다. 깃발처럼 망토가 펄럭 날렸다. 이 브로치 역시 아델의 물건이었다. 하긴, 내 것 중에 아델의 것이 아닌 물건이 있기는 한가.

그녀의 눈도 코도 입도 모두 아델이었다. 머리도 팔도 다리도 몸통도 모두 아델이었다. 이성도 감정도 기억도 모두 아델이었다.

그 아이가 그렇다고 말했으니까.

'엄마는 나야.'

그래. 너는 나다.

'그러니…… 는…….'

제기랄.

그녀는 또다시 수면 위로 떠오른 아델의 말에 눈을 꾹 감았다. 무슨 말을 했지? 삶이 몇 시간 남지 않았는데. 기필코 기억해야 했다.

'그러니…… 는…….'

그녀는 자신이 이 말을 기억하기 싫은 것인지도 모르겠다고 생각했다. 아델의 모든 것이 기억나는데 이것만 기억나지 않는다는 것은 도무지 이해할 수 없는 일이었으니까. 하지만 도대체 왜? 그 아이의 말과 행동 중 하나라도 제 눈에 거슬리는 것이 있던가? 그 뒷모습마저 그리운 아이였다.

아델. 그 말을 내가 기어이 죽어 들어야겠니? 나는 죽어 너와 같은 곳에는 가지 못할 텐데 어떻게? 신이라든가 사후의 치죄를 믿은 일은 없었지만, 그래도 저 사실은 그녀에게 있어서만큼은 당연한 일이었다. 저와 같이 더럽고 비열하고 잔인한 사람이 아델과 같은 곳에 떨어질 리가 없다. 상식적인 일 아닌가? 죽어 그 아이를 보고 싶었지만 사실은 죽더라도 같은 사후에 있다는 만족감밖에 없을 것이다. 세계만 같다. 사이를 가르는 벽이 너무 높았다.

그러나 그것이 어디인가? 최소한 살아 숨 쉬는 죄스러움은 벗을 것 아닌가?

외르타는 누군가 다가오는 기척을 알아차렸다. 손에 칼을 꾹 쥐고 벌떡 일어섰다.

뒤를 돌았다.

다행히 로크뢰는 아니었다. 붉은 천을 휘두른 사람이 있는 것을 본 딤니팔 병사 두엇이 온 것이다. 아, 이런 상황은 생각 못했는데. 그녀는 칼을 안쪽으로 꽂아 넣고 두 손을 내밀었다. 그들은 칼을 내밀었다.

"전장에 여자가 왜 있어? 누구냐?"

"딤니팔군 관계자다."

그들은 잠시 멈칫했다.

"말이 되나? 군 관계자에 여자가 어디 있다고?"

"기사 군영이 아니면 모를 거야."

그녀는 정말 천진하게, 아무것도 모른다는 표정으로 그들의 눈을 바라보며 말을 이었다.

"전군 총사령관 발렌시아 경은 검푸른 머리에 벽안이다."

우스꽝스러운 말이지만 병사들은 조금 납득했다. 투구 안에 든 머리칼을 적군이 알 수는 없었다. 그러나 문제는, 아군인 그들 역시 발렌시아의 생김새를 모른다는 것이었다. 외르타는 그 사실을 깨달아 조금 한숨을 쉬었다. 그리고 줄줄 덧붙였다.

"그자의 칼 이름은 니소르…… 지만 이건 아주 유명해서. 사령부 막사는…… 아, 이런, 특징이 하나도 없군. 시누사라고 아나? 그 아이……."

"아이?"

"열아홉이면 충분히 아이지."

"지금 저 꼴이?"

그녀는 잠깐 아래를 내려다보았다. 그러나 만 가지 색이 섞여 누가 시누사인지 잘 알아볼 수가 없었다.

"잘 안 보이는데. 어, 여기가 전장의 어디쯤이지?"

"딤니팔 쪽이지만 이미 난전이라 가릴 수 없다. 그런데 사령부 관계자라는 자가 그것도 모르나?"

"늦게 와서 그래. 군호 대면 믿겠니?"

"어제 것."

"오스페다. 열일곱."

"맞기야……."

갑자기 무언가가 들이닥쳤다.

곤혹스러워하던 병사의 숨이 대번에 날아갔다. 그녀는 제 눈을 믿을 수가 없었다. 기둥이 무너지듯 덜덜 떨며 쓰러진다. 나머지 두엇이 어찌 반항하려 했지만 말 위에 있는 기사를 이길 수 있을 리가 없다. 몇 합 뒤에 결국 또다시, 무자비한 창에 찔려 바닥에 널브러졌다.

외르타는 숨을 크게 삼켰다.

붉은 투구.

그녀는 칼을 잡아 올려 제 목에 대었다. 그 아슬아슬한 칼날에 로크뢰가 뚝 멈췄다. 살인 직후 그녀를 잡아 삼키려던 손이 그 목이 다칠까 저어하여 감히 움직이지 못했다.

흥분도 두려움도 없다.

그저 기쁘다.

무대였다.

얼마나 기쁜지 이 뿌연 하늘조차 자신을 축복해 주는 듯한 느낌이 들었다. 붉은 투구가 웃는 자신을 내려다본다. 이를 갈아붙이는 어조로 로크뢰가 말했다.

"외르타."

그녀는 그 목소리에서 죽일 듯한 분을 발견했다. 지난 칠 년 제 눈에 제 손으로 새길 정도로 본 왕이었기에 그녀에게 투구 따위는 없는 것이나 마찬가지였다. 정신 나갈 것 같은 노여움, 어찌 강제할 수 없어 더 속을 째는 노여움이다. 그러나 외르타는 그의 충고나 간청이나 윽박지름을 들을 생각이 전혀 없었다.

그가 어떻게 자신을 발견하고 어떻게 자신을 향해 달려왔는지는 궁금하지도 않았다. 그저 본능처럼 안 것이다. 방금 날린 붉은 천 하나로, 능선 위 휘날리는 붉은 망토 하나로, 붉게 앉은 여윈 등과 갈색 긴 머리 하나로 제 이성과 오감이 마비되어 절박하게 질주한 것이다.

그녀와 그는 항상 그러했다. 본능처럼 안다. 외르타는 몸속 뿌리박힌 증오와 두려움으로, 로크뢰는 사랑으로. 시오기 서로의 살해자이기라도 한 듯 미친 집착이었다.

로크뢰는 첫눈에 그녀에게 애정으로 뿌리박았다. 그는 도저히 그녀에게서 벗어날 수가 없었다. 시도할 엄두조차 내지 못한 채 유사와 같이 파묻혀 버렸다. 감히 제 것이 아닌 경우를 생각지도 못할 정도로 지독한 집착과 사랑이었다. 외르타 역시 그에게 오롯이 속해 있다. 증오. 증오. 증오로. 그의 사랑에 벼랑까지 밀려 간신히 쥔 것이 그 증오였다. 절박하고 도리 없는 선택이었다.

지독한 인연이고 운명이라 생각했다. 처음 만났을 때부터 별수 없이 이리 얽매였다.

하나, 이제 그것을 끊을 때도 되지 않았니?

칠 년은 너무도 길다.

외르타는 따끔한 무언가가 제 뺨을 찔러 온 것 같다고 생각했다. 말 위에 앉은 너. 내가 나를 끝내기 전에 네게 말해 두어야 할 것이 있다. 그녀는 외운 대사를 말하듯 끊임없는 유려함으로, 그러나 한 마디 한 마디 진심을 담아 그에게 말했다.

"리오넬. 똑똑히 들어. 평생 기억해. 나는 너를 증오해."

배반했으니 당연히 그러하겠지만 그래도 이처럼 눈앞에 두고 확실히 오금 박아 두고 싶었다. 그를 사랑하는 것처럼 보인 지난 몇몇 날들이 얼마나 헛된 그의 망상이었는지 알려 주고 싶었다.

"내 증오의 시작은 열일곱 그날의 너고 내 증오의 끝은 아델이 죽은 그날의 너야. 난 그 자리에서 계속 맴돌고 있어."

아직도 이처럼 빙글, 빙글, 빙글.

"껍질뿐인 나의 유일한 자부심이라면 너를 내 인생 단 한 번도 사랑한 적 없다는 것. 단 한 번도 너에 대한 끔찍한 증오를 흐트러뜨리지 않았다는 것."

로크뢰는 더 이상 참을 수 없는 듯 손을 내어 그녀를 쥐려 했다. 외르타는 뒤로 물러나지 않았다. 다만 제 목에 더 깊숙이 칼을 내찔렀다. 피가 배어 줄줄 흘러내렸다. 그의 움직임이 뚝 멈췄다.

그녀는 투구 속에 있는 그 검은 눈을 마주하고는 빙그레 웃었다. 번쩍 들린 턱, 피 흐르는 목, 결 좋은 나무 같은 미소.

배 속이 부풀어 오르는 것 같다. 몇 년을 참아 온 고해인가. 아델이 가슴 미어지게 세상을 뜬 이후로부터 그녀는 그에게 원망하는 말을 한 역사가 없었다. 그런 지난 두 해와, 자신까지 자신을 버렸던 모든 날들의 한을 비틀어 이리 속을 게우는 것이다.

"내가 네게 한 다디단 말들은 그 자체로 내 증오의 깊이다."

"……."

"너를 미친 듯 증오해."

"……."

"나를 너와 만나기 이전으로 돌려준다 해도 거절하고 복수만을 바랄 정도로 증오해."

바람이 조금 불었다.

"내 목숨보다 널 더 증오해."

붉은 투구에서는 어떤 말도 흘러나오지 않았다. 그러나 외르타에게는 그가 짓고 있을 표정이 매우 생생했다. 남은 시간은 얼마 안 되지만 그래도 망막 속에 내내 기억해 두고 싶은 표정이었다.

그처럼 순수한 분노.

이제 저 얼굴에 증오만 더하면 모든 것이 완성되는 것이다. 행복하다. 지독하게. 살을 태우는 행복이었다. 외르타 자신만 죽으면 이내 모든 것이 완성…….

"나는 너를 죽일 수 있다."

그녀는 순간 무언가가 잘못되었다는 사실을 깨달았다. 기쁨이 찜찐

주춤했다. 그가 조용히 창을 들었다. 라르디슈의 창날이 햇살에 오색으로 찬란했다. 그는 이를 갈며 반복했다.

"나는 너를 죽일 수 있다."

무슨 말인가. 이것은 시위인가. 너는 나를 죽일 수 없다. 결코 죽일 수 없다. 로크뢰는 제 소유라고는 단 한 가지도 부수지 못하는 사람이었다. 외르타는 머리부터 발끝까지 그의 것이었다. 그 역시 그 사실을 절절히 알았다.

그런데 이처럼 네 것인 나를 어찌 부순다는 말인가?

로크뢰는 절대 자신의 것을 죽일 수 없었다. 본디 나길 그런 사람이었다. 그 무지막지한 욕심만이 그의 성격 그 자체였다. 모든 것을 소유해야 하고 억눌러 제 발밑에 굴복시켜야 하는, 만인을 벌레처럼 짓누르는 그 욕망. 그것을 충족시켜야 했다. 억눌러 고통스럽고 절망적으로 만들어도 끝내 가져야 그다. 죽이거나 없애는 것은 있을 수 없는 일이었다. '가져야' 했다. 그 욕심이 로크뢰였다.

그래서 그의 욕심을 패배시키고자 제 죽음을 계획한 것이다. 발작하고 미친 채, 세상 떠나 더 이상 제 것 아닌 외르타를 증오하게 만들고자 했다. 로크뢰는 자신의 물건을 부순 사람만을 증오했다. 그래서 그녀는 스스로 자신을 부수기로 마음먹었다.

외르타는 머리를 한 대 맞은 듯 얼얼하여 도무지 정신을 차릴 수가 없었다. 목에 댄 칼날이 덜덜 떨렸다. 이상했다. 제 계산이 어긋난 것 같았다. 이럴 리가 없다. 네가 날 죽일 수 있을 리가 없다. 제 소유에는 감히, 함부로, 죽인다는 말조차도 내뱉지 못해야, 그래야 너다.

나는 아직 네 증오를 살 수 없는 몸이야.

문드러진 내 시체, 부서진 네 물건만이 너의 증오를 받을 텐데.

지금 어째서.

네.

눈에는.

증오가.

"외르타, 네 기어이……."

외르타는 제 머리가 그대로 돌아 버리지는 않을까 걱정했다. 온몸이 부들부들 떨렸다. 자신이 살해당할 위기에 처했다는 것을 알았기 때문이 아니다. 그의 창에 겨눠졌기 때문이다. 그가 자신을 죽인다고 말했기 때문이다. 그에게서 자신에 대한 증오를 보았기 때문이다.

하지만 리오넬, 누구도 네 물건을 앗지 않았는데 어찌 증오를 보이나?

그녀는 넋이 나갈 정도로 당황해 먹먹하게 말했다.

"너 날 사랑하지 않아?"

"……."

"내가 네 것이라고 말해 봐."

"……."

그래야 그 앞에서의 제 자신이 의미가 있었다. 그래야 그 손에서 영영 벗어나 로크뢰의 증오를 사는 것이다. 그가 계속해서 자신을 소유해야, 자신을 사랑해야 스스로를 부수는 기쁨을 느낄 수 있었다.

그런데 너 설마 나를 버린 거니?

내게 증오를 가졌니?

어떻게?

"리오넬! 날 사랑하지? 너는 아직도 날 가졌지? 네가 그렇다는 것 난 분명 안다!"

사람 목소리 같지 않은 비명이었다. 그것은 사실 희망이었다. 외르타는 애타는 바람에 온몸이 갈래갈래 찢겨 나갈 것 같았다. 모든 신경 하나하나가 그가 말할 것에 쏠려 있었다.

로크뢰는 여전히 그녀에게 창을 높이 겨눈 채 말했다.

"지금 내가 확신할 수 있는 유일한 것은."

외르타는 간절하게 그 눈을 바라보았다. 내가 네 증오를 샀을까? 내가 과연 그리 훌륭한 일을 해냈을까? 눈치채지도 못할 사이에 모든 일이 매듭지어진 것인가?

그렇다면 나는 산 채로 내 복수의 끝을 보는 것이다.

멀쩡하게 살아, 네가 나를 증오 섞인 노여움으로 보는 꼴을.

"내가 너를 얼마나 죽이고 싶은지……."

입이 점점 벌어졌다. 속이 울렁였다. 희열에 가슴이 벅찼다. 드디어.

드디어 네가 나를 증오하는구나.

외르타는 상대가 자신을 증오와 분노로 보고 있다는 것에 오금이 저릴 정도의 기쁨을 느꼈다. 내가 이겼다. 내가 이겼어. 아델, 엄마가 이겼어. 저자에게 남은 것은 열패감뿐이다. 스스로 자신을, 제가 살아온 성정을, 변치 않던 욕망을 모조리 부쉈다는 패배감과 증오와 노여움으로 미친 자다. 내가 저자를 완전히 망쳐 버렸다. 그의 사고와 신념과 욕심과 정신을 정 박은 듯 쪼개 버렸다.

어찌 된 영문인지는 알 수 없었다. 분명 그를 모조리 안다고 생각해 왔는데, 그래서 외르타 자신을 결코 증오하지 못하리라 믿었는데 이런 말, 이런 행동, 이런 증오라. 하지만 그런 것은 이해하고 싶지도 않았다. 숨 멀쩡한 채로 그의 증오를 받지 않았나.

자신이 죽어 그의 소유물 하나를 망치는 것보다 이것이 더 굉장했다. 제 물건을 증오하는 로크뢰라. 기절할 것처럼 행복하다. 그를 산산이 깼다. 그가 살아온 모든 방식을 박살 냈다. 기어이 해냈다는, 가슴 터질 듯한 만족감만이 선명했다.

몸이 주체할 수 없을 정도로 떨렸다. 시선이 그의 투구에 머무르다,

창날에 부서져라 맺힌 햇살로 움직였다. 저것으로 나를 부수려 했지. 저것으로 나를 증오했지.

끝났다.

이제 남은 앙금이 없었다. 저처럼 로크뢰를 무릎 꿇리고 나니 제게 남은 것이 없다. 다 끝났다.

그녀는 웃었다. 단말마처럼 터지는 웃음이라 그녀의 말은 지독히 세찼다.

"완벽해! 리오넬! 넌 이미 죽었어! 고마워! 고마워! 고마워!"

외르타는 두 손으로 칼을 들었다. 로크뢰가 그것이 허세인지 진심인지 가늠하는 그 짧은 순간, 천을 북 찢듯 거친 힘으로.

그녀의 배에 칼이 꽂혔다.

계획한 것처럼 배를 찢어 내려 했지만 순간 정신이 어두컴컴해졌다. 살아나면 안 돼. 절대 안 돼. 눈앞의 창날도, 자신을 증오로 노려보던 로크뢰도, 아무것도 없었다.

기어이 그 아이의 말을 기억해 내지 못했구나. 무슨 말을 했는지 이제는 도저히, 영영 알 수 없으리라. 숨 놓고 그 얼굴 볼 시간이 찰나라도 있을까.

아델. 울고 있니?

처음으로 너 없이 보냈던 오월을 기억한다.

네가 떠난 이곳은…….

발렌시아는 진징에서 완전히 몰리나 있었다. 다 되었다. 이제 기사들이 제 명령대로 움직여 주기만 하면 된다. 새끼 돼지가 주인의 박내기에 몰리듯 상대 역시 알지도 못하는 사이 전멸의 길에 서리라 생각했다. 회전은 여덟 시간째. 얼마 뒤에는 살아남는 자가 없을 것이다. 왕의 수급에 대한 전망도 어둡지 않았다.

그는 그것을 생각하고 스스로 놀라고 말았다.

왕의 수급이라.

애초에 이 전쟁에 나오면서 그리 대단한 것을 기대한 일이 없었다. 아무리 승산이 커졌다 해도 그것은 너무 과분한 전리품이었다. 왕의 패사라니. 일전에 말했던 자신의 논리를 기억했다. 그것이 중앙 삼국에서 얼마나 희귀했던 사건인지 너는 알고 있나? 그래. 안다. 분명 역사로 남을 것이다.

그렇다면 나는 지금, 무슨 이유로 이리 확고하게 그의 목을 노리고 있나. 무엇 때문에? 일신의 명예를 위함인가 아니면, 제 속을 들어내듯 오열하던 그 여자 때문인가. 발렌시아는 자신에게 정직한 사람이었다. 구태여 사실을 부정하고 싶지 않았다.

외르타.

정말 울음으로 타인을 죽일 정도로 울었다. 세상에 사람이 그리 피를 토하듯 우는 모습을 본 일이 없다.

로크뢰에 대한 혐오가 그리 큰가. 그 정도로 크게 맺힌 한인가. 그 공포, 그 증오, 그 분노. 보는 자신마저 사포 쓸린 듯 속이 이상했다. 어쩌면 사는 걸음 하나하나가 그리 절절한지 지독히 갑갑하고 숨이 막혔다. 겁간당했다는 사실은 알겠다. 그 상대를 얼마나 싫어할지 공감은 못하나 이해는 한다. 하지만 그녀가 보이는 얼굴은 그것 이상이었다. 그 사람 같은 강단에 생을 잃지도 않았건만 주춧돌부터 무너지다니. 이해가 가지 않았다. 그뿐일 리가 없다.

무엇인가가 빠져 있었다.

그런데 도대체 무엇이?

도무지 속이 진정되지가 않았다. 찬바람 맞은 듯 경황이 없었다. 무슨 일인지 알고 싶었다. 너무 적나라해 민망하기까지 한 속마음이지만, 실제로 그러했다. 도대체 무슨 사정인가. 무엇이, 얼마나 절실하기에 아무 상관이 없는 자신까지 정신이 팔릴 정도로 스스로를 망치나.

그는 순간 언덕 위에 날리는 붉은 천 자락을 보았다.

생각할 겨를도 없이 말을 박찼다.

저렇게 길게 날리는 붉은 천이 따로 있을 리 없다. 세상에, 어떻게 빠져나온 건가? 라르디슈의 군영에서도 도망쳤으니 딤니팔 역시 손쉽다 이건가? 발렌시아는 이를 악물었다. 제 불찰이다. 기사를 도저히 빼낼 수가 없어 일반병들에게 맡겨 놓았다. 어떻게, 설마하니. 그렇다 한들 상당한 거리가 있는 이곳까지 어찌 왔다는 말인가? 말이라곤 혼자 오르지도 못한다고 들었다. 설마 그 긴 시간 내내 걸어와서……? 저 정도로 뜻이 강한 줄…… 제기랄! 그것을 모른 것이 아니니 제가 더 멍청하다는 것이다.

그 광경에 좀 더 가까이 가게 되자 그는 언덕 너머 누군가가 그녀 앞에 말을 세우고 있다는 사실을 깨달았다. 어떤 주책없는 노파가 뜨신 물을 된통 머리에 끼얹은 것 같았다. 붉은 갑옷, 붉은 투구.

로크뢰.

맙소사. 또 찾아왔나. 어느새. 이쪽에 선 자신조차 보지 못했는데 벌이 꿀 냄새 맡듯 귀신같이 와서 서 있는 것이다. 끔찍한 집착이다. 어찌 발견하고 또 달려온 건가.

로크뢰 1세가 창을 크게 들어 그녀에게 겨누는 모습이 보였다. 얇은 뱃가죽, 서 남사라면 공잇징 문지르는 정도의 힘으로도 관통시킬 수 있을 것이다.

죽이나. 죽이지 마라. 이번에는 반드시 죽일 것이다. 제발 죽이지 마라. 제발.

백 미터.

속이 확 가라앉는다. 발렌시아의 단창은 벌써 제 자세를 잡고 있었다.

오십 미터.

위협용으로 제 목에 대고 있던 외르타의 중검이 들렸다.

십 미터.

칼이 내리쳐진다. 말은 멈출 수가 없다.

발렌시아의 창이 붉은 갑옷의 옆을 관통했다. 달려온 여파에 박힌 창자루가 덜덜 떨렸다. 발렌시아는 상대의 빽빽한 갑옷에 묻힌 창을 아예 뽑을 생각도 않았다. 즉각 몇 걸음 물러났다. 흰 칼이 햇살처럼 올라왔다. 그러나 로크뢰는 드디어 미치기라도 한 듯했다. 그는 그 치명적인 충격에 밀려나고도 자신을 공격한 기사에게 일말의 시선을 두지 않고 있었다. 발렌시아는 칼만큼은 대응할 시간을 주리라 생각하며 잠깐 동안 그가 바라보는 곳을 함께 바라보았다.

그리고, 그와 똑같은 기분이 되어, 숨이 막혔다.

누군가가 헐레벌떡 발렌시아 옆에 와 섰다. 총사령관이 자리를 이탈하는 것을 본 그나시오가 대경하여 쫓아온 것이다. 전투 후반, 그 역시 발렌시아 옆에 서서 군을 총괄하고 있었다. 때문에 다행히 가장 빨리, 아무런 부담 없이 발렌시아를 쫓아올 수 있었던 것이다. 그는 고작해야 몇 초 늦게 도착했음에도 급변한 사태에 당혹하여 어찌할 바를 모르고 있었다.

갑자기 붉은 투구 아래서 잔뜩 쉰 목소리가 새어 나왔다.

"살려!"

천 년 묵은 용의 애원 같았다. 그나시오는 어찌할지 묻는 시선으로 발렌시아를 바라보았다.

침묵.

그나시오는 그 순간, 그다운 노련함으로 발렌시아 역시 딱히 답할 수 있는 냉정이 아니라는 사실을 깨달았다. 그래서 그것은 순전히 제 판단이 되었다. 그나시오는 즉각 말에서 뛰어내렸다. 왕명에 있는 여자다. 죽으면 피차 곤경에 처할 것이다. 허다한 중상을 본 그나시오에게 이것은 조금 어수룩한 자살로 비춰졌다. 즉사할 확률이 반도 안 되는 복부에, 방향도 희한했다. 물론 그렇다고 저 상처, 저 깊이에 죽지 않는 것은 아니다. 진심으로 죽자고 찌른 상처가 얕을 리 없다. 분초를 다투는 일이었다. 왕 역시 그것을 알아 저리 다급히 명령하는 것이리라.

그나시오는 주저하지도 않고 깊이 박힌 중검을 확 빼냈다. 외르타의 몸이 덜덜 떨렸다. 그러나 피는 옷을 물들이기만 할 뿐 벌컥 솟지 않았다. 그나시오는 희망이 있다고 보고 그녀가 두르고 있던 붉은 천을 북 찢었다. 적당한 얇기에 적당한 촉감에 적당한 길이였다. 그는 그것으로 중상자의 아랫배를 꽉 졸라맸다. 숨 삼키는 소리조차 내지 못하는 여윈 몸이 부들부들 떨렸다. 그나시오는 조심스럽게 외르타를 들어 안장 위에 올렸다.

붉은 천이 와스스 떨어졌다.

그는 발렌시아에게 예를 표한 뒤 말 위에 올라 자리를 떴다. 바람과도 같이 지나간 일이다. 두 사람이 남은 자리에는 침묵뿐이었다.

기이한 생각의 공유였다. 마치 똑같은 충격을 받기라도 한 듯 꼼짝없이 굳은 모습.

누군가 그사이의 시간을 멈춰 두기라도 한 듯했다. 덜덜 떨리는 정적이나. 기함 직전의 찰나, 그 숨 막히는 공포이기도 했다. 온몸이 무너져 내릴 것 같은, 사람의 표정이라고는 모두 증발해 버린, 속이 짓눌려 다

없어진 듯 급박한.

극도의 증오, 절망, 노여움.

먼저 정신을 차린 로크뢰가 발렌시아를 향해 몸을 틀었다.

"미쳐야 할 사람은 난데."

창에 옆구리를 강타당했음에도 목소리만큼은 멀쩡했다. 발렌시아는 늘어트렸던 칼을 다시 들었다. 로크뢰의 말은 멈추지 않았다.

"너는 왜 그 꼴인가?"

발렌시아는 답하지 않았다. 아니, 사실은 답하고 싶어도 답을 몰랐다.

"대답 안 해!"

노성과 함께 왕의 붉은 칼이 검집을 떨치고 나왔다. 창으로 싸우기에는 너무 가까운 거리다. 발렌시아 역시 칼이 족하리라 생각했다. 그러나 그도, 그의 흰 칼도 흥분하지 않았다.

"저는 외려 당신에게 이유를 묻고 싶습니다."

붉은 검이 닥쳤다. 발렌시아는 시간이라도 잰 듯 적절한 순간에 그것을 막았다. 끼긱 귀에 거슬리는 소리가 나며 칼이 떨어져 나갔다.

"저분께선 왜 당신을 해침에 있어 한 치 거리낌이 없습니까? 당신의 유일무이한 비이십니다."

"명색이 미라이예임에도 십이공회에 못 드는 얼치기인가? 리타는……."

발렌시아는 몇 걸음 떨어져 그의 남은 말을 기다렸지만 더 이상 아무 소리도 들리지 않았다. 그는 적잖이 실망하며 부연했다.

"제 승계는 고작해야 반년 전입니다. 그 이전의 일은 전해 들은 바 없습니다. 그 굳건함이 저희의 명예입니다."

"그러면 그 굳건함에 따라 모른 채 죽어라!"

그와 함께 노도처럼 칼이 밀려들어 왔다. 발렌시아는 일전의 그 가공할 힘을 다시 맞았다. 평생 싸움터에서 잔뼈가 굵은 저 사막의 왕과 가히

비할 만하다. 그는 자신이 승리할 확률을 딱 절반으로 점쳤다. 그가 막 니소르로 허공을 찢어 냈을 때, 왕은 마지막 저열한 집착처럼 내뱉었다.

"대답해!"

발렌시아는 무엇에 대한 답을 해야 할지 몰라 묵묵히 제 칼만 내찌르고 있었다. 사실 이제 소리도 얼마 들리지 않았다. 보이는 것은 제 검과 상대의 검. 들리는 것은 두 칼의 비명 소리뿐이다. 아니나 다를까 로크뢰의 오른쪽 반응이 느렸다. 본능은 여전히 지독한 속도인데 창에 찔린 쪽 몸이 그것을 따라 주지 못하는 것이다. 섬뜩할 정도로 싸한 제 창은 아직도 그의 옆구리에 꽂혀 있다. 자루는 이미 부러져 있었지만 사람의 살에 박힌 곳만큼은 변함이 없었다. 저 꼴로 어찌 자신을 따라잡을 수 있는 것인지 놀라움을 넘어 약간의 경외감까지 일었다. 다시 한 번 그의 노성이 터졌다.

"너는 왜 그 꼴이냐 묻지 않느냐!"

발렌시아는 칼을 앞세운 채 뚝 멈췄다. 전쟁 중간의 휴전 협정처럼 잠깐의 고요가 드러났다. 아무래도 왕은 덜덜 떨고 있었다. 마음의 노여움과 몸의 상처가 더불어 상태가 말이 아닌 듯했다.

발렌시아는 부드럽게 답했다.

"저의 무슨 행동을 탓하십니까? 제 불찰임이 틀림없습니다."

로크뢰가 이를 갈았다.

"넌 나를 웃기는군. 리타가 자진한 것을 알았을 때 우리 둘의 표정이 꼭 같았다고 네 부관이 알려 줄 수 있을 거다."

"사실과 다릅니다. 저는 외르타에게 아무런 사적 감정이 없습니다. 전시戰時만 아니었다면 가장 먼저 그녀에게 예를 차릴 인사는 마땅히 저 본인이었을 것입니다."

왕은 그 단단한 부정이 웃겨 죽겠는지 정말로 넋 빈 소리 내어 웃었다. 전장의 마른하늘에 왕의 호탕한 웃음소리가 몇 번 터졌다. 그리고 그 끝으로, 증오 섞인 경고가 떨어졌다.

"외르타, 외르타. 단 한 번이라도 그 이름을 더 부르면 네 입을 찢어 놓겠다."

발렌시아는 잠깐 말을 멈췄다.

끝없는 욕망, 질투, 의심, 시기.

그제야 시누사가 그때 묘사했던 말을 납득할 수 있었다. 떠밀리듯 그 이해를 안았다. 납득할 수밖에 없었다. 저 사람은 외르타에게 집착하다 못해 이성이라도 마비된 것 같았다. 문득 그의 정체가 궁금해졌다. 어쩌면 이렇게까지 가릴 것이 없나? 여자 하나에 집착하여 온 전장을 뚫고 이곳까지 올라왔다고? 두 번이나?

외르타는 그처럼 너덜너덜하게 망가졌는데, 저 남자는 아직도 그녀가 제 것이라 발악하는 꼴이 같잖았다. 사람을 갈가리 찢어 두고 포용하면 그것은 과연 진짜 포용인가? 품에 안았다면 귀히 여겨야 한다. 저자는 그것에 조금도 감사할 줄을 모른다. 저 쇠 끓는 듯한 집착도 당혹스러운 일이건만 그 집착으로 한 사람을 무참히 짓밟은 과거는 그를 더 어지럽게 했다.

이해가 가지 않았다.

그래서 물었다.

"그것이 당신의 애정입니까?"

왕의 표정이 돌연 창으로 찔렸을 때보다 더 선연히 변했다. 악귀 같은 얼굴이다. 오갈 데 없는 증오와 분을 버무려 죄 뺨에 덮어씌운 듯하다. 그는 칼을 들어 올리며 떨리는 목소리로 말했다.

"네…… 감히…… 왕을 우롱하느냐!"

"당신은 저의 왕이 아니십니다."

발렌시아는 무섭도록 차분했다.

"감…… 히……!"

"외르타가 저리 절박한 이유를 제가 알지 못한다고 해서 그 중함이 한 치라도 가벼워지는 것은 아닙니다. 마땅한 배반이라 생각하십시오."

조롱이 아니었기에 더 화를 돋우는 진심이었다. 왕은 말을 받지 않았다. 발렌시아 역시 이 이상의 문답은 필요 없으리라 믿었다. 눈이 뒤집히는 노여움으로 불같은 칼이 들이닥쳤다. 발렌시아는 흥분 탓에 확연히 드러난 왕의 오른쪽 약점을 노리기로 했다.

일전에 외르타가 칭찬한 바 있던 그 흰 칼. 이번에는 심지어 그 잔상도 없다. 전장의 먼지가 그리 가득한데 그 결을 흐트러뜨리는 거친 바람마저 얼마 일지 않았다. 니소르. 무감동한 하얀 뱀. 느리면서 빠르고, 부드러우면서 거칠며, 흘려내면서 맞선다. 저번 싸움에서는 외르타를 신경 쓰느라 그리 큰 움직임을 보이지 않았던 그의 말이 이제는 외줄이라도 탄 듯 요동치고 있었다.

로크뢰는 그때와 변함이 없었다. 난폭하고 강렬한 폭군이다. 그 붉은 위압감과 다르지 않은 기세였다. 바람을 찢는 붉은 칼은 폭풍보다 더 험한 소나기, 산 채로 사람을 꿰뚫어 죽일 듯 거친 빗방울이었다. 보이는 것은 그저 힘, 압도, 권력, 그에 더불어, 능란함. 그가 무언가를 휘두를 때는 말까지 그 방향으로 슥 쓸려 갔다. 그 넘치고 요란한 힘만이 그였다.

발렌시아는 목울대가 조금 쑤신다고 생각했다. 이상한 일이다. 니소르를 진심으로 낼 때의 그는 여태껏 단 한 번도, 그 어떤 '생각'도 감히 한 일이 없었다. 증발한 듯 정직한 백지였다. 자신이 니소르를 움직이는 것이 아니고 니소르가 자신을 움직인다고 믿어질 지경이었다.

그런데 지금, 이 순간, 니소르에 맞물린 세 팔이 돌연 신연히 와 닿은 것이다. 이런 진지한 싸움의 와중에 그 자신을 자각했다. 칼과 이어진,

칼을 쥔, 칼로 상대를 죽이려는 발렌시아 자신을 인식했다. 니소르를 쥐고 처음 일어난 일이었다. 기껏 차리고 있던 냉정이 갑자기 찬물 맞은 듯 쨍하고 아팠다. 고통스러웠다.

'내' 가 칼을 휘두르고 있구나.

이런 자각을 해 본 역사가 없었다. 니소르는 항상 자신이 아닌 제 팔과 함께했다. 그것의 주인은 발렌시아의 머리가 아니라 타성에 젖은 팔이었다. 그의 뼈대 굵은 팔만 따라가면 이겼다. 항상 그러했다. 냉정이라고는, 이성이라고는 조금도 찾을 필요가 없이, 심지어는 머리를 비운 채 농담처럼 베어도 종잇조각처럼 흩어졌다.

그런데 나는 지금 왜 로크뢰를 보고, 로크뢰를 생각하고, 로크뢰를 경멸하며 니소르를 찌르나.

그 관념들은 머릿속을 빠져나가지도 못한 채 그득그득 차 발렌시아를 어지럽게 했다. 상대를 조금이라도 품은 니소르는 빼낸 적이 없다. 냉정을 잃으면 죽음이기 때문이다. 감정 섞인 칼은 곧 주인의 죽음이다. 한데 발렌시아는 지금, 로크뢰를 죽이겠다는 이해할 수 없는 맹목으로 칼을 내찌르고 있었다. 희한한 것은 이 감정 덕분에 니소르가 더 크게 정신을 차렸다는 사실이다.

널 죽여야 내가 족하다.

발렌시아가 당혹한 것은 이 결심의 선명함뿐이었다. 그 이유, 그 방법에는 조금의 의심도 없이 그저 착실했다. 그러나 저 한 글자 한 글자가 새긴 제 속의 의지만큼은 그를 난처하게 했다.

널 죽여야 내가 족하다.

흰색과 붉은색이 몇 번 쇠사슬처럼 얽혔다가, 순간 발렌시아가 확 밀렸다. 로크뢰는 주저하지 않고 칼을 휘둘렀으나 상대는 이미 그곳에 없었다. 그는 왕의 오른쪽에서 온 힘을 다해 말을 찔렀다. 말을 공격하지 않는다는 기사의 원칙은 딱히 떠올리지도 못했다. 마갑이 없는 부드러운 목덜미로, 상처만 본다면 칼이 아니라 창으로 찔렀다 해도 믿을 거친 공격이었다.

그 보답으로 발렌시아 역시 오른 어깨가 칼에 스쳤으나 완전히 무너진 로크뢰의 말에 비할 만한 과는 아니었다. 로크뢰는 이를 갈며 바닥으로 턱 뛰어내렸다. 어쩔 수 없는 충정으로, 말은 무릎을 꺾은 채 엎드려 죽었다. 로크뢰는 자신이 발렌시아에게 같은 일을 시도하려면 이제 목을 담보로 내야 한다는 사실을 깨달은 듯했다.

그는 결국 도리 없이, 그저 위에서 내리는 니소르만을 떨어뜨리고자 했다. 그러나 발렌시아가 그리 만만한 기사일 리 없다. 왕은 거의 대부분의 시간을 빗겨 내리는 칼에 대비해야 했다.

니소르는 처음도 지금도 변함없이 대단했다. 로크뢰가 움직이는 곳, 올려치는 곳에는 빠짐없이 그 흰 칼이 자리했다. 마치 철가루가 자석에 끌려가는 듯한 모양새였다. 딱딱 붙고, 떨어졌다가, 다시 번개처럼 휘감아 부딪쳤다.

얼마 뒤 발렌시아 역시 땅으로 뛰어내렸다. 위에 선 자의 어쩔 수 없는 허점이었다. 마구 돌려 치던 붉은 칼에 딤니팔 군마의 다리가 죽어나갔기 때문이다. 고지를 점했을 때 벌써 몇 번이나 그를 벤 까닭에, 돌연 승기가 바뀌는 것은 아니었다. 하지만 발렌시아는 이제 더 이상 상대를 명쾌히 찌를 수 없다는 사실을 아쉬워했다.

그가 땅에 내려서자마자 한 일은 칼을 휘둘러 베는 것도, 내찌르는 것도 막는 것도 아니었다.

발렌시아는 투구를 벗었다.

땀에 젖은 검은 머리칼이 바람에 훅 휘날렸다. 그 사이를 놓치지 않고 로크뢰가 칼을 냈다. 아니, 내려 했다. 로크뢰가 검을 위로 든 순간 발렌시아는 왕의 몸에 박힌 제 창 자루를 잡았다. 벌써 짧게 잘려 단검의 길이나 다름없는 자루였지만 그 정도로도 충분했다.

붉은 투구 속의 눈이 그를 맹금처럼 노려보았다. 발렌시아는 주저할 겨를도 없이 그 자루를 뒤로 확 당겼다. 왕이 다리에 힘을 주지 않고 저에게 끌려온다면 그것은 또 그것대로 좋다. 제 다른 팔에 날카로이 기다리는 것은 니소르의 흰 날이니.

턱이 부서지는 줄 알았다. 이 악물고 온 힘을 다해 당긴 까닭이다. 미라이에의 창이 후두둑 피를 흩뿌리며, 잡은 힘의 방향에 따라 언덕 너머로 날아갔다.

우아한 호선은 아니었다. 빙글빙글 정신 나간 개처럼 떨어졌다. 조준이 잘되지 않은 화살처럼, 미친 여자가 내지르는 비명처럼 넋 나간 뒤틀림이었다. 그것은 전장의 끄트머리에 겨우 가 꽂혔다. 허공에서 날아든 창에 왼쪽 진영 전체가 잠깐 멈칫하는 듯한 느낌이었다. 그러나 저곳을 이끄는 것은 시누사. 올려다보지 않고도 답을 알 것이다.

발렌시아가 잠시간의 방황을 끝내고 다시 로크뢰에게 시선을 고정했을 때 그에게는 어느새 왕의 상징 같던 붉은 투구가 없었다. 그러나 그는 왕의 붉은 머리, 검은 눈을 보고 새삼스럽게 그자가 라르디슈의 진짜 지배자라는 사실을 깨달았다.

이십 년을 왕좌에 앉아 이기지 못한 것이 없는 오만이었다. 자신을 제한 모든 것을 앗고 차지해야 만족할 대중없는 욕망이다. 남이 가진 것은 도무지 인내하지 못하고 기필코 사냥해 얻는다. 무엇이 저 왕을 저리 만들었나. 제 소유가 아니면 가치가 없다는 그의 개념은 발렌시아로서는 납득하기 힘든 말이었다. 납득하고 싶지도 않았다.

외르타 역시 결국 저 광기의 희생자다.

그러나 가진 것이라곤 무도한 힘밖에 없는 자신까지 그에 당할까?

로크뢰의 숨이 거칠었다. 발렌시아는 저것이 아마 저자의 한계이리라 신빙성 있는 추측을 했다. 창으로 입은 상흔이 보통이 아니다. 그런데 그 창을 안고서도 자신에게 이 정도나 대적했으니 그것은 외려 찬사받을 만한 일이었다. 발렌시아 역시 아까 입은 오른 어깨의 상처가 아파오고 있었다. 쉿녹처럼 물들어, 슬슬 팔 전체로 퍼지는 중이었다. 어떻게든 빨리 끝을 내야 했다.

자기도 모르게 조금 웃었나 보다.

로크뢰가 이를 드러내는 모습을 보아하니 확실하다. 나는 왜 웃었을까. 무감각한 팔은 다시 라르디슈의 왕을 겨누고 있을 따름. 오늘 온종일 제 팔에 얻은 피가 너무 많았다. 너무 짙다. 그러나…….

널 죽여야 내가 족하다.

발렌시아는 로크뢰에게 다가갔다. 성큼성큼. 주저 없는 확고함, 산책의 고요인 양 그리 걸어간다. 로크뢰는 땅을 짓누르는 걸음으로 그것을 받았다. 마지막 남은 자존심이라 보아도 될 것이다.

널 죽여야 내가 족하다.

조용히 걸어가던 발렌시아가 돌연 니소르를 높이 들었다. 깃대처럼 흰 칼이 솟았다. 로크뢰는 이미 그의 코앞에서 검붉은 칼을 내리찍고 있었다. 향한 것은 발렌시아의 품.

그러나 폐부에 숨이 터진 것은 발렌시아가 아니었다. 로크뢰. 예견된 결과였다. 발렌시아는 비껴 나간 왼쪽 허리를 찢겼을 뿐이다. 왕은 배를 관통당했다. 그의 갑옷은 이미 반 이상 떨어져 나갔다.

왕은 점차 충격을 일으키는 다리를 이기지 못하고 털썩 무릎을 꿇었다.

발렌시아는 떨리는 몸을 바로 세워 그에게 세 번 읍했다.

로크뢰가 무어라 읊조렸다.

눈부시게 하얀 니소르가 왕의 가슴을 내리 찔렀다.

늑골이 우득 부러지는 소리가 저녁 어스름에 선연하다.

죄인을 처형하는 듯한 모습이었다.

왕은 쓰러지며 제 앞으로 휘날려 온 붉은 천을 쥐었다.

로크뢰 1세는 절명했다.

발렌시아의 상태는 말이 아니었다. 마상에서 싸울 시 난자당한 오른쪽과 마지막에 직격으로 맞은 왼쪽 복부 탓에 차마 몸을 곧게 세울 수 없을 정도였다. 로크뢰에게 세 번 읍한 것이 제 마지막 기력이었다. 칼에 찍힌 오른 어깨도 드디어 무너졌다. 그는 니소르를 검집에 꽂으려다 뚝 떨어뜨리고는 한숨을 쉬었다. 어느 근육이 나갔는지 오른팔에 힘이 들어가지 않았다. 그는 익숙지 않은 팔을 써 가며 겨우겨우 니소르를 회수했다.

그는 누운 제 말 옆에 반 기대어 왕의 주검을 바라보았다. 웅크려 죽어 있다. 남부 전체를 스무 해 동안 호령한 왕의 말미가 저런 것인가 해서 싸한 비애감이 들었다. 그는 시선을 내리다 로크뢰가 쥔 외르타의 붉은 천을 보았다. 어쩐지 저것이 그에게는 참 분수에 맞지 않는 짓이라 생각되었다.

발렌시아는 간신히 몇 걸음 걸어 초라하게 누운 주검에 다가갔다. 그는 허리를 굽힌 뒤 붉은 천을 제 손에 넣었다. 억지로 빼앗는 모양이었다. 무리한 움직임을 한 대가로 복부가 꾸짖듯 아파 왔다.

그는 그 천을 품에 쑤셔 넣으려다 어깨에서 흐르는 피를 자각했다. 이런. 그렇게 따진다면 온몸에 두를 곳 하나 없건만. 발렌시아는 니소르의 검집을 멍하니 내려다보았다. 제 몸에서 홀로 깨끗했다. 그는 결국 그것에 긴 천을 묶었다. 외르타의 몸에 둘렀을 때는 그리 컸는데 막상 제 손에 쥐니 대단히 왜소했다. 그나시오가 찢어 간 부분을 감안해도 기껏해야 조그만 아이 옷 단벌이나 겨우 만들 길이인 듯했다.

그나시오. 그 사람이 이 언덕까지 올라와 무엇을 했더라……? 칼을 쥔 동안의 시간이 너무도 멀게 느껴져 어찌 제대로 뒤를 돌아볼 수가 없었다. 그가 왜 내려갔지?

외르타.

갑자기 머리가 싸해졌다. 왕을 죽였다고 넋 놓고 있을 때가 아니었다. 제기랄. 외르타는 기어이 자진했다. 그리 막으려 애를 썼음에도 제 뜻대로 했다. 이로써 그는 단 한 번도 그녀에게 이긴 일이 없게 되었다. 외르타에게 맞서 제 뜻을 관철할 수 있던 역사가 없었다.

매번 진다.

항상 진다.

무너지듯 흔적 없이 진다.

그런데 이번 패배는 조금 치명적이었다.

그는 말에 올라타려다 여기 있는 두 마리 모두 꼴이 말이 아니라는 사실을 깨달았다. 더불어 그의 몰골도 몰골이며, 왕의 주검 역시 딤니팔에서 지켜야 했다. 발렌시아는 그 자리를 떠나면 안 되었다. 정말 명명백백한 사실이었다.

그러나 그것은 머리뿐. 그는 도저히 언덕 아래로 내려가지 않고는 참을 수가 없었다. 로크뢰와 한 시진이 가깝게 우왕좌왕했을 것이다. 그 정도의 시간은 한 사람의 명줄이 재단되기에 충분한 시간이다. 한 예로 아까 전까지만 해도 살아 움직이던 왕이 지금 이곳에 죽어 있지 않나. 외르타 역시 이미 생사의 갈림길은 넘었으리라. 어느 쪽인가가 문제일 뿐. 발렌시아는 속이 뒤집어질 것 같았다. 빨리 내려가서 사신이 그 낄

과를 직접 봐야 이 스산한 마음이 가라앉을 것 같았다. 이 망할 것들이. 전투 지시 종결짓고 왔다고 이제 너희 눈에는 총사령관도 보이지 않나?

그는 문득 아래를 내려다보았다. 방금 전까지 그들을 탓하던 패악을 뚝 멈췄다. 신음이 흘러나오는 입을 간신히 다물 수 있었다. 그대로였다. 어젯밤 전략 회의에서 이리 가면 저리 되리라 반대를 무시하고 제가 굳게 우긴 것이 결국 사실로 드러났다. 반발했던 기사들까지도 지시를 착실하게 지켜 나온 결과이리라. 발렌시아는 양측 진형이 전개된 방향과 죽어 나자빠진 시신들을 보며 이것이 딤니팔의 유례없을 대승이 되리라는 것을 깨달았다. 직감보다는 논리로 나온 결과였다.

전술가로서는 아름답기까지 한 광경이었다. 회전 후반이라는 것을 감안하면 딤니팔의 남은 전형들은 자로 잰 듯 서 있는 것과 마찬가지였다. 실제로 일어나는 회전이 아니라 전략 회의 당시 흩어 두었던 모형 같았다. 저 포위 속에서 라르디슈 팔만의 십분지 일은 살아남을까.

그러나 정작 회전의 모든 것을 총괄한 발렌시아는 딱히 기쁘지 않았다. 군의 선전에 가장 기뻐하고 영광스러워야 할 총사령관임에도 큰 감흥이 없었다. 이 전투 뒤에 필시 제안될 협정도, 왕도로 돌아가 받을 포상도, 심지어 '산테'도 마음에 밟히지 않았다. 다만 속이 허하다. 왕의 주검을 앞에 두고 또 무엇이 놀랄 일이겠는가. 모든 기력을 다 소진한 느낌이었다. 몸도 마음도 백 살 먹은 노인처럼 힘들고 노곤했다. 쉬고 싶었다.

그리고 외르타.

외르타.

더 이상 생각이 나아가지가 않았다.

속이 욱신거려 토할 것만 같다.

"발렌시아 경!"

그는 옆을 돌아보지 않았다. 전장을 내려다보는 꼿꼿한 피 칠갑 그대로였다. 다가오던 기사는 그 장면에 다소 경도된 듯 소리를 죽였다. 왕의 피가 엉겨 붙은 검푸른 머리칼과 기사의 피로를 담아 움푹 팬 뺨, 오래된 조각상의 일종인 듯 여기저기 부서져 피가 내리는 흰 갑옷, 땅에 세운 칼집에 애처로이 매달려 몸 비트는 붉은 천. 붉은 천. 그것이 발렌시아 뒤로 불꽃같은 한숨을 내고 있었다.

평생 전투에 썩어, 전쟁의 낭만적 광경이란 망조라는 신조를 가졌던 그나시오는 그제야 제 생각을 약간 수정했다. 저것은 그 자체로 서사시다. 역사에 남으리라.

그나시오는 그 속에서 종자 노릇이라도 해야겠다고 생각하며 씩 웃었다.

"발렌시아 경, 회전 종반입니다. 경께서 끝을 보셔야 합니다."

그는 무언가 말하려 입을 벌렸다가 다시 조용해졌다.

"이미 제 아들을 제한 모든 날개 기사들이 사령부에 모였습니다. 회전이 거의 아홉 시간 동안 계속된지라 중간 휴지에도 불구하고 몰골들이 말이 아닙니다."

발렌시아는 여전히, 대답 없이 피 흐르는 전장을 바라보고 있을 따름이었다. 아무런 감흥이 없는 얼굴. 저 광경이 누구 덕분인지는 아예 생각도 않는 듯했다. 그나시오는 지치지 않고 말했다.

"제가 인계받았던 비전하께선 이제 안전하십니다. 급소를 완전히 비껴 나 적어도 오늘 밤 내로는 정신을 차리시리라 들었습니다."

"딤니팔의 피해는 어느 정돈가?"

"명망 있는 기사 중 유명을 달리한 자는 단 한 사람도 없습니다. 병사나 종기사들은 선투 종결 후 집계해야 알겠지만 이무리 많아도 이만은 넘지 않을 겁니다."

"기적적이군."

"경 덕분입니다."

발렌시아가 고개를 돌렸다. 그나시오의 손에는 말고삐가 둘이었다. 그는 그제야 처음으로, 희미하게 웃으며 말했다.

"내가 죽었다면 로크뢰 1세에게 군마를 조달할 셈이었나?"

"승자의 권리 아니겠습니까."

발렌시아는 부정하지 않는 그의 모습을 보며 애초에 그가 자신의 패배는 생각지도 않았다는 사실을 깨달았다. 그것은 발렌시아에게는 다소 큰 충격이 되었다. 제가 어떤 믿음을 주었기에 새파랗게 어린 청년을 이리 신뢰하는가. 그는 문득 생각이 났다는 듯 말했다.

"말에는 나 대신 왕을 올려야 할 것이다. 마땅한 예우라. 내가 말을 끌고 가겠다."

"걸으시면 안 됩니다. 말에 오르십시오."

"내가 모셔야……."

"고단한 분께서 그런 예의를 차리실 필요는 없습니다."

"경."

그나시오는 엄한 상대의 눈을 보고도 꿈쩍하지 않았다.

"라캉 5세 적에도, 굴라르모 2세 적에도 여타 셀 수 없는 왕의 패사적에도 그에 예우를 갖춘 일은 손에 꼽힙니다. 게다가 그런 대우를 받고 진영에 영광스러운 기사로 도착했다는 것이 알려지면 비전하께서 어찌 배반의 대우를 받으시겠습니까. 로크뢰 1세의 목을 베어 비전하께 진상하십시오."

"뭐……?"

이제는 그나시오가 더 냉랭한 표정이 되었다. 발렌시아는 돌연 모든 것이 확 무너진 얼굴을 하고 있었다.

"그것이 비전하께서 배반하신 이유가 아닙니까. 딤니팔은 이 승리에 명예로운 보답을 해야 할 것입니다."

발렌시아는 문득 이 그나시오가 외르타가 도착한 직후부터 밀레비스 회전 직전까지 보급창을 순시하러 떠나 있었다는 것을 깨달았다. 십이 공회의 그나시오다. 그런 그에게 왕비의 이유를 물은 일이 없다. 세상에, 그리 절박했으면서 가장 가까이에 있던 사람을 묵과했다니. 심장이 덜컥 내려앉는 듯했다. 어느 순간까지는 분명 그나시오에게 하문하리라 기억하고 있었다. 그러나 그 뒤 너무 바빠서, 얼마나 경황이 없었으면.

발렌시아는 제가 얼간이처럼 묻는 것을 어찌 자제하지 못했다.

"그녀가 왜?"

"모르…… 십니까? 어떻게 미라이예께서 그것을……."

"그 소리, 하 들어 지친다! 내가 반년 전에 공작위를 승계했다고 누차 말하지 않나!"

그로서는 참 엄한 꾸짖음을 들은 셈이지만 그래도 그는 그것을 이해할 만한 깜냥이었다. 그나시오는 짧은 한숨 끝에 답했다.

"칠 년 전, 게외보르트의 왕녀가 라르디슈 모장티로 휴양을 온 일이 있습니다. 그녀는 그 당시 육전대 편제 문제로 남부에 내려와 있던 로크뢰 1세와 우연히 만나게 되었습니다. 로크뢰 1세는 무슨 생각인지 그녀를 취했고."

왕이 취한다는 말이 무슨 의미인지 모를 사람들이 아니었다.

"게외보르트에 왕의 딸을 넘기라 부탁했습니다. 게외보르트는 왕위 승계가 이루어질 시 왕녀를 죽이라는 조건하에 허락했습니다. 로크뢰 1세는 그 제안을 수락한 후 아무런 지위도 없는 왕녀를 생 로욜에 감금했고, 그녀는 이내 딸을 낳았습니다. 그 후, 게외보르트에서 막시밀리안 5세가 죽자, 일상적인 내란을 치르고 마침내 발터하임무르센 1세가 즉위했습니다. 그가 왕위에 오르자마자 가장 처음 한 일은 라르디슈에 제 누이를 처형하라는 공문을 보낸 것이었습니다."

핏방울이 말라붙은 발렌시아의 얼굴이 하얗게 질려 있었다.

"로크뢰 1세가 그것을 제한 모든 것을 하겠다 말하자 게외보르트는 그녀에게서 자식을 보지 말라 요구했습니다. 라르디슈가 거절했다면 전쟁도 불사했으리라 생각합니다. 로크뢰 1세는 그 요구를 수락했습니다. 그는 생 로욜 주재 게외보르트 공관과 귀족원의 몇몇을 증인차 왕궁으로 소환하여 제 딸을 죽인 뒤 이제 죽을 염려가 없어진 왕녀를 왕비로 즉위시켰습니다. 이것이 이 년 전. 제가 그 뒤 듣기로는 아이에게 쏟던 애정을 남편에게로 돌린 듯 화기애애하다 했습니다. 이제 보니 별로 그런 것 같지는 않습니다만."

군인의 입에서 나온 말이라 한 치의 수식어도 감정도 없는 설명이었지만, 그럼에도 불구하고 그 잔인함은 차마 희석되지 않았다. 발렌시아는 할 말을 잃었다. 머리를 한 대 얻어맞은 듯했다.

"이 년의, 아니 꼬박 칠 년의 원한으로 계획한 일일 겁니다. 딤니팔은 그에 족한 대우를 해야 합니다."

발렌시아는 무언의 압박을 받았다. 그는 떠밀린 듯 걸어 로크뢰의 주검 앞에 섰다. 아무 생각 없이 피에 젖은 시체를 말 위에 올렸다. 갑옷을 벗기지 않으니 정말 끔찍할 정도로 무거웠다. 그나시오가 옆에서 왕이 말 위에 자리 잡는 것을 도와주었다. 발렌시아가 다른 말 위에 올라탔을 때 그는 이미 두 말을 이어 묶은 채였다.

"먼저 가십시오. 뒤처리 후 내려가겠습니다."

그는 그리했다.

사령부로 내려가는 비스듬한 구릉에서 참 생이 모를 것이란 생각을 했다. 마땅한 증오고, 마땅한 복수며, 마땅한 배반이라. 인과는 당연했다. 그러나 그 와중 겪은 세월이 생살을 째는 듯 쓰려 안타까운 것이다.

감히 고개를 들 수가 없다.

이것이 미안함인지 노여움인지는 잘 알 수가 없었다. 그저 속이 메고 울렁거린다. 인간 같은 낯이 아니었다.

"발렌시아 경."

남자에, 힘에, 아이에 공포를 느끼고 있었다.

"누군가를 쉽게 단정하려 하지 마라."

너는…….

사령부에 도착하자 떠나갈 듯한 환호가 있었다. 그 환성의 이유를 깨달은 것은 조금 뒤였다.

손들이 모여 왕의 주검을 내렸다. 순간 저자에게 표했던 제 마지막 삼례가 대단히 후회되었다. 경황없이 이끌려 총사령관의 좌에 앉자 의무병이 바람처럼 달려와 앉은 그의 상처를 치료했다. 무슨무슨 소리를 들어 가며 한 시간이 조금 넘었나. 딤니팔의 각적이 둥둥 불렸다. 도저히, 더 이상, 어찌 극복할 수 없는 라르디슈의 패배였다.

발렌시아는 무표정한 승리자였다. 손에 턱을 괸, 조금쯤 방만하기까지 한 자세는 오만이라기보다는 위엄으로 여겨졌다. 아무 생각도 들지 않았다. 사막과 동부에선 승리한 전투 하나하나가 희열이었는데 이 대승에 이토록 무감각함은 무슨 영문인지 이해가 가지 않았다.

얻은 것이 없나. 다만 누가 배 속을 훑어 간 듯 속이 텅텅 비었다. 누군가가 사령관께서 피곤하신 듯 보인다 걱정하여, 결국 그는 막사 안까지 밀려나는 처지가 되었다. 발렌시아는 외려 그에 감사했다.

본부로 돌아가야 함에도 승리의 희열에 취한 딤니팔은 도통 사령부에서 물러날 생각이 없는 듯했다. 몇몇은 어차피 라르디슈가 종전 협정을 제안하려면 가까운 곳이 더 낫지 않겠냐고 농을 치기도 했다. 무엇이 그리 즐거운지 모르겠다. 홀로 이 기쁨에서 소외된 듯하여 소태를 씹은 양 입맛이 썼다.

"발렌시아 경, 비전하께서 기침하셨습니다."

발렌시아는 뺨을 맞은 것처럼 정신을 차렸다. 그는 소식을 전한 톨레도가 화들짝 놀랄 정도로 갑작스레 자리에서 일어났다. 그러고는 멀쩡한 채 성큼성큼 막사를 걸어 나갔다.

사령부는 몇 시간 만에 정상으로 돌아온 총사령관을 광란으로 맞이했다. 다들 그가 나온 것을 보고 드디어 제대로 칭송할 수 있겠다고 기뻐했다. 물론 톨레도는 발렌시아가 그들의 찬사를 받는 대신 외르타에게로 가리라 추측했다.

그러나 막사의 휘장을 걷고 나선 발렌시아의 첫 명령은 그것이 아니었다. 그에게서 나온 목소리는 돌이 입을 연 듯 딱딱했다.

"로크뢰 1세의 주검은 어디 있나?"

그것은 즉각 그 앞에 대령되었다. 무슨 일인가 싶어 그 군영에서 모일 수 있는 사람이란 사람은 모두 총사령관이 보이는 곳에 비집고 섰다. 발렌시아는 갑옷을 입은 왕의 주검이 반듯이, 정결한 채 제 눈앞에 놓이자.

니소르가 스스로 산 것처럼 솟아올랐다. 아직까지도 칼집에 묶여 있던 붉은 천이 바람에 진저리를 치며 휘말려 올라갔다.

칼이 왕의 목을 찢었다.

순식간의 일이었다. 왕이 와서 땅에 눕고 발렌시아가 칼을 뽑아 내리치는 것은 그 자체로 하나의 연속된 동작이었다.

기사들이 숨을 확 들이켰다. 저것이 닥칠 줄 생각지 못했다. 왕의 수급을 베는 것은 발렌시아의 당연한 권리다. 그러나 그것이 이리 야만적인 방법이 되리라는 것, 그것은 그 누구도 예측하지 못했다.

싸한 충격이 군영을 뒤집어 삼켰다. 발렌시아는 허리를 굽혀 그의 머리를 잡아 올렸다. 웃지도 찡그리지도 않는다. 그저 소름끼칠 정도의 무표정만이 그 엄격한 얼굴에 자리할 따름이다. 그는 제 망토를 확 뜯어내 왕의 머리를 감쌌다. 이미 시체가 어느 정도 굳은 상태라 피는 얼마 나지도 않았다. 그나마 아직까지 생생한 것도 지금이 초겨울인 까닭이다. 그나시오가 슬슬 사람을 물리기 시작했다. 다들 한 대 얻어맞은 듯 얼얼한 기분이라 어어 하는 사이에 그 자리를 뜨게 되었다.

발렌시아는 주변의 당황에 조금도 개의치 않았다. 그는 그 목을 들고 흰 막사에 다가갔다. 무턱대고 들어오는 총사령관을 본 의무병이 놀라 예를 차린 뒤 도망쳤다.

막사에는 둘뿐이었다.

발렌시아는 어떤 말도 없이 몇 걸음 걸어 바닥에 한쪽 무릎을 꿇었다. 그가 낸 손에는 제 피비린내 나는 망토가 있었다.

외르타는 장장 여섯 시간 만에 깨어나 갈피를 잡을 수 없는 상태였다. 아직도 머리가 어질어질하고 복부 역시 생살이 찢어진 듯 아팠다. 금세라도 다시 기절해 버릴 것만 같은 고통이었다.

무릎 꿇은 발렌시아를 보았다. 자신이 쓰러진 지 적지 않은 시간이 흘렀을 것, 그런데 그에게는 아직도 정신이 아득해질 정도의 피 냄새가 진동하고 있었다. 전투가 그리 오래 계속되었나.

아니 그 이전에, 나는 도대체 왜 살아 있나? 분명 죽자고 아득바득 찔렀는데 왜……? 그저 자해 위협으로 끝난 것인가? 절망적으로 아쉬웠다. 그녀가 살아 있다는 것을 안 로크뢰는 광풍으로 휘몰아쳐 다시, 빈

드시 그녀를 데려갈 것이다. 지금은 다행히 딤니팔에 있다지만, 로크뢰는 분명 자신을 가지려, 끝장을 내러 온다.

이제는 '끝장내기' 위해서도 올 것이다.

그가 가진 감정이 애 '증' 이었기 때문이다.

그에게는 항상 애정만이 있었는데, 외르타는 기어코 그의 증오를 샀다.

그처럼 복수에 성공하고 희열에 차 제 삶을 끝냈다.

그런데 죽지 못했다니. 깔끔한 끝이라 생각했다. 로크뢰를 무너뜨리고 내가 죽으면 로크뢰는 무너진 채 한평생을 살 테니까. 그런데 이처럼 자신이 살아 있다면 로크뢰는 포기하지 않을 것이다. 어떻게든, 무슨 짓이든 할 것이다. 더럽고 난잡하고 고상하지 못한 끝이었다.

발렌시아, 이 무능한 인간 같으니라고. 왕은커녕 자신조차 죽이지 못했다. 그녀는 더 이상 그에 대한 신뢰를 갖지 않겠노라 결심했다.

노여움으로 발렌시아를 바라보던 외르타는 문득 이 광경에 써늘한 자각을 느꼈다. 누군가 뺨에 얼음이라도 댄 듯한 감각이었다. 상처가 아직까지도 너무너무 아파 제정신을 차리지 못했던 모양이다. 내 앞 충격적인 장면을 단지 멍하니 노려보고만 있었다니. 스스로에게 경악했다.

저자가 왜 지금 내게 무릎을 꿇고 있지?

자신에게 고개 한 번 숙이지 않고 공대 한 번 쓰지 않던 사람이었다. 그것은 그에게도 그녀에게도 참 당연한 일이라 일상처럼 받아들이던 상명하복이었다. 그런데 이처럼, 가장 큰 굴종을 나타내는 모습은.

자신이 지은 죄를 깨달아 저토록 고개 숙인 진심으로 사죄하는 것인가 싶어 순간 안쓰러웠다.

그가 말했다.

"이것으로 제 총사령관 지위는 공식적으로 해제됩니다. 그러나 비전하께 총사로서 약조드린 것은 그를 내려 주신 왕명과도 같습니다."

뭐라고?

"제가 올리는 것이 전하의 흡족함이 되리라 믿습니다."

그녀는 발렌시아가 무슨 말을 하는지 잘 알아듣지 못했다. 그러나 몸은 절로 숙여져 그의 손에 붙들린 무언가를 덜컥 받아 들었다. 대단히 묵직했다. 이유 없이 가슴이 뛰었다. 선물 받은 아이가 기쁨에 넘쳐 포장을 뜯는 양 손이 주체되지 않았다. 그가 자신에게 넘기겠다고 말한 것이 무엇인지 생각이 날 듯 말 듯 했다. 매듭을 묶은 힘이 너무 세서 그녀는 이를 악물고 양쪽을 잡아당겨야 했다.

순식간에 망토가 흘러내렸다.

그녀의 무릎 위에 붉은 투구를 쓴 머리가 얹혀 있었다. 외르타는 덜덜 떨리는 손을 그 투구에 가져다 댔다.

등불의 껍질을 벗겨 내어 빛을 보는 모양새로, 그녀가 투구를 들어내었다.

외르타의 얼굴이 멈췄다.

숨 쉬는 소리조차 나지 않았다. 한참을 그리했다. 바늘 깔린 침묵은 그녀에게도 그에게도 꼭 같았다. 막사 안 무서운 정적에 누구도 감히 들어올 생각을 하지 않는 듯했다.

그녀의 가슴이 크게 오르락내리락했다. 웃음이 점점 그녀의 입을 잡아먹었다. 그녀의 목에서 새끼 짐승같이 여린 숨소리가 새어 나왔다. 그러나 그에 섞여 있던 미세한 떨림은 이내 사라졌다. 목소리는 더 확연해졌다.

"아…… 아……."

도저히 믿기지가 않는…….

도그뢰.

이 증오 섞인 얼굴. 미친 듯 증오해 일그러진 얼굴. 얼마나 증오하며,

얼마나 절망적으로 죽어 갔나. 얼마나 나를 사랑하고 얼마나 나를 미워하며 숨을 거뒀나.

날이 가까운 줄도 몰랐을 것이다. 다만 돌아보니 이미 당신 내장을 헤집었으리라. 네가 가장 사랑한다는 나에게 당해 치욕스럽고 절망적인 채 분노하며 생을 마쳤구나.

가망 없는 꿈을 꾸었다. 딱 내가 아픈 만큼 당신도 아프더라고. 내가 게워 낸 피만큼 당신도 고통받고 내가 증오한 만큼 증오하더라고. 희열이 온몸을 집어삼켜 머리부터 발끝까지 뜨겁지 않은 곳이 없었다.

내 살아온 것이 오늘 이 모습을 보려 했던 것이로구나.

외르타는 더 이상 떨리지 않는 손으로 로크뢰의 닫힌 눈꺼풀을 찔렀다. 그의 모습을 될 수 있는 대로 확고히 기억 속에 새겨 넣으려 애썼다. 날 무참히 망가뜨린 너. 네 고통으로 좀 더 행복할 것이다. 내 딸아, 이제 네 살인자의 마음도 몸도 죽었다. 이것 때문에 내게 잠깐의 생을 준 것이니? 이 비참한 얼굴을 이 어미에게 보여 주려, 죽을 숨 잠깐 붙여 준 것이니? 웃다가도 눈물이 나서 얼굴이 일그러졌다.

힘들여 이어 갈 만큼 미련이 남은 목숨이 아니다. 살고 싶어 사는 것도 아닌데 고통까지 받고 싶지 않았다. 이 성질 급한 내가 네 떠난 이후로도 이 년이나 기다렸으면 할 만큼 한 것 아니냐. 너를 잊지 않았다. 앞으로도 잊지 않을 것이다.

아델.

아델. 나는 오늘 네 빚을 온전히 갚았다.

나는 그곳에 가 너를 사랑한다고 빌 것이다.

다음 순간, 있는 듯 없는 듯 잠자코 섰던 발렌시아가 그녀의 손목을 틀어쥐었다. 그녀의 오른손에는 어느새 칼이 있었다. 로크뢰의 목이 무심히 굴러떨어졌다. 외르타는 또다시 자진하려던 자신이 조금도 부끄럽지 않았다. 정말 끝이다. 지치고 피곤하여 감히 생을 더 이을 마음이 들지 않았다. 남들이 칠십 년 겪을 인생, 홀로 스물네 해 만에 소진했다.

그녀는 조금도 참괴치 않는 차분함으로 말했다.

"다 끝났어."

발렌시아는 답하지 않고 그녀의 손목을 비틀었다. 그러나 외르타는 악착같이 단검의 칼자루를 쥐고 있었다. 부서질 것 같은 몸으로 끈덕지게 제 죽음 줄을 쥐었다. 그는 그 마른 손목을 감히 더 세게 돌릴 수 없는 듯했다.

발렌시아는 남은 한 손으로 제 검집에서 무언가를 빼내었다. 다급하고 절실하고 맹신적인 손길. 거칠게 잡아 뜯었다.

흩뿌리듯 던진다.

외르타는 머리 위로 아델의 옷자락을 뒤집어쓰게 되었다.

붉은 한숨처럼 운다.

상복 같은 차림새였다.

'그러니…… 는…….'

주체할 수 없이, 순식간에, 벼락 맞은 나무처럼 눈물이 터졌다. 아델. 그 아이에 제 눈을 막고 있던 둑이 터진 것 같았다. 붉은 시야에 감히 제 정신을 차릴 수가 없었다. 순식간에 과거가 치밀어 와 제 온 얼굴을 잡아먹었다.

"이…… 긴…… 생을…… 내가…… 너 없이……."

엉엉엉. 로크뢰를 죽여도 여전히 그 아이는 절망적일 정도로 안쓰럽다. 제 가슴에 묻었다. 네가 없으면 나는 대책 없다고 끝까지 매달릴 것을. 네가 없으면 숨 쉴 수 없다고, 행복한 순간에도 네가 떠오르고 슬픈 순간에도 네가 떠오르고 노여운 순간에도 네가 떠오른다고, 네가 내 삶 그 자체라고 엎드려 애원할 것을.

너를 사랑한다.

네가 고독하지 않았으면 했다.

너를 실망시키고 싶지 않았다.

'그러니…… 는…….'

'그러니 엄마는…….'

'그러니 엄마는 살아.'

그 아이의 말.

가슴에 무언가 퍽 하고 꽂히는 느낌이 들었다. 삽시간에 질식당했다. 온몸이 저려 자각도 없는데 사지만 바스러졌다. 메아리 먹은 산이 왕왕 대듯 요란한 진동이었다. 갑갑하고 먹먹해 죽을 것만 같았다.

그래. 기억했다. 저런 말을 했다. 그 상사화 같은 찬란함으로 미소 지었다. 내 희망. 내 구원. 내 빛.

아델.

아델.

내게 그처럼 잔인한 말을.

"나는 엄말 사랑해."

"그러니 엄마는 살아."

숨넘어갈 듯한 오열이 그녀를 찔렀다. 사람 같지 않은 눈물이 줄줄 흘러나왔다. 가슴이 찢어진다.

돌이킬 수 있다면 언제로 돌아가야 하나 매일 고민했다. 네가 있는 곳, 네가 있는 시간, 그 끝을 안다 해도 지독히 이기적으로 바랐다. 네가 있는 곳, 네가 있는 시간. 너를 사랑한다. 절망적인 간절함으로 사랑한다.

세상을 좀 더 살았으면 아름다운 것도 많이 보았을 텐데.

"그러니 엄마는 살아."

몸이 앞으로 굴러떨어진다. 붉은 천이 벗겨져 나갔다. 두들겨 맞은 듯 얼얼한 슬픔에 중심을 가눌 수 없었다. 모질도록 안쓰러운 비애를 맞아 온몸이 타들어 가는 것 같았다. 이 짧은 시간에도 너무 울어 뺨이 제 것이 아닌 듯 텁텁했다.

너를 위하는 일이라면 설령 그것이 죽음이라도 나는 행복했다.

외르타는 칼을 놓았다.

누군가 그녀의 기우는 몸을 조심스레 받쳤다. 그녀는 제 오른 어깨를 받은 손을 더듬어 잡았다. 무엇에라도 위로받지 않으면 미칠 것 같았다. 그 손. 따듯하고 딱딱하고 큰 손. 외르타는 그 손에 제 얼굴을 묻었다. 손은 놀란 듯 확 움츠러들었다가, 이내 그녀만큼 떨리며 그 뺨을 감쌌다.

아쉬움 남기지 않으려 마지막 한과 같은 눈물이 탔다. 타닥거리는 마음을 힘들여 토했다. 볼을 타고 후드득후드득 끊임없이 떨어지는 불티. 그녀의 뺨 둥글게 덮은 손이 머뭇거리다, 간신히 그 눈가에 닿았다. 곧 깨질 유리를 다루듯 온 신경을 기울여 눈물을 받는다. 망설이는 부드러움으로 얼룩진 눈을 닦아 내었다.

외르타는 그 온화한 손에 얼굴을 묻고 울었다.

아델.

따뜻한 봄 햇살 받아 두었다.

내 돌아가면 네게 한 아름 안겨 줄 것이다.

부록

부록

◆ 딤니팔

대륙의 중앙 삼국 중 하나. 왕도는 오스페다, 왕궁의 명칭은 잉그레. 듀아네일력과 함께 개국하여 현 대륙에서 가장 오래된 나라이다. 대륙 중앙의 온난 지대를 차지하며, 식민지와 우호국을 포함하면 현재 대륙에서 가장 넓은 면적을 차지하고 있다(3개 식민지, 3개 우호국). 영토 내에 알론조 캄비와 사막이 포함된다. 언어는 공용어를 기본으로 북부 지드카어를 사용하며, 인구는 535년 기준 1,220만, 통화 단위는 금, 은, 동, 그리고 장으로 규정되어 있다. 여러 분파와 지역 종교가 혼재하여 왕실의 신인 캄비와 계관의 노아예도 큰 의미가 없다.

정치 체제는 왕정, 그리고 십이공회라는 딤니팔 특유의 귀족 기구가 있다. 건국 영웅은 데카를로 쏘노와 대마법사 눌라레이다. 이들의 이름은 수많은 곳에 흔적을 남겼지만 대표적으로 왕궁 잉그레의 꼭대기 층인 데카를로의 방, 십이공회의 소집 장소인 눌라레의 방에 각각 남아 있다. 행정 구역은 12부 5성으로 12개의 중앙 행정 구역, 5개의 국경 수비 지대가 산하에 있다. 이는 알로지아드 가도와 맞물려 구분된다.

보유 기사단은 아래와 같다.

— 중앙 기사단: 10개 연대. 상시 운영 4개 연대, 1연대 왕도 근무, 2~4연대 국경 방어 지휘.

— 알로지아드 기사단: 2개 연대. 상시. 알로지아드 가도 경비. 톨레도 가문 소유.

— 눈의 방패: 3개 연대. 상시. 딤니팔 남부 기놋 사막 유목민의 무력화 목표, 라르디슈의 르주뢰 협정 경계.

— 맹약 근위대: 1개 연대. 상시. 왕도 방어 근위대.

— 적기사단: 비상시. 소집 시 4개 연대. 적국 침공 목적.

— 계관 기사단: 3개 연대. 1개 연대 상시. 칼치오 평야 주둔 기사단. 주로 국왕의 식전 기사로 유용됨.

— 궁륭 기사단: 5개 연대. 상시. 국경 방어.

— 카스틸리오네: 6개 연대. 상시. 동부 원정 목표.

실제로 작위를 받은 기사는 총 802명이다.

영토 대부분을 차지하는 평야를 바탕으로 대륙 최대의 식량 수출국이다. 과일도 다수 재배되며 북부 퀴다치오 산맥에서 국내의 광물 수요를 충당한다. 대륙에서 가장 철이 많이 나는 나라이다. 영토 내에 연간 금 1만 장가량의 철을 생산하는 철광산이 3곳(네젠-롬바, 갈라치아, 두에바)이나 있다. 또한 서남부 지방은 손꼽히는 포도주의 산지이다. 대륙의 3대 포도주 중 하나인 라안다-부올레가 리몰도 지방에서 생산된다. 영토 중북부는 세르바씨 숲의 광대한 영역을 바탕으로 가구, 제지 산업의 요충지이다. 이 구역에 속하는 아메레오 지방은 장인들의 성지로서 대륙 모든 사치품의 태胎로 불린다.

◆ **라르디슈**

대륙의 중앙 삼국 중 하나. 수도는 생 로욜이며 왕궁의 명칭은 특별히 정해진 바 없으나, 통칭 비생 로욜로 불린다. 듀아네일력 62년에 개국했다. 남부 전반을 차지하는 영토로 해군력이 뛰어나다. 동부 연합의 여러 나라들과 남부 상업 조합을 창실해 그 의징국을 맡고 있으며, 남부 산천 군도를 거점으로 육전대를 창설, 라쥐모르 상권을 독점 중이다. 언어는 남부 뮐느뎅어를 기본으로 공용어 역시 사용한다. 인구는 530년 기준 1,109만이며, 통화는 베유, 뤼베유, 1:10으로 교환된다. 번성한 종교는 없다.

정치 체제는 왕정, 그러나 귀족원이라는 귀족 의장 기구를 통해 의견을 수렴한다. 건국 영웅은 리무쟁 1세와 두죄르 위. 행정 구역은 10주 2부제다. 2부제 산하의 지역만 국왕 직속이며 10주는 전부 귀족원을 거쳐 왕에게 전달된다. 식민지는 3개이고, 우호국은 두지 않는다.

보유 기사단은 아래와 같다.

— 본 기사단: 7개 연대. 상시. 국경 방위와 수도 방위 겸임.

— 왕실 기사단: 국왕 직속 기사단. 4개 연대. 상시. 국내 분란 진압. 적국 침공.

— 베브론 기사단: 귀족원 소속 기사단. 4개 연대. 상시. 국내 분란 진압. 적국 침공.

— 도네부 스따시옹: 비상시. 소집 시 3개 연대. 이민족으로 구성된 기사단.

— 계유 기사단: 5개 연대. 상시. 국경도시 방어.

— 청기사단: 비상시. 소집 시 2개 연대. 적국 침공.

— 화관 기사단: 비상시. 소집 시 3개 연대. 북부 귀족 소속. 국내 방어, 적국 침공.

작위는 특별히 임명하지 않는다. 귀족이라면 간단한 절차 뒤 왕의 기사로 인가받을 수 있다.

중앙 삼국 중 문맹률이 가장 낮은 나라이며 정치에 대한 지대한 관심을 자랑한다. 중요한 정책은 150년 발효된 뤼누아즈 칙령에 따라 1년의 공포기간과 15년의 감찰 기간을 둔다. 대체로 교육 수준이 높아 예술 활동이 활발하다.

건국 이후 지금까지 남방 항로를 독점하고 있다. 이는 게외보르트가 우호국으로 남부 해안가까지 세력을 넘긴 이후에도 변하지 않은 사실이다. 게외보르트와는 달리 신대륙 탐색에 대한 지원은 미미하다.

평야가 많아 자급자족은 물론이거니와 대륙 식량 교역의 20퍼센트가량을 차지하고 있다. 남부 해안 지역은 대륙 최대 소금 생산량을 자랑한다. 북부 도스튄 산맥에서 광물이 나지만 철 자체 수급은 어려운 수준이다.

◆ **게외보르트**

대륙의 중앙 삼국 중 하나. 수도는 숄렘 노트란트, 왕궁은 비사 오필라. 듀아네일력 154년 건국. 화폐 단위는 상켈, 마텔탈 상켈(통칭 마텔)로, 상켈이 1천 마텔 단위이기 때문에 웬만한 사람들은 손에 넣기 힘들다. 종종 마텔 단위가 치솟으므로 암화가 오가는 편이다. 왕실은 이 암화를 가장 엄중히 단속한다. 인구는 521년 기준으로 1,039만 명. 언어는 게외보르트 왕실 언어와 공용어를 사용한다.

정치 체제는 왕정이다. 특히 어수대를 통한 통치 체계 일원화로 삼국 중 가장 강력한 왕권을 자랑하는 편이다. 건국 영웅은 노트란트. 딤니팔에서 분리 독립했다. 행정 구역은 8부 3령제. 특이하게 식민지를 국가 행정 구역에 편입하여 3령으로 두고, 중앙 행정 구역으로 8부를 두고 있다. 영토 내에 그라우뷘덴 심연이 존재한다.

보유 기사단은 아래와 같다.

— 하감 기사단: 5연대. 상시. 국왕 직속 기사단. 2연대는 수도 방어 담당, 나머지는 각 주요 도시와 국경 방어를 담당.

— 정복 기사단: 5연대. 상시. 국경 방어 기사단.

— 예츠트의 창: 비상시. 소집 시 6개 연대. 적국 침공. 비록 비상시 기사단이라 하나 언제나 주변국을 침공하고 있기에 3개 연대 정도는 상시 기사단과 다름없다.

— 게보이데 기사단: 4개 연대. 상시. 게보이데 평야 주둔 기사단. 국내 분란 진압.

실제로 작위를 받은 기사는 523명.

주신은 알드-바제사이며 왕가를 수호하는 유일신이다. 알드-바제사의 사제는 왕가의 태를 감별하는 역할과 숄렘 노트란트를 밝히는 역할을 맡고 있다. 이 외에 비상식적으로 기능하는 부분은 없다.

나라는 보수적이고, 여작위가 드물다. 영토의 서부가 대륙의 끝인 덕택에 해상 무역이 발달했다. 라르디슈에 비할 바는 아니나 해군 역시 강력하다.

광물 자원이 많은 천혜의 땅이나, 토지는 척박하여 식량 자급률이 떨어진다. 불행 중 다행으로 북부에서 남부까지 길게 뻗은 영토를 바탕으로 대륙 최다종의 과일 생산국. 서부 오월해 부근에서는 유일한 종류의 산호가 난다. 화훼업에도 대륙 최고의 전문성을 보이고 있다.

북부, 남부에 세 개의 식민지가 있으며 북부의 니자흐트는 하감 기사단이, 남부의 발트헨과 다르프히는 게보이데 기사단이 담당한다. 잔혹한 식민 착취 정책이 시행된다.

◆ **알론조 캄비:** 딤니팔 소재의 거대한 호수. 대단히 광대하여 아직까지 누구도 횡단, 종단해 본 역사가 없다. 중간에 섬이 있을지 모른다는 추측을 하는 이도 있다. 왕실 주도로 측량 사업을 진행한 것이 역사상 도합 네 번이지만 전부 실패했다. 딤니팔 국민에게 신성불가침의 영역으로 여겨지는 곳. 다신교 국가인 딤니팔에서 유일하게 일치하는 신앙이다.

◆ **포티미외:** 딤니팔과 라르디슈의 접경지. 라르디슈의 영토 중 딤니팔을 가장 많이 침범한 곳이라 마찰이 상당하다. 시위용으로 알로지아드 엠록이 설치되어 있다.

◆ **라쥐모르:** 통칭 라쥐모르 상권으로 일컬어지며 남동부 해상 무역을 독점한다.

◆ **르주뢰 협정:** 딤니팔과 라르디슈 국경에 있는 기놋 사막의 유목민과 라르디슈가 맺은 협정. 라르디슈는 150여 년이 넘도록 사막의 유목민, 주위의 황무지 유랑 부족들과 격렬한 무력 충돌을 빚다가, 종내 '행정 구역에 포함하여 안전을 보장하고 조세를 공수할 것이나 자치권은 침범하지 아니함'을 골자로 하는 흡수 통합 협정, 즉 르주뢰 협정을 체결했다. 따라서 동서남부의 침범을 경계하지 않게 된 유목민들은 공지인 딤니팔 점령 사막 지대나 그 주위 황무지, 평야 지대를 약탈하게 되었다. 딤니팔은 유목민과 협약을 하지 않겠다고 공표했고, 적대적 노선에 따라 눈의 빙패를 신설했다.

부록

◆ **오르셰에즈:** 라르디슈 북부 상업 도시. 포티미외 근방.

◆ **요를림:** 딤니팔의 북부 식민지. 550년 현재 유격전으로 독립 운동 중.

◆ **네젠-롬바:** 딤니팔의 가장 유명한 철광석 생산지. 네젠-롬바에서도 특히 제한된 지역에서만 나는 네젠-롬바의 철은 잉그레의 검을 만드는 데에 쓰인다.

◆ **십이공회:** 딤니팔의 최고 12가문. 기원은 딤니팔 개국 반역에 공헌한 딤니파 공작 산하 상위 12가문이다. 그러나 여러 번의 국수주의적 성격을 띤 전쟁을 치른 뒤 점차 나라에 절대 충성하는 고위층으로 변모되었다. 영속되지 않으므로 세력이 약해질 시 다른 가문으로 교체된다. 건국 이후 십이공회 자리를 유지하고 있는 가문은 단 셋, 미라이예, 그나시오, 톨레도뿐이다.

현재(550년) 십이공회 구성원들은 다음과 같다.

— 중부: 미라이예, 그나시오

— 동부: 안니발레, 페자로, 체세나, 톨레도

— 서부: 자멘테, 브레타냐, 본잘

— 남부: 데군다

— 북부: 루틸로, 사투르니나

◆ **베르탕 전쟁:** 동부 씨오 바라넷이 남부 상업 조합의 불평등한 관세 정

책에 불만을 품고 단체 탈퇴를 모의. 이를 딤니팔이 지원하여 남부 상업 조합의 의장국인 라르디슈와의 전쟁이 발발했다(533년). 두 해 만에 라르디슈의 전승으로 종결되었다. 동부보다는 딤니팔의 물질적 피해가 더 컸던 전쟁이다.

◆ **게레네 화주:** 그나시오 지방에서 대량 생산되는 가장 저급하고, 가장 많이 유통되는 술.

◆ **데카를로의 방:** 잉그레의 꼭대기 층. 왕과 왕비의 개인적인 공간을 이처럼 일컫는다.

◆ **지올나니:** 알론조 캄비 남부 용병 도시.

◆ **오르도뵈:** 전투 시 왕의 수호를 맡는 쉰 남짓의 기사를 라르디슈에서 부르는 용어.

BLACK LABEL CLUB 001
나무를 담벼락에 끌고 들어가지 말라 1부

1판 1쇄 2012년 9월 26일
1판 5쇄 2017년 8월 1일

지은이 윤진아
펴낸이 신현호
편집부장 김은주
편집 박상희 김수민 조미연 최윤정
편집디자인 한방울
마케팅 · 관리 김민원 이주형 조인희
물류 이순우 최준혁 김명일

펴낸곳 ㈜디앤씨미디어
출판등록 2002년 5월 1일 제117-90-51792호
주소 서울시 구로구 디지털로 26길 111 JnK디지털타워 503호
대표전화 (02)333-2513 **팩스** (02)333-2514
전자우편 dncbooks@dncmedia.co.kr
디앤씨북스 블로그 http://blog.naver.com/dncbooks
디앤씨북스 로맨스 카페 http://cafe.naver.com/dnc2007
블랙 라벨 클럽 트위터 @blacklabel_c

ISBN 978-89-267-2615-0 (04810)
ISBN 978-89-267-2611-2 (SET)